LE FOU ET L'ASSASSIN 4

Le retour de l'assassin

Du même auteur
aux Éditions J'ai lu

L'assassin royal :

1 – L'apprenti assassin, *J'ai lu* 5632
2 – L'assassin du roi, *J'ai lu* 6036
3 – La nef du crépuscule, *J'ai lu* 6117
4 – Le poison de la vengeance, *J'ai lu* 6268
5 – La voie magique, *J'ai lu* 6363
6 – La reine solitaire, *J'ai lu* 6489
7 – Le prophète blanc, *J'ai lu* 7361
8 – La secte maudite, *J'ai lu* 7513
9 – Les secrets de Castelcerf, *J'ai lu* 7629
10 – Serments et deuils, *J'ai lu* 7875
11 – Le dragon des glaces, *J'ai lu* 8173
12 – L'homme noir, *J'ai lu* 8397
13 – Adieux et retrouvailles, *J'ai lu* 8472

Le fou et l'assassin :

1 – Le fou et l'assassin, *J'ai lu* 11326
2 – La fille de l'assassin, *J'ai lu* 11394
3 – En quête de vengeance, *J'ai lu* 11709

Les aventuriers de la mer :

1 – Le vaisseau magique, *J'ai lu* 6736
2 – Le navire aux esclaves, *J'ai lu* 6863
3 – La conquête de la liberté, *J'ai lu* 6975
4 – Brumes et tempêtes, *J'ai lu* 7749
5 – Prisons d'eau et de bois, *J'ai lu* 8090
6 – L'éveil des eaux dormantes, *J'ai lu* 8334
7 – Le Seigneur des Trois Règnes, *J'ai lu* 8573
8 – Ombres et flammes, *J'ai lu* 8646
9 – Les marches du trône, *J'ai lu* 8842

Le soldat chamane :

1 – La déchirure, *J'ai lu* 8541
2 – Le cavalier rêveur, *J'ai lu* 8645
3 – Le fils rejeté, *J'ai lu* 8814
4 – La magie de la peur, *J'ai lu* 9044
5 – Le choix du soldat, *J'ai lu* 9195
6 – Le renégat, *J'ai lu* 9349
7 – Danse de terreur, *J'ai lu* 9456
8 – Racines, *J'ai lu* 9520

Les Cités des Anciens :

1 – Dragons et serpents, *J'ai lu* 9756
2 – Les eaux acides, *J'ai lu* 9795
3 – La fureur du fleuve, *J'ai lu* 9988
4 – La décrue, *J'ai lu* 10199
5 – Les gardiens des souvenirs, *J'ai lu* 10451
6 – Les pillards, *J'ai lu* 10569
7 – Le vol des dragons, *J'ai lu* 10760
8 – Le puits d'argent, *J'ai lu* 10938

Retour au pays, *J'ai lu* 8738
Le prince bâtard, *J'ai lu* 10960

Sous le nom de Megan Lindholm

Ki et Vandien :

1 – Le vol des harpies, *J'ai lu* 8203
2 – Les Ventchanteuses, *J'ai lu* 8445
3 – La porte du Limbreth, *J'ai lu* 8647
4 – Les roues du destin, *J'ai lu* 8799

L'héritage et autres nouvelles, *J'ai lu* 10365

ROBIN HOBB

LE FOU ET L'ASSASSIN 4

Le retour de l'assassin

ROMAN

Traduit de l'anglais (États-Unis)
par Arnaud Mousnier-Lompré

J'AI LU

Collection dirigée par Thibaud Eliroff

Titre original :
FOOL'S QUEST
(seconde partie)

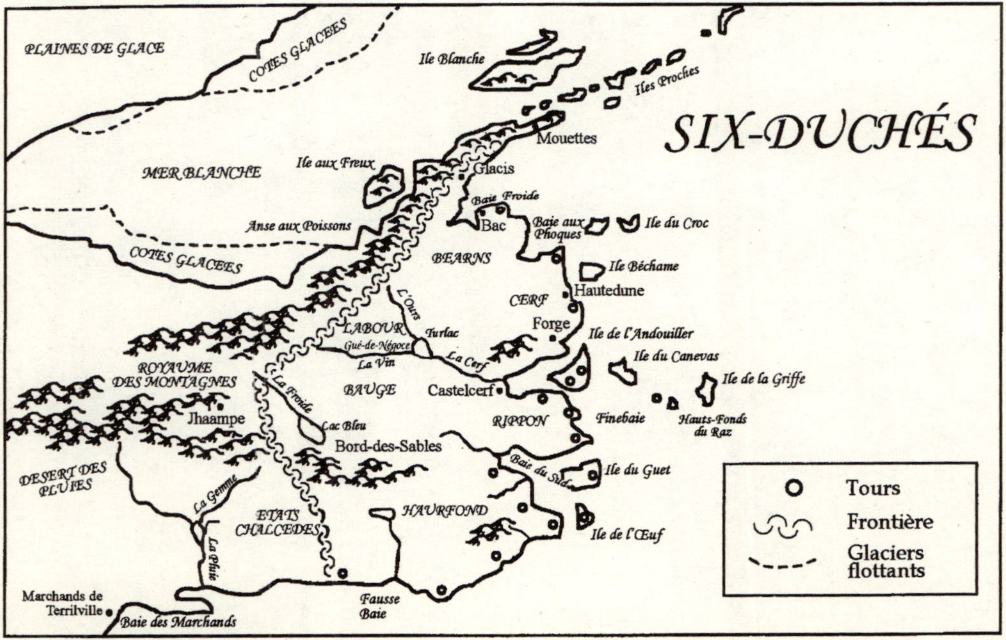
SIX-DUCHÉS
PLAINES DE GLACE
COTES GLACEES
MER BLANCHE
Ile aux Freux
Ile Blanche
Iles Proches
Mouettes
Glacis
Baie Froide
Bac
Anse aux Poissons
COTES GLACEES
Baie aux Phoques
Ile du Croc
BEARNS
Ile Béchame
Hautedune
CERF
Forge
L'Ours
LABOUR
Turlac
Gué-de-Négoce
La Vin
La Cerf
Ile de l'Andouiller
Ile du Canevas
Ile de la Griffe
ROYAUME DES MONTAGNES
La Froide
BAUGE
Castelcerf
Jhaampe
Lac Bleu
RIPPON
Finebaie
Hauts-Fonds du Raz
Bord-des-Sables
Baie du Sud
Ile du Guet
DESERT DES PLUIES
La Gemme
ETATS CHALCEDES
HAURFOND
Ile de l'Œuf
La Pluie
Marchands de Terrilville
Baie des Marchands
Fausse Baie
Tours
Frontière
Glaciers flottants

1

Attente

Il est possible de faire passer quelqu'un qui ne possède pas l'Art par un portail si c'est absolument indispensable, mais on ne saurait trop insister sur les risques qu'encourent le voyageur et l'accompagnateur. L'artiseur doit se concentrer à la fois sur la destination et sur celui ou celle qu'il escorte ; rester en contact physique peut faciliter le trajet : pour deux personnes qui se connaissent bien, se tenir par la main peut suffire, et c'est la méthode recommandée.

En de très rares occasions, un accompagnateur peut devoir emmener plusieurs personnes dépourvues de magie par un des couloirs ; le danger que courent l'artiseur et ceux qui le suivent croît avec chaque personne ou animal supplémentaire. Un apprenti ne doit jamais tenter cette expérience ; un compagnon, jamais avec plus de deux voyageurs, et seulement dans des circonstances exceptionnelles ; il n'y a pas de limite fixée pour un maître, mais on conseille de ne pas dépasser cinq êtres vivants.

Les risques sont nombreux : que le trajet n'aboutisse jamais et que tous se perdent dans les Pierres ; que l'artiseur en sorte épuisé, au point même de succomber peu après (rappelez-vous le récit par le compagnon d'Art Cloches de la mort du maître d'Art Elmond) ;

que ceux qui accompagnent l'artiseur reviennent avec l'esprit dérangé, ou ne reviennent pas du tout.

Il existe plusieurs moyens d'améliorer les chances de réussite d'un tel voyage. Le mieux est que l'artiseur ait déjà emprunté le portail en question ; il semble aussi que, si l'artiseur et ceux qui le suivent se connaissent bien, le voyage entraîne moins de risques.

Une femme enceinte ne doit tenter l'expérience sous aucun prétexte ; elle en ressortirait le ventre vide. Transporter une personne inconsciente est déconseillé, et il en va de même pour les petits enfants. Curieusement, les animaux paraissent mieux supporter ces voyages que les hommes.

Piliers et portails d'Art, maître d'Art Arc

La meilleure façon que je connaisse d'empêcher mes pensées de tourner en rond, c'est de prendre une hache et d'essayer de tuer quelqu'un. Il n'y avait pas de victimes potentielles dans les environs, mais j'ai toujours eu une vive imagination, et je descendis dans la cour d'entraînement en quête de Gantelée.

Il faisait beau et froid. Ma nouvelle capitaine était bien emmitouflée, mais ses élèves fumaient déjà de transpiration à force de s'exercer ; elle avait à la main une épée en bois dont elle se servait sans retenue en parcourant les rangs des combattants. « Ce bras-ci n'est pas protégé ; à s'agiter comme ça, il ne demande qu'à se faire trancher », disait-elle à un de ses hommes quand j'arrivai, et elle renforça sa remarque d'un bon coup d'épée. Je m'arrêtai à l'écart de sa zone de travail et attendis qu'elle remarquât ma présence.

Je pense qu'elle m'aperçut mais me laissa l'observer un moment avant de se diriger vers moi, et il me sembla qu'elle avait déjà ajouté cinq nouvelles recrues à ma garde. Elle donna à ses hommes la permission de reprendre leur souffle et traversa la cour pour me rejoindre. « Je ne suis pas encore fière de mon boulot, mais ils commencent à se former. J'ai annoncé que nous souhaitions engager quelques soldats aguerris, et nous avons vu en arriver quelques-uns écartés de leurs unités à cause de leur âge ou de blessures trop nombreuses. Je leur donne leur chance, et nous verrons lesquels nous garderons.

— Certains manient-ils la hache ? » demandai-je.

Elle haussa les sourcils. « Lis, la femme là-bas, m'a dit qu'elle s'en servait ; mais je ne l'ai pas encore vue avec cette arme entre les mains, donc j'ignore ce qu'elle vaut. Vital me donne l'impression qu'il en serait capable, dans quelque temps. Pourquoi ? Vous pensez que nous pourrions avoir besoin de ce genre de gardes dans votre compagnie ?

— Non, j'espérais trouver un partenaire d'exercice. »

Elle me regarda un instant sans rien dire, puis inspira profondément, s'avança et, sans hésitation, me palpa le bras et l'avant-bras. Le revers de la main qu'elle me décocha dans le ventre me prit par surprise mais ne me coupa pas le souffle. « Vous êtes sûr ? Ce n'est pas une arme très princière. » Comme je ne répondais pas, elle finit par hocher la tête. « Très bien. Lis ! »

La femme qu'elle avait appelée avait la même taille que moi et une musculature développée ; Gantelée l'envoya chercher des haches d'exercice à lame en bois, puis elle me demanda : « Dans cette tenue ? »

Je n'avais pas envie de remonter chez moi me changer ; ce serait trop long, et j'avais dans la tête trop de pensées prêtes à exploser. « Ça ira, dis-je.

— Non, ça n'ira pas. Il doit y avoir des pourpoints en cuir dans la réserve ; allez-y tout de suite, ça évitera à Lis d'attendre. » Comme je m'apprêtais à obéir, elle ajouta : « Une petite réflexion : votre esprit se rappellera comment exécuter telle ou telle passe, et vous penserez en être capable ; vous essaierez, et vous échouerez. Tâchez de ne pas vous faire mal. Les réflexes reviendront ; lentement, et pas tous, mais suffisamment. »

Je ne la crus pas ; mais, bien avant la fin de ses exercices avec ses recrues, je révisai ma position. Lis me mit une raclée ; même quand je l'imaginai sous les traits d'un des mercenaires chalcédiens qui avaient enlevé ma petite fille, je n'arrivai pas à la battre. Lestée de plomb, la hache d'entraînement pesait un cheval mort, et j'ignore si c'est par pitié ou par clémence que Gantelée envoya Lis travailler avec Vital, puis me conseilla de me rendre aux étuves pour m'y reposer. Je m'efforçai d'adopter une attitude digne en quittant la scène de ma défaite. L'exercice avait bien rempli son but de détourner mon attention de la guérison d'Art que subissait Umbre, mais il m'avait plongé dans un abîme d'accablement à côté duquel la morosité due à l'écorce elfique n'était qu'une joyeuse plaisanterie : je venais de me prouver que, même si l'occasion se présentait en cet instant de récupérer ma fille, je n'arriverais sans doute qu'à me faire tuer sous ses yeux. Ma mine sombre dut décourager quiconque de m'adresser la parole dans les étuves. Je donnais peut-être l'impression d'être dans ma quarantaine, mais il y avait plus de trente ans que je n'étais plus le rameur ni le guerrier musclé que j'étais à la sortie de l'adolescence, et mes capacités reflétaient la vie de propriétaire terrien que je menais depuis vingt ans.

Je remontai d'un pas lourd à ma chambre, et je trouvai Calme adossé à ma porte. Je déverrouillai la serrure, et il me suivit sans un mot. Quand je fermai le huis derrière nous, il dit : « Tu vas avoir un superbe coquard demain.

— Sans doute. » Je regardai le fils de Burrich et de Molly ; le fond de mon désespoir s'ouvrit et je m'y abîmai. Les yeux de Burrich, la bouche de Molly… « Je ne sais pas comment sauver ta petite sœur. Aujourd'hui, pendant quelques instants, nous avons eu une possibilité avec Umbre, mais elle a disparu. J'ignore où est Abeille, et, même si je le savais, je ne pense pas que je pourrais la reprendre. Mon Art s'en va en lambeaux et je ne suis plus capable de manier une arme comme autrefois ; je ne peux pas l'aider alors qu'elle a le plus besoin de moi. » Inutiles, stupides, les mots jaillissaient de ma bouche. Les traits de Calme perdirent toute expression, puis il s'avança, me saisit par les épaules et approcha son visage du mien. « Arrête ! fit-il d'une voix grondante. Tu nous submerges de désespoir alors qu'il nous faut être forts. Fitz, après la mort de mon père, tu es venu à nous, et c'est toi qui m'as appris à devenir un homme. Au nom d'El, sois digne de ce que tu as fait ! Dresse tes murailles ! Et maintiens-les debout. »

Je ressentis ce qu'éprouve celui qui s'aperçoit soudain qu'on lui a volé sa bourse : une brusque surprise suivie d'une vérification frénétique pour s'assurer qu'il ne s'est pas trompé. Non : mes murailles étaient abaissées, et je laissais en effet mes émotions déborder comme un fleuve en crue. Je me fermai aussitôt, puis je pris conscience que, pour ce faire, j'avais puisé dans l'énergie de Calme. Fidèle à son nom, il se tenait devant moi, immobile comme un roc, les mains sur mes épaules. « Ça y est ? demanda-t-il d'un ton bourru, et j'acquiesçai de la tête. Alors tiens-les », dit-il, et il me lâcha pour reculer. Il me sembla le voir chanceler un peu, mais il sourit devant mon air inquiet. « Je me suis pris le talon dans ton tapis, c'est tout. »

Je m'assis sur le bord de mon lit et vérifiai mes murs d'Art. « Sont-ils assez solides ? » Calme me fit un signe d'assentiment. « Je ne suis pas moi-même, repris-je, honteux d'une excuse aussi misérable.

— Non, c'est vrai, Tom… Fitz. Nous sommes tous sur les nerfs de devoir attendre en espérant avoir des nouvelles, mais il n'y a rien d'autre à faire. Personne ne te reproche ce qui s'est passé ; qui aurait pu le prévoir ? Nous avons affaire à une magie aussi irrésistible qu'à l'époque où les Pirates rouges forgisaient nos villes. » Il eut un petit sourire. « Enfin, je crois ; je n'étais pas né. »

Je hochai la tête, nullement réconforté.

Il prit place à côté de moi. « As-tu noté quoi que ce soit d'inhabituel pendant ton voyage par les Pierres ?

— Je pense qu'Umbre s'est évanoui alors qu'il m'entraînait, si bien qu'il ne se servait pas de son Art pour nous aider à effectuer le trajet. » Ce souvenir m'était pénible. « J'avais conscience que nous voyagions ; j'avais conscience de mon identité d'une façon que je n'avais jamais connue en me déplaçant par les piliers. Je tâchais de m'accrocher à Umbre et de le maintenir en un seul morceau, mais, pour ça, il me fallait abaisser mes murailles ; je ne sais pas si tu vois ce que je veux dire. »

Il hocha la tête, le front plissé, puis répondit lentement : « Tu sais que je ne suis pas doué pour l'Art. Je le perçois, je dispose d'une grande réserve d'énergie que je puis prêter, mais je ne suis quasiment pas capable de la diriger. Je peux aider quelqu'un d'autre à l'employer, mais non l'utiliser moi-même. »

J'acquiesçai.

« Je ne suis même pas sûr de posséder l'Art, reprit-il. Je crois que j'ai seulement la capacité à donner de l'énergie, comme mon père. »

J'acquiesçai à nouveau. « Burrich y excellait. »

Il avala sa salive. « Je ne connais presque pas ma petite sœur. Flétribois est très loin, et j'ai l'impression qu'elle ne fait pas vraiment partie de ma vie ; je l'ai vue quelques fois, mais elle avait l'air… comment dire… simplette, comme si elle ne devait jamais devenir adulte. Et, du coup, je n'ai jamais appris à la connaître. Je le regrette aujourd'hui. Je veux que tu saches que, si jamais tu as besoin de mon énergie, tu n'as qu'à demander. »

Je savais qu'il était sincère, mais aussi qu'il ne pouvait guère m'aider. « Veille sur ta grande sœur et protège-la du mieux possible. J'ignore ce qui m'attend, alors sois là pour elle et assure sa sécurité.

— Naturellement. » Il me regarda comme si j'étais un peu benêt. « C'est ma sœur, et j'appartiens au clan du Roi ; je ne vois pas ce que je pourrais faire d'autre. »

En effet ; je me sentis ridicule. « Quand tu as quitté Umbre, allait-il mieux ? »

Il prit l'air grave, baissa les yeux puis me regarda en face. « Non. » Il se passa la main dans les cheveux, inspira profondément et demanda : « Que sais-tu de ses expériences avec les piliers d'Art ? »

Mon cœur se serra. « Quasiment rien, sans doute.

— Eh bien, il s'est toujours intéressé de près à Aslevjal. Il est convaincu que les Anciens ont laissé de grandes connaissances dans les petits blocs de pierre de mémoire et dans les gravures murales, et il s'y est donc rendu. Au début, il prévenait le clan de sa destination et du temps qu'il comptait y rester ; mais, comme il multipliait les trajets, Ortie a cherché à le retenir en excipant de son titre de maîtresse d'Art, à quoi il a rétorqué que le savoir qu'il rassemblait valait bien qu'un "vieillard", selon son propre terme, coure quelques risques. Il n'a mis un terme à ses déplacements que sur l'intervention du roi Devoir – c'est du moins ce que nous avons cru ; il ne quittait plus Castelcerf pour se rendre aux Pierres Témoins. Mais il avait découvert, en étudiant les glyphes des Pierres, qu'il existait un autre portail apparemment incorporé au château lui-même lors de sa construction, ou peut-être présent préalablement. Des indices laissent penser que parfois des Pierres se trouvaient à l'intérieur de certaines forteresses ; d'autres nous portent à croire qu'il y avait un cercle de ces pierres dressé dans la salle du trône du duc de Chalcède ; selon nos espions, il a été abattu il y a longtemps... Oh, pardon ! Dans les cachots de Castelcerf, il y a dans un mur une pierre incrustée qui porte le glyphe d'Aslevjal. Umbre l'a empruntée, et très souvent ; pour s'en dissimuler, il quittait le château tard le soir et revenait le matin. »

Mes ongles s'enfonçaient dans mes paumes ; c'est la pire manière, et la plus dangereuse, de se servir des piliers, selon Prilkop. Des années auparavant, il m'avait mis en garde contre le fait d'effectuer un tel trajet deux fois en moins de deux jours ; je n'y avais pas prêté attention, ce qui m'avait valu de me perdre dans les Pierres pendant plusieurs semaines. Umbre avait couru de très grands risques.

« Nous ne nous en sommes aperçus que lorsqu'il a disparu pendant un jour et demi ; nous l'avons cherché partout, et puis il est sorti des cachots en titubant, dans un état de semi-démence, un sac plein de pierres de mémoire en bandoulière. »

La colère me saisit. « Et personne n'a songé à m'en parler ? »

Il eut l'air surpris. « Je n'y suis pour rien, et j'ignore pourquoi on ne t'a pas prévenu ; c'est peut-être sur son injonction. L'incident a tout à la fois mis en fureur et effrayé Ortie, Devoir et Kettricken ; c'est alors, je pense, qu'il a vraiment cessé ses expériences. »

Il secoua la tête. « Sauf qu'il s'est mis à passer énormément de temps à plonger dans les cubes de pierre de mémoire qu'il avait rapportés ; il les avait rangés dans ses appartements, et nous pensons qu'il les explorait au lieu de dormir. Quand Ortie l'a interrogé sur sa constante distraction, il a avoué ce qu'il faisait, et il s'est mis dans une colère noire quand elle a donné l'ordre de placer les cubes dans la bibliothèque et d'en limiter l'accès à Umbre ; mais ce n'était pas la colère d'un homme adulte, plutôt celle d'un enfant privé de son jouet préféré. C'était il y a plus d'un an, et nous croyions qu'il avait réussi à dominer sa soif d'Art ; c'était peut-être vrai, d'ailleurs, mais il est possible que ses deux derniers trajets, trop rapprochés, l'aient réveillée. »

Je songeai aux occasions où Umbre était venu me voir, et où il avait amené Crible. Ortie devait être au courant de ces visites si Crible l'accompagnait, n'est-ce pas ?

« Sait-il ce qui lui arrive ? Se rend-il compte de ce qu'il fait ?

— C'est impossible à dire. Ses propos n'ont ni queue ni tête ; il parle, il rit et se remémore des bribes du passé. Ortie a le sentiment qu'il revit ses vieux souvenirs puis les relâche dans le fleuve d'Art. On m'a envoyé chez toi pour deux raisons ; d'abord, pour t'aider à dresser tes murs plus solidement : Ortie craint qu'Umbre ne s'accroche à toi et n'entraîne ta conscience avec lui. Ensuite, pour te demander de l'écorce de delvier, ce produit très fort des îles d'Outre-mer, celui qui a complètement bloqué ton Art quand on t'en a donné.

— Il ne m'en reste guère ; nous avons presque tout utilisé à Flétribois. »

Il eut l'air ennuyé mais répondit : « Ma foi, ce que tu as nous servira toujours. »

L'écorce se trouvait dans mon sac de voyage, qui n'avait pas été défait depuis que le clan nous avait quasiment transportés, Umbre et moi, dans nos appartements ; je la sentis au fond de mon sac, accompagnée du journal des rêves d'Abeille, et je ne sortis que deux paquets. Je les regardai et les remis à Calme à contrecœur ; c'était un produit rare. Sauverait-il Umbre ? Et s'il détruisait la précieuse capacité à l'Art qu'il avait laborieusement gagnée au cours des années ? S'il ne pouvait plus artiser, comment pourrait-il m'aider à repérer Pépite dans le courant de magie et à me servir de son mot-clé pour la débloquer ? Je crispai les mâchoires. L'heure était venue de faire confiance à Ortie, d'accorder à son savoir durement acquis le respect qu'il méritait. Néanmoins, je ne pus m'empêcher de dire : « Sois prudent ; c'est très puissant. »

Il soupesa les petites poches. « C'est là-dessus que nous comptons. D'après Ortie, si nous parvenons à le couper de l'Art, il parviendra peut-être à se recentrer sur lui-même, et nous pourrons éventuellement garder ce qui reste de lui. Merci. »

Et il me laissa. Je regardai fixement la porte qui se refermait derrière lui. Ce qui reste de lui… Je me levai, le journal d'Abeille dans les mains, puis me rassis lentement. Dans son état, Umbre ne m'était sûrement d'aucune utilité pour retrouver Pépite ; il fallait d'abord le stabiliser et le convaincre de nous confier le mot-clé de sa fille, tâche qui n'était pas de mon ressort. Il me faudrait prendre mon mal en patience.

Mais j'en avais assez d'attendre ; j'avais les nerfs à fleur de peau. Je ne pouvais penser à Abeille : imaginer ce qu'elle vivait me mettait au supplice. Je me répétais qu'il était inutile de me tourmenter en me la représentant souffrant, terrifiée, en proie au froid ou à la faim, aux mains d'individus sans pitié. C'était inutile. Mieux valait penser à ce que je pouvais faire pour la retrouver. Et à la façon dont je tuerais ses ravisseurs.

Je tenais son journal entre mes mains crispées. Je le regardai : c'était un cadeau que je lui avais fait, liasse de feuilles blanches de qualité reliées entre deux couvertures en cuir, avec un motif de pâquerettes imprimé dans le matériau. Je m'assis et l'ouvris ; était-ce abuser de sa confiance que de lire ses écrits personnels ? Je savais pertinemment qu'elle avait souvent lu les miens !

Chaque page contenait la brève description d'un rêve ; certains évoquaient des poèmes, et beaucoup étaient illustrés de sa main : une femme dormant dans un jardin de fleurs, entourée d'abeilles, un loup sur la page suivante. Je ne pus retenir un sourire : le dessin s'inspirait visiblement de la sculpture d'Œil-de-Nuit qui ornait le manteau de ma cheminée depuis des années ; en légende, il y avait un récit poétique sur le Loup de l'Ouest, qui s'élançait à la rescousse quand un de ses sujets l'appelait à l'aide. La feuille suivante était plus austère, bordée de cercles et de roues, avec un couplet sur un homme et son destin : « Tous ses rêves, toutes ses craintes, à lui donnés en l'espace d'un an. » Quelques pages plus loin, des poèmes sur les fleurs et les glands ; et puis, sur une page de toutes les couleurs, son rêve de l'homme-papillon. Sur l'illustration, c'était vraiment un homme-papillon, le visage blanc, d'un calme transcendant, avec des ailes dans le dos.

Je refermai le volume. Ce rêve-là s'était réalisé. Comme le Fou dans son enfance, elle avait noté un songe, et il était devenu prophétie. J'avais chassé de mon esprit les folles affirmations du Fou selon lesquelles Abeille serait sa fille, destinée à devenir

Prophétesse blanche, mais j'en avais sous les yeux une preuve difficile à récuser.

Je secouai la tête. Combien de fois avais-je accusé le Fou de manipuler une de ses prophéties pour la faire correspondre aux événements subséquents ? J'étais sans doute le jouet de la même illusion : il n'y avait pas eu d'« homme-papillon », mais une femme avec une cape dont le motif évoquait une aile de l'insecte. J'écrasai mon inquiétude sous le maillet du scepticisme. Abeille était de moi, c'était ma petite fille, je la ramènerais chez nous et elle serait un jour une princesse Loinvoyant. Mais cette pensée me fit soudain sombrer dans un nouveau gouffre, l'estomac noué. Je restai assis un moment à reprendre mon souffle, le journal serré contre moi comme si c'était mon enfant. « Je te retrouverai, Abeille, et tu reviendras à la maison. » Promesse aussi vide que l'air dans lequel je la murmurai.

Je vivais dans un monde entre les temps. Il y avait le temps où Abeille était en sécurité, et celui où elle serait de nouveau en sécurité. Je croupissais dans un abîme terrible de doute et d'ignorance ; je dégringolais d'espoir en désespoir, et je ne voyais aucune fin à cette chute. Un bruit de pas dans le couloir pouvait être celui d'un messager avec des nouvelles de ma fille ; soudain requinqué, je m'apercevais que ce n'était qu'un coursier qui apportait une veste neuve à quelqu'un, et je sombrais à nouveau dans l'accablement. L'incertitude me rongeait et les fers de l'impuissance m'arrachaient la peau, mais je ne pouvais rien en montrer.

Les trois jours suivants furent les plus longs de ma vie ; je les passai à aller et venir comme une sentinelle parcourant éternellement le même chemin de ronde. En tant que prince, je prenais mes repas en famille, mais sous les yeux de tous les courtisans de la grand-salle. Jamais je n'avais imaginé que les proches de la couronne jouissaient de si peu d'intimité. Je recevais de nombreuses invitations ; Cendre, qui s'occupait toujours de mes appartements, les triait en plusieurs liasses, et, privé des conseils d'Umbre, je présentais à Kettricken celles que Cendre jugeait importantes pour savoir ce qu'elle en pensait. Tout comme je l'avais jadis prise par la main pour l'aider à négocier les courants complexes de la politique de Castelcerf, elle m'indiquait à présent quelles invitations je devais accepter, lesquelles je devais refuser poliment, et lesquelles je pouvais remettre à plus tard.

Et ainsi, après une séance d'entraînement matinale à la hache, j'allai faire une sortie à cheval avec deux nobliaux de deux forteresses mineures de Cerf, puis acceptai de participer à une partie de cartes le soir même. Toute la journée, je gardai en mémoire le nom de chacun et ses centres d'intérêt, et je m'arrangeai pour ne tenir que des discussions quasiment vides de sens ; je souriais courtoisement, évitais les questions en répondant par des banalités, bref, je m'efforçais d'être un atout plus qu'un danger pour le trône Loinvoyant. Et la pensée d'Abeille ne cessait de bouillonner au fond de mon esprit.

Nous avions réussi jusque-là à étouffer les rumeurs et à réduire les événements de Flétribois à un murmure inaudible, mais comment les contenir quand les Bouteurs reviendraient à Castelcerf ? Selon moi, le public ne tarderait pas à faire le rapprochement entre Tom Blaireau et FitzChevalerie Loinvoyant ; et qu'arriverait-il alors ?

Nul ne savait qu'on avait enlevé un rejeton Loinvoyant, et seules de rares personnes étaient au courant que la petite sœur d'Ortie avait été ravie ; l'information n'avait pas quitté le cercle familial.

Annoncer que des mercenaires chalcédiens étaient en mesure de s'introduire en Cerf et de parcourir nos routes sans se faire remarquer affolerait les populations, qui clameraient que notre roi ne protégeait pas son peuple. Mais garder le secret sur la tragédie qui me frappait me donnait l'impression de ravaler une vomissure noire et acide ; je méprisais l'homme qui arborait une mine affable, qui tenait des cartes dans sa main ou hochait la tête en écoutant une noble dame discuter du prix d'un cheval de bonne lignée. C'était le prince FitzChevalerie tel que je n'avais jamais voulu l'être. Je me remémorais Kettricken, calme et la tête haute à l'époque où Devoir, son rebelle de fils, avait disparu ; je songeais à Elliania et à son oncle Péottre dissimulant que des membres de leur famille étaient retenus en otage pendant qu'ils procédaient aux tractations délicates qui devaient aboutir aux fiançailles de la jeune fille et de Devoir. Quelle amertume de savoir que les mêmes qui avaient ordonné l'enlèvement de la mère et de la sœur cadette d'Elliania étaient derrière l'attaque contre Flétribois ! Je n'étais donc pas le premier à devoir cacher ma peine ; c'était possible, et, chaque matin, quand je me regardais dans le miroir, je me composais une expression impassible ; je me rasais au lieu de me trancher la gorge, et je me faisais la promesse de bien tenir mon rôle.

J'allais voir Umbre tous les jours. C'était comme se rendre au pied d'un arbre qu'on aime bien ; l'écorce de delvier avait réduit son Art à néant, mais, si le vieil assassin ne dépérissait plus, restait à voir ce qu'il pouvait récupérer de sa personnalité. Calme était à son chevet ; j'énonçais des banalités qu'Umbre écoutait apparemment, mais sans guère répondre. Lors d'une visite, un domestique nous apporta une collation pour tous les trois. Umbre se mit à manger sans aide, mais il s'interrompait parfois et semblait oublier ce qu'il faisait ; quand je parlai de Pépite, il parut ne pas y accorder plus qu'un intérêt poli, et, lorsque je lui demandai s'il se rappelait les mots qu'il avait employés pour le fermer à l'Art, il eut l'air plus intrigué que troublé. J'insistai, le pressai pour qu'il se souvînt au moins de sa fille, et Calme intervint alors. « Il faut lui laisser le temps de revenir ; il doit retrouver les éléments qui le constituent et les rassembler.

— Comment sais-tu tout cela ?

— Les blocs de pierre de mémoire qu'il a rapportés nous ont fourni de nombreuses connaissances ; Ortie pense qu'on les a découpés en petits morceaux pour qu'ils soient moins dangereux à utiliser. Nous n'en donnons qu'un nombre limité à ceux qui s'y plongent, et nous ne laissons personne les explorer seul. À mesure qu'on les étudie, un compte rendu est rédigé sur le savoir que contient chacun ; moi-même, on m'en a confié un qui traitait de ceux qui se sont perdus en recherchant trop loin la science. J'ai noté ce que j'ai appris. Ortie et moi croyons que sire Umbre est victime d'un accident de ce genre, et nous espérons qu'en lui accordant du temps et du repos, et en l'empêchant de se dissoudre davantage, il reviendra à lui. » Il se tut un instant. « Je ne peux qu'imaginer ce qu'il représente pour toi, Fitz. Quand mon père est mort, tu n'as pas essayé de prendre sa place, mais tu as protégé ma mère, mes frères et Ortie du mieux possible ; je ne pense pas que ce soit uniquement par amour pour ma mère : je crois que tu comprenais tout ce que nous avions perdu. J'aurai toujours une dette envers toi, et je te promets de faire tout ce qui est en mon pouvoir pour ramener Umbre. Tu es persuadé, je le sais, qu'il détient la clé qui te permettra de récupérer Abeille ; il faut rester les bras ballants en attendant de pouvoir avoir de ses nouvelles, et c'est insupportable pour nous tous.

Mais, je t'en prie, aie confiance : ce que je fais, c'est parce que je suis convaincu que c'est le moyen le plus rapide de voir Umbre reprendre ses esprits et nous aider. »

C'était le seul et maigre réconfort que je tirais de ces visites.

Ce soir-là, incapable de trouver le sommeil, je tâchai de m'occuper ; je lus plusieurs manuscrits sur l'Art et les comptes rendus de ce que renfermaient les blocs de mémoire. Kettricken et Elliania avaient envoyé leurs scribes fouiller les bibliothèques de Castelcerf en quête de mentions de Clerres ou des Prophètes blancs. Quatre parchemins m'attendaient ; je les parcourus : ouï-dire et légende, avec une mesure de superstition. Je les mis de côté pour Cendre afin qu'il les lût au Fou, et je me détendis en imaginant que je pourrais empoisonner tous les puits de Clerres. La quantité nécessaire de substance toxique dépendrait du débit de l'eau… Je m'endormis, perdu dans mes calculs.

Le jour suivant s'écoula lentement, et je le passai comme la veille. Le lendemain, une tempête de neige se leva, retardant le retour des Bouteurs. Aucun vifier n'avait signalé de soldats sur les routes, pas plus que les patrouilles déployées par Devoir. Il était difficile d'espérer encore, et plus difficile de perdre espoir. Je me disais que, si le temps se calmait, Lourd pourrait revenir, que nous parviendrions peut-être à arracher à Umbre le mot clé et l'artiser à Pépite. Je m'occupais du mieux possible, mais chaque instant me semblait une journée.

Je me rendais auprès du Fou au moins deux fois par jour. Le sang de dragon continuait son œuvre et provoquait des changements physiques aussi rapides qu'effrayants ; les balafres qui couturaient ses traits, les marques que ses bourreaux avaient laissées sur ses joues et sur son front commençaient à s'effacer ; ses doigts se redressaient, et, s'il claudiquait encore, il ne grimaçait plus de douleur à chaque pas. Il avait autant d'appétit qu'un garde, et Cendre faisait en sorte de le rassasier.

Braise endossait le plus souvent le rôle de Cendre quand je la croisais dans ce qui était désormais l'appartement du Fou, même s'il m'arrivait de l'apercevoir dans les habits de Braise dans le reste du château. Sa façon de se déguiser m'étonnait : ce n'était pas seulement un changement de vêture ni le port d'un bonnet à volants avec des boutons : elle devenait quelqu'un d'entièrement différent. Elle était aussi industrieuse et réfléchie que Cendre, mais le sourire qui passait parfois sur ses lèvres était celui de Braise ; un regard en coin de sa part était, non pas séducteur, mais mystérieux. En plusieurs occasions, je la rencontrai chez Umbre, occupée à exécuter de menues tâches ménagères ou à apporter de l'eau fraîche pour remplir le broc ; son regard glissa sur moi à chaque fois, et je ne trahis donc pas que je la connaissais sous un autre aspect. À part Umbre, le Fou et moi, quelqu'un était-il au courant de son double rôle ?

C'est avec Cendre que je m'entretins un matin, après mes exercices quotidiens avec mes gardes. Je venais voir comment se portait le Fou ; je le trouvai vêtu d'une robe de chambre noire et blanche, assis à la table de travail d'Umbre, tandis que Cendre s'efforçait vaillamment de dompter les cheveux du Fou en pleine croissance. Le voir dans cette tenue me rappela l'époque où il tenait l'office de bouffon de Subtil ; le chaume qui poussait sur sa tête se dressait comme le duvet d'un poussin nouveau-né, alors que les mèches de son ancienne chevelure pendaient, maigres et rêches. Parvenu en haut des marches, j'entendis Cendre dire : « Je n'arrive à rien ; il faut tout couper à la même longueur.

— C'est sans doute la meilleure solution », fit le Fou.

Le garçon trancha les mèches et les posa sur la table, où la corneille vint aussitôt les examiner. Je m'étais approché sans bruit, mais le Fou me lança : « De quelle couleur sont mes nouveaux cheveux ?

— On dirait du blé prêt à être récolté, dit Cendre sans me laisser le temps de répondre. Mais du blé qui ressemblerait à du duvet de pissenlit.

— Ils étaient ainsi quand nous étions jeunes, comme un nuage autour de son visage. À mon avis, tu auras l'air d'un pissenlit monté en graine tant qu'ils ne seront pas assez longs pour les attacher. »

Le Fou leva la main pour les toucher, et Cendre l'écarta avec un grognement agacé. « Tous ces changements qui se produisent si vite, dit mon ami. Mais, chaque fois que je me réveille, je suis surpris d'être propre, au chaud et le ventre plein. J'ai toujours mal, mais la douleur de la guérison est supportable ; j'en viens presque à me réjouir des crampes profondes et même des brusques élancements, parce qu'ils m'indiquent que je vais mieux.

— Et ta vue ? » demandai-je avec circonspection.

Il braqua ses yeux de dragon tournoyants sur moi. « Je distingue l'obscurité de la lumière, mais guère plus. Hier, Cendre est passé entre la flambée et moi, et j'ai perçu sa silhouette. Ce n'est pas assez, mais déjà quelque chose ; je m'astreins à la patience. Comment va Umbre ? »

Je secouai la tête, puis me rappelai qu'il ne pouvait pas me voir. « Guère de changement visible. Le coup d'épée qu'il a reçu guérit, mais lentement, et l'écorce de delvier l'a coupé de son Art ; je sais qu'il se servait de sa magie pour se maintenir en forme, et je pense qu'il employait aussi certaines herbes médicinales dans ce but. Ce n'est plus le cas, et j'ignore si c'est un tour de mon imagination, mais ses rides me paraissent plus creusées, son visage plus hâve, et…

— Ce n'est pas votre imagination, intervint Cendre à mi-voix. Chaque fois que je vais dans sa chambre, je le trouve vieilli, comme si toutes les consolidations opérées grâce à sa magie s'effondraient et que son âge réel le rattrapait. » Il posa ses ciseaux, sa tâche achevée. Bigarrée donna quelques coups de bec à l'instrument brillant puis décida de se lisser les plumes. « À quoi sert de lui avoir évité de mourir par l'Art, reprit Cendre, si c'est pour le laisser mourir de vieillesse ? »

Je ne sus quoi répondre ; je n'y avais pas songé.

Le garçon poursuivit : « Et que vais-je devenir, s'il meurt ? C'est égoïste, je sais, mais ça m'inquiète ; c'est mon professeur et mon protecteur au château de Castelcerf : que se passera-t-il s'il disparaît ? »

Je n'avais nulle envie de songer à pareille éventualité, alors j'y répondis du mieux que je pus. « Dame Romarin reprendrait son rôle, et tu deviendrais son apprenti. »

Il secoua la tête. « Je ne suis pas sûr qu'elle me garderait ; j'ai l'impression que je lui déplais autant que sire Umbre m'apprécie ; elle le juge trop indulgent avec moi, et, s'il mourait, je pense qu'elle me congédierait pour prendre des apprentis plus obéissants. » Plus bas, il ajouta : « Il ne me resterait plus que le seul autre métier que j'ai appris.

— Non, fit le Fou d'un ton catégorique sans me laisser le temps de répondre.

— M'accepteriez-vous comme serviteur, alors ? demanda Cendre avec un regret insondable.

— Je ne puis, dit le Fou à contrecœur. Mais je suis sûr que Fitz te trouverait une bonne place avant que nous partions.

— Pour où ? demanda Cendre en faisant écho à mes propres pensées.

— Là d'où je viens, pour remplir une mission urgente. » Il tourna son regard aveugle vers moi. « Je pense qu'il ne faut pas attendre que tu retrouves ton Art ni moi la vue, Fitz ; encore quelques jours et je serai sans doute en état de voyager. Il faudra alors nous mettre en route le plus vite possible.

— Cendre t'a-t-il lu les manuscrits que je t'avais laissés ? demandai-je. À moins que ce ne soit Braise ? » L'adolescente eut un sourire espiègle, mais le Fou ne se laissa pas distraire.

« Ils ne valaient rien, tu le sais, Fitz. Tu n'as pas besoin de vieux parchemins ni d'une carte : tu m'as, moi. Guéris-moi, rends-moi la vue, et nous pourrons y aller ; je puis te conduire à Clerres. Tu m'as fait traverser une Pierre pour m'amener ici ; nous pouvons aller à Clerres par le trajet que Prilkop m'a fait emprunter. »

Je pris sur moi pour me taire et respirer profondément. Patience ; il ne pensait qu'à détruire Clerres. Moi aussi, mais la raison comme l'amour me retenaient sur place et me condamnaient à une attente suffocante. J'ignorais si la logique pouvait l'atteindre, mais je me devais d'essayer. « Ne comprends-tu donc pas ce qui est arrivé à Umbre, Fou, ni le coup que ça me porte ? Je n'ose pas artiser, ni tenter de te guérir, ni entrer seul dans une Pierre ; alors, t'emmener ? Non ; nous n'en reviendrions ni l'un ni l'autre. » Il s'apprêta à répondre, mais je haussai la voix. « Et je refuse de quitter Castelcerf sans avoir épuisé tout espoir de retrouver Abeille dans les Six-Duchés ; en outre, il reste une chance qu'Umbre se remette assez pour nous aider à contacter Pépite. Veux-tu que je m'en aille à Clerres, après un voyage en bateau de plusieurs mois, en abandonnant Abeille aux caprices de ses ravisseurs, alors que sa présence pourrait être signalée en Cerf ou en Rippon ? Je sais que tu es pressé de te mettre en route ; rester les bras croisés en attendant des nouvelles, c'est comme être lentement brûlé vif, mais je préfère supporter ce supplice plutôt que m'en aller à l'aventure en l'abandonnant. Et, quand nous irons à Clerres pour y exercer notre vengeance, mieux vaudra nous y rendre par bateau et accompagnés de soldats, à moins que tu ne me croies vraiment capable de gagner une ville au diable vauvert, d'abattre ses murailles, de tuer ceux que tu hais et d'en revenir indemne, avec les prisonniers sains et saufs ? »

Il sourit, et il répondit dans un murmure qui me fit frémir d'effroi : « Oui. Oui, je crois que nous en sommes capables ; mieux, je crois que c'est notre devoir, parce que je sais que, là où une armée échouerait, un assassin et quelqu'un qui connaît l'ennemi réussiraient.

— Alors laisse-moi jouer mon rôle d'assassin ! Je t'ai dit que toi et moi nous vengerons d'eux, et nous le ferons, Fou ; ma haine de tout ce qu'ils incarnent est aussi virulente que la tienne. Mais la mienne n'est pas un incendie de forêt incontrôlable : c'est le lit de braises bien entretenu d'un forgeron. Si tu tiens à ce que j'entreprenne cette opération en assassin, tu dois me laisser agir comme on m'y a formé : efficacement et avec pragmatisme, de sang-froid.

— Mais…

— Non. Écoute-moi. J'ai promis que leur sang coulerait, et il coulera, mais pas aux dépens d'Abeille. Je la retrouverai, je la ramènerai chez nous, et je resterai avec elle jusqu'à ce qu'elle soit assez remise pour se passer de moi quelque temps. Elle passe avant tout ; aussi, fais-toi à l'idée que tu devras attendre, et emploie utilement cette période : répare ton organisme, refais-toi une santé, comme j'emploie mes journées à réaffûter mes talents d'autrefois. »

Le feu crépitait. Cendre se tenait raide et muet comme une sentinelle, la respiration hachée, et nous regardait tour à tour.

Le Fou répondit enfin. « Non. » Il était catégorique.

« Tu n'as donc rien écouté de ce que j'ai dit ? » demandai-je avec violence.

Il haussa le ton à son tour. « J'ai tout écouté, et une partie de tes arguments se tient. Nous attendrons quelque temps, et, même si je pense que cela ne donnera rien, je souhaite pour nous deux que ce ne soit pas le cas. Pour nous tous. Je n'ai tenu Abeille dans mes bras qu'un instant, mais un lien s'est alors créé entre nous. J'ignore si je puis te le décrire : j'y voyais de nouveau, non par les yeux, mais par ma vue de ce qui pouvait être, tous les avenirs possibles et les moments charnières les plus cruciaux ; et, pour la première fois de ma vie, j'avais contre moi quelqu'un qui partageait ce don, quelqu'un à qui transmettre tout ce que j'avais appris, quelqu'un qui me succéderait, un véritable Prophète blanc que les Serviteurs n'avaient pas corrompu. » Je ne dis mot, suffoqué de honte. J'avais rompu cette étreinte, arraché Abeille à ses bras et enfoncé mon poignard dans son flanc à plusieurs reprises. « Mais, si ce soir tu reçois un message indiquant où elle se trouve et que tu la récupères demain, nous devrons nous mettre en route dès le jour suivant.

— Je refuse de l'abandonner à nouveau !

— Naturellement, et moi aussi. Elle sera là où elle sera le plus en sécurité : avec nous. »

Je demeurai pantois. « Tu as perdu l'esprit ?

— Évidemment, et tu le sais très bien ! C'est l'effet de la torture ! » Il eut un rire sans humour. « Écoute : si Abeille est vraiment ta fille, si elle possède ta fougue, c'est elle qui exigera de nous accompagner, pour écraser ce nid de cruauté.

— "Si" ? » Je bafouillai sous le coup de l'indignation.

Un sourire effrayant illumina ses traits, et sa voix devint plus grave. « Et *si* c'est ma fille, comme j'en suis certain, tu constateras en la retrouvant qu'elle sait déjà devoir nous aider ; elle l'aura vu sur sa voie.

— Non. Je me moque de ses "visions" et de tes conseils : je ne mènerai pas ma fille à l'abattoir ! »

Son sourire s'élargit. « Ce ne sera pas nécessaire : c'est elle qui t'emmènera.

— Tu es fou ! Et tu me fatigues. »

Je lui tournai le dos et me rendis à l'autre extrémité de la pièce. Jamais nous n'avions été aussi près de nous quereller depuis son retour. Si quelqu'un devait comprendre mon angoisse, c'était bien lui. Je n'avais nulle envie que nous nous brouillions en cet instant, mais j'avais si peu confiance en moi et en mes capacités de discernement que, quand il les mettait en doute, j'y voyais une attaque.

J'entendis Cendre lui murmurer : « Il a raison, vous savez : vous devez d'abord reprendre des forces et de l'endurance ; je peux vous y aider. »

La réponse étouffée du Fou me fut inaudible, mais l'adolescent déclara : « Pour ça aussi, je peux vous aider ; l'heure venue, tout sera prêt. »

J'attendis d'avoir retrouvé la maîtrise de ma voix et c'est d'un ton dépourvu de colère et de peine que je dis : « Parle-moi de ceux qui suivent la femme – non les mercenaires, mais les disciples au teint pâle. Ils m'intriguent ; ce sont des Blancs ou des semi-Blancs, or, si les Serviteurs traitent si mal les Blancs, pourquoi obéissent-ils à cette femme ? Pourquoi devons-nous les tuer ? Ne seraient-ils pas contents d'être débarrassés d'elle ? »

Il secoua lentement la tête et répondit d'une voix calme et factuelle, comme s'il cherchait autant que moi à apaiser la tension entre nous : « Les enfants croient ce qu'on leur raconte. Ces gens sont sur une "voie", Fitz, et ils ne savent qu'obéir à leur maîtresse. S'ils ne lui servent pas, ils sont inutiles, et les inutiles sont jetés au rebut. Tués quand ils sont petits, avec douceur s'ils ont de la chance. Tous ont vu certains d'entre eux boire une concoction somnifère et empoisonnée. Les indociles ou ceux qui ne manifestent aucun talent deviennent esclaves ; on garde ceux qui ont un léger don, à condition qu'ils soient obéissants. Certains finissent par devenir convaincus de tout ce qu'on leur dit, et ils suivent les ordres sans état d'âme ; ils sont prêts à donner leur vie si la femme le leur demande, ou à tuer tous ceux qui s'opposent à eux. Ce sont des fanatiques, Fitz ; si tu leur montres la moindre pitié, ils trouveront le moyen de te tuer. »

Je réfléchis un moment en silence. Cendre, parfaitement immobile, nous écoutait comme s'il absorbait chacune de nos paroles. Je toussotai. « Il n'y a donc aucun espoir qu'ils se dressent contre Dwalia, ni que nous puissions les convertir à notre cause.

— Si tu tombes sur ceux qui ont enlevé Abeille – je ne parle pas seulement des mercenaires, mais de ceux qui ont conçu ce plan, les luriks et Dwalia –, ils te paraîtront peut-être bienveillants, jeunes, mal conseillés, ou, comme de simples domestiques, obéissants aux ordres. Ne t'y fie pas, ne les écoute pas ; n'aie aucune compassion, aucune pitié. Chacun d'eux ne rêve que d'accéder au pouvoir ; chacun d'eux a été témoin de ce que les Serviteurs font à leurs semblables ; et chacun d'eux a choisi de les servir plutôt que de les défier. Chacun d'eux est plus perfide que tu ne peux l'imaginer. »

Je me tus. Et c'étaient ces gens-là qui retenaient Abeille prisonnière ? Je pouvais lancer ma nouvelle garde contre eux, ou demander des soldats aguerris à Devoir ; mais ma rage se refroidit soudain quand j'imaginai ma fille, si petite, si menue, au milieu de la mêlée, en train de courir en tous sens pour s'abriter des sabots des chevaux et des coups d'épée. Dwalia et ses luriks tueraient-ils mon enfant plutôt que nous laisser la reprendre ? Je ne pus me résoudre à formuler cette question.

« Ils ne se retourneront jamais contre Dwalia, déclara le Fou à contrecœur. Même si tu parvenais à les rattraper à l'intérieur des Six-Duchés, ce qui me paraît très peu probable, ils se battront jusqu'au dernier. On leur a raconté tant de mensonges sur le monde extérieur qu'ils craindront bien plus d'être capturés que de mourir. » Il s'interrompit, plongé dans ses pensées. Cendre avait rangé ses ciseaux et balayait les cheveux sur le dallage. « Bien, cessons de nous prendre le bec. Nous sommes d'accord pour aller à Clerres ; mettons de côté pour le moment la date de notre départ et aussi le moyen par lequel nous nous y rendrons, et établissons provisoirement nos plans. Une fois à Clerres, il faudra franchir les fortifications de l'école, et, même si nous y parvenons, c'est un tel nid d'araignées à l'intérieur qu'il faudra plus que la force brute pour les éradiquer ; je pense que nous devrons nous reposer sur la furtivité et l'astuce plus que sur la puissance des armes.

— L'astuce, c'est ma partie, intervint Cendre à mi-voix. Je vous serais d'une grande aide dans une telle mission. »

Le Fou se tourna vers lui, l'air songeur.

« Non, dis-je d'un ton ferme. Malgré tout ce que tu as déjà vécu durant ta courte vie, je refuse d'emmener quelqu'un comme toi dans ce genre de situations. Il ne s'agit pas de planter un poignard dans l'ombre ni de verser du poison dans une assiette de soupe. Le Fou a parlé de dizaines d'adversaires, voire davantage, dans la place ; un gamin n'a rien à y faire. » Je me laissai tomber sur une chaise à la table. « Ce n'est pas une mince entreprise dans laquelle tu me demandes de me lancer, Fou. Même si je puis accepter l'idée qu'il faut tuer tous les Serviteurs sans exception, je dois m'interroger sur ma capacité à y parvenir ; je suis aussi rouillé en tant qu'assassin qu'au maniement de la hache ! Je ferai tout mon possible, tu le sais ; ceux qui ont enlevé Abeille et Pépite ont renoncé à la vie en pénétrant chez moi : ils doivent mourir, mais d'une façon qui ne mette pas en danger leurs otages. Et ceux qui t'ont supplicié aussi. Mais au-delà ? Tu parles de massacrer tout le monde ; je crois que tu me prêtes des pouvoirs bien supérieurs à la réalité. » Je dus ajouter en baissant la voix : « Surtout celui de donner la mort sans en sentir le coût. Et quand nous serons à Clerres ? Ces gens méritent-ils vraiment tous la mort ? »

Je ne pus déchiffrer toute la cascade d'émotions qui tomba sur son visage – peur, désespoir, sidération – que je misse en cause son discernement, et il finit pas secouer la tête d'un air malheureux. « Fitz, penses-tu que je te demanderais ce service s'il existait une autre façon de faire ? Tu t'imagines peut-être que je ne cherche que ma propre survie ou ma propre vengeance, mais tu te trompes. Pour chacun d'entre eux qu'il faut éliminer, il y a dix, quinze, vingt personnes maintenues dans la servitude et l'ignorance ; nous pourrons peut-être les libérer et leur permettre de vivre une existence plus ou moins normale. Les

Serviteurs croisent des enfants les uns avec les autres, entre cousins, entre frères et sœurs, et les enfants mal formés qui naissent de ces unions, ceux qui ne présentent aucun signe de la lignée des Blancs sont détruits avec la même indifférence qu'on arrache une mauvaise herbe dans un jardin. » Il maîtrisait mal sa voix, et ses mains tremblaient sur la table. Cendre voulut poser la sienne sur son épaule, mais je l'arrêtai d'un geste. Le Fou n'avait sûrement pas envie qu'on le touchât en cet instant.

Il croisa les doigts à s'en blanchir les phalanges et s'efforça de retrouver son calme. Bigarrée interrompit sa toilette et s'approcha de lui en sautillant. « Fou ? Fou ?

— Je suis là, Bigarrée », dit-il comme s'il s'adressait à son enfant, et il tendit la main ; elle sauta sur son poignet, et il n'eut pas un mouvement de recul ; elle remonta le long de sa manche en s'accrochant du bec et des pattes et s'arrêta près de sa tête, où elle entreprit de lui lisser les cheveux. Je vis la mâchoire crispée du Fou se détendre ; néanmoins, c'est d'une voix atone et sans vie qu'il reprit : « Comprends-tu quel sort ils réservent à Abeille, Fitz ? À notre enfant ? Elle représente un ajout précieux à leur élevage, une souche de sang de Blanc qu'ils ne possédaient pas encore. S'ils n'ont pas encore déduit qu'elle est de moi, ça ne tardera pas. »

Les yeux de Cendre s'arrondirent ; comme il s'apprêtait à intervenir, je le fis taire d'un geste sec. Je posai la main sur mon cœur en tâchant d'en apaiser les battements violents, puis je pris une grande inspiration. Il fallait poser certaines questions. « Dis-moi, combien de temps ce voyage jusqu'à Clerres nous prendra-t-il ?

— En vérité, je ne le sais pas avec certitude. La première fois que je me suis rendu de l'école à Castelcerf, j'ai pris un chemin très détourné ; j'étais jeune, je me suis perdu à plusieurs reprises, et j'ai dû embarquer sur des bateaux qui me conduisaient dans des ports différents de ceux que je souhaitais atteindre, dans l'espoir d'y trouver d'autres navires qui me rapprocheraient de Cerf. Je passais parfois plusieurs mois dans une ville avant d'avoir les moyens de poursuivre ma route, et, par deux fois, on m'a retenu contre ma volonté. À l'époque, j'avais très peu de ressources, et les Six-Duchés n'étaient guère plus qu'une terre de légende pour moi. Et, quand je suis retourné à Clerres avec Prilkop, nous avons effectué une partie du trajet par les Pierres ; mais il nous a quand même fallu pas mal de temps pour arriver à destination. » Il s'interrompit ; espérait-il m'inciter à emprunter le même moyen de déplacement ? Dans ce cas, il devrait attendre longtemps, même après que j'aurais recouvré la maîtrise de mon Art ; l'état dans lequel se trouvait Umbre n'avait fait qu'accroître ma répugnance à pénétrer de nouveau dans les piliers. Le Fou reprit : « Mais, quelle que soit la méthode que nous choisirons, il faudra partir dès que possible. Le sang de dragon que m'a donné Cendre produit un effet remarquable sur ma santé ; si je continue à me remettre et si tu peux m'aider à recouvrer la vue… Ah, et même si ça n'arrive pas, nous attendrons le messager que tu espères. Mais combien de temps ? Dix jours ? »

Impossible de le raisonner. Je me refusai à lui faire de fausses promesses. « Attendons que les Bouteurs reviennent avec Lourd et FitzVigilant ; il n'y en a pas pour plus de quelques jours, et, d'ici là, tu auras peut-être recouvré la vue autant que la santé. Dans le cas contraire, nous demanderons à Lourd et au reste du clan d'Ortie de voir s'ils peuvent te la rendre.

— Tu n'y participeras pas ?

— Tant qu'Ortie jugera que je ne maîtrise pas assez mon Art, non. Je serai près de toi, mais je resterai spectateur. » Je prononçai tout haut le serment que je m'étais fait : « Il est temps que je reconnaisse son autorité en tant que maîtresse d'Art, et que je respecte son savoir. Elle m'a recommandé de ne pas artiser, et je lui obéirai donc. En revanche les autres peuvent t'aider.

— Mais je… Non, rien. » Il plaqua soudain une main couturée de cicatrices sur sa bouche, et il reprit, la voix et les doigts tremblants : « Je ne peux pas. Je ne peux pas les laisser… Tant que tu n'es pas remis. Tu me connais, Fitz, alors qu'eux… Ils pourraient te prêter leur énergie, mais c'est toi qui dois me toucher. Jusque-là… Non. Ça devra attendre. » Il se tut brusquement et croisa les bras sur la poitrine. Dans la voussure de ses épaules, je vis l'espoir l'abandonner. Il ferma les yeux, et je me détournai pour lui accorder le temps de se reprendre. Avec quelle rapidité il avait perdu le courage que lui donnait le sang de dragon ! J'en venais presque à regretter que nous n'en fussions plus à nous quereller. Le voir à nouveau convulsé de terreur raviva ma colère : je les tuerais. Tous.

Bigarrée lui adressa un mot inaudible. Je me levai et m'écartai de la table, puis me tus jusqu'à ce qu'il comprit que je n'étais pas assis à le regarder.

« Cendre, tu es habile avec les ciseaux ; crois-tu pouvoir ôter les points de suture de mon front ? Ils sont trop serrés.

— On dirait une couture froncée sur une robe mal faite, répondit-il. Venez vous installer près du feu ; on y voit mieux. »

Il échangea quelques mots avec moi tout en travaillant, surtout pour m'avertir qu'il allait tirer un fil ou me demander d'éponger le sang qui perlait. Nous fîmes tous deux semblant de ne pas voir le

Fou déposer délicatement sa corneille sur la table puis gagner son lit à tâtons. Quand Cendre en eut fini avec moi, le Fou dormait à poings fermés ou il jouait parfaitement la comédie.

Les jours s'écoulaient lentement. Chaque fois que je me surprenais à aller et venir dans ma chambre, je descendais à la cour d'exercice ; j'y croisai un jour par hasard le petit-fils de Lame, qui cacha mal sa satisfaction de la déculottée qu'il m'infligea ; la seconde fois où il m'invita à confronter notre technique au bâton, il manqua de peu m'étendre pour le compte. Gantelée me prit alors à l'écart et me demanda d'un ton ironique si j'appréciais les raclées dont j'étais victime ; je répondis que non, que j'essayais seulement de retrouver certaines de mes capacités physiques d'autrefois ; mais, alors que je me rendais aux étuves en boitillant, je compris que j'avais menti : mes remords exigeaient une mortification, or la douleur représentait un des rares états capables de chasser le malheur d'Abeille de mes pensées. Ce n'était pas une attitude saine, je m'en rendais compte, mais je la justifiais au prétexte que, quand j'aurais enfin l'occasion de me battre contre ses ravisseurs, j'aurais peut-être regagné un peu de mes talents passés.

J'étais donc en train de m'exercer quand l'annonce du retour des Bouteurs fut lancée. Je touchai le sol de la pointe de mon épée en bois pour signifier ma reddition à mon adversaire et m'en allai à leur rencontre. Ils montaient leurs chevaux en ordre dispersé, dans la posture d'hommes vaincus et furieux ; ils ramenaient les montures de leurs camarades tombés, mais non leurs dépouilles. Ils avaient dû les brûler sur place. Qu'avaient-ils pensé en trouvant un homme ligoté et la gorge tranchée ? Au milieu de tout le sang qui avait éclaboussé la neige, peut-être nul n'avait-il remarqué sa plaie particulière.

Ils menèrent leurs chevaux aux écuries sans m'accorder un regard. FitzVigilant avait déjà mis pied à terre et attendait, les rênes dans la main, qu'on vînt s'occuper de sa monture. Lourd, l'air vieilli, la tête basse, las et transi de froid, restait assis sur sa solide bête ; je m'approchai de lui. « Descends, mon ami ; appuie-toi sur mon épaule. »

Il releva le visage pour me regarder. Je ne lui avais pas vu une mine aussi misérable depuis bien longtemps. « Ils sont méchants. Ils se sont moqués de moi pendant tout le voyage ; ils me bousculaient quand j'essayais de boire ma tisane, et j'en renversais plein sur ma chemise. Et, à l'auberge, ils ont envoyé deux filles m'embêter ; elles ont dit que je n'étais pas capable de leur toucher les seins, et elles m'ont giflé quand je l'ai fait. » Les larmes perlaient à ses petits yeux.

Avec quelle gravité il me racontait ses problèmes ! Je refoulai ma fureur pour lui répondre avec douceur : « Tu es à la maison maintenant, et plus personne ne te fera de mal, promis-je. Tu es entouré de tes amis ; descends.

— J'ai fait de mon mieux pour le défendre, dit Lant derrière moi, mais il fallait toujours qu'il revienne tourner autour de ses persécuteurs et qu'il réagisse à leurs piques. »

Ayant eu à m'occuper plus d'une fois de Lourd, je comprenais très bien : le petit homme avait un don pour chercher les pires ennuis. Malgré son âge, il avait encore du mal à distinguer les moqueries des plaisanteries bon enfant, jusqu'au moment où il était trop tard ; et, comme les chats, il était inévitablement attiré par ceux qui le supportaient le moins, ceux qui risquaient le plus de le tourmenter.

Pourtant, une fois, il avait réussi à éviter une véritable agression physique.

Je lui dis tout bas : « Tu ne pouvais pas leur artiser : "Ne me voyez pas, ne me voyez pas" ? »

Il fronça les sourcils. « Ils n'arrêtaient pas de me mentir. Ils disaient : "Tiens, je t'aime bien, on est copains", et puis, ils étaient méchants avec moi. Les filles, elles ont dit qu'elles voulaient que je les touche, que ce serait amusant, et puis, elles m'ont giflé. »

La peine qui se lisait dans ses yeux et dans ses lèvres tombantes me fit mal. Il toussa d'une toux grasse ; c'était inquiétant.

« Ils auraient tous besoin d'une bonne correction, voilà ce que je pense, messire. » Je me retournai et vis Persévérance qui s'approchait, les rênes de trois chevaux à la main : la rouanne, Mignarde, et un hongre pommelé de mes écuries. Ocelle ; c'était son nom.

« Que fais-tu ici ? » demandai-je sèchement, et puis je vis sa figure : il avait l'œil droit au beurre noir et la joue tuméfiée. Il avait reçu un violent revers de la main ; je connaissais bien ce type de blessure. « Et que t'est-il arrivé ? repris-je avant qu'il pût répondre à ma première question.

— Ils ont frappé Per aussi », intervint Lourd.

Lant prit une mine piteuse. « Il a voulu s'interposer ce soir-là à l'auberge, mais je lui ai dit que cela ne ferait qu'aggraver la situation ; c'est ce qui s'est passé. »

Les trois incarnaient l'incompétence, l'inexpérience et la stupidité ; puis, devant l'air malheureux de Lourd, je substituai la naïveté à la stupidité. Il n'avait jamais perdu son innocence d'enfant. Je l'aidai à mettre pied à terre en silence ; il se remit à tousser sans pouvoir s'arrêter. « Lant va te conduire aux cuisines et te donner une boisson chaude et bien sucrée ; Per et moi allons nous occuper des chevaux. Ensuite, je vous conseille de vous présenter au roi Devoir,

Lant, pour lui faire votre compte rendu. Lourd en fera autant au même moment. »

Le jeune homme parut inquiet. « Pas sire Umbre ?

— Il est très malade. » Lourd toussait toujours. Il finit par reprendre son souffle, la respiration sifflante ; je me radoucis. « Veillez à ce que Lourd se restaure bien, puis menez-le aux étuves. J'écouterai votre compte rendu aux côtés du roi.

— Blaireau, je pense plutôt que… »

Je le repris : « Prince FitzChevalerie. » Je le toisai. « Ne répétez pas cette erreur. »

Il se soumit. « Prince FitzChevalerie. » Il s'apprêta à poursuivre, puis se tut.

Je me détournai avec à la main les rênes de sa monture et de celle de Lourd. « Ce n'était pas là votre erreur, dis-je sans le regarder. Je parlais du fait que vous essayiez de penser. Mais ne m'appelez plus jamais par ce nom ici ; nous ne sommes pas encore prêts à révéler à tous que Blaireau et FitzChevalerie ne font qu'un. »

J'entendis Persévérance s'étrangler, mais je ne réagis pas. « Emmène les chevaux, Persévérance ; tu auras le temps de me donner des explications pendant que tu les installeras dans leurs boxes. »

Les Bouteurs avaient pénétré dans ce que je persistais à appeler les « nouvelles écuries », celles qui avaient été construites après la guerre des Pirates rouges. Mieux valait que je ne visse pas ces hommes tout de suite ; je voulais être vraiment calme pour les affronter, non en avoir seulement l'air. Per me suivit, et, avec les chevaux, nous contournâmes le nouveau bâtiment pour accéder aux écuries de Burrich où j'avais grandi ; elles ne servaient plus autant qu'autrefois, mais je me réjouis de les trouver propres avec des boxes prêts à accueillir nos montures. Les palefreniers, impressionnés par ma présence, se précipitèrent si vite pour s'occuper des bêtes que Persévérance n'eut pas grand-chose à faire ; les autres garçons parurent le reconnaître comme un des leurs, et ils crurent peut-être que j'étais responsable de ses ecchymoses, car ils firent preuve d'une grande déférence envers moi.

L'un d'eux eut le courage de me demander : « Ce ne serait pas la rouanne de sire Grue ?

— Plus maintenant, répondis-je, et l'assentiment chaleureux de la jument me laissa stupéfait : *Mon cavalier.*

— Elle vous aime bien », me dit Persévérance depuis le boxe voisin, occupé à brosser Mignarde. Il avait laissé Ocelle à un autre garçon d'écurie et avait gardé la ponette pour lui.

Je ne lui demandai pas comment il le savait. « Que fais-tu là ?

— Elle est crottée, messire. On a traversé un ruisseau gelé, la glace a cédé, et elle s'est mis plein de boue sur les jambes ; alors je la nettoie. »

Techniquement, il ne mentait pas. Je ne pus qu'admirer le gamin, quoique malgré moi. « Persévérance, pourquoi es-tu venu à Castelcerf ? »

Il se redressa pour me regarder par-dessus la cloison. Si ma question ne l'avait pas pris par surprise, il jouait très bien la comédie. « Je vous ai juré allégeance, messire ; où voulez-vous que je sois ? Je savais que vous voudriez qu'on vous amène votre monture, et je ne faisais pas confiance à ces… gardes pour s'en charger. Et je savais aussi que vous tiendriez à avoir Mignarde ; quand on pourchassera ces salauds et qu'on récupérera Abeille, elle voudra rentrer sur sa monture. Oh, pardon, messire ! Demoiselle Abeille, je voulais dire. Demoiselle Abeille. » Il se mordit durement la lèvre.

J'avais eu l'intention de le renvoyer à Flétribois après une bonne réprimande, mais, quand un adolescent s'exprime comme un adulte, on ne lui répond pas comme à un enfant. Une fille d'écuries venait d'entrer avec un seau d'eau ; je me tournai vers elle. « Comment t'appelles-tu ?

— Patience, messire. »

Je demeurai interdit un instant. « Eh bien, Patience, quand Per aura fini, montre-lui où prendre un repas chaud et où sont les étuves, je te prie ; trouve-lui un lit dans le…

— Je préférerais rester près des chevaux, messire ; si ça ne dérange pas. »

Je le compris. « Aide-le à se procurer de quoi se coucher. Persévérance, tu peux dormir dans un des boxes vacants, si c'est ce que tu souhaites.

— Oui, messire. Merci.

— Voulez-vous que je prépare un onguent pour sa joue ? J'en connais un qui la fera dégonfler dès demain matin. » Patience paraissait ravie d'avoir à s'occuper de Persévérance.

« Vraiment ? Eh bien, vas-y, et je serai curieux de voir son efficacité. » Je m'apprêtai à partir, puis je me rappelai qu'un adolescent possède un amour-propre démesuré. Je me retournai vers lui. « Persévérance, je t'interdis d'approcher les Bouteurs ; c'est compris ? »

Il baissa le nez. « Oui, messire, répondit-il à contrecœur.

— Justice sera rendue ; mais pas par toi.

— C'est une sale engeance, fit Patience à mi-voix.

— Restez à l'écart », leur répétai-je à tous deux, et je quittai les écuries.

2
Vindeliar

Parlons donc de la distraction ; nous en avons tous été victimes : nous avons manqué un rendez-vous avec un ami, laissé brûler le pain ou posé un objet quelque part et aussitôt oublié où. Ce sont les oublis dont nous sommes conscients.

Il en existe d'un autre type auquel nous pensons rarement. Si je n'évoque pas les phases de la lune, il y a des chances que vous n'y songiez pas ; cette idée est chassée de votre esprit par le repas que vous prenez ou par le chemin que vous empruntez. Vos pensées ne sont pas fixées sur la lune, et, donc, pour le moment, vous l'avez oubliée ; une meilleure formulation serait peut-être que vous ne vous rappelez pas cette information en cet instant.

Si j'arrive alors que vous lacez vos chaussures, je puis dire : « La lune sera belle cette nuit », et son image apparaîtra dans votre esprit ; mais, tant que je ne suscite pas cette image, vous avez oublié la lune.

On comprend aisément que, la majeure partie de notre existence, nous oublions quasiment le monde qui nous entoure, hormis ce à quoi nous nous intéressons en un instant donné.

Les semi-Blancs ont souvent pour talent d'entrevoir l'avenir en rêve ; quelques-uns, très rares, peuvent trouver un avenir à un soupir de nous, un avenir dans lequel une personne désignée ne se rappellera pas ce que nous souhaitons lui cacher. Ils peuvent la persuader de demeurer dans cet état d'amnésie ; ils sont capables de rendre invisible un événement ou un individu, et nos archives en signalent quelques-uns qui avaient la faculté d'obliger jusqu'à six personnes à oublier quelque chose. Mais je crois que nous tenons un talent tout à fait extraordinaire avec le jeune étudiant Vindeliar. À sept ans à peine, il est capable de dominer l'esprit de douze de mes élèves et de leur faire oublier la faim. Je requiers donc qu'il me soit confié afin de le former spécifiquement dans ce domaine.

Extrait tiré des Archives des Serviteurs,
Lingstra Dwalia

J'allais mieux ; tout le monde le disait, même Évite. Je n'étais pas sûre que ce fût vrai, mais j'étais trop fatiguée pour discuter. Ma peau avait fini de se desquamer, et je n'avais plus de fièvre ; je ne tremblais plus, et je pouvais marcher sans trébucher. Mais j'avais du mal à me concentrer sur les conversations, surtout si plusieurs personnes parlaient en même temps.

Nous nous déplacions avec plus de difficultés, et la tension montait entre Dwalia et Ellik. Une nuit, nous dûmes franchir une rivière, et ils passèrent toute la soirée à se disputer sur l'endroit où traverser ; c'était la première fois que j'observais un conflit entre eux. Ils avaient une carte, et, debout à mi-chemin entre notre bivouac et celui des Chalcédiens, ils désignaient des points manifestement contradictoires. Un village abritait un bac, mais Dwalia affirmait que ce serait trop dur pour Vindeliar : « Il faudrait non seulement qu'il empêche les autres passagers de se souvenir de nous, mais aussi qu'il embrume les bateliers, non pas une, mais trois fois avant que tous les traîneaux et tous les chevaux soient sur l'autre rive. »

Dwalia préférait prendre par un pont, mais, pour y parvenir, nous devrions traverser une grosse bourgade. « C'est parfait pour tomber dans une embuscade, objectait Ellik. Et, s'il ne peut pas embrumer les bateliers, comment pourrait-il embrumer une ville ?

— Nous voyagerons au plus noir de la nuit, passerons rapidement le bourg, franchirons le pont puis quitterons tout aussi vite les autres maisons de l'autre côté. »

Appuyée contre Évite, je la sentais concentrée de toutes ses fibres, tâchant d'entendre la conversation. Leurs palabres me lassaient, et j'avais envie de silence – de silence et d'un vrai repas. La chasse n'était pas bonne, et nous ne nous nourrissions que de gruau et de soupe marron depuis deux jours. Les traîneaux étaient chargés, les montures harnachées ; les Chalcédiens étaient en selle et patientaient en formation, tandis que les luriks se tenaient à côté de leurs chevaux ; tous attendaient qu'Ellik et Dwalia parvinssent à un accord. Le pont cette nuit ou le bac demain ? Cela m'était égal. « Comment sont-ils arrivés de ce côté-ci de la rivière à l'aller ? demandai-je tout bas à Évite.

— Tais-toi », répondit-elle dans un souffle si faible que je fus la seule à l'entendre. Cela m'incita à me réveiller et à tendre l'oreille.

Dwalia parlait, et elle était visiblement tendue, les poings crispés et plaqués contre sa poitrine. « Le bac est trop près de Castelcerf ; il faut traverser et nous éloigner au plus vite. Une fois sur l'autre rive, nous pourrons couper par les monts…

— Encore les monts ! Si on ne prend pas par les routes, la neige fraîche va entraver les traîneaux, répliqua Ellik avec mépris. Abandonnons-les ; ils ne font que nous ralentir depuis que tu les as volés.

— Nous n'avons plus la carriole ; il faudrait laisser les tentes.

— Eh bien, laissons-les ! » Ellik haussa les épaules. « Nous voyagerons plus vite. C'est ton insistance de femelle à jouir de tout ce confort qui nous ralentit.

— Ne les regarde pas », me murmura sèchement Évite, et je me rendis compte que j'avais les yeux fixés sur eux. D'habitude, leurs disputes ne duraient pas : Vindeliar les rejoignait, souriait, hochait la tête, et ensuite c'était Dwalia qui l'emportait. Je réduisis l'ouverture de mes paupières à une fente et feignis de somnoler. Je vis que Dwalia était exaspérée ; elle jeta un coup d'œil dans notre direction, et Évite se pencha pour tisonner le feu mourant.

Vindeliar s'approcha de nous à ce moment, souriant comme toujours. Il s'arrêta près du feu et parcourut les alentours du regard, l'air perplexe. « Pourquoi vous n'êtes pas dans le traîneau ? On ne doit pas partir bientôt ? » La nuit s'assombrissait ; à cette heure, nous étions d'ordinaire déjà loin du bivouac.

Dwalia leva la voix pour lui répondre : « Si, nous devrions partir très bientôt. Sois patient, Vindeliar ; viens attendre avec moi pendant qu'Ellik décide de ce qu'il faut faire. »

Alors je vis clairement pour la première fois l'influence de Vindeliar. Souriant, il se dirigea vers la femme en se tortillant de joie comme un petit garçon potelé ; il regarda Ellik, la tête inclinée, et l'autre tourna vers lui un œil noir. Dwalia reprit d'une voix douce : « Comme l'a dit le duc, il considère que le bac est dangereux parce qu'il est trop près de Castelcerf ; mais il dit qu'en nous hâtant nous pourrions arriver au pont ce soir, et peut-être le franchir pour gagner les piémonts avant que le soleil soit très haut. De là, nous pourrions atteindre Fond de Saunier et le bateau. »

Ellik s'assombrit. « Ce n'est pas ce que j'ai dit », fit-il d'une voix grondante.

Dwalia prit aussitôt une attitude confuse ; elle joignit les mains sous son menton et courba la tête. « Pardon. Qu'avais-tu décidé ? »

Il parut satisfait de sa soumission. « Que nous prendrions par le pont, ce soir même. Si tu arrives à réveiller tes fainéants, à les mettre à cheval et prêts à partir, nous serons peut-être déjà loin dans les piémonts avant que le soleil soit trop haut.

— Bien sûr, répondit-elle. Présenté ainsi, c'est la seule option raisonnable. Luriks, en selle ! Le commandant Ellik a pris sa décision. Odessa, place tout de suite Shaysim dans le traîneau ! Soula et Reppin, finissez le chargement ! Il souhaite un départ immédiat. »

Et Ellik souriait, ravi de nous voir tous nous précipiter pour obéir à ses ordres. On jeta de la neige sur les feux mourants, et on m'installa en hâte dans le traîneau ; je feignis de manquer de forces, et les luriks me confièrent aussitôt aux soins d'Évite. Vindeliar et Dwalia nous rejoignirent en dernier ; je n'avais jamais vu personne afficher une mine aussi satisfaite que ces deux-là.

Ellik lança ses instructions, et notre compagnie s'ébranla. Une fois que nous fûmes en route, je soufflai à Évite : « Avez-vous vu ça ? »

Elle m'entendit mal. « Oui ; nous ne sommes pas loin de Castelcerf. Tais-toi. »

J'obéis.

Nous franchîmes le cours d'eau durant la nuit. À l'approche de la ville, Vindeliar quitta le traîneau, monta sur un cheval et prit la tête de la colonne aux côtés d'Ellik ; et, au matin, quand nous parvînmes dans la zone boisée des piémonts et dressâmes le camp, Ellik déclara d'un air avantageux que la traversée s'était déroulée avec la plus grande facilité. « Et maintenant nous sommes sur la rive nord de la Cerf, sans rien entre nous et notre objectif que quelques villages et les monts. Je vous l'avais bien dit : le mieux, c'était de passer par le pont. »

Et Dwalia acquiesça en souriant.

Mais, si Vindeliar et elle avaient réussi à l'inciter à prendre par le pont plus tôt que par le bac, le trajet à travers les monts n'en fut pas plus aisé. Le commandant avait prévu avec justesse le problème des traîneaux. Dwalia insistait pour éviter le plus possible les routes, et les soldats à cheval ouvraient donc la voie pour les bêtes plus massives qui tiraient notre véhicule. Nous avancions avec difficulté, et Ellik s'agaçait visiblement du peu de progrès que nous faisions chaque nuit.

Évite et moi avions peu de temps pour parler entre nous. « Ils ont évoqué un bateau, me dit-elle une fois, alors que nous nous soulagions derrière des buissons. Ce sera peut-être l'occasion de nous échapper, même s'il faut nous jeter à l'eau. En tout cas, ils ne doivent pas nous emmener en mer. »

J'étais d'accord avec elle, mais je me demandais si nos ravisseurs nous laisseraient la moindre chance de nous enfuir.

Je me remettais lentement, mais la maigre chère, les déplacements constants et le froid qui me perçait dans mon sommeil me donnaient l'impression d'être une maladie par eux-mêmes. Un soir, au moment de me lever pour reprendre la route, je fus prise d'une sorte d'étourdissement tant je mourais d'envie d'un plat plus roboratif qu'un simple bol de gruau. En sortant de la tente avec Évite pour m'approcher du feu, je lui dis sans réfléchir : « Je ne vais pas tarder à mourir si je ne mange pas un vrai repas. »

Autour de nous, plusieurs personnes s'arrêtèrent net pour me regarder, et Alaria se couvrit la bouche de la main. Je ne leur prêtai pas attention. Comme d'habitude, les luriks avaient allumé deux feux de camp, l'un pour nous, l'autre pour les combattants ; ils préparaient la cuisine pour tout le monde, mais les deux groupes mangeaient séparément à la fin du repos diurne, et deux luriks apportaient une marmite de gruau fumant aux soldats. Ce soir-là, ces derniers avaient abattu un animal qu'ils avaient mis à rôtir au-dessus des braises. Leur bivouac était plus proche du nôtre que d'ordinaire, parce que la clairière où nous avions dormi était exiguë. La viande à la broche sentait très bon, et j'en humai l'odeur capiteuse dans l'air glacial de la nuit.

Méfie-toi de ça aussi, me dit père Loup. Je balayai les alentours du regard puis plissai le front. « Où est Vindeliar ? demandai-je.

— Il est parti devant, fit Dwalia. Nous devons emprunter les routes cette nuit, et nous allons traverser une bourgade ; il va dégager le terrain. »

Avait-elle répondu à ma question dans l'espoir d'entamer une conversation ? Je pris le risque de renifler sans discrétion. « La viande sent bon », dis-je avec un soupir.

Dwalia pinça les lèvres. « Une part de cette viande nous reviendrait à un prix qu'aucun d'entre nous n'est prêt à payer », dit-elle d'un ton acerbe.

Je ne m'étais pas aperçue que les soldats nous écoutaient. L'un d'eux partit d'un éclat de rire semblable au braiment d'un âne. « On vous donne un bout de ce lièvre contre un morceau de viande de la Cervienne ! » Et tous de s'esclaffer. Évite avait pris place près de moi sur le tronc d'arbre qui nous servait de banc ; elle se fit toute petite, et l'affolement me saisit : c'était la grande personne à qui mon père avait donné l'ordre de me protéger. Était-ce de la colère ou de la peur que je lisais sur son visage ? Je l'ignorais, mais, si c'était de la peur, la mienne devait confiner à la terreur. Plus effrayée que jamais, je me sentis aussi envahie de fureur. Je me levai.

« NON ! criai-je aux hommes concupiscents. Ça ne se produit dans aucun des avenirs que je vois, même dans celui où son père caché ne laisse de vous tous que des cadavres sanglants ! » Je chancelai, me rassis brusquement, et je fusse tombée si Évite ne m'avait pas rattrapée alors que je m'écroulais contre elle. J'avais envie de vomir. J'avais révélé une partie de mon pouvoir, alors que je ne voulais pas partager ce rêve que je ne comprenais toujours pas. Ce n'étaient pas des cadavres que je voyais, en réalité, mais des bannières en lambeaux pendues à une corde à linge et dégouttant de sang. Un rêve absurde ; je n'eusse su dire pourquoi j'avais parlé d'un père caché.

« Shaysim ! »

Il y avait de la stupeur dans la voix de Dwalia. Je tournai la tête vers elle, vis son regard réprobateur et tâchai d'adopter la mine d'un petit enfant pris en faute.

« Shaysim, il n'est pas dans nos traditions d'exposer des rêves à n'importe qui ; ce sont les jalons précieux et intimes qui indiquent les nombreuses voies existantes. Choisir entre elles exige de grandes connaissances. À Clerres, tu apprendras beaucoup de choses, et l'une des plus importantes sera de noter toi-même tes songes, ou bien exclusivement avec un scribe qu'on t'aura attribué.

— Clerres ? » Le vieux soldat, Ellik, s'était approché de Dwalia par derrière. Il se tenait droit, mais son ventre poussait sous son maillot ; à la lueur du feu, ses yeux étaient clairs comme la neige dans l'ombre. « Une fois à bord du bateau, nous filons droit vers Chalcède et la baie du Mendiant. C'était l'accord.

— Bien entendu », répondit Dwalia d'un ton suave. Malgré sa corpulence, elle quitta gracieusement sa position accroupie pour se lever ; évitait-elle qu'il la dominât ?

« Et je ne veux pas que quelqu'un attire la malchance sur mes hommes et moi, surtout un gamin dans la lune comme lui.

— Il ne s'en prenait pas à vous ; tu n'as pas à t'inquiéter. »

Il lui adressa un sourire, le sourire assuré d'un vieillard méchant. « Je ne m'inquiète pas. » Puis, sans prévenir, il me décocha un coup de pied dans la poitrine ; projetée en arrière, j'atterris dans la neige sur le dos. Le souffle coupé, je restai allongée, hoquetante. Évite se dressa d'un bond – pour s'enfuir, je pense –, mais, d'un violent revers de la main, il l'envoya bouler dans un groupe de luriks qui s'étaient levés pour nous porter secours. Je m'attendais à les voir se jeter sur le commandant et le plaquer au sol sous leur nombre comme ils l'avaient fait pour le violeur, mais ils saisirent Évite et l'entraînèrent à l'écart.

Je sentis la peur monter en Dwalia ; en un éclair, je me rendis compte que le garçon-brouillard ne se trouvait pas dans le camp, qu'il était parti au village que nous allions traverser pour ordonner aux habitants de ne pas nous remarquer. Vindeliar n'était pas là pour imposer sa magie au commandant Ellik, et la femme se retrouvait seule face à lui. Odessa contourna le tronc d'arbre et me prit par les aisselles pour me tirer en arrière pendant que Dwalia s'exprimait. Elle paraissait calme ; personne d'autre que moi ne percevait-il la peur qui faisait rage en elle ?

« Ce n'est qu'un enfant, et il crie comme un enfant quand il est en colère ou qu'il a peur. N'as-tu pas été enfant toi-même ? »

Il lui jeta un regard froid, sans se laisser troubler. « Si, j'ai été enfant. Un enfant qui a vu son père étrangler son frère aîné parce qu'il lui avait manqué de respect. J'étais intelligent ; une seule leçon m'a suffi pour apprendre à rester à ma place. »

Odessa m'avait remise debout ; elle se tenait derrière moi, les bras croisés sur moi pour m'empêcher de tomber. Je n'avais toujours pas repris mon souffle. Lorsque le commandant Ellik pointa vers moi son index à l'ongle épais, je cessai de respirer. « Apprends ou meurs. Je me moque du titre qu'on te donne, morveux, ou de la valeur qu'on te prête. Tais-toi ou je te jette à mes hommes, toi et la putain qui s'occupe de toi. » Sur ce, il nous tourna le dos et s'éloigna à grands pas.

Je pris enfin une grande inspiration. La peur me donnait une envie irrépressible d'uriner.

Puis Dwalia lança à l'homme avec impudence : « Ce n'est pas notre accord, commandant Ellik. S'il arrive du mal à ce garçon, nous ne serons pas tenus de vous payer une fois à la baie du Mendiant. Celui qui détient l'argent ne te le remettra que si je lui en donne l'ordre, et je dois être en vie pour cela ; et, si l'enfant n'est pas indemne, je ne lui donnerai pas cet ordre. »

Elle s'exprimait d'un ton ferme mais raisonnable qui eût peut-être produit un résultat sur un autre ; mais, alors qu'Ellik se retournait vers elle, un rictus furieux sur les lèvres, je compris qu'elle n'eût pas dû parler d'argent, comme si l'argent pouvait le faire changer d'avis. Ce n'était pas ce qu'il convoitait.

« Je connais plusieurs façons d'obtenir de l'or contre tes serviteurs pâlichons, ce morveux auquel tu tiens tant et toi quand nous arriverons en Chalcède. Je n'ai même pas besoin d'attendre d'entrer dans la baie du Mendiant : il y a encore des marchands d'esclaves dans tous les ports de cette région. » Il parcourut du regard les luriks effarés et ajouta avec dédain : « Tes jolis chevaux blancs pourraient bien me rapporter plus que tes servantes exsangues et tes hommes débiles. »

Blême, Dwalia restait pétrifiée.

La voix d'Ellik emplit la nuit. « Je suis chalcédien, commandant et seigneur, non par ma naissance mais par la vertu de mon talent à l'épée. Je n'obéis pas à des femmes pleurnichardes et je n'ai pas peur de prêtresses qui parlent à mi-voix ; j'agis au mieux de mes intérêts et de ceux des hommes qui m'ont juré allégeance. »

Dwalia redressa le dos. Ses disciples s'étaient rassemblés comme des moutons, et chacun tâchait de se cacher derrière quelqu'un d'autre. Odessa me tenait toujours devant elle ; me protégeait-elle courageusement ou se servait-elle de moi comme bouclier ? Évite s'était relevée et, seule, à l'écart des luriks, fixait un regard noir sur les Chalcédiens. J'avais retrouvé mon souffle et je me préparais à m'enfuir.

Ne bouge pas. Reste tranquille comme le chasseur et écoute.

Je cessai de m'agiter dans mon corps immobile. Dwalia domina sa peur et répondit à Ellik. Avait-elle perdu la raison, ou bien avait-elle tant l'habitude de commander qu'elle ne se rendait pas compte de la faiblesse de sa position ? « Tes hommes t'ont juré allégeance ? Ils t'ont donc prêté serment ? Et tu crois en leur promesse alors que tu n'honores pas les tiennes ? Ils t'ont prêté serment comme tu m'as donné ta parole quand nous avons conclu notre marché. On t'a remis une avance généreuse pour que tu n'aies pas besoin de te livrer à des pillages, mais tu t'y es quand même livré, en contradiction avec mes ordres. Tu m'avais promis qu'il n'y aurait pas plus de violence que nécessaire, mais c'était faux : destructions gratuites, portes défoncées et tapisseries lacérées, traces de notre passage qui n'avaient rien d'indispensable, tueries excessives, viols inutiles. »

Ellik la regarda un moment sans rien dire, puis il rejeta la tête en arrière pour partir d'un grand éclat de rire, et, l'espace d'un instant, je le vis tel qu'il était peut-être dans sa jeunesse, fougueux et téméraire. « Inutiles ? » répéta-t-il, et il s'esclaffa de nouveau. Ses hommes s'approchaient par groupes de deux ou trois pour assister à la scène, et ils partageaient son hilarité. Je compris que son attitude s'adressait d'abord à eux. « Ainsi parle une femme qui ne sait rien de son utilité dans le monde ; mais, permets-moi de te le dire, je suis sûr que mes hommes ont trouvé ces femmes tout à fait utiles !

— Tu as rompu ta promesse ! » Malgré les efforts de Dwalia pour s'exprimer d'un ton accusateur et assuré, on avait l'impression d'entendre une enfant larmoyante.

Il pencha la tête pour la regarder, et je lus sur ses traits qu'elle avait encore perdu de son pouvoir à ses yeux ; elle était si insignifiante qu'il prit le temps de lui expliquer comment marche le monde. « Un homme a de l'honneur, et il peut donner sa parole à un autre homme car chacun d'eux sait ce que cela représente ; s'il rompt sa promesse, il souille son honneur, et il mérite la mort. Mais tout le monde sait qu'une femme ne peut donner sa parole à personne, parce que les femmes ne peuvent avoir d'honneur ; elles promettent, et déclarent ensuite : "Je n'avais pas compris comme ça, je pensais que cette promesse voulait dire autre chose." La parole d'une femme est donc sans valeur ; elle peut la rompre, ce qui arrive toujours, parce qu'elle ne peut souiller un honneur qu'elle n'a pas. » Il eut un grognement méprisant. « Ça ne vaut même pas la peine de la tuer quand elle enfreint sa promesse, parce que c'est sa nature. »

Dwalia était bouche bée. J'avais pitié d'elle, et je craignais pour nous. Malgré mon jeune âge, je connaissais les Chalcédiens ; dans tous les manuscrits que j'avais lus, chaque fois que mon père en parlait, c'était toujours eux qui trouvaient un moyen de ne pas tenir parole ; ils engrossaient leurs esclaves puis vendaient leurs propres rejetons. Comment pouvait-elle ignorer avec qui elle marchandait ? Ses luriks s'attroupaient derrière nous, reflet blanc des soldats derrière Ellik ; mais ces derniers se tenaient fermement campés sur leurs jambes, les mains sur les hanches ou les bras croisés sur la poitrine, tandis que nos luriks se serraient peureusement les uns contre les autres, et leurs murmures évoquaient le vent qui fait frissonner les feuilles des trembles. Dwalia paraissait à court de mots.

« Comment pourrais-je échanger une promesse avec toi ? reprit Ellik. Je te donnerais ma parole d'homme, ma parole d'honneur, contre quoi ? Une pensée qui traversait ta cervelle de moineau à ce moment-là ? » Il eut un rire dédaigneux. « Te rends-tu compte du ridicule de tes propos ? » Il secoua la tête. « Tu nous as conduits jusqu'ici, au plus près du danger, et qu'en avons-nous retiré ? Aucun trésor, pas d'argent ni de marchandises de luxe : rien qu'un gamin et sa servante. Mes hommes m'obéissent, et, en retour, ils obtiennent une part de tout ce que je prends ; mais que pourrions-nous prendre ici ? Des gueuses pour mes soldats, quelques épées de bonne qualité, de la viande fumée et du poisson séché, quelques chevaux. Ton excursion fait rire mes hommes, et c'est mauvais signe, parce qu'ils se demandent sans doute pourquoi ils ont pénétré si loin en territoire dangereux pour un butin aussi maigre ; ils doivent remettre mon autorité en question. Et, maintenant que nous sommes plongés en pays ennemi, que faisons-nous ? Nous lambinons, nous évitons les routes et les villages, et nous approchons le mois pour un voyage qui aurait dû nous prendre quelques jours. Le gamin que nous avons enlevé ose se moquer de moi. Pourquoi ? Pourquoi n'a-t-il aucun respect ? Il me croit peut-être aussi stupide que tu me dépeins ; mais il se trompe : je réfléchis tout le temps. Je ne suis pas homme à me laisser diriger par une femme, à me laisser acheter contre de l'or puis commander comme un mercenaire ; je suis un homme qui donne des ordres, qui entreprend une opération et la mène comme il l'entend. Mais je constate que, depuis le début, je ne cesse de me plier à ta volonté ; je me remémore chaque occasion où ça s'est produit, et, à chaque fois, je ne comprends pas ce qui s'est passé. Je cède toujours à tes volontés. Pourquoi ? Je crois le discerner enfin. » Il pointa sur elle un doigt accusateur. « Je sais quel sortilège tu utilises, femme ; c'est ce gamin pâlichon qui ne te quitte jamais et qui parle comme une fille. Il fait quelque chose, n'est-ce pas ? Tu l'envoies en éclaireur dans une ville, nous la traversons, et personne ne se retourne sur notre passage. C'est un bon truc, un excellent truc, et je l'ai admiré jusqu'au moment où j'ai compris que j'en étais aussi la victime. N'est-ce pas ? »

Moi, j'eusse menti ; j'eusse pris une mine atterrée puis demandé qu'il s'expliquât. Mais Dwalia resta bouche bée comme un poisson, puis dit d'une voix défaillante : « Ce n'est pas ce qui se passe.

— Vraiment ? » répliqua-t-il d'un ton froid.

Il y eut un bruit. Nous tournâmes tous la tête dans la direction d'où il venait : des chevaux qui approchaient ; Vindeliar revenait avec son escorte. Dwalia commit sa deuxième erreur : l'espoir s'alluma dans son regard.

Ellik le repéra aussi clairement que moi, et le sourire le plus cruel que j'eusse jamais vu s'élargit sur ses lèvres. « Non ; c'est ça qui ne se passe pas. » Il s'adressa à ses hommes, ameutés derrière lui, excités comme des chiens de chasse qui tirent sur leurs laisses : « Allez à leur rencontre, arrêtez-les et emparez-vous de Vindeliar ; dites-lui que nous connaissons ses tours, que nous en sommes émerveillés, et que nous le trouvons extraordinaire. Caressez-le dans le sens du poil comme si vous vous astiquiez vous-mêmes ! » Il partit d'un éclat de rire paillard que ses hommes reprirent. « Dites-lui que cette femme lui commande de ne plus se servir de ses sortilèges contre nous parce que sa voie rejoint la nôtre. Conduisez-le à notre camp et gardez-le ; offrez-lui toutes nos friandises, félicitez-le, tapez-lui sur l'épaule, donnez-lui l'impression que c'est devenu un homme. Cependant méfiez-vous de lui ; si vous sentez votre volonté faiblir si peu que ce soit, tuez-le, mais seulement en dernier recours : il est très utile, et il vaut plus que tout l'or que peut nous promettre cette vieille putain. C'est le vrai trésor que nous rapporterons chez nous. » Il reporta son attention sur Dwalia. « Il est encore plus utile qu'une femme prête à se faire violer. »

3
Confrontations

La princesse peut tenir tête, ou le roi poser des exigences ; la reine ou le prince peut même menacer ou lancer des ultimatums ; le diplomate ou l'émissaire s'entremet, coopère ou négocie. Mais l'assassin royal, celui qui exerce la justice du souverain, ne dispose d'aucun de ces outils ; il ou elle est l'arme de la couronne, que le roi ou la reine Loinvoyant emploie à sa convenance. Quand l'assassin est appelé à entrer en scène par celui ou celle qui le gouverne, sa volonté est mise en suspens ; il ou elle a autant et aussi peu de pouvoir qu'un pion sur un tissu de jeu : il ou elle va, agit, puis en a fini, sans porter de jugement ni assouvir de vengeance.

C'est seulement ainsi qu'il ou elle peut conserver sa vertu et son innocence ; il ou elle ne tue jamais de son propre chef. Ce qu'accomplit la main de l'assassin royal n'est pas un meurtre mais une exécution. L'épée n'est jamais coupable.

Instructions à un assassin, anonyme

« Je ne savais pas comment les arrêter. » FitzVigilant, très droit, affrontait un tribunal hétéroclite. Nous nous étions réunis dans la tour de Vérité, là où mon roi avait jadis défendu les côtes des Six-Duchés contre les Pirates rouges, et où, plus tard, Umbre, Devoir et moi avions travaillé à maîtriser la magie de l'Art avec le peu d'informations dont nous disposions. Elle avait bien changé au cours des ans ! À l'époque où elle servait à Vérité de poste d'observation sur la mer pour l'aider à chercher les Pirates qui nous attaquaient, elle était poussiéreuse et décrépite, et n'abritait que de vieux meubles à la retraite. Mais la table ronde qui en occupait le centre avait désormais retrouvé un poli chaleureux, et des chaises à haut dossier l'entouraient, ornées de cerfs sculptés ; je plaignais les serviteurs qui avaient dû monter ces meubles pesants par l'escalier en colimaçon. Lant était debout tandis que le roi, la reine, dame Kettricken, Ortie et moi-même étions assis.

Dame Romarin et Cendre étaient présents eux aussi, vêtus d'un bleu si foncé qu'il paraissait noir ; ils se tenaient dos au mur, immobiles et muets, en attente comme des épées au fourreau.

Devoir soupira, les yeux baissés. « J'espérais mieux de leur part ; j'espérais qu'une fois leurs rangs débarrassés des conspirateurs, les Bouteurs conserveraient un peu de leur dignité et de leur sens du devoir, mais je me trompais, apparemment. » Il regarda Lant. « Vous ont-ils menacés d'une façon ou d'une autre ? Ont-ils laissé voir qu'ils étaient au courant du complot contre la vie de sire Umbre ? »

Le jeune homme se redressa. « Pendant que je voyageais avec eux, je ne savais pas grand-chose de ce qui était arrivé à sire Umbre et au prince FitzChevalerie. Si j'avais eu des renseignements plus précis, j'aurais peut-être changé de tactique et prêté plus d'attention à ce qu'ils disaient.

— Cela se tient », répondit le roi, et, une fois encore, je songeai que Lant paraissait affronter un jugement au lieu d'apporter un témoignage propre à trancher le sort des Bouteurs. On avait confié Lourd à un guérisseur ; il avait donné un compte rendu interminable et émaillé de digressions des mauvais traitements qu'il avait subis aux mains des hommes censés le protéger, puis il avait demandé à aller se coucher. Les étuves l'avaient réchauffé, mais il toussait encore en nous quittant. Persévérance, très pâle et tendu de devoir s'exprimer devant une assemblée aussi auguste, avait corroboré tous les dires de Lourd.

La reine Elliania prit la parole ; sans hausser le ton, sa voix claire porta. « Messire, avez-vous à un moment ou à un autre clairement réprouvé leur mauvais comportement ? Leur avez-vous rappelé qu'ils avaient la charge de protéger Lourd ? »

Lant prit le temps de la réflexion, et mon cœur se serra : il n'en avait rien fait. « J'ai protesté ; je leur ai dit qu'ils devaient se conduire comme de véritables gardes, surtout en public comme dans une taverne. Mais en vain ; privés de leurs officiers, ils n'avaient aucune discipline. »

Devoir plissa le front. « Mais vous ne leur avez jamais ordonné de cesser de maltraiter Lourd ?

— Je... Non. » Il s'éclaircit la gorge. « Je n'étais pas sûr d'avoir l'autorité nécessaire, Votre Majesté.

— Qui d'autre aurait pu l'avoir, sinon vous ? » répondit le roi d'un ton grave. Lant se tut, et Devoir poussa un nouveau soupir. « Vous pouvez disposer. »

Lant se mit en marche avec raideur. Avant qu'il atteignît la porte, je demandai : « Puis-je dire quelques mots, mon roi ?

— Faites.

— J'aimerais souligner que FitzVigilant est arrivé à Flétribois en mauvais état après avoir été violemment roué de coups à Bourg-de-Castelcerf, et molesté à nouveau, tant mentalement que physiquement, pendant l'attaque de Flétribois.

— Nous ne jugeons pas ici son attitude, prince FitzChevalerie », fit le roi, mais, à la porte, Lant m'adressa un regard où se mêlaient la honte et la reconnaissance. Le garde le laissa sortir, puis, sur un signe de Devoir, le suivit et ferma le battant derrière lui.

« Bien. Qu'allons-nous faire des Bouteurs ?

— Dissoudre leur compagnie, faire donner le fouet à ceux qui ont maltraité Lourd, les bannir à jamais de Cerf. » Elliania parlait sans passion, et je ne doutai pas que, dans les îles d'Outre-mer, tel eût été leur sort.

« Ils n'ont pas tous maltraité Lourd, intervint Kettricken à mi-voix. Il faut trouver les responsables et les juger individuellement.

— Mais ceux qui ne s'en sont pas pris directement à lui ne se sont pas opposés aux autres ! » objecta Elliania.

Le roi secoua la tête. « La chaîne de commandement était désorganisée. La faute m'en incombe en partie : j'aurais dû ordonner à FitzVigilant de prendre leur tête, et tous auraient dû le savoir. »

Je dis : « Ils n'auraient sans doute pas accepté son autorité ; il n'a jamais été dans l'armée. Ces hommes sont les rebuts de la garde ; rejetés des autres unités, ils sont les moins disciplinés de tous, aux mains des officiers les plus impitoyables et les moins honorables. Dissolvons leur groupe à tout le moins ; certains trouveront peut-être une place dans d'autres régiments. Mais maintenir leur brigade ne fera qu'éveiller chez eux les instincts les plus noirs. » Je demandais la clémence du roi d'un ton posé, mais, intérieurement, je prévoyais d'appliquer la justice du prince à ceux que Lourd m'avait désignés.

Devoir me regardait comme s'il percevait mes pensées, et je vérifiai rapidement mes murailles. Non, j'étais seul dans mon esprit ; il me connaissait bien, tout simplement. « Peut-être faudrait-il que vous vous entreteniez avec chacun d'eux pour voir si certains valent d'être inclus dans votre nouvelle compagnie de gardes ? »

« Et il m'a adressé un grand sourire. » L'agacement que j'éprouvais pour le roi ne s'arrangea pas quand un sourire similaire s'épanouit sur les traits du Fou.

« Il te connaît bien, en effet, pour te confier cette tâche. Je parie que, dans ce panier de pommes pourries, tu en trouveras quelques-unes de bonnes, et, quand tu leur offriras une dernière chance, tu gagneras leur fidélité indéfectible.

— Ce n'est pas le genre d'individus dont je rêve pour assurer mes arrières, répliquai-je ; ni que j'ai envie de confier à l'autorité de Gantelée. J'aimerais que ma garde d'honneur soit composée d'hommes vraiment honorables.

— Et ceux qui se sont moqués de Lourd et ont giflé ton garçon d'écurie ? »

Alors que je m'apprêtais à répondre, j'eus un hoquet de surprise en sentant une flèche d'Art traverser mes murailles sans difficulté. *Le jardin de la Reine ; des nouvelles d'Abeille et de Pépite. Viens tout de suite ; ne cherche pas à me répondre.*

L'espoir s'enflamma dans mon cœur. « Ortie m'appelle au jardin de la Reine, dis-je au Fou en me levant. On a peut-être des renseignements sur la localisation d'Abeille. » À ma grande surprise, je pris conscience que ce soudain espoir était aussi douloureux que la peur qui me taraudait.

« Lumière ! Air ! demanda la corneille.

— Je reviens dès que possible », répondis-je. Je passai sur la mine déçue du Fou, et ne protestai même pas quand Bigarrée bondit de la table et, d'un coup d'ailes, vint se poser sur mon épaule. Une fois redescendu dans ma chambre, je m'arrêtai le temps de la laisser sortir par la fenêtre puis me hâtai de rejoindre Ortie dans le jardin de la Reine.

Ce n'était pas un jardin traditionnel, car il se situait au sommet d'une tour, et c'est à bout de souffle que j'y parvins, ayant traversé la moitié du château de Castelcerf en courant. En été, les jardinières débordaient de végétation et de fleurs odorantes, et certaines contenaient même de petits arbres fruitiers. Des statues épurées et des bancs isolés complétaient le refuge de Kettricken contre les désagréments triviaux de la cour. Mais, quand je parvins en haut de l'escalier, ce fut l'hiver qui m'accueillit ; la neige s'amoncelait sur les pots de fleurs, et on avait emmailloté les arbres pour les protéger des froids les plus cruels. Je pensais ne trouver qu'Ortie sur place, mais il y avait aussi Kettricken, vêtue d'un épais manteau, Devoir, et la reine Elliania. Il me fallut quelques instants pour identifier une autre personne présente : Civil Bresinga, devenu un homme fait. Quand il vit que je l'avais reconnu, il s'inclina gravement mais ne dit mot. Je me demandai pourquoi ils avaient choisi le jardin de la Reine comme point de rendez-vous jusqu'au moment où je vis le molosse de Devoir rouler un jeune lynx dans la neige ; les deux compagnons de Vif, qui se connaissaient manifestement bien, s'éloignèrent soudain en courant entre les jardinières. J'éprouvai un brusque sentiment de jalousie.

« Nous avons des nouvelles », déclara Devoir en guise de formule de bienvenue.

Il avait un air si grave que je me demandai si on avait retrouvé les cadavres des captives. Sans m'encombrer de solennités, je répliquai : « Quelles nouvelles ?

— C'est sans garantie, m'avertit le souverain, mais Civil prit la parole sans attendre.

— À la requête de mon roi, j'ai envoyé des questions discrètes, en particulier à ceux du Lignage qui sont liés à des oiseaux de proie. Vous vous doutez certainement que même des compagnons de Vif prêtent peu d'attention aux choses qui ne les concernent pas ; cependant, j'ai reçu deux signalements. Hier, un pigeon voyageur m'a apporté un message de Chartier Mèche, un vifier lié à une corneille ; elle a repéré un groupe qui campait dans la forêt. Quand elle a voulu nettoyer des os de lapin qu'ils avaient jetés, les hommes lui ont lancé des bouts de bois. Elle dit qu'ils étaient accompagnés de chevaux blancs.

— Où était-ce ? »

Il leva le doigt pour m'interrompre. « Aujourd'hui, Rampion, un jeune homme qui a un émerillon comme compagnon, nous a contactés : son oiseau s'est plaint que des gens avaient perturbé sa chasse en faisant halte toute une journée dans une clairière où il attrape ordinairement des mulots. Les chevaux blancs avaient piétiné la neige, ce qui fournissait à ses proies d'excellentes cachettes quand ils sortaient de leurs terriers pour chercher des plantes dont les aigrettes pointaient du sol.

— Où était-ce ? » demandai-je à nouveau, la colère le disputant à la fébrilité. Enfin, enfin, j'allais pouvoir agir ! Pourquoi restaient-ils tous les bras ballants ?

« Fitz ! lança sèchement Devoir, souverain plus que cousin. Du calme ; attendez d'avoir tout entendu. Les bêtes de Vif nous ont fourni deux observations possibles, à un jour d'écart, toutes deux en Cerf, l'une près du pont du Risque, sur notre rive, l'autre non loin des monts Jaunes. J'en ai été très étonné, parce que cela signifiait que le groupe se déplaçait lentement. »

Je me mordis la joue pour ne pas demander pourquoi ces signalements ne m'avaient pas été rapportés dès leur arrivée. Devoir continuait à parler : « J'ai désormais des raisons de supputer quelle est leur destination : ce ne peut être que la côte ; or, il n'y a que trois ports à proximité où un bateau des proportions nécessaires puisse mouiller. Si la troupe compte quarante personnes plus des chevaux, il lui faudra un grand navire pour prendre la mer. Des compagnons artiseurs sont postés dans toutes les vieilles tours de guet le long du littoral ; sur mon ordre, deux d'entre eux, dont un soumis à une forte dose d'écorce elfique, sont partis à cheval voir s'il se passait quoi que ce soit d'anormal à Forge, à Presque-Baie et à Fond de Saunier. Dans ce dernier port, nous avons trouvé ce que nous cherchions : il y a un bateau à quai que personne n'a remarqué hormis mon émissaire dont l'Art a été étouffé, alors que son équipière ne le voyait pas du tout. Nul ne sait quand il est arrivé, quel fret il transportait ni ce qu'il attend ; certains affirment ignorer l'existence d'un navire pourtant amarré à la vue de tous, d'autres s'en moquent totalement. Hélas, les forces locales ne peuvent arrêter ce qu'elles ne voient pas ; mais j'ai déjà donné l'ordre à la garde royale stationnée à la tour de Montcouronne de se procurer de l'écorce elfique, d'en administrer aux soldats, de se rendre à Fond de Saunier et de saisir le bateau. » Il eut un sourire triomphant. « Nous les tenons ; nous leur avons coupé toute issue ! »

Mon estomac se noua. J'avais toujours préféré la furtivité à l'affrontement direct. Que se passerait-il quand les ravisseurs arriveraient à Fond de Saunier et constateraient que toute fuite leur était impossible ? Que ferais-je ? « Si on accule les mercenaires chalcédiens, ils risquent de tuer les prisonnières, ou au moins de menacer de les éliminer, quand ils se verront découverts.

— C'est possible, répondit Devoir. Mais regardez ceci. » Il déroula la carte qu'il portait sous son bras ; sans un mot, Civil la tint déployée pendant que le roi reprenait : « La garde de Montcouronne parviendra à Fond de Saunier en moins de deux jours. Or, les Chalcédiens voyagent lentement et avec discrétion, et nous estimons qu'il leur faudra trois, voire quatre jours pour arriver là-bas. La région est très boisée ; des hommes à cheval pourraient s'y déplacer, à la rigueur, mais pas des traîneaux : ils devront les abandonner ou bien emprunter les routes. Une fois que la garde se sera emparée du navire, elle formera deux groupes ; l'un bloquera l'accès au port, l'autre contournera l'ennemi dans les collines et l'attaquera par l'arrière. » Du doigt, il indiqua la route qui descendait des monts jusqu'au rivage rocheux de Fond de Saunier. « Ils captureront les ravisseurs et libéreront Abeille et Pépite. »

Je secouai la tête avant qu'il se tût. « Non. Il faut que j'y sois ; il faut que ce soit moi qui les sauve. » Je me rendais compte du ridicule de mon propos alors même que j'ajoutais, éperdu : « C'est moi qui les ai perdues ; c'est à moi de les récupérer. »

Devoir et sa mère échangèrent un regard. « Je me doutais de votre réaction, dit le roi à mi-voix, irrationnelle comme nous le savons tous. Cependant, je la comprends ; comment réagirais-je moi-même si on enlevait un de mes enfants ? Si vous vous mettez en route demain matin avec votre garde, vous devriez arriver peu après celle de Montcouronne. Vous serez là pour ramener Abeille chez vous.

— N'y a-t-il pas de piliers d'Art près de Montcouronne ou de Fond de Saunier ?

— Là, vous quittez le domaine de l'irrationnel pour sombrer dans la bêtise pure et simple. Vous ne pouvez pas vous servir de l'Art à vos fins propres pour le moment, et encore moins emmener des soldats. La garde de Montcouronne forme une troupe considérable, et nous avons une compagnonne artiseuse avec elle ; elle nous transmettra tout ce qui se passe. C'est la meilleure stratégie, vous le savez, Fitz ; que pourrait un homme seul contre vingt mercenaires chalcédiens ? » Il s'interrompit pour me laisser le loisir d'acquiescer, mais j'en fus incapable. Il soupira. « Et, en voyant votre expression, je suis ravi de vous répondre que, non, il n'existe aucun Pilier d'Art connu qui puisse raccourcir le trajet. »

Je contemplai un moment la carte sans rien dire, puis je regardai par la fenêtre le panorama qui s'offrait à Vérité alors qu'il cherchait jadis ses ennemis. Fond de Saunier… Il fallait que je m'y rendisse. Derrière moi, Devoir reprit : « Fitz, vous savez bien qu'il faut de la précision pour mener une campagne militaire, et que chacun doit obéir aux ordres. Si chaque soldat agit selon ce qu'il juge le mieux, c'est une bagarre générale que nous préparons, non un plan de bataille. » Il s'éclaircit la gorge. « En l'occurrence, c'est moi qui donne les ordres ; j'ai mis cette opération en route, et elle doit se dérouler comme je l'ai prévu.

— Vous avez raison, reconnus-je sans le regarder.

— Fitz, dois-je vous rappeler que je suis votre roi ? » Devoir s'exprimait d'un ton grave.

Je me tournai vers lui et, les yeux dans les yeux, je répondis avec sincérité : « Je ne l'oublie jamais, Votre Majesté. »

Ils m'avaient mis en infériorité numérique, ils avaient déjoué mes projets, ils m'avaient caché des informations ; pire encore, la logique et la rationalité étaient dans leur camp. Ils n'avaient rien révélé à quiconque n'avait pas à être dans le secret, et leur plan était bon ; je savais qu'ils avaient raison du seul point de vue du bon sens et de la cohérence. Mais, dans mon cœur de père, je savais qu'ils se trompaient. Qu'il était horrible de leur faire face, d'écouter mon roi et ma fille me sermonner, de m'entendre dire que l'opération était déjà planifiée et que je n'avais pour toute option que d'y adhérer ! Je me sentis soudain vieux, stupide et inutile. Les bleus que je m'étais faits en m'efforçant de me remettre dans la peau d'un guerrier, mes muscles qui criaient au moindre geste, tout confirmait mon incompétence, mon amollissement, le poids des ans. J'avais perdu ma fille et Pépite à cause de mon incapacité à voir plus loin que le bout de mon nez ; rétrospectivement, j'imaginais une dizaine de gestes simples que j'eusse pu faire et qui eussent prévenu les enlèvements. Depuis des jours, je brûlais de corriger mes erreurs, puis d'aller de l'avant et de ne plus jamais laisser ma petite fille exposée à une telle menace.

Et aujourd'hui, alors qu'on agitait devant moi, comme une pièce de viande fraîche, la possibilité d'agir, on m'apprenait qu'Abeille serait sauvée et ramenée par d'autres. Quelqu'un d'autre la prendrait dans ses bras, la serrerait fort et lui dirait qu'elle n'avait plus rien à craindre, puis on me la rendrait plusieurs jours plus tard, comme une bourse perdue. Moi, je pourrais rester à l'attendre près de la cheminée, ou bien me porter avec ma garde à la rencontre des sauveteurs.

Je quittai la tour, renvoyé par mon roi avec ordre de prévenir ma petite troupe de nouvelles recrues et de vétérans de récupération que nous nous mettrions en route au matin. J'avais l'autorisation de leur dire que nous risquions de croiser des ennemis, mais Devoir, Elliania, Kettricken et Ortie avaient décidé ensemble qu'il valait mieux ne pas relever le niveau d'alerte dans le duché de Cerf en attendant que l'affaire fût réglée. La garde de Montcouronne était bien entraînée et aguerrie à la lutte contre les bandes de brigands qui infestaient parfois les grand'routes royales ; c'étaient les hommes les plus efficaces pour cette tâche. Et, si des adversaires parvenaient à leur échapper, ma garde arriverait peu après pour les rattraper. Les Chalcédiens devraient se rendre sous peine de finir broyés par la tenaille des deux forces se refermant sur eux.

Et ma petite Abeille serait avec eux, prise entre ces mâchoires.

J'allai voir Umbre. Y avait-il jamais eu une occasion où je n'avais pas couru demander ses conseils ? Je frappai à la porte, et, sans réponse de sa part, me glissai sans bruit chez lui. À ma grande déception, je découvris Calme assis dans un fauteuil près de l'âtre, occupé à tailler un bout de bois et à jeter les copeaux dans le feu. Il ne parut pas surpris de mon irruption : Ortie avait dû le prévenir de ma venue possible. « Il dort, dit-il sans me laisser le temps de poser la question.

— L'a-t-on averti que nous pensons savoir où se trouvent Abeille et Pépite ? Que nous allons tenter de les libérer ? »

Il fronça les sourcils. Membre du clan du Roi, ce que je lui apprenais ne l'étonnait pas, mais peut-être ne s'attendait-il pas à ce que je fusse moi aussi au courant. Il répondit à mi-voix : « On m'a ordonné de garder l'affaire secrète, car il est impératif de prendre les ravisseurs par surprise. Concernant sire Umbre, je ne suis pas sûr qu'il saurait tenir sa langue ; et je crois qu'il vaudrait mieux lui éviter l'espoir ou l'inquiétude : nous tâchons de le maintenir calme et paisible, de le laisser se reprendre. »

Je secouai la tête et dis sans baisser la voix : « Imagines-tu vraiment qu'il puisse se sentir en paix alors que sa fille est aux mains de mercenaires chalcédiens ? Même quand tout est tranquille autour de moi, mes craintes pour ta petite sœur font rage en moi ; je n'ai pas connu un instant de paix depuis son enlèvement. »

Calme me regarda, les yeux arrondis. Dans son lit, Umbre poussa un gémissement de vieillard qui s'éveille ; je m'approchai de lui et lui pris la main. Il réagit à peine, mais, au bout d'un moment, il tourna la tête vers moi, les yeux entrouverts.

« Il y a du nouveau, Umbre : les ravisseurs ont été repérés. Nous pensons qu'ils se dirigent vers Fond de Saunier. Devoir y a envoyé des troupes ; nous saisirons le bateau qu'ils doivent prendre, puis nous les attaquerons par-derrière. »

Umbre battit lentement des paupières, et je perçus un frôlement d'Art sur mon esprit, plus délicat qu'un coup d'ailes de papillon : *Pars tout de suite.* « Lant… dit-il d'une voix un peu rauque ; emmène Lant. Il se sent terriblement coupable… qu'ils l'aient enlevée. Qu'ils l'aient laissé en vie. » Il s'interrompit pour avaler sa salive. « Restaure son amour-propre. Il a pris un coup.

— Je le préviendrai », promis-je. Nous restâmes un moment les yeux dans les yeux, et je lus dans son regard ce que j'éprouvais moi-même : âgé, perclus de douleurs, il restait sur son lit alors que sa fille était en danger, et nul ne lui avait révélé qu'une mission de sauvetage était en cours, de crainte de l'inquiéter ou de susciter chez lui une témérité inopportune. « Je dois y aller, repris-je d'un ton excuse, mais il comprit que je lui donnais ma parole. « Je dois donner l'ordre à ma garde de se préparer pour demain. »

Ses yeux brillèrent un instant. « Jette-les dehors », me dit-il. Une de ses paupières se ferma, puis il rouvrit les deux en grand. « Nous n'en avons pas fini, mon garçon ; nous n'en avons pas fini, toi et moi. »

Puis il ferma les yeux, poussa un long soupir, et sa respiration retrouva sa régularité. Je demeurai près de lui, sa main dans la mienne, puis je me tournai vers Calme et déclarai : « Je ne pense pas qu'il représente un risque pour notre secret. » Je remis la main d'Umbre sous ses couvertures et sortis sans bruit.

Je n'avais guère vu Lant depuis son retour de Flétribois ; je l'avais quasiment oublié, et, quand il traversait mes pensées, il y laissait un effluve désagréable, celui de toutes mes faillites. Je n'avais pas su le protéger, lui, ni Pépite, ni ma petite fille, et, dans un recoin obscur de mon cœur, alors que je savais pertinemment que cela lui était impossible, je lui en voulais de n'avoir pas donné sa vie pour empêcher l'enlèvement d'Abeille.

Un page, une jeune fille, me doubla avec du linge dans les bras. « Petite, j'aurai une tâche à te confier quand tu auras fini celle-ci. »

Elle faillit lever les yeux au ciel puis me reconnut. « Bien sûr, prince FitzChevalerie. » Exécuter une révérence avec les bras encombrés n'est pas facile, mais elle y parvint tant bien que mal.

« Merci. Cherche sire FitzVigilant, dis-lui que j'ai à lui faire part de nouvelles urgentes, et rappelle-lui d'aller voir sire Umbre dans la journée.

— Naturellement, mon prince. »

Mon prince. Je n'étais pas un prince aujourd'hui, mais un père.

Je me rendis au terrain d'exercice, et j'y trouvai Gantelée assise sur un banc devant les remises où l'on rangeait les armes, occupée à se passer de la pommade sur la main et le poignet. Elle avait changé depuis que je l'avais nommée capitaine de ma garde : ses cheveux gris étaient désormais sévèrement tressés en queue de guerrier, et sa tenue comptait plus de cuir que de tissu. Elle faisait pénétrer la pommade dans sa main et son poignet secs et tendineux. Je toussotai, et elle leva la tête ; je m'assis à côté d'elle avant qu'elle ne se levât. « Je dois vous demander de préparer ma garde à m'accompagner demain à l'aube. »

Elle écarquilla les yeux, et je l'interrompis d'un geste. Aussi vite et aussi simplement que possible, je la mis au courant de tout ; c'était ma capitaine, mon bras droit, et il n'eût pas été juste d'exiger qu'elle me suivît aveuglément. Il n'y aurait sans doute pas de confrontation ; nous arriverions sans doute à temps pour prendre en charge Abeille après sa libération ; mais, s'il fallait d'aventure croiser le fer, je voulais qu'elle sût pourquoi et qu'elle connût les enjeux.

C'était le lieutenant parfait : elle m'écouta sans une objection, puis elle baissa les yeux et dit : « Si je commandais cette opération, je ne m'y prendrais pas comme ça.

— Continuez.

— Je choisirais la discrétion ; je leur tomberais dessus pendant qu'ils se reposent ou qu'ils dorment ; je chercherais où sont les prisonnières et je m'occuperais d'abord de leur protection. Ou bien je marchanderais : ce sont des mercenaires, on peut donc les acheter ; j'offrirais plus que ce qu'ils sont payés, et je leur promettrais une sortie sans risque du pays. Plus tard, une fois les captives en sécurité, nous pourrions décider si nous tenons parole. On peut toujours empoisonner les victuailles à bord du navire et les laisser partir tranquillement. »

Je la regardai un moment sans répondre, confondu ; puis je déclarai avec une admiration non feinte : « J'aime votre façon de penser. »

Elle eut un rire sec de dérision. « Vraiment ? Ça m'étonne un peu. Je sais que, quand vous m'avez proposé ce poste, c'était un hommage que vous vouliez me rendre, et aussi un moyen de vous débarrasser de cette corvée. Mais j'ai connu la guerre, j'ai connu la paix, et je sais que l'une n'est jamais exclue de l'autre ; et qu'il vaut mieux être prêt pour la guerre que pour la paix, si c'est la paix que vous recherchez vraiment. Cela dit, je n'ai ces soldats sous mes ordres que depuis quelques jours, ils sont de qualité, et ils se sont beaucoup améliorés ; mais, si nous devons nous battre pour de bon, je vous le déclare tout net : ils ne sont pas assez nombreux et ils ne sont pas prêts. Ils vont mourir. »

On eût dit qu'elle parlait de graines qui ne germeraient pas, non de ses petits-enfants.

« Je peux en avoir davantage, répondis-je à contrecœur. Le roi Devoir a remis le sort des Bouteurs entre mes mains ; s'il y a des hommes de valeur parmi eux, ils sont à vous. »

Elle fit une grimace. « En tant qu'hommes, ils ne valent rien ; en tant que soldats, nous les prendrons tous. Ils ne me respecteront pas, et, en toute franchise, je ne suis pas sûre de pouvoir gagner leur respect sans en tuer un. Je n'ai jamais tué personne qui portait le bleu de Cerf, et je n'ai aucune envie de commencer à mon âge. »

Je me levai. Je comprenais ce qu'elle me demandait, et je n'attendis pas qu'elle l'exprimât à voix haute. « Je vais leur signifier de se tenir prêts à partir demain ; et je veillerai à ce qu'ils nous respectent. »

Elle hocha la tête avec raideur.

Je ne pouvais attendre. J'avais déjà délégué à quelqu'un d'autre la tâche que m'avait confiée Umbre, mais, celle-ci, je devais m'en occuper personnellement ; autant en finir vite, même s'il fallait se salir les mains, accomplir la besogne et s'en débarrasser, sous peine de subir des pertes parmi ma garde. Je le devais à Gantelée.

Un scrupule m'envahit brutalement. Devoir était mon roi ; ne lui devais-je pas obéissance ? Le prince, oui ; mais non le père d'Abeille.

En m'éloignant, je me demandai si j'étais encore capable de me battre. Les gamins de Gantelée continuaient à m'éreinter quand je prenais une hache, et je me défendais tout juste l'épée à la main. Six décennies pesaient sur mes épaules, et il y avait des années que je n'avais plus participé à un vrai combat ; tout le découragement accumulé au cours de la journée vint murmurer à mes oreilles. Peut-être Devoir et Ortie avaient-ils raison : je ne pouvais rien faire à part réconforter ma fille. Je savais à quelle distance se situait Fond de Saunier ; un homme seul avec une bonne monture, avançant à marche forcée et coupant à travers champs, pouvait y parvenir en un jour et demi. Le jeune Fitz eût sauté en selle à peine eût-il connu le nom du port.

Et, moi, je spéculais sur le nombre d'hommes, les risques encourus, et je savais par l'expérience de l'âge que je serais sans doute mort avant même de pouvoir approcher Abeille. Elle me verrait mourir, et qui resterait-il alors dans sa vie ? Ne sois pas bête, me dis-je. En me mettant en route demain dès l'aube à la tête de ma garde, j'avais encore une chance d'arriver à temps pour fournir au moins un renfort à la garde de Montcouronne ; c'était la latitude que me laissait Devoir.

La sagesse avait goût de viande avariée. J'aurais besoin des Bouteurs ; je ne voulais pas d'eux, mais Gantelée en aurait besoin, elle. Après une brève halte dans ma chambre, je me mis à leur recherche.

Ils n'étaient pas dans la cour d'exercice, ni dans les étuves, ni même dans le réfectoire des gardes.

Exaspéré de perdre mon temps, je pris un cheval aux écuries et sortis du château. Je n'eus pas à pénétrer dans Bourg-de-Castelcerf : à la périphérie d'une excroissance de la ville, je m'arrêtai à l'enseigne du Cerf gaillard, taverne sise juste après les décombres noircis de la Truite paillarde. L'établissement ne m'étonna en rien. La porte était de guingois dans l'encadrement : à force de se faire dégonder à coups de pied, elle avait fini par rester de travers. À l'intérieur, les bougies étaient rares et les coins obscurs nombreux ; une odeur de Fumée grossière et bon marché alourdissait l'air, mêlée aux effluves vinaigrés du vin renversé et jamais complètement nettoyé. Une femme m'adressa un sourire las ; elle avait un œil gonflé et à demi fermé, et elle ne m'inspira que de la compassion. Devait-elle sa situation à des dettes ? Je lui fis un signe négatif de la tête et restai dans l'encadrement de la porte en attendant de m'habituer à la pénombre.

Les Bouteurs étaient répartis dans toute la salle ; ils formaient à l'origine une petite troupe, et les pertes qu'Umbre et moi leur avions infligées avaient encore réduit leur nombre. Je comptai vingt-six ou vingt-sept soldats en uniforme bleu foncé, accompagnés de quelques habitués de la taverne bien imbibés, une poignée d'hommes d'autres compagnies de gardes, et quelques prostituées fatiguées ici et là, mais les Bouteurs ressortaient de la masse avec leurs pourpoints sombres et leur expression plus sombre encore. Un ou deux d'entre eux s'étaient tournés vers moi alors que je les étudiais pour les jauger.

« Bouteurs, garde à vous ! »

Ils eussent au moins dû se dresser à cet ordre, mais beaucoup se contentèrent de tourner la tête vers moi, le regard brouillé par l'alcool ; seuls quelques-uns se levèrent en chancelant. Ils devaient être là depuis qu'ils avaient mis leurs chevaux à l'écurie à leur retour de Flétribois. Je ne répétai pas l'ordre mais demandai : « Qui vous commande ? Je sais que certains de vos officiers se sont rendus près de Chênes-lès-Eau. Où est le sergent Bonnemain ? »

Je m'attendais à voir réagir un des gardes les plus âgés, mais c'est un jeune homme à la barbe clairsemée qui répondit sans quitter son siège, les bottes posées sur le coin de sa table : « Je suis là. »

Je pensais entendre quelqu'un s'esclaffer ou le contredire, mais non. Très bien. « Sergent Bonnemain, rassemblez vos hommes et conduisez-les au terrain d'exercice. Je dois leur parler. » Je m'apprêtai à partir.

« Pas aujourd'hui, lança-t-il dans mon dos. On arrive juste d'un long trajet et on est en deuil. Peut-être dans quelques jours. »

Des rires étouffés parcoururent la salle.

Il y avait d'innombrables façons de faire face à une telle insubordination, et je les passai toutes en revue en faisant demi-tour pour me diriger vers lui entre les tables, tout en ôtant le gant de ma main gauche. Je lui souris, partageant son amusement. Il ne bougea pas.

« Ah ! Je crois avoir entendu parler de vous, dis-je en me dirigeant sans hâte vers lui. Mon garçon d'écurie, Persévérance – je crois que vous l'avez giflé quand il a voulu défendre Lourd, le compagnon du roi. »

Il partit d'un éclat de rire sec. « Le crétin du roi !

— C'est ça. » Sans cesser de sourire, j'accélérai soudain, et je parvins à lui alors qu'il ôtait seulement les pieds de la table ; il me regardait avec un rictus méprisant quand je le frappai avec une telle violence que je sentis sa pommette craquer sous mon poing. Déjà en déséquilibre, il faillit tomber de sa chaise, et j'en profitai pour la faucher d'un coup de pied. Il s'écroula par terre, et je lui envoyai ma botte dans le ventre, là où ses côtes ne le protégeaient pas. Il se roula en boule.

« Et maintenant, c'est moi qui commande », annonçai-je.

Le silence qui s'ensuivit était bouillant de colère.

Je repris : « Le roi Devoir vous a donnés à moi, avec autorité pour vous garder ou vous rejeter. En l'occurrence, j'ai l'usage de vos épées. Si vous voulez rester membres d'une compagnie quelconque, rassemblez-vous sur le terrain d'exercice et présentez-vous au capitaine Gantelée. Soyez respectueux avec elle : c'est elle qui décidera lesquels d'entre vous engager. Maintenant, celui qui choisit de ne pas se mettre dans les rangs est exclu de la garde de Castelcerf. Définitivement. »

J'attendis le temps d'un battement de cœur, puis je me dirigeai à pas lents vers la porte, tous les sens en alerte, guettant une attaque par-derrière. Alors que je sortais dans la rue enneigée, j'entendis une des femmes déclarer : « C'était le Bâtard-au-Vif ; ce qu'il vient de faire, c'est rien à côté de ce qui aurait pu se passer. Vous avez de la chance qu'il se soit pas changé en loup pour vous arracher la gorge. »

Je souris en renfilant mon gant, puis je me mis en selle et m'éloignai. Dans mon gantelet lesté, ma main droite m'élançait, mais pas autant que si j'avais frappé avec mon poing nu. Umbre m'avait appris à toujours protéger mes phalanges.

Va, maintenant, dit mon cœur. *Prépare-toi*, dit ma tête.

Pour une fois, je suivis le conseil le plus sage.

L'esprit ailleurs, je mesurai soigneusement la dose d'écorce elfique et concoctai ma tisane. Ce n'était pas le produit outrîlien, mais celui, moins fort, que l'on cueille dans les Six-Duchés ; et celui-ci venait d'être récolté par mes soins sur un elfier près du vieux puits, en dehors de l'enceinte – et en plein hiver, si bien que je devais augmenter la dose. Mais pas excessivement, sans quoi je disparaîtrais de la perception du clan ; assez pour me permettre de cesser de songer sans cesse à mes murailles, pour étouffer mon Art et laisser mon Vif intact.

Je bus le breuvage puis montai rendre visite au Fou. Je le trouvai étendu par terre sur le dos. « Je vais bien », dit-il sans me laisser le temps d'exprimer mon inquiétude, et il décolla les pieds du sol pour les lever autant que possible, les jambes tendues. Il ne les monta pas très haut, et j'eus une grimace de compassion en le voyant les tenir en l'air, la respiration courte. Je me tus jusqu'à ce qu'il les eût reposés.

« Je ne tiens pas en place, dis-je. Je crois que je vais partir faire une longue promenade à cheval ; tu veux venir ? »

Il tourna la tête vers moi. « Pas tout de suite, mais merci de m'en croire capable. Mes forces reviennent, et… mon courage aussi. Les rêves m'aident bien.

— Les rêves ?

— Je fais des rêves de dragon, Fitz ; je me bats pour une compagne que je désire, et je gagne. » Un sourire très étrange illumina ses traits. « Je gagne », répéta-t-il tout bas. Il souleva de nouveau les pieds et les tint en l'air, tendus en avant. Ils se mirent à trembler, et il les reposa ; il fléchit alors les genoux et s'efforça de se courber pour les toucher du front. Des étirements ; même moi, j'étais plus souple que lui. Mais il lutterait pour retrouver ses capacités. Il poussa un grognement.

« N'y va pas trop fort. »

Il baissa les pieds. « Il le faut. Quand j'ai l'impression que c'est trop dur, je songe à notre fille, et je retrouve ma détermination. »

Je vaquais à mes affaires ; à ces mots, je m'arrêtai net.

« Que fais-tu ? demanda-t-il.

— L'armoire à herbes et à élixirs d'Umbre n'est pas très bien rangée ; il faut que je rappelle à Cendre de faire plus attention. » C'était un mensonge très injuste : je n'avais aucun mal à trouver ce que je cherchais ; mais je devais détourner l'attention du Fou. « Je suis content que tu fasses ce genre de rêves. Je venais simplement te prévenir que tu risquais de ne pas me voir ce soir. »

Son sourire s'élargit. « Même si tu étais là, je ne te verrais pas », me rappela-t-il.

Je levai les yeux au ciel avec un grognement, il éclata de rire, et je sortis.

Ma sacoche de selle n'était pas lourde : la graine de carris et l'écorce elfique ne pèsent guère. J'emportais aussi un peu de carrimé, d'écorce de saule et de valériane, en espérant avec ferveur qu'Abeille n'en eût pas besoin. Je choisis un manteau plus épais, échangeai mes gants lestés contre des plus chauds, enroulai une bonne écharpe de laine autour de mon cou. Je pris un change de vêtements pour Abeille. Rien que l'indispensable. Terminé.

Je fermais la porte à l'instant où Lant parvenait sur le palier et se précipitait vers moi. Quelle poisse !

« Fitz ! s'écria-t-il, et il s'arrêta à quelques pas de moi, la main crispée sur sa plaie à demi cicatrisée.

— Reprenez votre souffle », lui conseillai-je. Et j'ajoutai à voix plus basse : « Et parlez doucement. »

Il haletait. « D'accord. » Il tendit le bras et s'appuya au mur. « Je suis allé chez Umbre. Il y avait deux guérisseurs avec lui ; il m'a dit d'aller vous voir. »

Je n'avais pas le temps de tourner autour du pot, et je répondis en murmurant : « Nous savons où se trouvent peut-être les mercenaires qui ont enlevé

Pépite et Abeille. Les gardes de Montcouronne vont les encercler et les prendre en embuscade. Demain à l'aube, mes gardes partiront pour Fond de Saunier ; ils n'arriveront sans doute pas pour aider ceux de Montcouronne à libérer les otages, mais ils seront au moins là pour réconforter les prisonnières.

— Évite, dit-il, le visage piétiné par des émotions conflictuelles. Bien sûr. Bien sûr que je veux vous accompagner.

— C'est ce que supposait sire Umbre. Mais êtes-vous certain d'être prêt pour une aussi longue chevauchée ? Si vous n'arrivez pas à nous suivre...

— Vous me laisserez en arrière, je sais. C'est évident ! Non, je serai prêt à partir avec vous à l'aube.

— Parfait. À demain, alors ; j'ai des préparatifs à faire. »

Je m'éloignai en espérant qu'il ne bougerait pas de son mur ; mais, avec un grognement d'effort suivi d'un gémissement, il se redressa tant bien que mal et me suivit. Il marcha sans rien dire à mes côtés pendant un moment, puis, alors que le silence devenait gênant, il déclara : « Je ne savais pas que c'était ma sœur. »

Douce Eda, pourvu qu'il ne me fasse pas de confidences ! « Moi non plus, Lant ; je n'avais même pas compris que nous étions cousins.

— Cousins... » répéta-t-il à mi-voix, comme s'il n'y avait jamais songé. Puis il dit lentement : « Nous allons être mal à l'aise, elle et moi, quand nous nous reverrons... »

C'était le cadet de mes soucis. « Je m'entretiendrai avec elle en premier, si je puis la prendre à l'écart ; sinon, vous devrez vous débrouiller discrètement, surtout si on peut vous entendre.

— Je ne veux pas lui faire de mal. »

Je soupirai. « Lant, je sais que cette idée est au premier plan de vos pensées, mais, moi, je crains surtout qu'on ne lui ait déjà fait beaucoup plus de mal, ou que les gardes de Montcouronne ne perdent la bataille, ou que les mercenaires ne blessent ou ne tuent leurs prisonnières, ou qu'ils ne se servent d'elles comme monnaie d'échange. Voilà ce qui occupe mes pensées. »

Il avait blêmi. Ce jeune homme avait été élevé dans du coton, et je me rendis compte soudain que je ne devais pas l'entraîner dans un combat armé, surtout s'il s'agissait d'une bataille rangée entre la garde de Montcouronne et les mercenaires chalcédiens : il me fallait pouvoir me concentrer uniquement sur Abeille sans m'inquiéter de lui. Je m'arrêtai, à son grand soulagement. « Êtes-vous sûr d'être assez remis pour nous accompagner ? Ou pour manier une épée ?

— Je dois y aller », répliqua-t-il. Il savait ce que je pensais, et l'orgueil lui raidissait le dos. « Je dois y aller ; et, si j'échoue, vous me laisserez en arrière. Mais il faut que j'essaie. Je n'ai pas protégé Évite à Flétribois ; je dois me rattraper. »

Je serrai les dents et hochai la tête. Il n'avait pas parlé d'Abeille, mais je me mettais en colère pour rien : en ce qui concernait ma fille, il était aveugle. Je fis un effort pour me rappeler que c'était le fils d'Umbre, qu'il avait l'estime d'Ortie, et que Heur était aussi bête à son âge ; puis je dus m'avouer que j'étais moi-même encore plus têtu et stupide qu'eux à l'époque. Je posai la main sur son épaule. « Lant, peut-être que, pour son bien et le vôtre, vous ne devriez pas venir. Allez voir le guérisseur, faites changer votre pansement, puis reposez-vous et veillez sur Umbre pour moi. »

Je lui tapotai l'épaule et m'éloignai. Dans mon dos, je l'entendis dire : « Parce que c'est ce que vous feriez ? Ça m'étonnerait. »

Les Bouteurs s'étaient rassemblés dans la cour d'exercice, sur le chemin des écuries. Quand j'allai à leur rencontre, Gantelée marchait à mes côtés ; le sergent Bonnemain n'était pas là, et je ne pensais pas que nous le reverrions, mais vingt et un hommes avaient jugé bon de se mettre en rang. J'en identifiai certains du contingent qui était intervenu à Flétribois tandis que d'autres m'étaient inconnus. Je leur présentai Gantelée comme leur nouveau commandant et demandai aux trois soldats les plus âgés de s'avancer. Leur long service avait peut-être contribué à leur aspect abîmé, mais leurs dents manquantes et leurs oreilles en chou-fleur m'évoquaient plus la bagarre que la guerre. Peu importait : je n'avais personne d'autre sous la main. Gantelée prit leurs noms et leur assigna un grade ; ils n'avaient pas l'air ravi, mais ne discutèrent pas, et ils la suivirent alors qu'elle parcourait la rangée des Bouteurs. Elle en exclut quatre sur-le-champ, et je n'opposai nulle objection.

Ensuite, je laissai la capitaine leur donner ses instructions. Ils devaient être en selle et prêts à partir à l'aube, avec des rations sèches pour quatre jours, assez à jeun pour tenir à cheval, et vêtus pour un trajet en hiver, avec des armes de combat rapproché. Ce dernier ordre éveilla visiblement leur intérêt, mais nous ne leur fournîmes pas davantage de détails. J'ajoutai un message de mon cru : « Le roi Devoir m'a confié votre sort ; ceux d'entre vous qui s'acquitteront convenablement de leur travail dans les dix jours à venir resteront dans ma garde, mais pas sous les couleurs des Bouteurs. Les Bouteurs sont dissous ; ceux d'entre vous qui feront preuve de lâcheté, de paresse, ou simplement de stupidité seront révoqués. C'est tout. » Gantelée les libéra, et nous les regardâmes s'éloigner d'un pas traînant.

« Ils ne vous aiment pas du tout, là, fit-elle.

— Je m'en moque.

— Vous vous en moquerez moins si vous prenez une flèche dans le dos. »

J'eus un sourire amer. « Parce que vous croyez que je mènerai la charge ? » Je pesai soigneusement mes mots. « Partez à l'aube ; je vous rattraperai. Et ne laissez personne avec mon emblème de Bâtard sur la trajectoire des flèches tirées de l'arrière. Que les Bouteurs attaquent en premier.

— La garde du Cerf qui charge sera prête », promit-elle, et j'acceptai sa correction d'un hochement de tête. Elle me regarda, les yeux plissés, et les rides de son front se creusèrent. « Qu'avez-vous en tête, Fitz ?

— Retrouver ma fille. »

Elle fronça les sourcils. Je lui tournai le dos et m'en allai.

Une fois dans les écuries, je sellai la rouanne, puis fixai ma sacoche de cheval, et je pris alors conscience que je fredonnais joyeusement. Quel bonheur de pouvoir enfin agir, de n'être plus obligé d'attendre ! Je remplis un sac de grain pour ma monture et l'ajoutai à mes affaires. Je finissais mes préparatifs quand Persévérance arriva.

« C'est moi qui dois m'occuper de ça ! » s'exclama-t-il, outré.

Je souris. « Ça te plairait que quelqu'un d'autre que toi selle ton cheval ? »

Son indignation s'accrut. « Bien sûr que non !

— Eh bien, voilà », dis-je, et j'éclatai de rire. Il eut l'air surpris ; il n'avait jamais dû m'entendre rire.

« Que faites-vous ? demanda-t-il.

— Je pars pour une longue balade. J'ai passé ma jeunesse ici, mais il y a longtemps que je ne me suis pas promené dans ces collines. Je risque de rentrer tard ; il y a une auberge près du fleuve que je fréquentais jeune homme ; j'ai bien envie d'y manger ce soir.

— Avec une hache de guerre ?

— Ah, ça ? Gantelée m'a prié de la déposer chez un forgeron qu'elle aime bien ; elle veut qu'on y fixe un manche plus long. »

Un battement de cœur de silence. Je le regardai en haussant les sourcils, et il tressaillit.

« Très bien, messire. Voulez-vous que je vous accompagne ?

— Non, non, ce n'est pas la peine. »

Alors, tout bas, il demanda : « A-t-on des nouvelles d'Abeille, messire ? De demoiselle Abeille ? »

Je pris une respiration. Ce n'était pas un mensonge. « Nous avons tout un tas de gens à sa recherche. » Il hocha la tête, puis ouvrit la porte du box, et je menai la rouanne à l'extérieur. Un frisson d'excitation la parcourut, comme si elle se débarrassait d'une mouche au garrot.

Moi aussi, lui dis-je. *Moi aussi.*

4

Liens et attaches

Il s'agit sans doute du manuscrit le plus ancien de la bibliothèque d'Art, et je l'ai soumis à mes étudiants et à mes chercheurs qui m'en ont remis douze traductions différentes. Deux de mes chercheurs étaient des prêtres de Sâ originaires de Jamaillia, et deux autres des sages outrîliens. Sur les douze traducteurs, deux ont conclu que le texte était un faux très bien réalisé et destiné à être vendu.

Si nous acceptons son authenticité, nous avons très probablement affaire à la traduction d'une source beaucoup plus reculée dans le temps, peut-être rédigée par les créateurs des piliers d'Art.

Selon moi, ce manuscrit était intact quand Royal l'Usurpateur l'a vendu pendant la guerre des Pirates rouges. La perte de ce savoir est à la fois irrémédiable et rageante, même après si longtemps. Ce qui suit est la meilleure interprétation que je puisse offrir de ce qu'il en reste ; je l'ai découvert, noirci par le feu et à demi décomposé, sur le dallage d'une salle d'Aslevjal. À cause des traces de brûlure, seuls le début et la fin du parchemin en partie déroulé demeuraient lisibles. Selon le récit de FitzChevalerie Loinvoyant, c'est peut-être la Femme pâle qui y a mis le feu en guise d'ultime vengeance. C'est une perte gigantesque pour nous ; le peu qui en subsiste suffit à nous le dire.

Titre : De la construction et de l'usage des pierres-portails.

« La construction d'un nouveau portail ne doit s'entreprendre qu'avec une prudence extrême et l'autorisation unanime des Anciens. Il ne faut jamais perdre de vue que toute magie est un échange, un accord, et un achat ; depuis la taille de la pierre jusqu'au gravage final des runes en passant par le choix du site, la création d'un portail est un processus dangereux et onéreux pour l'esprit et la santé physique de ceux qui effectuent la tâche. Ils doivent en être récompensés de manière adéquate, car ils donnent des années de bonne santé pour ceux qui leur succéderont ; dans leur sénilité précoce, prenons soin d'eux et honorons-les ; épargnons tout fardeau à leurs familles, car la charge de ceux qui sacrifient leur corps et leur esprit à cette œuvre doit être accueillie à bras ouverts par ceux qui jouissent du fruit de ce travail. »

Le passage central du manuscrit est très abîmé. Voici les mots qu'on peut traduire de façon fiable sur les fragments calcinés :

Être prix à payer corporel langage emphase « alignement volontaire » accompagner fratrie sang rune dragon lien relation mains contact « payé en sang » dépôt prêt perpétuité « contact physique » premier entrée dissimulé.

Parmi les traducteurs, ceux qui ont essayé de combler les lacunes du texte estiment qu'il porte sur la construction et l'usage d'une pierre-portail. Certains supposent que la suite de mots lisibles peut s'interpréter ainsi : celui qui passe le premier peut escorter avec plus de sécurité des gens dont il est proche, que ce soit par les liens du sang ou de l'affection.

Mais cette lecture de mots disparates peut être complètement fausse.

« Qui se sert d'un portail en paie le prix. Pour chaque portail, le prix est différent. Celui qui l'ouvre paie le plus, et il doit être en excellente santé pour supporter cet octroi, surtout s'il escorte des individus qui en sont moins capables. Avant et après le passage par un portail, ceux qui en bénéficient doivent prendre le temps de songer au sacrifice consenti par les hommes et les femmes qui ont créé ces passages ; qu'ils honorent leur mémoire à l'intérieur et à l'extérieur de ces couloirs. »

Umbre Tombétoile

La rouanne était un bonheur à monter.

Je ne quittai pas les écuries au grand galop, bien que j'en mourusse d'envie ; non, je m'en allai comme quelqu'un qui part faire une course sans importance, l'air à la fois heureux et distrait. À l'entrée du château, je saluai d'un signe de tête gracieux les gardes qui souhaitaient une bonne journée au prince FitzChevalerie, et je pris la voie qui partait de Bourg-de-Castelcerf pour rejoindre la route du fleuve. Même là, je gardai une allure tranquille malgré l'impatience de ma monture ; elle percevait mon désir de vitesse et n'attendait que mon signal pour le satisfaire.

Bientôt, promis-je.

Nous galoperons et puis nous combattrons ! Ensemble !

Mon cœur se serra brutalement. Infidèle.

Infidèle à qui ?

Je regrette, jument ; je ne voulais pas me lancer là-dedans. Ce lien ne me convient pas.

Je ne m'appelle pas « jument », mais Véloce.

Je gardai le silence. Elle non.

Je t'attends depuis longtemps. Cinq humains ont prétendu me posséder, mais aucun n'y a réussi, et tous l'ont compris, je pense ; sinon, pourquoi m'auraient-ils vendue, même si j'incarne la monture parfaite ? Ils n'ont pu acheter mon cœur, et du coup ils m'ont vendue et revendue. Puis tu m'as vue, et, dès cet instant, j'ai su que j'étais faite pour toi ; en deux enjambées, tu t'es emparé de moi, et tu sais comme moi que c'était ce qu'il fallait et ce qu'il faut. Ne me dis pas que tu peux dénouer ce qui est noué.

Je surveillai mes pensées. Je ne voulais pas de ce lien ; il ne pouvait exister. Je cherchai mon loup en moi, Œil-de-Nuit, mais rien ne bougea. Assis sur le dos de la jument comme un sac d'avoine, je songeai à mon trajet, à la distance que je parcourrais avant de pousser ma monture au galop, à quel endroit je quitterais la route du Roi pour me diriger à travers champs vers Fond de Saunier ; j'avais bien étudié la carte de la région, en espérant qu'elle était exacte. J'avais la quasi-certitude que la rouanne était capable d'affronter une longue course hors des routes, et, si je me trompais…

J'en suis capable. J'ai servi de monture à un chasseur à une époque.

J'entrepris de faire un inventaire minutieux des armes que j'avais choisies. Je m'étais efforcé de parer à toutes les éventualités : une épée, un poignard, un poison en poudre à projeter, un autre à mélanger à la nourriture si l'occasion s'en présentait, six fléchettes minuscules à la pointe enduite d'un troisième très violent, et une fronde. J'ignorais si je pourrais toucher une cible : il y avait des années que je ne m'étais pas entraîné à cette arme.

Ta meilleure arme, c'est moi. L'homme qui m'a dressée était comme toi : il me refusait. J'étais jeune alors, et j'ignorais qu'il y avait trois autres chevaux avec qui il passait autant de temps ; c'étaient tous des étalons, et ses amis se moquaient de lui en disant que je n'apprendrais jamais à ruer ni à sauter, que seul un étalon sait se battre. Il leur a montré qu'ils se trompaient, il a ramassé les mises des paris, et, avant la fin de l'été, il m'a vendue.

Comment un cheval connaît-il la notion de pari ? La question m'échappa sans que je pusse la retenir.

Elle rejeta la tête en arrière pour tirer un peu les rênes ; je ne résistai pas. *Que crois-tu que font les garçons d'écurie pendant qu'ils attendent les ordres ? Ils jettent des osselets, ils crient, et ils échangent des pièces d'argent. C'est ce que j'étais pour celui qui m'a dressée au combat : des osselets à jeter.*

La pitié m'étreignit. *Jument, nous pouvons être…*

Véloce. Je ne suis ni « jument » ni « rouanne ». Je suis Véloce.

Véloce. J'acceptai le nom à contrecœur : le lien s'en resserrait. *Nous pouvons être amis, mais je ne cherche pas…*

Comment t'appelles-tu ?

Je relâchai lentement ma respiration.

Je sens la forme de ton nom dans ta pensée. Dois-je le deviner ?

J'entendis un bruit de galop derrière nous. Des chevaux, plus de deux. *Décale-toi sur le bord de la route et n'attire pas l'attention.* Sans me laisser le temps de tirer les rênes, Véloce se déplaça sur le bas-côté et ralentit. Elle s'accordait trop vite à moi ; l'écarter de moi, c'était comme essayer de se débarrasser d'une plume avec les doigts collants de miel.

Tu t'appelles donc Changeur ?

Non. Je l'interdis. Je me fermai à la jument.

Je croyais que les cavaliers étaient des messagers ou des jeunes gens en goguette, mais, quand je regardai discrètement derrière moi et vis Persévérance qui fonçait vers moi avec à la longe un cheval sellé, mon cœur se serra : c'était la monture d'Abeille. Il fallut qu'il fût plus proche pour que je reconnusse celui qui l'accompagnait, et j'éprouvai alors un mélange de stupeur et de colère en voyant Lant. Il s'arrêta près de moi, blême, les traits tirés par la douleur. À quel nouveau problème devais-je m'attendre ? « Vous devriez être en train de vous reposer, non de monter à cheval », dis-je en guise de salut. Je tâchai de prendre un ton neutre devant Persévérance.

Lant prit une expression acerbe. « Et vous, ne devriez-vous pas être à Castelcerf, en train de vous préparer à partir demain avec votre garde ? »

Les mensonges ne manquaient pas pour répondre à cette question ; le plus crédible eût été que je nous échauffais, ma monture et moi, pour le long trajet à venir.

« Je vais libérer ma fille, dis-je. Dès maintenant. »

Il écarquilla les yeux puis eut un petit hochement de tête. « Et demoiselle Évite », ajouta-t-il.

Je me tournai vers Persévérance. Il soutint calmement mon regard noir. « Demoiselle Abeille voudra rentrer sur sa propre monture. »

Véloce se remit en route, et les nouveaux venus se placèrent de part et d'autre de nous. Une question me brûlait les lèvres, mais je gardai le silence.

Ce fut Lant qui céda le premier. « Je suis allé voir sire Umbre pour lui dire que je partirais demain matin ; j'ai l'habitude de passer chez lui au moins une fois par jour, même quand il est incapable de tenir une conversation cohérente, et je ne souhaitais pas qu'il croie que j'oubliais cette civilité. Aujourd'hui, il a eu toute sa tête pendant un petit moment, et il m'a demandé de lui rapporter l'entretien que j'ai eu avec vous ; quand je me suis exécuté, il m'a dit que je devais me rendre sans tarder aux écuries si je tenais à vous rattraper.

— Et, moi, j'ai un peu réfléchi quand il m'a demandé de seller son cheval, enchaîna Persévérance d'un ton calme ; et puis je l'ai suivi. »

Je retins la réponse qui me vint aux lèvres. Je ne voulais pas de leur compagnie ; j'ignorais ce que je trouverais une fois à destination, si même je trouvais les ravisseurs ; je voulais être libre de me déplacer vite et seul, et d'agir avec toute la discrétion ou toute la brutalité que je jugerais nécessaire. J'avais emporté de la graine de carris pour mon usage personnel ; je n'avais nulle envie d'en donner à Lant pour ses blessures, et il était hors de question que j'en fisse prendre à un enfant comme Persévérance. Quand je me sentis maître de ma voix, je déclarai d'un ton posé : « Je vous ai prévenu que, si votre état vous interdisait de voyager, Lant, je continuerais sans vous ; cela tient toujours. Quant à toi, Persévérance, tu dois retourner sur-le-champ au château.

— Je comprends », dit le jeune homme avec l'élocution sèche de l'humiliation. Je n'en eus cure.

« Persévérance ?

— Oui, messire. » Il n'avait pas modifié l'allure de son cheval et ne me regardait pas.

« Tu as entendu mon ordre ?

— Oui, messire.

— Eh bien, obéis, dans ce cas. »

Il se tourna enfin vers moi. Il avait les yeux brillants, et j'y vis des larmes se former. « Je ne peux pas, messire ; j'ai fait une promesse à Allègre, l'intendant : il avait découvert que j'apprenais à demoiselle Abeille à monter à cheval, et ça ne lui plaisait pas trop ; mais je lui ai donné ma parole que je veillerais à ce que rien ne lui arrive, et il a répondu qu'il ne voyait pas la nécessité de signaler ce que nous faisions.

Et, avant le début des cours avec le scribe Lant, il m'a convoqué pour me dire que je devais me tenir toujours prêt à la défendre, dans la classe et partout ailleurs à Flétribois. Je lui ai de nouveau donné ma parole, et j'ai protégé demoiselle Abeille, même si on s'était un peu disputés quelques jours avant. C'est comme si je lui avais juré allégeance avant de vous prêter serment ; pour moi, il n'y a qu'elle qui puisse me donner l'ordre de l'abandonner.

— C'est le raisonnement le plus alambiqué que j'aie jamais entendu. » C'était faux : le Fou pouvait faire beaucoup mieux pour parvenir à ses fins.

Persévérance se tut. Devais-je exiger qu'il fît demi-tour ? Mais s'il refusait ? Le chasser à coups de pied ? À la pointe de l'épée ? Il était têtu comme une mule, et il avait décidé de devenir un homme. Véloce et moi n'aurions aucun mal à les distancer, et alors il pourrait aider Lant à regagner Castelcerf. Quel beau prince je faisais ! Incapable de me faire obéir d'un simple garçon d'écurie. Je tâchai de trouver la force d'insister.

Mon Vif m'avertit une seconde avant que la corneille se posât sur mon épaule. Je tressaillis, et Véloce tourna une oreille interrogative en arrière.

« FitzChevalerie ! » lança l'oiseau. Il s'accrocha plus fermement en plantant ses serres dans le tissu de mon manteau puis écarta du bec le col qui le gênait.

« Que fais-tu ici ? demandai-je sans attendre de réponse.

— Mais il parle ! s'exclama Persévérance.

— C'est une corneille ! » fit Lant, au cas où nous ne l'eussions pas remarqué. Le souffle court, il reprit : « Est-ce votre bête de Vif ?

— Non, ce n'est pas mon compagnon de Lignage. » Je n'avais jamais imposé à quiconque de respecter la dénomination actuelle, et je n'eus pas le temps de me demander pourquoi je le faisais maintenant car Persévérance dit d'un ton implorant : « Vous croyez qu'elle accepterait de venir sur moi ? Elle est magnifique ! »

Bigarrée se pencha et me donna un petit coup de bec sur la joue. « Gentil ! » croassa-t-elle.

Les yeux ronds, le garçon tendit le bras vers elle comme s'il avait affaire à un faucon. D'un léger coup d'ailes, elle sauta de mon épaule sur le perchoir ainsi offert.

« Que tu es belle ! » souffla Persévérance en ramenant son bras pour admirer la corneille.

« Belle », répéta-t-elle, admirative elle aussi, et je me pris soudain à espérer qu'elle trouvât un gîte plus stable que ce que le Fou ou moi pouvions lui proposer.

« Tu veux t'occuper d'elle ? Elle a quelques plumes blanches, et, du coup, ses congénères la molestent. Il faudra les noircir à l'encre si le blanc commence à réapparaître.

— C'est vrai ? » Le garçon n'eût pas eu l'air plus stupéfait si je lui avais donné une récompense. « La pauvre ! Comment s'appelle-t-elle ? Comment l'avez-vous eue ?

— Nous l'avons baptisée Bigarrée. Son propriétaire est mort, et un ami commun m'a demandé si je pouvais la prendre en charge quelque temps.

— Bigarrée… Très bien. Comme tu es belle ! Tu as envie de monter sur mon épaule ? »

L'oiseau tourna un instant son regard brillant vers moi, comme pour me demander pardon ou chercher ma permission ; puis, alors que Persévérance baissait lentement le poignet, elle grimpa le long de son bras pour aller se percher près de sa tête. Il m'adressa un sourire ravi, qui s'estompa quand il revint à notre mission. « À quoi devons-nous nous attendre, messire ?

A-t-on retrouvé Abeille ? Va-t-elle bien ? » Il tendit le cou pour examiner la hache pendue dans mon dos. « Elle n'a pas besoin d'un nouveau manche, n'est-ce pas ?

— Non. Et j'ignore à quoi m'attendre, et comment se porte Abeille ; c'est pourquoi je pense que vous ne devriez m'accompagner ni l'un ni l'autre. » Les mots tombaient de mes lèvres comme des cailloux.

Lant intervint soudain à côté de moi : « Eh bien, j'aimerais apprendre tout ce que vous savez. Avez-vous eu d'autres nouvelles depuis notre dernier entretien ? Sire Umbre m'a seulement donné pour instruction de vous suivre. »

Je répondis, en m'adressant plus au gamin qu'à lui : « Nous avons eu des signalements de leurs ravisseurs qui se dirigeaient vers la côte ; le bateau qu'ils espéraient prendre a été saisi. Nous pensons savoir quel trajet ils comptent emprunter, et les forces royales sont en route pour les intercepter. Nous pouvons tomber sur les mercenaires avant elles ou après ; dans tous les cas, je dois être présent. » Après ce compte rendu laconique, nous nous tûmes.

Puis Persévérance déclara d'une voix lente : « Donc, on part en avant de votre garde, c'est ça ? Vous espérez trouver les mercenaires et Abeille avant les soldats du roi ? Vous pensez qu'on pourra se battre tout seuls contre eux et la libérer ?

— Ce serait de la folie ! s'exclama Lant. Il y avait au moins vingt hommes, sans compter les Blancs ! »

Persévérance avait des préoccupations plus terre à terre. « Je n'ai apporté que mon couteau de ceinture. »

Lant eut un petit rire de dérision. « Petit, nous n'allons pas attaquer une troupe de mercenaires aguerris avec pour toutes armes ton couteau et la hache de FitzChevalerie. Je suis sûr qu'il a un meilleur plan. »

Mais je n'en avais pas.

Mentir me parut soudain un effort excessif et inutile. « Je n'ai rien prévu, à vrai dire. Quand je les aurai repérés, si je les repère, je déciderai quoi faire – et c'est pourquoi vous devez faire demi-tour sur-le-champ. » Je me tournai vers Lant. « Accompagnez ma garde demain ; vous pourrez révéler à Gantelée que je suis parti devant en éclaireur. Vous me rendriez d'ailleurs service en le lui disant. »

Il réfléchit. J'espérais lui offrir ainsi un moyen d'accepter dans la dignité de ne pas me suivre dans une entreprise franchement inconsidérée. Pendant un moment, on n'entendit que le bruit des sabots sur la neige compacte de la route, le craquement du cuir des selles et le bruissement du vent qui lissait la mince épaisseur de neige sur la prairie. Je regardai les arbres au loin, puis le ciel. Couvert ; j'espérais avec ferveur qu'il ne neigerait pas cette nuit.

Au sommet d'une petite colline, nous contemplâmes le large lit de la Cerf ; près des berges, l'eau était gelée, mais une bande noire apparaissait encore au milieu du fleuve. Après avoir traversé, je quitterais la route pour prendre à travers champs. Je voyais la piste que je suivrais. Le chariot d'un fermier tiré par deux solides chevaux gris descendait vers le bac amarré à l'autre rive ; cela tombait bien. Il y avait trois maisons, une grange et plusieurs grands enclos de l'autre côté du fleuve ; vieux et délabré, le bac servait surtout aux paysans et aux bergers qui voulaient déplacer leurs troupeaux. Nous parvînmes au ponton en bois écaillé et attendîmes en silence, assis sur nos montures, que le bac vînt vers nous avec force embardées et projections d'eau. Je regardai discrètement mes compagnons : Lant avait l'air atterré, Persévérance indécis. Le nez du ponton était couvert de glace, et Mignarde eut un mouvement de recul quand nous nous approchâmes.

Le bac arriva lentement et heurta les pilotis. Un jeune garçon en sauta et l'amarra, un bout puis l'autre. Le conducteur du chariot le salua de la main puis nous adressa un hochement de tête dépourvu de curiosité pendant que son attelage s'avançait stoïquement sur les planches de bois ; le véhicule suivit avec un cahot bruyant. Les craquements du bois et le bruissement du fleuve masquaient le son des sabots d'un autre cheval, et ce fut mon Vif qui me fit me retourner.

Oui, il n'était pas impossible que j'eusse d'autres problèmes.

« Fitz ! s'écria Crible, la mine mécontente, en tirant les rênes d'un hongre blanc élancé. Qu'est-ce qui vous prend d'emmener ces deux-là ? Lant devrait être au lit, et ce gamin est à peine sorti de l'enfance !

— Je ne les pas emmenés : ce sont eux qui m'ont suivi. » Je remarquai l'armure légère en cuir qu'il portait sous son épais manteau de laine ; son épée n'avait rien à voir avec l'élégant accessoire de gentilhomme qui ornait la hanche de Lant : Crible était paré pour le combat. « C'est Ortie qui vous envoie ? » demandai-je.

Il baissa le nez d'un air coupable. « Non, elle ne sait pas que je suis parti. Je lui ai dit que je voulais vous accompagner demain, et elle a accepté, quoique à contrecœur. Comme je ne vous trouvais nulle part et que la rouanne n'était plus à l'écurie, j'ai compris ; et me voilà. » Il changea brusquement d'expression. « El, merci ! Je n'en pouvais plus de rester les bras croisés à me ronger les sangs ! »

Toute crainte qu'on l'eût envoyé pour me ramener se dissipa, et je lui rendis son large sourire malgré mes efforts pour le réprimer. « Vous allez avoir affaire à une femme très en colère quand vous rentrerez à Castelcerf.

– Ne m'en parlez pas. Mon seul espoir d'obtenir a clémence, c'est d'avoir sa petite sœur avec moi. »

Nous échangeâmes un sourire crispé : nous plaisantions, mais nous savions que la fureur d'Ortie serait un véritable ouragan qu'il nous faudrait affronter, et, dans un coin obscur de mon esprit, je craignais qu'elle ne fût justifiée. Je savais que foncer tête baissée pour sauver Abeille pouvait passer pour de la témérité : un seul homme contre une troupe de mercenaires ? J'apaisai mes remords en me disant que je ne contrevenais pas directement aux ordres de mon roi : j'avais cessé de discuter avant que Devoir se crût obligé de m'imposer de suivre son plan, et je ne pouvais me fier à des gardes pour libérer ma fille ; il était hors de question pour moi de rester en arrière et d'attendre qu'on me la rendît.

J'avais donc défié mon roi. Mais j'avais désormais trois compagnons, dont deux nobles, et cela faisait à mes yeux toute la différence, comme peut-être aux yeux du roi Devoir. Un parent isolé qui désobéit à son souverain, c'est une chose ; à présent, mon action pouvait apparaître comme une mutinerie. Je regardai discrètement Crible et je lus un sentiment similaire dans sa mâchoire serrée et dans ses lèvres pincées. Sans se tourner vers moi, il dit : « Un peu après le bac, il y a une piste qui monte vers des pâtures d'estive ; si nous l'empruntons, nous pourrons sans doute passer la nuit dans une cabane de berger dans les hauteurs avant de poursuivre vers Fond de Saunier.

— Ou bien poursuivre directement sans nous arrêter pour la nuit, fis-je.

— Vous voulez quitter la route ? » demanda Lant d'un air atterré.

Crible avait toujours eu un talent pour échanger des coups d'œil avec moi sans se faire voir. Il s'adressa au jeune homme d'un ton bienveillant : « Je crois que vous devriez faire demi-tour ; emmenez le petit. Si vous y tenez, partez demain avec Gantelée. Si nous devons nous battre, nous ne pourrons affronter une troupe de mercenaires à nous quatre ; Fitz et moi opterons sans doute pour une stratégie plus… discrète. Et, dans ce cas, deux personnes seront moins visibles que quatre avec des chevaux. »

Lant se tut. De quel côté penchait-il ? Il devait avoir encore mal, mais qu'est-ce qui était le plus douloureux, sa blessure d'amour-propre de n'avoir rien fait pour empêcher l'enlèvement d'Abeille et de Pépite, ou les blessures de sa chair ? Et ne craignait-il pas de retrouver Pépite, non plus comme soupirant, mais comme frère ? Je pense qu'il s'apprêtait à rebrousser chemin quand Persévérance prit la parole.

« Vous pouvez repartir si c'est nécessaire, scribe Lant, et personne ne vous le reprochera ; mais, moi, je ne peux pas vous suivre. Quand on trouvera Abeille, elle voudra sa monture, et, comme elle était sous ma responsabilité quand je l'ai perdue, c'est à moi de la ramener. » Il me regarda et se rendit peut-être compte qu'il avait manqué de délicatesse. « En tout cas, il faut que je sois parmi ceux qui seront présents », reprit-il en tâchant de se rattraper.

Le passeur intervint : « Vous voulez traverser ou non ?

— Moi, oui », dis-je, et je mis pied à terre. Il tendit la main, j'y déposai le prix du passage, et je menai Véloce par les rênes. Ses sabots claquèrent sur le bois du ponton, puis elle examina l'espace entre les planches et le bac, mais, quand je le franchis, elle m'imita. L'embarcation dansa légèrement sous notre poids, et je conduisis la jument au milieu. Je n'avais regardé aucun de mes compagnons : j'espérais qu'ils feraient tous demi-tour.

Mais j'entendis alors Crible parler à son cheval et sentis le bac bouger quand ils embarquèrent. Persévérance tenait ses deux montures au mors ; Mignarde, mécontente, s'agitait un peu, mais il lui parla, et sa propre monture monta à bord calmement. « Je les accompagne », annonça-t-il au passeur, qui le laissa embarquer sans payer. Je jetai un regard en arrière.

Lant secouait la tête, puis il fit dans un soupir : « Je viens », et il remit la somme nécessaire au passeur. Il prit pied dans le bac, et le jeune garçon largua les amarres.

J'observai l'eau et la rive opposée. Le courant poussait l'embarcation, mais le passeur et ses apprentis la faisaient progresser régulièrement. Véloce ne bougeait pas, mais Mignarde, les yeux exorbités, tirait sur ses rênes.

Crible s'approcha de moi, sa monture avec lui.

Alors que le bac arrivait près de la rive, Crible dit sans ménagement à Lant : « Nos chevaux sont plus rapides que les vôtres, et nous ne pouvons pas vous attendre, vous et le gamin. Vous pouvez nous suivre ou bien rentrer à Castelcerf, mais nous n'avons pas le temps de vous attendre. Prêt, Fitz ? »

Je me mettais déjà en selle. « Prêt, répondis-je.

— Une seconde ! » cria Persévérance, et c'est avec le sentiment de le trahir que je secouai la tête. Lant dit quelques mots que je ne saisis pas, mais j'entendis Crible répondre : « Suivez-nous comme vous pourrez, alors. » Nous nous mîmes alors en route ; nos chevaux bondirent du bac sur le ponton, et nous traversâmes le hameau, les sabots claquant sur le pavé glacé. Passé le maigre attroupement de maisons, une piste s'écartait de la route principale ; Véloce n'attendit pas mon ordre : elle dévia et allongea le pas pour finir au galop. La rouanne espérait cet exercice depuis le début de l'après-midi, et les naseaux du hongre de Crible à la hauteur de mes étriers ne faisaient que la pousser en avant. Les sabots des deux animaux accrochaient sur la neige compacte de la piste, et le vent de notre course commença de me brûler les joues.

Allez ! dis-je à Véloce, et je la sentis acquiescer joyeusement. Elle accéléra, et le monde devint flou.

Peu de temps après, j'entendis un bruit de cavalcade derrière nous, et j'aperçus Persévérance qui poussait son cheval et gagnait même sur nous ; Lant le suivait, les rênes dans une main, l'autre crispée sur son épaule, et le visage fermé. Je n'y pouvais rien ; nous continuâmes notre voyage.

Je pris le rythme de Véloce, et nous finîmes par nous déplacer comme une créature unique. C'était une monture magnifique, et je ne pus empêcher mon admiration de s'instiller en elle. *Nous allons bien ensemble, toi et moi*, dit-elle, et je ne pus le réfuter. Je percevais le plaisir qu'elle prenait à galoper, à allonger sa foulée et à rester devant Crible et sa monture. Mon esprit fit un bond de plusieurs années dans le temps pour revenir à une autre course à travers champs ; je sortais à peine de l'adolescence, et Umbre et moi foncions par les bois et les collines vers la ville de Forge, où je devais voir mes premiers forgisés. Je chassai ce souvenir et m'immergeai dans la journée, la jument et le vent sur mon visage.

Je lâchai prise. Nous courions simplement tous les deux, rien de plus. Je ne pensais qu'à l'harmonie de nos mouvements. Je la laissai choisir son allure ; elle ralentit, souffla, puis se remit à galoper. Nous surprîmes un renard avec un lièvre entre les crocs. Au bas d'une courte pente, ma monture sauta pardessus un mince ruisseau plutôt que de se mouiller les jambes. *Je suis Véloce !* Je partageais son bonheur.

Le soir précoce de l'hiver commençait à allonger des ombres bleu pâle sur la neige. Nous croisâmes un chariot tiré par de massifs chevaux noirs, conduit par un garçon à peine plus âgé que Persévérance et chargé de bois de chauffage ; nous nous écartâmes pour laisser passer l'attelage fumant. Véloce ouvrit la voie dans la neige épaisse qui bordait la piste, et Crible la suivit avec sa monture.

Je n'avais pas à encourager ma jument : elle savait que je voulais de la vitesse, et elle avait à cœur de me satisfaire. Lant fut bientôt loin derrière nous, puis Persévérance ; Crible parvenait à nous suivre tant bien que mal. Il n'était plus à côté de nous mais, quand je jetais un regard en arrière, je voyais son visage rougi et pétrifié par le froid, son regard sombre résolu ; il m'adressait un hochement de tête raide, et nous continuions. Le jour se vidait de sa lumière, et les couleurs s'épanchaient avec elle ; le froid croissait, et le vent se leva. Pourquoi, chaque fois que je chevauchais, avais-je toujours le vent glacé de face et non dans le dos ? Je sentis la peau de mes joues se tendre, mes lèvres se gercer et le bout de mes doigts devenir lointain.

Mais nous n'arrêtions pas. Véloce ralentit en montant dans les collines. Le ciel était couvert, et je m'en remettais à la vue de ma jument plus qu'à la mienne ; nous suivions la piste au contact des sabots autant que par le regard. Nous pénétrâmes dans un sous-bois, et les arbres qui nous dominaient assombrirent la nuit ; la voie en terre battue devint plus cahoteuse, et je commençai à me sentir vieux, transi de froid et stupide : m'étais-je vraiment imaginé enflammé par la graine de carris et galopant toute la nuit pour me porter à la rescousse d'Abeille ? Je voyais à peine ma main quand je la plaçais devant mes yeux, et le froid m'endolorissait tout le dos ! Nous traversâmes une clairière de bûcherons, et, au-delà, la piste se réduisit à une vague dépression dans la neige.

La bise se leva de nouveau quand nous laissâmes derrière nous le versant boisé. Le froid me gifla mais le vent écarta quelques pans de nuages, et la clarté des étoiles dévoila le manteau blanc qui couvrait les pâtures d'estive des moutons et des chèvres. Véloce ralentit sous la pression de la neige vierge, mais, opiniâtre, elle courba le cou et continua d'avancer.

Je sentis l'odeur d'une grange. Non : Véloce sentit l'odeur d'une grange ou d'un abri quelconque pour les animaux, et elle partagea la sensation avec moi. C'était différent des informations que me transmettait Œil-de-Nuit ; lui ne s'intéressait qu'à la chasse, à la curée et à la viande ; la jument, elle, percevait quelque chose de familier qui pouvait être un refuge où se reposer. Oui, se reposer : elle était fatiguée et elle avait froid. Il était temps de se protéger du vent, temps de trouver de l'eau. Devant nous, sur le versant enneigé, apparaissaient quelques constructions : un enclos à bétail et un abri à trois côtés avec le toit pentu ; à côté se dressait une butte couverte de neige : une meule de foin ; et on distinguait, partageant une paroi avec l'abri, la silhouette d'une cahute.

Je n'eus pas besoin de tirer les rênes : Véloce s'arrêta de son propre chef et huma l'air, les flancs montant et descendant doucement. Mouton, vieux crottin, paille. Je mis pied à terre avec raideur et me dirigeai vers l'abri ; mes muscles opéraient différemment, et je sentais la chaleur qui s'efforçait de remonter par mes pieds. J'avais mal aux hanches et mon dos criait de douleur à chaque pas. M'étais-je cru capable de chevaucher toute la nuit puis d'agir en toute discrétion, sans même parler de me battre ?

J'étais un idiot.

Je trouvai le portail de l'enclos, dégageai la barre et l'ouvris en repoussant la neige qui le bloquait. Quand il y eut la place pour faire passer un cheval, je menai ma jument à l'intérieur. Elle alla d'elle-même s'installer dans l'abri tandis que j'allais chercher de la paille dans la meule ; j'en rapportai une brassée, puis fis trois voyages supplémentaires pour remplir le râtelier. Véloce était soulagée d'être protégée du vent ; les mains gourdes, je sortis à grand ahan le sac de grain de ma sacoche de selle.

À boire ?

Je vais voir ce que je peux faire.

Je la laissai pour aller explorer les alentours. Je tapais des mains sur mes cuisses pour les réchauffer et retrouver assez de dextérité pour desseller Véloce. Les nuages se dissipaient, et une lune pâle déboucha la nuit ; je vis un puits muni d'un seau et d'un treuil. Quand je descendis le récipient, je l'entendis briser une mince couche de glace avant de s'incliner et de se remplir. Je l'apportais à la jument quand Crible arriva ; je le saluai de la main. Il mit pied à terre, mena sa monture dans l'abri, et je le suivis ; je tins le seau pendant que Véloce buvait, puis le tendis à l'autre cheval.

« Je vais allumer du feu dans la maison, fit Crible.

— Je m'occupe des chevaux », répondis-je.

Les doigts engourdis, j'eus du mal à défaire les boucles des lanières de cuir raidies par le froid. Les deux bêtes se rapprochèrent pour partager leur chaleur corporelle. Quand j'eus fini de les installer pour la nuit, une vague lueur filtrait encore par les interstices de la porte de la chaumine. Je tirai encore un seau du puits et gagnai la maison avec ma sacoche de selle sur l'épaule. À l'intérieur, je trouvai un abri humble mais accueillant, avec du plancher au sol et une cheminée en pierre qui occupait tout un mur. Le feu promis par Crible commençait à bien prendre. Le mobilier se réduisait à une table, deux tabourets, une plateforme surélevée à une extrémité de la chaumine en guise de lit, et une étagère avec deux marmites munies d'anses pour cuisiner sur le feu ; une lanterne ; deux gobelets en terre et deux bols ; les bergers avaient laissé une réserve de bois à l'extérieur, sous le vent de la cahute. Je retournai à la meule de foin et y prélevai sans scrupule de quoi garnir la plateforme, pendant que Crible mettait de l'eau à chauffer dans une marmite.

Nous vaquions à nos tâches sans échanger plus de quelques mots. Nous avions retrouvé les habitudes de notre relation d'antan, et nous n'avions ni envie ni besoin de parler. Pendant que Crible préparait de la tisane, je jetai de la paille sur le lit puis approchai un tabouret de la flambée et m'assis. Me pencher en avant pour ôter mes bottes de mes pieds gourds me parut une tâche exténuante. Avec une lenteur désespérante, le feu réchauffa peu à peu notre logis puis pénétra ma chair transie de froid. Crible souffla dans un gobelet pour le dépoussiérer et le remplit de tisane. J'avais les muscles du visage ankylosés et douloureux. Une seule journée de cheval à bride abattue, et le froid me mettait dans cet état ? Quelles conditions ma petite fille devait-elle supporter ? Était-elle encore en vie ? Non, il ne fallait pas penser à cela. Persévérance l'avait vue partir dans un traîneau, entourée de fourrures et de couvertures. Ses ravisseurs tenaient à elle, et ils en prenaient soin.

Et leur peine serait la mort. Cette pensée me réchauffa mieux que le feu et la tisane.

J'entendis le bruit de chevaux qui arrivaient au trot. Je me levai avec raideur, mais Crible gagna la porte et l'ouvrit avant même que je fusse debout. Il brandit la lanterne à bout de bras, et, à sa maigre lumière, je distinguai Lant qui pénétrait dans la clairière ; Persévérance mettait déjà pied à terre.

« Vous avez une mine affreuse », dit Crible à Lant en guise de salut.

Le jeune homme ne répondit pas, mais il poussa un grognement de douleur en posant le pied au sol.

« Entrez vous réchauffer, fit Crible en lui prenant les rênes des mains.

— Je peux m'en occuper, messire, intervint Persévérance, et l'autre lui confia la monture puis la lanterne en le remerciant.

— Tu as besoin d'aide ? » demandai-je depuis l'entrée de la maison. La perspective de devoir remettre mes bottes m'horrifiait d'avance.

« Non, merci, messire. » La colère le rendait laconique. Ma foi, qu'il rumine donc. Il mena les trois chevaux à l'abri.

Lant se dirigea d'un pas lent vers la chaumine, et je m'écartai pour le laisser entrer. Il se déplaçait avec raideur, le visage à la fois rouge et blême à cause du froid et de la souffrance. Sans me regarder, il alla s'asseoir sur mon tabouret près du feu ; Crible lui offrit son gobelet de tisane, et il le prit sans un mot. « Il aurait été plus raisonnable de faire demi-tour, lui dis-je.

— Sans doute, répliqua-t-il sèchement ; mais je tiens beaucoup à l'estime d'Umbre. »

Je n'avais rien à répondre à cela. Quand Persévérance entra à son tour en tapant des pieds pour faire tomber la neige de ses chaussures, Crible lui laissa l'autre tabouret. La corneille accrochée sur son épaule alla se poser sur la table, ébouriffa ses plumes puis les lissa, et garda le silence. Je remplis mon gobelet de tisane, et, quand je le tendis à l'enfant, il l'accepta en marmonnant des remerciements sans me regarder.

« Boire ! lança Bigarrée. Manger. Manger, manger, manger ! »

Crible et moi avions emporté des provisions, mais je n'en avais pris que pour moi-même, tandis que Lant n'avait rien prévu, croyant sans doute que nous ferions halte dans des villages ou dans des auberges le long du chemin ; Persévérance n'avait que du grain pour les chevaux. « Mon père disait toujours qu'il faut s'occuper de son cheval en premier, parce qu'il nous porte, mais qu'on ne peut pas le porter ; et qu'il faut accepter de faire cuire du grain pour le manger si on est obligé, parce que, si ce n'est pas assez sain pour nous, on ne doit pas le donner à son cheval. » Ainsi parla-t-il en posant un petit sac d'avoine sur la table après que j'eus sorti de la viande séchée et quelques pommes flétries. *Ton père et toi, vous auriez plu à Burrich*, songeai-je.

Crible secoua la tête d'un air navré devant mes maigres victuailles, puis il tira de ses fontes une miche de pain noir, un généreux morceau de fromage, une belle tranche épaisse de jambon et un sac de pruneaux. C'eût été plus qu'assez pour nous deux, et cela suffit à fournir un repas pour quatre ; Bigarrée se régala des restes. Je préparai à nouveau de la tisane, et, tandis que Lant et Persévérance, l'air las, profitaient de la flambée, j'allai chercher du bois afin d'approvisionner le feu pour la nuit.

Ils bâillaient tous à mon retour. « Avons-nous un plan pour demain ? me demanda Crible d'une voix fatiguée.

— Nous nous levons à l'aube, nous partons tôt, nous trouvons Abeille et Pépite et nous les ramenons après avoir éliminé ceux qui les ont enlevées.

— C'est un plan, ça ? fit Lant d'un ton incrédule.

— Étant donné les renseignements dont je dispose, c'est le mieux que je puisse proposer », répondis-je.

Crible acquiesça puis étouffa un gigantesque bâillement ; Persévérance dodelinait de la tête devant la cheminée, et je pris de ses mains inertes le gobelet encore à demi plein. « Va te coucher, lui dis-je. N'oublie pas que demain est un autre jour. » Il bâilla avant de se lever et gagna la plateforme d'un pas mal assuré ; à peine se fut-il allongé qu'il s'endormit, les bottes aux pieds.

« Comment va votre blessure, Lant ? demandai-je au jeune homme.

— Elle me fait souffrir, fit-il d'une voix marmonnante ; j'ai mal partout. J'étais fatigué en me levant ce matin, et je n'ai plus de forces maintenant.

— Ce n'est pas votre faute : vous êtes encore en convalescence. Si Umbre avait toute sa tête, il se serait rendu compte qu'il ne fallait pas vous envoyer avec nous. N'ayez pas honte ; vous avez besoin de vous reposer : ne vous en privez pas. »

Je me demandai pourquoi je cherchais à le consoler, et je compris : le remords. Il se sentait coupable de n'avoir pas défendu Pépite, et plus encore à présent qu'il était à peine en état de participer à son sauvetage. Et ce serait encore pire au matin. Je le regardai quitter son tabouret ; il fit deux pas de côté puis reprit l'équilibre et se dirigea lourdement vers le lit. Il s'allongea, resserra son manteau sur lui et ne bougea plus.

« Fitz ? dit Crible d'une voix pâteuse.

— Je suis navré », mentis-je tandis qu'il se levait à son tour. Je le rattrapai alors qu'il s'effondrait, et je l'étendis doucement par terre ; puis je le saisis par les épaules et le traînai plus près du feu. Je pris son manteau et l'en recouvris. Il faisait des efforts pour garder les yeux ouverts.

« Veillez sur Lant et sur le petit, lui dis-je. C'est la meilleure façon de m'aider ; pour ce que je devrai peut-être faire, je préfère être seul. Ne vous en veuillez pas : j'ai toujours été un bâtard et un traître, vous le savez.

— Fiiittzz... » fit-il dans un murmure à peine audible, et puis ses yeux se fermèrent. Je poussai un grand soupir.

« Oh, Fitz ! » dit la corneille d'une voix qui ressemblait étrangement à celle du Fou. J'y entendis un reproche.

« Je fais ce que je dois faire, répondis-je. Et je ne t'emmène pas non plus. »

J'ajoutai une bûche dans le feu.

Je me couchai à côté de Crible, le dos contre le sien, nous couvris tous les deux avec mon manteau et fermai les yeux. Je ne me laissai pas aller au sommeil – c'était un luxe que je ne pouvais m'octroyer – mais je me reposai le temps qu'il fallut à la bûche pour se consumer par le milieu.

Quand je l'entendis s'écrouler, je me levai, saupoudrai de graines un morceau de pain et me rendis à l'écurie rudimentaire. Sans bruit, je réveillai Véloce de la main et de la pensée tout à la fois.

Je ne lui mentis pas. « Si tu manges ceci, tu auras la force de me porter jusqu'au matin et encore toute la journée. »

Je pensais qu'elle allait me poser des questions comme l'eût fait Œil-de-Nuit, mais elle happa sans hésitation le pain que je lui présentais. Sa confiance m'emplit de honte : les graines ne lui feraient sans doute aucun mal, mais je me sentais quand même gêné. Je retournai à la chaumine le temps qu'elles fissent leur effet.

Je me restaurai légèrement en mélangeant de la graine de carris au fromage de Crible et en étalant le tout sur le pain rassis. C'était un ingrédient qu'on ajoutait souvent aux gâteaux de fête pour accroître l'énergie et la bonne humeur des convives, mais j'en usais avec prudence : les effets cessaient en général brutalement, et je n'oubliais pas qu'Umbre s'était jadis effondré d'épuisement après en avoir abusé. Le pain, le fromage fondu et les graines aromatiques formaient un ensemble délicieux ; j'en ressentis aussitôt l'action revigorante, et c'est d'un cœur presque léger que je fis le tour de la maison. Mes trois compagnons dormaient à poings fermés et ne se réveilleraient sans doute pas avant l'après-midi. Je donnai à la corneille un petit bout de pain, et je lui versai de l'eau dans un gobelet, puis j'examinai Persévérance, vaguement inquiet qu'il n'eût ingurgité ma tisane en plus grande quantité que prévu ; mais il respirait profondément et marmonna même dans son sommeil quand je pris son pouls, parfaitement perceptible, à sa gorge. Il allait bien. Je nettoyai soigneusement le deuxième gobelet, remplis la marmite de neige que je fis fondre puis chauffer, et dans laquelle je jetai toute l'écorce elfique que j'avais emportée. Il était temps de disparaître du courant d'Art. Je n'avais pas révélé à Umbre que je gardais une mesure d'écorce pour moi ; cela m'avait simplement paru une bonne idée. Tout en buvant l'infusion amère, je songeai que nul ne pouvait me dissimuler ma fille ni obscurcir mon esprit. Je sentis sur-le-champ la substance qui étouffait mon Art, ainsi que l'abattement et l'énergie anormale qui accompagnaient cet effet. Je lavai la marmite avec de la neige et la reposai sur la table, puis je pris une partie des provisions et ajoutai du bois dans la cheminée. Alors que je sortais, j'entendis un claquement d'ailes et sentis des plumes noires me gifler : la corneille s'était échappée ; elle s'envola vers l'abri aux chevaux et fit tomber de la neige du faîte en se posant. La lune était haute, mais l'oiseau n'en apparaissait pas moins comme une silhouette un peu plus noire que le ciel. Je le regardai.

« Tu es sûre de vouloir rester dehors ? Ils ne vont pas se réveiller avant un bon moment. »

Elle ne me prêta pas attention, et je décidai d'en faire autant à son égard : c'était une corneille ; elle était capable de se débrouiller. Elle attendrait que les autres eussent émergé du sommeil, ou bien elle retournerait à Castelcerf. Je donnai à boire à tous les chevaux et leur apportai de la paille fraîche avant de seller Véloce.

« Tu es prête ? » lui demandai-je, et je perçus sa réponse enjouée. Sentait-elle l'énergie que la graine de carris infusait en moi ? Son empressement à m'aider en était-il accru ? Pour ma part, en tout cas, je captais l'effet de la graine sur elle.

C'est bon de bouger, me dit-elle.

« C'est bon d'agir », répondis-je. Je m'emparai de ma colère et de mon désarroi afin d'alimenter ma rage croissante contre les ravisseurs d'Abeille. Nous devions encore monter un peu dans les monts, puis nous franchirions le col dit de la Taille de la Pucelle et redescendrions dans la vallée au-delà. Il y avait un village de l'autre côté de la montagne, et probablement une route praticable. Je n'étais pas encore certain de trouver les mercenaires avant les soldats du roi, mais cela se jouerait à peu. « Il faut que j'y sois », dis-je à Véloce.

Alors nous y serons. Je lui laissai les rênes, et nous laissâmes bientôt la chaumine loin derrière nous.

5

Séparation

Le rêve commence par le son d'une cloche. Je suis moi-même, et j'essaie d'échapper à je ne sais quoi, mais je tourne en rond : je cours aussi vite que je peux pour m'enfuir, et pourtant je me retrouve toujours en train d'aller vers le danger. Quand j'arrive trop près, on me saisit ; je ne vois pas ce « on » ; je sais seulement qu'il y a un homme et une femme et qu'ils me capturent. Il y a un escalier en pierre noire ; la femme enfile un gant et enfonce la main dans l'angoisse de l'homme. Elle ouvre la porte qui donne sur l'escalier, m'attrape par le poignet et me force à descendre avec elle. La porte se referme brutalement derrière nous, mais sans bruit.

Nous arrivons dans un lieu où le vide est en réalité composé d'autres hommes et femmes. Ils se mettent tous à me parler en même temps, mais je me bouche les oreilles et je ferme les yeux.

Journal de mes rêves, Abeille Loinvoyant

Tout changea quand Ellik tint Vindeliar sous son emprise ; je n'en compris pas la raison, hormis qu'Ellik paraissait ravi de l'angoisse des luriks et de Dwalia. La nuit où il s'empara du garçon-brouillard et le garda dans son bivouac, nous ne chargeâmes pas les traîneaux ni ne voyageâmes ; il ne nous dit rien et nous laissa dans l'expectative.

Il se porta à la rencontre de ses soldats et de Vindeliar, et les invita à s'approcher pour partager la venaison que ses hommes avaient rapportée. Ils restèrent debout autour du feu, si bien que nous ne pûmes voir ce qui se passait. Lingstra Dwalia, à la périphérie de notre campement, les regardait sans intervenir. Ellik se mit à parler d'une voix basse – nous l'entendions mais ne comprenions pas ses propos –, et Vindeliar s'efforça de lui répondre. Le commandant s'exprima d'un ton d'abord affable, puis sérieux et enfin furieux ; bientôt, Vindeliar se mit à sangloter et sa voix monta dans les aigus ; je ne saisis pas ce qu'il disait, et rien ne me laissa penser qu'on le brutalisait physiquement. Cependant, les hommes partaient de temps en temps dans de grands éclats de rire. Dwalia crispait les mains sur le tissu de sa jupe mais se taisait : deux des hommes d'Ellik se tenaient près de notre feu et la surveillaient ; une fois, elle fit deux pas vers eux, et l'un d'eux dégaina son épée, en souriant comme s'il l'invitait à s'approcher encore. Elle s'arrêta, et, quand elle revint auprès de nous, les deux hommes s'esclaffèrent.

La nuit fut longue. Quand le jour se leva, Dwalia crut peut-être qu'on nous rendrait Vindeliar, mais elle se trompait : la moitié des soldats allèrent se coucher tandis que les autres ajoutaient du bois sur le feu et montèrent la garde auprès du garçon-brouillard. Lorsqu'il apparut qu'Ellik était allé dormir lui aussi, elle se tourna vers nous. « Allez au lit, nous dit-elle d'un ton furieux. Nous reprendrons la route ce soir, et vous aurez besoin d'être reposés. »

Rares furent ceux qui dormirent ; avant que le soleil d'hiver parvînt à son zénith, nous étions tous réveillés et nous déambulions, inquiets, dans le camp. Ellik se leva, et les gardes autour de Vindeliar furent relevés, sauf les deux qui surveillaient notre bivouac. Les Serviteurs évitaient de les regarder : nul ne souhaitait attirer leur attention. En tendant l'oreille et avec des coups d'œil discrets, nous tâchâmes de deviner les instructions que le commandant donnait à ses hommes. « Gardez-les ici, dit-il en montant à cheval. À mon retour, je veux tout retrouver tel que je l'ai laissé. » L'anxiété de Dwalia s'accrut quand il demanda une autre monture pour Vindeliar. Le ventre noué par l'inquiétude, nous le vîmes s'éloigner, suivi par quatre de ses hommes qui encadraient le garçon ; en plein jour, ils se dirigèrent vers la ville.

Ce dut être la journée la plus effrayante que nous vécûmes, sous l'œil vigilant des gardes alors que leur commandant était absent. Et, pour nous surveiller, ils nous surveillèrent ! Avec des regards en coin, des sourires narquois, des index pointés qui écartaient certains luriks femmes et des mains qui dessinaient la mesure des seins ou des fesses d'autres. Ils ne nous adressèrent pas la parole et ne nous touchèrent pas, ce qui accusa encore la menace de leurs yeux qui nous caressaient et des propos qu'ils échangeaient à voix basse.

Néanmoins ils respectaient les règles de leur chef. Il leur avait ordonné de nous laisser tranquilles « pour le moment », et ils s'y tenaient ; mais l'épouvantable incertitude d'ignorer s'il allait ou non révoquer ou modifier cet ordre pesait sur nous. Tout l'après-midi, les luriks vaquèrent à leurs tâches la mine grave, en jetant sans arrêt des coups d'œil aux soldats pour voir ce qu'ils faisaient dans leur campement. À deux reprises, je surpris des conversations à mi-voix : « Ça n'avait jamais été prévu, jamais prédit ! Comment est-ce possible ? » Ils passaient en revue les textes dont ils se souvenaient, échangeaient des citations et s'efforçaient de leur donner de nouvelles interprétations afin de se convaincre que ce qu'ils vivaient avait été prophétisé. J'avais l'impression que Dwalia interrompait ces conversations aussi souvent que possible en demandant aux serviteurs de faire fondre de la neige pour la réserve d'eau ou d'aller chercher du bois pour le feu. Ils lui obéissaient par groupes de deux ou trois, par sécurité, et, je suppose, pour pouvoir continuer à échanger à voix basse.

Pendant que Dwalia donnait ainsi à s'occuper aux hôtes de notre bivouac, les hommes d'Ellik restaient à nous observer en faisant des commentaires sur certaines femmes comme s'il s'agissait de chevaux à l'encan. Les hommes de notre groupe étaient à peine moins inquiets qu'elles : Dwalia leur ordonnerait-elle de nous défendre ? Il n'y avait pas de combattants aguerris parmi eux : ils avaient tous l'air de l'image que je me faisais de scribes, pétris de savoir et d'idées, mais frêles comme de jeunes pousses de saule et pâles comme des poissons. Ils étaient capables de chasser assez bien pour mettre de la venaison sur la broche, et Dwalia leur confia cette tâche, mais mon sang se glaça quand je vis plusieurs soldats se lever et les suivre d'un pas traînant en échangeant des sourires malicieux et en riant tout bas.

Nous restâmes près du feu, transis d'un froid que les flammes ne pouvaient repousser. Nos chasseurs finirent par revenir avec deux maigres lapins d'hiver et les traits tirés. Ils n'avaient pas été molestés, mais les soldats les avaient suivis en bavardant assez fort pour ne rien leur laisser ignorer de ce qu'ils pourraient leur faire ; ils avaient effrayé le gibier à deux reprises alors que les chasseurs décochaient leurs flèches.

Je résistai le plus longtemps possible, mais je finis par devoir me soulager. J'allais trouver Évite, agacée mais tout aussi à bout que moi, et nous nous éloignâmes ensemble, non sans jeter des regards en arrière, jusqu'à un coin un peu à l'écart. Je fis semblant d'uriner debout avant de m'accroupir à côté de mon accompagnatrice ; je m'améliorais, et je ne faisais plus pipi sur le talon de mes bottes. Nous avions fini et nous reboutonnions quand une ombre bougea. Évite prit une vive inspiration pour crier.

« Non », dit une voix masculine, d'un ton suppliant plus qu'autoritaire. L'homme s'approcha, et, malgré la faible lumière du crépuscule, je vis qu'il s'agissait du jeune soldat qui faisait des yeux de poisson mort à Évite depuis notre départ de Flétribois. Il ajouta vivement à mi-voix : « Je voulais seulement vous dire que je vous protégerai. Je mourrai plutôt que de laisser quelqu'un vous faire du mal, à elle ou à vous.

— Merci », répondis-je sur le même ton, préférant croire qu'il s'adressait à moi plutôt qu'à Évite.

Je ne pouvais pas déchiffrer son regard dans la pénombre, mais un sourire fugitif passa sur ses lèvres. « Et je ne trahirai pas votre secret », dit-il encore avant de reculer et de se fondre dans l'ombre des conifères. Nous restâmes immobiles quelques instants avant de nous diriger avec circonspection vers le bouquet d'arbres. Il n'y avait plus personne.

« Il m'a déjà parlé », déclara Évite. J'ouvris grand les yeux. « Plusieurs soldats m'ont parlé, comme ils soufflent des horreurs aux gens blancs quand ils leur apportent à manger ou débarrassent leurs couverts. » Son regard se perdit dans l'obscurité où l'homme avait disparu. « C'est le seul qui se soit exprimé gentiment.

— Vous le croyez ? Vous croyez ce qu'il a dit ? »

Elle se tourna vers moi. « Qu'il nous protégerait ? Lui seul contre tous ? Impossible. Mais le fait qu'il pense devoir nous défendre contre ses acolytes m'indique que l'avenir s'annonce mal et qu'il le sait.

— Nous le savons tous », répondis-je à voix basse. Nous regagnâmes le camp. J'avais envie de prendre la main d'Évite, de me tenir à quelqu'un, mais je savais qu'elle renâclerait.

Le soir tombait quand Ellik et ses hommes revinrent. Dwalia poussa un brusque soupir de soulagement en voyant Vindeliar avec eux et apparemment sain et sauf. Les fontes des chevaux étaient pleines à craquer, et les soldats riaient et hélaient leurs compagnons demeurés au camp. « On a pillé une ville en plein jour et personne ne s'en est rendu compte ! » lança l'un d'eux ; du coup, ceux qui étaient restés dans les bivouacs se précipitèrent pour voir ce qu'ils rapportaient.

Ils tirèrent de leurs sacoches des bouteilles de vin, de riches victuailles, jambons et miches de pain piquetées de raisins secs et aromatisées d'épices, poisson fumé et pommes d'hiver. « En plein jour ! » répéta un homme, et un autre lança en faisant tournoyer une robe tissée : « Celle-là, je l'ai prise sur une femme et elle est restée sans bouger comme une vache à la traite ! Je l'ai un peu tripotée, mais j'avais pas le temps de faire plus ! Et, quand on s'est éloignés, son mari l'a prise par le bras et ils sont repartis sans un coup d'œil derrière eux ! »

Dwalia était béante d'horreur ; je crus d'abord qu'elle réagissait aux propos de l'homme, mais je suivis son regard, et je vis Vindeliar encore en selle, à côté d'Ellik qui souriait à pleines dents. Le garçon-brouillard, lui, arborait un sourire indécis, un collier de perles et un bonnet de fourrure ; une écharpe rouge lui prenait la gorge, et il avait aux mains des gants en cuir rouge à pompons. Un des soldats qui l'avaient accompagné lui assena une claque sur la cuisse en s'exclamant : « Et ce n'est que le début ! » Le sourire du garçon s'élargit et s'affirma.

Ce spectacle anéantit Dwalia, je pense. « Vindeliar ! N'oublie pas la voie ! Ne t'écarte pas de ce qui a été prédit ! » lui cria-t-elle.

Ellik fit volter son cheval, s'avança vers elle et la poussa en arrière jusqu'à ce qu'elle trébuchât et faillît tomber dans le feu.

« Il est à moi maintenant ! Ne lui adresse pas la parole ! »

Mais le sourire de Vindéliar s'était effacé de son visage poupin, et c'est d'un air consterné qu'il regarda le commandant se pencher pour gifler Dwalia. Elle supporta le coup sans réagir ; était-ce par courage ou par crainte d'un traitement pire si elle l'évitait ?

Ellik la regarda un moment sans rien dire, et elle finit par baisser les yeux. Alors il retourna à son bivouac et annonça : « Ce soir, nous festoyons ! Et, demain, nous mettrons encore à l'épreuve les capacités de notre bon ami ! »

Certains Serviteurs observaient le camp des soldats avec envie, l'air affamé. Le commandant mit pied à terre, et ses hommes lui remirent le meilleur du butin ; pendant quelques instants, Vindeliar, la mine stupéfaite, regarda notre campement comme un chien qui n'aspire qu'à regagner le chenil familier, puis les soldats l'entourèrent et lui tendirent une bouteille de vin ouverte et une pâtisserie. Peu après, il avait mis pied à terre, et un de ses compagnons de chevauchée l'avait pris par les épaules pour l'entraîner parmi ses nouveaux amis. Un rêve me revint à l'esprit, celui d'un mendiant aspiré puis englouti dans un tourbillon de bijoux et de nourriture.

Un grand froid m'envahit. Nul n'avait prévu cette scène – à part moi. Moi seule.

Je ne concevais pas comment c'était possible, et j'eus soudain l'impérieuse conviction qu'il me fallait comprendre. Si ces songes me restaient obscurs, un grand danger me menaçait ; j'étais la seule capable de prendre le gouvernail et de piloter le navire, mais j'ignorais comment.

Chut, fit père Loup avec sévérité. *Tais-toi ; ne dis rien à ces gens.*

Mais il faut que je sache !

Non. Tu n'es pas obligée de devenir ça. Respire ; respire et sens les odeurs de maintenant. Sois à l'affût du danger présent, et tu n'auras pas à craindre le danger de demain. Il s'exprimait d'un ton à la fois triste et catégorique, comme s'il savait trop bien de quoi il parlait. Je refoulai les questions qui me venaient et m'ouvris à ce qui se passait autour de nous.

« Au moins, ils n'ont rien fait d'autre que lui voler sa robe », murmura Odessa.

Dwalia, assise abattue près de notre feu, en devina la raison. « Tant qu'ils ne connaissent pas les limites du pouvoir de Vindeliar, ils n'iront pas se risquer à se retrouver brusquement avec toute la ville à dos. Mais, pendant qu'ils jouent de mauvais tours aux marchands, nous restons ici, vulnérables à quiconque viendrait dans ces bois. Nous sommes visibles à présent, et n'importe quoi peut arriver. »

Odessa plissa le front. « N'importe quoi ? » répéta-t-elle comme si le concept lui échappait.

Dwalia parut se trouver mal. « N'importe quoi. Nous sommes si loin de la voie que je ne sais pas comment y retourner ; j'ignore s'il faut agir ou ne rien faire en espérant qu'elle nous retrouvera. Tout ce que nous faisons nous éloigne des bons choix. »

L'autre acquiesça avec une sorte de ferveur. « C'est ce qu'on a enseigné à l'École : "Suivez la voie de la Prophétesse blanche. Évitez les actes extrêmes. Seule la Prophétesse, par son Catalyseur, peut naviguer au mieux dans l'avenir." Mais, si loin de la voie, est-ce encore vrai ?

— Nous devons le croire », répondit Dwalia, mais elle ne paraissait pas convaincue. Ses luriks s'étaient approchés peu à peu et s'attroupaient autour d'elle comme des moutons autour de leur berger. Le souvenir d'un rêve noir me revint ; je serrai les dents avec la sensation de refouler une envie de vomir plutôt que des mots quand j'entendis les propos tenus dans le songe : *Les brebis sont égaillées au vent mauvais pendant que le berger s'enfuit avec le louveteau.*

Une voix s'éleva de l'autre bivouac : « Pourquoi ? Pourquoi pas ? Pour une fête ! Pour ceux d'entre nous qui sont restés ici pendant que vous mettiez le gamin à l'épreuve en ville.

— Elles sont à moi, répliqua Ellik, mais à la sévérité de son ton se mêlait une indulgence amusée. Quand nous les aurons changées en espèces sonnantes et trébuchantes, tu auras la part qui te revient ; est-ce que je t'ai déjà privé de ton dû ?

— Non, mais… »

Je tendis le cou. C'était le violeur de belle mise qui parlait ; à la lumière du feu, je vis son nez et ses joues rougis, et pas seulement par le froid : ils avaient bu le vin qu'ils avaient volé. J'aperçus aussi Vindeliar, assis dans la neige, un sourire niais sur les lèvres.

« Tout est sa faute », dit Dwalia d'un ton venimeux. Je crus qu'elle désignait Ellik, mais son regard se perdait dans la forêt assombrie. « C'est à cause de lui que nous en sommes là. Il ne se satisfaisait pas du rôle qu'on lui avait donné. Pourtant, il était bien traité ; il n'avait aucune raison de s'enfuir, de se choisir un Catalyseur ni de détruire la voie par son obstination. Je sens son influence ici ; j'ignore comment c'est possible, mais j'en suis certaine, et je maudis son nom.

— Alors laissez-nous-en deux, ou même une seule ! s'exclama Hogen non sans audace. Une seule, ça ne fera pas un si gros trou dans votre bourse, commandant ! »

Je crus qu'Ellik allait se mettre en colère, mais peut-être l'alcool et le butin avaient-ils adouci son humeur. « Commandant ? Non : duc. Je vais redevenir duc avec ce gamin en laisse. Appelez-moi comme ça dorénavant ! »

À cette proclamation, certains de ses hommes poussèrent des vivats.

Hogen pensa-t-il que le vin et la réussite rendaient son chef plus placide ? Il lui fit une révérence exagérée et lui dit d'un ton ironiquement raffiné : « Duc Ellik, votre excellence, nous, vos très loyaux sujets, vous supplions de nous accorder une grâce. Auriez-vous la bonté de nous faire bénéficier d'une de ces damoiselles afin que nous nous amusassions en cette nuit de frimas ? »

Ses compagnons éclatèrent de rire en lançant de grandes acclamations. Le duc Ellik s'y joignit, puis il assena une solide claque dans le dos de l'homme et déclara d'une voix forte : « Je te connais, Hogen ; une seule ne te suffira jamais. Et, quand vous en aurez tous fini avec elle, il n'en restera rien à vendre !

— Alors, donnez-nous-en deux, et elles n'auront que la moitié du travail à fournir ! » répliqua Hogen, et trois autres au moins l'approuvèrent avec force.

Je sentis Évite se raidir près de moi. Elle posa sur mon épaule une main dure comme une serre, et elle se pencha pour me souffler à l'oreille : « Viens, Abeille ; il faut être prudentes. Allons nous reposer. » Et elle me releva à la seule force du bras. Les luriks demeuraient assis près du feu, pétrifiés, le regard tourné vers l'autre bivouac, les yeux écarquillés de peur.

« Ne pouvons-nous nous enfuir ? chuchota l'un d'eux. En nous dispersant dans la forêt, certains d'entre nous pourraient s'échapper !

— Ne bougez pas, fit Dwalia d'une voix sifflante. Ne bougez pas. »

Mais Évite ne l'écoutait pas. La main toujours sur mon épaule, elle m'entraînait sans bruit loin de l'éclat du feu ; dans leur terreur, les luriks ne parurent pas remarquer notre départ. Dwalia, elle, nous vit mais ne réagit pas, comme si elle souhaitait notre fuite.

Je ne suivais plus la conversation de l'autre camp, mais l'éclat de rire que j'entendis soudain était plus effrayant que réjouissant. Ellik haussa la voix avec une indulgence enjouée.

« Bon, très bien, Hogen. On sait tous que ton cerveau ne peut pas fonctionner quand tu as envie de planter l'asperge. Je t'en donne une, une seule, choisie spécialement pour toi. Allons, mes sujets, suivez votre duc ! »

Je m'arrêtai net, et, avec un grondement furieux, Évite m'imita. Je me retournai ; malgré ma terreur, je voulais voir ce qui se passait. Ma compagne me serra rudement l'épaule mais ne chercha pas à m'entraîner de nouveau, sans doute aux prises avec la même curiosité paralysante, la même angoisse et la même horreur.

Ellik se dirigea vers notre bivouac, un large sourire d'ivrogne sur sa figure couturée de rides et de balafres ; il avait la main sur l'épaule de Hogen comme s'il le menait, mais je pense plutôt qu'il s'appuyait sur lui pour maîtriser son pas titubant. Le violeur n'avait rien perdu de sa beauté ; ses cheveux d'or brillaient à la lumière du feu, et il souriait de toutes ses dents blanches et régulières. Si attirant et pourtant si cruel ! Certains luriks assis sur leur paquetage autour de la flambée se levèrent et reculèrent de quelques pas pour se rapprocher de Dwalia, comme si elle allait les protéger. Je savais qu'ils se trompaient.

« Ne faites rien », leur dit-elle d'un ton grave pendant qu'Ellik approchait avec le violeur, suivi de ses hommes qui lorgnaient les femmes comme des chiens en rut. Hogen avait la bouche ouverte, les lèvres humides, et il se tenait l'entrejambe de la main gauche comme pour se contenir ; ses yeux clairs parcouraient les luriks comme ceux d'un petit mendiant devant un étalage de friandises. Les Blancs restaient pétrifiés comme des lapins apeurés. Avec un petit bruit de gorge, Évite s'accroupit, et je la laissai m'attirer à quelques pas de là, à l'abri relatif d'un bouquet de jeunes saules, et nous suivîmes la scène, les yeux ronds.

« La voilà ! Voilà ta belle, Hogen ! »

Ellik tendit le bras en direction d'une jeune fille mince, blanche comme la lune. Elle poussa un cri étouffé et se rapprocha craintivement de Dwalia ; celle-ci ne bougea pas et regarda Hogen et Ellik sans rien dire, le visage fermé. Soudain, la main d'Ellik dévia, et il saisit Odessa par le devant de son manteau pour l'entraîner hors du groupe, comme s'il venait de choisir un porcelet pour la broche. La bouche de la jeune femme s'ouvrit en un gouffre d'épouvante, son visage banal et imparfait convulsé, quand le commandant l'attira sous les moqueries des soldats, à la grande déception de Hogen qui s'exclama : « Elle est moche comme un cul de vache ! Je n'en veux pas ! »

Tous ses camarades s'esclaffèrent ; Ellik rit à en devenir rouge pivoine, puis il répondit, hors d'haleine : « Ton chibre n'a pas d'yeux ! Elle te suffira bien. De toute manière, elle ne rapporterait rien au marché ! »

Odessa s'était à demi évanouie et, les genoux fléchis, ne tenait debout que par la poigne sèche du vieil homme serrée sur le col de son corsage. Ellik était plus vigoureux qu'il n'y paraissait. Avec un soudain effort, il releva Odessa et la projeta vers Hogen, qui dut la prendre à pleins bras sous peine de tomber en arrière. « Prends-la, chien ! » Toute trace d'humour s'effaça de ses traits, et c'est avec une expression féroce qu'il ajouta : « Et rappelle-toi bien cette nuit quand je déduirai la valeur de cette femelle de ta part du butin. Ne me prends pas pour un faible, morveux, et ne viens pas barguigner avec moi en pleurnichant. Tu n'auras rien d'autre ce soir que ce laideron pouilleux. »

Hogen regarda fixement son commandant par-dessus la tête courbée d'Odessa. Elle avait assez repris ses esprits pour se débattre faiblement, les mains battant la poitrine de Hogen. Ce dernier était violet de rage, mais il croisa le regard d'Ellik et baissa aussitôt les yeux. « Radasse minable ! » fit-il avec dédain, et je crus qu'il allait rejeter Odessa au milieu des luriks ; mais il changea de prise sur elle, la saisit d'une main à la gorge et l'entraîna. Les autres soldats, réduits au silence par la semonce de leur commandant, le suivirent en poussant des cris soudains, en proposant des paris et en exigeant d'être le suivant sur la fille.

Dwalia ne bougea pas, ses disciples attroupés derrière elle comme des moutons. Se réjouissaient-ils secrètement que les loups se fussent emparés d'Odessa et non d'eux ?

Ce ne sont pas des loups. Les loups mangent quand ils ont faim. Ils ne violent pas.

Pardon. J'avais vexé père Loup.

« Viens. » Évite m'entraîna derrière un buisson couvert de neige. « Ils ne s'arrêteront pas à elle ; il faut nous enfuir tout de suite.

— Mais nous n'avons rien à emporter… »

De brefs hurlements montèrent de l'autre camp ; les hommes se moquaient d'Odessa en poussant des cris en même temps qu'elle. La main d'Évite se mit à trembler sur mon épaule. « Nous avons nos vies, murmura-t-elle furieusement. C'est avec ça que nous allons nous échapper. » Je me rendais compte qu'elle avait peine à respirer. Elle était terrifiée, et elle s'efforçait de me sauver.

Je ne pouvais détacher mon regard des luriks agglutinés ; Dwalia se dressait en silhouette contre le feu. Elle bougea soudain. « Ellik ! lança-t-elle avec colère dans la nuit. Nous avons conclu un marché ! Tu m'as donné ta parole ! Tu n'as pas le droit ! » Puis, comme les deux hommes en garde des luriks se dirigeaient vers elle, elle leur cria : « Ne me barrez pas le passage !

— Ça… c'est idiot. » Évite s'exprimait d'une voix hachée. « Il faut nous sauver, partir le plus vite possible ; ils vont la tuer, et il n'y aura plus personne entre eux et nous.

— Oui. » J'écoutai père Loup. « Nous ne devons pas laisser de nouvelles traces ; marchons là où la neige est déjà piétinée ; éloignons-nous du camp autant que nous pouvons pendant qu'ils sont occupés, trouvons un arbre, un… un sapin avec les branches ployées par la neige et dont le sol est nu au pied. Cachons-nous là, serrées l'une contre l'autre. »

Je la pris par le poignet, elle lâcha mon col, et ce fut à mon tour de l'entraîner loin de Dwalia et de ses luriks paralysés, loin des feux de camp, dans l'obscurité. Les cris d'Odessa s'étaient tus ; je m'interdis de m'en demander la raison. Furtivement, nous nous écartâmes du camp ; Évite ne disait rien et me suivait. Je la conduisis jusqu'à la piste que les chevaux et les traîneaux avaient ouverte à notre arrivée. D'un pas régulier, le souffle haché par la peur, nous la remontâmes. La forêt était noire, la neige était blanche ; j'aperçus un passage d'animaux qui croisait notre chemin, et nous l'empruntâmes en laissant les marques de patins derrière nous. Nous nous déplacions comme le font les chevreuils, en baissant la tête pour éviter les rameaux bas, alourdis de neige. « Ne touchez pas les branches et ne faites pas tomber de neige », dis-je à ma compagne. Sur une éminence à notre gauche, je repérai un bosquet de sapins. « Par ici », murmurai-je, et je me mis en route en ouvrant la voie dans l'épaisse couche blanche. Je laissai des traces, mais je n'y pouvais rien.

Ce sera plus dégagé sous les arbres. Va, louveteau ; ne te cache pas avant d'être trop fatiguée pour courir.

J'acquiesçai de la tête et tâchai d'accélérer. J'avais l'impression que la neige s'agrippait à mes bottes, et Évite faisait trop de bruit ; ils allaient nous entendre ; ils allaient nous attraper.

Soudain, Dwalia poussa un hurlement, non pas strident, mais rauque et terrifié. Elle cria de nouveau puis lança : « Vindeliar ! Reviens ! Vinde… » Elle fut interrompue comme on éteint une torche.

D'autres voix s'élevèrent en un chœur effrayé, certaines aiguës, interrogatives, comme celles d'un poulailler réveillé en pleine nuit. Les luriks.

« Plus vite ! dis-je. Il faut courir !

— Mais que lui font-ils ?

— Vindeliar ! Il doit nous aider. »

Dans l'obscurité derrière nous, Dwalia poussa un nouveau cri étranglé, désespéré : « Ça ne doit pas se produire ! Ça ne doit pas se produire ! Vindeliar, arrête-les ! C'est ta seule chance de retrouver la vraie voie. Oublie ce que t'a dit Ellik ! Ce sont des mensonges ! Oublie Ellik ! » Puis elle ajouta d'un ton éperdu d'horreur : « Sauve-moi, Vindeliar ! Arrête-les ! »

Alors un cri différent déchira la nuit, un cri qui ne faisait pas de bruit. Il me fit mal et me rendit malade ; la peur satura l'air et me trempa. La terreur me paralysait, tout comme Évite. Je voulus parler, lui dire qu'il fallait s'éloigner encore, mais ma langue ne m'obéit pas ; mes jambes ne me supportaient plus, et je m'effondrai dans la neige, suivie par ma compagne qui tomba sur moi. Derrière cette onde, un silence de mort s'abattit sur la forêt ; nul oiseau nocturne ne chantait, nulle créature vivante ne donnait de la voix. Tout était si calme que je percevais le crépitement des feux de camp.

Et, tout à coup, un cri strident, clairement audible : « Sauvez-vous ! Fuyez ! »

Puis ceux, rauques, des hommes : « Rattrapez-les ! Ne les laissez pas voler les chevaux !

— Tuez-le ! Tuez-les tous, ces traîtres !

— Arrêtez-les ! Empêchez-les d'aller au village !

— Salauds ! Sales traîtres ! »

La nuit résonnait de cris, de hurlements, de voix d'hommes qui tonnaient et tonitruaient, d'ordres aboyés, de suppliques perçantes.

Ce fut Évite qui se leva la première ; elle me remit sur pied. « Sauvons-nous », fit-elle d'un ton gémissant, et j'essayai de courir, mais j'avais les jambes en coton ; elles fléchissaient sous mon poids.

Elle me traîna dans la neige, et je finis par me tenir debout tant bien que mal.

Nous nous enfuîmes dans les ténèbres, loin du vacarme.

6

Neige rouge

Je ne fais que rapporter les rumeurs et les commérages tels qu'ils me parviennent. Les histoires que j'entends paraissent trop belles pour être vraies, mais j'obéis à vos instructions, et voici donc les nouvelles que j'ai apprises : le duc de Chalcède n'est plus ; une horde de dragons montés par des hommes en armure a surgi des étendues sauvages et attaqué la cité de Chalcède. Les bêtes crachaient du feu ou une substance tout aussi destructrice, et elles ont enserré la ville dans des cercles de dévastation. Enfin, elles ont pris pour cible le palais du duc lui-même et l'ont réduit en ruine à coups de régurgitations brûlantes, et de battement d'ailes et de queue. On dit que la haute forteresse ne culmine plus qu'à un quart de sa taille d'origine et qu'elle n'est plus habitable.

On raconte que le duc, âgé et souffrant, est sorti de son palais pour s'adresser à ses troupes, et qu'une tour s'est effondrée sur lui et sur une grande partie de ses soldats. Le chancelier Ellik, son conseiller le plus intime de longue date et son compagnon d'armes depuis l'époque de leur jeunesse, a survécu. Les forces chalcédiennes ont dû battre en retraite, retraite qui s'est transformée en déroute.

Le lendemain matin, la fille du duc de Chalcède s'est présentée comme alliée des dragons et de leurs gardiens, et elle affirme à présent être « en toute légitimité » la duchesse de Chalcède. Ellik, lui, a déclaré qu'il était le successeur désigné du trône et accusé la duchesse autoproclamée de sorcellerie. Un certain Mainrouge Roctor, nobliau de l'ouest de Chalcède, près d'Hestgatte, s'est lancé à son tour dans la compétition ; ses forces militaires n'ont pas été touchées pendant l'attaque, et, à mon avis, il a toutes les chances de l'emporter. Les Chalcédiens n'accepteront sans doute pas d'être gouvernés par une femme, même soutenue par des dragons, et les troupes d'Ellik ont été grandement affaiblies lors de la défaite face aux dragons ; il faudrait une intervention divine pour qu'il retrouve pouvoir et influence, surtout après avoir été incapable de défendre la ville. La « duchesse » de Chalcède a promis une récompense pour sa tête tranchée, et les habitants de la cité le traitent de lâche qui les a abandonnés face aux dragons.

Compte rendu anonyme
adressé à sire Umbre Tombétoile

Véloce et moi progressions rapidement. La lune argentait la neige, et je me repérais aux étoiles. La piste se fondit dans une voie plus large quand nous approchâmes de la Taille de la Pucelle, dont la vaste échancrure entre les monts vallonnés méritait à peine la qualification de « col », et la jument se réjouit d'avancer à nouveau sur de la neige compacte ; elle partit d'une longue foulée pour la dernière côte, après quoi nous traversâmes un bois de sapins puis descendîmes un chemin sinueux entre des chênes et des aulnes dénudés. L'aube lente de l'hiver vint peu à peu éclairer notre route ; Véloce se remit au pas et souffla. Le chemin s'élargit et nous passâmes devant plusieurs petites exploitations ; de la fumée montait des cheminées, et la lueur des bougies trahissait la présence de fermiers tôt levés. Je ne vis personne à l'extérieur.

L'éclat du jour s'affirma, et je poussai Véloce au petit galop. La piste devint route durant la matinée. Je passai un hameau sans m'arrêter, puis de petites propriétés, et enfin des champs qui rêvaient de sillons sous les ondulations de la neige. Trot, petit galop, trot, puis forêt à nouveau. Nous franchîmes un pont et commençâmes alors à croiser des voyageurs : un rémouleur avec son chariot peint et débordant de couteaux et de ciseaux, une paysanne et ses fils montés sur des mulets et menant des bêtes de somme chargées de sacs de pommes de terre qui sentaient l'humus, et une jeune femme qui me jeta un regard noir quand je lui souhaitai le bonjour.

J'étais sans cesse assailli par de sombres pensées sur ce qu'Abeille devait endurer, sur la réaction de Devoir à ma désobéissance, sur la colère de Crible, et celle d'Ortie. Je m'efforçais de les chasser ; l'écorce elfique faisait remonter de tristes souvenirs qui me reprochaient ma bêtise et mes échecs, et, l'instant suivant, la graine de carris me faisait croire que j'étais invulnérable ; je m'imaginais alors tuant les vingt Chalcédiens à moi tout seul, et je chantais à pleine gorge pendant que nous poursuivions notre route.

Du calme ; prudence. Je sentais mon cœur cogner dans ma poitrine, je l'entendais battre dans mes oreilles.

La forêt à nouveau. Trot, petit galop, trot. Je tirai les rênes près d'un ruisseau pour laisser Véloce se désaltérer. *Tu es fatiguée ?*

Pas du tout.

Je dois aller plus vite. Tu me préviendras quand tu n'en pourras plus ?

Je suis Véloce. Je tiens tant que mon cavalier tient.

Tu te fatigueras, et tu devras m'en avertir.

Elle renifla et, dès que je fus en selle, se mit à caracoler. J'éclatai de rire et lui laissai la bride sur le cou ; elle galopa quelques instants puis reprit son petit galop qui ne lui demandait aucun effort.

Nous entrâmes dans un bourg qui comptait une auberge, un relais et trois tavernes ; les habitants étaient levés et vaquaient à leurs occupations. À la sortie du village, je passai devant un autel dédié à Eda, chose rarement vue ; la déesse somnolait sous un manteau de neige, les mains ouvertes sur les genoux ; quelqu'un les avait époussetées et remplies de millet. De petits oiseaux étaient perchés sur ses doigts. Nous poursuivîmes notre chemin, qui devint une des grand'routes du Roi. Sans m'arrêter, je revis ma carte mentale : cette voie large et dégagée menait directement à Fond de Saunier par le plus court trajet.

Si je cherchais à quitter les Six-Duchés avec des prisonnières et une troupe de mercenaires chalcédiens, c'eût été la dernière route que j'eusse choisie. Les propos du Fou me revinrent : il avait affirmé que je ne pourrais pas les localiser, et que le seul moyen de sauver ma fille était de me rendre là où ils l'emmenaient. Je pris une nouvelle pincée de graine de carris, la broyai sous mes dents et continuai d'avancer ; je sentis le goût sucré, piquant et entêtant sur ma langue, puis aussitôt le surcroît habituel d'énergie et de clarté d'esprit.

L'improbable le plus probable, l'improbable le plus probable. Les mots se répétaient dans ma tête au rythme des sabots de Véloce. Je pouvais suivre la grand'route jusqu'à Fond de Saunier, et, si je ne voyais rien, me joindre à la garde de Montcouronne pour attendre près du bateau arraisonné ; ou, une fois au port, repartir en sens inverse par un chemin moins fréquenté et compter sur la chance ; ou encore parcourir les pistes des alentours. Je continuai d'avancer ; je laissai une bifurcation sur le côté. La prochaine ; je prendrais la prochaine et la suivrais.

J'entendis un croassement. Je levai les yeux et vis une corneille qui, les ailes déployées, glissait vers moi du haut du ciel ; je reconnus soudain Bigarrée et me préparai à son atterrissage ; mais elle passa près de moi pour exécuter un large cercle. « Neige rouge ! me cria-t-elle tout à coup. Neige rouge ! »

Je la regardai effectuer un nouveau passage puis s'éloigner. Je tirai les rênes. Que voulait-elle dire ? Souhaitait-elle que je la suivisse ? Mais il n'y avait pas de route, rien qu'une étendue dégagée et au-delà un bois, bouleaux et sapins clairsemés, qui s'épaississait bientôt en une véritable forêt. Je vis la corneille s'y diriger, puis s'incliner sur le côté et battre énergiquement des ailes pour revenir vers moi. Je me dressai sur mes étriers. « Bigarrée ! » lançai-je en lui tendant le bras, mais elle fila au ras du sol, si près de Véloce que la jument s'écarta.

« Stupide ! crailla-t-elle. Fitz stupide ! Neige rouge ! Neige rouge ! »

Je détournai Véloce de la route. *Nous la suivons*, lui dis-je.

Elle ne me plaît pas.

Nous la suivons, répétai-je, et elle se soumit à contrecœur. Nous quittâmes la route battue et égale pour traverser une haie piquante et pénétrer dans le champ ; la neige était vierge, et le sol qu'elle cachait gelé et cahoteux. Notre allure s'en ressentit, naturellement, juste au moment où je souhaitais galoper ; mais un cheval boiteux eût été encore plus lent, et je tâchai de contenir mon impatience.

La corneille partit vers le couvert des arbres, et nous nous dirigeâmes d'un pas régulier vers l'orée où elle avait disparu. Peu après, elle revint vers nous puis s'éloigna de nouveau ; cette fois, elle parut satisfaite de nous voir la suivre et ne nous invectiva pas.

Nous croisâmes une piste : non une route, mais une voie ouverte entre les arbres, peut-être pratiquée par un bûcheron, ou bien par des bestiaux qui allaient boire. Je la suivis du regard : avait-elle servi récemment ? Difficile à dire. La neige lissée par le vent dissimulait-elle des nids-de-poule ? Nous empruntâmes la trouée.

À la sortie des bouleaux, je vis ce que je ne pouvais distinguer depuis la route : de loin, le cheval blanc m'était apparu comme un monticule de neige parmi d'autres, et il me fallut attendre d'être à côté de lui pour repérer le cadavre emmitouflé de fourrure du cavalier ; et seule la corneille, d'en haut, avait pu apercevoir les traces de neige rouge et rose qui menaient dans la forêt.

Le cheval était manifestement mort, les yeux ouverts, le givre soulignant ses moustaches et couvrant sa langue pendante ; des gouttes de sang avaient gelé sur le pourtour de sa bouche, et une flèche pointait de son poitrail, juste derrière un antérieur. Un bon tir dans les poumons mais qui n'en avait crevé qu'un : si j'ouvrais l'animal, je trouverais son thorax rempli de sang. Il ne portait pas de selle et n'avait qu'un licou au garrot. L'homme s'était peut-être enfui précipitamment. Malgré l'aversion de Véloce pour la scène, je tirai les rênes et mis pied à terre. Tout en avançant dans la neige épaisse à grand ahan, je songeai que le corps au sol était trop grand pour être celui d'Abeille ; les cheveux sous la capuche en fourrure blanche avaient la bonne teinte, mais ce ne pouvait être elle, c'était impossible ; et, quand je le retournai, ce n'était pas elle. La jeune fille pâle était aussi morte que sa monture, et le devant de son manteau était rouge vif ; sans doute une flèche qui l'avait traversée de part en part. Elle était Blanche, au moins en partie. Elle avait survécu quelque temps après avoir chu à plat ventre : ses râles avaient provoqué la formation d'un givre épais autour de sa bouche, et ses yeux bleus troubles me regardaient à travers une couche de glace. Je la laissai retomber dans la neige.

Les violents battements de mon cœur m'empêchaient de respirer convenablement. « Où es-tu, Abeille ? » Ce n'était même pas dans un murmure que je posai la question, car je n'avais plus d'air dans les poumons. J'avais envie de remonter la piste sanglante en criant son nom, de monter Véloce et de galoper le plus vite possible, de me servir de mon Art pour hurler au ciel que j'avais besoin d'aide, que j'avais besoin de tous les habitants des Six-Duchés pour sauver ma fille, mais je pris sur moi pour me redresser, tremblant et en nage, et rester immobile en attendant que passât ma fringale d'action. Je me dirigeai ensuite vers mon cheval.

Mais, comme je levais le pied pour le glisser dans l'étrier, Véloce fléchit sur ses genoux. *Fatiguée. Trop fatiguée.* Avec un violent frisson, elle s'affaissa sur ses jambes arrière. *Trop fatiguée.*

Véloce ! J'avais la gorge nouée de consternation. Je n'eusse jamais dû lui faire confiance pour savoir quand elle n'en pourrait plus. La graine de carris donnait une énergie débordante au détriment des forces de l'utilisateur, une fois l'effet dissipé. *Ne te couche pas dans la neige. Debout ! Debout, ma jolie. Allons, allons !*

Elle leva des yeux exorbités vers moi, et, l'espace d'un instant, je craignis que sa tête ne tombât à son tour. Mais, avec un puissant effort, tremblant de tous ses membres, elle se remit debout, et je la menai lentement jusqu'à un bosquet de sapins sous lesquels la neige était moins épaisse. *Reste là et repose-toi ; je vais revenir.*

Tu me laisses ici ?

Il le faut ; mais pas longtemps. Je reviendrai te chercher.

Je ne comprends pas.

Repose-toi ; je reviens. Reste ici, je t'en prie. Je fermai alors mon esprit à elle. Jamais je n'avais poussé un cheval jusqu'à l'épuisement, et j'en éprouvais une honte brûlante – et vaine : je faisais ce que je devais faire. Je sortis de mes fontes des affaires dont je pensais avoir besoin en fermant mon cœur à Abeille, sans songer à Molly ni me demander ce qu'elle eût dit, pensé ou fait ; je chassai de mon esprit le Fou et ses mises en garde, et je mis de côté l'homme que Burrich avait espéré me voir devenir. J'extirpai le dotaire Blaireau de mon être et exilai le prince FitzChevalerie dans les ombres où il avait vécu tant d'années. Je redressai les épaules et barricadai mon cœur.

Il restait quelqu'un tout au fond de moi : l'apprenti d'Umbre. Je pris une grande inspiration et évoquai ces souvenirs. Je me rappelais parfaitement à quel rôle Umbre m'avait formé : j'étais un assassin et j'avais une mission ; je les tuerais tous aussi efficacement que possible, sans remords ni émotion. C'était un travail à effectuer froidement et à la perfection – comme j'avais éliminé les jumeaux Pontajout à l'âge de quatorze ans, comme j'avais éliminé Danseur Tramelin à quinze. Le nom de l'aubergiste que j'avais empoisonné ne me revenait pas ; ce détail n'était pas nécessaire à la réussite de l'opération.

Je songeai à toutes les missions que j'avais chassées de ma mémoire une fois exécutées, les besognes discrètes que je n'avais jamais laissé s'installer dans mes souvenirs ni participer à l'image que je me faisais de moi-même ; je les rappelai à moi et leur ouvris la porte. Je me remémorai alors les occasions où j'avais suivi Umbre dans la nuit ou agi seul sur ses instructions ; une fois, il m'avait prévenu que les assassins comme nous ne discutaient pas entre eux des meurtres qu'ils commettaient, ne s'en vantaient pas ni ne les notaient. Je me souvenais de dizaines de missions ; le roi Subtil n'était pas un souverain brutal ni sanguinaire : Umbre et moi étions ses armes de dernier recours, la solution employée quand toutes les autres avaient échoué. Les jumeaux étaient des violeurs exceptionnellement cruels ; à deux reprises ils avaient affronté le jugement du roi, reçu leur sanction et promis de se repentir, mais leur père ne pouvait pas ou ne voulait pas les tenir, et mon roi m'avait envoyé, à contrecœur, comme il eût envoyé un veneur mettre à mort deux chiens enragés. Je n'avais jamais su ce que Danseur avait fait ni pourquoi l'aubergiste devait mourir ; on m'avait confié une tâche, je l'avais accomplie efficacement, sans bruit et sans jugement, et j'avais poursuivi ma route sans plus y penser.

Les assassins ne partagent pas ces sinistres petits succès, mais ils les gardent en eux, et je ne doutai pas qu'Umbre faisait parfois ce que je faisais moi-même à présent. Je pensais savoir désormais pourquoi il m'avait engagé à mettre ces souvenirs de côté : quand on a quatorze ans et qu'on tranche la gorge d'un homme de vingt-trois, la partie semble égale ; mais, quarante et quelques années plus tard, quand on se retourne sur son passé, on voit un gamin tuer un jeune homme qui a commis la bêtise de se soûler dans la mauvaise taverne et de prendre un chemin sombre pour rentrer. Toutefois, ces éclairs de compréhension rétrospective n'altéraient pas la subtilité avec laquelle j'avais agi. Tout en ordonnant à ma monture de ne pas bouger et de se reposer, puis en rabattant ma capuche sur ma tête et en serrant les lacets de mes manches, je fis le compte de mes assassinats et me répétai que je pouvais mener mon entreprise à la perfection ; comme le Fou me l'avait rappelé, j'étais doué.

J'évitai de piétiner la piste de sang que la jeune fille et son cheval avaient laissée et me déplaçai entre les arbres en gardant à l'œil les traces éclaboussées de rouge, mais sans m'en approcher trop. Je passai en revue ce que je savais avec certitude : la cavalière faisait partie du groupe qui avait enlevé Abeille ; elle avait sans doute été abattue avec sa monture alors qu'elle s'enfuyait. Ils étaient morts depuis assez longtemps pour que le givre se formât sur eux. J'éprouvai un soulagement ténu : une personne en moins à affronter, une personne en moins à tuer. Les gardes de Montcouronne avaient peut-être déjà engagé le combat avec les Chalcédiens, mais le silence de la forêt me disait que, dans ce cas, la bataille était terminée ; Abeille et Pépite étaient-elles en sécurité ? Je regrettais d'avoir pris de l'écorce elfique : un événement s'était produit, et Devoir l'apprendrait par l'Art ou par pigeon voyageur ; quant à moi, j'en eusse été aussi au courant si je ne m'étais pas fermé à la magie. Je m'étais fait prendre à mon propre piège. Il ne me restait qu'une solution : suivre la piste sanglante. Le front plissé, je songeai qu'un animal blessé au poumon ne va pas loin, en général ; soit la bataille était finie et tous les combattants s'étaient retirés, soit il se passait quelque chose de très étrange.

Dans le doute, la prudence était de mise. Je me déplaçais sans bruit et d'une allure irrégulière le long de la piste : le mouvement, surtout répétitif, attire l'œil. J'avançai lentement, m'arrêtai et ne bougeai plus ;

je respirai en silence, par le nez, en m'efforçant de capter une odeur de fumée ou tout autre signe de la présence d'un campement. J'entendis un croassement lointain, puis un deuxième, et je vis la corneille qui volait bas entre les arbres. Elle me repéra aussitôt et se posa sur une branche au-dessus de moi ; je formai le vœu fervent qu'elle ne me trahît pas pendant que je continuais à suivre discrètement la piste.

Le vent bruissait doucement dans les arbres, des blocs de neige tombaient çà et là des branches, et des oiseaux chantaient au loin. Soudain le calme normal d'une forêt en hiver fut rompu par le croassement rauque d'un corbeau dérangé, suivi d'un craillement de corneille. Bigarrée se posa alors sur mon épaule avec la douceur d'une main amie. « Neige rouge, répéta-t-elle, mais à voix basse. Charogne. »

Je pensais savoir à quoi m'attendre, mais je demeurai prudent et poursuivis mon chemin. Je croisai les traces d'autres chevaux qui avaient ouvert la neige en galopant entre les arbres et en passant par endroits à travers les taillis ; l'un d'eux au moins perdait du sang. Je ne me détournai pour suivre aucun d'entre eux : mon objectif premier était de découvrir d'où ils venaient, et peut-être ce qu'ils fuyaient. Je continuai d'avancer sans bruit.

Quand je parvins à la limite du camp, je m'arrêtai et, immobile, observai soigneusement la scène avant de me remettre en route ; j'étudiai les tentes affaissées et les feux éteints. Il y avait des corps, certains en tenue de soldat, d'autres vêtus de fourrures blanches. Les corneilles et les trois corbeaux venus nettoyer leurs os ne faisaient aucune différence entre eux. Un renard très occupé leva la tête, examina un moment ma silhouette immobile, et se remit à tirer sur une main pour détacher un avant-bras charnu ; deux corneilles installées sur le ventre du cadavre poussèrent de petites protestations contre ses efforts qui gênaient leurs coups de bec. Les tissus mous du visage de l'homme avaient déjà disparu, mais le froid miséricordieux empêchait la puanteur de se répandre. J'estimai que le carnage remontait au moins à deux jours.

Ce n'était sans doute pas le fait de la garde de Montcouronne : la chronologie ne tenait pas, et les corps eussent été incinérés. Mais qui, alors ? *Oh, Abeille !*

La corneille toujours sur mon épaule, je parcourus le campement à pas lents. Trois traîneaux, incongrus par leurs peintures et leurs ornementations voyantes, étaient à l'abandon, le rouge vif de leurs flancs estompé par le givre. Je fis le compte des cadavres : quatre en blanc ; cinq. Six soldats ; sept ; huit. Six Blancs. J'analysai la déception que je sentais pointer en moi : je voulais les tuer de mes propres mains.

Je ne repérai nul corps de la taille d'Abeille ni avec la crinière de Pépite. Je fis le tour complet du bivouac : neuf soldats morts, onze Blancs morts, ces derniers éparpillés, six des mercenaires par paires, comme s'ils s'étaient entretués. Je fronçai les sourcils : décidément, ce n'était pas l'œuvre des gardes de Montcouronne. Je poursuivis mon inspection : trois chevaux morts, un blanc et deux marron ; deux tentes blanches effondrées, et trois tentes de plus petites dimensions encore debout ; trois montures marron attachées à une corde. L'une d'elles leva la tête pour m'examiner. Je fis décoller la corneille de mon épaule. « Va discrètement », lui dis-je, et elle obéit. Le cheval la suivit des yeux pendant que je me glissais derrière une des tentes blanches.

Mon Vif m'indiqua qu'elle n'abritait nul être vivant, et, m'accroupissant, j'ouvris la toile à l'aide de mon poignard. À l'intérieur, je découvris des couvertures et des fourrures de couchage en désordre, et un cadavre. La jeune femme gisait sur le dos, et ses jambes écartées ne laissaient aucun doute sur le sort qui avait été le sien ; ses cheveux paraissaient gris dans la pénombre. Ce n'était pas Pépite. Cela faisait douze Blancs parmi les victimes. La jeune femme avait eu la gorge tranchée, et un sang noir collait sa longue chevelure claire. Les événements avaient très mal tourné dans ce camp, et Abeille avait été prise au milieu. Je ressortis et gagnai la tente voisine.

Elle n'était pas aussi affaissée que la précédente. Je tendis mon Vif à nouveau et ne perçus aucune vie à l'intérieur. Avec le ronronnement d'un chat, mon poignard trancha la toile ; j'y découpai une entaille en croix dont j'écartai les pans pour laisser entrer la lumière. Personne ; rien que des couvertures et des fourrures, une outre, un peigne, une chaussette épaisse, un bonnet, et une odeur. Pas celle d'Abeille ; elle n'en avait quasiment pas. Non, c'était celle de Pépite, une trace évanescente d'un des parfums entêtants qu'elle appréciait. Elle était masquée de sueur, mais je savais que la jeune fille s'était trouvée là. J'agrandis l'ouverture et pénétrai dans la tente à quatre pattes. L'odeur était plus forte dans un coin, et, sur les fourrures posées là, je détectai vaguement celle d'Abeille. Je ramassai une couverture, la plaquai sur mon nez et inspirai profondément. Abeille – et l'effluve de la maladie. Ma fille était malade.

Captive, malade, et disparue. L'assassin au sang-froid le disputait en moi au père affolé ; soudain ils fusionnèrent, et toutes les incertitudes que j'avais pu nourrir sur ce que je pouvais ou devais faire pour libérer Abeille s'effacèrent à jamais. Tout : voilà à quoi j'étais prêt pour retrouver mon enfant. À tout.

J'entendis du bruit dehors, et je me figeai en respirant en silence. Puis je quittai discrètement la tente pour observer le campement. Un soldat chalcédien venait de déverser quelques morceaux de bois à côté du feu éteint le plus proche de la petite tente, et il se servait d'une épée comme d'une canne ; il mit un genou en terre avec un grognement d'effort, gêné par son autre jambe, raide et couverte de pansements, pour retourner les cendres et souffler sur les braises restantes. Au bout de quelques instants, il fut récompensé par un mince ruban de fumée.

Il cassa quelques brindilles, les posa sur le feu et, quand il se pencha pour souffler à nouveau, ses cheveux noués en une épaisse tresse blonde tombèrent. Jurant tout bas, il les écarta de la flamme et les fourra sous son bonnet.

Il y eut un brusque mouvement dans la tente voisine, et un homme âgé, ses cheveux grisonnants en bataille sous son bonnet de laine, en sortit en se déplaçant avec raideur. « Toi ! Hogen ! Prépare-moi à manger ! »

L'autre ne répondit pas ; il donnait moins l'impression de ne pas prêter attention au premier que de ne pas l'entendre. Était-il sourd ? Que s'était-il passé ?

Le vieil homme lança d'une voix que la fureur rendait stridente : « Je te parle, Hogen ! Prépare-moi un repas chaud. Où sont les autres ? Réponds ! »

Celui qu'il appelait Hogen ne tourna même pas la tête. Il reprit son épée et s'en servit maladroitement pour se relever, puis, sans un regard pour le vieux, il se dirigea en boitant vers les chevaux. Il vérifia leur corde puis regarda vers la forêt comme s'il attendait quelqu'un ; enfin, il traversa d'un pas lent et claudiquant la neige vierge en direction d'un arbre abattu dont les branches pointaient de la neige et s'efforça de casser du bois pour le feu. Il travaillait d'une seule main, appuyé de l'autre sur son épée. Non, pas son épée : la mienne ! Avec un sursaut, je la reconnus : c'était celle qui ornait depuis longtemps le manteau de la cheminée dans mon bureau à Flétribois. Elle servait à présent de béquille à un mercenaire chalcédien.

« Réponds-moiiiii ! » hurlait le vieillard au soldat qui ne lui prêtait pas une miette d'attention ; au bout d'un moment, il se tut, la respiration lourde d'exaspération, puis il se dirigea à grands pas vers le feu, tendit ses mains noueuses pour les réchauffer et ajouta un morceau de bois dans la flambée. Il y avait une besace en cuir près de lui ; il la fouilla et en tira un bâtonnet de viande séchée ; d'un coup de dents, il en arracha violemment un morceau sans cesser de regarder le soldat. « Quand tu reviendras près du feu, je te tuerai ! Je te planterai mon épée dans les tripes, sale lâche ! On verra alors si tu continues à ne pas m'écouter. » Il reprit son souffle et brailla : « Je suis ton commandant ! »

Je sortis ma hache de son harnais sur mon dos et la saisis à deux mains ; puis, d'un pas discret mais sans me cacher, je m'avançai dans la neige vierge jusqu'au camp. Le vieillard était si occupé à vociférer des obscénités en chalcédien qu'il me vit seulement quand j'arrivai à portée de hache. Il n'avait manifestement pas l'habitude qu'on lui tournât le dos ni qu'on lui désobéît ; c'était donc un officier. Lorsqu'il m'aperçut et sursauta, il cria pour prévenir Hogen. Je jetai un coup d'œil au soldat : il ne paraissait pas l'avoir entendu. Le vieil officier leva la tête vers moi, et je le regardai dans les yeux sans un mot.

« Mais tu me vois ! »

Je hochai la tête en souriant.

« Je ne suis pas un fantôme ! » reprit-il.

Je haussai les épaules. « Pas encore, murmurai-je, et j'agitai ma hache d'un air entendu.

— Hogen ! hurla-t-il. À moi ! À moi ! »

Hogen continua de travailler sur une branche qu'il tordait dans un sens puis dans l'autre pour l'arracher à l'arbre abattu. Mon sourire s'élargit.

Le vieillard dégaina, et je me retrouvai devant la pointe de l'épée de Vérité. Je ne l'avais jamais observée de ce point de vue ; c'était l'arme de mon oncle, le dernier cadeau qu'il m'avait fait et que j'avais porté de nombreuses années ; et voilà qu'il me menaçait. Je reculai : j'étais tout à fait prêt à découper mon adversaire en petits morceaux, mais je ne voulais pas risquer d'abîmer la magnifique épée. Devant ma retraite, les yeux de l'homme brillèrent de rage. « Lâche ! » cria-t-il.

Je répondis tout bas : « Tu as mis ma maison à sac ; c'est mon arme que tu tiens. Tu as enlevé une femme et une petite fille de chez moi. Je veux les récupérer. »

Ma voix chuchotante le mit en fureur. Les sourcils froncés, il tâcha de comprendre ce que je disais, puis beugla : « Hogen ! »

Plus doucement que la brise, je dis : « Je ne crois pas qu'il t'entende ; je ne crois pas qu'il te voie. » Je formulai l'hypothèse qui m'était venue : « Je crois que leur magicien t'a rendu invisible à ses yeux. »

Il resta un instant bouche bée, puis il la referma brusquement. La pique avait porté. « Je te tuerai ! » promit-il.

Je secouai la tête. « Où sont-elles ? Celles que tu m'as enlevées ? » Je m'exprimais dans un murmure en me déplaçant sans bruit sur le côté, et son regard me suivait. Il tenait son épée dressée. Comment se débrouillait-il avec cette arme ? Il fallait prendre en compte son âge et la raideur de ses mouvements.

« Mortes ! Mortes ou parties avec les autres ! » Il tourna la tête et cria de nouveau : « Hogen ! »

Mon sourire devint un rictus. Je me baissai, ramassai une poignée de neige, la tassai en boule et la lui lançai ; il voulut l'éviter, mais pas assez vite, et elle le toucha à l'épaule. Il était raide et lent.

Il fit un pas vers moi, l'épée brandie. « Cesse de bouger et bats-toi ! » fit-il.

Je m'étais déplacé vers le côté opposé de la tente, hors de vue de Hogen. Le vieil homme m'avait suivi lentement, sans me quitter des yeux, l'arme dressée. Je posai la lame de ma hache dans la neige pour voir si je pouvais l'amener à m'attaquer, mais il resta immobile ; une main sur le manche de mon arme, je tirai mon poignard, le plantai dans la toile de sa tente et y pratiquai une longue entaille béante. « Arrête ! rugit-il en voyant son abri détruit. Bats-toi comme un homme ! » Je lançai un regard à Hogen : il bataillait avec sa branche en jurant sans nous prêter la moindre attention.

J'agrandis l'ouverture ; le vieil homme avança d'un pas. Je me baissai, tendis le bras et commençai à sortir ses affaires de la tente ; trouvant un sac de nourriture, je le saisis par le fond et, sans un mot, en répandis le contenu dans la neige ; puis, en gardant l'œil sur mon adversaire, je fouillai à nouveau à l'aveuglette et découvris un sac de couchage. Je le jetai à l'extérieur.

Mon comportement le mettait visiblement en fureur. « Hogen ! hurla-t-il d'une voix stridente. On pille notre camp ! Ne reste pas sans rien faire ! » Avec un regard rageur à mon adresse, il partit soudain en direction du soldat. Cela ne m'arrangeait pas.

La hache baissée, le poignard rengainé, j'ôtai mes gants puis m'armai de ma fronde et des cailloux soigneusement sélectionnés qui l'accompagnaient – de beaux cailloux bien ronds. La fronde produit un bruit, mais peu audible ; j'espérais que les cris du vieillard couvriraient le sifflement de mon arme tournoyante. J'espérais aussi être encore capable de faire mouche. Je passai la boucle à mon index, plaçai le projectile dans la poche et saisis l'autre extrémité, munie d'un nœud, du cordon. Je fis tourner la fronde puis donnai le coup de poignet qui lança le missile. Il manqua la cible. « Raté ! » brailla le vieil homme, et il tâcha d'accélérer le pas. Je choisis une autre pierre, la décochai, et elle se perdit dans les arbres.

Hogen revenait d'un pas lent et mal assuré, en se servant de mon épée comme d'une béquille, et il traînait derrière lui plusieurs branches pour le feu. Mon troisième caillou heurta un tronc d'arbre avec un bruit sonore, et Hogen se tourna vers le lieu de l'impact ; le vieillard suivit son regard puis se retourna vers moi. Et ma quatrième pierre ricocha sur sa tempe.

Il s'effondra, à demi assommé. Le soldat avait repris sa marche, ses branches derrière lui ; il passa à côté de son chef à terre sans lui accorder un coup d'œil. En m'abritant derrière la tente, je me glissai vers la forêt puis fis le tour du bivouac. Ma proie était allongée sur le dos dans la neige profonde ; elle s'agitait faiblement, désorientée mais consciente. Hogen nous tournait le dos ; il avait déposé son chargement près du feu et examinait la toile entaillée et les affaires éparpillées d'un air effaré. Je fonçai vers l'homme à terre.

Il s'efforçait de se redresser quand je plongeai sur lui. Avec un cri, il chercha son épée à tâtons. Mauvaise tactique : j'étais trop près de lui, et je laissai toute ma rage se concentrer dans mes poings ; je lui décochai un coup violent au menton, et son regard devint vitreux. Sans lui permettre de se reprendre, je le roulai face contre terre, m'emparai d'une de ses mains et enroulai le cordon de ma fronde autour de son poignet, après quoi je dus poser le genou entre ses omoplates, et j'attrapai puis bloquai non sans mal son autre bras. Il était vieux et sonné, mais aussi coriace et accroché à la vie. Quand je parvins enfin à l'immobiliser, je lui passai deux tours de cordon autour du coude et le fixai aussi solidement que possible à son poignet déjà attaché. Ce n'était pas élégant, mais j'espérais que c'était aussi inconfortable que cela en avait l'air. Je vérifiai les nœuds puis le retournai sur le dos, les bras sous lui ; je ramassai l'épée de Vérité, saisis mon prisonnier par le col et, en dépit de ses violentes ruades, le traînai dans la neige. Il avait assez repris connaissance pour hurler des obscénités et me traiter, à juste titre, de bâtard avec toutes sortes de variantes. Ses cris me rendaient service : même si Hogen était incapable d'y réagir, ils pouvaient masquer les bruits de ma respiration lourde et des efforts que je faisais pour le traîner loin du camp.

Je m'arrêtai une fois la tente et le feu hors de vue, lâchai ma proie et restai les mains sur les genoux à reprendre mon souffle. Je tâchai d'estimer le temps dont je disposais seul avec l'homme ; les autres mercenaires étaient peut-être en train de revenir – ou non, s'ils avaient croisé le chemin de la garde de Montcouronne. Crible, Lant et Persévérance arrivaient peut-être – ou non, s'ils avaient décidé de suivre la route la plus directe jusqu'à Fond de Saunier. Je chassai ces spéculations de mon esprit, m'accroupis près de mon prisonnier et réduisis à contrecœur la vigilance que me donnait le Vif, sachant que je m'exposais davantage à une attaque par surprise ; mais je devais impérativement bloquer tout partage de sensations pour parvenir à mes fins.

« Et maintenant nous allons avoir une discussion, qui pourra être amicale ou très pénible. Je veux que tu me dises tout ce que tu sais sur ces gens à la peau blanche ; je veux tout savoir sur le jour où vous avez envahi ma maison ; et surtout je veux tout savoir de la jeune femme et de la petite fille que vous avez enlevées chez moi. »

Il se remit à m'insulter, sans grande inventivité. Quand je finis par m'en lasser, je ramassai une grosse poignée de neige et la lui enfonçai dans la bouche ; il cracha, beugla, et je recommençai jusqu'à ce qu'il se tût, après quoi je demeurai accroupi devant lui. Il secoua la tête, se débarrassa d'une partie de la neige, alors qu'une autre partie avait fondu et dégoulinait sur sa figure rouge. « Ça n'a pas l'air agréable. As-tu envie de parler maintenant ? » Il leva la tête et redressa les épaules comme s'il voulait s'asseoir. Je le repoussai avec un signe de dénégation. « Non, reste comme tu es. Dis-moi ce que tu sais.

— Quand mes hommes reviendront, ils te découperont en lanières, très lentement. »

Je répondis en chalcédien : « Ils ne reviendront pas. La moitié d'entre eux gisent morts dans le camp, le seul qui te reste ne t'entend pas et ne te voit pas, et, si les autres se sont enfuis, ils ont dû croiser les troupes de Cerf – ou, s'ils ont réussi à atteindre Fond de Saunier, ils ont constaté que leur bateau a été déplacé. Tiens-tu à la vie ? Alors parle-moi des prisonnières que tu as emmenées de chez moi. »

Je me relevai et posai la pointe de l'épée de Vérité sur le creux tendre en dessous de son sternum, puis j'appuyai, pas assez fort pour que l'arme pénétrât les épaisseurs de fourrure et de laine, mais suffisamment pour lui faire mal. Il se mit à ruer éperdument et à pousser des cris de douleur, et puis, tout d'un coup, il se laissa aller dans la neige et me regarda d'un air mauvais, un pli buté aux lèvres.

Je demeurai impavide. « Si tu refuses de parler, tu ne me sers à rien. Je vais t'achever et aller chercher Hogen. »

La corneille émit un puissant croassement dans le ciel et fondit soudain vers moi pour se poser sur mon épaule. Elle pencha la tête et étudia mon prisonnier d'un œil noir et brillant. « Neige rouge ! » lança-t-elle, ravie.

Je souris et la désignai d'un regard. « J'ai l'impression qu'elle a faim. Si nous commencions par lui donner un doigt à manger ? »

Bigarrée se rapprocha de mon oreille. « Œil ! Œil ! Œil ! » fit-elle avec enthousiasme.

Je dissimulai du mieux possible le trouble que me causait cette demande. J'appuyais toujours sur l'épée, et elle s'enfonçait lentement et inexorablement dans les vêtements qui protégeaient l'homme ; je surveillais le coin de ses yeux et le pli de sa bouche. Je le vis avaler sa salive, et, une fraction de seconde avant qu'il roulât sur le flanc, je lui décochai un violent coup de pied sous les côtes ; l'épée plongea à travers le tissu jusque dans la chair. Je l'empêchai d'aller trop loin. « Tut tut », dis-je d'un ton affable.

Je me penchai, la pointe de mon arme toujours dans la plaie, et déclarai : « Et maintenant, commence par le commencement. Dis-moi comment on t'a embauché et dans quel but. Tant que tu parleras, je ne te ferai rien ; chaque fois que tu t'interrompras, je te ferai mal. Très mal. Vas-y. »

J'observais ses yeux. Ils se tournèrent vers le camp, puis vers la corneille. Il était seul. Il passa la langue sur ses lèvres gercées et entama son récit d'une voix lente ; il essayait de gagner du temps, mais cela ne me dérangeait pas.

« Il y a d'abord eu un message, il y a près d'un an, que m'a délivré un messager au teint blanc. Ça nous a étonnés : comment avait-il su où trouver notre camp ? En tout cas, il y était arrivé, et il me proposait une grosse somme en or si je rendais un service à des gens qui se faisaient appeler les Serviteurs et qui venaient d'un pays lointain. Je lui ai demandé comment ils avaient entendu parler de moi, et il a répondu que je figurais dans de nombreuses prophéties de leur religion ; ils avaient vu mon avenir, et, chaque fois que je me pliais à leur volonté, non seulement ils en retiraient de grands bienfaits, mais j'acquérais le pouvoir que j'avais légitimement mérité. Dans leurs visions, je créais le changement ; si j'accédais à leurs demandes, je modifierais l'avenir du monde. »

Il se tut. À l'évidence, il avait été flatté par ces affirmations et s'attendait peut-être à me voir impressionné moi aussi. Je le regardai sans ciller ; peut-être fis-je légèrement tourner la pointe de mon épée.

Il poussa un grognement de douleur. Je souris, et il reprit : « Il m'a assuré que, si je les aidais à accomplir leur mission, ça me mettrait sur la voie de la puissance et de la gloire. La voie ; ils parlaient tout le temps de "la voie". Il avait apporté de l'argent pour que je rassemble une troupe d'hommes triés sur le volet et que je l'accompagne jusqu'à un port des îles Pirates ; là nous attendait une armée de devins et de visionnaires capables de nous mener au succès grâce à leur faculté de prédire la meilleure tactique à employer. Ils pouvaient choisir "la voie parmi d'innombrables" qui nous conduirait le plus sûrement à la réussite, et le messager a laissé entendre qu'ils avaient parmi eux quelqu'un de très particulier, capable de nous rendre invisibles et impossibles à suivre. »

Je perçus les bruits d'une hachette à l'œuvre sur le bois pour le feu ; Hogen avait fini par trouver un outil. La corneille était allée se poser dans un arbre au-dessus de mon prisonnier, et elle lui lança un croassement de dérision.

« Et tu l'as cru ? »

Il m'adressa un regard provocateur. « C'était vrai ; ils nous l'ont montré pendant le trajet jusqu'aux îles Pirates : la personne en question a fait oublier à un de mes hommes où se trouvait sa chambre, et à un autre comment il s'appelait ; il a posé des victuailles sur la table, nous les a cachées puis nous les a révélées de nouveau. Nous étions stupéfaits. Au port, ils avaient un bateau avec un équipage, et ils nous ont remis l'or promis pour venir palabrer avec eux ; ils nous en ont promis davantage, bien davantage, si nous les aidions à trouver le fils inattendu. » Il fronça les sourcils. « Il n'y avait qu'une chose qui ne me plaisait pas : c'était une femme qui marchandait avec nous dans les îles Pirates. On ne s'y attendait pas ; le messager qu'on nous avait envoyé était un homme ; et, quand on nous a montré celui qui pratiquait la magie, on a vu un être mou et grassouillet, tout tremblant devant les ordres de la femme. Nous n'y comprenions rien : pourquoi un homme de si grand pouvoir ne régnait-il pas sur le monde ? »

Je me posais la même question, mais je me tus.

« J'ai froid, reprit-il. Tu l'as dit, je suis vieux, et je n'ai rien mangé depuis hier.

— Le monde est sans pitié. Imagine que tu sois une petite fille qui a été déchirée par un violeur ; j'éprouve autant de pitié pour toi que tu en as eu pour elle.

— Je n'ai pas touché à une petite fille !

— Mais tu as laissé tes hommes faire. Tu étais leur commandant.

— Je ne suis pas responsable. As-tu déjà participé à une bataille ? Il se passe mille choses à la fois !

— Ce n'était pas une bataille, mais une attaque contre une propriété sans défense. Et tu as enlevé une petite fille, ma fille, et une jeune femme qui était sous ma protection.

— Ha ! Tu t'en prends à moi alors que c'est toi qui n'as pas su les préserver.

— En effet. » J'enfonçai l'épée d'un doigt dans sa poitrine, et il poussa un cri perçant. « Je n'aime pas qu'on me le rappelle. Continue plutôt ton histoire sur de fiers soldats chalcédiens qui se sont vendus comme des putains contre de l'or pour servir une femme et une mauviette. »

Il garda le silence, et je fis tourner légèrement mon arme. Il éructa comme s'il allait vomir.

« Je ne suis pas n'importe qui ! Je ne suis pas n'importe quel commandant ! » Il reprit son souffle, et je ressortis un peu la lame de la plaie. Du sang suinta du tissu ; il courba le cou pour le regarder et se mit à haleter. « Je m'appelle Ellik ; je n'avais au-dessus de moi que le duc de Chalcède quand il s'est assis sur le trône, et il m'avait promis que je lui succéderais. Je devais devenir duc de Chalcède ; mais ces saletés de dragons sont arrivés, et puis sa fille, cette putain qu'il m'avait donnée, s'est retournée contre son propre peuple et s'est proclamée duchesse ! Elle occupe le trône qui me revient ! Voilà pourquoi mon épée est à louer : pour me permettre de récupérer ce qui est à moi ! C'est ce qu'ils ont vu, ces prophètes et ces devins blancs ! Ça DOIT arriver !

— Tu me fatigues. » Je m'accroupis à côté de lui, posai mon épée à l'écart et dégainai mon poignard. Je l'examinai : il était long et aiguisé. Je captai l'éclat de l'hiver sur la lame que j'inclinai pour déplacer le reflet. « Alors, la jeune femme et la petite fille. »

Il resta un moment à haleter sans répondre. Je fis un geste avec mon poignard, et il secoua la tête d'un air éperdu, prit son souffle en hoquetant et déclara en brèves rafales : « Nous sommes venus en bateau. Nous nous sommes cachés avec nos armes en entrant au port ; nous pensions qu'il y aurait des questions et des frais de mouillage et de douane, mais rien. C'était comme si nous n'existions pas ; le mollasson a pris notre tête… nous avons débarqué… avec les chevaux… et nous avons traversé la ville. Et personne ne se retournait sur nous. Nous étions comme des fantômes. Même quand nous nous sommes mis à nous moquer… et à crier sur les passants. Personne ne nous voyait. » L'espace d'un instant, ses yeux roulèrent comme s'ils se révulsaient. Avais-je exagéré ? Le sang continuait à sourdre de sa poitrine et à noircir sa chemise. Il eut un hoquet et me regarda de nouveau. « La femme nous indiquait la direction à suivre. Le gamin nous dissimulait. Ça nous a vite agacés. On a volé les traîneaux et les attelages. Les Blancs savaient précisément où les trouver. Nous traversions les villes sans être vus, des villes grasses, riches. On aurait pu facilement tout prendre ; mais la femme disait toujours non, et non, et non. Et chaque fois je disais non à mes hommes. Et ils obéissaient ; mais ils me respectaient un peu moins, et un peu moins. Et je me sentais… dépassé. » Il se tut et respira un moment bruyamment par le nez. « J'ai froid, répéta-t-il.

— Parle.

— On aurait pu tout voler ; on aurait pu aller à Castelcerf, prendre la couronne de votre roi, si c'était nous qui tenions le gamin ; on aurait pu retourner en Chalcède et tuer cette putain qui occupe mon trône, si le gamin avait pris notre parti contre la femme. Mes hommes le savaient ; nous en discutions entre nous. Mais j'étais incapable d'agir. Nous devions lui obéir. Et c'est comme ça que nous sommes arrivés à la grande maison. » Il me regarda sans bouger la tête. « C'était la tienne, c'est ça ? Ta propriété ? » Il se passa la langue sur les lèvres, et un éclair de cupidité apparut dans ses yeux. « Elle était riche, mûre pour le pillage. Il y a tellement de choses qu'on a laissées : de bons chevaux, des tonneaux d'eau-de-vie… "Ne prenez que le fils", elle avait dit ; et nous avons obéi comme des esclaves. Nous avons saisi le garçon et sa servante, et nous sommes repartis vers le port. En nous déplaçant secrètement, comme des lâches. » Il battit des paupières ; il pâlissait de plus en plus, mais cela m'était égal. « Et puis j'ai compris : elle se servait du gamin contre moi. Il obscurcissait mon esprit pour m'affaiblir. Pour m'asservir ! Alors j'ai pris patience, et nous avons monté notre coup. Par moments, j'avais les idées claires, quand le gamin utilisait sa magie sur d'autres ; j'ai donc attendu que le magicien soit loin de moi et de la femme. Je savais que ça arriverait ; je l'ai provoqué. J'ai envoyé le môme accompagner mes hommes ; je leur ai dit ce qu'ils devaient lui raconter. Il est parti opérer sur une ville et il ne songeait plus à me dominer. On lui a simplement dit que la femme souhaitait qu'il s'amuse pendant cette journée, qu'il prenne ce qu'il voulait dans la ville, qu'il mange ce qui lui faisait plaisir. Il nous a demandé si c'était sa vraie voie ; on lui a répondu que oui. C'était trop facile : il était tellement niais, presque simplet ! Il nous a crus. » Il toussa. « Ça aurait pu être parfait sans cette idiote. Quelle imbécile ! Elle détenait l'arme absolue : ce gamin capable d'obscurcir l'esprit des gens ; mais elle ne s'en servait pas comme elle aurait pu. Tout ce qu'elle voulait, c'était… ton fils. »

Je ne le repris pas. « Que sont devenus les prisonniers ? La jeune femme et l'enfant ?

— Ce sale petit rat insolent ! Je lui ai mis mon poing dans la figure. Qu'il était moche ! Et ces yeux fixes ! C'est sa faute si tout a capoté. »

Je dus faire un effort gigantesque pour ne pas lui planter mon poignard dans l'œil. « Tu lui as fait mal ?

— Un coup de poing, c'est tout. J'aurais dû y aller plus fort ; on ne me parle pas... comme ça. »

Il inspira brutalement. Ses lèvres viraient au gris.

« Que lui est-il arrivé ? »

Il eut un rire bref. « Je ne sais pas. Un soir, tout s'est cassé la figure. Crétin de Hogen ! Il pleurnichait pour avoir une femme en reniflant comme un chien de manchon ; alors je lui en ai donné une, celle qu'il méritait. Elle gueulait comme une truie. Quelqu'un a amené le petit magicien, et il a regardé la scène avec les yeux ronds. On lui a demandé s'il voulait sa part lui aussi. Et puis la femme, Dwalia, est arrivée en hurlant qu'on n'avait pas d'honneur, que nous n'étions pas des hommes. » Il tourna les yeux vers moi. « Je ne pouvais plus la sentir. Deux de mes hommes l'ont saisie parce qu'elle se précipitait sur moi toutes griffes dehors. Je n'ai pas pu m'empêcher de rire en la voyant se débattre entre eux, avec ses gros seins et son ventre rond qui dansaient comme de la gelée. Je lui dis que je pensais pouvoir lui prouver que nous étions bien des hommes. Nous avons commencé à la déshabiller, et alors... ça a été l'horreur. La peur. Je crois que c'était le gamin. Il était plus attaché à elle que prévu, et il nous a noyés sous sa propre peur, que tout le monde a sentie. Les Blancs hurlaient et ils se dispersaient comme des lapins ; la femme les appelait, et elle criait au magicien d'oublier tout ce que nous lui avions promis, de m'oublier et de revenir sur la voie. » Il tourna la tête vers moi. Ses cheveux gris s'étaient échappés de son bonnet de laine pour se coller en mèches humides sur son visage.

« Mes hommes m'ont oublié. Je leur lançais des ordres, mais ils passaient à côté de moi en courant comme si je n'existais pas. Ils ont relâché Dwalia ; ils ne la voyaient peut-être plus. Elle a appelé le magicien, et il est allé la rejoindre comme un chien battu. » Il secoua la tête sur la neige. « Personne ne m'entendait ; quelqu'un m'est rentré dedans, s'est relevé et a continué sa course. Les hommes pourchassaient les Blancs ; c'étaient des bêtes enragées. Les chevaux ont cassé leurs longes. Et puis… et puis mes hommes se sont mis à se battre entre eux. Je leur ai crié de s'arrêter, mais ils n'ont pas obéi ; ils ne m'entendaient pas et ils ne me voyaient pas. Je n'ai pu que rester spectateur. Mes hommes, mes meilleurs guerriers, mes frères d'armes depuis plus de deux ans… ils se sont entre-tués. Certains. D'autres se sont enfuis. Le gamin les rendait fous, et il me rendait invisible à eux. Dwalia et lui ne se rendaient peut-être pas compte que moi seul pouvais les contenir. Sans moi… Dwalia s'est sauvée en laissant ses compagnons à leur sort. C'est ce que je pense.

— La jeune femme et l'enfant que vous avez emmenés, qu'ont-ils fait ? Les Blancs les ont-ils gardés ? » Il sourit. Je posai le tranchant de mon poignard sur sa gorge. « Dis-moi ce que tu sais.

— Ce que je sais… ce que je sais très bien… » Il me regarda dans les yeux. Sa voix n'était plus qu'un murmure, et je dus me pencher pour l'entendre. « Je sais comment mourir en guerrier. » Et il se souleva brusquement à la rencontre de ma lame comme pour se trancher la gorge. J'écartai mon arme et la rengainai.

« Non, fis-je d'un ton affable, tu ne mourras pas tout de suite. Et pas en guerrier. » Je me redressai et lui tournai le dos en le laissant troussé comme un porc qui attend le boucher.

Il prit une grande inspiration et hurla : « Hogen ! » Je me retournai et m'écartai de lui à reculons, l'épée de Vérité en ma possession. Qu'il crie donc tout son soûl ! J'eus un geste réprobateur du doigt à son adresse, puis m'intéressai à ma deuxième cible. Hache ou épée ? Non, l'arme de Vérité était le seul choix possible.

Hogen avait levé la tête pour regarder en direction de la route, loin derrière les arbres. Il attendait donc le retour des autres. Mieux valait agir tout de suite, tant qu'il était seul.

Ma longue expérience de la discrétion m'avait convaincu que surprendre l'ennemi était généralement la meilleure technique. L'épée au poing, je m'approchai de lui sans bruit. Pourquoi se retourna-t-il ? Peut-être à cause de ce sens particulier que semblent acquérir les guerriers, cette vigilance supérieure qui dénote peut-être un grain d'Art, de Vif, ou des deux. Peu importait : l'élément de surprise était anéanti.

L'option suivante consistait peut-être à provoquer un homme incapable de tenir debout sans s'appuyer sur l'épée qu'il avait prise sur mon mur. Il me vit, lâcha sa hachette, saisit l'arme qu'il avait plantée dans la neige et me fit face. Sans bouger, je le regardai chercher son équilibre sur sa jambe valide, l'épée dressée. Je lui souris. Il ne pouvait se battre que si je m'approchais de lui, incapable d'avancer ni de reculer sans se servir de l'épée comme béquille. Je restai immobile face à lui jusqu'à ce qu'il baissât son arme ; il s'efforça de ne pas s'appuyer sur elle trop visiblement.

« Quoi ? me lança-t-il.

— Tu as pris quelque chose qui m'appartient. Je veux le récupérer. »

Il me regarda sans répondre. J'en profitai pour l'étudier : c'était un bel homme, avec de belles dents et des yeux bleu vif ; ses longs cheveux couleur de blé pendaient en deux tresses soignées auxquelles se mêlaient quelques talismans. La chair de poule me gagna : je pensais l'identifier ; c'était le « bel homme » qui avait violé les femmes de ma maison, celui qui avait attaqué Pépite et été pris à partie à son tour par les Blancs. Il était à ma merci.

« Je n'ai rien à toi. »

Je secouai la tête. « Tu as mis le feu à mes écuries, tu as saccagé ma maison, tu as volé cette épée à mon cousin Lant, tu as violé des employées, et, en partant, tu as emmené une femme et un enfant. Je veux les récupérer. »

Il se tut, et j'avançai d'un pas. Il leva son arme, mais la douleur que cela lui coûtait se vit sur ses traits. J'en fus ravi. « Combien de temps peux-tu tenir sur une jambe, l'épée au poing ? On va voir. » Et je me mis à tourner lentement autour de lui comme un loup autour d'un élan immobilisé. Hogen devait sautiller sur place pour ne pas me perdre de vue ; la pointe de son épée commença à trembler. Je dis sans cesser de marcher : « J'ai eu une sympathique discussion avec le commandant Ellik. Tu ne te rappelles pas qui c'est, n'est-ce pas ? Tu ne te rappelles pas l'homme qui t'a conduit ici depuis Chalcède, qui t'a convaincu d'obéir aux Serviteurs et de venir chez moi enlever un enfant et une femme. Ellik. Ce nom ne t'évoque rien, n'est-ce pas ? L'homme qui croyait naguère devenir duc de Chalcède. »

Chaque fois que je prononçais le nom d'Ellik, il sursautait comme s'il recevait un coup. Je guidais à présent ses déplacements comme le chien de Lin le berger guidait ses moutons ; claudiquant, il s'écartait peu à peu du feu en reculant et quittait la neige piétinée du campement pour se diriger vers celle, vierge, de la forêt.

Je parlais toujours. « Te souviens-tu de l'attaque de ma propriété ? De la jeune femme que tu as tenté de violer, la jolie fille aux yeux verts, avec une robe rouge ? Tu t'en souviens, n'est-ce pas ? »

Je distinguai un éclair de méfiance dans ses yeux et un léger pli de désarroi sur ses lèvres.

« Je viens prendre le sang pour le sang, Hogen. Eh oui, je connais ton nom ! C'est le commandant Ellik qui me l'a dit. Je viens prendre le sang pour le sang et donner la souffrance pour la souffrance ; et t'aider à retrouver la mémoire. Tu dois ta blessure à la jambe à tes camarades mercenaires ; ils t'avaient prêté serment de loyauté, ils avaient prêté le même serment les uns aux autres, et naturellement à Ellik. Le commandant Ellik, celui qui croyait devenir un jour le duc Ellik. »

Je guettais ses tressaillements et le défaut de concentration qui les accompagnait. La troisième fois que je prononçai le nom, je frappai. La pointe de son épée descendait de plus en plus, et, alors qu'il tournait sur lui-même en boitant pour me faire face, je m'avançai brusquement et écartai son arme en lui coupant trois doigts ; l'épée tomba dans la neige. Hogen poussa un grand cri et serra sa main mutilée contre sa poitrine ; puis, dans le même instant, il se baissa pour ramasser l'arme de sa main valide, mais je m'avançai encore et lui décochai un coup de pied dans la poitrine. Il s'écroula sur le dos ; je m'emparai de l'épée qu'il avait laissée tomber et la tins fermement. J'avais récupéré mes deux épées. J'eusse préféré tenir ma fille dans mes bras.

« Parle-moi, fis-je d'un ton aimable. Que sont devenus les otages que vous avez emmenés, la jeune femme et la petite fille ? »

Il écarquilla les yeux, assis dans la neige. « On n'a pas pris de petite fille. » Instinctivement, il serrait le poignet de sa main blessée qu'il tenait contre sa poitrine, en se balançant comme s'il berçait son enfant. Il reprit, la mâchoire crispée : « Lâche ! Tu t'attaques à un homme blessé. Tu n'as ni honneur ni courage. »

Je plantai mes deux épées dans la neige derrière moi, dégainai mon poignard et m'accroupis près de lui. Il voulut reculer mais l'épaisse couche de neige dans son dos et sa jambe raidie par les bandages l'en empêchèrent. J'approchai mon arme de son entrejambe en souriant, et il blêmit. Il se savait à ma merci. Je secouai mon gant imprégné de son sang, et des gouttes l'éclaboussèrent. D'une voix basse mais claire, je déclarai dans mon meilleur chalcédien : « Tu es venu chez moi, tu as volé mon épée, tu as violé des femmes. Je ne vais pas te tuer mais, quand j'en aurai fini avec toi, tu ne violeras plus jamais. »

Sa mâchoire se décrocha. Je posai l'index sur mes lèvres. « Chut. Je vais te poser une question, et tu vas y répondre aussitôt. Tu comprends ? »

Il avait la respiration hachée.

« Tu as une chance de rester un homme. » C'était un mensonge, mais il voulut y croire : je vis l'espoir briller dans ses yeux. « Tu as emmené une fillette de chez moi ; je suis ici pour la reprendre. Où est-elle ? »

Il me regarda, effaré, puis il secoua la tête. Il avait du mal à s'exprimer sous l'effet de la terreur. « Non. On n'a pas emmené de fillette. »

Je fronçai les sourcils en affûtant mon poignard sur mon pantalon. Il suivit mon geste. « Si. On vous a vus ; je sais que c'est vrai. » Ah ! Sot que j'étais ! « Vous avez cru que c'était un garçon. Vous avez enlevé une jeune femme et ma petite fille. Où sont-elles ? »

Les yeux fixés sur moi, il se mit à parler lentement, peut-être à cause de la douleur, peut-être pour s'assurer que je le comprenais. « Il y a eu une bagarre générale ; beaucoup d'entre nous sont devenus enragés. On avait des otages... » Il eut l'air soudain égaré. « Ils se sont enfuis, et les autres les ont poursuivis. Ils reviendront quand ils les auront rattrapés. »

Je souris. « Ça m'étonnerait. Je parie qu'eux aussi ont oublié l'existence du commandant Ellik. À mon avis, chacun va attraper ce qu'il peut et le garder pour lui ; pourquoi revenir partager avec toi ? À quoi leur sers-tu ? Ah, les chevaux, peut-être ! Ils reviendront peut-être prendre les chevaux, et ils repartiront en te laissant seul. » Je m'interrompis puis repris, toujours en m'exprimant avec soin en chalcédien : « Parle-moi de l'enfant que tu as enlevé et de la femme que tu as essayé de violer. »

Il secoua la tête. « Il n'y avait pas de petite fille. On a seulement emmené... »

Je me penchai sur lui en souriant. « Je trouve qu'un violeur devrait avoir l'air d'un violeur plutôt que d'un séducteur. » Et je posai la pointe de mon poignard sous son œil gauche. Il bloqua sa respiration et ne bougea plus, croyant à une simple menace. Imbécile ! Je l'entaillai depuis l'orbite jusqu'à la mâchoire. Il hurla et tenta frénétiquement de s'éloigner de moi. Le sang se mit à ruisseler sur sa joue et le long de son cou, et ses yeux se révulsèrent alors qu'il s'efforçait de ne pas s'évanouir de douleur. Je savais que perdre connaissance n'était pas signe de lâcheté : une souffrance assez vive et subite peut entraîner une syncope. Je ne voulais pas qu'il perdît conscience, mais qu'il me craignît. Je me penchai davantage et plaçai l'extrémité de ma lame sur son entrejambe. Il savait désormais que certaines menaces n'étaient pas en l'air.

« Non ! s'écria-t-il en essayant de s'écarter.

— Parle-moi de la jeune femme en robe rouge et de l'enfant qui l'accompagnait. »

Il resta quelques instants haletant.

« La vérité », lui conseillai-je en appuyant légèrement sur le poignard. Mes armes sont toujours parfaitement aiguisées ; le métal entailla le tissu de son pantalon.

Il voulut reculer dans la neige, mais j'appuyai plus fort, et il se figea.

« Dis-moi tout. »

Il regarda son aine ; il respirait à petits coups. « Il y avait des petites filles dans la propriété, et Pando aime bien ça. Il en a violé une, peut-être plus. Je ne crois pas qu'il en ait tué, et on n'en a emmené aucune. » Il fronça soudain les sourcils. « On n'a pas volé grand-chose dans la maison ; moi, j'ai pris l'épée, mais on a fait que deux prisonniers : un garçon et sa servante, c'est tout. » Je vis la perplexité le gagner alors qu'il tâchait de rassembler ses souvenirs de l'expédition sans se rappeler Ellik.

« Où sont le garçon et sa servante ? » Mon poignard agrandit l'entaille dans le pantalon.

« Le garçon ? fit-il comme s'il avait oublié ce qu'il venait de me dire. « Il est parti, avec ceux qui se sont enfuis. Ils se sont dispersés dans toutes les directions en hurlant.

— Une seconde. » Je levai la main. « Raconte-moi en détail ce qui s'est passé quand vous avez perdu les prisonniers, depuis le début. »

J'ôtai mon arme de son entrejambe, et il poussa un long soupir tremblant. Mais, vif comme un chat, je me rapprochai de lui et posai la pointe de la lame sous son œil droit, du côté intact de son visage. Il leva ses mains ensanglantées pour se défendre. « Non », dis-je, et je le forçai à s'allonger de nouveau dans la neige, puis je l'entaillai – peu profondément, mais assez pour lui arracher un petit cri aigu.

« Doucement, fis-je. Continue.

— Il faisait nuit ; on était ivres ; on faisait la fête. » Il se tut brusquement.

Croyait-il pouvoir me dissimuler un secret ? « Pourquoi faisiez-vous la fête ? »

Il reprit son souffle à petites goulées. « On avait un prisonnier capable de faire de la magie ; il pouvait nous rendre invisibles… » Sa voix mourut ; il s'évertuait à trouver le fil de ses souvenirs en charpie.

« Je te hais, dis-je d'un ton affable. J'aime te faire souffrir. Ne me donne pas un nouveau prétexte pour te faire saigner davantage. » Je me penchai sur lui. « Un violeur n'a pas besoin d'être beau. Un violeur n'a pas besoin d'un nez. Ni d'oreilles. »

Il répondit précipitamment : « On tenait le mollasson, l'homme qui a l'air d'un gamin ; Vindeliar, celui qui peut effacer les souvenirs. On l'avait séparé des Blancs et on l'avait convaincu de s'amuser, de se servir de sa magie pour faire ce qui lui faisait plaisir. On voulait qu'il croie qu'on était ses amis, et ça a marché. Il avait plus de valeur pour nous que tous les autres, que tout ce qu'ils nous proposaient. On allait les ramener tous en Chalcède et les vendre au marché, mais garder le magicien. »

Je percevais une autre histoire derrière ce récit, mais elle ne m'intéressait pas. « Vous faisiez la fête ; que s'est-il passé alors ?

— Je voulais une femme. Je n'aurais pas dû être obligé de demander la permission : les prisonnières faisaient partie du butin, j'avais droit à ma part, et elles étaient nombreuses ; mais on n'y avait pas touché depuis… » Il laissa de nouveau sa phrase inachevée. Sans Ellik dans son raisonnement, il ne comprenait pas pourquoi ses camarades et lui travaillaient pour des femmes, et encore moins pourquoi ils s'étaient retenus de les violer. Il plissa le front. « J'ai dû prendre la plus moche, tellement laide qu'on croyait tous que ce n'était pas une femme. Mais c'était la seule que… » Il s'interrompit encore, perplexe. Je le laissai rassembler ses souvenirs tant bien que mal. « Elle s'est mise à brailler avant même que je la touche, et elle s'est débattue comme une folle quand j'ai voulu la déshabiller ; si elle n'avait pas résisté, je n'aurais jamais… Je lui ai seulement fait ce qui est normal pour une femme ; rien qui puisse la tuer ! Mais elle hurlait, elle hurlait… Et puis quelqu'un a amené Vindeliar pour qu'il profite d'elle à son tour… je crois. Je ne sais plus. Il s'est passé quelque chose. Ah ! Une femme, plus vieille et plus ronde, et on allait la prendre elle aussi. Mais alors… Et tout le monde est devenu fou. On leur a couru après, on les a pourchassés, et le sang… Et puis on s'est mis à se battre entre nous. Entre frères d'armes. On mangeait ensemble et on combattait côte à côte depuis quatre ans, mais celui qu'elle avait amené avec elle, celui qui obligeait les villageois à ne pas nous voir, il s'est retourné contre nous et il nous a fait oublier ce qui nous unissait. Je ne me rappelais plus que les affronts, les fois où ils avaient triché contre moi aux dés, où ils avaient pris une femme que je voulais, où ils avaient mangé plus que leur part des meilleurs morceaux. J'avais envie de les tuer tous, et j'en ai tué deux ; deux de mes camarades, deux amis avec qui j'avais prononcé mon serment. L'un d'eux m'a entaillé la jambe avant que je l'achève. Chriddick. Il m'a fait ça ; je le connaissais depuis cinq ans ; mais je me suis battu avec lui et je l'ai tué. »

Il s'épanchait à présent sans prêter attention à la souffrance que cela lui coûtait, et je me gardais bien de l'interrompre. Où était passée ma petite fille durant cette nuit de démence ? Où étaient Abeille et Pépite ? Quelque part aux alentours du camp, étendues ensanglantées dans la neige ? Aux mains des mercenaires qui s'enfuyaient ?

« Ceux qui nous avaient embauchés, les Blancs, ils n'y étaient pour rien. Ils n'auraient jamais pu se défendre contre nous : ils étaient faibles, incapables de se servir d'une arme, et ils résistaient mal au froid et aux longues marches. Ils nous suppliaient tout le temps d'aller moins vite, de les laisser se reposer davantage, de leur trouver plus à manger. Et on obéissait. Pourquoi ? Pourquoi est-ce que des guerriers se laissaient commander par des femelles pleurnichardes et des femmelettes ? Parce qu'ils nous avaient soumis à une magie immonde. Ils nous rabaissaient, ils nous humiliaient, et puis ils nous ont montés les uns contre les autres. » Il eut un sanglot qui était aussi un cri. « Ils nous ont volé notre honneur ! »

Espérait-il susciter ma compassion ? Il était pitoyable, mais pas d'une façon qui éveillât ma pitié. « Je me moque de ton honneur perdu. Tu as enlevé une femme et un enfant ; que sont-ils devenus ? »

Il ne répondit pas. Mon poignard lui entailla la narine ; les blessures au nez saignent beaucoup. Il s'écarta violemment en levant les mains dans un geste de défense ; je les balafrai de deux coups de mon arme, et il poussa un hurlement aigu.

« Salaud ! Sale lâche ! Tu n'as aucun sens de l'honneur ! Si je pouvais me battre, tu n'oserais pas me traiter comme ça ! »

Réprimant mon envie de rire, je plaçai mon poignard à la base de sa gorge et l'obligeai à se rallonger dans la neige. Je demandai : « Les femmes de ma propriété ont-elles vu ton sens de l'honneur pendant que tu les violais ? Ma fille de cuisine vous jugeait-elle honorables quand ton ami Pando en a fini avec elle ? Lorsque vous avez égorgé mes employés d'écurie sans défense, était-ce faire preuve d'honneur ? »

Il voulut s'écarter de la pointe de ma lame, mais je suivis son mouvement. Avec sa jambe invalide, il ne pouvait pas plus s'enfuir que la petite fille de cuisine. Il leva ses mains ensanglantées. J'écrasai sa jambe blessée sous mon genou ; il eut un hoquet de souffrance et bafouilla : « Ce n'étaient pas des guerriers ! Ils n'avaient pas d'honneur ! Les femmes ne peuvent pas en avoir, tout le monde le sait ! Elles sont faibles ! Leur vie n'a de sens que par les hommes ! Et les autres, ces hommes, c'étaient des serviteurs, des esclaves, pas des guerriers. Et en plus elle ne valait rien comme femme ! Elle était laide et elle ne valait rien ! »

Il cria quand ma lame mordit plus profondément et ouvrit une entaille dans sa gorge. Doucement ; pas tout de suite.

« Curieux, dis-je à mi-voix quand le souffle lui manqua. Je plaçai le poignard devant ses yeux, et il leva les mains. Je secouai la tête. « Voici le sens que mes femmes donnaient à ma vie : je fais payer ceux qui s'en prennent à elles, sans égard pour leur honneur imaginaire. Des guerriers qui violent et tuent des gens désarmés n'ont pas d'honneur. Ils n'ont pas d'honneur quand ils font du mal à des enfants. Sans mes femmes, les femmes de ma maison et mes employés, je jugerais déshonorant de te faire ça. Dis-moi, combien de temps t'a-t-il fallu pour violer une de mes servantes ? Aussi longtemps que mon poignard s'est amusé avec ta figure ? »

Il eut un haut-le-corps pour s'écarter, et il s'entailla lui-même le visage. Je me relevai et pris l'épée de Vérité. Il n'avait plus de renseignements à me fournir ; il était temps d'en finir. Il me regarda et s'en rendit compte.

« Ce soir-là, le soir où ils se sont tous enfuis, Kerf est peut-être au courant ; la femme en robe rouge lui plaisait, il la regardait comme un nourrisson regarde sa mère. On se moquait de lui. Il ne la quittait pas des yeux ; il la suivait en douce pour la regarder pisser derrière les buissons.

— Kerf. » Encore un petit renseignement. « Le magicien et la femme qui le commandait, que sont-ils devenus ?

— Je ne sais pas. C'était de la folie ; ça se battait et il y avait du sang partout. Ils sont peut-être morts, ou bien ils se sont sauvés. » Il laissa soudain échapper un sanglot. « Je vais mourir ici, dans les Six-Duchés ! Et je ne me rappelle même plus pourquoi je suis venu ! »

Deux événements se produisirent alors simultanément : j'entendis un cheval hennir, et les bêtes à l'attache lui répondirent, et la corneille crailla : « Gare derrière toi ! »

Mon Vif étouffé ne m'avait pas alerté, mais mon entraînement d'assassin reprit le dessus. On ne tourne jamais le dos à un ennemi. Je tranchai la gorge de Hogen et pivotai en me déportant sur le côté.

J'avais sous-estimé le vieillard. À se défaire du cordon qui lui liait les mains, il avait dû s'échauffer les muscles, car l'épée volée sonna bruyamment sur mon arme. Il faisait peur à voir, avec ses cheveux gris qui s'agitaient en mèches humides et ses dents dénudées par la rage. Le coup oblique que je lui avais porté avec mon caillou lui avait laissé le front violacé et un œil rougi, et du sang avait assombri une partie de sa chemise. Je n'avais qu'un poignard contre son épée ; l'épée de Vérité pointait derrière lui, dans le fourreau de neige où je l'avais sottement abandonnée. Ellik poussa un grognement d'effort, nos lames échangèrent un baiser criant, puis il se dégagea, reprit son souffle et attaqua de nouveau. Je parai son coup non sans difficulté, fis un pas en avant, le repoussai en le menaçant de mon arme, puis bondis en arrière. Il sourit en s'avançant. J'allais mourir : il avait une allonge supérieure.

Je reculai, et son sourire s'élargit. Ellik était âgé, mais l'orgueil du combat et la soif de vengeance brûlaient en lui – ainsi que l'envie de mourir en guerrier, si j'en jugeais par la nouvelle attaque imprudente qu'il me porta. Je ne tenais pas du tout à l'aider sur ce point, et je reculai encore. Avec tout le sang qu'il avait perdu, il me suffisait de le laisser s'agiter jusqu'à ce qu'il s'épuisât tout seul, j'en étais quasiment certain. Quasiment, non absolument. J'essayai de me diriger à reculons vers l'épée de Vérité, mais il me barra la route, et son sourire grandit encore. Il ne gaspillait pas sa respiration laborieuse en vains mots. Il bondit brusquement alors que je ne m'y attendais pas, et je dus me baisser et battre en retraite.

Un bruit de sabots étouffé par la neige. Je n'étais pas du tout convaincu de pouvoir affronter tous les cavaliers que j'entendais arriver ; je n'osais pas me retourner pour voir s'il s'agissait des Chalcédiens ou des gardes de Montcouronne. Soudain quelqu'un cria : « Prenez les chevaux ! » En chalcédien.

Ellik les regarda un instant. « À moi ! lança-t-il à ses hommes. À moi ! »

Je me forçai à croire qu'ils ne pouvaient pas répondre à son ordre. Je devais le prendre par surprise, commettre une action stupide en toute autre circonstance. Je fis un pas en avant, abattis violemment mon poignard sur son épée et faillis le désarmer, mais il parvint à s'avancer lui aussi et à me repousser avec une vigueur inattendue. Stupéfait, je fus saisi d'une sorte d'étourdissement ; je fis un bond en arrière pour me dégager, et je dus supporter son sourire narquois. Il cria de nouveau : « À moi, mes hommes ! À moi ! »

Trop occupés à monter en selle, ils ne lui accordaient sans doute pas la moindre attention ; ils paraissaient ne pas avoir conscience de sa présence, et l'un d'eux passa si près derrière lui qu'il faillit le renverser. Ils m'avaient sûrement repéré, en revanche, mais aucun ne prit le temps de me défier, car ils n'avaient manifestement qu'une idée en tête : s'enfuir et sauver leur peau. Au loin, j'entendis crier : « Par ici ; ils sont passés par ici ! » C'était sans doute la garde de Montcouronne qui leur donnait la chasse.

Les mercenaires n'avaient d'intérêt que pour les montures fraîches, et ils se dirigèrent vers elles, sautant de leurs chevaux fourbus pour essayer de s'emparer d'une des bêtes attachées et prendre la poudre d'escampette. Les animaux, effrayés par leur affolement, dansaient et tiraient sur leur bride au risque de piétiner les hommes ; ils n'étaient pas assez nombreux pour tout le monde.

« FitzChevalerie ! Prince FitzChevalerie ! » Je reconnus la voix qui s'élevait derrière moi : Persévérance fonçait vers moi.

« Persévérance ! Attends ! » C'était Crible qui s'exclamait d'un ton éperdu.

« N'approche pas ! » criai-je. Ellik profita de ma distraction momentanée : il bondit, décidé à me tuer ou à me forcer à le tuer ; je voulus reculer, mais la neige était épaisse, et il y avait des ronces enchevêtrées derrière moi. Une terrible onde de vertige me parcourut, et je faillis perdre l'équilibre ; je partis de côté en chancelant, embarrassé par la profonde couche de neige et pris d'une irrésistible fatigue ; toute énergie désertait mes muscles, et mon épée tomba de ma main amollie tandis que mes genoux fléchissaient. Je m'écroulai à la renverse, et les ronces m'accueillirent.

Sans s'étonner de sa bonne fortune, Ellik s'avança, et l'épée qui venait de chez moi fila vers ma poitrine.

« Mon seigneur ! FitzChevalerie ! » À ce cri, je me retrouvai face à Persévérance. Il s'était approché avec sa monture et avait miraculeusement réussi à s'emparer au passage de l'épée de Vérité plantée dans une congère. Il la tenait comme si c'était un tisonnier ; il n'avait visiblement jamais manié d'arme. « Reviens ! » lançai-je, car Ellik se retournait et levait son épée pour contrer l'attaque de l'adolescent. L'arme de Vérité était trop lourde pour le garçon d'écurie, mais c'est précisément à cause de son poids qu'elle s'abattit avec force, tandis que le cheval au galop fournissait l'élan nécessaire. Ce fut par pure chance que Persévérance embrocha Ellik, en se servant de son arme plus comme une lance que comme une épée. L'homme qui voulait être duc lâcha la sienne et agrippa celle qui pointait de sa poitrine. Persévérance poussa un hurlement aigu, et je lus la rage et l'horreur sur ses traits. Il n'avait pas lâché la poignée de son arme, et il tomba de sa monture sur Ellik qui s'affaissait.

L'effet de la graine de carris cessait, et mon cœur bondissait sous mes côtes comme un poisson hameçonné. Suffoquant, je me dégageai de la neige et des ronces ; j'entendais des cris mais je ne comprenais pas ce qui se passait. Je ne vis qu'une solution ; je lâchai mon poignard et cherchai à tâtons la sacoche accrochée à ma ceinture ; une papillote, une pincée de graines au fond. J'en jetai quelques-unes dans ma bouche et les écrasai entre mes dents ; une convulsion me prit, et je crus vomir, puis le monde devint blanc et se mit à tournoyer. Tout n'était plus que bruit et froid, et soudain tout fut éclatant, clair et lumineux.

Je tendis le bras, saisis Persévérance par le col et l'écartai d'Ellik à l'agonie, puis je me baissai, cherchai mon poignard dans la neige, le trouvai et le rengainai. Enfin, je me retournai pour observer la scène :

je vis Lant abattre son épée d'apparat et trancher le bras d'un Chalcédien ; le plus étonnant était que Crible se trouvait à terre : le mercenaire l'avait tiré à bas de son cheval pour s'emparer de l'animal, et Lant l'avait sauvé.

Je dégageai l'épée de Vérité de la poitrine d'Ellik, qui émit un gémissement : il n'était pas encore mort. Je l'achevai. Persévérance me regardait, les yeux ronds, bouche bée, et la respiration si hachée que je craignis qu'il ne se mît à pleurer. « Ramasse ton arme ! lui criai-je. À moi, mon garçon ! À moi ! » À ma grande surprise, il obéit ; il prit l'épée et s'écarta du cadavre d'Ellik. « Suis-moi », lui dis-je, et il m'emboîta le pas alors que je me dirigeais vers Crible et Lant ; ils avaient abattu le Chalcédien qui avait voulu voler la monture du premier. Persévérance siffla, et son cheval arriva, suivi de Mignarde, les naseaux ouverts et les yeux exorbités. « Rassemble toutes les bêtes, ordonnai-je à l'adolescent, puis je m'adressai à Lant : Aidez-le. Je ne veux pas qu'un seul de ces salauds s'échappe avec une monture fraîche. »

J'entendis soudain de grands cris, et, me retournant, je vis mes Bouteurs débouler derrière les gardes de Montcouronne ; à leur suite venaient Gantelée et le reste de mes soldats.

« Capturez-les vivants ! » lançai-je à pleins poumons ; mais un des Chalcédiens était déjà mort, pris entre deux gardes de Montcouronne et frappé des deux côtés. Avant que j'eusse le temps de reprendre mon souffle pour réitérer mon ordre, deux autres tombèrent. Le dernier parvint à détacher un cheval et faillit réussir à monter sur l'animal affolé, mais, alors que je m'élançais vers le gros de la bataille, il chuta et se fit piétiner.

« Arrêtez ! » criai-je, mais personne ne m'écoutait. Une de mes Bouteuses avait mis pied à terre, et elle transperça deux des mercenaires au sol avant que je pusse intervenir ; elle n'eut pas besoin d'achever le troisième : il était mort.

« ATTENTION ! hurla Crible. Prince FitzChevalerie ! Gardes ! À vos épées ! »

Je ne l'avais jamais entendu crier si fort. Il était remonté en selle et interposait sa monture entre moi et les hommes enflammés par la fureur du combat sur lesquels je me précipitais inconsidérément.

« Prince Fitz ! » fit quelqu'un d'autre, et mes Bouteurs se tournèrent soudain vers moi, rayonnants, en secouant leurs épées sanglantes, aussi fiers que des chiots qui viennent de tuer le chat de la grange. Je les regardai sans rien dire ; un violent tremblement me traversa, dû à la fatigue, au vertige, à la drogue et au désespoir. Je tendis la main pour m'agripper à la cuisse de Crible et réussis à ne pas m'écrouler.

« Abeille est là ? Elle est en sécurité ? » Sous l'effet de l'inquiétude, la voix de Persévérance remontait dans les aigus, comme celle d'un enfant.

« Non, répondis-je. Pas d'Abeille, pas de Pépite ; du moins ici. » Je rassemblai le peu d'énergie qui me restait ; j'avais les genoux en coton. Je pris une grande inspiration et sentis la graine de carris refluer. « Organisons des recherches sans attendre. »

7
Un gant

Nous ne possédons qu'une généalogie réduite de celui qu'on nomme Bien-Aimé, né naturellement. L'incurie du Serviteur qui a accueilli l'enfant aux portes en est responsable : il prétend avoir pris note scrupuleusement de ses ascendants et de ses frères et sœurs, mais ce document n'existe pas, ou il a été dissocié de l'enfant et mal rangé durant sa période d'acceptation et d'orientation. Certains laissent entendre que le candidat lui-même l'aurait volé et détruit, cependant cela me paraît peu probable : nombre de ses gardiens ont surestimé son intelligence.

Au début, l'enfant s'est montré docile et enjoué, car ses parents lui avaient assuré qu'il était chez lui à Clerres et qu'il ne manquerait de rien ; mais, les jours passant, il est devenu impassible et sombre, et restait secret avec ceux qui cherchaient à vérifier son ascendance. Nous pouvons dire avec une relative certitude qu'il avait vécu avec ses parents pendant plus de vingt ans, que ses trois parents étaient âgés et n'avaient plus la force de s'occuper d'eux-mêmes ni de Bien-Aimé. Il a d'abord déclaré avoir deux sœurs qui lui manquaient terriblement, mais il a affirmé plus tard n'avoir ni frère ni sœur ; nous avons essayé en vain de les localiser et de récolter leurs rejetons afin de mêler leur sang à celui de notre vivier.

Bien-Aimé demeure donc le seul membre de sa lignée dans nos archives, et toutes nos tentatives pour qu'il fournisse un enfant à notre fonds ont échoué ; il est obstiné, parfois violent, raisonneur, et il incite les autres Blancs à la même attitude si on le laisse en contact avec eux. Quand il fut décidé de le marquer afin de pouvoir l'identifier aisément où qu'il aille, il résista au tatouage sur son dos, au point de chercher à s'en débarrasser en le brûlant.

La proposition est certes extrême, mais je pense qu'on aurait dû l'éliminer. On devrait même extraire la relation de ses rêves des catalogues classiques et les placer à part dans nos archives, car je ne les estime pas fiables. Son tempérament frondeur ne connaît pas de limite, et il ne manifeste aucun respect pour personne ; après mûre réflexion, je suis d'avis qu'il ne nous sera jamais utile. Au contraire, il apportera la destruction, suscitera la rébellion, et mettra à mal l'ordre et la paix qui règnent à Clerres.

Yarielle, Servante

La première journée et demie que nous passâmes après avoir échappé à Dwalia fut dure pour Évite et moi. Nous trouvâmes une zone sans neige sous un arbre et nous y pelotonnâmes l'une contre l'autre, tremblant de terreur autant que de froid. Autour du tronc du grand sapin, la terre était couverte d'un épais tapis d'aiguilles, et les branches qui s'arquaient jusqu'au ras du sol formaient comme les parois d'une tente. Nous n'avions pas réussi à effacer les traces que nous avions laissées en pénétrant à quatre pattes dans notre abri, et nous pouvions seulement espérer que nul ne chercherait à trouver notre piste.

Au loin, nous entendions des hurlements, des cris furieux et un bruit curieux que je n'identifiai pas tout de suite. « On dirait qu'on se bat à l'épée, dis-je tout bas à Évite.

— Les Blancs n'en portent pas.

— Ils en ont peut-être ramassé.

— Ça m'étonnerait. Tiens, étends ton manteau par terre, nous nous y assiérons ; moi, j'ouvrirai le mien, tu t'installeras sur mes genoux, et je le refermerai sur nous. Nous aurons peut-être plus chaud. »

Sa bienveillance me surprit autant que son pragmatisme. Pendant que nous nous mettions en place, je lui demandai : « Où avez-vous appris ça ?

— Un jour, quand j'étais toute petite, ma grand-mère me ramenait d'une visite chez quelqu'un lorsque la roue de notre voiture est passée sur un nid-de-poule et que quelque chose s'est cassé. C'était l'hiver, il faisait nuit, et notre cocher avait dû partir à cheval chercher de l'aide ; elle m'a prise dans son manteau pour me réchauffer. » Je l'entendais parler au-dessus de ma tête.

Ainsi, elle avait connu dans son enfance des déplacements en voiture et une gentille grand-mère. « Toute votre vie n'a pas été épouvantable, alors, dis-je.

— Non ; seulement les quatre ou cinq dernières années.

— J'ai de la peine pour vous », murmurai-je, et, chose curieuse, j'étais sincère. Je me sentais plus proche d'elle, comme si ce soir j'étais plus âgée ou elle plus jeune.

« Chut ! » fit-elle, et je me tus. Des cris de colère frénétiques déchiraient encore la nuit ; un long hurlement monta, retomba puis monta de nouveau. Je crus qu'il ne cesserait jamais, et j'enfouis mon visage contre l'épaule d'Évite, qui me serra contre elle. L'obscurité et la forêt me paraissaient si vastes que j'avais l'impression que nous étions une noix récalcitrante qu'elles tenaient entre leurs griffes et s'efforçaient de casser par le froid. J'entendis un cheval au galop, et, bien qu'il passât loin de nous, je me mis à trembler de frayeur. Je m'attendais à tout instant à ce que quelqu'un criât qu'on nous avait trouvées et à ce qu'on s'emparât de nous, sans Dwalia pour nous protéger, ou bien à ce qu'elle vînt avec ses mains dodues et cruelles, en compagnie de Vindeliar et de ses mensonges qui embrumaient l'esprit, et qu'elle fît de nous des Servantes. Je fermai les yeux et regrettai de ne pouvoir en faire autant de mes oreilles.

Non, louveteau ; les oreilles veillent pendant que les yeux dorment. Alors, dors, mais sois prudente.

« Nous devrions nous reposer, si c'est possible, fis-je à mi-voix. Demain, il faudra nous éloigner aussi vite que nous le pourrons. »

Elle s'adossa à l'arbre. « Eh bien, repose-toi ; je vais monter la garde. »

Était-ce vraiment utile ? Si nos ennemis nous débusquaient, serions-nous capables de nous battre et de nous échapper ? Mais il n'y en aurait peut-être qu'un ou deux ; nous pourrions alors nous enfuir, ou bien faire front et les tuer. Je tremblais de froid, mais je réussis à m'endormir.

Je me réveillai au milieu de la nuit ; Évite me secouait. « Assieds-toi à côté de moi ; je ne sens plus mes jambes. »

Je n'avais aucune envie de quitter ses genoux ; quand je bougeais, son manteau s'entrouvrait et le peu de chaleur que j'avais accumulée s'enfuyait dans la nuit. Évite changea de position avec de légers grognements, puis disposa ses jambes différemment. « Assieds-toi à côté de moi », répéta-t-elle ; elle sortit une main de la fourrure blanche et je me mussai au creux de son bras, puis je glissai le mien dans la manche vide, et elle referma le manteau sur moi. Mon derrière n'appréciait pas le contact de la terre dure et glacée ; je tirai sur mon vêtement étalé au sol et trouvai un pan à rabattre sur nous. Nous nous serrâmes l'une contre l'autre. La nuit était devenue plus froide, plus noire, et beaucoup plus silencieuse ; deux chouettes entamèrent une conversation, et je sombrai à nouveau dans un sommeil frissonnant.

Je me réveillai tremblant comme une feuille. Je ne sentais plus mes orteils, j'avais mal aux fesses, et ma colonne vertébrale n'était qu'un long glaçon douloureux. J'avais enfoui mon visage dans la fourrure du manteau, mais j'avais une oreille glacée qui me faisait souffrir. La lumière du matin filtrait à travers les branches chargées de neige qui nous abritaient ; j'écoutai attentivement mais n'entendis que le chant des oiseaux.

« Évite ? Vous êtes réveillée ? » Elle ne réagit pas, et la terreur me saisit : était-elle morte de froid ? « Évite ! » Je la secouai doucement mais avec insistance, et elle leva brusquement la tête pour me regarder avec effarement ; puis elle s'ébroua soudain et me reconnut.

« Écoute ! murmura-t-elle d'un ton pressant.

— C'est ce que j'ai fait, répondis-je tout bas. Rien que des gazouillis ; mieux vaudrait nous éloigner d'ici autant que possible. »

Nous nous mîmes en mouvement avec raideur, mais les branches nous empêchaient de nous tenir droites, et j'eus du mal à m'extraire du manteau d'Évite, et plus encore à récupérer le mien, sur lequel elle était assise, pour m'y emmitoufler ; il était glacé et plein d'aiguilles de sapin. Soudain, j'eus faim et soif.

Je sortis la première de notre refuge, et ma compagne me suivit à quatre pattes. Le ciel d'hiver était dégagé et lumineux, et je battis des paupières un moment, puis je pris une poignée de neige et me la fourrai dans la bouche ; elle se réduisit à une maigre gorgée d'eau, et je m'apprêtai à en ramasser davantage.

« N'en avale pas trop à la fois ; tu vas te refroidir encore plus. »

Le conseil d'Évite était logique, alors pourquoi m'agaça-t-il ? Je pris une petite poignée de neige et la mis à fondre dans ma bouche. La jeune femme reprit : « Il faut retourner à Flétribois, mais sans suivre les traces des traîneaux à rebours ; s'ils nous recherchent, c'est ce qu'ils attendront de notre part.

— S'ils nous recherchent ?

— Les soldats se sont disputés avec les Serviteurs, je crois ; les Serviteurs voudront te rattraper s'ils ont survécu, mais nous pouvons espérer que tu n'intéresseras pas les mercenaires.

— Et si nous gagnions la ville proche pour demander de l'aide ? Ou une des habitations que nous avons croisées ? »

Elle secoua lentement la tête. « Ils se sont mal comportés dans cette ville en faisant oublier aux habitants qu'ils étaient là ; à mon avis, il faut l'éviter parce qu'ils s'attendront précisément à ce que nous y allions. De même, nous ne pouvons pas nous rendre dans une ferme pour demander des secours ; je pense que nous devons nous éloigner à pied le plus possible, sans emprunter de route où ils puissent nous repérer et où des gens risquent de nous voir : les Serviteurs pourraient leur poser des questions. »

Tout ce qu'elle disait se tenait, mais je ne souhaitais pas qu'elle fût seule à décider ; je me creusai donc la cervelle pour me montrer aussi intelligente qu'elle. « Nous devrions prendre des chemins difficiles à suivre pour un traîneau, ou pour un cheval : passer par des taillis, sur des terrains escarpés.

— Dans quelle direction se trouve Flétribois, à ton avis ?

— Je ne sais pas exactement », répondis-je. Je regardai le ciel.

Évite parcourut les alentours des yeux puis, comme au hasard, déclara : « Nous irons par là.

— Et si nous nous enfonçons davantage dans la forêt et que nous mourons de froid et de faim ? »

Elle se tourna vers moi. « Je préfère encore ça à ce qui nous attend s'ils nous retrouvent. Si tu as envie de revenir sur nos traces pour voir s'ils te capturent de nouveau, vas-y ; moi, je prends par là. »

Et elle se mit en route. Au bout d'un moment, je lui emboîtai le pas ; il était un peu plus facile de suivre la piste qu'elle ouvrait dans la neige que de tracer la mienne. Le chemin qu'elle avait choisi nous mena de l'autre côté d'une colline, toujours plus loin des mercenaires, toutes choses que je jugeai positives. La pente s'accentuait et les ronciers devenaient plus denses. « Il doit y avoir un ruisseau en bas, dis-je.

— Peut-être, répondit-elle ; mais les traîneaux ne peuvent pas venir jusqu'ici, et je ne pense pas que les chevaux fassent mieux. »

Avant d'arriver au fond du vallon, nous glissâmes plusieurs fois tant la déclivité était forte ; je craignais de perdre pied et de dégringoler jusque dans l'eau, mais, une fois en bas, nous découvrîmes un ru presque entièrement gelé que nous franchîmes d'un bond. L'eau me rappela ma soif, mais je préférai prendre une nouvelle poignée de neige dans ma moufle plutôt que plonger ma main nue dans le courant glacé. Dans mon épais manteau de fourrure, j'avais l'impression de marcher avec une tente autour de moi : l'ourlet entraînait la neige et m'alourdissait.

Évite suivit le ruisseau vers l'amont jusqu'à ce qu'elle repérât une voie qui nous permettait d'escalader la rive ; la montée n'en fut pas moins ardue, d'autant que les ronces, de ce côté-là, possédaient des épines particulièrement acérées. Quand nous parvînmes au sommet, nous étions en nage, et j'ouvris le col de mon manteau.

« Je meurs de faim, dis-je.

— Essaie de ne pas y penser », me conseilla-t-elle, et nous poursuivîmes notre marche.

Au sommet de la deuxième colline, la faim se mit à me griffer l'estomac comme si j'avais avalé un chat. Je me sentais faible, en colère, et nauséeuse. Je tâchai de devenir un loup ; je parcourus du regard le paysage couvert de blancheur et m'efforçai d'y repérer quelque chose à manger. Le terrain était découvert et servait sans doute en été de pâture aux moutons ; rien ne pointait de la neige, pas même l'épi d'une graminée sauvage, et rien ne nous abritait du vent. Si j'avais vu un mulot, je crois que j'eusse bondi pour le dévorer tout rond ; mais il n'y en avait pas, et une larme vaine coula sur ma joue ; le sel piqua sur ma peau gercée par le froid. *Ça va passer*, me souffla père Loup.

« La faim va passer ? fis-je tout haut, étonnée.

— Oui. » Je tressaillis quand Évite répondit. « D'abord, on a très faim, puis on a l'impression qu'on va vomir, mais on a l'estomac vide ; parfois, on a envie de pleurer, ou on est en colère. Mais, si on tient bon, la faim s'en va – pendant quelque temps. »

Je la suivais non sans difficulté. Nous franchîmes le sommet d'une hauteur escarpée puis descendîmes dans un vallon boisé ; quand nous arrivâmes sous les arbres, le vent s'atténua. Je ramassai un peu de neige pour m'humecter la bouche, et je m'efforçai de ne pas lécher mes lèvres fendues. « Comment en savez-vous autant sur la faim ? » demandai-je.

Elle déclara d'une voix dépourvue d'émotion : « Quand j'étais petite, mon grand-père m'envoyait dans ma chambre sans manger, en plein milieu de journée, si je n'étais pas sage. À ton âge, je n'imaginais pas pire punition, car nous avions un cuisinier extraordinaire à l'époque ; ses repas quotidiens étaient meilleurs que les banquets de fête les plus raffinés. »

Elle avançait toujours. Le nouveau versant était raide, et nous le descendions en oblique ; parvenue en bas, elle tourna pour suivre le terrain plat au lieu de le traverser et d'entamer la montée suivante. J'en fus soulagée, mais ne pus m'empêcher de demander : « Essayons-nous de retrouver le chemin de la maison ?

— Nous y viendrons ; je m'efforce de mettre le plus de distance possible entre nos ravisseurs et nous. »

Je voulais me diriger vers Flétribois ; je voulais que chaque pas me rapprochât de chez moi, de mon lit bien chaud, d'une tranche de pain grillée et beurrée. Mais je ne voulais plus escalader de collines enneigées, et je me tus donc.

Au bout d'un moment, Évite reprit : « Cependant je n'ai jamais vraiment souffert de la faim chez mes grands-parents. C'est après leur mort, quand on m'a envoyée vivre avec ma mère et son mari, que je suis souvent restée sans manger pendant plusieurs jours d'affilée. Si j'avais une attitude que le mari de ma mère jugeait insolente, il m'enfermait dans ma chambre et il m'y laissait parfois pendant des jours. Une fois, j'ai cru mourir, et, au bout de trois jours, j'ai sauté par la fenêtre ; heureusement, c'était l'hiver, la neige était épaisse, et il y avait des buissons en dessous. Je m'en suis sortie couverte d'égratignures et d'ecchymoses, et j'ai boité pendant dix jours, mais j'ai survécu. Ma mère se rongeait les sangs, non à cause de moi, mais de ce que diraient ses amies si je mourais, ou que je disparaissais, tout simplement : elle avait des projets de mariage pour moi. Un des prétendants était plus vieux que mon grand-père à sa mort, les lèvres molles et toujours humides, qui me regardait comme si j'étais la dernière friandise sur un plat ; un autre n'aimait pas la compagnie des femmes, mais était prêt à se marier pour que ses parents les laissent tranquilles, lui et ses amis. »

Je n'avais jamais entendu Évite s'épancher ainsi. Elle regardait droit devant elle et parlait au rythme de son pas laborieux ; je me taisais, et elle me raconta les gifles qu'elle recevait sous prétexte d'impudence, le frère cadet qui la martyrisait en la pinçant et en la bousculant subrepticement. Elle avait ainsi passé plus d'une année de misère, et, après qu'elle eut catégoriquement refusé les attentions de ses soupirants, son beau-père se mit à exprimer de l'intérêt pour elle en lui caressant les fesses au passage, en se penchant sur elle quand elle lisait, et, devenu plus hardi, en lui passant les doigts sur la poitrine. Elle s'était alors retirée dans sa chambre où elle restait le plus clair de son temps, la porte verrouillée.

Puis un jour, elle avait reçu un message et avait discrètement quitté la maison tard le soir ; elle avait retrouvé une femme avec deux montures au fond du jardin, et elles s'étaient enfuies. Évite s'immobilisa soudain, le souffle court. « Peux-tu passer devant un moment ? » me demanda-t-elle.

Je m'exécutai, et je pris alors la mesure du travail qu'elle accomplissait depuis l'aube. Je suivis un parcours plus sinueux, en quête de neige moins profonde sous le vent des arbres et des taillis ; la tâche n'en demeurait pas moins pénible, et je sentais la transpiration couler entre mes omoplates. Le souffle me manquait pour parler, et ma compagne paraissait avoir épuisé les anecdotes sur son passé. Je réfléchis à ce que j'avais appris sur elle et regrettai qu'elle ne nous en eût pas fait part en s'installant chez nous. J'eusse peut-être eu plus de sympathie pour elle si j'en avais su davantage. Quand nous nous arrêtâmes pour nous reposer, la sueur me glaça, et je tremblai de froid jusqu'au moment où nous repartîmes.

Je ne tins pas aussi longtemps qu'Évite : j'étais plus petite qu'elle et je devais lever les jambes plus haut pour me frayer un chemin dans la neige tout en luttant contre la résistance qu'opposait mon manteau. Évite reprit la tête quand je ralentis au point de dépasser les limites de sa patience, et elle nous mena dans une vallée qui allait s'élargissant. J'espérais avec ferveur croiser une maison de berger ou une ferme, mais je ne voyais nulle fumée issue d'une cheminée et n'entendais que des chants d'oiseaux. Des moutons ou des vaches paissaient peut-être là en été, mais on les avait ramenées à leurs enclos pour l'hiver.

L'ombre des collines commençait à nous engloutir au gré du mouvement du soleil, et je m'aperçus que nous nous déplacions vers l'est ; je n'arrivais pas à réfléchir pour savoir si nous nous rapprochions ou non de Flétribois : j'étais trop fatiguée et la faim qui m'avait rattrapée me plantait ses griffes dans le ventre et dans la gorge. « Il ne faudra pas tarder à chercher un abri », déclara Évite.

Je levai les yeux de ses mollets. La zone était dépourvue de sapins, mais, sur notre droite, je vis des saules dénudés le long d'un ruisseau ; gris, les rameaux enchevêtrés, ils n'avaient laissé passer qu'une mince couche de neige jusqu'au sol. « Sous les saules, peut-être ? proposai-je.

— Si nous ne trouvons pas mieux », répondit ma compagne, et nous poursuivîmes notre chemin.

Le jour commençait à baisser, et le ciel clair qui paraissait presque bienveillant jusque-là se mit cruellement à laisser tomber son froid sur nous. Devant, une ligne de buissons indiquait qu'un nouveau cours d'eau allait bientôt couper notre route.

La chance nous souriait. À l'évidence, la rivière formait un torrent tumultueux au printemps, car elle avait creusé un lit profond dans la prairie, mais elle coulait à présent sans bruit sous la glace ; le long de la berge creusée par le courant, des racines d'arbres pendaient dans l'eau comme des rideaux de corde et dissimulaient des affouillements dans la rive. Nous nous débarrassâmes de la neige qui alourdissait le bas de nos manteaux avant d'écarter les racines et de pénétrer dans l'abri obscur qu'elles cachaient.

C'est bien. Reste ici, bien en sécurité. Je sentis père Loup se détendre.

« J'ai toujours faim », murmurai-je.

Évite s'installait ; elle rabattit sa capuche sur sa tête, s'assit et ramena ses pieds dans son manteau. Je l'imitai.

« Dors ; au moins, pendant ce temps-là, tu ne penses pas à manger », me dit-elle.

Le conseil me parut bon et je le suivis : je posai le front sur mes genoux et fermai les yeux. J'étais épuisée ; j'eusse aimé pouvoir ôter mes bottes, me plonger dans un bain brûlant et me pelotonner dans mon épais lit de plume. Je m'endormis ; je rêvai que mon père m'appelait, puis je fus à la maison, et de la viande rôtissait sur la broche de la cuisine ; j'en sentais l'arôme et j'entendais le crépitement des gouttes de graisse qui tombaient dans le feu.

Réveille-toi, petite d'homme, mais ne fais pas de bruit. Déplie-toi doucement ; tiens-toi prête à fuir ou à te battre.

J'ouvris les yeux. Il faisait nuit noire. Entre le bord de mon capuchon et le rideau de racines, je distinguai des flammes ; je battis des paupières et constatai que c'étaient celles d'un petit feu de camp au bord de la rivière, au-dessus duquel cuisait un oiseau embroché. Jamais odeur ne m'avait paru plus délectable. Et puis la silhouette d'un homme passa devant la lumière : un soldat chalcédien. Ils nous avaient trouvées.

J'eusse pu quitter subrepticement notre repaire et m'en aller à pas de loup, mais je glissai la main dans la capuche d'Évite, lui tapotai les lèvres puis lui couvris la bouche quand elle émergea du sommeil ; elle se débattit un instant puis s'immobilisa brusquement. Sans bruit, je lui découvris le visage, et l'éclat du feu y peignit des rayures d'ombre. Elle se pencha et me souffla à l'oreille : « C'est Kerf, celui qui a dit qu'il nous aiderait. »

Prudence, fit père Loup.

« Je ne lui fais pas confiance, murmurai-je.

— Moi non plus, mais il a de quoi manger. »

Elle s'efforça de dégager ses pieds de son manteau discrètement, mais Kerf se tourna vers nous. « Je sais que vous êtes là. N'ayez pas peur ; je suis ici pour vous ramener chez vous, auprès des vôtres. Venez manger quelque chose. »

Il avait la voix grave et douce malgré son accent. Je mourais d'envie de le croire, mais Évite me donna un petit coup pour m'indiquer qu'elle irait la première. Elle franchit le rideau de racine puis se redressa. « J'ai un poignard », dit-elle. C'était un mensonge. « Si vous vous avisez de seulement me toucher, je vous tue.

— Je ne suis pas comme ça, répondit-il. Je ne viole pas les femmes. »

Elle partit d'un rire grinçant. « Vous voulez dire que vous n'êtes pas chalcédien, ou que vous n'êtes pas un homme ? » Il y avait du fiel dans sa voix. Pourvu qu'elle ne le mît pas en colère ! Ne pouvions-nous faire semblant de le croire en attendant de dévorer l'oiseau en broche ?

« Je suis les deux », fit-il avec un rire encore plus grinçant et amer. « Mon père serait peut-être d'accord avec vous ; il prétend que je suis resté trop longtemps auprès de ma mère, que j'aurais dû lui être retiré à sept ans comme ses autres fils. Mais il était parti à la guerre, et elle m'a gardé jusqu'à quatorze ans. C'est sans plaisir que nous l'avons vu revenir à la maison. » Il se tut un moment, planta un genou en terre et tourna un peu la broche. « Depuis cinq ans, je le déçois et je l'humilie ; il m'a envoyé participer à cette expédition avec mon frère pour faire de moi un homme. » Il secoua la tête.

Il ne nous regardait pas, et Évite me fit signe discrètement de sortir de notre refuge. J'obéis avec des mouvements lents, et je demeurai dans l'ombre. « Je vais aller chercher du bois pour le feu », dit-il, et il s'éloigna dans la nuit. Un cheval renifla et tapa du sabot ; il lui adressa quelques mots et poursuivit son chemin. Évite s'élança et sauta le cours d'eau, et je la suivis aussitôt.

Elle s'agenouilla près de la flambée. « Je ne crois pas que ce soit encore cuit.

— Je m'en fiche », répliquai-je.

Elle retira l'oiseau du feu et l'agita pour le refroidir un peu, mais il glissa de la broche et atterrit dans la neige. Je me précipitai, le ramassai et l'ouvris en deux. Certains morceaux étaient trop chauds, d'autres froids, et d'autres encore crus ; nous mangeâmes debout en soufflant chaque fois que nous tombions sur des parties brûlantes. J'entendais Évite déglutir, et le cartilage craquer sous ses dents lorsqu'elle broyait l'extrémité des os. La bête n'était pas grosse, et elle fut vite dévorée, mais je restai le souffle court de soulagement à sentir ma faim amoindrie. « Le cheval », dit Évite. Je n'avais pas envie de quitter le feu, mais elle avait raison, et je n'éprouvais nul scrupule à manger le repas de l'homme ni à voler sa monture. Je suivis ma compagne en direction de l'animal. Après l'éclat des flammes, il me fallut quelques instants pour m'habituer à l'obscurité, et je vis alors deux chevaux, un marron et un blanc, tous deux entravés ; leurs selles étaient posées non loin d'eux. Je regardai Évite : je n'avais jamais sellé un cheval ni ôté d'entrave.

« Faites attention », murmurai-je en la voyant s'accroupir devant les antérieurs du cheval blanc ; elle chercha les sangles à tâtons.

« Je n'arrive pas à savoir comment les détacher.

— Ôtez vos moufles. » Je m'évertuais à soulever une des selles ; comment allais-je la placer sur le dos de ma monture ?

« Elles sont nouées ?

— Non, fermées par des boucles en métal, dit Kerf derrière nous. Laissez-moi poser le bois, et je vais les désentraver pour vous, si vous tenez absolument à chevaucher de nuit. »

Nous nous pétrifiâmes, mais je ne me sentais guère honteuse. Évite se redressa. « Je refuse de rien vous devoir. Vous faisiez partie de ceux qui nous ont enlevées ; ce n'est pas parce que vous réparerez le tort qui nous a été fait que nous vous serons redevables.

— Je sais. » Il s'approcha de la flambée, laissa tomber son chargement, s'accroupit et ajouta délicatement un morceau de bois au feu. Il ne parut pas remarquer que nous avions mangé l'oiseau qu'il avait mis à cuire. « Je suis ici pour vous ramener chez vous.

— Et vous n'attendez aucune faveur de ma part en échange de votre "bonté" ? demanda Évite d'un ton ironique.

— Aucune. » Il se tourna vers elle avec une expression franche sur le visage. « Je ne nie pas que je vous trouve belle ; vous devez sûrement le savoir à la façon dont je vous regarde. Mais vous ne me devez rien, et je le comprends ; je n'essaierai pas de profiter de vous. »

C'était comme s'il nous avait privées de toutes nos armes. Nous regagnâmes le feu à pas lents. Je tendis mes mains sales vers les flammes et sentis leur chaleur sur mon visage. Kerf disposait d'un équipement très complet ; il déroula une pièce de tissu pour nous permettre de nous allonger près de la flambée. Nous dûmes nous serrer, mais nous avions plus chaud ainsi. Il avait un autre tissu pour lui-même, qu'il étendit de l'autre côté du feu.

« Je ne lui fais toujours pas confiance », chuchotai-je à Évite alors que le sommeil s'approchait. Elle ne répondit pas.

Il savait trouver à manger. Le lendemain matin, quand nous nous réveillâmes, il avait déjà relancé le feu, et un maigre lièvre d'hiver rôtissait. Je restai sans bouger, roulée en boule sous le poids de mon manteau trop grand pour moi, et je le regardai s'occuper de son arc et de la flèche qui avait tué l'animal. Était-ce lui qui avait tiré sur Persévérance et moi alors que nous nous enfuyions ? Lui qui avait touché mon ami ? J'avais encore du mal à me rappeler certains épisodes de cette journée ; tous les moments où le garçon-brouillard s'était concentré sur moi avaient disparu. Mais je savais que nos ravisseurs n'avaient pas rebroussé chemin pour chercher le gamin blessé ; je l'avais aperçu en passant. J'espérais qu'il avait réussi à regagner Flétribois et n'était pas trop mal en point. L'image me revint soudain d'Allègre, l'intendant, gisant mort dans le couloir, et un sanglot me monta à la gorge ; le bruit réveilla Évite.

« Qu'y a-t-il ? demanda-t-elle en se redressant vivement, les yeux tournés vers Kerf.

— Ils ont tué Allègre », dis-je d'une voix étranglée.

Son regard se porta fugitivement sur moi puis revint sur l'homme. « Vraiment ? » demanda-t-elle d'un ton atone, mais ce n'était pas une question. Nous n'avions guère parlé de ce que nous avions vécu et vu pendant cette journée fatale : nous étions trop droguées par la soupe marron et trop occupées à vivre d'instant en instant, et l'intimité nous manquait pour comparer nos expériences ; nous ne tenions pas à exposer nos blessures devant nos ravisseurs. « Cesse de pleurer », dit-elle, et, à cette réprimande sèche, je compris qu'elle considérait toujours Kerf comme un ennemi ; il ne fallait montrer nulle faiblesse.

Elle a raison.

J'essuyai mes larmes dans ma capuche et m'assis lentement. J'avais du mal à bouger : mes muscles étaient douloureux, et mes mouvements ouvraient la porte à l'air glacé. J'avais envie de pleurer, de me jeter dans la neige et de sangloter, de gémir et de hurler.

« Je n'ai qu'un gobelet, déclara Kerf d'un ton d'excuse. Il faudra nous en servir l'un après l'autre.

— Vous avez de quoi le remplir ? demanda Évite.

— Du bouillon chaud. De la neige fondue et la carcasse de l'oiseau que vous avez laissée hier ; mais nous ne pouvons en faire qu'un gobelet à la fois. »

Évite ne dit rien, ni remerciement ni reproche. Nous nous levâmes, secouâmes nos manteaux et les renfilâmes, puis nous époussetâmes la pièce de tissu et la roulâmes ; ma compagne me la confia, manifestant par là qu'elle nous appartenait désormais. Si Kerf perçut la subtile déclaration, il n'en montra rien.

Nous n'échangeâmes guère davantage. Évite et moi n'avions rien à préparer pour le voyage, hormis manger le lièvre et boire ce que l'homme nous offrait. Il fit fondre de la neige dans le gobelet en fer-blanc, ajouta les os de l'oiseau et fit chauffer le tout au-dessus du feu ; Évite but la première, puis il refit du bouillon pour moi. Le breuvage avait un goût merveilleux et me réchauffa l'estomac, et je le savourai jusqu'à la dernière goutte pendant que Kerf sellait les chevaux et emballait ses affaires. Je le regardai les placer sur les montures, et un vague sentiment de malaise s'agita en moi, sans que je pusse en connaître la cause.

« Prenez le blanc, dit-il à Évite. Je prendrai la petite en croupe sur le marron ; il est plus solide et mieux dressé. »

J'en eus le cœur au bord des lèvres. Je ne voulais pas monter à cheval derrière cet homme.

« C'est pourquoi Abeille et moi prendrons le marron », répliqua ma compagne. Sans attendre de réponse, elle se dirigea vers la bête en question et se mit en selle avec une aisance que je lui enviai ; puis elle se pencha vers moi et me tendit la main. Je la saisis, bien décidée à me retrouver sur le dos de l'animal, quitte à grimper le long de sa jambe. Mais, sans me laisser le temps de bouger, l'homme m'attrapa par-derrière et me hissa sur le cheval. Je dus m'installer derrière la selle, sans rien à quoi me retenir à part le manteau d'Évite. Je m'assis sans rien dire, furieuse d'avoir été touchée par Kerf.

« De rien », fit-il d'un ton aigre, et il se détourna pour enfourcher la monture blanche. Il agita les rênes et s'en alla le long du cours d'eau ; au bout d'un moment, ma compagne l'imita. « Pourquoi partons-nous par-là ? demandai-je à Évite.

— Les chevaux auront moins de mal à escalader la berge plus loin. » C'était Kerf qui m'avait répondu, et il avait raison : l'aplomb de la rive affouillée se muait en pente douce, et nous suivîmes l'homme sur les traces qu'il avait sans doute laissées la nuit précédente. Quand nous parvînmes sur terrain plat, il continua de suivre ses empreintes.

« Vous nous faites rebrousser chemin ! lança Évite.

— Vous alliez dans la mauvaise direction, répliqua-t-il calmement.

— Qu'est-ce qui nous dit que vous ne nous ramenez pas à votre camp, entre les griffes des autres soldats ?

— Rien, sinon que ce n'est pas le cas. Je vous ramène auprès des vôtres. »

Nous continuâmes d'avancer derrière lui en silence. Avec une facilité démoralisante, les chevaux se frayaient un chemin dans la neige qui nous entravait la veille. Un vent léger s'était levé et poussait des nuages gris vers nous. En milieu de matinée, Kerf leva les yeux vers le ciel et détourna son cheval de la trace. « C'est normal ? » demandai-je tout bas à Évite.

Mon cœur se serra quand elle répondit : « Je ne sais pas ; je suis perdue. »

Notre guide se retourna. « Je vous jure que je vous ramène auprès des vôtres. Je sais, ce doit être difficile de me croire, mais c'est vrai. »

Les chevaux se déplaçaient lentement dans la neige vierge. Nous montâmes un versant en biais pour parvenir à un sommet d'où nous pûmes contempler une prairie parsemée d'arbres. Au loin, je vis une route et, au-delà, une petite ferme. Une fumée claire s'échappait de la cheminée, dispersée par le vent. Je n'avais qu'une envie : m'y rendre, supplier qu'on me laissât entrer, et me reposer un moment au chaud. Comme s'il lisait dans mes pensées, Kerf dit : « Nous devons éviter les routes, et nous ne pouvons pas traverser de ville ni faire halte chez l'habitant. Les Chalcédiens ne sont pas les bienvenus chez vous. » Il fit à nouveau virer sa monture, et nous le suivîmes sur la crête de la chaîne de collines doucement vallonnées.

Le soleil dépassa le zénith, et les nuages s'assombrirent à mesure que l'après-midi s'avançait. Évite déclara : « Je crois qu'il vaudrait mieux éviter les sommets si jamais il se remet à neiger. Et nous avons passé toute la journée à cheval ; nous devrions commencer à chercher un site où camper plutôt qu'attendre la nuit. »

Il poussa un soupir. « Ça fait deux ans que je suis soldat. Faites-moi confiance, je nous trouverai un bon bivouac pour ce soir. N'oubliez pas que je vous ramène auprès des vôtres ; vous n'aurez rien à craindre avec eux. » Il tendit le doigt devant lui. « Vous voyez les sapins là-bas ? Nous allons descendre dans cette vallée pour la nuit. » Je regardai le versant boisé où des blocs de pierre pointaient de la neige parmi les arbres, et je compris soudain ce qui me gênait un peu plus tôt.

Je tirai sur le manteau d'Évite, et je me penchai en avant pour murmurer : « L'autre nuit, tout le monde hurlait, se battait et s'enfuyait ; comment a-t-il fait pour se procurer deux chevaux et tout ce dont il a besoin ?

— Pas tout, répondit-elle. Il n'a pas de provisions, pas de matériel de cuisine. Je pense qu'il a seulement eu de la chance en trouvant ces deux bêtes.

— Peut-être », fis-je, peu convaincue. La neige commença de tomber en gros flocons qui s'accrochaient à nos vêtements et me collaient au visage ; j'appuyai mon front contre le dos d'Évite, et le balancement régulier du cheval m'incita au sommeil. Soudain, le rythme changea, et je levai la tête ; nous descendions à présent entre des grands épicéas parmi lesquels se dressaient çà et là des pierres, et je me rendis compte qu'elles étaient taillées, comme si des murs et même des édifices s'étaient tenus là. Notre route sinuait entre les blocs écroulés et les basses branches des arbres ; la neige était moins épaisse, mais parfois nous effleurions une branche et déclenchions une averse de poudre blanche.

« Nous ne sommes plus très loin », nous lança Kerf, et j'accueillis la nouvelle avec soulagement : j'étais épuisée et je mourais d'envie de dormir. Les arbres assombrissaient ce qu'il restait de la lumière du jour.

Tout à coup, Évite se raidit sur sa selle. « Plus très loin de quoi ? » demanda-t-elle d'une voix tendue.

Il se tourna vers elle. « De vos compagnons. »

Je distinguai l'éclat d'un feu entre les arbres, et Évite fit faire brutalement volte-face à notre cheval. Déséquilibrée, je m'agrippai à son manteau tandis qu'elle talonnait la monture en criant : « Allez, allez, allez ! »

Mais il était trop tard. Les manteaux blancs étaient presque invisibles sur le fond de neige, alors que le soir tombait, mais ils étaient bien là. Deux d'entre eux nous barrèrent la route, et, quand la jeune femme tenta de changer de direction, Reppin bondit et saisit la bride. Évite voulut s'en débarrasser en lançant sa monture au galop, mais la bête renifla et se cabra à demi, puis un autre Blanc m'agrippa et m'arracha à son dos. « Je le tiens ! J'ai le Shaysim ! s'exclama Alaria.

— Ne lui fais pas de mal ! » ordonna Dwalia en accourant. Évite poussait des hurlements et donnait des coups de pied au lurik qui immobilisait sa monture, et Kerf lui criait : « Calmez-vous ! Vous n'avez plus rien à craindre ! Je vous ai ramenées auprès des vôtres !

— Salaud ! répliqua-t-elle. Sale traître ! Je te hais ! Je vous hais tous ! » Elle essaya encore une fois de faire avancer son cheval, mais Kerf avait mis pied à terre et lui tirait la manche en disant : « Que se passe-t-il ? Vous êtes avec les vôtres, vous n'avez plus rien à craindre ! »

J'avais renoncé à me débattre, mais elle continuait à lutter, à crier et à donner des coups de pied. Vindeliar était là, un sourire accueillant aux lèvres, et je compris que Kerf avait été utilisé contre nous pour accomplir la volonté de Dwalia. Alaria me tenait fermement par le manteau et par un bras, et elle m'entraînait vers le bivouac. Je redoutais d'y découvrir des soldats, mais il n'y avait qu'un cheval, une couverture tendue entre le sol et un arbre en guise d'abri, et un petit feu de camp. Dwalia avait la figure meurtrie ; elle se précipita sur moi et me prit par l'autre bras.

« Dépêchez-vous ! lança-t-elle aux autres dans un murmure pressant. Ils nous cherchent toujours ; deux d'entre eux sont passés au pied de la colline il n'y a pas longtemps. Il faut emmener le Shaysim loin d'ici le plus vite possible. » Elle me secoua rudement par le bras. « Et ne crois pas pouvoir te faire encore passer pour un garçon ! Une fille ! Ce n'est pas ce que nous devions ramener, mais nous n'avons rien d'autre pour rentrer dans les bonnes grâces de Clerres. Vite, tenez l'autre ! Empêchez-la de crier ! Elle va les attirer sur nous si ce n'est pas déjà fait ! »

Les Blancs avaient traîné Évite à bas de sa monture, et Kerf l'avait fermement saisie par le poignet. « Mais qu'est-ce qui vous prend ? Vous êtes en sécurité ! » répétait-il, et elle lui montrait les dents sans cesser de se débattre.

« Tenez-la ! » ordonna Dwalia aux deux luriks en me poussant brutalement vers eux. Alaria me prit par un bras et Reppin par l'autre, si solidement qu'elles faillirent me soulever de terre. D'une besace à sa ceinture, Dwalia sortit un manuscrit et un gant d'aspect étrange, dont je ne pus identifier la matière ; il était d'une couleur claire, et fin au point d'en être quasiment translucide, mais au bout de trois des doigts apparaissait une excroissance argentée et fripée.

« Je ne sais même pas comment ça marche », dit Dwalia d'une voix tremblante. Elle déroula le manuscrit près du petit feu, autour duquel ils avaient dressé un muret de neige afin de nous empêcher de le repérer trop vite ; elle se pencha vers la lumière, examina ce qui était écrit, puis se redressa et ordonna :

« Conduisez-la, conduisez-les toutes les deux à la Pierre. Je passerai la première, puis Vindeliar me suivra ; Alaria, tu prendras la main de Vindeliar et tu tiendras solidement le Shaysim. Reppin, tu prendras l'autre main du Shaysim et aussi celle de Kerf. Kerf, tu t'occuperas de la femme. Soula, tu viendras en dernier ; il faudra abandonner les chevaux. »

J'avais la tête qui tournait. Nous étions de nouveau prisonnières, et on nous entraînait encore une fois vers un danger toujours plus grand. L'avenir m'apparaissait sombre. Pourquoi Dwalia voulait-elle que nous nous tenions par la main ? Reppin me saisit le poignet comme si elle cherchait à le broyer, ce qui était peut-être le cas ; Kerf ne fut pas aussi brutal, mais il avait ôté ses moufles, ce qui m'interdisait de lui glisser entre les doigts ; j'essayai, et il m'adressa un sourire bienveillant sans me lâcher. Comment n'avais-je pas remarqué son regard vague ?

Dans la forêt, j'entendis des voix qui s'exprimaient en chalcédien. « Vite ! » cria Dwalia d'un ton affolé. Je ne comprenais pas ce qu'elle voulait faire, mais je vis alors la pierre dressée, aujourd'hui inclinée, presque renversée par l'immense épicéa qui poussait à côté d'elle.

« Non ! m'exclamai-je en voyant Dwalia prendre la main de Vindeliar et tendre l'autre, gantée, vers le glyphe à demi effacé. Non, c'est dangereux ! Mon père dit que c'est dangereux ! » Mais elle toucha la Pierre, et elle y fut comme entraînée. Elle n'avait pas lâché Vindeliar, et il la suivit, tout comme Alaria. Je poussai un hurlement, et j'entendis Évite en faire autant ; puis, en un éclair, je vis ; je compris. Je pouvais changer la situation ; j'avais une toute petite possibilité d'y arriver – non pour moi : j'avais trop peu de chances de pouvoir m'échapper ; Reppin ne me lâcherait pas, et, dans le cas contraire, on reviendrait me chercher.

Mais je pouvais changer la donne pour Évite. Je me baissai brusquement, la bouche grande ouverte, pour atteindre la main de Kerf qui me tenait le poignet ; je lui mordis l'index de toutes mes forces, et je sentis le sang gicler entre mes dents plantées dans sa seconde phalange. Il glapit de douleur et lâcha Évite pour me frapper, mais je ne lâchai pas prise sur sa main, et je l'entraînai dans des ténèbres de poix piquetées d'étoiles lointaines.

8
Contrecoups

Le Prophète noir est sans doute à l'origine de nos échecs. Sans son aide, la rébellion de Bien-Aimé n'aurait sûrement pas réussi. Prilkop a disparu de notre documentation depuis des générations, et nous sommes certains que sa disparition était volontaire ; étant donné que c'était un Blanc naturel et non élevé à Clerres, il est resté trop peu de temps dans notre école pour que nous puissions nous assurer de sa loyauté.

Le plus stupéfiant, dans ce désastre, c'est peut-être que Prilkop et Bien-Aimé sont revenus à Clerres de leur propre chef ; et, au début, tous deux étaient enclins à nous donner un compte rendu complet et précis de toutes leurs activités. Mais bientôt certains aspects de nos questions les ont poussés à se montrer réticents ; aussi, ayant constaté que la manière douce échouait et que nous ne parvenions pas à les convaincre de se satisfaire de leur situation, nous avons dû recourir à des méthodes d'interrogatoire plus vigoureuses. Chacun sait que les renseignements obtenus par de tels moyens sont souvent indignes de confiance ; nous avons noté à part les informations réunies auprès de Bien-Aimé et de Prilkop et archivé comme fiables uniquement celles qui se recoupent.

Notre connaissance des pierres de voyage, de leurs créateurs, de la façon dont ils les ont fabriquées, et même des emplacements qu'indiquent les runes est fragmentaire mais passionnante.

Ce que nous ont appris les contrées nordiques,
Lingstra Dwalia

La longue journée froide s'acheva lentement.

Le dernier Chalcédien survivant mourut rapidement ; j'avais voulu l'interroger sur Abeille, mais il avait seulement secoué la tête en gémissant ; quant aux informations que pouvaient posséder les autres, la mort les avait emportées.

Je me redressai, déçu. Le commandant de la garde de Montcouronne, un dénommé Éperon, ordonnait déjà à ses hommes de rassembler les corps. Gantelée s'approcha de moi, et elle mit pied à terre avec un regard d'espoir. « Non, fis-je à mi-voix en réponse à la question qu'elle n'avait pas formulée. Elle était ici, ainsi qu'Évite, mais les Chalcédiens et les prisonnières se sont battus il y a plusieurs jours ; elles se sont enfuies quand les mercenaires se sont retournés les uns contre les autres. Elles sont parties depuis au moins une journée, voire deux, et personne ne sait où elles se trouvent à présent, apparemment.

— Je vais organiser des recherches, dit Gantelée d'un ton calme. Elles n'ont pas dû aller bien loin ; nous les rattraperons.

— Espérons-le. » Je haussai la voix pour m'adresser à mes soldats. « La capitaine Gantelée va conduire des recherches pour mettre la main sur les Chalcédiens qui se seraient enfuis ; ouvrez l'œil pour le cas où vous repéreriez des prisonniers ou des retardataires. » Je tournai un regard sévère sur mes Bouteurs, assemblés en grossière formation à l'écart de mes gardes. « Je les veux vivants, dis-je. Si vous tombez sur des cavaliers pâles en fourrure blanche, sur leurs prisonnières ou sur des mercenaires chalcédiens, prenez-les vivants. »

Gantelée secouait la tête. « C'est peu probable. Nous avons vu deux cadavres en fourrure blanche ; tous deux s'étaient ouvert la gorge, semble-t-il, plutôt que de se faire prendre par les Chalcédiens, sans doute. Nous avons attrapé quelques mercenaires en route pour le bateau, et repoussé les autres ici.

— Faites ce que vous pouvez, dans ce cas », dis-je à voix basse.

Je laissai Gantelée mettre au point les opérations et retournai à la tente où Abeille et Pépite avaient dormi. Une fouille moins hâtive ne donna rien que je pusse rattacher à l'une ni à l'autre. Lant, blême, m'avait suivi ; il regardait fixement le coin qu'elles avaient occupé.

« Comment savez-vous qu'elles étaient ici ? » me demanda-t-il alors que Crible pénétrait à son tour dans la tente.

Je ramassai une couverture et la lui jetai. « On sent encore le parfum de Pépite sur la literie ; ce n'est pas très perceptible, mais c'est bien là. »

Il hocha lentement la tête en serrant la couverture contre sa poitrine, puis il se détourna et sortit sans la lâcher. « Il n'a rien à faire ici, me dit Crible à mi-voix.

— Nous sommes bien d'accord.

— Non, je veux dire qu'il est blessé et abattu moralement, pas qu'il est incompétent. »

Je me tus.

« Vous êtes trop dur avec lui, Fitz. Il n'est pas responsable de ce qu'il est ou n'est pas. Pour ma part, je me réjouis de ce qu'il n'est pas, et son épée m'a sauvé la mise il y a quelques instants ; Ortie a bien failli être veuve avant d'être mère.

— Ce n'est pas que je ne l'aime pas, répondis-je en me demandant si c'était la vérité ; c'est seulement que, pour le moment, je n'ai pas besoin de quelqu'un comme lui pour surveiller mes arrières.

— Ça vaut pour moi aussi, alors, je suppose. »

J'écarquillai les yeux. Il se détourna et sortit, et je le suivis. Dans le pâle soleil d'hiver, il s'étira puis se retourna vers moi. « Vous nous avez drogués et laissés derrière vous comme des bagages abandonnés. Pour les deux autres, je comprends : Persévérance n'est encore qu'un enfant, et Lant est blessé ; mais pourquoi moi ?

— Parce que je ne pouvais pas les faire boire sans vous donner votre ration. »

Il baissa les yeux. « Non, Fitz ; vous auriez pu y arriver de dix manières différentes, en me secouant le bras quand je commençais à boire, par exemple, ou en m'expliquant simplement votre objectif. »

La vérité eut du mal à sortir. « Je ne voulais pas qu'aucun de vous soit témoin des actes que je pouvais être amené à commettre ; je ne voulais pas que vous me voyiez… tel que je suis, tel que j'ai dû être aujourd'hui. » Je jetai un regard à l'emplacement qu'occupait le cadavre de Hogen peu de temps auparavant ; sur ordre de Gantelée, les gardes de Montcouronne le traînaient vers les autres corps amoncelés qui attendaient le bûcher. Quelqu'un remarquerait-il les blessures que je lui avais infligées ?

« Je crois savoir qui vous êtes. »

Je le regardai dans les yeux et décidai de me montrer franc. « Sans doute ; mais, quand même, je ne serais pas fier de vous le montrer. » Je détournai les yeux. « Je préfère que le mari de ma fille, le père de mes petits-enfants, ne soit pas témoin de ce genre de scène. »

Il ne dit rien, l'air interrogateur.

Je tâchai de m'expliquer : « Une fois qu'on est père, on doit s'efforcer d'être meilleur qu'on ne l'est vraiment. »

Il ouvrit grand les yeux puis éclata de rire. « Moi en particulier ?

— Non, non, pas vous. Je parlais de moi, des efforts que j'avais faits. »

Il m'assena une claque sur l'épaule. « La graine de carris vous rattrape, Fitz ; mais je vois ce que vous voulez dire.

— Comment avez-vous su, pour le carris ?

— Votre haleine vous trahit.

— J'en avais besoin, dis-je en guise d'excuse.

— Eh bien, partagez ce qui vous en reste avec moi maintenant ; et commençons nos propres recherches. Si vous étiez Abeille et Pépite et que vous ayez la possibilité de vous enfuir, où iriez-vous ?

— Je retournerais sans doute vers la ville, là-bas, en supposant qu'elles l'aient traversée. » Je lui passai le papier plié qui contenait les graines de carris. Il fit tomber les dernières dans le creux de sa main, se les fourra dans la bouche et mastiqua.

« Moi aussi, répondit-il. Envoyons Lant, le gamin et votre rouanne au fort de Montcouronne, et demandons à Lant de faire un compte rendu à l'artiseur sur place pour qu'il le transmette à Ortie et à Devoir pendant que nous nous lançons dans nos recherches. »

La nuit était tombée quand Crible et moi franchîmes les portes du fort de Montcouronne. Nos efforts de prospection n'avaient rien donné, et les soldats de Gantelée avaient fait chou blanc eux aussi ; à quatre reprises, nous avions suivi des traces, et nous avions découvert un cheval errant qui s'était sans doute enfui du camp, et le corps d'un Chalcédien ; par deux fois, les empreintes s'étaient confondues avec celles de routes fréquentées. Nous avions posé des questions dans la bourgade proche et interrogé les occupants de quatre fermes isolées, mais nul n'avait rien vu. Quand nous étions revenus pour la dernière fois au campement, la neige y avait été tellement piétinée qu'il ne restait plus de traces visibles à suivre. Les vestiges brasillants du bûcher qui avait servi à incinérer les corps émettaient des remugles de graisse brûlée, la nuit tombait, et j'étais épuisé.

Comme son nom l'indiquait, le fort de Montcouronne ceignait le sommet d'une des hauteurs qui dominaient la côte de Cerf. De là, on pouvait observer les bateaux qui se dirigeaient vers Forge, Fond de Saunier et les petits villages de pêcheurs qui piquetaient cette partie du littoral. Ce n'était pas une grande forteresse, mais, comme beaucoup d'implantations de Cerf, elle s'étendait peu à peu. Nous laissâmes nos chevaux aux garçons d'écurie ; j'avais monté celui de Persévérance, qui avait amené au fort Mignarde et Véloce, enfin calmée. J'envisageai d'aller voir comment elle se portait, mais, comme je m'y attendais, l'énergie de la graine de carris m'avait abandonné : j'étais exténué, et l'humeur noire de l'écorce elfique s'était emparée de moi.

Je fis de mon mieux pour me montrer civil quand le commandant du fort, Éperon, vint me saluer ; il nous invita, kesir Crible et moi, à partager un repas tardif. On nous installa dans les meilleures chambres de la place-forte et on nous invita à profiter des étuves. Je n'avais aucune envie de me laver, mais je me forçai à faire mes ablutions. Il y avait dans la salle dix ou quinze gardes encore ivres de sang et de bataille ; j'eus beau tâcher de passer inaperçu, mes efforts furent vains et je dus supporter leurs félicitations.

Quand nous arrivâmes dans la salle à manger, nous y trouvâmes non seulement Éperon mais quelques-uns de ses officiers, Gantelée, Lant et plusieurs autres commensaux. Je m'attendais à une simple collation, mais le commandant avait ordonné ce que son fort proposait de meilleur. Je restai d'abord étonné, puis je me rappelai que j'étais un prince. La graine de carris m'avait laissé la tête pleine de laine ; il était temps de maîtriser mes pensées et de faire très attention.

J'ignore comment je survécus à ce repas. Je jugeai qu'il valait mieux passer pour un taciturne que pour quelqu'un qui tient des propos décousus. Le dîner achevé, j'espérai pouvoir aller me coucher, mais apparemment tuer des Chalcédiens à l'intérieur des frontières de Cerf était une activité qui exigeait une discussion approfondie. Éperon et ses officiers revenaient sans cesse sur l'audace des mercenaires et se demandaient qui étaient leurs étranges alliés et quel but ils poursuivaient ; Crible, Lant et Gantelée exprimaient leur perplexité, et je gardais pour ma part un silence majestueux. Quand la conversation ralentit, l'artiseuse du fort nous attira à part, Crible et moi. « Puis-je vous dire un mot en privé, messires, si vous n'êtes pas trop fatigués ? »

J'étais si épuisé que j'avais la vue floue, mais, comme nous souhaitions la bonne nuit à tous et quittions l'assemblée, elle réussit à nous rattraper. Hors de portée d'oreille de quiconque, c'est néanmoins d'un air embarrassé qu'elle déclara : « Je dois vous informer dans les termes les plus catégoriques que vous devez retourner à Castelcerf dès que cela vous sera possible. »

Mon compagnon et moi échangeâmes un regard. « Le message émane-t-il de la maîtresse d'Art Ortie ou du roi Devoir ?

— De la maîtresse d'Art, qui relayait la volonté du roi. »

Je la remerciai, puis nous nous dirigeâmes à pas lents vers nos chambres. Dans un coude du couloir, je demandai : « Vous croyez qu'Ortie est en colère ?

— Très », répondit-il avec un laconisme qui me fit comprendre qu'il préférait ne pas parler de cet aspect de notre échec, et je me tus. Enceinte, Ortie eût dû bénéficier d'une période de paix et de bonheur pendant qu'elle attendait son enfant, mais j'avais enfoncé un coin entre elle et son mari. Je tentai de me persuader que je n'y étais pour rien, que la disparition de sa sœur nous avait tous affectés, mais je n'y parvins pas.

Je ralentis. « Avant de regagner Castelcerf, je voudrais voir le bateau qui les a conduits jusqu'ici. »

Il secoua la tête. « Il n'est plus à Fond de Saunier : on l'a confisqué il y a plusieurs jours. Éperon m'a expliqué que ça faisait partie du piège qu'ils avaient tendu aux ravisseurs. L'équipage a prétendu qu'il ne savait rien, qu'on l'avait embauché et payé grassement pour rester simplement à bord et attendre le retour de ses passagers. Les hommes viennent des îles Pirates, et ils ne connaissaient pas le bateau ni les autres membres d'équipage. La plupart ont eu l'air soulagé de quitter le bord.

— On n'y a pas trouvé de carte indiquant Clerres ? » Je plaisantais à demi, mais Crible prit ma question au sérieux.

« Il n'y avait rien, absolument rien ; pas de vêtement de rechange, pas un bibelot, pas un lacet. Rien que l'équipage et ses affaires. Rien qui indique qu'il y avait eu des passagers. »

Un désespoir béant comme un puits à sec s'ouvrit en moi. Je ne devais pas m'y laisser sombrer ; je ne devais pas jurer ni pleurer ; ce genre de réactions empêche de réfléchir clairement, or j'avais besoin d'avoir toute ma tête. Arrivé à la porte de ma chambre, je l'ouvris, et Crible entra avec moi.

« Nous retournons donc à Castelcerf demain, dit-il.

— C'est ce que j'ai prévu.

— On nous ordonne de rentrer, Fitz ; c'est un peu différent.

— Ah ! » Il me fallut un moment pour envisager toutes les ramifications d'une telle situation. Le prince FitzChevalerie, reconnu et loué de frais, était convoqué à Castelcerf comme un page récalcitrant ; la confrontation ne serait agréable pour personne. Je mesurai soudain la liberté personnelle que j'avais perdue quand Umbre m'avait pris par le bras pour me présenter à la cour ; j'avais vu une affaire de famille dans le fait de partir seul, en contradiction avec le désir de mon cousin, mais à présent j'apparaissais comme un prince qui avait désobéi à un ordre de son souverain. Devoir m'avait rappelé qu'il était mon roi, j'y avais souscrit, et puis je n'en avais fait qu'à ma tête comme si je n'étais toujours que Tom Blaireau. Non : même Tom Blaireau n'eût pas défié ainsi son seigneur. Je me mordillai la lèvre.

Crible se laissa tomber sur le bord de mon lit. « Je vois que vous comprenez. »

Je m'approchai de la fenêtre pour contempler les lumières de Fond de Saunier. « Je regrette que vous ayez été entraîné dans cette histoire.

— Allons, Fitz ! Je m'y suis entraîné tout seul. J'aurais pu signaler que je vous soupçonnais de vouloir partir seul, et les gardes du château vous auraient ramené sans douceur. »

Je me retournai vers lui, les yeux ronds. « Vraiment ? »

Il haussa les épaules. « Je ne sais pas. On aurait aussi bien pu me donner l'ordre de vous ramener discrètement – mission qui ne nous aurait pas plu, ni à l'un ni à l'autre. » Il poussa un petit soupir. « Non, je me suis empêtré tout seul dans cette affaire.

— Je regrette de vous avoir mis dans cette position. » Entre Ortie et moi, il avait choisi d'être fidèle à moi ; cela n'annonçait rien de bon pour aucun de nous.

Et moi ? J'avais choisi mon devoir de père plutôt que mon devoir de prince. Et je recommencerais ; il le fallait.

Où es-tu, Abeille ? s'exclama mon cœur, et la honte m'envahit. Pourquoi étais-je incapable de trouver ma fille et de la sauver ? Nous avions été si près d'y arriver ! J'avais vu où elle avait dormi quelques jours plus tôt à peine.

La voix de Crible me fit sursauter. « Fitz, j'ai une question affreuse, mais que je dois poser : à quel moment acceptons-nous qu'Abeille et Pépite sont perdues ? »

Je le regardai, effaré. « Ne dites pas ça !

— Il le faut ; il faut que quelqu'un pose la question. Vous savez comme moi qu'elles sont peut-être mortes toutes les deux au fin fond de la forêt ; nous n'avons plus de piste à suivre ; les Serviteurs et les Chalcédiens sont tous morts ou en fuite. » Il me rejoignit près de la fenêtre. « Nous n'avons plus aucun indice pour nous guider ; le mieux que nous puissions espérer désormais, c'est qu'elles parviennent par leurs propres moyens à une ferme ou à une auberge.

— Et le pire qui puisse se produire, c'est que les choses restent en l'état, sans que nous sachions jamais ce qu'elles sont devenues. »

Nous nous tûmes pendant un moment. Je m'efforçai de trouver un filet d'espoir. « Nous n'avons trouvé ni Vindeliar ni Dwalia, fis-je.

— Ils gisent peut-être quelque part dans les bois, ou bien ils se cachent de nous comme ils l'ont déjà fait. Ils n'ont pas laissé la moindre trace. »

Il avait raison. La réalité et l'accablement induit par l'écorce elfique se mirent à sourdre en moi comme le sang dans les plaies d'Ellik. « Je ne peux rien faire. » Les mots avaient jailli de moi. « Il fallait que je vienne ici essayer de la retrouver, Crible. Elle a disparu depuis la fête de l'Hiver, et je ne peux rien faire. Rien ! Et aujourd'hui il ne me reste plus aucune piste à suivre. » Douleur et colère n'étaient qu'une seule force en moi ; j'avais envie de tout détruire dans la chambre, mais surtout de me détruire moi-même pour me punir de mon impuissance. Je m'étais rasé le crâne à la mort de Molly, destruction et sanction symboliques de ma personne parce que je n'avais pas su la sauver ; à présent, j'étais prêt à me balafrer le visage, à me fracasser la tête contre les murs, à me jeter par la fenêtre. Je me méprisais d'avoir totalement échoué ; j'étais un être d'une inutilité qui confinait au démoniaque. J'étais un assassin, un homme capable de torturer, un homme sans une once de bon en lui ; mais la noirceur elle-même de ma nature me laissait désarmé. Elle ne m'apportait rien.

« Je n'aime pas votre expression, dit Crible à mi-voix. Fitz, vous ne devez pas vous sentir fautif : ce drame vous est imposé ; vous n'en êtes pas l'auteur. » Il parlait d'un ton compatissant.

« Je suis responsable de ce que je n'ai pas fait, du devoir que j'ai négligé », répondis-je dans un murmure. Je me retournai et regardai la rue par la fenêtre ; cela faisait une belle chute, mais insuffisante. Cela ne marcherait pas.

Crible me connaissait par cœur. « Et, si nous la retrouvions, ce serait la première nouvelle de vous qu'elle recevrait. »

Je m'écartai lentement de la solution de facilité. « Nous partirons demain pour Castelcerf. »

Crible acquiesça de la tête.

Le matin finit toujours par arriver, qu'on le veuille ou non. Je me traînai hors de mon lit en espérant que ma tête embrumée par les herbes finirait par me rattraper. Le petit déjeuner fut interminable et ponctué de conversations aimables que j'avais peine à suivre ; quelqu'un avait reconnu en Ellik le chancelier de Chalcède, et, j'ignore pourquoi, tout le monde s'enthousiasmait qu'un garçon d'écurie de Cerf l'eût tué. Éperon m'assura à deux reprises qu'il avait envoyé un message à Castelcerf exposant précisément l'identité des auteurs de cette tentative insolite d'invasion. L'esprit fatigué, je ne sus que répondre et me contentai de hocher la tête.

Et enfin, enfin, nous quittâmes le fort de Montcouronne. Je chevauchais à la tête de ma garde, Crible à mes côtés ; Persévérance nous suivait avec Mignarde, la jument d'Abeille, toujours à la bride ; il était pâle et avait mauvaise mine. Lant l'accompagnait. Crible se pencha vers moi pour me chuchoter que l'adolescent avait passé sa première soirée de beuverie avec les soldats, qui l'avaient fêté comme un héros pour avoir tué son premier homme. Il désigna Lant de la tête. « Heureusement pour lui, Lant est intervenu dès qu'il a commencé à vomir ; il lui a interdit tout alcool et l'a envoyé se coucher. À mon avis, le gamin doit avoir la tête un peu lourde ce matin. »

Je montais Véloce ; elle paraissait remise des efforts que j'avais exigés d'elle, mais elle manifestait aujourd'hui une méfiance qui contrastait avec son précédent empressement à me satisfaire. Je lui laissai sentir que je regrettais de l'avoir traitée aussi durement mais ne cherchai pas à m'imposer dans ses pensées.

Gantelée venait derrière nous, à la tête de nos hommes ; elle était mécontente de la présence des

Bouteurs et froide à mon endroit. Manifestement, leur intégration dans ma garde ne se passait pas bien ; la veille, son autorité sur eux n'avait tenu qu'à un fil ; aujourd'hui, rassemblés avec mes gardes, ils formaient encore une colonne à part à l'arrière, et leur capitaine devait m'en vouloir de lui avoir confié pareils fauteurs de trouble. Nous n'étions pas partis depuis longtemps que Lant poussa sa monture près de la mienne ; il dit en regardant droit devant lui : « Vous m'avez humilié ; vous m'avez donné un soporifique et laissé endormi derrière vous comme si j'étais un enfant. »

C'est ce que tu es. Je secouai la tête. « Lant, je vous ai laissé endormi comme un homme gravement blessé qui n'aurait pas dû participer à cette mission ; et ça vaut aussi pour Persévérance. » Je lui concoctais une pommade apaisante. « Je ne pouvais pas laisser le petit tout seul. Comment va votre plaie ? »

Le changement de sujet le prit par surprise. « Ça cicatrise, dit-il, ronchon.

— Tant mieux. Il faut du temps. Lant, j'ai une proposition à vous faire ; une proposition sur laquelle j'insiste. À notre retour à Castelcerf, présentez-vous au capitaine Gantelée ; elle dirigera vos exercices à l'épée, sans forcer, jusqu'à ce que vous repreniez du muscle. Je ne vous propose pas par là de devenir soldat ni membre de ma garde. » Comment formuler la suite ? J'espère vous voir devenir un homme ? Non. Je cherchai mes mots.

Il me devança : « Pour qu'on se moque de mon incompétence ? Pour que j'échoue à nouveau ? »

Depuis quand avait-il sombré dans cet égocentrisme bouillonnant ? C'était là une autre remise en état dont je n'avais pas envie de me charger. « Lant, des muscles de votre poitrine ont été tranchés ; il faut qu'ils se ressoudent puis retrouvent leur force.

Laissez Gantelée vous y aider. C'est tout ce que je voulais dire. »

Il se tut un moment, puis finit par déclarer : « Mon père sera très déçu.

— De nous deux », enchaînai-je.

Il se redressa sur sa selle, l'air curieusement consolé par ces mots.

La journée s'écoula d'une façon qui eût été agréable en d'autres circonstances ; le temps demeura doux pour l'hiver, Véloce recouvra assez de sa vivacité pour vouloir devancer les autres chevaux, et je la laissai faire avec plaisir. Bigarrée volait en avant, revenait de temps en temps se poser sur l'épaule de Persévérance puis repartait ; on eût dit une simple corneille apprivoisée, à la voir survoler la troupe en poussant des croassements dépourvus de sens. Une fois, alors qu'elle était perchée sur l'épaule de l'adolescent, je lui demandai : « Combien de mots connais-tu ? »

Elle inclina la tête pour me regarder et demanda à son tour : « Combien de mots connais-tu ? »

Persévérance dit avec l'ombre d'un sourire : « On croirait vous entendre. »

Les routes, bien entretenues, évitaient les hauteurs et traversaient plusieurs bourgades ; dans chacune, nous demandâmes si on avait repéré Abeille ou Pépite, et pour annoncer aux aubergistes qu'une forte récompense était promise pour les deux disparues. Mais nul ne les avait vues.

Le soir, nous trouvâmes à nous loger dans une de ces auberges. Crible, Gantelée, Lant et moi avions chacun une chambre au-dessus des cuisines, mes gardes et Persévérance coucheraient dans un grenier au-dessus des écuries, et les Bouteurs dormiraient dans la salle commune. Je savourai un repas bien préparé accompagné d'une chope de bière, puis un lit propre où j'allai dormir tôt, pour être réveillé par une bagarre tardive entre mes Bouteurs qui se disputaient. Le bruit du remue-ménage me tira du sommeil, et j'enfilai un pantalon pour descendre l'escalier quatre à quatre. Quand Crible apparut à son tour, j'avais déjà un œil au beurre noir, deux hommes gisaient par terre, et j'en tenais un troisième en respect dans un coin de la salle ; nous les bannîmes tous trois dans les écuries pour la nuit et promîmes au patron que les dégâts seraient remboursés. Tandis que nous remontions à l'étage, Crible remarqua : « D'habitude, un prince ne fait pas ce genre de chose.

— Je ne suis pas très doué, n'est-ce pas ? Quand je pense à toutes les fois où je me suis demandé ce que je ressentirais à être reconnu comme légitime et comme Loinvoyant au château de Castelcerf ! Je m'aperçois que c'est un fardeau plus qu'un privilège.

— Vous vous y ferez », dit-il sans y croire vraiment.

Au matin, j'avais deux Bouteurs de moins dans ma troupe. Ma foi, c'en serait autant dont ma capitaine n'aurait pas à s'occuper. Ils avaient pris leurs chevaux et laissé leurs tuniques de garde ; je n'y perdais guère. Gantelée ne s'était pas réveillée malgré le bruit de la bagarre, et je ne lui en dis mot ; elle en entendrait parler bien assez tôt.

Des nuages lourds de neige bouchaient le ciel, et une brise légère se levait sporadiquement pour nous souffler des cristaux de glace au visage. Crible et moi chevauchions côte à côte dans un silence de mauvais augure : je crois que nous redoutions tous deux le retour au château. Nous avions repris la formation de la veille, avec Lant et Persévérance de front derrière nous ; j'entendais des bribes de leurs conversations, et j'en déduisis que leur récente expérience du combat leur avait donné un point commun. L'adolescent menait toujours Mignarde à la bride ;

la selle inoccupée sur la jument me fendait le cœur chaque fois que je la regardais.

J'avais l'impression de rentrer chez moi la queue entre les jambes. Ma petite Abeille était quelque part, ailleurs, et j'ignorais toujours où. La matinée passa sans guère d'échanges entre Crible et moi. Parfois la corneille nous devançait puis revenait comme pour s'assurer que nous la suivions ; j'étais tellement habitué à sa présence que je n'y prêtais quasiment plus attention. Le plus souvent, elle restait perchée sur l'épaule de Persévérance, même si j'eus une fois la surprise de la voir sur celle de Lant.

Au sommet d'une légère élévation de la route, nous aperçûmes devant nous un cavalier sur un cheval marron et suivi par un cheval blanc sellé ; je les observai pendant qu'ils se rapprochaient de nous. Le cavalier était trapu et portait sa cagoule tirée sur le visage ; sa monture avançait au trot mais, malgré la distance, je me rendis compte qu'elle était à bout de forces : elle balançait trop la tête de haut en bas à chaque pas. Elle voulut ralentir, et l'homme l'éperonna durement. À cet instant, Crible dit : « Cheval blanc » en même temps que je disais : « Manteau blanc. »

Je me retournai vers Gantelée. « Que les gardes s'arrêtent. Si je lève la main, lancez-les au galop ; sinon, restez à bonne distance. » Elle acquiesça à mon ordre, déçue de ne pas nous accompagner, et Crible et moi poussâmes nos montures au trot ; Lant nous emboîta le pas, et je sus que Persévérance allait l'imiter, hélas. Je ne quittais pas le cavalier des yeux. Il ne paraissait pas avoir conscience de notre présence ; le manteau de fourrure blanche me convainquait qu'il s'agissait d'un des Serviteurs qui avait échappé au massacre. À notre approche, il parut sortir d'un état de somnolence ; il leva les yeux vers nous, poussa un cri et talonna frénétiquement son cheval tout en essayant de lui faire faire demi-tour. L'animal obéit et partit au trot, mais nous étions déjà en mouvement, et, avant qu'il pût allonger la foulée, nous l'encadrions. Crible se pencha pour saisir les rênes et fit brusquement virer le cheval pendant que le cavalier continuait de hurler et de l'éperonner. Je connaissais cette voix.

« Pépite ! Pépite, arrêtez ! Vous n'avez rien à craindre ! Pépite, c'est moi, Fitz… Blaireau ! Et Crible. Nous venons vous ramener chez vous. Vous n'avez rien à craindre ! Pépite, où est Abeille ? Était-elle avec vous ? »

Le cheval blanc s'était écarté de nous ; manifestement, il suivait l'autre parce qu'il ne savait pas quoi faire d'autre. Crible arrêta sa monture, mit rapidement pied à terre et se dirigea vers Pépite. Elle lui donna un coup de pied, cria de nouveau, puis tomba de sa selle dans les bras de l'homme. Je descendis de ma monture, pris les rênes de la sienne et restai sans savoir quoi faire pendant que Crible tapotait le dos de la jeune femme en lui répétant que tout allait bien et qu'elle était en sécurité désormais.

Ses cris diminuèrent lentement pour se transformer en grands sanglots puis en pleurs convulsifs qui lui coupaient la respiration.

« Abeille ! Pépite, où est Abeille ? Regardez-moi, Pépite. Savez-vous où est Abeille ? »

Aux questions que Crible lui posait d'une voix apaisante, elle répondit en secouant frénétiquement la tête et en sanglotant plus fort. Une effrayante certitude prenait corps en moi. Le cheval blanc s'approcha de moi, mais je n'y prêtai attention que lorsqu'il s'arrêta si près de moi que, d'un pas, je pus m'emparer de ses rênes. Deux montures ; deux selles ; un seul cavalier ; pas d'Abeille. Le harnachement du cheval marron était visiblement de facture chalcédienne, mais je n'en avais jamais vu de semblable à celui du blanc, avec une selle haute à l'avant et basse à l'arrière. Le concept me parut inconfortable.

Où es-tu, Abeille ? As-tu monté cette bête ?

« Tom Blaireau. »

Je me retournai, étonné. La voix étranglée, elle avait rabattu sa capuche en arrière ; ses cheveux en bataille pendaient en mèches emmêlées de part et d'autre de son visage. Elle avait maigri, et ses traits creusés accentuaient sa ressemblance avec Umbre ; elle avait les lèvres gercées et les joues brûlées par le froid. Elle respirait toujours fort mais elle s'était écartée de Crible. Son manteau de fourrure blanche paraissait démesuré sur elle et tombait en larges plis ; elle serrait les bras sur sa poitrine comme si elle s'empêchait de tomber en morceaux. Elle me fit face et me regarda dans les yeux ; ce n'était plus la femme qui avait exigé naguère que toute vie s'arrêtât tant qu'on ne lui aurait pas acheté des chausses vertes.

« Abeille, dit-elle ; ils ont pris Abeille.

— Je sais », répondis-je. Je m'efforçai de m'exprimer d'un ton calme. « Ils vous ont prises toutes les deux, Abeille et vous. Mais vous ne risquez plus rien. » J'inspirai profondément. « Abeille ; savez-vous où elle est ?

— Ils l'ont emmenée. Ils l'ont emmenée dans un bloc de pierre. »

9
Répercussions

Les déprédations de cette dragonne sont aussi catastrophiques que celles d'une armée d'occupation. Cette créature est « petite », me dit-on, selon les critères de son espèce, mais sa faim semble insatiable ; les bergers n'osent plus faire monter leurs troupeaux dans les hautes pâtures d'estive, car, même avec des chiens et des hommes pour veiller sur les bêtes, la dragonne s'empare de toutes celles qu'elle veut, et il meurt autant de vaches et de brebis à cause de leurs fuites éperdues qu'à cause des serres de leur prédateur. Les meilleurs reproducteurs bovins et chevalins étaient à l'abri si on les gardait dans des granges ou des écuries, mais ce n'est plus le cas : il y a eu désormais trois signalements de la dragonne se servant de ses serres et de puissants coups de queue pour abattre des bâtiments afin d'accéder au bétail.

Les maisons et les humains seront-ils les suivants sur la liste ? Cette situation est intolérable. En tant que souverain, vous devez nous proposer une solution, qu'il s'agisse d'une négociation ou d'une réponse militaire. La rumeur prétend que des clans d'Art sont capables de communiquer avec les dragons. Ceux qui, parmi mes bergers et mes fermiers, ont eu le courage de ne pas fuir et d'offrir à la dragonne des bêtes choisies ou bien de la menacer ont été traités par le mépris.

Ne pouvez-vous au moins nous envoyer un clan pour tenter de raisonner cette créature ?

Missive du duc de Bauge au roi Devoir

Je restai figé comme une statue de glace. Je fis un effort pour remuer les lèvres, et je parvins à dire : « Comment ça ? » Mais je savais ce qu'elle voulait dire. Il n'y avait qu'une seule explication, aussi impossible fut-elle.

« Comme vous. Ils sont entrés dans une Pierre, comme vous ; et ils y ont entraîné Abeille. »

Tout se figea autour de moi, et mes oreilles se mirent à tinter. « Quelle Pierre ? Où ça ? » Je n'avais plus assez d'air dans les poumons pour émettre plus qu'un murmure.

Pépite battit des paupières puis répondit à mi-voix d'un ton perplexe : « Il nous a trompées, le Chalcédien qui paraissait plein de bonnes intentions ; il nous a retrouvées et il nous a ramenées à Dwalia, à Vindeliar et à quelques autres qui se cachaient à cause de la proximité des mercenaires. Dès qu'elle nous a vues, elle nous a obligées à nous tenir par la main. » Elle plissa le front. « Comme s'il s'agissait d'un jeu, d'un jeu d'enfants. Soula me la serrait tellement fort que ses ongles s'enfonçaient dans ma peau, la garce… »

Elle se tut, et je retins mon souffle. Laisse-la parler, ne pose pas de question ; je me rendais compte de sa fragilité, de l'attention ténue qui la rattachait à nous. Elle tendit soudain une main tremblante vers Crible et reprit d'une voix chuchotante : « Dwalia a sorti un manuscrit et un gant, un gant très fin avec le bout des doigts argenté ; pourtant, il n'avait rien de joli. Elle l'a enfilé, puis elle a touché la Pierre et…

— Évite ! Eda soit louée ! C'est vous ! Évite ! »

Gantelée avait immobilisé mes gardes à distance respectueuse, et les Bouteurs faisaient masse derrière eux, mais Lant et Persévérance s'étaient avancés pour voir la raison de cet arrêt, et le jeune homme avait mis pied à terre et se précipitait vers Pépite.

« Lant ! s'exclama-t-elle, puis sa voix monta dans les aigus : Lant ! Lant ! » Elle se jeta dans ses bras, et j'eusse voulu ne pas voir l'effrayant mélange d'émotions qui passa sur les traits du jeune homme ; j'espérais que personne d'autre ne savait ce qu'elles signifiaient. Il serrait Pépite dans ses bras, mais non comme elle s'agrippait à lui ; il la savait perdue pour lui tandis qu'elle se lovait contre son corps comme si elle était enfin arrivée chez elle saine et sauve.

« Je vous croyais mort ! Je les ai vus vous tuer. Et ensuite ils m'ont enlevée ! » Elle avait perdu son attitude morne et détachée ; enfin à l'abri dans ses bras, les nerfs prenaient le dessus.

« Pépite, de quelle Pierre parlez-vous ? Où est-elle ? » demanda Crible d'un ton pressant ; il la saisit par les épaules et l'obligea à se retourner vers lui. Elle voulut s'accrocher à la chemise de Lant, mais, sur un regard d'avertissement, il la laissa aller et recula d'un pas. Eut-il l'air soulagé qu'on l'écartât de lui ? Elle, en tout cas, parut égarée et affolée, mais Crible lui prit le menton entre les doigts pour attirer son attention. « Regardez-moi, Pépite ; nous avons peut-être encore une chance de sauver Abeille. Dans quelle Pierre sont-ils entrés ? Il y a combien de temps ? »

Elle fixa les yeux sur lui sans battre des paupières, comme si elle s'efforçait de mettre de l'ordre dans ses souvenirs. Je connaissais cette impression : l'émotion était trop intense pour lui permettre de pleurer encore ; elle avait le nez rouge vif et qui coulait, et les joues écarlates. Elle répondit enfin : « Hier soir. C'est Dwalia qui les a emmenés ; tout le monde se tenait par la main, et j'étais en bout de chaîne avec Kerf et Soula. Au dernier moment, Abeille a mordu Kerf au poignet, et il m'a lâchée sous le coup de la surprise ; mais Abeille ne l'a pas lâché, elle, et elle l'a entraîné dans la Pierre. Il y est entré en hurlant. » Sa voix était devenue plus forte sur la dernière phrase, comme pour souligner sa satisfaction. Elle se tourna vers Lant, manifestement étonnée de ce qu'il ne l'eût pas retenue.

Crible l'attira de nouveau à lui.

Je tâchai de m'exprimer d'un ton posé. « Pépite, il faut nous conduire à cette Pierre. Sur-le-champ ; je dois suivre Abeille. »

Elle reporta lentement son regard sur moi ; ses yeux devinrent durs et elle prit une voix de petite fille. « Vous nous avez abandonnés en passant par une Pierre, et ensuite les autres sont arrivés. Vous n'auriez pas dû nous laisser seuls.

— Je le sais, et je le regrette. Mais vous n'avez plus rien à craindre à présent, et il faut retrouver Abeille pour la mettre en sécurité elle aussi. » J'employais des mots simples comme pour m'adresser à un enfant ; je me rappelais la fragmentation de la pensée qui suit la torture ou les privations extrêmes. M'énerver contre elle ne me servirait à rien.

Elle se pencha et murmura : « Non : il faut nous en aller loin, très loin. Ils risquent de ressortir de la Pierre ; et puis il y avait encore des soldats qui traînaient dans la forêt par ici. J'ai laissé le feu allumé pour les éloigner de moi, et puis j'ai pris le cheval et je suis partie en faisant le moins de bruit possible. J'aurais préféré que la jument blanche ne me suive pas : elle était trop facile à repérer dans la nuit. Je l'aurais abattue si j'avais eu un poignard, mais j'étais complètement désarmée. Comme je n'y voyais plus assez pour me diriger, j'ai trouvé un bosquet où je me suis cachée en attendant le lever du jour. » Elle reprit son souffle. « J'ai traversé la forêt, j'ai croisé une route où nous avons galopé, galopé, jusqu'à ce que ce cheval imbécile refuse de courir. C'est alors que je vous ai rencontrés.

— Il faut absolument que vous nous conduisiez à la Pierre. Vous voyez tous les soldats qui nous accompagnent ? Ils vous protégeront. »

Elle parcourut les hommes du regard puis elle prit une expression butée. « Je ne crois pas pouvoir la retrouver, même si je le voulais. Je vous en prie, nous devons nous en aller loin d'ici !

— Nous nous en irons, répondit Crible ; mais nous devons d'abord aller chercher Abeille. »

Elle le regarda fixement sans rien dire, en respirant de plus en plus fort, au point que je craignis qu'elle ne se mît à hurler. « Vous ne comprenez pas : je ne peux pas retourner là-bas ! » Ses yeux s'arrondirent et s'obscurcirent. « Quand Abeille a entraîné Kerf dans la Pierre, nous... nous étions... Il y avait d'autres Chalcédiens dans les environs ; Dwalia l'avait dit. Mais tout le monde est entré dans la Pierre et nous a laissées, Soula et moi. Soula s'est mise à crier et à me frapper, puis elle a essayé de les suivre. Il fallait que je l'oblige à se taire ; et, comme elle faisait partie de ceux qui avaient détruit la maison et qui nous avaient enlevées, je... je l'ai tuée. Enfin, je pense.

— Vous n'aviez pas le choix », fis-je. Je ne pouvais pas la laisser se fixer sur le sujet. « Vous n'aviez pas le choix, et votre père sera fier de votre geste ; c'était la bonne solution. Pépite, où est cette Pierre ? » Mon cœur cognait à tout rompre. Ortie et Devoir m'avaient appris qu'aucun portail d'Art n'était signalé dans cette région ; m'avaient-ils menti ? Une bouffée de colère m'envahit, aussitôt suivie de la crainte que la Pierre ne fût inconnue parce qu'elle était défectueuse.

Mais je n'avais pas réussi à la rassurer ni à la ramener à la question qui me taraudait.

Elle se tourna lentement vers moi. « Mon père ? fit-elle d'un ton monocorde.

— Notre père. » La voix de Lant se brisa sur le mot, et j'eus envie de lui envoyer mon poing dans la figure. Pas maintenant ! Pas maintenant ! Mais il poursuivit : « Sire Umbre est votre père. »

Elle le regarda en cillant ; son expression me rappela celle d'un animal qui se noie. Elle n'allait pas tarder à couler, et, avec elle, mes chances de rattraper Abeille. Lentement, elle répondit : « Vous voulez dire que sire Umbre est votre père à vous ; vous m'avez révélé votre secret… le soir où… »

Ses yeux s'agrandirent. Il fallait l'empêcher de repenser à la nuit où elle avait été violée puis enlevée ; je tâchai de m'exprimer d'un ton calme. « Je dois savoir où est cette Pierre, Pépite ! »

Lant leva une main tremblante. « Laissez-moi parler ; il faut que ce soit dit avant que vos gardes ne nous rejoignent. Que je lui révèle tout et qu'on en finisse ! Je n'en peux plus. » Il posa sur elle un regard tragique. « Évite – Pépite, vous êtes ma sœur. Pépite Tombétoile. Sire Umbre est notre père à tous les deux. »

Elle resta coite ; elle se tourna vers Crible puis revint à Lant. « Ce n'est pas drôle », dit-elle d'une voix hachée. Son menton tremblait. « Si vous m'aimez un peu, emmenez-moi aussi loin et aussi vite que possible. »

Lant m'adressa un regard de supplicié.

Parfois, il est préférable d'arracher le pansement rapidement. « Bien sûr qu'il vous aime, intervins-je d'un ton rassurant. C'est votre frère ; il vous défendra toujours contre tout danger. »

Elle pivota brusquement vers moi, les yeux écarquillés. « Mon frère ? »

Crible observait la scène d'un air horrifié. Il y a des secrets qu'on ne peut préserver sans risquer de terribles conséquences. Je répondis d'une voix douce : « Sire Umbre est votre père à tous les deux. » Je pris une inspiration et tâchai de m'exprimer avec bienveillance : « Et maintenant, il faut nous conduire à la Pierre, là où Abeille a disparu. »

Elle me regarda, bouche bée, puis elle tourna de nouveau la tête vers son frère. Qu'y voyait-elle ? Les mêmes ressemblances que j'avais perçues quand j'avais appris la vérité ? « Lant », fit-elle d'une voix faible, comme si elle s'adressait à lui de très loin, et puis elle s'effondra sur la route comme une poupée de chiffon. L'épais manteau de fourrure s'étala autour d'elle, et, gisant ainsi, elle m'évoqua un cerf d'hiver très maigre qu'on venait d'abattre. Crible s'agenouilla près d'elle et posa les doigts sur son cou, puis il me regarda. « C'en a été trop pour elle ; elle est évanouie ; et nous n'avons pas le temps d'attendre qu'elle revienne à elle : il va falloir suivre ses traces à rebours. J'appelle Gantelée pour se charger d'elle ? »

Lant poussa un gémissement à la fois de remords et de douleur ; je lui pris le bras avant qu'il eût le temps de se laisser tomber à genoux près d'elle et je lui parlai à l'oreille. « Ce n'est pas votre faute ; et il vaudrait mieux que vous laissiez quelqu'un d'autre s'occuper d'elle quand elle reprendra conscience. Il lui faudra du temps, comme il vous en a fallu. » Il tenta de m'échapper, mais je ne le lâchai pas et enfonçai le pouce en un point précis, entre les muscles et l'os, d'une façon nécessairement douloureuse. Comme je l'espérais, il passa de l'accablement à la colère en un clin d'œil. Crible soulevait Pépite dans ses bras ; de ma main libre, je fis signe à Gantelée et à ses hommes d'approcher.

« Lâchez-moi ! » fit sèchement Lant à mi-voix ; au moins, il avait eu la présence d'esprit d'être un peu discret.

Je souris et parlai à voix basse avec des gestes qui exprimaient l'inquiétude pour Pépite, tout en diminuant peu à peu la pression que j'exerçais sur son bras. « Quand vous serez en état de vous dominer, je cesserai de vous maîtriser. Il y a trop de témoins pour vous laisser aller à vos émotions ou pour avoir une conversation cœur à cœur avec Pépite sur l'identité de votre père et sur les conséquences pour elle. Donc, vous allez vous remettre en selle, nous accompagner, Crible et moi, pour nous aider à suivre sa piste jusqu'à la Pierre, et nous allons la laisser aux bons soins de Gantelée et de mes gardes. Compris ? »

Cela ne lui plaisait pas, mais je m'en moquais, et, en l'observant, je vis le moment où il comprit que j'avais la logique pour moi. Il cessa de résister, et je le laissai près des chevaux pendant que j'allais m'entretenir avec Crible et Gantelée. Pépite était peut-être réveillée, mais elle ne bougeait pas ; les yeux à peine entrouverts, elle ne fit aucun commentaire quand je demandai à Gantelée de lui fabriquer un travois. La capitaine acquiesça d'un air sombre et entreprit d'ordonner à certains de chercher des branches solides et à d'autres de ramasser du bois pour faire du feu afin que Pépite prît un repas chaud avant le voyage ; je ne l'en empêchai pas. J'emmenai Lant, Crible et les quelques Bouteurs qui me restaient suivre lentement la route qu'avait empruntée Pépite en sens inverse ; je fis semblant de ne pas remarquer que Persévérance nous avait emboîté le pas, Bigarrée sur l'épaule ; il avait été témoin de la révélation de Lant. Je m'en occuperais plus tard. La section de la route du Roi sur laquelle nous nous trouvions traversait une région boisée parsemée de fermes et de petites exploitations.

La courte journée d'hiver ne tarderait pas à sombrer dans la nuit ; quelle distance Évite avait-elle parcourue et dans quel état de fatigue son cheval était-il au départ ? Je mourais d'envie d'accélérer l'allure, je ne voulais pas perdre la piste.

Je formai les Bouteurs par groupes de deux et les envoyai en reconnaissance au galop, avec ordre de se séparer par paire à chaque croisement afin d'explorer chaque voie secondaire. Si l'un d'eux observait l'indice que deux chevaux étaient sortis de la forêt pour suivre la route, il devait s'arrêter près de la trace et son compagnon retourner auprès de moi sur-le-champ. Ils partirent à toute allure, espérant peut-être se racheter à mes yeux.

Lant, Crible et moi continuâmes d'avancer à un rythme plus calme en surveillant sans rien dire les deux côtés de la route. Persévérance, qui menait toujours la jument d'Abeille, nous avait rejoints et marchait derrière nous. J'examinais le bas-côté enneigé sur la gauche tandis que Crible scrutait celui de droite. Je songeais à ma fille ; la veille, elle montait en croupe derrière un homme en compagnie de Pépite ; elle avait mordu quelqu'un, ce qui avait apparemment permis à la jeune femme de s'échapper. Pourquoi n'avait-elle pas pu se libérer elle-même ? Une fois encore, on me l'avait arrachée, et elle avait disparu, peut-être dans un pilier d'Art. L'abîme de ma peine et de mon désespoir se creusa davantage, accru par les effets de l'écorce elfique. Nous cherchions non seulement la piste de Pépite mais toute trace indiquant que des traîneaux ou une troupe à cheval étaient passés par là – n'importe quel signe de ma petite fille. Au bout d'un moment, Crible déclara : « Je ne serais pas humain si je ne posais pas la question. »

Je savais de quoi il parlait. « C'est vrai : Umbre est leur père.

— J'étais au courant pour Lant, mais pas pour elle. Pourquoi l'avoir caché ?

— Ma foi, parce que c'est Umbre, probablement. Il m'a révélé que Lant était son fils il y a quelques jours à peine ; mais j'aurais dû m'en rendre compte rien qu'en le regardant. »

Il hocha la tête. « À mon avis, il y a plus de gens à Castelcerf qui le savent qu'il ne s'en doute ; c'est visible à la façon dont il traite Lant depuis le début. Mais pourquoi cacher que Pépite est sa fille ? »

Je ne répondis pas tout de suite, et Lant demanda d'un ton acide : « Voulez-vous que je m'éloigne pour vous permettre d'échanger tranquillement des cancans sur mon ascendance et celle de ma demi-sœur ? »

Je le regardai. « Crible est l'époux de ma fille, Lant, la maîtresse d'Art Ortie, votre cousine. Il fait donc partie de la famille. »

L'intéressé s'efforçait de réprimer un grand sourire. « Et, de plus, c'est de votre père que je parle, non de vous. Umbre ! Je suis scandalisé ! » Son sourire s'élargit malgré lui.

« Eh oui : Umbre ! » enchaînai-je, et je partis d'un éclat de rire en dépit de ma morosité. Nous nous esclaffâmes tous deux en secouant la tête.

Au bout d'un moment, Lant demanda : « Pourquoi a-t-il dissimulé l'existence de Pépite à tout le monde, moi y compris ? Il m'a bien fait venir à Castelcerf et révélé qu'il était mon père ; pourquoi pas Pépite ? »

Mieux valait qu'il posât ces questions maintenant, sans témoin, et, bien qu'à contrecœur, je répondis d'un ton grave : « Il n'a rien dit, ni à elle ni à personne, à cause des risques pour lui comme pour elle. Les parents de Pépite n'étaient pas ravis de se retrouver avec sa bâtarde, mais ça ne les a pas empêchés d'extorquer de l'argent à Umbre pour l'élever et lui donner une éducation, argent qu'ils n'ont apparemment pas employé pour elle. Umbre ne pouvait la voir qu'en de rares occasions. Ce sont les grands-parents qui se sont d'abord occupés d'elle, et, s'ils n'étaient pas affectueux, du moins n'étaient-ils pas cruels ; à leur mort, elle a été confiée à sa mère et à son beau-père…

— Je connais quelques détails là-dessus », coupa Lant précipitamment.

Crible me regarda en haussant les sourcils.

« C'est aussi terrible que ce que vous pouvez imaginer, lui dis-je, et il fronça le nez.

— Que va faire d'elle Umbre à présent, à votre avis ? me demanda-t-il.

— Je l'ignore ; je ne sais même pas s'il pensera à la reconnaître. Mais, à mon avis, c'est à Castelcerf qu'elle serait le plus en sécurité, confiée aux bons soins de Kettricken, peut-être ; elle a toujours rêvé d'habiter à la cour, et j'imagine que sa lignée maternelle tâchera de ne pas s'opposer à la volonté d'Umbre sur la question. »

FitzVigilant s'apprêta à poser une question à laquelle je refuserais de répondre, je le savais, et c'est avec soulagement que j'entendis le bruit d'un cheval au galop et que je vis un de mes Bouteurs qui revenait. « Ils ont dû découvrir quelque chose ! » Je talonnai légèrement Véloce et elle partit au trot à contrecœur. Le cheval de Crible nous dépassa. *Non ! Je suis Véloce. Je suis toujours devant.*

Montre-leur ! lui dis-je, et elle s'élança dans un galop sans effort. Elle ne laissa pas son esprit effleurer le mien à nouveau, et je me gardai de m'imposer ; je ne souhaitais pas rétablir de lien entre nous, mais je me réjouissais de n'avoir pas brisé sa combativité en la maltraitant.

Scieur, un de mes Bouteurs, n'attendit pas que nous fussions près de lui pour nous lancer : « On a trouvé sa piste ! J'ai dit à Faucheux de ne pas bouger, mais je ne sais pas combien de temps il résistera à l'envie de la suivre !

— Bien joué », dis-je.

Il fit demi-tour et prit notre tête, au grand déplaisir de Véloce. J'étais heureux d'être en mouvement. La route s'enfonça dans une zone plus densément boisée où nous retrouvâmes un autre Bouteur qui nous attendait dans le froid, à côté de son cheval qui s'agitait. « On peut suivre la piste maintenant ? » demanda-t-il d'un ton pressant. Sans répondre, je sautai à bas de Véloce, et Crible me rejoignit aussitôt ; à pas trébuchants dans la neige épaisse, je m'approchai de la trace. « Deux chevaux l'un derrière l'autre, déclara Crible d'un ton catégorique.

— C'est ce que je déchiffre aussi », répondis-je. Je remontai en selle d'un bond. « Ouvrez l'œil, dis-je aux autres. D'après Pépite, il y a encore des mercenaires qui rôdent dans les environs. Si vous les voyez, prenez-les vivants ; je dois leur parler. »

Scieur hocha la tête, et son équipier acquiesça d'un grognement. Dans un coin de ma tête, je notai que tous deux se tenaient un peu plus droit et échangeaient des regards de satisfaction ; apparemment, ces hommes étaient encore capables de s'enorgueillir de l'accomplissement d'une mission. Ils étaient peut-être récupérables.

La piste était parfaitement visible. Je me concentrai sur elle et incitai Véloce à la suivre le plus vite possible. La neige épaisse avait été piétinée, mais cela ne faisait pas des traces un chemin dégagé ; je surveillai la forêt alentour en quête de signe de la présence des mercenaires. À deux reprises, Crible et Lant s'écartèrent pour inspecter d'autres traces, et à chaque fois ils conclurent qu'il s'agissait de cerfs qui étaient passés par là. Dans sa terreur, Pépite avait-elle imaginé ses poursuivants comme elle avait imaginé le fantôme dans sa chambre ?

Les bois se densifièrent. Ici, les conifères s'élançaient dans le ciel et entrecroisaient leurs rameaux pour nous cacher la lumière grise de l'après-midi finissant ; la neige était moins épaisse mais la piste toujours visible ; elle montait à flanc de colline entre des affleurements rocheux et sous des arbres penchés d'avoir poussé au milieu des agrégats de pierres. Le sol était pratiquement nu sous ces géants.

« Fitz ! » cria Lant, et je fis virer Véloce, craignant qu'il n'eût repéré une menace. Mais je le trouvai penché sur le côté de sa monture en train de débarrasser une pierre de la neige qui la couvrait. « Il y avait une ville ou un village ici autrefois ; voyez la rectitude de ce bloc !

— Il a raison, intervint Crible avant que j'eusse le temps de répondre. La majeure partie est ensevelie sous la terre ou la neige, mais regardez là : les arbres, en poussant inclinés, l'ont rétrécie, mais c'était peut-être une route jadis.

— Ce serait logique », dis-je, et je ramenai Véloce vers la piste. D'anciens bâtiments… Au royaume des Montagnes nous avions souvent découvert des Pierres dressées près de ruines Anciennes.

« Je sens l'odeur d'un feu éteint depuis quelque temps », déclara Crible.

Au même instant, Scieur s'exclama : « Il y a d'autres traces ici, messire ! On dirait qu'elles vont dans la même direction que nous ! »

Sans plus me soucier de la prudence, je talonnai Véloce ; elle s'élança sur la piste escarpée par bonds puissants, et nous découvrîmes soudain un bivouac abandonné. Des abris de fortune en branches et en rameaux de pin entouraient un rond noirci où avait brûlé un petit feu de camp. « Halte ! » lançai-je aux autres. Nous mîmes pied à terre et Persévérance resta près des chevaux pendant que nous avancions plus lentement. Je tendis mon Vif mais ne sentis aucune autre présence à l'entour ; si des Chalcédiens avaient traqué Pépite la veille, ils n'étaient plus là. Je m'accroupis pour examiner l'intérieur d'un abri : quelqu'un s'y était réfugié, mais je n'en appris pas plus.

« Fitz », dit Crible d'une voix basse mais pressante. Il tendit un doigt ganté.

Manteau blanc, teint pâle, cheveux clairs. Morte. Étendue sur le dos dans la neige, un peu de sang coulant de la bouche, seule tache de couleur. Crible et moi nous agenouillâmes près d'elle ; je glissai une main sous sa nuque et la soulevai : elle n'était pas brisée.

« C'est une prise difficile à réaliser et à conserver, dit mon compagnon. Je suis impressionné. »

J'acquiesçai de la tête. Pépite était bien la fille d'Umbre : la main placée derrière le crâne, on écrase la trachée entre le pouce et l'index ; la victime suffoque, étouffée par son propre sang. Ce n'était pas la façon de tuer la plus rapide ni la plus discrète, mais le résultat était là.

Je laissai la femme retomber et me redressai. Et alors je le vis, juste devant moi.

J'avais aperçu le bloc de pierre, mais sans y prêter attention. Le grand arbre qui avait poussé à son pied l'avait presque renversé ; à la périphérie du bivouac, le pilier était quasiment couché, une de ses faces au ras de la neige qui s'était accumulée autour de lui, et du lichen commençait à s'étendre sur ses arêtes. Je m'en approchai lentement, comme un chasseur d'une proie ; Lant et Crible me suivirent, mais mes deux Bouteurs demeurèrent avec Persévérance comme s'ils pressentaient un danger.

Quelqu'un avait récemment débarrassé la face supérieure de sa couche de neige. Cent questions se bousculaient dans mon crâne : comment les Serviteurs connaissaient-ils l'existence de cette Pierre ? Possédaient-ils l'Art, pour se servir ainsi d'elle ? En savaient-ils plus que nous sur cette magie ? On m'avait affirmé qu'il n'y avait pas de pilier d'Art dans cette région. Comment se faisait-il que les Serviteurs fussent au courant de la présence de celui-ci et pas nous ? C'étaient des interrogations utiles, et les réponses l'eussent certainement été encore plus, mais, pour l'instant, elles étaient oiseuses.

« Savez-vous où il mène ? Identifiez-vous la rune ?

— Oui. » C'était l'une des rares que je connaissais par cœur. « Cette Pierre conduit à un marché situé à un carrefour au-delà du royaume des Montagnes. Alors que nous recherchions le roi Vérité, nous avons suivi une route Ancienne, et c'est comme ça que nous l'avons découverte ; elle n'est pas très loin des dragons de pierre. » J'avais un souvenir net de ce site ; le Fou et moi étions brièvement tombés sous l'influence qui y régnait : la pierre de mémoire était omniprésente, et mon compagnon avait paru devenir quelqu'un d'autre, un Blanc d'antan qui était mort de la même manière, un poète ou un bouffon…

J'ôtai mon gant.

« Fitz, non ! Contactez d'abord Ortie, expliquez-lui ce que vous… »

Je plaquai la main sur la pierre glacée.

Et rien ne se produisit. J'en restai abasourdi, et horrifié.

« Elle ne marche peut-être plus, fit Crible d'un ton hésitant, et je perçus sa réticence à m'aider dans mon entreprise.

— Pépite a dit qu'ils sont entrés dedans. » Je plaçai la main précisément sur la rune, enfonçai les doigts dans ses contours rugueux et poussai. Rien ; je ne percevais rien de la Pierre.

L'écorce elfique !

Non. Je ne pouvais pas me permettre d'être fermé à l'Art ; c'était impossible, alors qu'Abeille était peut-être tout près de moi, à deux pas dans les ténèbres. « Non ! NON ! »

Je frottai violemment la main sur la pierre érodée et sentis ma peau se prendre sur son grain, mes cals s'éroder. « NON ! hurlai-je.

— Fitz, il vaudrait peut-être… »

Je ne me rappelle plus ce que Crible dit. Je donnai un violent coup d'épaule à la Pierre, lui décochai un coup de poing et me mis en rage ; des rideaux rouges et noirs tombèrent sur mes yeux.

Quand je repris mes esprits, j'avais totalement ébréché une hache de guerre sur le pilier d'Art ; je ne me souvenais même plus de l'avoir sortie de mon fourreau dorsal. J'avais mal aux bras, au dos et aux épaules à cause de la force que j'avais déployée, mais la Pierre elle-même ne montrait guère de signes de mes attaques répétées, hormis quelques éraflures grises sur sa surface noire. Je haletais, et la transpiration qui ruisselait dans mon dos répondait aux larmes de frustration qui coulaient sur mes joues ; j'avais aussi la voix enrouée à force de hurler des jurons.

Je lâchai mon arme désormais inutile et me pliai en deux, mes mains écorchées sur mes genoux, les poumons douloureux, avalant l'air à grandes goulées. Quand je pus enfin me redresser et parcourir les alentours du regard, je découvris mes compagnons qui se tenaient à bonne distance, l'air ébahi.

« Fitz ? dit Crible d'une voix douce.

— Quoi ?

— Vous ne voulez pas vous écarter de cette hache ? »

Je me baissai et la ramassai, examinai le fer émoussé puis la rangeai dans son fourreau dorsal ; cela fait, je m'accroupis, pris une poignée de neige au creux de ma paume à vif et la portai à ma bouche. L'humidité apaisa ma gorge. « C'est fini, dis-je d'un ton las.

— Que vous est-il arrivé ? demanda Lant, la voix tendue.

— J'ai été stupide, répondis-je. J'ai bu de la tisane d'écorce elfique pour que leur sorcier ne puisse pas me cacher Abeille à l'aide de l'Art, et j'ai tellement réduit ma magie que je ne peux plus me servir d'un portail. Elle n'est peut-être qu'à deux pas de nous, et je suis incapable de franchir cette distance !

— Et maintenant, messire ? » C'était un de mes Bouteurs qui avait posé la question.

Et maintenant ? Je m'assis lourdement par terre. La neige était froide, mais je m'en moquais. J'eus l'impression de passer un long moment à m'efforcer de maîtriser mes pensées. Je levai les yeux pour regarder Crible, toujours prudemment à l'écart.

« Je reste ici. Persévérance, prends Véloce ; elle est rapide ; pars en avant pour Castelcerf. Crible et Lant, vous le suivrez aussi vite que possible, mais je suis prêt à parier qu'il arrivera avant vous. Allez voir la maîtresse d'Art Ortie, racontez-lui ce qui s'est passé et demandez-lui de m'envoyer des artiseurs qui ont l'expérience du voyage par les Pierres et qui savent se servir d'une épée. Crible et Lant, si vous le voulez bien, faites un compte rendu complet au roi Devoir. »

Persévérance intervint timidement : « Messire, je ne connais pas le trajet le plus rapide. »

Il tenait les rênes des chevaux ; je regardai Véloce. *Connais-tu le trajet le plus rapide d'ici aux écuries de Castelcerf ? Peux-tu l'effectuer au galop ?*

Oui. Elle retenait son Vif. *Tu prétends que nous ne devons pas nous lier, mais tu me demandes ce service ?*

Oui.

Alors tu m'accorderas une faveur au moment qui me conviendra.

Je te le promets, répondis-je humblement. Elle ne me devait rien et j'avais impérativement besoin d'elle. J'attendis sa décision avec inquiétude.

J'emmènerai l'enfant.

Porte-le bien, Véloce.

Je ne sais pas faire autrement. Et elle me congédia d'un hochement de tête.

La pensée est instantanée, et l'accord fut conclu en un clin d'œil. Je me tournai vers Persévérance. « Fais confiance à Véloce ; elle connaît la route. Va. »

Nous échangeâmes un long regard, puis il remit les rênes des autres chevaux à Lant ; il monta sur Véloce, la fit tourner, et elle l'emporta. Je m'adressai à ceux qui restaient : « Scieur et Faucheux, rejoignez la capitaine Gantelée et dites-lui qu'elle doit conduire, avec mes gardes, demoiselle Pépite à Castelcerf aussi vite que possible. Scieur, choisissez les six meilleurs soldats parmi les Bouteurs et ramenez-les ici avec tout ce que vous pourrez vous procurer pour passer une nuit à la belle étoile. » Je regardai Crible pour voir si j'avais oublié quelque chose.

Il fronçait les sourcils. « Ça ne me plaît pas de vous laisser ici.

— Vous ne m'aiderez pas en demeurant avec moi. »

Il fit un signe de la tête. « Et le cadavre ? »

Je ne répondis pas.

« Je dirai à Scieur et à ses hommes de le brûler à leur retour. »

Cela ne m'intéressait pas. Il se détourna et commença à donner ses ordres.

La forêt parut un monde différent après leur départ. J'avais dépêché mon messager le plus léger sur mon coursier le plus rapide ; Persévérance parviendrait à Castelcerf avant la nuit, et je pensais qu'Ortie l'écouterait. Sinon, Lant et Crible ne seraient pas loin derrière. D'ici demain après-midi, quelqu'un arriverait qui serait capable de faire fonctionner la Pierre, quelqu'un qui franchirait le portail et affronterait à ma place ce qui se trouvait de l'autre côté. Peut-être tomberait-il dans une embuscade, ou bien sur des gens que le voyage d'Art avait rendus fous ; peut-être trouverait-il mon enfant avec l'esprit à jamais embrouillé, ou seulement des traces qui s'éloignaient. Dwalia savait-elle où elle emmenait sa troupe, ou bien s'était-elle ainsi échappée par hasard ? Savait-elle utiliser les piliers et avait-elle assez de pouvoir avec son magicien pour faire traverser tant de gens sans risque ?

Si c'était le cas, nous avions affaire à un adversaire extrêmement puissant ; sinon, ma mission risquait de s'achever avec une enfant qui ne me reconnaîtrait plus jamais.

Je devais allumer un feu et me préparer pour la nuit. La neige ne pénétrait pas encore les rameaux enchevêtrés au-dessus de moi, mais cela ne tarderait pas. Dans la pénombre de la forêt, les couleurs commençaient déjà à disparaître ; gris clair, gris, gris sombre, noir. Je regardai le ciel s'obscurcir sans rien faire ; plusieurs fois, je posai la main sur la rune du pilier, le cœur plein d'espoir. En vain.

J'entendis mes Bouteurs avant de les voir. Au ton de leur conversation, je sus qu'ils n'appréciaient guère de passer la nuit dehors pendant que leurs camarades allaient jouir du confort de la caserne de Castelcerf. Ils portaient des torches de fortune, sans doute allumées au feu que Gantelée avait fait plus tôt ; leur lumière dansait en ondoyant à mesure qu'ils approchaient.

Scieur et Faucheux étaient revenus avec six Bouteurs supplémentaires. « Montez le camp », dis-je, et ils obéirent ; ils allumèrent un feu là où avait brûlé celui de Dwalia, puis ils dressèrent trois abris à l'aide de branches d'arbres et de rameaux de pin. Ils avaient apporté des sacs de couchage dont ils tapissèrent les retraites ; ils avaient aussi des provisions, et ils se les partagèrent. Je n'avais pas faim, mais, quand ils firent fondre de la neige pour boire, j'en fis chauffer et nous préparai de la tisane. Ils échangèrent des regards en coin et attendirent que j'eusse bu pour m'imiter ; manifestement, FitzVigilant ou Persévérance s'était plaint de ma tromperie.

Longtemps après qu'ils se furent couchés, je restai à contempler la flambée ; j'ignore combien de fois je me levai pour aller poser la main sur la Pierre. C'était ridicule : je sentais bien que mon Art n'était pas accessible ; c'était la même sensation d'isolement mental, comme si j'avais les oreilles bouchées, que j'avais éprouvée sur Aslevjal quand j'avais pris par accident de l'écorce elfique outrîlienne. J'essayais aussi en vain de tendre mon Vif : déployé, il me permettait de percevoir les hommes endormis, une chouette qui chassait dans les parages, et quasiment rien d'autre. Vers l'aube, je me glissai dans le refuge que les Serviteurs avaient bricolé, et je sombrai dans un sommeil dont je ne m'éveillai que longtemps après les autres. J'avais mal à la tête, je me sentais au fond du trou, j'avais froid et faim, et je m'en voulais.

Je m'approchai du pilier et plaquai la main sur la rune.

Rien.

La matinée passa ; il se remit à neiger. J'envoyai quatre Bouteurs chercher de la venaison ; je n'avais pas faim, mais c'était un moyen de les occuper. Rien n'indiquait la présence de quelqu'un d'autre dans la forêt, et mes hommes s'énervaient à force de ne rien faire. Le soleil s'obscurcit derrière un voile de nuages. Les chasseurs revinrent avec deux gélinottes, les mirent à cuire et les mangèrent. Je bus de la tisane. L'après-midi basculait lentement vers le soir. Nous attendions depuis trop longtemps ; personne ne venait-il donc ?

L'éclat du jour disparaissait quand ils arrivèrent, et je compris aussitôt ce qui les avait retardés. Crible chevauchait en tête, et Ortie derrière lui ; elle était à cheval, mais une litière la suivait, qu'elle avait sans doute dédaignée. Un clan complet de six artiseurs, en armes et en armures, venait derrière elle, et la suite de bagages et de domestiques de mise avec le rang d'Ortie fermait la marche. Je me portai à leur rencontre. Ma fille aînée me salua courtoisement, mais je lus la colère, la lassitude, la déception et la peine sur ses traits. Crible n'osa rien dire.

Elle accepta sa main pour descendre de sa monture, mais je sentis le froid qui régnait entre eux, et je compris que j'en étais la cause. Elle me regarda et demanda : « Le pilier d'Art ? »

Je l'y conduisis sans un mot. Ses gens s'occupaient de lui dresser une tente solide ; j'entendais sonner les hachettes qui coupaient le bois pour le feu, et on emmenait les chevaux à l'écart. Le clan la suivait, la mine sombre. Parvenu au monolithe, je touchai à nouveau la rune. « Je sais où elle mène.

— À l'ancienne place de marché sur la route des dragons de pierre », répliqua Ortie. Elle me regarda dans les yeux et dit : « Croyais-tu que je l'ignorerais ?

— J'aimerais décrire le site en question aux membres du clan pour qu'ils sachent à quoi s'attendre en sortant du pilier.

— Vas-y ; mais, tu le sais comme moi, rien ne nous dit que la Pierre d'arrivée ne s'est pas renversée, et nous ne savons pas s'il y a des gens là-bas ou si le marché est désert. Les artiseurs du clan de Pluvier acceptent de risquer leur vie pour secourir demoiselle Abeille. »

Je m'inclinai gravement devant les intéressés. « Merci. » J'étais sincère, mais je leur en voulais aussi un peu d'être capables de ce que je ne pouvais accomplir. Je leur fis une description du pilier tel que je l'avais vu, dressé dans ce qui était peut-être une place de marché circulaire à une époque révolue. S'il avait existé une ville là, elle avait disparu depuis longtemps. La dernière fois que je m'y étais trouvé, le monolithe était entouré d'arbres sans aucun signe d'occupation humaine. On était en hiver, et il ferait froid dans les Montagnes ; les artiseurs hochèrent la tête, et leur chef, une femme du nom de Piedléger, plissa le front, m'écouta attentivement puis forma son clan comme s'il s'agissait d'une patrouille militaire. La main gauche sur l'épaule de la personne précédente, l'épée au clair dans la main droite, ils s'avancèrent vers la pierre d'Art puis regardèrent Ortie.

Elle hocha la tête d'un air solennel. Je vis alors ce que je n'avais jamais vu : une file d'artiseurs engloutis l'un après l'autre dans la pierre noire. L'aspect du pilier ne changea pas ; le clan entra simplement dans la roche et disparut. Quand le dernier fut passé, j'enfouis mon visage dans mes mains et soufflai dans ma petite obscurité en imaginant mille possibilités.

« Fitz ! »

Je levai les yeux. Ortie avait une expression étrange ; elle avala sa salive et poursuivit : « Piedléger vient de m'artiser. Ils n'ont trouvé personne : rien que la place telle que tu l'as décrite, une neige vierge et aucune trace partant du pilier. Il n'y a personne. »

J'écarquillai les yeux. « Ils ont dû s'éloigner ! La neige a dû recouvrir leurs empreintes. »

Elle ferma les paupières ; les rides de son front se creusèrent pendant qu'elle artisait, puis elle secoua lentement la tête et me regarda. « Piedléger ne le pense pas ; elle dit que le soir est calme et le ciel dégagé, et que la neige n'est pas tombée récemment : on y distingue des traces de lapins, des feuilles mortes, des aiguilles de pin, tous signes qu'elle n'est pas fraîche. Piedléger estime qu'ils ne sont pas ressortis du pilier, Fitz. »

Je demandai, le souffle court : « Ils ne l'ont pas sentie pendant le passage ? »

Elle secoua la tête tout en artisant à nouveau.

« Quand Umbre et moi avons été retardés, Devoir nous a repérés dans le pilier. Ne peuvent-ils… »

Elle leva une main gantée, les doigts écartés. « Ils essaient, papa, mais ils ne perçoivent rien. Ils ont même du mal à m'artiser, comme s'ils devaient crier pour se faire entendre par-dessus le bruit d'un torrent. L'Art jaillit là, disent-ils, et il n'est pas facile à maîtriser. »

Crible lui passa le bras sur les épaules pour la soutenir. J'étais seul. Tout seul. Une femme sans formation avait emmené tout un groupe dans le pilier ; quelles chances avaient-ils d'en ressortir alors qu'un clan d'Art aguerri avait peine à affronter la magie qui y régnait ? « Alors… elle a disparu ?

— Ils continueront à la chercher. » Mais j'avais dit l'impensable tout haut. Disparue ; perdue dans le courant d'Art.

Ortie continuait de parler : le clan avait des provisions pour cinq jours et devrait demeurer de l'autre côté au moins trois jours avant de se servir du pilier pour revenir ; ses membres étaient formés au maniement des armes aussi bien qu'à l'Art. Peut-être y avait-il encore une chance que Dwalia et ses accompagnateurs ressortissent de la Pierre, qu'ils y fussent seulement retardés et non égarés ; je savais que cela pouvait arriver, pour en avoir fait moi-même l'expérience. Ortie me rappela qu'il ne manquait pas d'exemples dans les vieilles légendes où des gens étaient entrés dans un monolithe par accident pour en émerger des mois, voire des années plus tard, sans avoir subi les effets du temps. Son discours avait autant de sens à mes oreilles que le bruit de l'eau sur des pierres glacées ; il y avait très longtemps que la chance ne m'avait pas souri ainsi.

Au bout d'un moment, je m'aperçus qu'elle s'était tue. Des larmes argentées dans le jour finissant roulaient sur ses joues. Crible se tenait près d'elle et pleurait sans honte. Nul ne parlait ; il n'y avait rien à dire.

Nous patientâmes. Ortie artisa. J'essayai d'artiser, sans succès. Pour finir, l'épuisement s'empara de ma fille, et Crible l'emmena dans la tente prendre un repas chaud. Je m'assis, adossé à la pierre froide, et passai la nuit à contempler l'obscurité.

10
Famille

Voici le compte rendu exact de ce qui s'est passé, noté par le scribe Miton tel qu'il lui a été délivré par le ménestrel Tambour, illettré mais tenu sous serment à l'authenticité de ses dires.

Quitené Mousse, accusé du meurtre de sa jeune épouse, fut conduit aux Pierres Témoins, près du château de Castelcerf, le quinzième jour après la fête de l'Hiver. Il n'y allait pas de son plein gré : le frère de sa femme, Hardi le rémouleur, avait exigé de le rencontrer là afin de se battre en duel avec lui, au bâton et aux poings, pour établir la vérité. Hardi pensait que Quitené avait étranglé Tisserin lors d'une crise de rage due à l'alcool ; Quitené reconnaissait son ébriété le soir des faits, mais affirmait avoir trouvé Tisserin morte en rentrant chez lui et s'être évanoui de douleur ; c'étaient les cris terrifiés de son fils devant le corps de sa mère qui l'avaient réveillé.

Hardi avait alors accusé son beau-frère d'assassinat et demandé qu'on lui confiât la garde de son neveu.

Le combat commença, et Hardi ne tarda pas à mettre Quitené à mal. Quand le bâton de ce dernier se brisa, l'autre éclata de rire et lui promit une mort rapide. Quitené s'exclama : « Par Eda, je jure que je n'ai pas commis ce crime affreux ! Je demande la protection de la déesse. »

Et il tendit les mains et se mit à courir. Certains disent qu'il espérait seulement s'enfuir, mais sept témoins et Tambour le ménestrel soutiennent qu'il parut se précipiter délibérément contre une des Pierres dressées ; là, il disparut, comme englouti dans une eau profonde.

L'été est passé et nul n'a revu Quitené Mousse ni entendu parler de lui. Mais on a découvert que Tag le meunier avait en sa possession une chaînette d'argent et une bague qui appartenaient à Tisserin ; quand on a fouillé chez lui, on a trouvé d'autres objets volés, et il semble à présent que Tisserin l'a surpris en train de la cambrioler et qu'il l'a tuée. Quitené Mousse était apparemment innocent.

Scribe Miton, Compte rendu de l'affaire
Quitené Mousse

Il était midi passé quand nous arrivâmes au château de Castelcerf.

Nous avions voyagé lentement pour le confort d'Ortie ; Crible avançait à côté d'elle, et, si elle avait éprouvé de la colère contre lui, elle s'était dissipée, balayée par notre douleur commune. Par le biais de l'Art, elle avait tenu Devoir et son entourage au courant de notre tragédie ; pour ma part, j'étais toujours sourd à la magie royale et je ne sentais plus rien que ma peine.

Nous étions restés cinq jours au campement. Ortie avait appelé un autre clan de Castelcerf, qui nous avait rejoints et avait tenté de trouver Abeille en partant de notre côté du pilier. Leurs efforts avaient épuisé les artiseurs sans donner de résultat, et ils étaient revenus, victimes d'engelures et les yeux creux. Ortie les avait remerciés, eux et le clan de Pluvier, de leurs tentatives héroïques, puis nous avions levé le camp et laissé la Pierre dans l'ombre profonde de la forêt hivernale ; je sentais au fond de moi le froid qui l'imprégnait.

Je montais le cheval de Persévérance, animal si bien dressé que je n'avais pas à le guider. Sombre et muet, je me laissais distancer pour chevaucher avec mes Bouteurs ; il me fallait toute ma concentration pour m'empêcher de penser, et, chaque fois qu'une pousse d'espoir se levait en moi, je l'arrachais. Je refusais de songer aux erreurs que j'avais pu commettre, aux autres choix que j'eusse pu faire. Je refusais de penser.

Nous chevauchions de jour, mais l'obscurité régnait autour de moi. Parfois j'étais heureux que Molly ne fût pas là pour contempler l'étendue de mon échec ; parfois je me demandais si je n'étais pas puni de n'avoir pas assez aimé Abeille quand elle était petite, sans défense, et qu'elle ne parlait pas. Puis je refoulais toute pensée de mon esprit.

Les gardes du château nous laissèrent passer sans nous arrêter et nous pénétrâmes dans la cour. Il régna une certaine agitation autour du cheval d'Ortie quand des domestiques sortirent pour l'accueillir et la transporter, ou peu s'en fallut, à l'intérieur. Malgré mon accablement, je constatai avec étonnement que mes Bouteurs s'étaient formés en ligne, les rênes de leurs montures à la main, en attendant l'ordre de rompre les rangs. Je les envoyai dans leur casernement avec instruction de se présenter à Gantelée le lendemain ; il était temps qu'on les intégrât, qu'on changeât leur uniforme et qu'on leur enseignât la discipline, mais je ne pouvais pas m'en occuper.

Pourquoi étais-je revenu ici ? Que se passerait-il si je remontais en selle et m'en allais ? Je restai sans rien dire un long moment, conscient que Crible était venu me rejoindre ; mais je ne me tournai pas vers lui.

Il murmura : « Le roi nous convoque tous dans sa salle d'audience privée. »

Ma désobéissance allait me valoir une réprimande royale et l'ordre de fournir un compte rendu. Cela ne me plaisait pas, mais Crible restait près de moi, et sa présence pesait sur mon Vif. Sans le regarder, je déclarai : « Je dois m'occuper de mon cheval. »

Il se tut quelques instants puis répondit : « Je les préviendrai que vous serez un peu en retard. »

Je menai ma monture aux vieilles écuries. Je ne connaissais même pas son nom. Je lui trouvai un box inoccupé entre Véloce et Mignarde, ôtai son harnais, lui apportai de l'eau et allai lui chercher du grain dans la réserve. Patience, la fille d'écurie, m'observa puis s'écarta en silence, et nul ne m'approcha avant l'arrivée de Persévérance. Il me regarda par-dessus la cloison du box. « C'est moi qui devrais faire ça.

— Pas cette fois. » Il se tut et me suivit des yeux pendant que j'exécutais méticuleusement toutes les petites tâches à accomplir quand on ramène un cheval fourbu. Je savais que l'envie devait le démanger de se charger lui-même de ces soins, mais j'avais besoin de cette activité ; j'avais besoin d'effectuer correctement au moins ce petit travail.

« Elle va comme le vent, cette Véloce, la jument que vous m'avez prêtée.

— C'est vrai. Elle est excellente. » Elle me scrutait par-dessus la porte de son box. J'avais fini ; je n'avais plus rien à faire dans les écuries, plus d'excuse pour m'attarder. Je fermai le portillon derrière moi et me demandai où aller ensuite.

« Prince FitzChevalerie ? Messire ? » Persévérance s'exprimait tout bas. « Que s'est-il passé ? Où est Abeille ?

— Perdue. Perdue pour toujours. » Je prononçai tout haut les mots qui résonnaient sans cesse dans ma tête. « Ils l'ont entraînée dans un pilier d'Art, mon garçon, et ils se sont égarés dans la magie. Ils ne sont pas ressortis. »

Il resta les yeux arrondis, puis il leva les mains et saisit ses cheveux à pleines poignées comme s'il voulait se les arracher ; il courba la tête. « Abeille, fit-il d'une voix si étranglée qu'elle en était suraiguë. Ma petite Abeille ! Je lui apprenais à monter. »

Je posai la main sur son épaule, et il se plaqua soudain contre moi, le visage sur ma poitrine. « J'ai essayé de la sauver, messire ! » Le tissu de ma chemise étouffait son cri étranglé. « J'ai fait ce que j'ai pu, messire. J'ai fait ce que j'ai pu.

— Je sais, mon garçon ; je sais. » J'étais dos à la cloison du box ; quand mes genoux cédèrent, je glissai et me retrouvai assis dans la paille ; Persévérance s'effondra près de moi, se roula en boule et se mit à pleurer à chaudes larmes. Je lui tapotai l'épaule d'un geste las en regrettant de ne pouvoir exprimer comme lui ma douleur par des larmes, des sanglots ni des cris ; mais c'était un poison noir qui m'emplissait.

Son cheval regarda l'adolescent par-dessus son box, puis il tendit le cou, souffla dans ses cheveux et les happa des lèvres. Persévérance leva la main. « Ça va aller », dit-il à l'animal d'une voix éteinte ; il mentait bien. Véloce chercha à me contacter.

Pas maintenant. Je ne peux pas ; je n'ai plus rien à donner ni à partager. Je perçus son incompréhension. Je ne devais pas me lier ; quand on ne se lie pas, on ne peut pas échouer. Véloce, Persévérance, je devais couper ma relation avec eux avant qu'elle ne s'approfondît. C'était la seule option responsable.

Je me levai avec effort. « Je dois m'en aller », dis-je au garçon d'écurie.

Il hocha la tête, et je sortis. J'avais le ventre vide, je n'avais pas dormi, et j'avais mal partout, mais je m'en moquais. J'entrai par les cuisines comme si j'étais encore Personne, le garçon de chenil, et gardai un visage impassible jusqu'à la porte de la salle d'audience privée de Devoir. C'était jadis celle du roi Subtil ; les aristocrates venaient y entendre prononcer des jugements et rendre la justice ; dans l'ancien temps, des princes y avaient été condamnés à l'exil et des princesses convaincues d'adultère et bannies dans des places-fortes lointaines. Quel sort Devoir me réservait-il ? Je me demandai une fois encore pourquoi j'étais revenu à Castelcerf ; peut-être parce qu'il était trop difficile de penser à autre chose. Les grandes portes, magnifiques panneaux de chêne des montagnes, étaient entrouvertes ; je les poussai et entrai.

Malgré la solennité qui s'en dégageait, la salle était simple : un fauteuil surélevé, sévère, trône de jugement du roi ou de la reine, la dominait, accompagné d'un autre moins haut destiné à un conseiller, si le souverain le souhaitait ; des sièges en chêne, à dossier droit, s'adossaient aux murs pour les témoins ou les plaignants ; et, au centre, une petite barrière en bois entourait un bloc de bois où l'accusé s'agenouillait en attendant le verdict royal. Le sol était en pierre nue, comme les murs ; la décoration se réduisait à une vaste tapisserie représentant le cerf Loinvoyant fixée derrière le trône. À l'autre extrémité de la salle, un feu brûlait dans un grand âtre, mais sans parvenir à chasser le froid ni l'odeur de renfermé qui régnait dans la pièce.

On m'attendait : Devoir, et Elliania avec les princes Intégrité et Prospère, Ortie et Crible, Kettricken, vêtue de noir, une capuche sur la tête pour se protéger du froid, l'air plus âgée que la dernière fois que je l'avais vue. Umbre était assis, et, à côté de lui, les épaules voûtées, emmitouflée dans un épais châle en laine comme si elle n'arrivait pas à se réchauffer, se tenait Pépite, appuyée contre son père comme une petite enfant ;

elle avait encore les joues, le nez et le front rouge vif, brûlés par l'air glacial qu'elle avait affronté. Très raide, Lant occupait la place de l'autre côté d'Umbre. Ce dernier me regarda, mais son expression ne trahit rien. Je remarquai que Lourd était là également, assis, et écarquillait les yeux devant le spectacle. Le roi Devoir n'avait pas encore pris place sur le siège du jugement, mais il portait une tenue officielle et sa couronne ; sa reine, Elliania, avait placé une écharpe fine brodée de narvals et de cerfs sur ses cheveux, et sa couronne par-dessus ; elle était grave et éthérée. Ortie s'était changée mais avait encore l'air glacée et lasse ; Crible, en bleu de Cerf avec un ourlet noir, se tenait près d'elle. Son bras la protégeait mieux que le mien n'y était jamais parvenu, et Calme se tenait près d'elle comme pour offrir sa force à sa sœur.

Je redressai les épaules et attendis la suite. À ma grande surprise, j'entendis quelqu'un d'autre entrer, et, me retournant, je vis Heur, mon fils adoptif, qui ôtait son bonnet de laine, les joues rouges de froid. Leste entra sur ses talons, suivi de son jumeau Agile. Devaient-ils eux aussi assister à ma disgrâce et à ma chute ? Chevalerie, le fils aîné de Burrich, se présenta à son tour. Le page qui les avait conduits s'inclina profondément puis se retira en fermant les portes derrière lui. Nul ne disait rien. Chevalerie m'adressa un regard empreint de chagrin avant de rejoindre ses frères qui étaient allés se placer de part et d'autre d'Ortie ; ils formèrent un groupe compact. Heur m'observait mais je refusais de croiser ses yeux ; il hésita puis s'aggloméra à Ortie et ses frères.

Je restai seul.

Je me tournai vers Devoir mais son attention était fixée sur les portes. On frappa prudemment, puis le battant s'ouvrit lentement, et Braise entra, vêtue de la modeste tenue bleu de Cerf d'une servante ;

l'accompagnant d'un pas incertain, sa main pâle sur son épaule, venait le Fou. Il portait une tunique noire par-dessus une chemise blanche à manches amples, des chausses noires et des chaussures basses, et un chapeau mou en feutre noir dissimulait ses cheveux clairsemés. Ses yeux aveugles parcouraient la salle, tandis que Braise le guidait ; elle le mena aux chaises alignées le long du mur et l'aida à s'asseoir. Calme balaya l'assemblée du regard puis se tourna vers le roi, qui lui fit un petit signe de la tête. Calme se dirigea vers la porte ouverte et la ferma.

Je ne bougeai pas. J'avais assisté à ce genre de scène une fois seulement, quand j'avais douze ans, et par un trou d'observation dans le mur. Je m'en souvenais parfaitement, et je savais que Devoir allait prendre place sur le fauteuil surélevé, puis que les autres personnes présentes s'assiéraient sur les chaises disponibles, et qu'on m'ordonnerait de m'approcher de la barre pour expliquer mes actes. Et mon échec.

Devoir prit une longue inspiration tremblante. La situation ne devait pas être simple pour lui, et je regrettai soudain de l'y avoir entraîné – mais non d'avoir agi comme je l'avais fait, même si je n'avais pas réussi à sauver ma fille. Il ne haussa pas la voix, mais elle porta. « Je pense que tout le monde est là. Je suis navré de vous avoir tous convoqués ainsi, mais, vu les circonstances, l'affaire doit rester privée, dans le cercle familial, si l'on veut. »

Le ton informel qu'il employait me surprit. Il s'adressa non à moi mais à Heur, Chevalerie et Leste. « Nous vous avons prévenus qu'Abeille a été enlevée ; aujourd'hui, nous vous annonçons pire : elle est perdue.

— Non ! s'exclama Chevalerie dans un souffle, la voix hachée. Que s'est-il passé ? Comment a-t-elle été enlevée, et comment est-il possible que vous n'ayez pas pu retrouver les ravisseurs ? »

Heur nous regarda, et sa voix bien formée se brisa : « Elle était si petite ! Si délicate ! »

Pépite étouffa un sanglot. Devoir reprit : « Fitz, voulez-vous leur raconter ou préférez-vous que je m'en charge ? »

Ah ! Une confession publique avant le jugement ; oui, c'était approprié. Le roi n'avait pas pris sa place officielle, mais je savais comment la scène devait se dérouler. Je me rendis à la barre et y posai les mains. « Tout a commencé deux jours avant la fête de l'Hiver ; je voulais offrir à Abeille une journée qu'elle n'oublierait pas. Elle… Tout n'allait pas au mieux dans la maison. » J'hésitai. Je ne tenais pas à causer plus de peine que nécessaire. Umbre, Lant et Pépite avaient leur content de tragédie ; ils m'avaient déçu, mais j'avais encore plus manqué à mes obligations envers eux.

J'endossai donc toutes les responsabilités ; je ne parlai pas de l'incompétence de Lant comme précepteur et passai sur l'amour de l'argent et la puérilité de Pépite. Je décrivis mes actes sans rien en déformer, depuis mon intervention lors de la mort de la chienne jusqu'à l'abandon de ma fille entre les mains d'étrangers pour aller sauver le Fou ; je reconnus avoir refusé la présence d'un artiseur chez moi pour transmettre des informations en mon absence, et n'avoir jamais vu l'intérêt d'engager des gardes pour protéger le domaine.

Sans émotion, je racontai tout ce qui s'était produit alors que je n'étais pas là, sans m'arrêter lorsque Pépite se mit à sangloter. J'évoquai toutes les vies brisées à Flétribois et narrai mes efforts futiles pour retrouver Abeille ; je me bornai à déclarer que les deux Chalcédiens que j'avais interrogés avaient confirmé toutes les affirmations des habitants de Flétribois, sans préciser pourquoi ils s'étaient exprimés avec autant de franchise. J'avouai que j'avais pris de l'écorce elfique et que cela m'avait interdit de suivre ma fille dans le pilier ; à l'intention de ceux qui n'avaient pas l'expérience des portails d'Art, j'expliquai qu'Abeille était désormais perdue. Non pas morte, non, rien d'aussi simple : perdue, disparue, effilochée dans le courant d'Art. Toutes les tentatives pour la retrouver avaient échoué.

Mon compte rendu était achevé, tout comme moi, et je vacillai. Je regardai le bloc de bois devant moi et pris alors conscience que je m'y étais agenouillé ; à un moment de mon récit, mes genoux avaient dû fléchir et je m'étais affaissé.

« Fitz ? dit Devoir, et il n'y avait que de l'inquiétude dans sa voix. Fitz ? Vous n'êtes pas bien ?

— C'est évident ! Nous nous sentons tous mal. Rien de tout ceci n'est normal, et le pire est que nous devions nous rassembler en secret pour pleurer la perte d'un enfant. Mettez votre bras sur mes épaules, Fitz ; allons, relevez-vous. »

C'était Kettricken qui tirait sur mon bras et le passait autour de son cou ; cela fait, elle se redressa, non sans effort car les ans pesaient sur elle davantage que sur moi, et me conduisit, titubant, jusqu'à un fauteuil près de la cheminée. Je m'assis, l'esprit confus ; jamais je ne m'étais senti aussi vieux, et je ne comprenais pas ce qui se passait jusqu'au moment où sa capuche glissa et que je vis ses cheveux coupés ras.

Tout le monde s'ameuta autour de nous, et Devoir fit à mi-voix : « Oh, mère, je vous avais dit qu'il fallait faire preuve de retenue !

— De retenue ? » s'exclama Elliania. Elle ôta brutalement sa couronne et son écharpe pour révéler une courte brosse là où j'avais toujours vu une ample chevelure noire et brillante. « De retenue ? » Elle brandit sa couronne comme si elle allait la jeter à terre ; Fortune lui saisit le bras, et elle ne se débattit pas : elle se laissa tomber au sol, entourée du tissu de sa robe royale, puis enfouit son visage dans ses mains et dit entre ses doigts : « Nous avons perdu un enfant ; une petite fille ! Une Loinvoyant ! Disparue, tout comme ma petite sœur a disparu pendant des années. Sommes-nous obligés de revivre ce supplice ? L'ignorance de ce qu'elle est devenue, la douleur dissimulée ? Disparue ! Et il faudrait faire preuve de retenue ? »

Elle rejeta la tête en arrière, dénudant la longue colonne de sa gorge, et se mit à pousser des gémissements aigus comme une louve qui pleure son petit. Prospère tomba à genoux près d'elle et mit le bras sur les épaules de sa mère.

Chevalerie intervint : « Est-on sûrs qu'elle est définitivement perdue ? Nous connaissons tous des histoires de gens qui sont ressortis des Pierres des années plus tard… »

Ortie répondit : « Elle n'a pas de formation, et elle est entrée dans le pilier en compagnie d'autres qui n'en ont pas plus. Elle est comme une goutte de vin lâchée dans un torrent. Je ne veux pas me bercer d'illusions ; nous devons accepter son sort. »

Je m'aperçus que je tremblais. Kettricken prit le fauteuil près du mien et passa un bras protecteur autour de moi. « C'est ma faute, lui dis-je.

— Ah, Fitz, il faut toujours que vous… » Elle s'interrompit, puis reprit d'un ton plus doux : « Personne ne vous fait de reproche.

— Moi, si.

— Naturellement », répondit-elle comme si elle s'adressait à un enfant qui soutenait que la lune était un fromage.

Elliania nous avait entendus. « Non ! Ce sont eux les coupables ! Ceux qui l'ont enlevée. Il faut les traquer et les tuer ! Les tuer comme des cochons qui couinent devant le boucher !

— Ellliania, Fitz a éliminé tous ceux qu'il pouvait, et la Pierre s'est chargée des autres. » Devoir s'efforçait de la calmer. Je levai la tête ; aveugle ou non, le regard du Fou croisa le mien. Il quitta sa chaise en tendant la main pour trouver Braise, et elle se glissa sous sa paume comme si elle n'avait fait que cela toute sa vie. Je vis bouger les lèvres de mon ami, et je compris qu'il lui parlait à mi-voix ; il allait s'approcher d'Elliania, et leur rencontre serait aussi imprévisible et explosive que les pots à feu d'Umbre.

« Mes proches ! dit Devoir, et sa voix avait l'accent indéfinissable de celui qui prend les commandes d'une situation. Je vous en prie ! Nous sommes réunis pour pleurer la petite Abeille. Nous devons garder notre peine pour nous tant que nous ignorons comment on a usé de la magie contre nous et s'il existe encore un risque d'attaque par des ennemis invisibles. Nous rétorquerons une fois que nous aurons une cible et une stratégie ; en attendant, rassemblons des informations et préparons nos plans. N'inquiétons pas nos duchés avant d'avoir un moyen de défense à leur proposer. » Il secoua la tête, les dents serrées, un rictus aux lèvres. « Nous devons nous protéger sur plusieurs fronts. Un immense dragon vert s'en prend à Bauge et non seulement s'empare de têtes de bétail mais détruit des bâtiments pour accéder aux animaux ; deux autres dragons menacent Béarns. Les Marchands aux Dragons prétendent n'avoir aucune maîtrise sur eux mais promettent des représailles contre quiconque les agressera. Les îles Pirates ont augmenté de trente pour cent leurs taxes sur nos bateaux de négoce et commencent à exiger d'être payées en or ou en eau-de-vie de Bord-des-Sables. Labour signale une pestilence qui tue les brebis et les chiens, et, dans les Montagnes… »

Kettricken interrompit l'inventaire des malheurs du royaume. « Il en a toujours été ainsi : ce n'est pas parce qu'une tragédie se produit que les autres problèmes cessent. Mais tu as raison, Devoir ; nous sommes ici pour partager notre deuil et tâcher de nous consoler mutuellement autant que faire se peut. » Elle se leva et tendit la main vers l'épouse de son fils. Elliania la prit, et Kettricken l'aida à se redresser. « Venez. »

Les deux reines se dirigèrent vers l'âtre, et tous les suivirent. Chevalerie, fils de Burrich et de Molly, s'approcha de moi pour me proposer son bras. « Peux-tu marcher ? me demanda-t-il d'un ton dénué de compassion.

— Oui », répondis-je, mais j'acceptai son soutien, et il resta près de moi.

Braise avait des ciseaux dans la poche de son tablier. Kettricken et Elliania avaient apporté leurs cheveux coupés dans des sacs de soie qu'elles jetèrent au feu, d'où il émana bientôt une odeur de brûlé caractéristique ; elle me rappela la nuit où Abeille et moi avions incinéré la dépouille de la messagère. Quel courage ma petite fille avait montré alors ! Ma gorge se noua brutalement ; magnifique souvenir à conserver de mon enfant : l'aide qu'elle m'avait apportée pour dissimuler un meurtre. Je me tus, incapable de parler, pendant que chacun déposait une mèche de cheveux dans les flammes puis racontait un souvenir, exprimait un regret ou courbait la tête en silence. Heur évoqua une robe qu'il avait offerte à sa sœur et dans laquelle elle ressemblait à « un petit gâteau de fête bordé de sucre et d'épices » quand elle l'avait enfilée pour lui. Kettricken exprima son regret d'avoir méjugé sa viabilité la première fois qu'elle l'avait vue nouveau née. Ortie raconta une anecdote que je ne connaissais pas : elle était passée un jour devant une chambre et y avait vu Abeille qui dansait seule en regardant par la fenêtre la neige qui tombait. Mais, quand vint mon tour, je ne pus que secouer la tête.

Devoir prit les ciseaux de Braise, coupa une boucle de mes cheveux sur ma nuque, là où cela ne se verrait pas, et me la remit pour que je la jetasse dans le feu ; il fit de même pour les autres. Il était impossible de rendre leur chevelure à Kettricken et à Elliania, mais nous voulions éviter de susciter davantage la curiosité. Quand le Fou s'approcha pour donner sa mèche, il posa le bras sur mon bras. « Plus tard », dit-il à mi-voix.

Et ce fut tout. Il n'y avait pas de petit corps à placer sur un bûcher funéraire, et tous le sentaient ; notre cérémonie d'adieux était inachevée et le resterait toujours. Jamais je ne m'étais senti aussi seul au milieu de ma famille. Ortie me serra dans ses bras ; Kettricken prit mes mains dans les siennes, me regarda dans les yeux et secoua simplement la tête ; Braise vint me conduire auprès d'Umbre, qui me sourit et me remercia dans un chuchotis de lui avoir ramené sa fille. Je n'étais même pas sûr qu'il fût au courant de la disparition de la mienne.

Chacun vint à moi avec un mot ou un geste puis quitta sans bruit la salle d'audience. Les frères d'Ortie emmenèrent leur sœur, et Crible les suivit ; les enfants d'Umbre avaient ramené leur père dans sa chambre ; Braise guida le Fou vers la sortie, et Heur s'éclipsa derrière lui, sans doute pour parler en privé avec lui. Je saluai gravement la reine Elliania, et elle s'en alla, escortée par ses fils, les joues sillonnées de larmes.

Je demeurai seul dans la pièce austère en compagnie de Devoir et de Kettricken. Le roi m'adressa un regard chagrin. « Je dois partir ; trois de mes ducs se sont déplacés pour discuter avec moi des déprédations des dragons et des mesures à prendre. »

Il s'apprêtait à continuer mais je secouai la tête. « Vous devez jouer votre rôle de roi, je le sais. »

Je le savais, en effet, mais c'était surtout mon désir de solitude qui me permettait de l'inciter à reprendre le cours de sa vie ; il sortit d'un air accablé, et je me tournai vers la reine Kettricken.

« Non, dit-elle d'un ton catégorique.

— Je vous demande pardon ? fis-je, surpris.

— Vous allez me raccompagner jusqu'à mon salon ; une collation vous y attendra. Il n'est pas question que vous partiez, Fitz, et je ne vous laisserai pas vous étioler ; vous avez le visage décharné, et vous n'avez plus aux mains que la peau sur les os. Allons, venez avec moi. »

Je n'y tenais pas. Je n'avais qu'une envie : regagner ma chambre et dormir éternellement ; ou sauter sur un cheval et m'enfoncer au galop dans la nuit noire de l'hiver. Mais Kettricken me prit le bras, et nous traversâmes Castelcerf, montâmes à l'étage et nous dirigeâmes vers la porte du salon adjacent à sa chambre. Nous entrâmes, et elle congédia deux dames qui l'attendaient.

Un repas avait été servi sur une table. On avait couvert la soupe pour la garder chaude, le pain était frais et moelleux, et la tisane contenait de la menthe, de la camomille et une épice chaleureuse que je ne connaissais pas. Sans appétit, je mangeai, parce que c'était plus facile que m'opposer à la reine, puis je me réchauffai en buvant la tisane, et je me sentis comme un cheval fourbu enfin rentré à l'écurie. Ma peine ne s'était pas atténuée, mais elle cédait la place à la fatigue. Kettricken déposa une nouvelle bûche dans le feu, puis revint à la table mais ne s'assit pas : elle se plaça derrière moi, posa les mains sur mes épaules et se mit à les pétrir. Je me raidis à son contact, et elle se pencha pour me souffler à l'oreille : « Il est un temps où l'on doit cesser de penser ; pour vous, c'est maintenant. Courbez la tête. »

J'obéis. Tout en me massant les épaules et la nuque, elle évoqua des périodes d'autrefois : elle raviva mes souvenirs des Montagnes, où elle avait tenté de m'empoisonner lorsque nous nous étions connus, elle parla de notre longue marche en quête de Vérité, elle me rappela mon loup avec lequel je ne faisais qu'un. Elle dit sa douleur en retrouvant Vérité, en le voyant si changé, et en le laissant se donner à son dragon.

Le feu baissait, et, par l'étroite fenêtre, je voyais le jour disparaître. « Levez-vous ; vous avez besoin de dormir. » Elle me conduisit dans sa chambre et tira le couvre-lit d'un violet profond pour révéler les draps blancs et propres. « Reposez-vous. Personne ne viendra vous chercher ni vous poser des questions. Dormez.

— La tisane… fis-je, et elle acquiesça de la tête.

— C'est pour votre bien ; et c'est bien mérité après ce que vous avez fait à Crible. »

Je ne sus que répondre. Je m'allongeai en gardant les vêtements que je portais depuis des jours ; Kettricken m'ôta mes bottes et rabattit le couvre-lit sur moi comme si j'étais un enfant.

Au milieu de la nuit, je me mis à m'agiter, et je me réveillai complètement. J'étais une coupe pleine de chagrin, mais d'un chagrin calme, comme une douleur qui disparaît tant qu'on ne bouge pas. Je me rappelai lentement que je n'étais pas dans mon lit ; le parfum de Kettricken était omniprésent, et je sentais une pression chaude en bas de mon dos : elle dormait derrière moi, et ses bras m'enlaçaient. C'était mal ; c'était bien. Je pris ses mains dans les miennes et les tins contre ma poitrine. Je n'éprouvais nul autre désir que de sentir des bras autour de moi, quelqu'un qui dormait près de moi et me protégeait. Elle inspira profondément et soupira : « Vérité. »

La douleur de l'absence ne s'éteint jamais ; on peut l'enfermer à double tour dans un coffre, mais, chaque fois qu'on l'ouvre, si peu que ce soit, l'arôme de la douceur perdue emplit nos poumons et nous accable. Vérité, disparu dans l'Art, comme Abeille. Parfois, partager une peine peut faire l'effet d'un baume apaisant ; mon roi me manquait, et je regrettais de n'avoir pas sa force. « Oui, Vérité, dis-je tout bas ; et Abeille. » Je fermai les yeux, et le sommeil m'engloutit à nouveau.

Kettricken me réveilla avant l'aube. Elle portait son épaisse robe de chambre d'hiver, et ses cheveux courts formaient comme une auréole grise autour de sa tête. « Vous devriez sortir par la porte dérobée », dit-elle, et j'acquiesçai : Devoir avait assez de soucis sans y ajouter la rumeur scandaleuse d'une relation entre sa mère et son cousin. J'étais perclus de courbatures, et je gardai mes bottes à la main au lieu de les enfiler ; la reine me suivit jusqu'à la porte de la garde-robe : la sortie secrète se trouvait dans un mur de la petite pièce. Là, elle me saisit par le bras pour me tourner vers elle et m'étreignit à nouveau. Je l'embrassai sur le front puis sur la joue ; alors que je la lâchais, elle leva le visage pour déposer un baiser sur mes lèvres. « Ne vous punissez pas, Fitz ; faites votre deuil mais ne vous punissez pas. Et ne vous enfuyez pas loin de nous, je vous en prie : nous avons besoin de vous ici plus que jamais. »

Je hochai la tête sans répondre. Savait-elle quel pesant harnais elle venait de poser sur moi ?

Comme tout ce qui touchait Kettricken, le passage dans lequel je pénétrai était propre et nu ; il n'y avait pas de crottes de souris, pas de toiles d'araignée, et je gagnai à tâtons le vieil antre d'Umbre. J'y entrai le plus discrètement possible, en espérant ne pas tirer le Fou du sommeil.

Mais il était assis dans un fauteuil devant la cheminée. Il avait les bras tendus et bougeait les doigts dans la lumière dansante des flammes. « Te voici, me dit-il en guise de bienvenue ; je me suis inquiété quand j'ai vu que tu ne venais pas. »

Je m'arrêtai. « Tu croyais que j'allais m'enfuir. » Je m'effrayais un peu du nombre de mes amis qui me prêtaient cette attitude.

Il hocha la tête d'un air fataliste. « C'est une habitude chez toi.

— Je ne l'ai fait qu'une fois ! »

Il pinça les lèvres et se tut. Ses doigts continuaient leur danse.

« Tu les vois ?

— Je vois des ombres sur un fond plus clair. Et ça les assouplit, même si ça fait mal. » Il les agita de nouveau. « Fitz, il n'y a pas de mots pour…

— Non, il n'y en a pas. Ne les cherchons pas.

— Très bien », répondit-il d'une voix éteinte.

Abeille, Abeille, Abeille, Abeille. Pense à autre chose. « J'ai été heureux de te voir debout et ailleurs que dans ta chambre hier.

— J'étais terrifié ; je voulais te rejoindre, parler à Elliania, mais… non, pas encore. Je dois encore travailler, je le sais ; je ne peux pas être un rat dans les murs. Je dois retrouver ma souplesse et mes muscles pour que nous puissions aller à Clerres et mettre un terme à ce qui s'y passe ; pour venger notre enfant. » Comme une flamme brusquement attisée, sa rage, sa haine et sa douleur jaillirent dans sa voix.

Je ne pouvais pas l'emmener, et je lui dis la vérité d'une façon qui ressemblait à un mensonge. « Je n'ai pas le cœur à la conspiration, Fou ; tout ce que j'éprouve, c'est du chagrin. » Et de la honte. Je reconnaissais son attitude figée ; je me la rappelais de la salle de torture de Royal. On s'immobilise et on s'efforce de mesurer l'étendue des dégâts qu'on a subis ; on se demande : *Puis-je bouger sans mourir ?*

« Je comprends, Fitz ; tu dois faire ton deuil. Ta douleur est la graine d'où naîtra la fureur. J'attendrai que tu sois prêt – même si j'ai de la peine en songeant à ceux qui souffrent encore là-bas. »

Les yeux qu'il leva vers moi étaient aveugles, mais je perçus néanmoins le reproche dans son regard ; je déclarai d'un ton catégorique : « Ça ne sert à rien, Fou ; tu éperonnes un cheval mort.

— Tu n'as donc aucun espoir ?

— Aucun. » Je n'avais pas envie d'en parler.

« J'étais pourtant sûr que tu irais à sa recherche. » Il paraissait peiné autant que perplexe de mon absence d'allant.

« Je l'aurais fait si cela avait été possible, mais j'ai pris de l'écorce elfique pour me protéger de l'effet de brume de leur magie, et elle a éteint mon Art. Je ne peux pas plus pénétrer dans une pierre d'Art que toi. »

Ses doigts interrompirent leur danse ; il en frotta les extrémités, couvertes de tissu cicatriciel, les unes contre les autres et dit : « Ah, j'en étais capable naguère.

— Et maintenant, nous ne le pouvons ni l'un ni l'autre.

— Ça passera ; ton Art reviendra.

— Je pense, mais ce n'est pas certain. Dans les parchemins les plus anciens, on évoque la destruction de la magie chez ceux qui s'en servaient pour de mauvais desseins ; et on employait l'écorce elfique dans ce but.

— Quelle quantité as-tu prise ?

— Deux doses : une d'écorce légère ici, et une de delvier quand je me rapprochais du pilier. Je crois que l'effet se dissipera, mais j'ignore dans combien de temps. »

Il se tut un moment, puis dit : « J'avais escompté que nous effectuerions la première partie de notre trajet par les Pierres, comme quand Prilkop et moi étions retournés à Clerres. » Il avait l'air accablé.

« On dirait que tu as tout prévu. »

La lumière du feu se refléta étrangement sur sa peau alors qu'il secouait la tête. « Non ; je n'ai prévu que le possible. Il me reste à préparer l'impossible.

— Vraiment ?

— Oui. Nous sortirons par les cachots de Castelcerf ; Cendre m'a appris que sire Umbre lui a demandé à plusieurs reprises de l'attendre dans un certain couloir. Une fois, il s'est déplacé discrètement et, caché derrière un angle, il a vu son maître émerger d'un mur de pierre ; un mur gravé d'une rune.

— Qui mène à Aslevjal. »

Le Fou poussa un soupir d'exaspération. « Tu pourrais au moins faire semblant d'être étonné ! »

Comme un rideau qui s'ouvre, j'eus une révélation : il essayait de détourner mes pensées de ma douleur, d'une douleur que nous partagions. Je tâchai de trouver une réponse appropriée. « C'est en partie ce qui a causé la chute d'Umbre : sa curiosité. Il a voyagé trop souvent par les Pierres pour se rendre discrètement sur Aslevjal et en parcourir les couloirs afin d'accroître ses connaissances sur l'Art, sans prendre la précaution d'attendre au moins trois jours entre chaque déplacement. Il faisait l'aller et retour dans la même nuit, et parfois plusieurs nuits d'affilée.

— Même la curiosité la plus aiguë ne me ramènerait pas là-bas », dit le Fou, et je décelai l'ombre d'une angoisse ancienne dans sa voix. Le feu crépita, et nous nous remémorâmes les tourments que nous avions subis sur l'île.

« Et pourtant tu es prêt à en faire la première étape de ton voyage de retour à Clerres ?

— Oui. Ça te donne une idée de la détermination et du désir qui m'animent. »

Je ne dis rien. Le feu parlait dans le silence, sifflait et détonait quand il touchait une poche de sève.

« Très bien, reprit-il enfin. Si tu ne veux pas participer à la préparation du trajet, que comptes-tu faire, Fitz ? Quels sont tes projets pour le temps qu'il te reste à vivre ? » Il eut un petit geste de résignation et demanda : « Que feras-tu demain ? »

J'eus l'impression de recevoir un verre d'eau glacée. Que ferais-je ? Je n'avais pas d'épouse à chérir ni à protéger, pas d'enfant à élever. « Je viens de me réveiller ; je ne sais même pas ce que je vais faire aujourd'hui. »

Il plissa le front. « C'est le matin ? Pas la pleine nuit ?

— C'est le matin ; l'aube. » Une autre journée sans Abeille. Ce soir, ce serait une autre nuit sans elle. Et demain, ce serait une autre aube vide. Qu'allais-je faire de ma vie désormais ? Je le savais, mais c'était un choix que je ne voulais partager avec personne.

J'eus conscience d'une présence un instant avant que la tapisserie bougeât, et je la regardais quand le coin se souleva et que Braise apparut dans son impeccable costume bleu de Cerf ; elle portait aujourd'hui un petit bonnet blanc bordé de dentelle et orné de boutons de corne teintés en bleu également. Une jolie adolescente qui deviendrait une femme ravissante.

Au contraire d'Abeille.

« Excusez-moi, messire. Je suis allée chez vous avec votre petit déjeuner sur un plateau, et je l'ai laissé dans votre chambre ; mais… »

Elle hésita, et je compris ce qui la gênait : je n'étais pas là à son entrée, et mon lit n'avait pas été ouvert.

« Je suis ici ; je trouverai mon petit déjeuner en descendant, ne vous en faites pas, Braise.

— Oh, ce n'est pas le repas, messire ! Mais l'intendant m'avait confié un message à vous transmettre dès votre réveil.

— Et ?

— Le roi recevra ce matin le duc de Bauge dans ses appartements privés ; il désire que vous attendiez dans l'antichambre afin de pouvoir s'entretenir avec vous ensuite.

— Très bien. Merci, Braise.

— Je vous en prie, messire. » Elle hésita de nouveau. Elle s'apprêtait à m'offrir ses condoléances ; je n'en voulais pas ; je n'avais pas envie d'entendre encore quelqu'un me dire qu'il était navré de la disparition d'Abeille. Elle vit mon expression et se borna à hocher la tête, puis elle s'adressa au Fou : « Messire, voulez-vous votre petit déjeuner maintenant ou plus tard ? »

Le Fou eut un bruit de gorge entre amusement et dégoût. « À vrai dire, j'allais me coucher. Plus tard peut-être, Braise ?

— Certainement, messire. » Elle exécuta une révérence sans à-coup, et il me sembla voir sur ses lèvres un sourire, comme si elle venait d'apprendre le mouvement et qu'elle l'appréciait. Puis elle s'éclipsa.

« Eh bien, Devoir t'a sauvé pour aujourd'hui ; mais je te préviens, Fitz : si tu ne décides pas toi-même de ce que tu feras de ta vie, quelqu'un d'autre s'en chargera.

— Ça n'aura rien de nouveau, répondis-je. Allons, je ferais bien d'aller attendre que Devoir me reçoive.

— Tu ferais mieux de passer aux étuves auparavant ; j'ai senti ton odeur avant même de t'entendre.

— Ah ! » Je me rendis compte avec embarras que je portais les vêtements que j'avais en quittant le fort de Montcouronne. Et j'avais dormi avec eux dans le lit de Kettricken.

« Un détail me chiffonne encore », déclara soudain le Fou. Il s'était laissé aller contre le dossier de sa chaise, et ses doigts dansaient à nouveau devant les flammes ; ils luisaient d'un éclat presque doré.

« Lequel ?

— Pépite t'a dit que c'était Dwalia qui les avait entraînés dans le pilier d'Art. Non pas Vindeliar, qui, je suppose, possède à un certain degré l'Art ou une magie similaire, mais Dwalia. Je la connaissais ; c'est une Servante pur jus ; il n'y a pas une goutte de sang Blanc chez elle, et elle n'a évidemment pas l'Art. Comment s'y est-elle prise ? »

Quelle importance ? Elle l'avait fait. Je tâchai de me rappeler précisément le compte rendu de Pépite. « Elle a dit que Dwalia leur avait ordonné de se donner la main ; puis elle a enfilé un gant avant de toucher la Pierre, un gant très fin avec le bout des doigts argenté… »

Nous comprîmes tous les deux au même instant. Devant mes yeux agrandis, il tourna vers lui ses doigts comme s'il pouvait en voir les extrémités excisées. « Je me demandais pourquoi ils les avaient découpés, dit-il. Maintenant, nous le savons. »

Ils avaient tranché la pulpe couverte d'Art de ses doigts, l'avaient cousue sur un gant, et s'en étaient servis pour engloutir ma fille dans la Pierre. Je dus faire un violent effort pour me rappeler comment respirer ; j'éprouvai une brusque révulsion, puis, le temps d'un battement de cœur, la fureur l'emporta sur ma peine.

Je dus détourner les yeux un moment. Quand je le regardai à nouveau, il frottait ses doigts mutilés les uns contre les autres comme s'il se remémorait le temps où l'Art les argentait.

11

Le prince FitzChevalerie

Au contraire de l'époque du roi Subtil, où le maître d'Art Galen estimait que l'Art et la connaissance de son usage devaient être partagés entre un nombre d'utilisateurs le plus restreint possible, dame Ortie, dès sa prise de fonction en tant que maîtresse d'Art, proposa qu'on gardât même ceux qui ne présentaient qu'un faible niveau et qu'on leur confiât des tâches à leur portée. Depuis, sous sa direction, l'appel aux étudiants d'Art est lancé tous les dix ans et des clans formés dès que les apprentis acquièrent le rang de compagnon.

Ainsi, plus d'une dizaine de clans existent au service du trône Loinvoyant, et près d'une vingtaine de Solitaires. Chaque tour de guet le long des côtes et de la frontière chalcédienne abrite un artiseur en plus des soldats, et chaque duché possède un clan dévolu à ses besoins. On intègre des artiseurs aux missions diplomatiques dans les îles d'Outre-mer, à Terrilville et à Jamaillia. La possibilité de transmettre rapidement des informations sur les dangers que court le royaume facilite le déploiement des troupes ; ponts détruits par des crues, bandits de grand chemin et pirates ne sont que quelques-unes des menaces promptement dissipées grâce à ce système de communication instantanée.

Exposé de l'usage de l'Art par la maîtresse d'Art Ortie, Scribe Acarreaux

Dans ma chambre, je trouvai mon petit déjeuner qui refroidissait et des vêtements étendus sur mon lit. Je regardai le repas sans appétit, puis déplaçai les plats sur le plateau pour donner l'impression que j'avais mangé un peu. Mais pourquoi prendre cette peine ? Craignais-je que Braise ou Cendre ne signalât que je refusais toute nourriture ? À qui ? C'était ridicule.

Je descendis aux étuves, mes habits propres sous le bras. L'endroit était un lieu de détente traditionnel à Castelcerf, où les flammes rugissantes rencontraient l'eau glacée ; il y avait une salle d'ablutions, une autre de transpiration dans la vapeur, et une dernière destinée à se nettoyer de cette sueur et à se rhabiller. Il y avait aussi une section pour les gardes et les domestiques, et encore une autre que je n'avais jamais visitée, restreinte à la noblesse et à la famille royale. C'est là que je me rendis.

Une surprise à la fois dérangeante et agaçante m'attendait : la présence d'un préposé avec pour tâche de prendre mes vêtements, propres comme sales, de verser de l'eau chaude sur moi dans le bassin d'ablutions, de m'offrir du savon et une touaille pour me laver, de me doucher à nouveau pour me rincer, et enfin de jeter de l'eau sur les flancs chauffés au rouge de la boîte à feu en fer pour créer de la vapeur. La plupart du temps, j'accueillis ses soins empressés par un mutisme absolu pour éviter toute remarque revêche ou acerbe de ma part, mais ce fut difficile : les étuves avaient toujours été un refuge où je pouvais rester seul avec mes pensées ou partager la camaraderie rustique des gardes. C'était fini.

Propre et sec, j'assurai à l'homme que j'étais capable de me vêtir seul et je le congédiai de la pièce d'habillage ; il y avait un banc et même un miroir et des brosses qui me permirent de me rendre à peu près présentable.

L'antichambre de la salle d'audience de Devoir était confortable, meublée de bancs et de chaises avec des coussins, et dotée d'un âtre où ronflait un feu ; de grands tableaux représentant des scènes de chasse dans des cadres argentés égayaient les murs de pierre. On pouvait y fumer ou y prendre une tasse de tisane ; deux domestiques se tenaient prêts à répondre à toute demande des personnes présentes. Je n'étais pas seul à attendre une entrevue avec Devoir : une femme âgée, vêtue d'une robe couverte de boutons et d'un chapeau compliqué, était déjà bien éméchée, et un homme habillé simplement avait déroulé plusieurs manuscrits sur une table et passait le temps en les annotant. Deux jeunes nobles étaient assis chacun à une extrémité d'un banc et échangeaient des regards noirs : une querelle à résoudre pour Devoir.

Enfin la porte s'ouvrit, et le duc de Bauge sortit avec son conseiller ; il fut accueilli par ses deux serviteurs, s'inclina rapidement devant moi et s'en alla en hâte. Le page me fit signe d'entrer, à ma grande surprise et à celle des autres personnes présentes ; l'une d'elle s'éclaircit bruyamment la gorge, mais le page n'en tint aucun compte et m'escorta dans la salle.

Elle était meublée avec soin et présentait un aspect plus martial que l'antichambre : les tableaux figuraient des batailles et des héros, et l'espace entre eux était occupé par des armes gagnées sur l'ennemi. Il y avait un trône sur une estrade à une extrémité, et à l'autre bout une zone avec des chaises confortables arrangées autour d'une petite table, elle-même chargée de rafraîchissements légers, non loin d'une cheminée accueillante.

Ce n'était pas là que se trouvait Devoir.

Il occupait son trône, vêtu de robes officielles et coiffé de sa couronne, et je ne pouvais douter que j'avais devant moi le roi Devoir des Six-Duchés, non mon cousin. Je m'avançai lentement. Quand je me retournai, le page avait disparu, et Devoir n'eut pas un sourire ni un salut amical pour me mettre à l'aise.

Parvenu à ce que je jugeai une distance convenable, je m'inclinai. « Mon roi.

— Prince FitzChevalerie. » Le trône était placé si haut que, même assis, Devoir me dominait. Je ne dis rien, et il reprit à mi-voix : « Vous avez retrouvé Pépite Tombétoile et l'avez ramenée ; ma mère l'a prise en charge. En la rendant à sire Umbre, vous avez apporté à ce dernier un grand réconfort et l'avez apaisé ; soyez remercié de ce service. »

Je courbai la tête. « C'était une partie de ma mission. »

Il ne répondit pas à cette observation mais dit : « Avant que vous ne quittiez secrètement Castelcerf, la dernière fois que nous nous sommes vus pour discuter de l'enlèvement, dans la tour de Vérité, je vous ai demandé si vous vous rappeliez que j'étais votre roi. »

Je hochai lentement la tête.

Il me regarda un long moment en silence, puis il secoua la tête. « Prince FitzChevalerie, c'est votre souverain qui vous parle. Je vous ai convoqué aujourd'hui pour vous rappeler une fois encore que je suis votre roi, et vous rappeler aussi que vous êtes le prince FitzChevalerie, personnage public. Je regrette qu'il nous faille aborder ce sujet alors que nous sommes en deuil, mais je ne peux vous laisser continuer sur cette voie ! » Il s'interrompit et fit un grand effort pour conserver son calme. « Je répète ce que j'ai dit hier : ce qui se passe à Castelcerf ne se réduit pas à notre tragédie personnelle, à sire Umbre qui part en lambeaux, à vous qui présentez un Art imprévisible, à l'annonce qu'Ortie est ma cousine, qu'elle est mariée et attend un enfant, à la réconciliation problématique de Tom Blaireau avec le prince FitzChevalerie, à un éventuel assassinat de Lant, ni au beau-père de Pépite cherchant à tuer sire Umbre. Les Six-Duchés et le royaume des Montagnes forment un immense damier sur lequel d'innombrables pions se déplacent constamment ; et, au-delà de nos frontières, nous avons Chalcède, les îles d'Outre-mer, Terrilville et Jamaillia. Nous avons aussi des dragons, et chacun est comme un pays : il faut traiter avec lui de façon spécifique, à condition qu'il veuille bien négocier. »

Sa voix commençait à trembler. Il se tut un moment, et je compris qu'il s'efforçait de maîtriser ses émotions ; mais, quand il reprit la parole, je le sentis meurtri plus qu'en colère contre moi.

« Jusqu'ici, j'avais toujours pu compter sur vous ; je savais que l'intérêt du royaume vous tenait à cœur et que vous ne me cacheriez pas la vérité même si elle devait me faire mal. J'ai toujours été convaincu que je pouvais vous faire confiance ; à tout le moins, j'étais certain que vous ne feriez jamais rien qui puisse aggraver les difficultés de mon règne. Je n'oublie pas ce que vous avez fait pour moi, je n'oublie pas que vous m'avez ramené de ma fuite malavisée chez ceux du Lignage, ni que vous m'avez accompagné pour délivrer Glasfeu et conquérir ma reine. Je sais que vous êtes intervenu en ma faveur auprès de ma mère et de sire Umbre pour m'assurer que j'exécuterais les fonctions de roi en plus d'en avoir le titre. Si j'occupe ce trône, c'est en partie grâce à la peine que vous vous êtes donnée pour m'y asseoir. » Il s'interrompit. J'avais les yeux baissés ; il attendit que je les eusse levés pour croiser son regard. « FitzChevalerie Loinvoyant, pourquoi avez-vous agi ainsi, sans m'en parler ? Vous auriez pu vous opposer à mon plan, me présenter vos raisons ; je vous aurais écouté comme vous m'écoutez aujourd'hui. Pourquoi ne m'avoir pas confié votre projet ? »

Je lui dis la vérité : « Je savais que vous l'interdiriez et que, du coup, je serais obligé de vous désobéir. »

Il se redressa un peu. « Mais vous m'avez désobéi, vous le savez bien. »

C'était exact, et je me sentis puéril en répondant : « Pas directement. »

Il leva les yeux au ciel. « Ah, pitié ! Cela ne nous fait honneur ni à l'un ni à l'autre. Fitz, vous êtes sorti de l'ombre, et, maintenant que vous voilà en plein soleil, tous vos faits et gestes seront scrutés à la loupe. Du fait de votre récente reconnaissance comme membre de notre famille, vos actes les plus insignifiants deviennent du plus grand intérêt et alimentent les rumeurs. Je ne suis pas comme Umbre, capable d'inventer au pied levé des mensonges pour draper vos faux pas dans un voile de respectabilité. » Je me tus ; il reprit son souffle. « Faites-moi votre rapport, et n'en omettez rien. Dites-moi tout ce que vous n'avez pas révélé à ma mère ni à votre fille ; rendez-moi compte comme si j'étais Umbre. »

Je m'oubliai. « Comment va-t-il ?

— Un peu mieux. Vous pourrez vous rendre d'ici à sa chambre pour le voir vous-même, mais plus tard. Prince FitzChevalerie Loinvoyant, c'est vous qui faites un compte rendu, non moi ; racontez-moi tout, et je dis bien tout, ce que vous avez fait quand vous avez quitté le château de Castelcerf. Ne passez aucun détail sous silence. »

Ma décision fut vite prise ; il était peut-être temps que mon roi me connût vraiment ; il était peut-être temps que ses assassins cessassent de cacher les sales besognes qu'ils accomplissaient pour le trône, et qu'il vît ce dont j'étais capable. Je lui fis donc mon récit sans rien lui dissimuler, ni le soporifique que j'avais fait prendre à mes compagnons, ni le fait que j'avais ingéré de la graine de carris et de l'écorce elfique ; puis je lui décrivis par le menu le sort que j'avais réservé au violeur et au « duc » Ellik.

Il ne m'interrompit pas et demeura impassible. Quand j'achevai mon récit, il garda le silence un moment, et je déplaçai discrètement mon poids d'une jambe à l'autre. Il me regardait du haut de son trône ; me jugeait-il médiocre ? Regrettait-il de m'avoir sorti de l'ombre ?

« Prince FitzChevalerie Loinvoyant, vous m'avez vu essayer d'échapper à ma nature et à mon destin, et vous m'avez rappelé mon devoir, auquel vous m'avez ramené. Je sais que vous n'avez pas toujours reçu le traitement d'un prince ; on vous a confié des tâches qui ne seyaient pas à votre sang, formé à des missions qui n'auraient jamais dû être les vôtres – ni celles d'Umbre. Je sais que c'est la volonté de mon grand-père qui vous a placés tous deux sur cette voie. Et c'est aujourd'hui ma volonté qui vous libère. » Il se tut pendant que je m'efforçais de saisir le sens ses propos. « Vous ne comprenez pas ? Non, je le vois. Très bien : Prince FitzChevalerie, vous ne serez plus jamais un assassin ; vous ne serez plus jamais celui qui exécute les « besognes discrètes » ni la « justice du roi ». Ma justice sera rendue au grand jour, au vu et au su de tous, non par le poison ni par le poignard dans la nuit. Me comprenez-vous à présent ? »

J'acquiesçai lentement ; j'avais la tête qui tournait. Combien de fois au cours de mes décennies de vie n'avais-je pas protesté que je ne voulais plus tuer ? Combien de fois n'avais-je pas répété que je n'étais plus un assassin ? Mais, maintenant que mon roi me reprenait mon titre et mes devoirs, j'avais l'impression d'une réprimande. Je cillai. Je n'étais plus un mari, à peine un père, et je n'étais plus un assassin non plus ; que restait-il de moi ?

Percevait-il mon questionnement ? « Vous vous comporterez comme il convient à un prince de la lignée Loinvoyant, avec honneur et dignité, avec courtoisie. Vous partagerez la sagesse de vos ans avec mes fils et contribuerez à les guider vers l'âge adulte. Si je décide de vous envoyer en mission diplomatique, vous irez pour négocier, non pour empoisonner quelqu'un ! En tant que prince FitzChevalerie Loinvoyant. »

Chaque fois qu'il prononçait mon nom complet accompagné de son titre, j'avais l'impression qu'il récitait un sort de contrainte, comme s'il dessinait une frontière autour de moi. Je m'aperçus que je hochai la tête. Était-ce ce dont parlait le Fou ? Quelqu'un décidait de ce que je ferais de ma vie, et ce qu'il décrivait n'était pas si horrible. Alors pourquoi cette sensation de vide ?

Devoir me regardait toujours.

Je m'inclinai gravement. « Je comprends, mon roi.

— Dites-le. » Sa voix avait la sécheresse de l'autorité.

Je pris une inspiration, et les mots que je prononçai me firent l'effet d'un parjure. « Je ne suis plus votre assassin, roi Devoir. Je dois me comporter dorénavant comme le prince FitzChevalerie Loinvoyant.

— Non. » Il s'exprimait avec netteté. « Pas « me comporter » : ÊTRE. Vous êtes le prince FitzChevalerie Loinvoyant. »

J'hésitai. « Mais dame Romarin…

— Est dame Romarin. » D'un ton catégorique.

Les questions se bousculaient dans ma tête comme des poissons dans un tonneau.

« Prince FitzChevalerie, ce sera un plaisir de vous voir ce soir au dîner. » Je fis la grimace à la perspective de replonger dans la vie de cour, et il ajouta plus bas : « Tenez-vous aux côtés de votre famille, FitzChevalerie ; nous ferons front ensemble. »

Il me congédiait ; je m'inclinai à nouveau. « Mon roi », fis-je, et je me retirai.

C'est l'esprit ailleurs que je retraversai l'antichambre et regagnai les couloirs de Castelcerf, et je marchais sans destination précise quand j'entendis des pas pressés derrière moi. Je me retournai et vis Braise qui se hâtait pour me rattraper. « Messire, un moment, je vous prie ! » Elle avait les joues très roses, et une bouffée de terreur m'envahit : qu'était-il arrivé au Fou ?

Mais je n'eusse pas pu être plus surpris par la nouvelle qu'elle m'apportait. « Messire, je voulais vous dire que j'ai fini de déménager vos affaires dans vos nouveaux appartements.

— Mes nouveaux appartements ?

— Plus appropriés à votre, euh… nouvelle position, messire. » Nouvelle position avec laquelle elle était aussi mal à l'aise que moi, visiblement. Elle avait à la main une clé en bronze brillante pendue à une chaînette en soie tressée. « Vous avez la suite Tournesol. »

Je la regardai, coi.

« On m'a dit qu'elle était occupée autrefois par dame Patience et son personnel. »

Son personnel ! Une domestique. Mais le logement était largement plus grand que ma chambre à coucher, il était situé dans le même couloir que celui d'Umbre, sans accès au labyrinthe d'observation. Je regardais toujours Braise sans répondre.

« Naturellement, elle a été redécorée depuis, et plusieurs fois, j'imagine. Elle est très agréable, messire ; on a une vue splendide sur la mer et on domine les jardins.

— Oui, je sais, fis-je d'une voix défaillante.

— Et votre ami doit s'installer dans les appartements jadis donnés à sire Doré ; il les connaît bien – mais je ne dois en parler avec personne à part vous. Je dois le servir, et vous aussi, évidemment. J'aurai une chambre dans sa suite. »

Une chambre qui était la mienne jadis. Je retrouvai ma langue. « On dirait que vous avez aussi changé d'emploi. »

Elle secoua la tête, et une mèche s'échappa de son bonnet pour danser sur son front. « Oh non, messire ! Je suis domestique depuis mon arrivée à Castelcerf. » Elle sourit, mais il y avait de l'inquiétude dans son regard ; je la partageais aussi.

« Bien sûr. Merci.

— Oh, votre clé, messire ! Tenez ; c'est celle de vos nouveaux appartements.

— Merci, répondis-je gravement. Je crois que je vais aller voir sire Umbre.

— Comme il vous plaira, messire. » Elle me fit une nouvelle révérence, cette fois un peu enjolivée, et s'en alla rapidement. Je me dirigeai vers les appartements d'Umbre, en me demandant s'il n'était pas derrière ces changements, pour quelque raison mystérieuse. Je pensais qu'il m'expliquerait tout.

Je frappai à la porte, et un domestique me fit entrer ; je m'apprêtai à me rendre dans la chambre, mais le serviteur désigna le salon. Je poussai un soupir de soulagement : il allait donc mieux.

Les teintes dominantes de la pièce étaient le vert mousse et le marron chêne. Un magnifique portrait du roi Subtil jeune trônait au-dessus de la cheminée ; un arôme épicé et chaleureux montait d'un récipient fumant et embaumait l'air. Umbre, vêtu d'une robe de chambre moelleuse, était assis près du feu, et Pépite, dans un fauteuil confortable en vis-à-vis, une tasse entre les mains, portait une robe simple et pudique, dont le vert mettait en valeur la couleur de ses yeux. Ses cheveux nattés étaient enroulés en macaron sur sa nuque ; j'y vis l'influence de Kettricken. Ils se tournèrent tous deux vers moi à mon entrée ; Pépite avait une expression d'appréhension sur le visage.

Mais ce fut celle d'Umbre qui m'arrêta net. Il m'adressait un sourire bienveillant, le sourire doux et un peu perdu d'un grand vieillard ; pendant le court laps de temps où j'étais resté absent, il avait pris des années. Les os de son crâne se dessinaient clairement sous la maigre chair de son visage, et ses yeux paraissaient vitreux. Alors que je me demandais s'il me reconnaissait, il dit : « Ah, te voici, mon garçon ! Tu arrives juste à temps : Pépite a préparé une tisane délicieuse ; en veux-tu ?

— À quoi est-elle ? Je ne reconnais pas le parfum. » Je m'avançai à pas lents ; Umbre m'indiqua un fauteuil près de lui, et j'y pris place avec circonspection.

— Bah, c'est de la tisane, avec des épices et je-ne-sais-quoi – du gingembre, je pense ; de la réglisse, peut-être ? En tout cas, c'est sucré et piquant. Très agréable par ce froid.

— Merci », fis-je, car Pépite avait déjà rempli une tasse et me la tendait. Je la pris en souriant. « On dirait que vous m'attendiez.

— Oh, c'est toujours agréable d'avoir de la compagnie ! J'espérais que Lant passerait ; connais-tu mon fils Lant ?

— Oui. Vous me l'aviez envoyé à Flétribois, vous rappelez-vous ? Il enseignait à ma petite fille ; Abeille.

— Vraiment ? Ah, oui, oui ! Lant doit être bon professeur ; il est doux et gentil. »

Il hochait la tête en parlant. Non, il ne hochait pas la tête : c'était une maladie agitante. Je regardai Pépite ; elle leva les yeux vers moi mais ne dit rien.

« Umbre, je vous en prie… » J'ignorais ce que je voulais lui demander. « Allez-vous bien ?

— Il va assez bien, intervint sa fille d'un ton qui me mettait en garde, si on ne l'énerve pas et qu'on n'aborde pas des sujets désagréables. » Je m'interrogeai : n'était-elle pas dans le même cas ?

Je portai la tasse à ma bouche et laissai le liquide affleurer à mes lèvres tout en le humant : je n'identifiai nulle plante médicinale. Je regardai Pépite boire une gorgée, et ses yeux croisèrent les miens. « Il y a quelques herbes calmantes dedans, mais très légères.

— Très légères », répéta Umbre, et il m'adressa de nouveau un sourire aimable qui me fit froid dans le dos.

Je finis par me détourner de lui pour m'adresser à Pépite. « Que lui arrive-t-il ? »

Elle eut l'air perplexe. « Mon père me paraît bien ; il est content que je sois là. »

L'intéressé acquiesça. « C'est vrai. »

Pépite reprit à mi-voix : « Il a cessé de se servir de l'Art pour masquer son vieillissement ; il ne doit plus l'employer, ni les plantes qu'il consommait jusqu'ici. »

Je parcourus la salle des yeux en tâchant de refouler l'affolement qui montait en moi. Le roi Subtil me considérait du haut de son portrait ; son regard perçant et son menton volontaire de Loinvoyant ne me rappelèrent que plus vivement la déliquescence de son esprit avant l'âge, victime d'une maladie débilitante, de ses douleurs et des drogues qu'il prenait pour les apaiser. Je m'arrêtai sur ce qu'avait dit Pépite.

« Comment savez-vous qu'il ne doit plus utiliser l'Art ? »

Elle eut l'air un peu surprise, comme si j'avais posé une question impolie. « C'est dame Ortie, la maîtresse d'Art, qui me l'a dit. Elle m'a révélé qu'il s'en était servi à l'excès, d'une façon qui dépassait sa maîtrise de la magie, mais qu'elle ne pouvait pas m'expliquer parfaitement le problème parce que je n'ai pas l'Art moi-même. En tout cas, elle a dit qu'il était vulnérable désormais, qu'il ne devait pas essayer d'artiser, et qu'il ne fallait pas chercher à l'artiser. »

Je répondis à la question qu'elle ne posait pas : « Je ne représente aucun danger pour lui. J'ai bu une tisane très concentrée en écorce elfique pour que Vindeliar ne puisse pas obscurcir mes pensées ni mes perceptions, et c'est un produit qui prive de la faculté d'artiser. Ma magie n'est pas revenue.

— Vindeliar… » répéta-t-elle en pâlissant. Sa façade impassible se fêla, et je vis une femme brutalisée qui se raccrochait de toutes ses forces à une structure rassurante faite de vêtements propres, d'un lit chaud et de repas réguliers. Une fois qu'on a découvert ce dont sont capables des gens sans pitié, on ne peut jamais l'oublier tout à fait ; cette révélation demeure toujours dans le domaine de ce qui peut se produire.

« Vous ne craignez rien », dis-je vainement.

Elle me regarda. « Pour le moment, répondit-elle d'une voix basse. Mais pas Abeille. Elle l'a mordu pour me libérer, et je me suis enfuie.

— C'est le passé, fis-je avec raideur. Ne vous y attardez pas. »

Nous nous tûmes. Umbre souriait toujours ; je me demandai quelles autres plantes il prenait naguère.

Pépite reprit soudain la parole. « Blair… prince FitzChevalerie, je veux vous dire que je regrette. »

Je me détournai. « Vous l'avez déjà dit, Pépite, quand nous vous avons retrouvée. Ce n'est pas votre faute s'ils ont emmené Abeille.

— Ce n'est pas seulement cela que je regrette », murmura-t-elle.

Je changeai de sujet. « Savez-vous pourquoi Abeille a mordu l'homme qui vous tenait plutôt que le Blanc qui la tenait, elle ? »

Elle secoua la tête. Le silence tomba entre nous et je ne fis rien pour le rompre ; discuter de certaines choses ne les résout pas toujours.

« L'Art, fis-je à mi-voix, et son attention se reporta sur moi. Quelqu'un vous en a-t-il parlé ? Vous a-t-on révélé qu'en tant que Loinvoyant vous pourriez en avoir hérité ? »

Elle parut étonnée. « Non.

— Ah ! » Comment aborder la question ? Manifestement, Umbre n'avait pas levé le blocage qu'il lui avait imposé. Ortie savait qu'elle possédait l'Art mais qu'il était inaccessible ; avais-je le droit d'intervenir ? J'empruntai une voie moins hasardeuse. « Eh bien, c'est possible ; quand les maîtres artiseurs jugeront le moment venu, ils vous mettront certainement à l'épreuve pour voir si vous l'avez. Et, si c'est le cas, ils vous donneront la formation nécessaire pour le maîtriser. » J'étais sûr que son apprentissage serait très différent des leçons impitoyables auxquelles j'avais été soumis.

« Elle l'a. »

Nous nous tournâmes vers Umbre. Il montrait encore ces petits mouvements parasites qui lui donnaient l'air de hocher la tête.

« Je l'ai ? » L'enthousiasme illuminait tout à coup le visage de Pépite.

« Oui, bien sûr, et tu es forte. » Son sourire s'affirma, et, l'espace d'un instant, ses yeux verts redevinrent aussi perçants que jamais, braqués sur sa fille. « Ne te rappelles-tu pas que tu me cherchais autrefois dans mes rêves ? Que tu te servais de la magie des Loinvoyant pour me trouver, inconsciemment et sans avoir été formée ? Ma… fille… bien-aimée. » Il avait séparé nettement chaque mot sans quitter Pépite du regard ; un contact passa entre eux, un contact particulier et intime, et je compris avec un choc ce qu'il avait fait : il avait bloqué l'Art de la jeune femme par une suite de mots que lui seul pouvait prononcer. Qui d'autre que lui eût employé les termes « ma fille » et « bien-aimée » en lui parlant ?

Ils se regardaient les yeux dans les yeux, et je m'aperçus qu'ils respiraient au même rythme. Les lèvres de Pépite formèrent un mot : *papa*. Dans la pièce régnait le calme d'un profond bassin. J'assistais à la scène sans comprendre ce qui se passait, incapable de savoir si c'était merveilleux ou terrible.

J'entendis s'ouvrir la porte des appartements d'Umbre, et la voix de Calme le précéda : « Fitz, tu sais bien qu'il ne doit pas artiser !

— Je n'y suis pour rien », répondis-je, et je vis son expression abasourdie quand il entra. Son regard alla d'Umbre à Pépite, puis il ouvrit grand les yeux, et je sus qu'il appelait Ortie. Il se tourna vers moi. « Il faut qu'elle cesse ! Demoiselle Pépite, par pitié, arrêtez ! Il risque de mourir.

— Arrêter ? fit-elle de la voix rêveuse de quelqu'un qui parle dans son sommeil. C'est mon père. Je croyais qu'il m'avait oubliée, ou abandonnée.

— Jamais », promit Umbre, et, à la vigueur de sa réponse, je me demandai si sa fille n'était pas en train de le remettre sur pied au lieu de le détruire.

« Je ne sais pas quoi faire ! s'exclama Calme.

— Moi non plus », avouai-je. Une éternité parut s'écouler avant que la porte d'entrée s'ouvrît à nouveau. Cette fois, c'était Ortie, les joues très rouges, et une femme de grande taille que je ne connaissais pas et qui parut analyser la scène d'un seul coup d'œil. Ortie s'adressa à elle. « Nous allons les séparer, très délicatement ; j'aiderai sire Umbre à restaurer ses murailles ; voyez si vous pouvez aider la jeune femme. Calme, tiens-toi prêt à nous donner un coup de main. » Ma fille me jeta un regard. « Il vaudrait mieux que tu ne restes pas ; je sens qu'il recommence à essayer de t'attirer dans le courant.

— Je m'en vais », répondis-je en réprimant ma peur et ma répugnance à partir. Je ne servais à rien, et, pis, je risquais de gêner. Je ne mettais pas en doute la compétence d'Ortie, mais qu'elle me congédiât afin de pouvoir effectuer son travail meurtrissait mon amour-propre. Quelle expression employait Burrich autrefois ? « Aussi inutile que des mamelles sur un taureau. » Cela me décrivait parfaitement, et je commençais à en avoir assez d'être inutile et inefficace.

Il me fut difficile de quitter la pièce, et plus encore de décider où aller. Je me rendis à mon nouveau logement ; la clé tourna sans heurt dans la serrure et j'entrai. Je ne reconnus rien ; toute trace de Patience et de Brodette avait disparu, effacée par des années de nettoyage et de redécoration. Les appartements, comme tout le reste du château, étaient beaucoup plus imposants qu'à l'époque où je servais Patience ; les murs de pierre nue avaient été recouverts de plâtre et peints d'une couleur jaune clair qui m'évoquait un crâne ancien ; il y avait dans la pièce principale un tapis au sol et aux murs des tableaux de fleurs encadrés. L'âtre était propre, un petit feu y brûlait, avec une réserve de bois installée à ma convenance ; plusieurs fauteuils à coussins brodés accompagnaient une petite table aux pieds sculptés en pattes de félin, et rien ne laissait deviner que j'habitais là.

Dans la chambre aux belles dimensions, je trouvai mes vêtements proprement rangés dans une armoire ; il y avait là le costume relativement discret de sire Granit et quelques pièces d'habillement apparemment choisies par Cendre. J'eus un choc en voyant l'épée de Vérité au mur au-dessus de mon lit ; décidément, ce garçon pensait à tout ! À moins que ce ne fût Braise ; pourquoi avais-je donc tant de mal à réconcilier les deux en une seule personne ? Les affaires que j'avais emportées de Flétribois étaient là, et je constatai avec soulagement qu'on m'avait laissé mes réserves de poisons, mes petits outils et mes armes discrètes, ainsi que le journal d'Abeille. Le paquetage abîmé contenait les seuls objets qui m'appartinssent vraiment dans la pièce ; je le pris, ouvris le coffre en cèdre et le dissimulai sous les épaisses couvertures en laine.

Je parcourus les différentes salles comme un loup qui examine les limites de sa cage. Dans la chambre de service se trouvaient un étroit châlit, un petit coffre à vêtements et une cuvette avec un broc. Le coffre était vide ; Cendre et Braise seraient sûrement plus à l'aise chez le Fou.

Je pénétrai dans un petit salon accueillant, beaucoup plus grand que je ne me le rappelais ; les entassements d'objets hétéroclites à l'époque de Patience avaient dû en diminuer le volume à mes yeux. Un rapide examen des murs ne fit apparaître nul signe de portes dissimulées ; je repérai toutefois un petit creux dans le plâtre qui pouvait être l'emplacement d'un trou d'observation. Je m'assis dans un fauteuil et regardai par la fenêtre, mais il n'y avait rien pour m'occuper l'esprit ni les mains, rien pour détourner mes pensées de l'espace qu'Abeille n'occupait pas. Qu'allais-je faire des heures oisives qui me restaient à vivre ? Je quittai mon logement impersonnel, me rendis chez le Fou et frappai à la porte.

Il s'écoula quelque temps avant que la clé tournât dans la serrure ; la porte s'entrebâilla, puis, l'air soulagé, Cendre l'ouvrit en grand. « Je suis content que vous soyez là, dit-il tout de go. Il est dans un tel état que je ne sais plus quoi faire.

— Que se passe-t-il ? »

Dès que je fus entré, il referma la porte derrière moi et la verrouilla. « Il est terrifié, répondit-il simplement. Il ne voulait pas quitter les appartements secrets, mais dame Romarin a insisté ; elle est… Je ne suis plus son apprenti, et je me satisfais parfaitement de travailler ici, au château, en tant que domestique. Je sais que sire Umbre… Mais ce n'est pas le moment de vous ennuyer avec mes problèmes. On l'a déménagé ici avec toute la délicatesse possible, mais il tremble encore de peur et j'ignore comment le rassurer. »

L'adolescent leva les yeux vers moi et recula devant la fureur qui déformait mes traits. « Mais elle se croit tout permis ! m'exclamai-je. Où est le Fou ?

— Dans la chambre à coucher ; je l'ai amené ici par les passages secrets et je me suis débrouillé pour lui apporter ses affaires. Physiquement, il va beaucoup mieux, mais ce déménagement l'a tellement tourneboulé que… »

Je connaissais l'appartement par cœur : à l'époque où le Fou se faisait appeler sire Doré, j'y habitais sous l'identité de son serviteur, Tom Blaireau. Aujourd'hui, le mobilier était beaucoup plus simple qu'au temps de l'extravagant aristocrate. Je gagnai la porte de la chambre, frappai énergiquement et annonçai : « C'est moi, Fitz ; j'entre. »

Il n'y eut pas de réponse. J'ouvris lentement le battant et découvris la pièce plongée dans la pénombre ; les volets étaient refermés sur la fenêtre, et le seul éclairage venait du feu dans la cheminée. Le Fou était assis dans un fauteuil face à la porte, la main crispée sur une dague. « Es-tu seul ? demanda-t-il d'une voix tremblante.

— Pour l'instant. Cendre est dans la pièce à côté au cas où nous aurions besoin de quelque chose. » Je m'exprimais d'un ton aussi posé que possible.

« Vous jugez tous ma conduite ridicule, je le sais ; mais je t'assure que le danger est bien réel, Fitz.

— Ce que je pense n'a aucune importance ; ce qui compte, c'est que tu te sentes en sécurité pour pouvoir poursuivre ta guérison. Cependant, la situation a changé ; personne n'a voulu agir par malice, mais je vois bien que tu es complètement chamboulé. » Je parlais sans m'interrompre tout en m'approchant de lui pour qu'il sût où je me trouvais. « J'ai été aussi surpris que toi quand on m'a déménagé de mon ancien logement ; et aujourd'hui le roi Devoir m'a appris de façon très solennelle que j'étais un prince et non un assassin. Tu n'es pas le seul à être victime de chambardements. Mais, pour en revenir à nos moutons, ce qui compte, c'est que tu te sentes à l'abri ; alors dis-moi : que puis-je faire dans ce sens ? »

Il desserra sa prise sur son arme. « Tu n'es pas fâché ? Tu ne m'en veux pas de ma faiblesse ? »

Je restai pantois. « Bien sûr que non !

— C'est que tu es parti si brusquement ! Tu n'es pas venu me prévenir toi-même, et du coup j'ai cru… j'ai cru que tu en avais assez que je dépende de toi pour tout.

— Non, ça n'a rien à voir : j'ai cru avoir une chance de sauver Abeille, et je devais la saisir sur-le-champ. Si seulement j'avais agi un jour plus tôt…

— Arrête, tu vas y perdre la raison. » Il secoua la tête. « Elle ne peut pas avoir disparu, Fitz. Ce n'est pas possible ! »

C'était possible, et il le savait aussi bien que moi. Je détournai mes pensées de cette voie. « Qu'est-ce qui te donnerait le sentiment de n'avoir rien à craindre ?

— Toi ; ta présence. » D'un geste presque convulsif, il plaqua brusquement la dague sur une table proche. « Voilà.

— Je ne peux pas être là tout le temps, mais je ferai en sorte de passer souvent. Quoi d'autre ?

— Cendre est-il armé ? A-t-il appris à se battre ?

— Je ne sais pas, mais, ça, je puis y remédier. Si j'ai bien compris, il doit jouer le rôle de valet auprès de toi ; je peux lui enseigner celui de garde du corps.

— Ce… ça me rassurerait, oui.

— Quoi d'autre ?

— Je dois retrouver la vue, Fitz. Plus que tout, je dois y voir à nouveau ! Peux-tu te servir de l'Art pour me rendre la vue ?

— Non, pas pour le moment, hélas. J'ai pris de l'écorce elfique, tu le sais, Fou ; tu étais là quand j'ai présenté mon compte rendu à Devoir.

— Mais l'effet ne durera pas, n'est-ce pas ? Comme sur Aslevjal ?

— Je pense ; je te l'ai déjà dit. » L'instant était mal choisi pour lui expliquer ce qu'une telle guérison pourrait me coûter. « Ton état s'est remarquablement amélioré depuis que Cendre t'a donné du sang de dragon ; ta vue reviendra peut-être toute seule. Où en sont tes douleurs ?

— Très atténuées. Je sens encore mon organisme… changer. Il se restaure, mais il se modifie aussi. D'après Cendre, mes yeux ont l'air différents, et ma peau également.

— Tu ressembles plus à un Ancien, dis-je avec franchise. Ce n'est pas déplaisant. »

Sous l'effet de la surprise, il s'illumina ; il porta les mains à son visage désormais lisse. « Quelle vanité ! fit-il, et je pense que nous fûmes tous deux étonnés quand nous éclatâmes de rire.

— Voici ce que je te propose, dis-je : mange, repose-toi et continue ta convalescence. Quand tu te sentiras prêt, et seulement à ce moment-là, je te le promets, j'aimerais te voir dans les couloirs de Castelcerf à redécouvrir le plaisir de vivre, de faire bonne chère, d'écouter de la musique, voire d'aller dehors.

— Non. » Il parlait à mi-voix, mais avec fermeté.

Je m'exprimai avec douceur. « Quand tu seras prêt, ai-je dit ; et avec moi à tes côtés…

— Non », répéta-t-il avec plus de rudesse, et il se redressa. Il poursuivit d'un ton catégorique, presque froid : « Non, Fitz, ne cherche pas à me dorloter. Ils ont enlevé notre enfant et ils l'ont anéantie, et, pendant ce temps, je me tapis dans un coin et je pleurniche parce qu'on me déménage. Je n'ai aucun courage, mais c'est sans importance, pas plus que ma cécité ; je suis venu ici aveugle, et, si c'est aveugle que je dois aller les tuer, j'irai. Fitz, nous devons nous rendre à Clerres et les tuer tous. » Les mains qu'il posa à plat sur la table devant lui ne tremblaient pas.

Je serrai les dents. « Oui », promis-je d'une voix grave. Je m'aperçus que j'étais aussi calme que lui. « Oui, je les tuerai, pour nous tous. » Je me penchai et tapai du doigt sur la table en approchant ma main de la sienne, encore décharnée ; je la pris, et il tressaillit mais ne la retira pas précipitamment. « Toutefois je refuserais de m'atteler à cette mission avec une épée émoussée ; de même, il serait stupide d'emmener un homme qui en est encore à se remettre de blessures graves. Aussi, écoute-moi : nous devons nous préparer ; j'ai des choses à faire, et toi aussi. Recouvre la santé, et ton courage te reviendra ; commence à sortir dans le château ; réfléchis au personnage que tu veux incarner. Sire Doré, encore ? »

Un maigre sourire flotta sur ses lèvres. « Je me demande si ses créanciers sont aussi furieux que quand je me suis enfui.

— Je n'en sais rien. Veux-tu que je me renseigne ?

— Non. Non, je pense que je devrai m'inventer un nouveau rôle. » Il se tut un instant. « Oh, Fitz ! Comment va Umbre ? Que lui est-il arrivé, et que vas-tu faire sans lui ? Je sais que tu comptais sur son aide – et, à vrai dire, moi aussi.

— J'espère qu'il va se remettre et que nous n'aurons pas à nous débrouiller sans lui. » Je tâchais de m'exprimer avec entrain et optimisme, mais la consternation qui s'était peinte sur le visage du Fou ne fit que s'affirmer.

« J'aimerais pouvoir lui rendre visite. »

Je fus surpris. « Mais tu peux, et tu devrais même. Demain peut-être, nous pourrions y aller ensemble. »

Il secoua frénétiquement la tête ; ses cheveux pâles avaient un peu poussé, mais pas assez pour retomber, et ils flottèrent autour de son visage. « Non, je ne peux pas, Fitz. Je ne peux pas. » Il prit une grande inspiration et resta face à moi, un masque de détresse plaqué sur ses traits. À contrecœur, il ajouta : « Mais je dois le faire. Je sais que je dois m'y mettre sans tarder.

— En effet », fis-je d'une voix lente. J'attendis sa réponse.

« Demain, dit-il enfin. Demain, nous irons ensemble rendre visite à Umbre. » Il prit une nouvelle inspiration. « Et maintenant je vais me coucher.

— Non, répliquai-je d'un ton affable. Ce n'est pas la nuit, et, comme je n'ai rien à faire pour le moment, je tiens à ce que tu restes éveillé pour bavarder avec moi. » Je m'approchai de la fenêtre obturée par des rideaux et des volets ; j'écartai le tissu puis ouvris grand les volets intérieurs à l'ancienne. Le pâle éclat de l'hiver entra à flots à travers les volutes des vitres épaisses. « Il fait un temps de chien ; la tempête souffle des embruns, et les vagues ont des crêtes blanches. »

Il se leva et fit quelques pas lents et précautionneux, les mains tendues. Il me chercha, me trouva, puis passa son bras dans le creux du mien et tourna son regard aveugle vers l'extérieur. « Je vois de la lumière ; et je sens le froid du verre. Je me rappelle cette vue. » Il sourit soudain. « Le mur est à pic sous cette fenêtre, n'est-ce pas ?

— Oui ; impossible à escalader. » Je restai sans bouger jusqu'au moment où il poussa un brusque soupir et où je sentis sa tension s'atténuer. Une idée me vint. « Te rappelles-tu mon fils adoptif, Heur ?

— Je ne l'ai jamais bien connu, mais je me souviens de lui.

— Il est à Castelcerf pour pleurer Abeille. Je n'ai guère eu de temps à lui consacrer ; à vrai dire, c'est à peine si nous avons échangé quelques mots. J'ai envie de lui demander de chanter pour moi ce soir, de reprendre de vieilles ballades et certaines chansons préférées d'Abeille.

— La musique peut être très apaisante pour les grandes douleurs.

— Je vais le prier de venir ici. »

Son bras se crispa, et, au bout d'un moment, il dit d'une voix défaillante : « Très bien.

— Et Kettricken voudra peut-être se joindre à nous. »

Il eut un soupir haché. « Ce serait agréable. » Il saisit un pli de ma chemise et s'y agrippa.

« Assurément. »

La joie qui m'envahit me surprit moi-même. Patience m'avait dit un jour que le meilleur moyen de cesser de s'apitoyer sur son sort, c'était de s'occuper de quelqu'un d'autre. Peut-être venais-je de découvrir fortuitement ce que j'allais faire de ma vie, au moins pendant quelque temps : tirer le Fou de son état de terreur et le ramener à une existence parsemée de petits plaisirs. Si j'y parvenais, peut-être cela apaiserait-il mes scrupules quand le temps viendrait pour moi de partir. Je passai donc une heure en sa compagnie à prévoir la soirée ; Cendre se chargea avec bonheur de se rendre aux cuisines commander des rafraîchissements puis de chercher Heur pour lui transmettre ma requête ; je l'envoyai encore aux vieilles écuries trouver Persévérance et rapporter la corneille chez le Fou. Quand je sortis enfin, je croisai les deux garçons qui montaient les escaliers, Bigarrée perchée sur le bras de Persévérance comme un faucon, et les adolescents en pleine conversation. J'estimai qu'introduire le garçon d'écurie dans le petit cercle d'amis du Fou ferait le plus grand bien à tous.

Je me dirigeai à pas lents vers mes nouveaux appartements, où Heur me retrouverait. Le remords m'assaillit brusquement : qu'est-ce qui me prenait ? Je préparais une fête chez le Fou quelques jours à peine après la disparition d'Abeille ? La douleur se leva en moi comme le vent qui souffle avant la tempête et me gela de l'intérieur ; j'étais en deuil, mais c'était le deuil incertain de qui n'a pas de preuve de la mort de l'être aimé. Elle était morte depuis la fête de l'Hiver ; il y avait bien plus que quelques jours que je l'avais perdue.

Je sondai mon cœur : étais-je convaincu qu'elle n'était plus ? Elle avait disparu comme Vérité avait disparu pour Kettricken, inaccessible et invisible. Quelque part dans le courant d'Art sur lequel j'étais incapable de naviguer, des lambeaux d'elle subsistaient peut-être encore ; entrerait-elle par miracle en contact avec Vérité ? Son grand-père, le roi Subtil, reconnaîtrait-il ces lambeaux comme de son sang ?

Je me morigénai : ce n'était qu'un joli rêve, une fantaisie puérile pour me consoler. J'avais eu du mal à me persuader que Molly était morte, mais le temps effacerait mes doutes. Abeille n'était plus. Le reste de la journée s'écoula lentement ; Heur vint, pleura, le visage dans les mains, et me montra le cadeau qu'il portait pour Abeille depuis la fin de l'été : une poupée avec une pomme fripée en guise de tête et de petites mains en brindilles ; je la trouvais à la fois affreuse et bizarrement charmante avec son sourire de travers et ses yeux en coquillage. Il me la donna, et je la posai sur ma table de nuit en me demandant si j'arriverais à dormir sous son regard.

Ce soir-là, chez le Fou, il reprit les chansons préférées d'Abeille, les vieilles ballades, les comptines, les ritournelles absurdes qui la faisaient rire aux larmes. La corneille agitait la tête en cadence, et crailla une fois : « Encore, encore ! » Kettricken, assise à côté du Fou, tenait sa main maigre. Nous nous régalâmes de gâteaux au gingembre et de vin de sureau – peut-être en trop grande quantité : Heur me félicita d'être passé du statut de Bâtard-au-Vif à celui de prince, et je le félicitai d'être passé du statut de bâtard aux yeux vairons d'un Pirate rouge à celui de ménestrel célèbre. Nous nous tordîmes de rire, mais sous le regard horrifié de Cendre et celui scandalisé de Persévérance, qui avait été invité et paraissait outré de mon attitude.

Je dormis cette nuit-là, et, le lendemain, je pris le petit déjeuner avec le Fou, après quoi je reçus une invitation à jouer avec Intégrité et Prospère ; je n'avais aucune envie d'accepter, mais ils ne me laissèrent pas le choix ; je savais qu'ils n'avaient que de bonnes intentions et espéraient me détourner de ma peine. Je choisis une tenue surchargée, et n'emportai ni dagues dissimulées ni poisons ; je lançai des dés de jade et d'hématite et perdis gros à des jeux de hasard dont j'ignorais les règles. Je misais désormais de petites pièces d'argent au lieu des piécettes de cuivre qui changeaient de mains dans les tavernes de ma jeunesse. Le soir, je retournai chez le Fou et trouvai Heur déjà occupé à distraire Cendre et Persévérance par des chansons particulièrement fantaisistes ; je m'assis et l'écoutai, un masque affable sur le visage.

J'avais des décisions à prendre. Non : une. Le Fou avait raison : si je ne choisissais pas moi-même ce que je voulais faire du temps qui me restait, quelqu'un le ferait à ma place. J'avais l'impression d'être un bloc de minerai qu'on a réduit en poudre, chauffé jusqu'au point de fusion et versé dans un moule ; à présent je me durcissais sous un aspect que je n'avais jamais connu. La conscience de ce que je devenais m'apparaissait lentement, comme l'étourdissement qui se dissipe après un coup violent. Inexorablement. Durant mes nuits blanches, mes plans prenaient forme ; je savais ce que je devrais faire, et, sous la lumière froide de mon évaluation, je savais que je devrais agir seul.

Mais, avant de commencer, il fallait achever, me répétais-je. Un soir tard, je me pris à sourire amèrement en me remémorant la façon dont le Fou avait mis un terme à son rôle de sire Doré ; sa sortie ne s'était pas exactement déroulée comme prévu : il avait dû prendre la fuite pour échapper à ses créanciers. Je décidai que la mienne s'apparenterait plutôt à une disparition progressive, plus paisible que la sienne.

J'entrai peu à peu et à tâtons dans une normalité étrange. Je regardais chaque personne que j'allais abandonner et réfléchissais minutieusement à ce dont elle avait besoin autant qu'à la manière dont je devais m'apprêter pour mon entreprise. Je tins ma promesse faite au Fou et emmenai Cendre au terrain d'exercice pour le confier à Gantelée ; quand elle demanda un partenaire de même taille pour s'entraîner avec lui, je lui donnai Persévérance, et elle les mit à pratiquer avec des épées en bois. Gantelée perça le déguisement de Cendre beaucoup plus vite que moi ; dès le lendemain, elle me prit à part et me demanda si je n'avais rien remarqué d'« insolite » chez Cendre ; je lui répondis que j'avais appris à m'occuper de mes affaires, ce qui lui fit hocher la tête en souriant. J'ignore si elle modifia les exercices de l'intéressé.

Je remis ma garde à la capitaine ; les quelques Bouteurs qui restaient acceptèrent sa discipline de fer et commencèrent à être utiles ; elle exigea qu'ils quittassent leurs couleurs pour s'intégrer à mes hommes. En privé, je la priai de les laisser disponibles pour toute mission particulière que sire Umbre pourrait requérir de leur part ; avec son réseau d'espions et de coursiers qui se détricotait, peut-être souhaiterait-il à présent disposer d'une garde personnelle dont il s'était toujours passé jusque-là. Gantelée acquiesça gravement de la tête, et je laissai l'affaire entre ses mains capables.

Quand Prospère et Intégrité m'invitèrent de nouveau à jouer, je contrai en leur proposant de descendre aux terrains d'exercice, et là je pris la mesure de mes cousins ; ce n'étaient pas les chiens de manchon qu'on eût pu croire, et, épée de bois contre épée de bois, je commençai à les percevoir comme des hommes et des membres de ma famille. C'étaient des jeunes gens bien. Prospère avait une amoureuse et attendait avec impatience qu'on l'annonçât comme sa fiancée ; Intégrité ne portait pas le poids de la couronne de roi-servant, et une dizaine de demoiselles se disputaient le droit de se promener à cheval, de jouer et de boire avec lui. Je leur donnai tout ce que je pus de ce que Vérité m'avait lui-même donné ; plus âgé que leur père, je leur racontai sur leur grand-père les anecdotes que, selon moi, il leur fallait connaître.

Je me permis mes adieux personnels. L'hiver au château de Castelcerf me ramenait à l'époque de mon enfance. De fait, si je l'avais souhaité, j'eusse pu me joindre aux seigneurs et aux dames élégamment parés et parfumés qui jouaient aux dés et autres jeux de hasard ; il y avait des chanteurs venus de Jamaillia et des poètes des îles aux Épices, mais aussi, devant le grand âtre, des chasseurs qui fabriquaient des flèches et des femmes qui avaient apporté leurs rouets ou leurs ouvrages de broderie : là, tout en travaillant, les petites gens de la citadelle écoutaient les nouvelles générations de ménestrels ou regardaient des apprentis marionnettistes répéter sans fin leurs spectacles. Quand j'étais petit, même un bâtard était le bienvenu à ces soirées.

Je me plaisais à aller et venir discrètement dans la grand-salle, à écouter la musique, à regarder les jeunes domestiques se conter maladroitement fleurette, à observer les plaisanteries des petits garçons et des petites filles, à jouir de la douce lumière du feu et du rythme apaisé de la saison. J'y vis Cendre et Persévérance à plusieurs reprises, et, par deux fois, Braise qui observait l'ami de Cendre de loin avec une expression pensive.

Umbre demeurait affable et l'esprit confus. Il prenait ses repas dans sa chambre ; il se montrait accueillant quand je passais le voir mais ne s'adressait jamais à moi d'une façon qui indiquât qu'il se rappelait qui j'étais ni ce que nous avions été l'un pour l'autre. Une personne était toujours présente chez lui, souvent Calme ou Pépite, parfois une jolie apprentie artiseuse du nom de Bienvenue ; ses attentions le ravissaient, et elle paraissait avoir de l'affection pour lui. Un jour, je la trouvai en train de peigner ses cheveux blancs en lui chantant une chanson qui parlait de sept renards. Les rares occasions où je parvenais à rester seul avec lui en la priant de faire telle ou telle commission, elle s'exécutait vite et revenait avant que j'eusse plus qu'un bref moment pour tâcher d'obtenir une véritable réaction d'Umbre.

Kettricken avait pris Pépite en main ; désormais la jeune femme s'habillait de façon moins voyante mais élégante, et elle était toujours occupée quand je la voyais. Ortie avait commencé à lui donner des cours d'Art. Pépite paraissait heureuse de se trouver à la cour et de faire partie du cercle de Kettricken ; aucun jeune homme n'avait la permission de la courtiser et Kettricken lui choisissait comme compagnes des jeunes femmes industrieuses et intelligentes. Elle s'épanouissait à la lumière de l'intérêt que lui portait la reine mère ; sans avoir de certitude, je me demandai si une partie de son calme n'était pas due à certaines tisanes. Maintenant qu'elle avait retrouvé son père et son affection, elle semblait accepter que Lant ne serait jamais son prétendant. Quand mon humeur devenait plus lugubre, je me demandais si ce qu'elle avait vécu aux mains des Chalcédiens n'avait pas refroidi son enthousiasme pour la société des hommes, et ma conclusion encore plus sombre était que, dans ce cas, je n'y pouvais rien.

Je savais que je devrais lui arracher un compte rendu plus complet de ses vicissitudes avec ses ravisseurs. J'en fis la demande à Ortie, craignant que répondre à des questions pénibles ne risquât de déclencher une tempête d'Art chez elle, mais ma fille convint aussitôt qu'il nous fallait apprendre tout ce que nous pouvions de son expérience ; Kettricken se montra moins encline à soumettre Pépite à un interrogatoire serré, mais Devoir reconnut que c'était nécessaire, tout en nous avisant d'opérer le plus délicatement possible. Je préparai une liste de questions, mais ce fut la reine mère qui les posa en présence d'Ortie, chargée de surveiller le niveau d'angoisse de la jeune femme. J'étais là aussi, mais derrière le mur, à mon point secret d'observation d'autrefois d'où je pouvais écouter et prendre des notes sans augmenter son anxiété par ma présence.

Tout se passa bien, mais pas du tout comme je m'y attendais. Kettricken fit appeler Pépite sous prétexte de l'aider à démêler un grand panier de fils de couleurs vives qui s'étaient mélangés ; Ortie passa par là apparemment par hasard, et, comme le font toujours les femmes, se joignit à elles pour trier et rembobiner les fils. Elles bavardèrent de tout et de rien pendant que j'attendais mes informations, au bord de la crise de nerfs ; finalement, Kettricken mena les pensées de Pépite vers le jour terrible où celle-ci avait été dépouillée de son ancienne existence, puis elle ne fit plus que l'écouter en parsemant son récit d'exclamations compatissantes ou de quelques mots à mi-voix pour l'inviter à s'épancher davantage.

J'ai l'impression que Pépite éprouvait une sorte de soulagement à raconter ses déboires. D'abord hésitante, sa narration se transforma vite en torrent. J'appris ainsi le nom de certains de ses ravisseurs et découvris, le cœur au bord des lèvres, qu'ils avaient négligé ma fille alors qu'elle était gravement malade. C'est seulement quand Pépite parla de sa peau qui partait en lambeaux que je compris ce qui s'était passé : comme pour le Fou jadis, il semblait que, lorsqu'elle approchait de ce que son destin lui dictait, son teint fonçait – seulement, à en croire la jeune femme, Abeille était devenue plus pâle. J'écartai de mes pensées toutes les implications de cette observation et me répétai que je devais rester concentré sur les propos de Pépite ; plus tard, je réfléchirais à ce que cela signifiait pour moi – et pour le Fou.

Je notai soigneusement chacun des douloureux détails et me réjouis encore davantage que ni le violeur ni le duc Ellik n'eussent connu une mort douce de ma main. Mais, alors que Pépite s'approchait de la fin de son histoire, elle leur confia, à ma grande horreur, la douleur qu'elle avait éprouvée en découvrant que l'homme qu'elle regardait comme son prétendant était en réalité son frère. Elle fondit en larmes, désespérée de constater au bout de son long cauchemar que celui qu'elle aimait ne pourrait jamais être proche d'elle comme elle le souhaitait.

Ortie dissimula sa surprise, et Kettricken déclara simplement que ni Lant ni elle ne pouvait savoir à quoi s'en tenir ; elles ne lui firent nul reproche et ne lui donnèrent aucun conseil : elles la laissèrent pleurer tout son soûl, et, quand elle s'endormit dans le grand fauteuil, Ortie se contenta de la couvrir pendant que la reine mère continuait le démêlage des fils.

FitzVigilant, toutefois, n'avait pas accepté sans sourciller la révélation de la parenté entre Pépite et lui. À mon grand étonnement, il ne renonça pas à son nom de bâtard pour prendre celui d'Umbre et nous imposa plusieurs semaines de mutisme morose. Assis à côté de Pépite à table, il ne levait pas le nez de son assiette et restait à l'écart de la conversation. Je me réjouissais que son père prît la plupart de ses repas dans ses appartements et que Pépite se joignît souvent à lui, car l'Umbre de naguère eût vite percé à jour le malaise de Lant. Les regards que le jeune homme lançait à sa sœur après qu'ils s'étaient croisés dans les couloirs me plongeaient dans la gêne ; je redoutais d'intervenir, mais, alors que je m'y apprêtais, Crible me devança.

Un soir, il saisit le jeune homme par le bras, l'obligea à s'asseoir entre nous et exigea qu'il nous exposât les qualités de ses tavernes préférées à Bourg-de-Castelcerf ; cela déboucha sur une excursion tardive pour en visiter trois. À la fin de la nuit, nous remontâmes ensemble au château d'un pas instable ; à un moment, alors que nous gravissions quasiment à tâtons la route obscure et glacée, Lant s'exclama d'un ton plaintif que personne ne comprenait ce qu'il vivait ni ce qu'il ressentait. Crible se tourna alors vers lui et déclara sans ménagement : « Eh bien, c'est ce qui peut vous arriver de mieux, à vous et à ceux qui tiennent à vous ! Laissez le passé au passé, et repensez-y dans vingt ans. Vous ne pouvez rien y changer ; cessez de vous y accrocher et laissez le temps et l'éloignement faire leur œuvre. »

Je marchais péniblement à côté d'eux dans le noir ; il faisait si froid que j'avais l'impression d'avoir un masque à la place du visage. J'essayai de mettre de l'ordre dans mes pensées, mais alors Crible se mit à chanter la vieille ballade du fils du bûcheron, et, après la deuxième strophe, Lant et moi nous joignîmes à lui. Quand le jeune homme vint prendre place à table le lendemain soir, il annonça qu'il avait passé la journée dans une barque à pêcher et qu'il avait pris un poisson plat de la taille d'un petit enfant, et j'eus le plaisir infini de voir Ortie adresser à Crible un sourire très particulier par-dessus la tête de Lant, qui vidait son assiette avec un appétit que je ne lui avais pas vu depuis la fête de l'Hiver.

Les lentes lunes de l'hiver se succédèrent. J'étais plus seul que jamais dans toute mon existence, et cela me convenait parfaitement ; c'était une solitude que je cultivais à mon escient. Je ne me laissais affecter exagérément par rien et tirais mes plans ; avec une âme de chasseur, j'attendais la fin de l'hiver et la venue d'un temps plus clément pour voyager. J'écrivis plusieurs longues lettres, une pour Heur, une pour Kettricken et une pour Ortie et Crible ; je me demandai si j'allais en rédiger une pour mon futur petit-enfant et jugeai que je me laissais aller au sentimentalisme. Celle que j'adressai à Umbre fut la plus difficile, car j'ignorais s'il la lirait un jour avec l'esprit clair. Comme Vérité autrefois, je signai mes missives, les fermai et les mis de côté.

J'endurais l'attente de chaque jour tandis que des guérisons s'amorçaient en moi. Mon Art me revint, d'abord par des pensées extérieures qui me chatouillaient vaguement puis par des murmures plus clairs ; au début je m'en servis aussi peu que possible, selon les conseils et les souhaits de ma fille, puis je m'exerçai, mais avec rigueur, par de fines communications avec Lourd ou des réflexions d'ordre général à l'intention d'Ortie. Je perçus la présence des divers clans d'Art présents à Castelcerf et écoutai sans vergogne leurs transmissions lorsqu'elles n'étaient pas protégées. Je forgeais ma discipline dans ce domaine aussi méthodiquement que je travaillais à récupérer ma musculature et mes techniques de combat ; le jour, je prenais des bleus sur le terrain d'exercice, et la nuit je m'entraînais à lancer des couteaux et à sortir des fioles de poison de ma manche. Je guettais une amélioration du temps pour pouvoir me mettre en route et j'attendais de devenir plus apte à tuer.

Je confiai à d'autres les animaux que j'avais en garde. La corneille apportait déjà une présence enjouée dans les appartements du Fou, car Persévérance l'amenait le voir tous les jours. Elle tenait au Fou d'une façon impossible à tout être humain, et, par moments, je me demandais s'ils ne partageaient pas un fil de Vif tant elle s'emparait vite des mots qu'il prononçait, comme un pigeon picore des grains de blé. Malgré sa cécité, il essayait de lui enseigner des tours, et je ne fus jamais aussi abasourdi que le jour où il lui ordonna :

« Prends la cuiller de Fitz », et qu'elle traversa aussitôt la table en sautillant pour me la voler des mains. Elle ne paraissait pas sensible à mon Vif, mais son langage et sa réactivité étaient ceux d'un animal lié par cette magie ; son cas me laissait perplexe.

Quant à Véloce, je n'en avais guère l'usage tant que je restais dans le château, mais j'allais tout de même la voir de temps en temps aux écuries. J'y avais trouvé à plusieurs reprises Patience appuyée contre la porte de son box, apparemment occupée à l'admirer ; je ne fus donc pas étonné le jour où Véloce tourna la tête vers moi.

Ma récompense ?

Demande.

J'ai trouvé ma partenaire. Fais en sorte que je reste avec elle.

Entendu.

Et ce fut tout ; par la suite, Véloce ne m'accorda plus un regard. Persévérance regimba un peu quand je demandai à l'adolescente de se charger des exercices et des soins de la jument, mais je ne changeai pas d'avis : j'avais vu l'éclat dans les yeux de Patience quand je lui avais donné mes ordres, et je savais qu'elle saurait apprécier Véloce de tout son cœur, ce qui m'était impossible. Je me rendis de moins en moins souvent aux écuries, et je n'intervins pas en voyant Véloce se lier à elle. La splendide partenaire que j'avais éconduite en comblait une autre, et je méritais les regrets qui me poignaient ; il était trop tard, et même l'eussé-je pu que je n'y eusse rien changé.

Le Fou continuait sa convalescence, mais très lentement. Le soir où il vint me rejoindre près de la cheminée de la grand-salle, j'eus un élan de soulagement. C'était manifestement Cendre qui avait choisi ses vêtements, car je vis le garçon en admirer l'effet de loin. Le Fou portait une longue robe noire dont le style datait d'un demi-siècle, parsemée de lunes et d'étoiles découpées dans un tissu différent et cousues en capiton ; il était coiffé du chapeau mou qui appartenait jadis à sire Granit, à présent orné de boutons verts et d'amulettes en laiton et en étain ; la canne sculptée de serpents et de dragons sur laquelle il s'appuyait était de sa propre facture, et je me réjouis de constater qu'il avait repris son vieux passe-temps. Perchée sur son épaule, Bigarrée contribuait à son aspect incongru. Cendre le mena jusqu'à un siège à côté de moi, et, à ceux qui le saluèrent, il se présenta sous le nom de Gris, voyageur originaire de la lointaine Satine ; il ne s'arrogeait nul titre de noblesse et se décrivait comme un mage étranger venu à Castelcerf pour étudier la magie légendaire des Loinvoyant. Son accoutrement et ses parures étaient assez insolites pour ne pas jurer avec ses yeux d'or et son visage balafré. Il ne resta pas longtemps ce premier soir, mais, à mesure que l'hiver s'avançait, il se mit peu à peu à parcourir le château ; en tant que mage Gris, il ne cherchait pas de nouvelles relations ; toutefois il commença à rendre visite à ceux qui l'avaient connu par le passé, et je le vis prendre un certain plaisir à jouer son nouveau rôle, tandis que Cendre et Braise paraissaient s'amuser follement à l'y assister. Les deux adolescents prendraient manifestement bien soin de mon vieil ami. Ainsi, même du Fou, je gardais soigneusement mes sentiments et mes pensées.

Je vis Ortie s'alourdir de l'enfant qu'elle portait et Crible devenir de plus en plus prévenant avec elle ; ni Kettricken ni Elliana ne pouvait cacher leur joie pour elle, et je me rassurais de la voir entourée de leur affection tout en demeurant moi-même à distance prudente. Si je ne laissais personne dépendre de moi, je ne manquerais à personne.

La nuit, le sommeil me fuyait la plupart du temps, mais cela m'était égal : les bibliothèques de Castelcerf étaient alors désertes, et moi et ma lampe en étions les seuls occupants. J'entrepris de les passer au peigne fin ; à une époque, Umbre s'était pris de passion pour ce qu'il appelait la religion du Prophète blanc, et je trouvai les manuscrits qu'il avait réunis. J'en retraduisis certains, j'en recopiai d'autres laborieusement, et je découvris enfin les références que je cherchais. Clerres était loin, plus loin que je n'avais jamais voyagé, mais les récits concernant le trajet étaient anciens et parfois contradictoires. Je ne discutais avec personne de mon dessein, et je me consumais à rassembler des renseignements.

Je prenais le temps de descendre à Bourg-de-Castelcerf et de fréquenter plusieurs tavernes où se retrouvaient les marins ; je cherchais ceux qui revenaient des périples les plus lointains et m'enquérais d'un lieu du nom de Clerres. Trois d'entre eux en avaient entendu parler, mais un seul prétendait avoir visité ce port ; ce n'était alors qu'un enfant, et il accomplissait un de ses premiers trajets. Le vieillard volubile s'efforça de me décrire les ports de la région, mais le temps, une existence rude et l'abus de rhum avaient érodé sa mémoire. « Va aux îles aux Épices, me dit-il ; il y a des gens là-bas qui commercent avec les Serviteurs de l'île Blanche. Ils te mettront sur la bonne voie. » C'était un maigre renseignement, mais qui donnait forme au voyage à venir.

J'étais soulagé que mes talents d'assassin n'appartinssent plus à mon roi ; je m'en ouvris même à Devoir lors d'un dîner privé chez Umbre. Mon vieux mentor picorait vaguement dans son assiette d'un air apathique tandis que notre souverain expliquait sa décision de nous placer en pleine lumière. « Je sais que c'était inconfortable, Fitz, mais votre rang exigeait des appartements adéquats, et un rejeton de la lignée Loinvoyant ne doit pas passer son temps à rôder dans des passages dérobés en espionnant les gens. » Il posa sa fourchette avec un soupir et m'adressa un sourire las. « J'en ai fini des secrets, Fitz. Regardez où ça nous a menés, voyez quelle enfance anormale cela a fait subir à Pépite et à Lant, sans même parler de vous. Et songez au désastre qui a failli avoir lieu quand ils se sont connus sans être au courant de leur lien de parenté. » Je mâchais lentement, les yeux baissés, en me demandant comment il avait découvert cette situation et en espérant que le sens en avait échappé à Umbre. « Pensez à la couronne et à la dernière lettre que mon père vous a adressée, dissimulée pendant des années et connue d'Umbre seul ; s'il avait péri pendant la guerre des Pirates rouges, nul n'aurait été au courant des souhaits de Vérité vous concernant. Quand je regarde Umbre aujourd'hui, souriant et dodelinant de la tête, je me demande ce qu'il savait d'autre et a désormais oublié, quels détails essentiels de l'histoire des Loinvoyant il ne pourra jamais révéler. »

Je levai les yeux pour voir comment l'intéressé prenait ce reproche, mais il paraissait absorbé par la séparation des petits pois dans son assiette en deux tas distincts ; il s'aperçut que je l'observais et croisa mon regard ; sa paupière gauche s'abaissa lentement puis se releva. Je cessai de mastiquer. Était-ce un clin d'œil ou bien le signe d'un affaissement de ses traits ? Ses yeux verts restèrent aussi opaques que l'eau de la mer.

Devoir continuait à parler. « Je sais que c'est difficile pour le Fou, mais je pense que c'était une sage décision. Il ne sera peut-être plus jamais aussi enjoué que sire Doré, mais au moins il ne demeure plus tapi dans l'ombre ; c'est sûrement mieux pour lui que de vivre caché dans la vieille tanière obscure d'Umbre.

— Que vont devenir ces appartements secrets ?

— Oh, un jour ou l'autre, on déplacera la penderie de la chambre de dame Thym et on remettra en fonction, au grand jour, la porte dérobée. Dame Romarin a commencé à trier ce qui s'y trouve ; elle m'a d'ailleurs dit qu'il y avait des produits à manipuler avec précaution. Mais rien ne presse : quelques pièces vides dans ce vieux château biscornu sont un souci moindre que la présence d'un dragon en Béarns. Avez-vous réfléchi à une solution au problème que pose ce Baliper ?

— Je serais ravi de participer au nettoyage de l'antre d'Umbre ; Romarin a raison : il s'y trouve des choses dont il faut se débarrasser avec la plus grande prudence. Je m'occuperai de certaines d'entre elles. » Et de beaucoup d'autres qui me seraient très utiles ; j'avais déjà décidé de m'y atteler dès que possible – je connaissais plusieurs accès au labyrinthe –, mais je préférai ne pas m'étendre sur le sujet de crainte que Devoir ne perçût la direction de mes pensées. Je pris une expression songeuse. « Quant à votre dragon, ma foi, on peut toujours l'abattre ; mais, étant donné qu'il peut communiquer avec certains hommes et qu'il est apparenté à des congénères parmi ceux de Kelsingra, ce n'est peut-être pas la meilleure option.

— En effet, ce doit n'être que notre dernier recours. Si nous en tuons un, mes ducs se diront que c'est la solution la plus simple. J'ai interdit pour l'instant tout acte hostile à leur encontre.

— Dans ce cas, la seule méthode consiste à le traiter comme n'importe quel invité qui ne sait pas se tenir : choisissez ce que vous allez lui donner, offrez-le-lui et espérez qu'il s'en contentera. Évitez qu'il s'installe trop confortablement et formez le vœu qu'il ne reste pas longtemps. » Je me creusai la cervelle. « Comparez les fermes qu'il attaque avec celles qu'il laisse tranquilles, déduisez les conditions qu'il préfère et ne les reproduisez pas.

— Ces créatures mangent tellement ! murmura Devoir, atterré.

— Trop ! » intervint soudain Umbre, et nous nous tournâmes vers lui. Ses yeux brillaient de colère et il me regarda. « Il y a trop de romarin sur cette volaille ! J'ai horreur de ça. Qu'y a-t-il de pire qu'une apprentie cuisinière qui croit en savoir plus que la maîtresse ? Elle a la main trop lourde, voilà le problème !

— Sire Umbre, dit Devoir d'une voix douce, mais bien inutilement, ce n'est pas de la volaille, mais de l'excellente venaison, et je n'y sens pas trace de romarin.

— Bah ! » Umbre repoussa son assiette et pointa sur moi un index devenu noueux. « Mon garçon serait d'accord avec moi ! Fitz n'a jamais aimé touiller dans la marmite. » Il parcourut lentement la pièce des yeux. « Où est Fitz ? Où est mon garçon ?

— Je suis là », dis-je, le cœur serré.

Il reporta son regard sur moi. « Ha ! Sûrement pas. » Il but une gorgée de vin, reposa son verre et me regarda de nouveau. « Je connais mon garçon ; il sait quel est son devoir. Il sentirait l'urgence, et il serait parti depuis longtemps, ça oui ! »

Je réussis à sourire et lui tapotai la main. « L'adolescent impulsif qui courait dans Castelcerf l'épée au poing ? Oui, il est parti depuis longtemps, sire Umbre. »

Il tressaillit, et, un bref instant, il planta ses yeux verts dans les miens ; puis son sourire vide revint. « Tant mieux, dit-il lentement, dans un soupir, même s'il me manque parfois. »

12
Derniers détails

Dans ce rêve, tout était pestilentiel et effrayant. Des animaux allaient et venaient sans leur peau ; ils ressemblaient aux daims pendus dans les locaux de refroidissement, une fois les carcasses exsangues et les peaux débarrassées de leur chair par les chasseurs. J'ignore comment je savais cela, car je n'avais jamais vu de chasseurs partir à la traque ni de daims suspendus pour les vider de leur sang avant de les dépecer. Les bêtes étaient rouge sombre, violette et rose avec des muscles blancs et luisants ; le pire était leurs yeux fixes qui ne pouvaient se fermer.

Dans les rues, hommes et femmes étaient vêtus de la peau de ces animaux ; c'était manifestement horrible, et pourtant tous les habitants de Myrtilier paraissaient trouver cette mode parfaitement normale. Je n'avais aucune envie d'être là. Au-dessus de l'eau, un grand oiseau marin aux vastes ailes blanches nous cria de nous presser, et ils me firent avancer.

Journal des rêves d'Abeille Loinvoyant

Je ne fermai pas l'œil de la nuit ; après une âpre discussion avec moi-même, je sortis le journal d'Abeille et le feuilletai lentement en m'émerveillant de ses illustrations et de son imaginaire étrange, mais, malgré cela, mes pensées revenaient toujours sur la même sujet. Umbre avait raison : l'adolescent cabochard que j'étais jadis se fût mis en route un mois plus tôt. Je me remémorai les différentes occasions où j'avais cédé à ce genre d'impulsion ; la première fois, j'avais fini dans les cachots de Royal ; la deuxième, le clan d'Art du même Royal avait failli me tuer. Aujourd'hui, je n'avais pas droit à l'erreur, sous peine qu'elle ne fût ma dernière, et je passai donc en revue les moyens à ma disposition : j'avais recouvré mon Art, j'avais endurci mes muscles, et mes armes étaient prêtes. Le printemps allait bientôt arriver ; j'avais autant que possible pourvu aux besoins de mes proches à Castelcerf ; il me restait à mettre mes affaires en ordre à Flétribois, et je pourrais partir.

Le lendemain, j'annonçai que je comptais faire un séjour dans mon domaine, et nul ne protesta. Ortie remplit deux sacoches de cadeaux et de babioles pour les domestiques ; Persévérance m'accompagnerait, car j'estimais qu'il devait rendre visite à sa mère et peut-être demeurer sur place.

Il faisait un grand ciel bleu le jour de notre départ. J'avais invité le Fou à me suivre, mais il avait refusé, ce qui ne m'avait pas étonné ; en revanche, je ne m'attendais pas à la colère froide qui perçait dans sa voix quand il me dit : « Pendant que tu traînes les pieds, je dois me préparer pour mon voyage de retour à Clerres. Quand tu m'as répondu que tu ne pouvais pas m'escorter à cause d'Abeille, j'ai compris ; quand tu m'as appris qu'on l'avait enlevée et que tu ne pouvais pas partir tant qu'on ne l'avait pas secourue, j'ai compris. Mais maintenant ils ont tué notre enfant, et tu ne fais toujours rien ! » Il attendit une réponse de ma part, et je pense que mon mutisme ne fit qu'accroître sa colère. « Je ne te comprends plus, murmura-t-il. Ils ont tué notre enfant. Je passe mes journées à ruminer ma vengeance, je m'astreins à reprendre des forces, je m'efforce chaque jour de retrouver mon endurance. Je me tiens prêt pour le jour où tu m'annonceras que nous allons entreprendre notre périple, et voilà qu'enfin tu me proposes de partir avec toi – mais à Flétribois ! » Il avait pris un ton écœuré.

Je lui dis la vérité : « Je ne suis pas convaincu que ta santé te permette d'affronter le trajet jusqu'à Clerres, et encore moins d'assouvir la vengeance que tu désires. Tu n'es pas prêt, Fou. » Je me gardai d'ajouter qu'il ne le serait peut-être jamais.

« Néanmoins, avec ou sans toi, je dois y aller ; je n'ai pas le choix, et je tire donc mes propres plans.

— On a toujours le choix, même si toutes les options paraissent mauvaises.

— Une seule voie m'est ouverte », fit-il d'un ton catégorique. Il secoua la tête puis lissa d'une main la nuée de cheveux blancs qu'il avait soulevée ; sa voix changea. « J'ai recommencé à faire des rêves, Fitz ; comme quand j'étais enfant.

— Tout le monde fait des rêves.

— Non, pas de ce genre. Ils sont aux songes ordinaires ce que boire du vin est à le sentir ! Ils sont d'une importance indéniable.

— Pourraient-ils venir du sang de dragon ? Je me rappelle que tu m'as dit faire des rêves de dragons, où tu chassais en volant. »

Il repoussa mon hypothèse d'un geste élégant de la main. « Non, ceux-là étaient différents. Ceux-ci… Je vois ce qui nous attend, Fitz, par bribes. Il faut nous mettre en route. Je rêve du Loup de l'Ouest. »

Ses yeux aveugles me scrutaient. Ses derniers mots m'étaient familiers, mais où les avais-je déjà entendus ? Je secouai la tête à mon tour. « Je dois m'en aller, Fou ; j'ai des affaires à régler à Flétribois. »

Il pinça les lèvres. « Avec ou sans toi, mon vieil ami, dit-il. Avec ou sans toi. »

Je sortis. Nous séparer ainsi me pesait, et c'est en silence que je quittai le château de Castelcerf en compagnie de Persévérance. Je montais une solide jument que les sacoches ne gênaient pas, et l'adolescent chevauchait à côté de moi, muet lui aussi ; je pense qu'il redoutait cette visite chez lui plus qu'il ne s'en réjouissait.

Le trajet se déroula sans incident. Le temps restait beau, mes hommes savaient se tenir dans les auberges, et Gantelée paraissait satisfaite d'eux. À mesure que nous approchions de notre destination, mon cœur s'alourdissait et Persévérance devenait morose ; quand nous bifurquâmes pour emprunter la longue allée de la propriété, les bouleaux sous leur fardeau de neige s'arquèrent au-dessus de nous et assombrirent le jour. À un moment, Persévérance tourna la tête, et son regard s'attarda sur le bord de la route ; je compris que c'était là qu'une flèche chalcédienne l'avait jeté à terre. Nous ne dîmes rien.

Nous vîmes les écuries incendiées avant d'apercevoir la maison. J'avais donné ordre qu'on incinérât dans les vestiges de la grange ceux qui y avaient péri, et à présent les décombres avaient été déblayés, ne laissant qu'une vaste zone de neige piétinée et noircie autour des fondations de pierre. Une nouvelle charpente s'élevait, et une extrémité du bâtiment était déjà fermée ; un bouledogue vint à notre rencontre en grondant et en aboyant ; une gamine sortit en courant pour le saisir au collier et l'entraîner à grand ahan.

« C'est le maître ! » cria une voix dans les écuries, et je vis quelqu'un se précipiter vers la maison. Plusieurs employés vinrent prendre mon cheval et celui de Gantelée, et indiquer aux gardes où installer les leurs ; j'autorisai Persévérance à les aider.

Dixont, l'intendant, nous accueillit emmitouflé dans un manteau orné de boutons d'os teints en jaune et vert : il prenait manifestement grand plaisir à son statut élevé. La seule pensée qui me vint fut que ce n'était pas Allègre. Il me dit que tous s'étaient réjouis d'apprendre le sauvetage de demoiselle Évite ; il espérait qu'elle se portait bien, car il en gardait bon souvenir, et qu'elle reviendrait bientôt. Je lui répondis à mi-voix qu'elle était désormais installée à Cestelcerf. Il demanda ensuite des nouvelles de FitzVigilant en disant qu'on regrettait son absence, et je lui appris que lui aussi résidait à présent au château. Il changea alors de ton et, baissant les yeux, déclara que tous étaient attristés de la disparition de demoiselle Abeille. « Qu'elle était menue, et si gentille, même si elle était étrange ! On pourrait presque dire qu'elle n'était pas faite pour ce monde cruel. » Je le regardai fixement sans répondre, et il rougit ; précipitamment, il s'enquit de savoir si je voulais me reposer ou prendre une collation, mais je lui demandai de me montrer les travaux accomplis pendant que j'étais au loin. J'avais déjà noté que les portes d'entrée avaient été réparées à la perfection.

Il m'emmena donc voir des tentures raccommodées, des murs nus dont on avait retiré les tapisseries pour les restaurer, des encadrements de portes renforcés et des cloisons qui ne portaient plus les cicatrices des coups d'épée.

Ma chambre avait été remise en état ; le coffre verrouillé où je gardais mes objets personnels avait résisté aux pillards. Vint ensuite la chambre d'Abeille ; Dixont chuchota, comme en présence d'un agonisant : « J'ai donné la permission à sa bonne de la ranger, messire, et de tout replacer comme c'était à l'origine… » Sa voix mourut. Il ouvrit la porte afin de me laisser entrer. Je regardai le lit bien fait, le petit manteau accroché au mur et les chaussons près de l'âtre. Tout était propre et net ; tout était là sauf mon enfant. Je passai le bras par-dessus l'épaule de Dixont et refermai la porte. « La clé, je vous prie », dis-je, et, tirant de sa poche un large porte-clés en forme d'anneau, il m'indiqua celle qui m'intéressait ; je tendis la main, et il resta un instant perplexe avant de la décrocher maladroitement. Je verrouillai la porte et empochai la clé.

« Poursuivons », fis-je, et nous nous rendîmes à la chambre d'Évite. Elle avait été méticuleusement rangée, comme elle ne l'avait jamais été du temps où la jeune femme l'occupait. « Emballez toutes ses affaires, ordonnai-je au malheureux intendant, et envoyez-les-lui à Castelcerf.

— Comme il vous plaira, messire », répondit-il dans un soupir. Il savait qu'une tâche monumentale l'attendait.

Je lui donnai pour instructions d'en faire autant avec les possessions de Lant, et il me demanda si j'allais faire venir un nouveau scribe pour tenir le rôle de professeur et de comptable. Tout à mon chagrin, j'avais négligé d'y réfléchir ; les enfants de la propriété méritaient mieux de ma part. Je promis de m'en occuper.

Arrivé aux portes de mon bureau personnel, je congédiai Dixont. La serrure brisée avait été parfaitement réparée. À l'intérieur, la sculpture du Fou n'avait pas bougé du manteau de la cheminée, les casiers à manuscrits avaient été remis en état, et on avait tenté de ranger mon bureau. Je n'avais pas le cœur de m'en occuper pour le moment ; je fermai les portes à clé et m'en allai.

Dixont avait fait préparer un excellent repas pour notre arrivée ; Gantelée en fit compliment au personnel de cuisine et à lui, et il prit un air rayonnant.

Je mangeai puis me retirai dans la chambre que je partageais naguère avec Molly pour passer la nuit à contempler le plafond. Je n'avais jamais été du genre à me tourner vers la prière, et, si cela avait été le cas, c'eût sans doute été El, l'impitoyable dieu de la mer, qui m'eût écouté plutôt qu'Eda, l'aimable déesse des champs. Néanmoins, ce soir-là, j'adressai à quelqu'un, à quelque chose, ou peut-être à Molly, un torrent d'excuses et le profond désir de me racheter. Je promis rétribution : souffrance contre souffrance, sang contre sang. J'avais l'impression que nul ne m'écoutait, mais, au plus noir de la nuit, je sentis Ortie effleurer mes pensées.

Tu vas bien ?

Tu sais bien que non.

En effet. Dresse tes murs, papa ; tu chantes ton deuil comme s'il s'agissait d'une des mélodies de Lourd.

Il faut un nouveau précepteur aux enfants de Flétribois ; quelqu'un de très doux et de bienveillant.

Tu as raison ; j'en trouverai un.

Tout va bien pour toi et ton enfant ?

Oui ; je ne vomis plus depuis deux jours, et je peux à nouveau manger avec plaisir.

Tant mieux ; j'en suis ravi. Eh bien, bonne nuit !

Je relevai mes murailles et je sentis mon cœur frapper contre elles et s'y écraser comme une tempête sur les digues d'une ville aux volets fermés. Dans cette nuit obscure, je me demandai si j'éprouverais un jour autre chose que de la douleur et des remords.

Je me levai avant l'aube et, selon ma vieille habitude, me rendis aux cuisines. Tavia et Douce s'activaient, tout comme une fillette du nom de Léa, et une nouvelle recrue, Châtaigne ; quand je l'interrogeai, Tavia me raconta qu'Orme, après avoir bu la « tisane qui faisait se souvenir », avait perdu l'esprit et avait désormais une peur mortelle des hommes, même de son père et de ses frères ; quand elle était calme, on la plaçait au coin du feu à peler des pommes de terre ou à effectuer tout autre tâche peu exigeante ; aujourd'hui, sachant que je risquais de passer par les cuisines, on l'avait envoyée ailleurs, sous peine de déclencher ses hurlements à la vue d'un homme adulte. Léa se mit à pleurer ; pour ma part, je ne tenais pas à en apprendre davantage.

Mais Muscade, notre vieille cuisinière, avait apporté son aide pour le repas de la veille, et elle se répandait sans pitié en ragots sur les autres domestiques. Lin, le berger, avait choqué tout le monde quand il avait tenté de se suicider, mais un de ses fils avait coupé la corde juste à temps, et ses enfants le surveillaient maintenant de près, même s'il affirmait avoir agi dans un moment de désespoir et ne pas vouloir recommencer ; il faisait des cauchemars où il se voyait jetant des corps dans les écuries embrasées. Mince, une des employées du verger, s'était noyée ; certains disaient qu'elle s'était avancée exprès sur la glace fragile, d'autres qu'elle avait l'esprit légèrement dérangé depuis ce qu'elle avait vécu. Des serviteurs étaient partis, d'autres avaient été embauchés. Muscade ne passait aucun détail horrible, et je dus prendre sur moi pour rester assis à l'écouter alors que je mourais d'envie de m'enfuir : je devais entendre tous ces récits ; c'étaient eux qui rallumeraient le feu en moi si jamais ma détermination chancelait.

Tavia était blanche comme la craie ; Léa, elle, continuait à touiller dans une casserole mijotante. J'ignorais si c'était à cause de la chaleur ou d'une émotion réprimée qu'elle était aussi rouge. Un des jardiniers avait été violé par les pillards ; il s'était mis à boire au point de ne pouvoir quasiment plus travailler. « Ils lui ont mis l'arrière-train en sang, dit Muscade d'un air sombre ; il a arrêté de manger parce qu'il avait peur de devoir aller à la selle. Mais il boit, oh, ça, il boit ! Les gens de la ville, ils ne comprennent pas ; son frère, son propre frère, lui a dit : “Moi, je me serais battu jusqu'à la mort si on avait voulu me faire ça !” Mais ils n'étaient pas là ; il n'y a que nous qui pouvons comprendre. » Elle pétrissait du pain, et elle abattit soudain le pâton sur la planche avec une violence qui me surprit. Elle se tourna vers moi, et ses yeux âgés étaient pleins de larmes. « On sait que vous leur ferez payer, messire. On a entendu parler de ce que vous avez fait à cet Ellik, celui qui nous regardait du haut de son grand cheval, et au joli garçon, avec les cheveux blonds tressés comme ceux d'une jeune mariée, qui violait les filles comme s'il n'en avait jamais assez. Vous leur avez bien fait leur fête, à ce qu'on nous a dit ; ils l'avaient bien mérité, et on aurait pu leur faire pire ! »

Sa voix me semblait venir de très loin. Qui… Ah, évidemment ! Il était avec moi, il avait vu le cadavre, et, ici, chez lui, parmi ses amis, il était naturel que l'adolescent parlât ; et mes gardes avaient dû embellir l'histoire, comme d'habitude.

« On est fiers de vous, ça oui, et on sait que vous irez débusquer les autres. Suivez leur piste jusqu'à leur tanière, enfumez-les et tuez-les tous. Le petit Persévérance a peut-être achevé cet Ellik, mais il nous a raconté que vous lui en avez bien fait baver avant qu'il ne le crève. »

Fiers de moi. J'avais l'estomac au bord des lèvres.

Tavia dut avoir pitié de moi, car elle me rappela que Gantelée devait m'attendre pour le petit déjeuner ; elle me chassa de la cuisine, et je sortis avec soulagement. Dans le couloir, je croisai Persévérance, blême et les yeux bordés de rouge ; je lui annonçai qu'il mangerait avec nous, et je le menai à la table pour y attendre ma capitaine. Je ne lui demandai pas quelles fables il avait racontées au personnel de Flétribois, mais m'enquis de sa mère.

Il répondit d'une voix lente : « Elle n'habite plus ici, messire ; elle a dit à Lin qu'il n'y avait plus rien ici que des cauchemars et du chagrin. Elle s'est installée en ville, chez sa sœur et son mari ; il y a déjà six enfants, alors ils sont un peu serrés, mais elle dit que ça va. Sa sœur est contente d'avoir de l'aide, parce que son dernier est coliqueux et que ma mère est patiente ; elle s'occupe des travaux de couture et de raccommodage de la maison. Je suis allée la voir, et quand elle a ouvert la porte, elle s'est mise à pleurer en me voyant ; elle m'a serré contre elle en me disant qu'elle m'aimait, mais ensuite elle est allée se coucher très tôt. Ma tante m'a expliqué que c'est très dur pour elle de me revoir, que ça lui rappelle tout ce qu'elle a perdu, et qu'elle ne se pardonne pas de m'avoir fermé sa porte sans me reconnaître. » Il redressa soudain les épaules. « Si vous le permettez, messire, je retournerai à Castelcerf avec vous. J'ai confié ma paie à ma tante pour qu'elle la donne à ma mère, et elle a dit que ça l'aiderait beaucoup ; son mari est quelqu'un de bien, mais six enfants plus ma mère… Je dois faire mon devoir, et je pense que c'est avec l'argent que je gagne que je peux le mieux la soutenir. »

Cela ne me paraissait pas la bonne solution, mais son expression me convainquit qu'il devait en être ainsi. Léa nous apporta de la tisane et ouvrit grand les yeux en voyant Persévérance assis à côté de moi à table, dans son bel uniforme orné sur la poitrine de mon cerf chargeant. Elle lui sourit timidement ; il rajusta son pourpoint d'un air détaché, et je le vis tout à coup sous un jour nouveau. Parti garçon d'écurie, il revenait jeune homme au service d'un prince ;

il avait tué leur bourreau et s'en retournait les poches pleines d'argent destiné à sa mère.

Quand Gantelée arriva, elle avait la mine grave. Elle se tut pendant que Léa lui apportait de la tisane et disposait sur la table du pain, du beurre et de la confiture, et elle ne rompit son silence qu'à la sortie de la fillette. « Je n'imaginais pas ce qui s'est passé ici, Fitz ; pas étonnant que vous ayez eu l'air sonné en revenant à Castelcerf. La fille qui s'est chargée de mes affaires était la bonne de demoiselle Pépite, et elle a dit qu'elle s'était aussi occupée de votre petite fille. Ah, Fitz ! Je ne me rendais pas compte de ce qui vous était arrivé. Je vous prie, pardonnez-moi. »

Je la regardai, muet de perplexité. Léa entra avec du gruau puis ressortit. « Pardonner quoi ?

— De m'être montrée distante avec vous après... après avoir vu ce que vous aviez infligé à ces deux hommes ; maintenant je comprends. C'est tout ce que je voulais dire. »

Je hochai la tête comme si j'acquiesçais, mais je n'avais qu'une envie : que nul ne dît plus rien. J'avalai mon repas sans aucun appétit.

La journée s'écoula avec lenteur. J'exécutai les tâches pour lesquelles j'étais venu : j'inspectai les écuries qu'on reconstruisait et demandai quelques modifications, je trouvai un homme au village qui s'y connaissait en dressage et le priai d'aider la fille d'écurie à transformer le bouledogue en un animal utile, j'étudiai l'inventaire des chevaux et du bétail qui avaient péri dans les flammes et décidai les remplacements nécessaires, je fis transmettre mes décrets à dame Ortie par l'artiseur résident, j'annonçai à Sangle que sa position de maître d'écurie était à présent définitive – et les autres employés parurent soulagés d'avoir quelqu'un d'officiellement nommé à leur tête –, je pris les dispositions nécessaires pour apurer nos comptes de Flétry et de Chênes-lès-Eau, et je remerciai les négociants de nous avoir fait crédit si longtemps.

Je mis en ordre toutes les affaires quotidiennes, tout ce que j'avais négligé, et je fis en sorte qu'on envoyât les comptes tous les mois à Crible. Je ne voulais rien laisser en suspens. Dixont tenait correctement son rôle d'intendant ; il me montra son registre des bilans, parfaitement tenu, et je décidai de le laisser à son poste ; ce n'était pas Allègre, il n'y pouvait rien. Il était temps d'éteindre l'aversion que j'éprouvais pour lui parce qu'il avait pris la place d'un mort.

J'avais prévu de rester dix jours, mais, le lendemain de mon arrivée, j'étais déjà prêt à retourner à Castelcerf. Le soir était tombé et j'étais dans mon antre privé, où je rassemblais les affaires personnelles que je voulais emporter. Une flambée crépitait joyeusement dans la cheminée, et je l'alimentais régulièrement de mes vieux manuscrits. Je ne voulais rien laisser de moi dans ces lieux : je ne pensais pas revenir un jour y vivre ; de fait, la plupart du temps, je ne pensais pas revenir où que ce fût. Je réunis donc mes trésors cachés dans le coffre de ma chambre, mes souvenirs de Molly et les rares que j'avais d'Abeille, et les emballai soigneusement avec les sculptures du Fou et les parchemins onéreux qu'Umbre m'avait fait parvenir pour que je les traduise.

J'examinai les objets que j'avais choisis de rapporter en Cerf, collection pitoyablement réduite pour définir toute une vie : les œuvres que le Fou avait créées pour moi en des jours meilleurs, la dernière chemise que Molly m'avait cousue, trop précieuse pour être portée.

Je songeai à ce que je laisserais sur place. Toutes les affaires de Molly que j'avais données à Abeille resteraient dans sa chambre : son peigne et sa brosse, les ouvrages sur les plantes avec les images peintes et gravées dont Molly se servait pour apprendre à lire à la petite. J'imaginais que, quand on l'avait enlevée, elle portait la ceinture et le couteau de sa mère, sans doute jetés par ses ravisseurs et perdus pour toujours. Je fermai les yeux. Il me fallait son odeur. J'avais autorisé Abeille à prendre toutes les bougies, et elle les avait mises dans sa chambre. J'en prendrais quelques-unes, rien que quelques-unes, en souvenir d'elles deux.

Je traversai la demeure silencieuse. Elle était froide et déserte, coquille de noix dépouillée de son contenu, bouteille vidée de son eau-de-vie, pleine d'une obscurité que ma bougie ne pouvait dissiper. Je m'arrêtai devant la porte d'Abeille et tâchai d'imaginer qu'elle dormait dans son lit, bien au chaud, en sécurité ; mais je tournai la clé dans la serrure, et la porte s'ouvrit sur une pièce glaciale qui sentait le renfermé.

J'examinai d'abord la nouvelle penderie qu'Allègre avait conçue pour elle ; elle était rangée avec une précision qui n'évoquait en rien ma fille. Mon cœur se mit à cogner et des larmes à rouler sur mes joues quand je vis que sa bonne, Prudence, avait mis en ordre les trésors que je lui avais achetés le jour où nous étions allés au marché : un petit tiroir plein de coquillages, la ceinture rouge à fleurs, les bottes trop grandes pour elles ; la sacoche d'objets que je lui avais envoyée de Castelcerf était pendue à un crochet, jamais ouverte, jamais source d'émerveillement. Ses nouvelles bottes, livrées pour une enfant qui ne les porterait jamais. Elle avait dû fuir avec ce qu'elle avait sur elle, ses chaussures basses de maison, sans manteau chaud, sans gants. Je n'y avais pas songé : elle avait dû se sauver dans la neige épaisse avec pour seule protection les vêtements qu'elle avait mis pour ses leçons.

Je refermai l'armoire. Les bougies ne s'y trouvaient sûrement pas.

Sur une table de chevet près de son lit, rapportée de son ancienne chambre, la coque évidée d'une chandelle à demi consumée se dressait dans le bougeoir. Je la pris et humai le léger parfum de lavande. J'ouvris le cabinet de la table et trouvai les bougies, en rang comme de petites sentinelles de cire : lavande, chèvrefeuille, lilas et rose. Je me promis de n'en prendre que quatre, et, comme un enfant incapable de choisir, je fermai les yeux et tendis la main pour les prendre au hasard.

Mais c'est du papier que je sentis sous mes doigts. Je m'accroupis pour examiner l'intérieur ; coincée entre le bois et la dernière chandelle se trouvait une vieille liasse de papier reliée, donnée à Abeille à l'époque où elle apprenait à écrire. J'allumai la bougie sur sa bobèche et m'assis par terre pour parcourir les feuilles ; je retrouvai ses dessins de fleurs, d'insectes et d'oiseaux précis et encrés avec soin. Je tournai les pages et tombai tout à coup sur des lignes d'écriture ; ce n'était pas un journal de ses rêves mais un compte rendu de ses journées, et je le lus très lentement. Je découvris ainsi comment elle avait dénoué sa langue, ce qu'elle ne m'avait jamais confié ; elle évoquait un chaton qu'elle avait retrouvé plus tard adulte. J'appris l'existence de père Loup et son errance dans le labyrinthe, égarée, le soir où j'étais allé voir Umbre. Père Loup ? Œil-de-Nuit ou le fruit de l'imagination d'une enfant ? Non ; le Vif n'opérait pas ainsi. Et puis j'arrivai à la page où elle décrivait comment Lant l'avait humiliée et moquée devant les autres enfants, et mon cœur brûla de fureur.

Je tournai la feuille. Son écriture était ici plus ferme, et elle avait noté la promesse que je lui avais faite. « Il a dit qu'il prendrait toujours mon parti, que j'aie tort ou raison. »

C'est alors que cela se produisit. Ajournée des semaines durant, elle explosa en moi, la douleur qui me déchirait la gorge et ne pouvait se résoudre en larmes, la rage de tuer, l'envie de mettre en pièces. Je ne pouvais réparer ce qui avait été brisé, mais je pouvais faire payer ceux qui en étaient responsables. Ils m'avaient empêché de tenir ma promesse ; je n'avais pas pris son parti. On l'avait enlevée, je n'avais rien pu faire, et maintenant elle n'était plus, réduite en lambeaux perdus à l'intérieur d'une pierre d'Art. Ils avaient battu le Fou, l'avaient rendu aveugle, avaient anéanti son courage et étouffé sa gaieté ; et moi, qu'avais-je fait ? Rien ou presque. Ses bourreaux, très loin d'ici, mangeaient, buvaient et dormaient sans songer au mal terrible dont ils étaient les auteurs.

Abeille avait cru en moi, elle avait tiré consolation et courage des mots que j'avais prononcés, tout comme le Fou. Il avait fait un immense voyage dans le froid, brisé et seul, pour me demander une justice trop longtemps retardée. Une brusque rage accompagnée de la détermination inébranlable de les venger tous monta en moi, plus brûlante qu'aucune fièvre. J'en avais fini de pleurer.

Papa ?

Ortie interrompit mes pensées, et je sentis sa perplexité et son inquiétude. Mon Art avait dû déborder. Je ne pouvais plus contenir mes émotions, et ma décision cachée jaillit soudain. *Je ne peux plus attendre. Je ne verrai pas ton enfant naître et je ne tiendrai pas mon premier petit-enfant dans mes bras. Je regrette, Ortie, mais je dois m'en aller ; je dois venger Abeille ; je dois trouver ceux qui lui ont envoyé des tueurs et je dois la venger. J'ignore quelle distance je devrai parcourir, mais je dois partir.*

Pendant un long moment, je ne perçus rien d'elle ; elle s'était si bien enfermée que seule me parvenait l'impression de sa présence. Elle était un son creux, un coquillage porté à l'oreille. Je me tus et pris patience.

Je m'en doutais. J'espérais que… Bref, je sais que tu dois t'en aller ; Crible m'en avait prévenue. Elle s'interrompit un instant. *Si tu en avais eu la possibilité, tu l'aurais suivie dans la Pierre, sans hésiter.*

Oui.

Nouvelle pause. *J'irai voir le roi Devoir lui expliquer pourquoi il ne doit pas s'y opposer – et pourquoi s'y opposer ne servirait à rien. Te verrai-je avant ton départ ?*

Étant donné que j'emprunterai les portails d'Art pour voyager, oui, il faudra d'abord que je retourne à Castelcerf. Je tâchai de mettre de l'ordre dans mes pensées. *Je reviendrai à cheval ; il faut que je consulte le Fou à propos de mon trajet. Donc, oui, tu me verras avant mon départ.*

Sans rien dire, nous nous demandâmes tous deux si je reviendrais un jour.

En fait, si je t'artisais, c'était pour te donner des nouvelles du Fou, mais je me suis retrouvée prise dans ta tempête.

Des nouvelles du Fou ?

Il a disparu.

La douleur me poignit. Avec ou sans toi, avait-il dit ; pourtant jamais il ne partirait sans moi. Si ? Il mourait de terreur, mais il en avait assez d'attendre que j'agisse. *Depuis quand ?*

Je l'ignore. Depuis ce matin au moins. Kettricken est passée le voir, et il n'était pas dans sa chambre ; elle s'est d'abord réjouie, pensant qu'il était allé rendre visite à Umbre ou qu'il avait fini par décider de prendre un peu l'air. Mais ce soir, quand elle est retournée chez lui, il n'était toujours pas là ; Umbre ne se rappelle pas qu'il soit venu dans sa chambre, et personne ne l'a vu.

As-tu interrogé son domestique, Cendre ?

Le Fou l'avait envoyé acheter du poisson fumé en ville ; il n'est rentré qu'après le début des recherches, et il est aussi inquiet que nous.

Je m'apprêtai à mentir, puis me ravisai ; peut-être étais-je aussi las des secrets que Devoir, ou peut-être avais-je seulement besoin d'une réponse rapide. *Regardez dans les parties basses du château ; dans les cachots.*

Quoi ? Pourquoi ?

Il savait ce qu'Umbre y avait découvert : un portail d'Art incorporé aux fondations, avec une rune qui le conduirait à Aslevjal.

Mais il ne possède pas l'Art ! Et il n'a aucune raison d'aller à Aslevjal !

N'empêche, peux-tu envoyer quelqu'un vérifier ?

J'irai, mais je ne pense pas que tu aies à t'en faire, Fitz : Devoir a fait installer une porte à barreaux de fer dans ce couloir pour aider un peu Umbre à tenir sa promesse de ne plus se servir de ce portail, et elle est toujours verrouillée ; Devoir et moi sommes les seuls à en avoir la clé.

J'en doutais fort : je connaissais trop bien mon vieux mentor pour croire qu'il y eût une porte de Castelcerf qu'il ne pût ouvrir. Pour autant cela ne signifiait pas que le Fou eût accès à une de ces clés – à moins que l'ancienne apprentie d'Umbre ne sût où en trouver une. Mais même s'il avait réussi à franchir la porte, le Fou n'avait pas l'Art pour entrer dans un pilier.

Je t'en prie, demande seulement aux geôliers s'ils l'ont vu. J'hésitai : je n'en avais nulle envie, mais je savais devoir ajouter une requête. *Et vérifie s'il ne te manque pas un artiseur ; un apprenti ou un Solitaire doué, quelqu'un qui ne tienne pas en place et qui soit prêt à se laisser convaincre de tenter une expérience.*

Je sentis son angoisse à cette idée. *Il y en a peut-être quelques-uns qui correspondent,* dit-elle à contrecœur. *Les artiseurs ont tendance à être un peu bizarres par certains côtés. Je tâcherai de voir s'il en manque un ; mais il est tard et la plupart des occupants du château sont couchés. Je ne saurais peut-être rien avant demain.*

J'espère me mettre en route à l'aube ; appelle-moi s'il y a du nouveau.

C'est promis. Je sentis qu'elle réfléchissait de son côté, et ce fut presque comme un murmure dans ma tête quand elle dit : *Te rappelles-tu quand tu étais un loup et que tu venais me voir dans mes rêves ?*

Les sentiments qu'elle éprouvait pour moi alors soufflèrent comme une brise dans nos pensées communes. Elle m'imaginait mystérieux et puissant, voire romantique, et il me vint une bouffée de regret qu'elle me vît aujourd'hui si ordinaire. *Je me le rappelle.* Son Art s'était d'abord manifesté par sa faculté de manipuler les rêves, les siens et ceux des autres ; je me souvenais de sa tour de verre, de sa robe de papillon.

Et je me souviens d'Ombre-de-Loup, reprit-elle ; *je savais qu'il devrait pourchasser ceux qui s'en étaient pris à sa meute ; je savais que tu te retransformerais en lui quand tu serais resté seul assez longtemps.* Il y eut une interruption, comme si elle entretenait des pensées trop personnelles pour les partager ; je la sentis néanmoins résignée à ce que j'allais faire, et j'en fus blessé. Puis, à ma grande surprise, elle dit : *J'aurais aimé mieux la connaître ; j'aurais aimé lui accorder plus de temps. Je pensais toujours qu'il nous en restait bien assez pour devenir sœurs.* Sa fureur m'explosa soudain au visage comme un jet de flamme. *J'aimerais pouvoir t'accompagner et t'aider à les tuer !*

L'Art se tut. J'étais abasourdi. Avais-je oublié que j'avais affaire à la femme qui avait tenu tête à Tintaglia alors qu'elle était à peine plus qu'une enfant ? Quand elle reprit la conversation, la maîtrise impeccable de son esprit me rappela son arrière-grand-père.

Crible saura quoi préparer pour ton voyage ; je vais lui demander de s'en occuper. Quant à moi, je vais amener Devoir à l'idée d'accepter ta décision.

Et, sur cette pensée, elle s'éloigna de mon esprit comme la fumée odorante d'une chandelle mouchée dans une pièce glacée. Je me relevai lentement, le journal serré contre moi comme je n'avais jamais étreint ma fille ; je restai songeur quelques instants puis me baissai et choisis les bougies à l'aveuglette. Je soufflai celles qui m'éclairaient et, dans le noir, je humai une de celles que j'avais prises : chèvrefeuille ; un jour d'été d'il y avait longtemps ; Molly qui récoltait des fleurs blanches et roses, aussi industrieuse que ses abeilles, pour parfumer la cire. Un souvenir à conserver.

Je regagnai mon antre et ajoutai une bûche sur le feu ; je ne voulais pas dormir dans cette obscurité qui précède l'aube. J'allumai de nouvelles bougies et pris mon vieux paquetage ; il contenait mes trésors, tous les objets dont je refusais de me séparer, que je complétai des chandelles de Molly et du journal d'Abeille ; quand je glissai ce dernier à côté du livre de ses songes, j'eus le sentiment de joindre deux moitiés de son existence : le jour, c'était mon enfant, et la nuit une faiseuse de rêves. Je ne voulais pas la qualifier de Prophète blanc ; je ne voulais pas la désigner plus comme du Fou que de moi. Je n'avais pas dit à mon ami qu'elle tenait un journal de ses visions nocturnes ; je savais qu'il me demanderait de le lui lire, qu'il désirerait autant que moi le posséder. C'était tout ce qui me restait de ma fille, et je tenais à le garder pour moi.

Je retournai dans ma chambre, ouvris le coffre à vêtements, et, sous le faux fond, m'approvisionnai en poisons, onguents, poudres, dagues, et tout ce dont un ex-assassin devenu vengeur pouvait avoir besoin. Car, sans le savoir, Devoir m'avait délivré : un assassin royal est tenu par la parole de son souverain et ne tue que sur instructions ; désormais, je pouvais tuer comme bon me semblait.

J'avais une solide ceinture en double épaisseur de cuir ; j'en remplis méthodiquement les caches. Les fourreaux qui se glissaient dans les bottes, plaqués contre mes chevilles, le bracelet affreux qui dissimulait un cordon d'étrangleur, la boucle de ceinture qui, une fois détachée, devenait une petite dague, les gants avec le coup-de-poing en bronze cousu à l'intérieur… Tant de petits instruments délicats et mortels à choisir et à empaqueter ! Je devais aussi laisser de la place pour les fournitures que j'avais prises dans l'ancienne tanière d'Umbre. Je tenais à être prêt à tout.

Je transportai mon paquetage impeccablement fait dans mon antre personnel. Dehors, l'obscurité régnait encore ; je ne tarderais pas à réveiller Persévérance pour qu'il préparât les chevaux. Je ferais bien de me reposer, je le savais, mais je ne le pouvais pas ; je sortis les livres d'Abeille et m'assis près du feu.

Ils étaient difficiles à lire, non à cause de son écriture ni des illustrations minutieuses, mais de ma réaction. Il y avait trop d'elle en eux, trop de ce que j'avais perdu. Je relus la première partie de son journal ; les mentions de Molly et la description du jour où sa mère était morte furent un calvaire pour moi. Je fermai le livre et le posai soigneusement.

Le journal de ses rêves ne valait guère mieux ; j'y retrouvai le songe de l'homme-papillon et une référence au Loup de l'Ouest qui viendrait des Montagnes pour nous sauver tous. Je tournai une page : la vision d'un puits rempli d'argent ; une autre d'une cité dont le souverain occupait un trône géant formé de têtes de mort. En bas de chaque feuille, elle avait scrupuleusement noté son estimation de la réalité de chaque songe et de la probabilité qu'il advînt. Celui de l'homme-papillon était extrêmement probable ; je dus reconnaître que celui du mendiant s'était réalisé.

Seul près de la cheminée, il m'était loisible de m'avouer qu'Abeille était douée de clairvoyance dans une certaine mesure ; dans quelques cas comme celui de la cape à motif d'ailes de papillon, elle avait vu juste ; dans d'autres, elle s'était trompée : c'était une femme qui portait la cape. Cela signifiait-il qu'elle tenait plus de moi que du Fou ? J'avais toujours eu le sentiment qu'il avait un don pour manipuler ses rêves étranges et en faire des prédictions devenues des faits ; souvent, je n'avais appris l'existence du songe qu'après l'événement qu'il décrivait. Mais ceux d'Abeille me paraissaient presque limpides, même s'ils contenaient des éléments qui ne s'appliquaient pas tout à fait à ce qui s'était passé. Le Loup de l'Ouest… C'était de la bouche du Fou que j'avais entendu cette expression la première fois ; Abeille et lui avaient-ils eu une vision commune ? Je me rappelai ce que Pépite avait dit : Abeille avait eu de la fièvre puis elle avait perdu une couche de peau pour révéler un teint plus pâle. Je pris mon parti : quoi qu'elle eût pris du Fou, elle n'en était pas moins ma fille et celle de Molly.

J'arrivai à sa description d'une ville et de pierres dressées ornées de runes gravées avec soin ; il me parut que ce rêve-là n'était évidemment pas réel, même si elle l'avait noté comme extrêmement possible. J'ignorais combien de mes manuscrits personnels elle détenait, mais mes récits étaient sans doute responsables de certaines de ses visions. Je me penchai pour examiner l'illustration ; oui, les runes étaient à peu près exactes, et l'une d'elles ressemblait de près à celle de cité Ancienne avec la tour de la Carte ; elle portait un nom à présent : Kelsingra. À coup sûr, ce rêve-là provenait directement d'un de mes parchemins ; elle l'avait marqué comme devant advenir très probablement. Elle avait donc prévu d'être enlevée par une pierre d'Art, bien qu'elle eût copié le mauvais glyphe dans mes papiers. L'idée qu'elle eût vu à l'avance sa propre fin me broya le cœur, et je ne pus en lire davantage. Je fermai ses journaux et les rangeai soigneusement dans mon paquetage.

L'aube se levait, et j'exécutai ma dernière tâche, l'adieu le plus pénible de Flétribois.

Le feu se mourait dans mon bureau privé ; les casiers à parchemins étaient vides, leur contenu parti en fumée ou emballé pour être envoyé aux bibliothèques de Castelcerf ; personne n'avait découvert le compartiment secret de mon bureau, et, si quelqu'un le décelait à présent, il n'y trouverait rien.

Je fermai les grandes portes, allumai une bougie et déclenchai l'ouverture de la porte dérobée qui menait aux couloirs secrets. Je pesai longuement le pour et le contre, puis pris la sculpture du Fou nous représentant tous les trois, Œil-de-Nuit, lui et moi. Avait-on repéré la charnière insolite durant les travaux ? En tout cas, dans le petit refuge d'Abeille, tout était tel qu'elle l'avait laissé ; rien n'avait été déplacé depuis ma dernière visite. Je perçus une faible odeur de chat, mais, si l'animal se trouvait dans les parages, il prenait soin de ne pas se laisser voir ; il avait dû élire domicile dans la cachette, car les souris n'avaient pas attaqué la réserve de chandelles parfumées. Je ne cherchai pas à savoir comment il allait et venait : je savais que les chats ont leurs astuces. Je sortis de ma poche la clé de la chambre de ma fille, la plaçai sur son étagère avec ses autres trésors et la sculpture. Ici au moins nous serions tous ensemble.

Je parcourus une dernière fois du regard la cachette que ma petite fille s'était aménagée, puis je la quittai pour toujours. Les enfants de la demeure se rappelleraient peut-être s'être dissimulés un jour dans un couloir secret, mais c'est en vain qu'ils chercheraient un accès dans les murs de l'office ; quant à moi, j'emporterais dans la tombe la connaissance du truc qui permettait d'ouvrir la porte dérobée de mon bureau : que ses petites affaires demeurent à l'abri, au contraire d'elle, tant que les murs de Flétribois tiendraient debout. Je suivis l'étroit boyau et refermai la porte secrète derrière moi.

Tout était fini ; rangé, net et achevé. Je soufflai ma chandelle, saisis mon paquetage et sortis.

13
Voyageurs

Car la pierre se souvient. Elle sait d'où elle a été extraite, et elle fonctionne toujours au mieux si elle est installée près de sa carrière d'origine : ces piliers sont toujours les plus fiables et doivent autant que possible être employés de préférence aux autres, même s'il faut pour cela transiter par plusieurs facettes pour parvenir à destination.

Pour d'autres carrefours, éloignés de toute carrière, il faut dresser la pierre franche et la laisser soumise aux intempéries pendant au moins vingt ans ; elle doit s'imprégner du soleil qui passe sur elle et des étoiles spécifiques à son emplacement, puis il faut détacher les faces qui garderont en mémoire sa localisation et le bloc dont elles proviennent.

Sur une pierre franche qui s'est centrée sur son site, il faut appliquer les faces détachées des pierres de destination, puis les marquer soigneusement de runes indiquant lesquelles sont destinées aux arrivées et lesquelles aux départs, afin que personne n'entre dans une face dans le mauvais sens ni ne se retrouve devant un courant opposé. Les runes doivent être entretenues pour aider la pierre à se rappeler d'où elle provient et où elle doit transporter le voyageur.

C'est à un maître maçon que doit toujours revenir le choix du matériau. La pierre doit être solide mais riche en veines d'Argent par lesquelles circule la magie ; les blocs doivent mesurer huit par huit par vingt, et il faut veiller à bien les implanter dans la terre afin qu'ils absorbent leur emplacement et ne s'inclinent ni ne tombent.

Vieillir une pierre exige de la patience, patience qui sera récompensée pendant des décennies et des décennies.

Abrégé sur l'ouverture des passages, tiré du cube de pierre de mémoire n° 246, traité sur la taille de pierre. Je l'ai rangé avec les autres cubes concernant les constructions Anciennes.

Apprenti artiseur et scribe Noble

J'annonçai ma décision aux employées de cuisine avant le petit déjeuner ; nulle ne parut étonnée de me voir retourner à Castelcerf, et, à vrai dire, elles eurent l'air soulagées : elles se remettaient lentement de leur état de choc, et la présence de mes gardes, dont certains mal dégrossis, les avait plus effrayées que rassurées. Elles se sentiraient mieux après leur départ.

Je m'occupai des ultimes tâches qui cloraient mes devoirs envers ma propriété. Je donnai des instructions pour que, dès les réparations achevées, on jetât des draps sur le mobilier des appartements arc-en-ciel et de la majeure partie de l'aile est ; j'expliquai à Dixont qu'il devait désormais faire ses comptes rendus directement à dame Ortie et à kesir Crible, et je transmis le même ordre à chacun des contremaîtres et autres responsables ; je vis avec plaisir les épaules voûtées de Lin, le berger, se redresser un peu quand je lui confiai l'autorité sur tous les troupeaux. Je pris les dispositions nécessaires pour que les manuscrits emballés partissent en chariot pour Castelcerf en même temps que les affaires de Lant et de Pépite.

Tout fut réglé avant midi. Quand je m'apprêtai à me mettre en route, je trouvai non seulement ma monture et un cheval de bât qui m'attendaient, mais aussi Persévérance. « Tu es sûr de ne pas vouloir rester ? » lui demandai-je, et son expression impassible me suffit comme réponse. Gantelée mit ma garde en formation, et je quittai Flétribois.

Nous progressâmes à bonne allure malgré un vent humide qui augurait des chutes de neige dans la soirée. Notre trajet jusqu'à Castelcerf se déroula par un temps anormalement doux qui transformait la neige en une bouillie collante et annonçait un printemps précoce.

Comme je le craignais, on avait retrouvé le Fou errant dans les couloirs sombres et suintants des fondations de Castelcerf ; Ortie m'artisa que Cendre n'était pas avec lui et avait manifesté un grand soulagement quand on l'avait ramené sain et sauf dans ses appartements. Elle s'inquiétait pour mon ami. Je la remerciai de m'avoir prévenu, et passai le reste du voyage à me ronger les sangs pour lui.

Nous n'avions pas encore atteint les portes de Castelcerf quand j'entendis un craillement suivi de « Per ! Per ! Per ! », et que Bigarrée fondit du ciel. Elle effraya le cheval de Persévérance mais parvint tout de même à se poser sur l'épaule de l'adolescent pendant qu'il calmait sa monture. Nos gardes échangèrent des rires, déjà habitués à la corneille, et Persévérance eut un sourire rayonnant, ravi de cet accueil. Comme si elle savourait l'attention qu'elle attirait, Bigarrée saisit son bonnet dans son bec, et il dut le rattraper d'une main alors qu'elle essayait de le jeter par terre. Les sentinelles nous laissèrent franchir les portes sans nous interpeller, et, quand nous nous arrêtâmes près des écuries, je ne fus guère étonné de voir Cendre qui m'attendait.

Ce fut du moins ce que je crus ; mais l'ancien serviteur d'Umbre se porta à la rencontre de Persévérance, et la corneille sauta joyeusement de l'un à l'autre. Je confiai mon cheval à Patience, qui me retint pour m'annoncer que Véloce allait très bien, et je me rendis aussitôt chez le Fou.

Je n'obtins aucune réponse quand je frappai à sa porte. Je patientai quelques instants, frappai à nouveau, patientai encore, et, alors que je m'apprêtais à tirer un crochet de mon col, une voix lança de l'intérieur : « Qui est-ce ?

— Fitz », dis-je.

Un moment passa avant que la clé tournât dans la serrure, puis un autre encore avant qu'il ouvrît le battant.

« Tu vas bien ? demandai-je, inquiet, car il avait l'air hagard.

— Comme tu vois », répondit-il d'un ton accablé. Il tenta un sourire. « Mais je vais sûrement me rétablir maintenant que tu es revenu.

— J'ai appris ta mésaventure.

— Ah ! C'est ainsi que tu appelles ça. »

Il faisait froid, on n'avait pas encore débarrassé le plateau de son petit déjeuner, et le feu se mourait dans la cheminée. « Pourquoi ton logement est-il si mal tenu ? J'ai vu Cendre dehors en arrivant ; se laisserait-il aller ?

— Non, non ; c'est seulement que je le trouve un peu… agaçant. Il était ici ce matin, mais je l'ai congédié en l'avertissant que je n'aurais pas besoin de lui avant ce soir. »

Il ne me disait pas tout, mais je me tus, rallumai le feu et rangeai les alentours de l'âtre en tâchant de me comporter normalement. Les rideaux étaient tirés ; je les ouvris pour laisser entrer la lumière. Le Fou paraissait négligé, comme s'il s'était habillé dans le noir et avait oublié de se peigner. J'empilai les plats et nettoyai la table à l'aide de sa serviette. C'était mieux ; un peu. « Bon, j'arrive à l'instant de Flétribois et je meurs de faim. Tu descends avec moi ?

— Je… Non, je n'ai pas d'appétit ; mais va manger, toi.

— Je pourrais rapporter de quoi manger et partager mon repas avec toi. » Même prince, j'avais encore le droit de dévaliser le réfectoire des gardes si l'envie m'en prenait.

— Merci, mais non ; va manger, Fitz.

— Bon, ça suffit. Que s'est-il passé ? Pourquoi as-tu disparu de tes appartements et pourquoi te trouvais-tu dans les couloirs des cachots ? »

Il traversa lentement la chambre et, à tâtons, s'installa dans un fauteuil près du feu. « Je me suis perdu », dit-il. Puis, comme si un barrage cédait soudain en lui, il avoua : « J'ai ouvert la porte qui donne sur le passage secret, celle qui se trouve dans la salle des domestiques ; tu t'en souviens sûrement, tu y passais du temps autrefois. Je pensais me rappeler le trajet pour accéder aux anciens appartements d'Umbre. Je… j'y avais oublié quelque chose, et Cendre refusait d'aller me le chercher ; j'ai donc décidé d'y aller moi-même, mais je me suis égaré. » Je m'imaginai aveugle, errant dans ces boyaux froids, et j'eus un frisson d'horreur. « Je me répétais que je finirais bien par trouver un accès à une pièce ou au bon passage. À deux reprises, je suis arrivé dans des culs-de-sac et j'ai essayé de revenir sur mes pas ; une fois, je suis entré dans un couloir tellement étroit que, moi-même, je n'y passais pas, et, quand j'ai voulu rebrousser chemin, j'ai fini dans une des impasses. J'ai eu alors l'impression d'être complètement enfermé, perdu, alors que personne ne savait où me chercher. J'ai appelé à l'aide à m'en enrouer la voix, mais je crois que nul ne m'a entendu.

— Oh, Fou ! » Je jetai dans le feu les résidus d'herbes qui tapissaient le fond de sa tasse, pris la bouteille d'eau-de-vie sur le manteau de la cheminée, lui en versai une rasade et lui tendis le récipient.

« Ah, merci ! », fit-il, et il porta par réflexe la tasse à ses lèvres. Il sursauta en sentant le parfum de l'alcool. « De l'eau-de-vie ? » Et, sans me laisser le temps de répondre, il en avala une solide gorgée.

« Comment as-tu réussi à sortir ?

— Je suis arrivé à un escalier et je l'ai descendu. Il n'en finissait pas ; l'odeur de moisi devenait de plus en plus forte, les parois étaient humides et les marches glissantes, presque gluantes. Et puis il n'y en a plus eu. J'avais les mains glacées, mais je suis resté sans bouger à toucher du bout des doigts les briques et le mortier autour de moi. Ah, Fitz ! Je me suis mis à pleurer toutes les larmes de mon corps parce que je ne me sentais pas la force de remonter toutes ces marches, et je crois que j'ai perdu la raison un moment. Je me suis mis à taper du poing sur le mur devant moi, et, à ma grande surprise, il a bougé ; pas beaucoup, mais un petit peu quand même. J'ai poussé de toutes mes forces, et une brique est tombée de l'autre côté ; alors j'ai secoué la voisine, et pour finir j'ai créé une ouverture assez grande pour m'y faufiler. Je ne savais pas où j'étais et je devais me glisser par le trou sans savoir de quelle hauteur j'allais tomber ni sur quoi ; mais je n'y pouvais rien, alors je suis passé et j'ai atterri sur de la vieille paille collée par l'humidité et je ne sais quoi d'autre. Quand j'ai réussi à me relever pour me repérer à tâtons, j'ai compris que je me trouvais dans une pièce minuscule ; il y avait une porte en bois percée d'une ouverture très réduite. Cette découverte m'a terrifié, mais la porte de cette cellule n'était pas verrouillée, alors je suis sorti et j'ai suivi un couloir. Je sentais d'autres portes sur les côtés, et je criais de toutes mes forces, mais personne ne répondait. » Il partit d'un rire étrange. « Quel souverain, ce Devoir ! Ses prisons sont pleines de cellules vides ! » Je me retins d'exprimer tout haut mon soulagement qu'il en fût ainsi. « J'ai donc marché de la sorte à tâtons un long moment, puis j'ai senti l'odeur d'une torche, le couloir a tourné et j'ai perçu une vague lueur. Une torche, il faut la remplacer ; par conséquent, je suis resté près d'elle, et j'ai donné une bonne frayeur à la pauvre jeune garde qui m'a découvert. Mais elle a vite compris qui j'étais, et elle m'a appris que dame Ortie me faisait chercher par tout le château ; elle m'a ramené ici, dans mes appartements, et Ortie est venue voir si j'allais bien. »

Il était temps à présent de combler les lacunes monumentales de son récit. Je débutai par une question évidente : « Que reproches-tu à Cendre ? »

Il se raidit comme une vieille duchesse guindée. « Il a refusé de m'obéir.

— Et que lui avais-tu demandé ?

— D'aller me chercher quelque chose.

— Ça commence à devenir lassant, Fou. »

Il se détourna de moi. « Du sang de dragon, fit-il à mi-voix.

— El de la mer, Fou ! As-tu perdu l'esprit ? Avec tous les changements que cette substance a déjà opérés en toi et qui se poursuivent peut-être, tu veux en prendre encore ?

— Je ne comptais pas l'avaler !

— Alors quoi ? »

Il brandit sa main et frotta le bout de ses doigts excisé. « C'était pour ça.

— Pourquoi ? »

Il prit une grande inspiration. « Je t'ai dit que je fais de nouveau des rêves, et que, parfois, je m'y vois en dragon ; dans ces visions, je sais des choses. Je rêve d'un lieu ou peut-être d'un temps où un fleuve argenté roulait des flots d'Art, où des dragons s'y abreuvaient pour devenir forts et intelligents. » Il s'interrompit, mais je gardai le silence. « Dans d'autres songes, le fleuve avait perdu son aspect d'argent, et ce n'était plus que de l'eau ; les dragons s'en affligeaient, cherchaient une nouvelle source d'Art et la trouvaient. Cendre m'a décrit à quoi ressemble le sang de dragon, Fitz : c'est rouge sombre, avec des volutes argentées qui tourbillonnent. Je crois que ces volutes sont de l'Art pur, que c'est pour ça qu'en boire m'a guéri, comme à la manière d'une guérison d'Art, et qu'en enduire le bout de mes doigts pourrait les régénérer.

— As-tu oublié Vérité et ses mains couvertes d'Art ? Il l'a fait volontairement en sachant qu'il y laisserait la vie. As-tu oublié le gant que tu devais constamment porter quand tu avais ces macules d'Art sur les doigts ? Pourquoi voudrais-tu les retrouver ? »

Il ne me regarda pas, mais je crus comprendre son motif : il avait besoin d'y voir à nouveau ; cherchait-il à se débarrasser de sa cécité ? Il m'inspira soudain une profonde compassion : il voulait désespérément recouvrer la vue, et j'eusse aimé pouvoir la lui rendre, mais je risquais d'y perdre la mienne ; or, j'avais besoin de mes yeux pour accomplir ma mission – et la sienne.

Il n'avait pas répondu à mes questions, et je n'insistai pas. Je tirai un fauteuil près du sien et m'assis. « Il me faut ton aide », déclarai-je tout de go. Comme je m'en doutais, cela me valut toute son attention, mais il me connaissait mieux que je ne le croyais.

« Nous partons, n'est-ce pas ? demanda-t-il d'un ton comme effaré. Tu as enfin trouvé ta colère ; et nous allons nous rendre à Clerres pour les tuer tous ! »

Ma colère ne m'avait jamais quitté ; elle était le feu dans lequel je devais me forger pour devenir l'arme dont j'avais besoin. Le temps que j'y avais passé m'avait donné la trempe nécessaire, et le deuil avait retrempé mon acier. Je ne repris pas le Fou. « Oui ; toutefois il me faut une stratégie ; je dois apprendre tout ce que tu sais, comment tu as voyagé, combien de temps il t'a fallu pour aller là-bas. J'ai besoin de détails, Fou. Je n'ai pas voulu te déranger alors que tu étais malade et blessé, mais à présent il faut que tu fouilles tes souvenirs pour me fournir tous les éléments nécessaires. »

Il changea de position sur son siège. « Le retour a pris beaucoup plus de temps que l'aller en compagnie de Prilkop, presque autant que quand je suis venu ici enfant. Mais je pense que tu disposes du même moyen que lui pour effectuer la première partie du trajet.

— Les piliers d'Art.

— Oui. Nous sommes partis de la salle à la carte d'Aslevjal pour arriver à Castelcerf, aux Pierres Témoins ; puis nous nous sommes rendus en un lieu que je ne connaissais pas, une falaise battue par le vent sur laquelle se dressaient des piliers, et ensuite au marché désert – tu te rappelles, celui qui se trouvait sur la route menant aux dragons de pierre ? De là, nous avons poursuivi jusqu'à Kelsingra, puis une île avec une cité du nom de Furnich. Je t'en ai déjà parlé : notre arrivée à plat ventre, avec à peine assez d'espace pour nous extirper de sous la Pierre, et l'accueil hostile des indigènes. Il ne faut pas que nous passions par là, Fitz ; ils ont dû terminer de renverser le pilier à l'heure qu'il est.

— Furnich… » répétai-je. C'était un nom que je n'avais pas encore recherché. « Et ensuite ?

— Je crois t'avoir aussi parlé du bateau. Nous y avons acheté des places, mais c'était plutôt comme si nous avions payé l'équipage pour nous enlever ; partant de Furnich, nous avons effectué un voyage pendant lequel nous avons trimé comme des esclaves.

Arêtes : c'est le nom d'un port que nous avons visité, mais ce n'était qu'un petit village ; il y en avait un autre, plus proche d'une cité, et il puait. Nous y avons embarqué une cargaison de peaux brutes pestilentielles. Il s'appelait… comment était-ce déjà ? C'était en rapport avec un arbre… Myrtilier ! C'est ça !

— Myrtilier… » Le nom m'était étrangement familier ; quelqu'un l'avait prononcé près de moi ou je l'avais lu récemment. Je devais pouvoir retrouver cette ville ; c'était une destination de plus. « Et après ?

— Nous sommes parvenus à Clerres, puis nous avons continué jusqu'à l'île Blanche, où se trouve l'école qui s'appelle aussi Clerres.

— L'île Blanche… » Encore un indice qu'il faudrait soumettre à la mémoire de mes amis matelots et rapporter à Kettricken et à Elliania. Je mourais d'envie de me précipiter hors de la chambre avec mes nouveaux renseignements, mais, après un regard à mon ami, je compris que je ne pouvais le quitter aussi brutalement. « Que puis-je faire pour que tu ailles mieux, Fou ? »

Il se tourna vers moi, et ses yeux d'or, effrayants par leur cécité, parurent me transpercer. « Accompagne-moi à Clerres, et tue-les tous.

— C'est promis ; mais, pour le moment, il faut nous préparer. Combien de personnes devrai-je tuer, et comment ? Par le poison ? Le fer ? Les explosifs ? »

Ma question fit naître une joie terrible dans son regard aveugle. « Pour le comment, je m'en remets à l'expert : toi. Combien ? Une quarantaine, peut-être ; pas plus de cinquante, en tout cas.

— Cinquante ! Mais c'est énorme, Fou ! » Je n'avais pas prévu plus de cinq ou dix adversaires.

« Je sais, mais il faut les arrêter. Il le faut !

— Qui sont ceux qui sont partis à la recherche du fils inattendu ? Et qui leur a confié cette mission ? »

Je l'entendais respirer lourdement. Je versai un peu d'alcool dans sa tasse, et il en but une longue rasade. « C'est Dwalia qui a été envoyée, mais elle n'a pas dû y aller à contrecœur : elle ne fait pas partie des hautes sphères des Serviteurs, mais elle en rêve ! C'est une Lingstra, c'est-à-dire une sorte d'émissaire ; on la dépêche ici ou là chercher des renseignements ou donner un coup de pouce aux événements pour leur faire suivre la direction décidée par les Serviteurs.

— Je ne comprends pas.

— Les Lingstras opèrent comme des Catalyseurs auprès des Serviteurs ; au lieu de servir un vrai Prophète blanc et de lui permettre de trouver son Catalyseur pour changer le monde selon sa vision, les Serviteurs étudient toutes les prophéties et emploient les Lingstras pour orienter le monde sur la voie qui leur sera le plus profitable. Par exemple, disons qu'une prédiction annonce qu'une maladie mortelle pour les moutons balaiera une zone qui dépend de ces animaux comme moyen de subsistance ; les bêtes mourront et les hommes perdront tout moyen de vivre. Que peut-on faire ?

— Des recherches pour voir quels traitements existent pour enrayer les épidémies ovines ? Ou avertir les bergers qu'ils doivent éviter de mélanger leurs troupeaux ?

— Ou bien s'efforcer de tirer profit de la situation en achetant des réserves de laine et des animaux reproducteurs de qualité afin de pouvoir les revendre à grand bénéfice quand la maladie aura rendu la laine et les moutons difficiles à se procurer. »

Je me tus, un peu abasourdi.

« Fitz, te rappelles-tu la première fois où je suis venu te demander un service ?

— Du beurre et ça biche, répondis-je à mi-voix.

— Une comptine idiote que j'avais entendue dans un rêve alors que j'avais à peine sept ans, et qui t'a permis de sauver la vie du chien de manchon d'une jeune femme solitaire et de lui donner des conseils pour endosser son rôle de duchesse. Ce n'était qu'un minuscule point de bascule, mais que se serait-il passé si quelqu'un avait délibérément empoisonné son chien et l'avait dressée contre son mari ?

— Les Six-Duchés auraient risqué de tomber aux mains des Pirates rouges.

— Et les dragons de s'éteindre à jamais. »

Une question me poignit soudain. « Pourquoi les dragons sont-ils si importants ? Et pourquoi les Serviteurs s'opposaient-ils si énergiquement à leur résurrection ?

— Je n'ai pas de réponse à ce sujet, Fitz ; ce sont des gens qui ne s'épanchent guère. L'absence des dragons leur était certainement profitable, j'en mettrais ma tête à couper. Je faisais sans cesse des rêves qui me disaient qu'il fallait ramener les dragons dans le monde, ces créatures de beauté, de pouvoir et de puissance. J'ignorais de quel genre il s'agissait : des dragons de pierre ? De vrais dragons ? Nous les avons restaurés ensemble ; et quelle haine nous vouent les Serviteurs désormais !

— Est-ce pour ça qu'ils ont enlevé ma fille ? »

À ma grande surprise, il tendit la main pour la poser sur mon avant-bras. « C'était une intersection très intense de destins et d'avenirs, Fitz. S'ils savaient tout le mal qu'ils nous ont fait, ils seraient ravis. Ils nous ont terrassés, n'est-ce pas ? Dwalia venait chercher le fils inattendu ; mais elle était persuadée que je savais où le trouver, ce qui était faux, pourtant elle était prête à me détruire pour découvrir ce que j'ignorais, et elle nous a détruits tous les deux en ravissant puis en perdant notre enfant. Les Serviteurs ont anéanti l'espoir de ce monde, celui qui pouvait nous mener sur une voie meilleure, et, cela, nous ne pouvons le réparer ; mais, si nous ne pouvons donner de l'espoir au monde, nous pouvons effacer une partie de son désespoir en tuant ceux qui ne servent que leur propre cupidité.

— Dis-m'en davantage sur eux.

— Ils disposent de moyens colossaux ; ils sont corrompus depuis des générations, et ils se servent des prophéties pour accroître encore leur fortune : ils savent ce qu'il faut acheter pour le revendre plus tard à un prix bien supérieur ; ils manipulent l'avenir, non pour l'améliorer, mais pour augmenter leur richesse. L'île Blanche est leur château, leur palais et leur citadelle ; à marée basse, on peut y accéder par une chaussée qui se transforme en marais saumâtre à marée haute. On qualifie l'île de « Blanche » non à cause des Prophètes blancs qui s'y abritaient et y étudiaient jadis, mais de la cité fortifiée, entièrement constituée d'ossements.

— D'ossements ? m'exclamai-je.

— Les os d'immenses créatures marines ; certains prétendent que l'île elle-même est un amoncellement de leurs squelettes. À l'époque où elles existaient encore, elles venaient dans cette région pour se reproduire puis mourir. Ces os, Fitz… Ah ! Je n'ai jamais réussi à imaginer un être assez gigantesque pour en posséder de pareils. Mais l'enceinte de la cité est faite de fémurs, immenses et durs comme de la pierre ; on dit qu'ils se sont pétrifiés en conservant leur forme, et que l'enceinte et certains bâtiments sont encore plus anciens que les Serviteurs et la légende des Blancs qu'ils servaient autrefois. Mais, s'ils les ont vraiment assistés un jour, il y a beau temps qu'ils ont oublié leur devoir. Ils sont organisés en hiérarchie : au plus bas échelon, il y a les Servants ; nous n'avons pas à nous inquiéter d'eux exagérément. Ils espèrent s'élever dans les rangs des Serviteurs, mais la plupart restent d'humbles domestiques toute leur vie ; quand nous aurons éliminé ceux qui les commandent, ils se disperseront. Quelques autres, très rares, sont les enfants des Serviteurs, puînés et cadets dévorés d'ambition ; ils risquent de nous poser des problèmes. Ensuite viennent les Collecteurs, qui lisent les rêves, les trient, en font des copies, et gèrent les index ; dans leur majorité, ils ne représentent aucun danger : les plus astucieux sont employés comme diseurs de bonne aventure par les Serviteurs pour escroquer les gens en manipulant les prophéties afin de les faire correspondre à leurs souhaits. Là encore, ils ne seront guère dangereux si le sommet de la hiérarchie a disparu ; ils sont comme des tiques sur un chien : si le chien meurt, les tiques succombent à la faim. Et puis il y a les Lingstra, comme Dwalia ; ils sont généralement aux ordres des Manipuleurs, et ils ne reculent devant aucune atrocité une fois qu'ils ont reçu leurs instructions de leurs maîtres. Les Manipuleurs, eux, consultent les rêves accumulés sur des siècles et les étudient pour trouver les meilleures manières d'accroître la fortune des Serviteurs. Au-dessus d'eux se trouve le conseil des Quatre ; il est à l'origine de la corruption des Serviteurs ; tous ses membres descendent de ces derniers et ils n'ont jamais rien connu d'autre que la richesse et les privilèges, bâtis sur des prophéties détournées qui devraient servir à améliorer le monde. Ce sont sûrement eux qui ont décrété qu'ils devaient s'emparer du fils inattendu, quel qu'en soit le prix. »

Je sus alors que c'étaient ces quatre-là que je tuerais. Je repris mes questions : « Il y en a d'autres, n'est-ce pas ? Pépite dit que Dwalia les appelait ses luriks. »

Il plissa les lèvres. « On peut les voir comme des enfants ignorants qui croient trop fermement à ce qu'on leur raconte. » L'expression de sa bouche indiquait qu'il ne partageait pas cet avis. D'une voix plus sombre, il ajouta : « Ou on peut les voir comme les traîtres à leur espèce. Ce sont les enfants de Blancs qui n'ont pas hérité de toutes les caractéristiques de leurs parents, ou qui manifestent de façon étrange un talent de précognition. Vindeliar en est un exemple. Certains ne voient pas l'avenir mais ont le don de se rappeler tous les rêves qu'ils ont lus ; ce sont de véritables bibliothèques ambulantes, capables de citer n'importe quel songe, son auteur et la date où il l'a fait. D'autres savent interpréter les événements et énumérer les rêves qui les prédisent sous diverses formes. Ceux qui suivaient Dwalia et y ont laissé la vie méritaient de mourir, tu peux me faire confiance.

— Tu me l'as déjà dit, oui ; en es-tu toujours certain ?

— Je parle de ceux qui ont manié et transmis les instruments de ma souffrance, ceux qui ont enfoncé les aiguilles dans mon dos pour injecter les teintes brûlantes sous ma peau, ceux qui ont méticuleusement pratiqué des entailles à mon visage, ceux qui ont tranché la pulpe de mes doigts pour les débarrasser de l'Art. » Il prit une inspiration hachée. « Ceux qui ont choisi de vivre une existence exempte de désagréments en tolérant que d'autres soient suppliciés et dégradés. »

J'avais commencé à trembler moi aussi, mais pas autant que lui : il en était convulsé. Je m'approchai de lui, le levai de son fauteuil et le serrai contre moi pour calmer mes tressaillements en même temps que les siens. Nous avions tous deux connu le contact du bourreau, et cela crée un terrain commun difficile à comprendre de l'extérieur.

« Tu les as tués, me rappela-t-il, ceux qui t'avaient tourmenté dans les cachots de Royal ; tu les as tués quand l'occasion s'est présentée.

— C'est vrai. » Je me tus. Je me remémorai un jeune homme, dernier de sa patrouille, qui mourait empoisonné ; regrettais-je mon geste ? Peut-être ; mais, dans la même situation, j'agirais encore semblablement. Je redressai les épaules et renouvelai ma promesse : « Et, quand j'en aurai l'occasion, Fou, j'infligerai un traitement semblable à ceux qui t'ont tourmenté, ainsi qu'à ceux qui t'ont livré à la torture.

— Dwalia, fit-il d'une voix soudain empreinte de haine. Elle était là, dans les gradins, à me regarder et à parodier mes hurlements.

— Les gradins ? » répétai-je, perplexe.

Il plaqua les mains sur ma poitrine et me repoussa brusquement. Je ne me vexai pas : je connaissais ce brusque besoin de ne pas être touché. Quand il parla, ce fut d'une voix aiguë ; j'eus l'impression qu'il allait éclater de rire, mais je me trompais. « Oh, oui, ils ont des gradins ! C'est une arène de torture beaucoup plus élaborée que vous autres Cerviens ne pourriez l'imaginer ; ils peuvent y ouvrir la poitrine d'un enfant sans talent attaché par des sangles, pour montrer son cœur battant et ses poumons qui se gonflent et se dégonflent à ceux qui deviendront plus tard guérisseurs – ou bourreaux. Beaucoup viennent assister à des scènes de supplice, certains pour noter chaque parole prononcée, et d'autres pour s'occuper le temps d'une après-midi. Quand on a le pouvoir de maîtriser le cours des événements, Fitz, quand on peut déclencher une famine ou apporter la fortune à un port et à tous ceux qui vivent alentour, la souffrance individuelle perd son sens. Nous, les Blancs, ne sommes que du bétail à leurs yeux, qu'ils peuvent mener à la reproduction ou à l'abattoir selon leur bon vouloir. Oui, il y a des gradins, et de là Dwalia me regardait saigner.

— J'aurais aimé pouvoir la tuer pour toi alors, Fou. Et pour moi aussi.

— Je le regrette aussi. Mais il y en a d'autres, ceux qui l'ont éduquée, qui l'ont formée, qui lui ont donné son pouvoir et son autorité.

— Oui ; parle-moi d'eux. »

Il poursuivit son exposé cet après-midi-là, et je l'écoutai attentivement ; plus il s'exprimait, plus il s'apaisait. Il connaissait des détails qui pouvaient m'être utiles : l'existence de la source profonde qui alimentait le palais en eau, les quatre tours où dormait chacun des membres du Conseil, les trompes qui sonnaient pour avertir que la chaussée était dégagée et qu'on pouvait accéder à la cité fortifiée qu'était l'île Blanche, la cloche qui annonçait aux visiteurs qu'ils devaient s'en aller sous peine d'être pris par la marée montante, le jardin ceint de murs et le grand bâtiment où logeaient les Blancs et les Blancs métissés, seul monde dont ils avaient l'expérience. « Élevés comme du bétail qui croit que l'univers s'arrête à son enclos. Quand je suis arrivé à Clerres, les Servants m'ont tenu à l'écart de leurs Blancs, et j'étais convaincu d'être le seul Blanc encore existant, le seul Prophète blanc de ma génération. » Il s'interrompit et poussa un soupir. « Et puis la Femme pâle, à peine plus qu'une enfant à l'époque, a exigé de me voir. Elle m'a haï dès la première seconde à cause de ma certitude d'être tout ce qu'elle n'était pas ; elle a décrété qu'il fallait me tatouer tel que j'étais, et, quand ce fut fait, on m'a placé avec les autres. Ils espéraient que je me reproduirais, Fitz ; mais j'étais jeune, trop jeune pour m'y intéresser, et quand je parlais aux autres de ma maison, de ma famille, des jours de marché et des vaches qu'il fallait traire, du raisin qu'on pressait pour faire du vin… Ah, qu'ils m'enviaient ces souvenirs, et quelle énergie ils mettaient à prétendre que ce n'étaient que des contes ! Le jour, ils se moquaient de moi et me tournaient le dos, mais, le soir venu, ils s'assemblaient autour de moi pour me poser des questions et écouter mes récits. Ils avaient beau railler encore, je sentais leur faim dévorante : pendant un temps, j'avais joui de ce qu'ils n'avaient jamais connu : l'amour de mes parents, les taquineries affectueuses de mes sœurs, un chaton blanc qui trottinait derrière moi. Ah, Fitz, quel enfant heureux j'avais été ! Et, en leur racontant mon histoire, j'aiguisais mon propre appétit, jusqu'au jour où je dus agir ; je m'échappai donc et j'entamai mon lent voyage de retour à Castelcerf. » Il haussa ses épaules décharnées. « Pour attendre de te découvrir et de commencer notre mission. »

Il poursuivit ainsi, et je l'écoutai, fasciné, me faire part de tout un pan de sa vie que j'ignorais. Je ne disais rien de peur de rompre le sortilège d'une telle franchise. Quand il se tut, je m'aperçus que le soir tombait ; il me restait beaucoup à faire.

Je le persuadai alors de me laisser sonner Cendre pour qu'il lui montât à manger et peut-être aussi un baquet d'eau chaude, car j'avais à présent la conviction qu'il n'avait pas pris de bain ni changé de vêtements depuis sa mésaventure. Quand je me levai pour sortir, il me sourit.

« Nous allons y aller ; nous allons les arrêter. » J'eus l'impression d'entendre une promesse.

« Je suis seul, Fou ; il faut toute une armée pour exécuter ton plan.

— Ou le père d'un enfant qui a été enlevé et assassiné. »

C'est ainsi qu'il me décrivit, et, l'espace d'un instant, ma douleur et ma colère ne firent plus qu'un. Je ne répondis pas mais perçus un frisson ténu de conscience entre nous, et il y réagit.

« Je sais, dit-il. Je sais. »

Plus tard, je frappai à la porte d'Umbre, et, en l'absence de réponse, j'entrai discrètement. Il somnolait dans un fauteuil rembourré devant le feu, les pieds dans des chaussettes chaudes et posés sur un tabouret. Je me dirigeai vers sa chambre en m'attendant à y trouver quelqu'un de garde, Pépite, Calme ou un apprenti artiseur.

« Nous sommes seuls, pour une fois. »

Je sursautai et me retournai. Il n'avait pas ouvert les yeux.

« Umbre ?

— Fitz.

— Vous avez l'air beaucoup mieux que la dernière fois que je vous ai vu ; j'ai impression de vous retrouver. »

Il prit une grande inspiration et ouvrit les yeux. Éveillé, il paraissait plus âgé qu'endormi. « Non, je ne vais pas mieux ; je ne peux pas artiser, et je sens mon organisme se détériorer. J'ai mal aux articulations, et l'estomac me brûle quoi que j'avale. » Il regarda ses pieds surélevés devant le feu. « Les ans me rattrapent, mon garçon. »

J'ignore ce qui me prit, mais je m'approchai de lui et m'assis par terre près de son fauteuil, comme si j'avais de nouveau onze ans et qu'il fût mon maître ; il posa sa main osseuse sur ma tête et m'ébouriffa les cheveux. « Ah, mon garçon ! Mon Fitz ! Tu es là. Dis-moi : quand pars-tu ? »

Il savait. Et, en cet instant, il fut Umbre tel que je l'avais toujours connu, toujours au courant de tout ; c'était un soulagement de parler avec quelqu'un qui me connaissait depuis la peau jusqu'à la moelle des os. « Dès que possible. J'attends que le temps soit propice, j'ai rassemblé mes renseignements et j'ai recouvré mon Art ; j'ai endurci mes muscles et réaffûté certaines techniques à l'épée. J'avais beaucoup de temps à perdre.

— Aiguiser son poignard n'est jamais du temps perdu ; tu l'as enfin appris. Tu n'es plus un apprenti, ni même un compagnon ; tu es désormais un maître.

— Merci, murmurai-je, étonné du courage que me donnaient ses mots. Il faudra que j'effectue une partie du trajet par les piliers, puis par voie de terre, et enfin par bateau. Ce sera un très long voyage. »

Il acquiesça, la main toujours sur mes cheveux. « Mon fils veut t'accompagner, fit-il à mi-voix.

— Lant ?

— Oui. Il s'en est souvent ouvert à moi quand il croyait s'adresser à une coquille vide. Il tient à y aller, et je veux moi aussi qu'il y aille. Emmène-le, permets-lui de se prouver sa valeur, et ramène-moi un homme.

— Je ne peux pas, Umbre ; il n'est pas…

— Il n'est pas comme nous : il n'a pas notre capacité à haïr ou à chercher vengeance. Il a été horrifié par le sort qu'a subi sa soi-disant belle-mère, mais c'était nécessaire ; moi, je le sais, mais lui il ne le comprend pas. Il serait allé la voir et lui aurait promis de ne jamais faire valoir ses droits sur les propriétés de Vigilant ; il aurait été convaincu de pouvoir la calmer. » Umbre secoua la tête. « Il ne sait pas reconnaître le mal, même quand il prend la forme d'un passage à tabac qui lui laisse plusieurs côtes cassées. C'est quelqu'un de bien, Fitz ; il vaut sans doute mieux que toi et moi ; mais il ne donne pas l'impression d'être un homme. Emmène-le.

— Je ne vois pas pourquoi il voudrait m'accompagner. »

Il eut un rire sifflant. « Tu es ce qu'il a de plus proche d'un grand frère ; et puis, qui était mon garçon avant lui ? Ce que je lui ai raconté de ce gamin sans nom a créé chez lui un sentiment de rivalité et le désir de lui ressembler, ainsi que d'avoir son affection. Au début de sa formation, j'ai fait de toi l'objet de mon estime, le concurrent qu'il ne pourrait jamais dépasser, celui qu'il a décidé d'égaler. Il mourait d'envie de te rencontrer, d'être en ta compagnie ; et puis il t'a croisé, et il a échoué dans chacune de ses entreprises. Je ne puis lui donner ce qu'il recherche, Fitz. Je sais que tu comptes partir seul, mais ce serait une erreur ; fais-moi confiance, et emmène Lant. Tant qu'il n'aura pas gagné ton respect, il n'en aura pas pour lui-même ; alors emmène-le, laisse mon fils faire ses preuves à tes yeux et aux siens, et mettez de côté toute rivalité et toute jalousie entre vous. »

Jalousie ? Je n'éprouvais aucune jalousie envers ce gamin ! Mais, par facilité, je préférai ne pas discuter avec Umbre. Je ne voulais pas prendre Lant avec moi, je ne pouvais pas le prendre, mais je n'opposai pas de refus au vieillard : en cet instant, c'était mon vieux mentor tel qu'il avait toujours été, et je ne souhaitais pas me quereller avec lui alors que c'était peut-être notre dernière conversation. Je changeai de sujet. « Feignez-vous d'être malade depuis le début ?

— Non, parfois seulement ; je tiens à paraître affaibli. Je n'ai pas confiance en Romarin, Fitz ; elle convainc Devoir qu'il n'a pas besoin d'assassins comme toi et moi, et elle laisse tous mes réseaux en déliquescence ; mes informateurs ne sont plus payés et ils ne peuvent plus m'apporter leurs renseignements. Tout ce que j'ai bâti au cours de ma vie s'effondre.

— Umbre, je suis quand même obligé de partir ; je ne peux pas rester pour reprendre en main vos réseaux.

— Eh ! » Il pouffa et, quand je levai les yeux, je vis qu'il me regardait avec un sourire affectueux.

« Comme si tu en étais capable ! Comme si quelqu'un en était capable ! Non, Fitz ; je décline, et je le sais ; et personne ne suivra mes traces. L'époque des personnages tels que moi est révolue. Non, je ne te demande pas de prendre ma relève ; va faire ton devoir.

— Umbre, pourquoi faire semblant d'être faible avec l'esprit confus ? »

Il pouffa de nouveau. « Ah, Fitz, parce que c'est ce que je suis ! Pas tous les jours, pas tout le temps, certes ; par moments, je me sens plus vif que jamais – et puis je ne retrouve plus mes chaussons ; je les cherche partout, et je finis par m'apercevoir que je les ai aux pieds. » Il secoua la tête. « Mieux vaut qu'on croie que je divague tout le temps plutôt qu'on sache la vérité ; je ne veux pas que Romarin me regarde comme une menace pour son accession au pouvoir. »

Je n'en croyais pas mes oreilles. « Vous la craignez ?

— Cesse. Tu te demandes déjà comment tu vas m'en débarrasser : un poison lent ? Une chute dans l'escalier ? Ni vu, ni connu, et le vieux est en sécurité. » Il avait raison. Cela me fit sourire, puis je m'efforçai d'en avoir honte, mais je n'y parvins pas : il me connaissait bien. « Non, qu'elle s'empare de tout, de mon antre, de mon lit, de mes instruments et même de mes écrits ; elle ne trouvera pas les plus essentiels. Personne ne les trouvera, sauf toi, peut-être ; quand tu reviendras. » Il poussa un grand soupir. « Une autre tâche m'attend à présent : Pépite. Il y a tellement d'années à rattraper ! Ses parents adoptifs pensaient me punir en la tuant ou en la mariant à un rustre quelconque, mais ils ont fait pire : elle est insipide, Fitz, futile et ignorante. Mais ce n'est pas une fatalité ; elle a un esprit brillant, même s'il ne s'intéresse qu'à des vanités. Kettricken l'a prise sous son aile, et je n'ai nul mépris pour ce qu'elle lui enseigne ; cependant, malgré son âge, elle est encore naïve par certains côtés, et elle reste persuadée que la franchise et la bonté triomphent de tout. C'est pourquoi je dois être là pour apprendre à ma Pépite qu'une dague dans la botte ou qu'une cachette bien préparée peut être la clé d'une longue existence. Et je veux être présent pour la voir s'épanouir. Tout le monde a été abasourdi quand j'ai débloqué son Art ; les membres des clans sont arrivés au pas de course – au pas de course ! – pour l'aider à dresser ses murs et l'y enfermer en attendant qu'elle apprenne à maîtriser sa magie. Mais elle sera forte, Fitz ; très forte ! Si certains doutaient que le sang Loinvoyant coule dans mes veines, ma fille leur prouvera le contraire. »

J'éprouvai une étrange impression à l'entendre avouer cette vieille incertitude. « Vous êtes aussi Loinvoyant que moi », lui dis-je.

Il m'ébouriffa de nouveau les cheveux. « J'ai un cadeau pour toi, murmura-t-il. Je l'ai fait venir il y a quelque temps de Jamaillia, en passant par Terrilville, où on l'a agrandi et corrigé. Tu devrais l'emporter. C'est dans le casier à manuscrits en haut de l'armoire de ma chambre ; l'étui est bleu. C'est pour toi ; va le chercher. »

Je m'exécutai ; je trouvai l'étui en question et le lui rapportai. Il s'en saisit puis me dit : « Prends un siège et assieds-toi près de moi. »

Le temps que j'obéisse, il avait ouvert le cylindre et en avait sorti la carte roulée – car c'était une carte. Le vélin avait été affiné au point que le document couvrait deux fois plus de surface que je ne l'imaginais, encré de couleurs vives ; le lettrage était extraordinairement petit mais parfaitement lisible. Les Six-Duchés étaient là, avec le royaume des Montagnes, Chalcède, le désert des Pluies, et au-delà les Rivages maudits avec Terrilville, la lointaine Jamaillia et les îles Pirates, jusqu'aux îles aux Épices. « C'est splendide, Umbre ;

mais elle est très différente des autres cartes de Chalcède, du désert des Pluies ou de…

— Elle est beaucoup plus précise, coupa-t-il. Avec la circulation qui augmente dans ces régions, nous en avons désormais des représentations bien supérieures. Vérité traçait les siennes en se fondant sur ses connaissances et les moyens de l'époque ; il n'existait pas de cartes facilement accessibles du fleuve du désert des Pluies, et celles qu'il avait achetées étaient l'œuvre de charlatans qui ne cherchaient qu'à s'enrichir. C'est la même chose pour l'intérieur de Chalcède, et naturellement Terrilville et ses alentours. Les cartes des Rivages maudits sont connues pour leur imprécision, à cause des tempêtes qui remodèlent les côtes et l'embouchure des fleuves quasiment à chaque saison. Voici tout de même la meilleure qui se puisse acheter ; je comptais la garder, mais je te la donne, avec ceci. »

Même si le coup de poignet n'était plus aussi souple qu'autrefois, je fus impressionné quand un tube en os apparut dans sa main. Il dévissa un bouchon finement façonné et fit tomber du contenant un petit rouleau de papier, si mince qu'il en était translucide. « Ça, c'est de moi, dit-il, le document roulé dans la main. J'ai jugé nécessaire d'accomplir ce travail malgré le danger. Aslevjal ne tiendra pas toujours ; à mesure que les cavernes de glace se réchauffent et que l'eau les érode, les anciennes salles fondent ; une vase et une mousse verdâtres commencent à envahir les couloirs, et la moisissure s'étend sur la carte qui est restée là-bas. »

Il me tendit le papier, que j'ouvris délicatement. Je restai muet d'émerveillement. « Il y a tous les détails », dis-je enfin d'une voix lente, abasourdi.

Il gloussa, ravi de me voir prendre conscience de ce qu'il me donnait. « Tous les piliers d'Art sont notés ; les gravures de la carte Ancienne s'effaçaient, mais j'ai recopié tout ce que je voyais, Fitz. Ce document t'indiquera ce qui est inscrit sur chaque face de chaque Pierre, toutes les destinations possibles ; je voulais dupliquer toutes ces informations sur ma nouvelle carte, mais ma vue baisse, et je n'ai plus envie de partager les secrets que j'ai obtenus à grand ahan avec des gens qui ne mesurent pas les risques que j'ai courus pour les glaner. S'ils veulent me voir comme un vieillard téméraire et ridicule, tant pis.

— Ah, Umbre, c'est… »

Il m'interrompit de la main ; il n'avait jamais su accepter les remerciements.

« Garde-la, mon garçon ; achève mon travail. »

Il partit d'une brusque quinte de toux et m'indiqua à gestes éperdus de lui quérir de l'eau, mais, quand je lui apportais son verre, il toussait si violemment qu'il ne put boire tout de suite. Lorsqu'il y parvint, il s'étrangla à moitié, puis réussit enfin à respirer librement. « Ça va bien, fit-il d'une voix sifflante. Ne t'attarde pas ; prends ta carte et va-t'en avant que Pépite revienne ; elle est plus curieuse qu'un chat ! Allons, va ; si elle te voit sortir en emportant quelque chose, elle va tellement me harceler de questions que je ne pourrai plus réfléchir. Va, Fitz ; mais dis-moi adieu avant de partir, et viens me voir en premier à ton retour.

— C'est promis. » Et, mû par je ne sais quel élan, je me penchai et déposai un baiser sur son front.

Il saisit ma nuque de sa main osseuse et me retint un moment près de lui. « Ah, mon garçon ! Tu es l'erreur la plus réussie qu'ait commise Chevalerie. Va, maintenant. »

Et je m'en allai. Je portais l'étui sous mon bras, mais le tube en os avait disparu dans ma manche dès qu'Umbre avait dit qu'il m'appartenait. De retour dans mes magnifiques appartements, je trouvai le feu qui brûlait joyeusement dans la cheminée, mon lit parfaitement fait et mes bottes brillantes de cirage près de la penderie. On avait placé une carafe d'eau-de-vie ambrée sur le manteau de l'âtre, en compagnie de deux ravissants petits verres. On n'a guère d'intimité quand on a des domestiques, et je dus réfléchir longuement pour trouver deux cachettes différentes capables de résister à la fois aux recherches et au rangement. Je cousis une boucle de fil à l'arrière d'une tapisserie et y glissai la carte des piliers ; l'autre étui était plus encombrant, mais j'avisai un emplacement idoine sur la moulure où se fixaient les tentures du lit : elle présentait une couche de poussière rassurante et j'espérais qu'elle resterait longtemps dans le même état.

Cela fait, je m'assis, seul pour la première fois depuis mon retour de Flétribois ; j'ôtai mes bottes du bout des pieds, puis mes chaussettes humides, et je sentis la chaleur du feu m'envahir. L'eau-de-vie était d'excellente qualité, et je songeai avec lassitude que boire sur un estomac vide n'était pas la meilleure des idées.

Fitz ? Papa ? J'ai appris que tu étais revenu ; Devoir et moi sommes très impatients de te voir ; tu veux bien nous rejoindre dans mon salon ?

Bien sûr. Quand ?

Tout de suite, s'il te plaît. Devoir s'attendait à ce que tu te présentes à lui dès ton arrivée.

C'est ce que j'aurais dû faire, naturellement ; mais j'étais inquiet pour le Fou.

Et pour Umbre.

Je l'ai trouvé en meilleur état que je ne le craignais, dis-je en me demandant, chagrin, comment elle se tenait si bien au courant de mes faits et gestes.

Il a ses bons jours, et d'autres où il est moins bien. Veux-tu venir, à présent ? Le roi nous a ménagé cette audience alors qu'il a un emploi du temps très chargé.

J'arrive.

Des chaussettes sèches. J'allais enfiler mes bottes cirées quand je pris conscience de mon apparence, de ma chemise froissée et de mon pantalon sali par les intempéries. J'ouvris la penderie et y trouvai tout un choix de chemises diversement affligées de boutons décoratifs. Jamais je n'avais possédé autant de vêtements, et je me demandai qui les mettait ainsi à ma disposition : Cendre ? Ortie ? Un malheureux domestique chargé d'habiller les bâtards anoblis ?

Les chemises m'allaient assez bien, bien que la place prévue pour le ventre fût peu flatteuse. J'en choisis une bleue, accompagnée de son gilet, que j'appariai avec un pantalon noir ; il y avait une espèce de ruban que j'ignorais comment porter, et dont j'espérais qu'il n'était pas important. Le gilet était si long qu'il m'arrivait presque aux genoux.

Aucun de mes effets ne dissimulait de poche secrète, et, alors que j'allais à mon rendez-vous sans guère plus qu'une dague dans ma botte, je n'étais pas sûr d'être capable de défendre mon roi ou ma fille si le danger menaçait ; je me sentais curieusement nu. À pas pressés, je parcourus les couloirs jusqu'aux appartements d'Ortie, m'arrêtai devant la porte et hésitai ; enfin, je frappai.

Un jeune serviteur ouvrit et dit : « Oh ! Prince FitzChevalerie ! », et il se cogna la tête contre le battant en s'inclinant profondément. Je le rattrapai par le coude avant qu'il ne tombât et l'aidai à retrouver son équilibre pendant qu'il se répandait en excuses. Je le tenais toujours quand Ortie arriva et demanda d'un ton autoritaire : « Que se passe-t-il ici ?

— Il s'est heurté le crâne », dis-je, et l'adolescent bafouilla : « Oui, ma dame, c'est exactement ça ! » d'une voix empreinte d'un tel affolement que ma fille ne le crut visiblement pas. Elle m'adressa un regard horrifié, et je tâchai de lâcher le garçon avec douceur, mais cela ne l'empêcha pas de s'asseoir par terre.

« Par ici, je te prie, fit-elle, et je la suivis en silence.

— Je te le jure, murmurai-je, il s'est incliné trop vite et s'est cogné dans la porte. »

Ortie était ma fille, mais j'étais rarement entré chez elle, et seulement lors de visites à Castelcerf qui remontaient à bien longtemps. Quand je pénétrai dans son salon, il était aussi plein de membres de la famille royale qu'un clafoutis de cerises : le roi et la reine étaient assis face au feu, et Kettricken, près de la fenêtre, tenait le rideau écarté pour observer le crépuscule, Pépite près d'elle ; Lant et le prince Prospère se tenaient près de la cheminée, le prince Intégrité tisonnait les braises, et le chien de Vif de Devoir me lança un regard perçant. Umbre était le seul Loinvoyant absent.

Ce fut mon tour de m'incliner devant mon roi et ma reine. « Mon seigneur, ma dame, je regrette de me présenter en retard aujourd'hui…

— Nous n'avons plus le temps pour les cérémonies, me coupa Devoir d'un ton las. Ortie nous a déjà prévenus que vous êtes décidé à pourchasser ceux qui ont envoyé des mercenaires en Cerf pour enlever Abeille et demoiselle Pépite. »

Son franc-parler appelait la sincérité. « Exactement, dis-je.

— Dans quelle intention ?

— La vengeance ! » Ma reine était intervenue avec une véhémence qui me laissa pantois. « Une vengeance sanglante et méritée contre ceux qui ont volé une fille de notre sang, comme celle qu'il a exercée quand la Femme pâle a volé ma mère et ma sœur ! Si nous avions su qu'ils disposaient d'une tanière, nous aurions pu porter le fer chez eux ! Et rien de ce qui nous arrive ne se serait produit ! » Elliania pointa un doigt tremblant vers Intégrité. « Je vous donne mon fils. Il vous accompagnera pour venger cette insulte mortelle, cette perte terrible pour notre maison des mères ! J'enverrai un message à ma mère la narcheska et à ma sœur Kossi, et elles rassembleront les hommes du clan du Narval pour se joindre à vous ! »

Intégrité avait le visage empourpré. « Mère, je fais le serment…

— Intégrité ! Non ! » Devoir me lança un regard éperdu. « La situation rappelle vivement à ma dame l'époque où la petite Kossi avait été enlevée ; la nuit, elle fait des cauchemars affreux du temps où on la torturait et où on l'a contrainte à nous attirer dans le piège de la Femme pâle. »

Ah ! Je n'avais jamais vu ces événements sous cet angle, ni imaginé les souvenirs que ma tragédie personnelle pouvait éveiller chez elle. Je tombai à genoux devant elle et levai le visage vers elle ; des larmes ruisselaient sur ses joues, et, à l'aspect de ses yeux, ce n'était pas la première fois de la journée. « Je vous en prie, ma reine, séchez vos larmes et faites-moi confiance. Je vous promets de partir bientôt pour découvrir ce nid de serpents. Qu'Intégrité reste ici, à vos côtés ; si j'ai besoin de lui, j'avertirai Ortie, et il pourra alors venir avec toute la force militaire que vous jugerez nécessaire, en suivant un trajet que je lui tracerai clairement. Mais, pour le moment, reine Elliania, permettez-moi de m'en aller seul et en secret. »

J'étais dans une posture inconfortable, tout mon poids sur mes genoux douloureux, le cou tordu pour regarder ma souveraine. Elle se mordit la lèvre puis hocha imperceptiblement la tête.

« Seul ? »

Je ne m'étais pas rendu compte que Crible était présent.

« Seul, dis-je d'un ton catégorique.

— Et moi ? »

Ortie voulut réagir, mais je fus plus rapide. « Vous connaissez déjà la réponse : si vous ne restez pas, je ne peux pas partir. Ortie attend un enfant, et votre place est ici, à protéger ce qui nous est précieux à tous les deux.

Il s'inclina devant mon argument. « Néanmoins, vous ne devriez pas y aller seul, fit-il à mi-voix.

— Il ne sera pas seul, intervint Lant. Je l'accompagne. »

Je me tournai vers lui mais m'adressai à toute l'assemblée : « Sire Umbre a déjà proposé que j'emmène FitzVigilant, et je suis très sensible à cette offre ; cependant, étant donné que la première partie de mon trajet se fera par les pierres d'Art, je dois voyager seul, même si ça ne me plaît pas. »

Lant crispa les mâchoires et me lança un regard meurtrier ; je haussai les épaules avec un geste d'impuissance.

« Et le Fou ? » demanda brusquement Devoir.

J'eusse préféré éviter ce sujet. « Il doit rester ici pour les mêmes raisons ; je n'ai pas encore eu le cœur de le lui révéler, mais je vais le faire. Je vais me déplacer par les piliers, et ce sera déjà assez dangereux pour moi ; la dernière fois que j'ai tenté de le faire passer par une Pierre, j'ai vidé Crible de son énergie pour l'emmener. » Je m'adressai à tous : « C'est très simple : j'ai l'intention de partir seul et rapidement. Je trouverai Clerres, j'étudierai ses faiblesses, et alors je ferai venir les forces et le matériel dont j'aurai besoin. » Je me forçai à sourire. « Même moi, je ne serais pas inconscient au point de mener une attaque en solitaire contre toute une cité. »

Le silence régna quelques instants ; combien m'imaginaient-ils précisément assez inconscient pour inventer une telle stratégie ? Puis les objections jaillirent.

« Mais, FitzChevalerie…

— Fitz, il vous faudra…

— Quel est votre plan ? » demanda Kettricken de son poste près de la fenêtre. Sa voix grave trancha sur les autres, et le silence retomba.

« Il n'est pas très élaboré. » Je me relevai non sans mal, avec de petits craquements dans les genoux. Je guérissais vite, mais cela n'empêchait pas mon organisme de protester de temps en temps. « Je me suis muni que quelques outils et de provisions, j'ai interrogé le Fou sur le trajet – il m'a donné le nom de différents ports : Arêtes, Furnich, Myrtilier et Clerres –, et je suis prêt à partir. Dès demain. »

Kettricken secouait lentement la tête. Je me tournai vers Devoir. « Non, dit-il. Vous ne pouvez pas procéder ainsi, Fitz ; il faut un dîner d'adieux, et vous devez sortir de Castelcerf à la vue de tous comme un prince, non vous éclipser furtivement comme… » Il chercha ses mots.

« Comme un loup solitaire, fit Ortie à voix basse.

— Exactement, renchérit Devoir. Vous avez été introduit à la cour ; vous ne pouvez pas disparaître comme ça. »

L'accablement m'envahit comme la marée qui monte. « Est-il indispensable que le but de mon voyage soit rendu public ? »

Devoir ne dit rien pendant un moment, puis il déclara d'une voix lente : « Des rumeurs courent, certaines venues de Flétribois, d'autres partagées parmi les gardes. On aurait trouvé des cadavres ; manifestement, les intrus pâles préfèrent se suicider plutôt que se laisser capturer ou s'efforcer de survivre seuls dans des conditions éprouvantes. Ils sautent du haut des falaises ; on les a vus agir ainsi, et la mer ramène ensuite leurs dépouilles à terre. On se pose donc des questions, et l'inquiétude monte ; nous devons fournir quelques réponses. »

Umbre eût été fier de moi : le mensonge parfait me vint aussitôt à l'esprit. « Annonçons que je vais consulter les Anciens pour savoir quoi faire contre un tel ennemi, et que c'est pourquoi je m'en vais seul en empruntant les pierres d'Art.

— Les Vrais Anciens, intervint Kettricken.

— Les Vrais Anciens ?

— Certaines correspondances reçues de Terrilville prétendent que les Marchands installés à Kelsingra avec leurs jeunes dragons affirment être les nouveaux Anciens, assertion qui me paraît à la fois ridicule et offensante. » Elle avait vu Vérité absorbé dans son dragon de pierre, mais une part d'elle-même croyait toujours dans les vieilles légendes où les sages Anciens participaient à un festin sans fin dans leurs palais de roche, leurs dragons endormis mais prêts à s'éveiller à l'appel des Six-Duchés. C'étaient ces mêmes contes qui avaient poussé Vérité à se rendre dans les Montagnes en quête des Anciens, alliés fabuleux des Six-Duchés.

« Je pense que cela fera une histoire tout à fait acceptable », dis-je, et je parcourus ma famille du regard ; tous acquiesçaient de la tête sauf Crible. Il affichait la même expression lasse que moi jadis, lorsque Umbre annonçait une de ses mascarades.

« Laissez-moi cinq jours pour tout préparer, fit Devoir.

— J'aimerais partir dans deux », répondis-je à mi-voix. Un seul eût été l'idéal.

« Disons trois, dans ce cas. »

Restait une difficulté. « Je dois vous confier le Fou. Ça ne lui plaira pas, parce qu'il est convaincu qu'il doit m'accompagner ; il se juge capable d'effectuer le voyage en dépit de sa cécité et de sa santé fragile, mais je ne pense pas pouvoir m'occuper de lui tout en voyageant par les Pierres aussi vite que je le souhaite. »

Kettricken s'était approchée de moi ; elle posa la main sur mon bras. « Laissez notre vieil ami entre mes mains, Fitz ; je veillerai à ce qu'il ne souffre ni de négligence ni d'un excès d'attention. Je serais heureuse de remplir cette tâche.

— Je vais envoyer des messages à mes frères et à Heur pour les avertir que tu pars », intervint Ortie. Elle secoua la tête. « Ça m'étonnerait qu'ils aient le temps de venir te dire adieu.

— Merci », répondis-je ; pourquoi ne pensais-je jamais à ce genre de détails ? Puis j'en sus la raison : les adieux m'étaient toujours pénibles – et j'avais gardé le plus difficile pour la fin : le Fou ne serait pas du tout ravi de mon plan.

J'eus du mal à m'extirper de la réunion, soumis jusqu'à l'heure du dîner à une averse de suggestions, d'idées et de mises en garde de la part de ceux qui m'aimaient. Comme nous quittions la salle, je les informai que je devais rendre à nouveau visite au Fou ; Kettricken hocha la tête d'un air sombre tandis que Crible, pragmatique comme toujours, dit qu'il ferait monter une collation et du vin dans les appartements du mage Gris.

Traînant les pieds, je parcourus les couloirs de Castelcerf en imaginant et en rejetant tour à tour diverses façons de lui annoncer que je ne l'emmenais pas, et j'hésitai un long moment devant sa porte. Pour finir, je jugeai qu'il n'y avait pas de manière délicate de lui révéler la chose, et, une fois de plus, j'envisageai d'emprunter l'issue des lâches : partir sans rien lui dire.

Mais Cendre ferait certainement partie de ceux qui apprendraient l'imminence de mon départ, et, ce qu'il savait, le Fou le saurait aussi. Je levai la main et frappai. Ce fut Braise qui m'ouvrit ; elle sourit en me voyant, et je songeai qu'ils s'étaient peut-être rabibochés. « C'est le prince FitzChevalerie, messire ; dois-je le laisser entrer ? lança-t-elle d'un ton enjoué par-dessus son épaule.

— Évidemment ! » répondit-il, chaleureux. Je jetai un coup d'œil derrière Braise pour apercevoir sire Gris assis à sa table, Bigarrée près de lui au milieu d'un assortiment de petits objets ; je reconnus le jeu auquel ils jouaient. Je me sentis soulagé de voir qu'il avait recouvré son énergie si vite, et accablé de devoir anéantir sa bonne humeur ; mais je n'avais pas le choix.

À peine la porte fut-elle refermée derrière moi qu'il demanda d'un ton pressant : « Quand partons-nous ? »

Je me jetai à l'eau. « Je m'en vais dans trois jours.

— Je serai prêt.

— Je ne peux pas t'emmener. »

Il pencha la tête de côté, et son expression abasourdie laissa la place à un sourire nerveux. « Mais tu sais bien que tu ne trouveras jamais ton chemin sans moi.

— Si. » Je contournai Braise et m'approchai de la table ; je tirai l'autre fauteuil et m'assis en face de lui. Il ouvrit la bouche, mais je le coupai fermement. « Non ; écoute-moi jusqu'au bout. Je ne peux pas t'emmener, Fou ; je vais effectuer la première partie du trajet par les Pierres, en empruntant les mêmes qu'Abeille. Je ne veux pas prendre le risque de t'y entraîner…

— Moi, je suis prêt à le prendre ! déclara-t-il, mais je continuai.

— Tu es encore convalescent, et tu sais comme moi que ce n'est pas seulement physiquement que tu as besoin de temps. Mieux vaut que tu prennes ce temps ici, à Castelcerf, où tu es au chaud, à l'abri, bien nourri et entouré d'amis. J'espère qu'une fois en meilleure santé tu pourras te prêter à une guérison d'Art plus complète par le clan du Roi, voire retrouver la vue. Ça doit te paraître cruel, je le sais, mais ta présence à mes côtés me retarderait et risquerait de te coûter la vie. »

La corneille et la servante me regardaient avec des yeux durs et brillants. Le Fou respirait fort, comme s'il venait de gravir l'escalier d'une tour ; ses doigts agrippaient le bord de la table. « Tu ne plaisantes pas, fit-il d'une voix tremblante. Tu me laisses ici ; je l'entends dans ta voix. »

Je pris une grande inspiration. « Si je pouvais, Fou, crois bien que je…

— Mais tu peux. Tu peux ! Cours le risque ! Cours tous les risques ! Ainsi, nous mourrons dans une Pierre, ou à bord d'un bateau, ou à Clerres. Ainsi, nous mourrons, et tout sera fini. Nous mourrons ensemble.

— Fou, je…

— Ce n'était pas seulement ton enfant ! C'était l'espoir du monde. Et elle était de moi, et je ne l'ai jamais touchée qu'un bref instant ! Pourquoi imagines-tu que j'hésiterais à risquer ma vie si j'avais l'occasion de la venger ? De détruire Clerres et tous les Serviteurs ? Quoi, tu crois vraiment que je vais rester ici à boire de la tisane et à bavarder avec Kettricken pendant que tu t'en vas sans moi ? Fitz ! Fitz ! Tu n'as pas le droit me faire ça ! Tu n'as pas le droit ! »

Il avait crié ces derniers mots, comme si cela pouvait changer la logique de ma décision. Quand il se tut pour reprendre son souffle, nous nous aperçûmes qu'on frappait à la porte ; le rythme indiquait que les coups se poursuivaient depuis un certain temps.

« Occupe-t'en ! » lança sèchement le Fou à Braise.

Blême et les lèvres pincées, elle obéit. Mon ami resta en face de moi, la respiration lourde. Je me tus sans écouter ce qui se disait à l'entrée. Braise referma la porte et vint à la table porteuse d'un plateau. « On a envoyé à manger ici.

— Je pensais que nous pourrions en discuter en dînant ; j'espérais apprendre des détails supplémentaires qui pourraient m'aider. »

Braise posa sans douceur le plateau entre nous deux. L'odeur savoureuse de la viande grillée paraissait provenir d'un autre monde où de tels plaisirs avaient de l'importance.

Voir la colère du Fou monter était presque terrifiant ; on eût dit qu'elle naissait au plus profond de sa poitrine ; ses poumons se gonflèrent, ses épaules se nouèrent, ses poings se crispèrent, et les tendons saillirent sur sa gorge. Je sus ce qu'il allait faire une seconde à l'avance, mais je ne bougeai pas quand il saisit le plateau par les bords et le jeta sur moi. La sauce de la viande était brûlante, et verre de vin heurta mon front avant de se déverser sur mon pantalon ; il tomba au sol avec un petit tintement et effectua un demi-cercle en roulant.

Braise eut un hoquet de surprise ; la corneille émit un « ha, ha, ha ! » rauque avant de déployer les ailes et de sauter de la table par terre pour se mettre aussitôt à fouiller dans la nourriture. Je me détournai d'elle pour regarder à nouveau le Fou, immobile comme une statue. « Des détails qui pourraient t'aider ? dit-il. Des détails qui pourraient t'aider à partir sans moi ? Tu n'apprendras rien de plus de ma part. Dehors. DEHORS ! »

Je me levai. Il y avait eu sur le plateau des serviettes ; j'en saisis une et essuyai autant que faire se pouvait ma chemise et mon pantalon, la refermai sur les miettes de nourriture ainsi agrégées et la posai sur la table. Je savais que répondre était une erreur, mais je ne pus retenir les mots qui me vinrent. « Et voilà une raison de plus pour laquelle je ne peux pas t'emmener : tu as perdu toute maîtrise de toi, Fou. Je venais te dire que je pars seul ; c'est fait. Bonne nuit. »

Et je le laissai là, avec la corneille qui festoyait et Braise qui pleurait assez bruyamment pour nous tous.

Les journées suivantes passèrent dans un tourbillon d'activité. Deux couturières se présentèrent chez moi au matin et prirent consciencieusement mes mesures pour mes « vêtements de voyage » ; je leur demandai de ne pas y ajouter de boutons décoratifs. Le lendemain, elles me livrèrent des chemises et des pantalons solides dans des camaïeux de marron, et un manteau tissé serré et doublé de fourrure. L'armure légère en cuir arriva séparément, d'une qualité que je n'avais jamais rencontrée jusque-là ; le gilet à col montant me protégerait la poitrine, le ventre et la gorge ; il y avait des jambières et des crispins, marron eux aussi et dépourvus d'emblème. Je me réjouis que Devoir eût songé que je voudrais me déplacer discrètement. Mais alors arriva une autre livraison, celle d'un magnifique manteau bleu de Cerf, de gants en cuir de la même couleur, doublés de laine d'agneau, et d'un pourpoint entièrement brodé de cerfs et de narvals ; je compris alors qu'il y avait plus d'une bonne âme qui s'occupait de me pourvoir.

Ma besace usagée fut remplacée par une autre en tissu imperméable avec des lanières résistantes, et les premiers objets que j'y plaçai furent les journaux d'Abeille et les chandelles de Molly : ils m'accompagneraient jusqu'aux confins du monde.

La nouvelle de mon départ avait circulé, et je croulais sous les mots d'adieux, les invitations et les présents, auxquels je devais néanmoins répondre poliment. Il fallait régler tous les derniers détails. Cendre venait chaque jour chez moi, taciturne et sombre, pour m'apporter les missives méticuleusement rangées en liasses.

Et, chaque jour, je retournai chez le Fou, où j'échouais à le raisonner. Je supportais ses imprécations constantes mêlées de suppliques pour que je révise ma décision ; je continuais à le voir quotidiennement, et il continuait à m'accabler de sa colère, de sa douleur, de ses sarcasmes ou de son mutisme. Je ne fléchissais pas. « Tu ne franchiras jamais ces murs sans moi ; je suis ton seul espoir d'y arriver », me répétait-il. Plus je refusais d'en parler, plus il s'accrochait au sujet ; je ne cessais pas mes visites journalières, mais je comptais les jours.

Deux jours avant mon départ, Kettricken m'appela dans sa salle d'audience. Personne d'autre n'attendait dans l'antichambre, car la reine mère s'était déclarée occupée pour toute la journée. On me fit entrer dès mon arrivée, et je la trouvai en train d'écrire. On avait apporté un casier à manuscrits, rempli d'une vingtaine de parchemins ; Kettricken était à genoux sur un coussin, une plume à la main, penchée sur un vélin.

« Juste à temps, dit-elle. Je viens de finir. » Elle prit un récipient et répandit du sable sur l'encre fraîche.

Je m'apprêtais à parler quand elle leva la main. « Il y a bien des années, j'ai souffert autant que je vous ai vu souffrir ; j'ai dû patienter sans pouvoir rien faire, sans aucune nouvelle de mon mari. De mon amour. » Sa voix se fêla légèrement sur ce dernier mot. « Quand je me suis enfin mise en route, je n'avais pour tout guide que mon espoir et une carte. » Elle tapota le parchemin pour en faire tomber le sable et me le tendit. « Une carte qui montre Clerres, Arêtes, Myrtilier et tous les autres lieux que vous cherchez ; elle est fondée sur de vieilles esquisses, des on-dit et les histoires du vieux matelot. »

Je la regardai bouche bée. « Celui de la taverne ? Il n'avait pas grand-chose à raconter. »

Elle sourit. « Lui plus quelques autres. J'ai beaucoup appris de notre brave Umbre au cours des ans, et les informateurs adorent qu'on les paie ; certains ont été assez malins pour remonter la piste et venir me voir la main tendue ; quelques pièces, et ils me sont tout dévoués désormais, Fitz ; je sais maintenant tout ce qu'ils savent. » Une théière fumante et deux tasses étaient disposées sur la table ; avec un petit sourire de chat, Kettricken versa un peu de tisane, examina la couleur puis nous servit. Comme elle plaçait une tasse devant moi, elle rougit et fit : « Dites-moi que vous êtes fier de moi.

— Toujours. Et sidéré ! »

Sa plume était plus délicate que celle de Vérité, mais tout aussi précise. Elle avait noté qu'entrer au port de Myrtilier à marée basse n'était pas recommandé, plus quelques autres détails.

Nous avions fini notre tisane quand elle demanda tout à trac : « Vous ne pensez pas en revenir, n'est-ce pas ? »

Je restai un instant pantois, puis répondis : « Comment le savez-vous ?

— Vous avez la même expression que Vérité quand il sculptait son dragon : il se savait lancé dans une entreprise dont il ne reviendrait pas. »

Nous nous tûmes un moment, puis elle reprit dans un murmure voilé : « Merci pour mon fils. »

Je levai les yeux de la carte que je sablais pour sécher l'encre et je la regardai sans rien dire.

« Je sais depuis des années comment ça s'est passé. »

Je ne cherchai pas à savoir comment elle l'avait appris. Peut-être par Astérie, voire par Vérité lui-même.

« Votre corps ; la volonté de Vérité, dit-elle.

— Je n'étais pas là, Kettricken ; je suis resté toute cette nuit-là dans le corps de votre époux.

— C'est le fils de Vérité ; je sais. »

Nous n'en dîmes pas plus, et j'ignorais si je me sentais soulagé qu'elle fût au courant et me l'eût révélé ou si la situation me paraissait encore plus étrange. Je me bornai à lui demander : « Me révélez-vous cela parce que vous pensez que je ne reviendrai pas ? »

Elle me regarda dans les yeux. « Je pense que vous êtes parti quand vous avez perdu Abeille, et que vous n'êtes plus là depuis. Allez-y, Fitz, et revenez si vous le pouvez ; mais faites ce qu'il faut. »

Le banquet d'adieux se tint le soir suivant. Il fut interminable, trop abondant pour que quiconque engloutît autant en un seul repas, et déraisonnablement arrosé. On leva nombre de verres à ma santé, et j'eus droit à une tablée de cadeaux d'adieux et de témoignages d'affection qui eussent nécessité un train de chariots pour les emporter ; l'intention était bonne et ce que je parvins à manger excellent, mais, depuis l'annonce de mon départ, j'avais l'impression que chaque événement était un obstacle que je devais surmonter pour pouvoir enfin m'en aller. Umbre était là mais pas vraiment présent, et le Fou ne vint pas.

La nuit était avancée quand nous sortîmes de table ; une nouvelle tournée d'adieux eut lieu dans le salon de Devoir ; Ortie pleura, Umbre somnola, et Elliania me rendit un mouchoir en me demandant de le tremper dans le sang de mes adversaires afin qu'elle pût l'enfouir dans la terre de sa maison des mères et que l'âme de ceux que j'avais tués ne connût jamais la paix. Elle me parut un peu exaltée, et je me demandai si mon départ l'aiderait à recouvrer son calme. Lourd paraissait morose ; le petit homme n'était pas bien depuis son retour de Flétribois, et, ce soir, son chant d'Art ressemblait à une mélodie funèbre. Les deux princes jurèrent que, si je les appelais à mon aide, ils accourraient avec les forces de Castelcerf et du clan du Narval. Pépite et Lant étaient présents, de part et d'autre de leur père ; la jeune femme me promit de prendre grand soin d'Umbre en mon absence, tandis que son frère me regardait avec un air de chien battu. Il s'était présenté chez moi deux jours plus tôt pour me prier à nouveau de le laisser m'accompagner, et j'avais encore refusé. « Qu'en dira mon père ? » m'avait-il demandé, cherchant à m'ébranler, mais j'étais resté inflexible. « Vous le saurez sûrement quand vous le lui apprendrez », avais-je répondu ; étant donné l'apathie d'Umbre, cet entretien n'aurait sans doute jamais lieu. D'ailleurs, cela ne me concernait pas : quand je serais parti au matin sans lui, son père et lui devraient s'en accommoder.

Quand j'eus finalement expliqué avec insistance qu'il me fallait dormir afin de pouvoir me mettre en route tôt, Crible m'escorta à la porte. « Je partirai avec vos gardes et vous demain, déclara-t-il ; mais je veux d'ores et déjà vous offrir ceci. Il m'a porté chance. » Son cadeau était un poignard, guère plus long que ma main, la lame affûtée sur les deux bords, avec une rainure centrale pour l'écoulement du sang.

« Il se plante facilement, se retire facilement, et il ne fait pas de bruit », me dit-il en me le remettant dans son fourreau usé. Je sortis en me demandant si je connaissais Crible aussi bien que je le croyais.

Je tombai sur Cendre et Persévérance qui traînaient dans le couloir devant ma porte ; Bigarrée se tenait perchée sur l'épaule du premier. « Bonne nuit ! leur lançai-je.

— Ce n'est pas bien de vous en aller sans lui, fit Cendre tout à trac. Il est prostré, il tient des propos délirants, et j'ai peur de ce qu'il pourrait faire si vous ne l'emmenez pas. Dans toutes les histoires qu'il raconte, vous êtes ensemble ; comment pouvez-vous le laisser à la traîne ?

— Je dois vous accompagner, renchérit Persévérance, et il faut qu'on prenne la jument d'Abeille. Si on la retrouve, elle voudra rentrer avec sa monture. »

Je les regardai tour à tour ; quelle solennité ils affichaient ! Je m'aperçus que je m'étais pris d'affection pour tous les deux.

Mais pas à ce point-là.

Je m'adressai à Cendre : « Après toutes les années que nous avons passées ensemble, lui et moi, je pense être meilleur juge que toi de ce qui est bon pour nous ; et il n'est pas en état d'entreprendre un voyage long et exigeant. »

Je me tournai ensuite vers Persévérance. « Quant à Abeille, elle est morte. Nous ne la retrouverons pas, et elle n'aura plus jamais besoin d'une monture. »

Cendre était bouche bée, son compagnon avait blêmi. Il s'efforçait de retrouver son souffle.

J'ouvris la porte de ma chambre, la franchis et la refermai sur eux.

14
Départ

J'ai rêvé que j'étais une noix. J'avais une coque très dure, et j'étais roulée en boule à l'intérieur ; là, j'étais moi, et j'y gardais toutes les parts de moi-même. J'avais été entraînée dans un fleuve qui essayait de m'emporter, mais je restais sur place et refusais de bouger.

Curieusement, je finissais par tomber du fleuve ; j'atterrissais sur de l'herbe verte, et c'était le printemps. Je demeurais un moment dans ma coque, bien serrée, et puis je me déroulais et j'étais là tout entière, en un seul morceau.

Les autres que le courant avait aspirés n'avaient pas cette chance.

Ce rêve me paraît plus réel que la plupart ; c'est un événement qui se produira presque à coup sûr. Je ne comprends pas comment il pourrait se faire que je devienne une noix emportée dans un cours d'eau, mais je sais que c'est ainsi. Et l'embouchure du fleuve ressemblait à ce que j'ai dessiné ci-dessous, et le fleuve jaillissait d'une pierre noire.

Journal des rêves d'Abeille Loinvoyant

L'aube arriva avant que le sommeil me gagnât. Je m'étais préparé à une nuit blanche, et j'en avais fait bon usage en recopiant les informations d'Umbre concernant les portails d'Art sur la superbe carte qu'il m'avait donnée. Je ne tenais pas à me servir d'une Pierre que je n'avais pas vue de mes propres yeux, au cas où elle fût abattue ou engloutie dans un marais, mais, en cas d'urgence et si aucune autre voie d'évasion ne se présentait, mieux valait savoir où chacune se trouvait et où elle menait. J'avais constaté avec stupeur que certaines conduisaient à la cité de Chalcède ; j'avais plus intérêt à affronter ce qui m'attaquait qu'à les considérer comme des issues de secours.

Je parcourus les notes de Kettricken puis étudiai sa carte ; j'y trouvai plus de renseignements que je n'en avais auparavant, mais l'ensemble restait vague. Il me faudrait me rendre jusqu'aux confins de la projection d'Umbre puis espérer dénicher d'autres informations sur place concernant les régions au-delà. D'après les propos du vieux matelot, je devais aller jusqu'aux îles aux Épices puis me débrouiller à partir de là ; un léger sourire me vint en songeant à son dernier conseil : « Moi, si je devais aller là-bas, je ne partirais pas d'ici ! »

L'épée de Vérité m'accompagnerait ; elle avait retrouvé un simple fourreau de cuir, sa poignée dissimulée sous une bande de cuir usé. J'avais envisagé d'emporter une hache, l'arme que je maniais le mieux, mais, si on peut transporter une épée par pure fatuité, on ne s'encombre pas d'une hache pesante si on ne compte pas s'en servir ; et puis je devais avoir l'air d'un voyageur ordinaire, un peu aventurier, non d'un père en quête de vengeance. L'épée me suffirait amplement, comme toujours.

Alors que le ciel grisaillait, je m'habillai avec soin, puis me rasai à l'eau chaude en me demandant quand je pourrais à nouveau jouir de ce luxe. Mes cheveux avaient assez repoussé pour me permettre de les nouer en queue de guerrier. Je sortis mon magnifique manteau et mon paquetage, puis, sur un coup de tête, je descendis au réfectoire des gardes et partageai avec eux un petit déjeuner très matinal ; il y avait du gruau au miel avec des morceaux de pomme séchée, une tisane aromatique, du pain, du beurre, et des tranches des rôtis de la veille. Mes hommes étaient là, ainsi que beaucoup de leurs camarades de Castelcerf, et ils me manifestèrent leur soutien par des plaisanteries crues et des suggestions quant à la façon d'accueillir quiconque ose s'introduire en Cerf pour mettre à sac une propriété. C'était tout ce qu'ils savaient de l'affaire : qu'on avait attaqué ma demeure et que demoiselle Pépite avait été enlevée puis reprise ; seuls quelques-uns de mes gardes connaissaient le sort d'Abeille, et ils comprenaient que je ne tinsse pas à ce que cette information fût divulguée.

Au petit déjeuner officiel, je mangeai donc peu, et je reçus à nouveau des souhaits de bon voyage ; j'eusse préféré être déjà en route, mais je savais que c'était le gage que je devais à Devoir et à Elliania, et je m'y pliai le plus gracieusement possible. Umbre somnolait, mais je le réveillai pour lui dire adieu ; il paraissait de très bonne humeur et me demanda si je voulais faire une partie de Pierres avec lui ; je lui rappelai que je devais me rendre à Clerres, et il me promit de se souvenir que j'avais tenu parole et que je lui avais dit adieu. Il l'aurait sans doute oublié à peine la porte refermée sur moi.

Je frappai en vain à celle du Fou ; il refusa de répondre même quand mes coups ébranlèrent le battant dans son cadre, et je ne m'étonnai pas de le trouver verrouillé. J'eusse pu crocheter la serrure, il le savait, mais c'était un message qu'il m'adressait : il était fermé à moi. J'attendis que ma respiration se calmât et tournai finalement le dos à ce coup de poignard en songeant que c'était aussi bien ainsi : mieux valait le silence qu'une nouvelle dispute. Qui savait ce qu'il eût pu me jeter à la tête cette fois ?

Je retournai dans ma chambre prendre mon paquetage, et c'est sans grande surprise que je trouvai Persévérance m'attendant devant la porte. Il avait la mine sombre, mais il insista avec brusquerie pour porter mon bagage, et je le laissai faire.

Nous descendîmes dans la cour, où je rejoignis ma garde en formation impeccable ; les anciens Bouteurs se fondaient à présent presque parfaitement parmi mes hommes. Gantelée était là, et Crible déjà en selle ; Lant paraissait pâle, et Persévérance était déjà lui aussi sur sa monture. Il n'avait pas amené la jument d'Abeille, et cela me fit un coup au cœur. J'avais été dur avec lui. Avais-je pris plaisir à doucher ses espoirs futiles ? Ou était-ce seulement que j'avais mal de le voir à présent aussi désespéré que moi ?

Encore une fois, toute une foule m'attendait pour me dire adieu, accompagnée de Devoir, d'Elliania et des princes en grande tenue pour assister à mon départ, et nous franchîmes les portes du château de Castelcerf sous les acclamations. Ortie était pâle, et ses yeux rougis trahissaient son état d'esprit. Je la pris dans mes bras un long moment, puis Kettricken nous sépara sur ces mots qu'elle prononça avec douceur : « Revenez-nous. » Je hochai la tête mais ne me risquai pas à faire des promesses. Bigarrée volait au-dessus de nous en croassant de temps en temps pour nous rappeler qu'elle nous accompagnait. Pendant cette mise en branle ostentatoire, je songeai que j'avais perdu la moitié de la matinée en cérémonies.

« Il faut en passer par là », dit Crible comme s'il avait perçu mes pensées, et il m'adressa un sourire sans humour.

Le petit galop laissa bientôt la place à un trot enlevé capable de dévorer les distances. Nous passerions la nuit dans une auberge puis continuerions le lendemain ; j'espérai qu'au soir suivant j'arriverais à la pierre d'Art où Pépite avait vu ma fille disparaître ; là, je ferais mes adieux à mes compagnons et poursuivrais mon voyage seul. Je comptais me rendre tout d'abord à l'ancien marché où j'avais rêvé jadis que le Fou se transformait.

Le trajet se déroula bizarrement sans accroc. L'auberge avait été prévenue de notre arrivée et nous reçut dans de bonnes conditions ; cette nuit-là, je dormis, et, au matin, je partageai un petit déjeuner roboratif avec Crible, Lant et Gantelée. Nous parlâmes de tout et de rien, du pain qui était frais et goûteux, du temps dont nous espérions qu'il resterait clément ; Crible prédit un printemps précoce, et Gantelée se dit convaincue que la neige commençait déjà à s'amollir.

J'enfilai mon beau manteau bleu de Cerf et nous reprîmes la route, moi à la tête d'une troupe de gardes. Nous partîmes sous les encouragements de l'aubergiste et de sa famille, et avec les gâteaux d'avoine et les fruits secs qu'ils nous avaient donnés pour la journée. Nous poussâmes nos montures, car je voulais faciliter les choses à mes hommes : si nous atteignions la Pierre dans l'après-midi, ils auraient peut-être le temps de trouver une auberge au lieu de passer la nuit à la belle étoile. Je n'en attendais pas autant pour moi : une fois de l'autre côté, j'affronterais l'hiver des Montagnes ; je formais seulement le vœu de ne pas déboucher au milieu d'une tempête de neige.

À partir de là, mon plan était clair : je passerais trois nuits dans la tente démesurée qu'on m'avait donnée en me nourrissant de rations militaires pendant le trajet jusqu'au pilier suivant. D'après la carte d'Umbre, il ne me resterait plus qu'un pas d'Art pour parvenir à la cité de Kelsingra ; une fois dans la cité, je me débrouillerais pour prendre un bateau, descendre le fleuve du désert des Pluies et gagner Terrilville, puis Jamaillia. Là, j'étais sûr de trouver un navire en partance pour les îles aux Épices. Parvenu à destination, je compterais sur la chance et sur la carte de Kettricken pour me rendre à Clerres. Et déclencher un bain de sang.

Nous faillîmes dépasser la bifurcation ; ce fut Crible qui la repéra. La neige avait réduit à de vagues dépressions les traces que nous avions laissées dans la prairie. J'avais l'impression que j'étais passé par là il y avait bien des années, qu'Abeille m'avait été arrachée il y avait bien des lustres – mais aussi il y avait à peine un instant. Plus nous approchions de la Pierre, plus j'étais impatient de partir. Nous pénétrâmes dans la forêt et suivîmes nos empreintes qui s'estompaient ; quand nous arrivâmes à l'ancien campement de Dwalia et de ses luriks, Gantelée ordonna à ses hommes de s'arrêter et de monter un bivouac.

« Inutile, lui dis-je à mi-voix. Je ne tiens pas à en faire un spectacle, Gantelée ; je vais aller jusqu'à ce pilier, le toucher de la main et disparaître ; quant à vous, vous allez faire demi-tour et chercher une auberge ; j'espère que ce soir vous dormirez au chaud et que vous lèverez une chope pour me souhaiter bonne chance. » Je m'éclaircis la gorge et ajoutai : « Dans ma chambre, il y a un paquet à votre nom qui renferme des messages destinés à des gens qui me sont chers ; si on est sans nouvelles de moi d'ici un an, vous saurez qu'il est temps de les distribuer. »

Elle me regarda fixement puis hocha la tête avec raideur.

Je mis pied à terre pendant qu'elle lançait à la garde de ne pas mettre à exécution son dernier ordre. Elle descendit de cheval à son tour, confia les rênes à sa petite-fille et me suivit ; Crible nous emboîta le pas, puis Lant. Je jetai un regard en arrière en m'attendant à voir Persévérance derrière nous, mais il avait disparu ; j'entendis criailler la corneille. Ils devaient être ensemble. Ce n'était pas plus mal.

Dans la pénombre des sapins aux branches alourdies, l'après-midi hivernal avait des airs de crépuscule. La neige et les troncs sombres apparaissaient dans un camaïeu qui allait du noir au gris pâle, et il me fallut un moment pour repérer la pierre d'Art prise dans les racines d'un arbre penché. Je m'en approchai sans hésitation : les artiseurs d'Ortie s'en étaient servis pour se rendre dans les Montagnes et en revenir quelques jours plus tard sans incident. Je me répétais que ce portail ne présentait aucun danger, et je refoulais le souvenir de ce qui m'était arrivé la dernière fois que j'en avais emprunté un ; je refusais également de songer que c'était cette même Pierre qui avait dévoré Abeille et ses ravisseurs.

Seule une légère averse de neige était tombée depuis la dernière fois que je m'étais trouvé là, et quelques flocons à peine avaient pénétré les branches enchevêtrées. De ma main gantée, je débarrassai la face de la Pierre de son saupoudrage blanc et de ses aiguilles. J'avais mon épée à la hanche, mon paquetage sur le dos et une grosse sacoche à l'épaule ; tout ce dont je pensais avoir besoin était dans le paquetage, tout ce que les autres m'avaient pressé de prendre dans la sacoche ; j'avais déjà décidé en mon for intérieur de ne pas m'en encombrer longtemps.

« Nous y voilà », dis-je à Crible. Il ôta son gant, je l'imitai, et nous nous serrâmes les poignets. Nos regards se croisèrent brièvement puis nous détournâmes les yeux.

« Voyagez bien, fit-il.

— J'essaierai », répondis-je. Il serra davantage mon poignet, et je lui rendis la pareille. *Tu as bien choisi, Ortie*, artisai-je à ma fille, et, par mes yeux, je lui montrai l'homme qu'elle avait élu. *Prends soin de son cœur ; il est fidèle.* Puis je redressai promptement mes murailles pour lui cacher mes craintes et mes inquiétudes.

Je fis mes adieux de la même façon à Gantelée et à Lant. La vieille capitaine planta son regard d'acier dans le mien et m'ordonna : « Soyez digne de l'honneur des Loinvoyant. » Lant m'agrippa le poignet d'une main moite, et il me sembla qu'il tremblait.

« Tout ira bien, murmurai-je. Prenez soin de notre cher ancien, et dites-lui que c'est ma faute si vous n'avez pas pu m'accompagner. »

Il hésita. « Je ferai mon possible pour être à la hauteur de ses attentes. »

Je lui rendis son sourire chagrin. « Bonne chance ! » répondis-je, et il eut une espèce de rire saccadé.

Tous me regardaient. Je levai la main et fermai les yeux bien que ce ne fût pas nécessaire. *J'entre dans la Pierre*, transmis-je à Ortie et à Devoir. Je sentis Lourd qui nous observait en somnolant. *Je te renvoie Crible tout de suite*, dis-je à ma fille. *Il devrait être rentré d'ici demain soir.*

Et tu nous artiseras dès que tu sortiras du pilier ?

Je te l'ai déjà promis : je ne te laisserai pas t'inquiéter. De mon côté, j'attends d'être prévenu dès la naissance du bébé.

Et ça, je te l'ai déjà promis. Sois prudent, papa.

Je vous aime tous. Puis, ces mots sonnant un peu trop comme un ultime adieu, j'ajoutai : *Dites au Fou de ne pas trop m'en vouloir ; prenez soin de lui jusqu'à mon retour.*

Je m'adressai à ceux qui m'accompagnaient. « Ortie vous attend demain, dis-je à Crible.

— J'y serai », répondit-il, et je sus qu'il ne parlait pas du lendemain soir.

Gantelée paraissait lasse et Lant nauséeux ; je partageais en partie son angoisse, et le monde semblait flotter un peu quand je m'avançai vers le pilier. Alors que je posais la paume de ma main nue sur la pierre glacée et appuyais fermement sur la rune, Lant bondit tout à coup ; il saisit mon poignet et s'exclama : « Je pars avec vous ! »

Quelqu'un m'enserra aussi la taille, et je crus que Crible allait me tirer en arrière, mais je sentis la Pierre s'enfoncer et m'aspirer. Lant suivit avec un cri de surprise qui s'interrompit brusquement quand les ténèbres se refermèrent sur nous.

Voyager par un pilier est toujours déroutant. Cette fois, au lieu d'une obscurité scintillante, j'eus l'impression qu'on avait rabattu un capuchon sur mon visage puis qu'un cheval me décochait une ruade. Je n'eus pas la sensation de me déplacer sur une longue distance, mais plutôt d'être poussé brutalement du haut d'une échelle ; je heurtai violemment un sol enneigé, Lant tomba sur moi, et je me retrouvai écrasé en travers de la sacoche bosselée et d'une autre masse indéterminée. J'avais de la neige plein les yeux, et le froid qui m'assaillit était beaucoup plus vif qu'en Cerf. Le choc m'avait coupé le souffle ; je pris une inspiration, inhalai de la neige, toussai, puis m'efforçai de reprendre ma respiration tout en essayant de m'asseoir.

Lant s'écarta tout à coup de moi et me libéra de son poids pour s'asseoir dans la neige, dos à moi. Ses épaules tressautaient mais je n'entendais rien.

« Laissez-moi me relever ! »

Je m'écartai du sac bruyant en m'essuyant les yeux de la manche et parvins à me redresser en position assise. La masse qui s'agitait dans la neige près de moi était recouverte d'ailes de papillons ; Persévérance repoussa soudain un coin de la cape Ancienne et leva les yeux vers moi. « Qu'est-ce qui s'est passé ? Où suis-je ? » Une fraction de seconde plus tard, une explosion de plumes noires me gifla, et Bigarrée, outrée, fila vers le ciel.

« Vous êtes tous des idiots, voilà ce qui s'est passé ! » criai-je ; mais, comme j'avais le souffle coupé, je n'émis qu'une exclamation hoquetante. Je me remis debout tant bien que mal et balayai les alentours du regard. Oui, c'était bien la destination prévue ; une neige poudreuse avait lissé les traces du clan d'Ortie, et tout autour de moi s'étendait un cercle laissé par un l'ancienne halle couverte d'un marché ; nous étions sortis par une des faces de la Pierre qui en marquait le centre. La noire forêt des Montagnes nous enserrait de toutes parts, menaçante. Sous mes pieds, je perçus le bourdonnement lointain de ce que j'appelais la route d'Art ; bâtie jadis par les Anciens, elle brondissait des souvenirs de ceux qui l'avaient parcourue, et la mousse comme l'herbe paraissaient répugner à envahir sa surface. Les arbres se penchaient au-dessus de la maçonnerie décorative qui bordait la place. Je dressai mes murs pour tenir à l'écart le murmure des mémoires enfermées dans la pierre.

J'observai le ciel : la nuit allait tomber, il faisait très froid, et je me retrouvais encombré de deux imbéciles inattendus. Je me sentais vaguement mal, d'une façon indéfinissable ; je n'avais pas de fièvre, pas de sensation de vertige, mais l'impression de venir de quitter mon lit après une longue maladie. Il est vrai que j'avais, sans préparation, traversé un pilier avec deux non-artiseurs à la remorque, et que les souvenirs bouillonnants de la route d'Art assiégeaient mes murailles. Tout compte fait, j'avais de la chance de ne souffrir que d'une légère faiblesse

– et mes compagnons intempestifs d'être vivants et sains d'esprit – enfin, peut-être.

« Lant ? Comment vous sentez-vous ? »

Non sans peine, il prit une longue inspiration. « Comme le lendemain d'une cuite à la mauvaise bière. »

Je tournai un œil noir vers Persévérance. « Et toi, comment as-tu fait ? »

Il parut surpris de la question. « Je me suis tapi sous la cape près de la Pierre ; vous savez qu'elle cache tout ce qui se trouve en dessous. Et, au dernier moment, j'ai sauté et je me suis accroché à vous. Et me voilà. » Il se redressa soudain et me regarda en face ; le passage dans le pilier n'avait pas l'air de l'avoir affecté. Il remit le vêtement sur ses épaules. « Je vous ai suivi pour vous servir, comme j'en ai fait le serment ; pour venger ma demoiselle Abeille, dont je porte les couleurs. »

J'avais envie de trépigner, de hurler, de les traiter de tous les noms, mais ils me regardaient avec des yeux de chiots perdus, et l'énergie me manqua. Le froid qui m'assaillait n'avait nulle patience pour la fragilité des hommes ; je m'adressai à eux : « Lant, relevez-vous. Il y a une tente dans ce sac ; montez le camp là-bas, sous ces arbres, là où la neige est moins épaisse. Je vais faire du feu. »

Ils restèrent les yeux écarquillés, puis échangèrent un regard effaré. Lant se redressa, fit deux pas de côté en trébuchant puis se prit la tête dans les mains ; il avait mal supporté le voyage d'Art – mais c'était sa faute. Leur présence et les complications qu'elle entraînait me rendaient furieux, et cette colère écrasait toute compassion. Persévérance, emmitouflé dans sa cape à motif de papillon, paraissait moins touché. Je m'éloignai d'eux en resserrant mes manteaux sur moi : j'avais enfilé celui, bien visible, des Loinvoyant par-dessus l'autre, nettement plus discret, et je m'en réjouis. Je trouvai une branche morte encore accrochée à son arbre, la secouai prudemment pour la débarrasser, elle et celles qui poussaient au-dessus, de sa couche de neige, puis entrepris d'en casser des tronçons ; à mon retour, Lant et Persévérance s'échinaient à monter la tente que j'avais renâclé à emporter, mais dont j'étais heureux à présent de disposer. Sans chercher à les aider, je dégageai une zone de pavés du vieux marché et préparai mon feu ; j'avais un peu perdu la main et j'étais encore étourdi du voyage d'Art, si bien que, plus je m'acharnais, plus j'avais froid aux mains et plus elles s'engourdissaient, et plus je haletais et reniflais. Je sentais mes lèvres se dessécher et tâchais de songer à ne pas les humecter de la langue sans quoi elles se gerceraient aussitôt. La nuit tombait, et le froid m'étreignait de plus en plus. J'avais du mal à garder ma patience ; j'eusse dû emporter un pot à feu.

Une étincelle prit, puis une autre, et enfin une mince volute de fumée monta de mes brindilles. « Va chercher du bois, dis-je à Persévérance qui m'observait. Il y a une hachette dans mon paquetage. Ne le renverse pas au risque de la faire tomber dans la neige ; fouille le sac.

— Je ne suis pas idiot, fit Persévérance avec raideur.

— Tu n'en as pas fait la démonstration aujourd'hui », rétorquai-je, et il s'en alla.

Lant s'attarda un moment. « J'ai dit à mon père que vous aviez refusé mon escorte ; il m'a répondu que la décision ne vous appartenait pas et que je devais trouver un moyen de vous accompagner. C'est ce que j'ai fait. »

C'était bien d'Umbre de réagir ainsi. « Il va nous falloir une solide réserve de bois pour tenir toute la nuit, or on n'y voit déjà presque plus », dis-je, et il s'éloigna dans la neige.

J'alimentai la petite flamme avec des brindilles, puis avec des morceaux de branche, et enfin j'osai y déposer du gros bois. Je scrutai le crépuscule de plus en plus sombre : Bigarrée s'était installée sur un arbre nu et m'observait. Je décidai de faire un grand feu ; justement, Persévérance revenait avec une longue branche ; j'en brisai les rameaux à la main puis lui confiai la tâche de découper le reste à la hachette. La flambée commençait à dégager de la chaleur quand Lant réapparut ; il avait découvert un sapin abattu par la tempête, dont le bois résineux prit vite, ce qui fit encore monter la température. Manifestement, le jeune homme ne se sentait pas bien ; il ne cessait de serrer les lèvres comme s'il craignait de vomir, et il se pressa les tempes entre les mains à plusieurs reprises. Je me moquais de son malaise. « Il faut encore du bois », dis-je.

Pendant quelque temps nous ne fîmes qu'aller et venir pour rapporter tout le bois sec que nous pouvions trouver. Quand nous en eûmes une réserve confortable, nous nous accroupîmes autour du feu et nous réchauffâmes. « Commençons pas vous, dis-je à Lant. Qu'avez-vous apporté ? »

Il s'efforça de mettre de l'ordre dans ses pensées. « Des vêtements chauds ; de la viande et des fruits séchés ; du pain, du miel, du bacon, du fromage ; une couverture roulée serré ; un couteau et une casserole ; un bol, un gobelet et une cuiller ; de l'argent pour les auberges ; mon épée. » Il parcourut la forêt du regard. « Je pensais qu'il y aurait peut-être des auberges.

— Il n'y en a pas. » Je me tournai vers Persévérance. « Et toi ? »

L'adolescent avait rabattu la coule de la cape Ancienne sur sa tête ; elle était trop grande pour lui, et il me regarda entre les plis. « Je suis vêtu chaudement ; j'ai apporté de quoi manger, surtout du grain pour le gruau, un peu de viande fumée et séchée, une casserole et une cuiller, un gobelet, mon couteau et une fronde. Pas grand-chose.

— Pas de sac de couchage ?

— J'ai la cape, messire, celle à motif de papillon ; elle est étonnamment chaude »

Je l'observai : il avait les joues et le bout du nez rouges, mais paraissait à son aise accroupi près du feu. Je réfléchis et parvins à une décision qui ne me souriait pas. « Nous allons rester ici trois jours, puis je vous ramènerai. » Et je devrais encore attendre au moins trois jours avant de me risquer à un nouveau trajet par le pilier. Les contretemps s'enchaînaient.

« Non, dit Lant.

— Je ne partirai pas », répondit Persévérance sans me regarder. Il se rendit dans la tente, là où se trouvait son paquetage, et revint avec une casserole ; il s'écarta de la zone que nous avions piétinée pour remplir son récipient de neige vierge, puis il revint et le posa près du feu. « Ce soir, c'est gruau », annonça-t-il. Il s'adressa à Lant : « Je peux y ajouter un peu de vos fruits secs, si vous voulez. »

L'intéressé se chauffait les mains. « Ils sont dans mon bagage ; va me le chercher, que j'y prenne les pommes.

— Non », intervins-je. Ils se tournèrent vers moi, les yeux ronds. Je désignai mon cousin du doigt. « Allez le chercher vous-même, Lant. C'est moi que Persévérance sert, non vous ; pendant les trois jours à venir, vous ferez tout vous-même. Nous verrons alors si vous ne voulez toujours pas retourner à Castelcerf. »

Il me lança un regard noir, puis, sans un mot, il se leva et se dirigea vers la tente d'une démarche raide ; il revint avec son bagage, l'ouvrit et en sortit un paquet de pommes séchées. Je ne pus m'empêcher d'admirer sa maîtrise de lui-même ; au lieu de s'en prendre au garçon, il saisit une poignée de morceaux de fruits et la lui remit. Persévérance le remercia.

J'inspectai le montage de la tente. Elle était prévue pour moi seul, et assez large pour être confortable ; à trois, nous serions plus que serrés. Elle était en tissu, cousue comme une grande poche dont la base pouvait être fixée au sol par des pieux et le sommet relevé par une corde nouée à un arbre. Je resserrai plusieurs de ces dernières et enfonçai davantage un des piquets. À l'origine, je ne tenais pas à l'emporter, puis j'avais décidé de m'en débarrasser le plus vite possible, mais nous serions tous soulagés d'en profiter cette nuit.

Affronter le froid paraissait moins insurmontable maintenant que je savais pouvoir me réchauffer auprès du feu. Je fis lentement le tour de la clairière circulaire qui était jadis une place de marché en tâchant de me représenter des Anciens s'y assemblant pour échanger des marchandises et des nouvelles, puis regardai le pilier qui nous avait éjectés, silhouette noire contre le ciel obscur, et je me remémorai la première fois que je m'étais trouvé là. Kettricken, le Fou, la vieille Caudron, Astérie et moi y étions passés au cours de notre longue recherche en quête de Vérité pour le convaincre de reprendre son trône et les rênes de son royaume assiégé. Le Fou avait escaladé la Pierre, et, lorsque j'avais levé les yeux vers lui, j'avais vu quelqu'un d'autre : un bouffon ou un ménestrel issu d'une époque différente ; Astérie m'avait giflé violemment pour me tirer de cette vision. Plus tard, le Fou et moi étions partis chasser avec Œil-de-Nuit, et nous avions fini par une bataille d'éclaboussures dans un ruisseau. Des enfants ; nous n'étions que des enfants, mais je me prenais déjà pour un homme. C'était il y avait tant d'années, et comme le monde avait changé depuis ! Comme nous avions tous changé !

Je jetai un coup d'œil par-dessus mon épaule à Persévérance et à Lant. L'adolescent accroupi ajoutait une poignée de neige à sa casserole, les pommes et l'avoine posées à côté de lui ; il expliquait au jeune homme qu'il faudrait une grande quantité de neige pour remplir le récipient d'eau. J'éprouvai un brusque mépris envers Lant de ce qu'il ignorât des choses aussi simples que la façon de préparer du gruau sur le feu en hiver ; puis je me rendis compte que rien dans son existence n'avait dû les lui enseigner, pas plus que rien dans la mienne ne m'avait appris les règles des jeux de hasard qui faisaient la joie des nobles de Castelcerf. Ce n'était pas juste de le lui reprocher – mais la vie n'est pas juste ; elle ne se croise pas les bras en attendant que nous mûrissions. Fussions-nous en été, peut-être seraient-ils en train de s'amuser à s'éclabousser.

Je m'efforçai de porter un regard neutre sur Lant. Il avait du cran : il m'avait suivi alors que sa blessure n'était qu'à demi cicatrisée, et il portait encore de temps en temps la main à ses côtes pour les frotter doucement. Je connaissais bien les élancements des vieilles blessures par temps froid. Il savait qu'il ne serait pas le bienvenu, et pourtant il s'était accroché à moi ; je ne comprenais toujours pas pourquoi. Il prononça quelques mots à mi-voix, Persévérance rit tout bas, et la corneille l'imita de son rire croassant. Rien ne pouvait m'arracher un sourire ce soir : j'enviais leur jeunesse mais j'éprouvais de l'affection pour eux. Quelle erreur ils avaient commise aujourd'hui ! Et ils devraient en payer le prix.

Je les laissai se débrouiller. L'eau finit par bouillir, l'avoine et les pommes finirent par cuire ; chacun reçut une petite portion de gruau puis attendit que Persévérance en préparât davantage. Lant parut un peu remis après avoir mangé. Je donnai à la corneille une maigre part de pain, puis remplis ma propre casserole de neige fondue et fis de la tisane ; nous avions tous un gobelet, et nous bûmes lentement le breuvage chaud. Je confiai le premier tour de garde à Persévérance, avec instruction expresse de bien alimenter le feu : je n'avais plus de loup pour me protéger pendant la nuit. Le marché et les souvenirs qui s'y rattachaient me poignaient d'un sentiment de solitude, et je regrettais le Fou tel qu'il était alors, Œil-de-Nuit à mes côtés ; j'avais l'impression de sentir la fourrure de mon loup sous mes doigts, les poils gelés à l'extrémité, chauds près de la peau. Je tendis mon Vif mais ne captai que le silence.

J'indiquai une étoile à Persévérance et lui dis de réveiller Lant quand elle parviendrait à la verticale d'un certain sapin ; je donnai le même ordre au jeune homme en lui disant de me réveiller quand l'étoile se trouverait au milieu des branches dénudées d'un chêne.

« À quoi bon monter la garde ? » Lant parcourut du regard la forêt silencieuse.

« À cause des bêtes sauvages, des fauves, des ours, tous les animaux qui pourraient nous prendre pour des proies.

— Mais les animaux ont peur du feu ! se récria-t-il.

— Et c'est une des raisons pour lesquelles l'un de nous doit rester debout et maintenir le feu allumé. » Il ne me demanda pas quelles étaient les autres raisons, et je ne les lui exposai pas, mais les Serviteurs avaient emprunté la Pierre au moins une fois, et parfois les créatures de la forêt étaient trop affamées pour craindre le feu.

Lant et moi tâchâmes de nous installer confortablement dans la tente étroite, et, une fois couché dos à dos avec lui, je me réjouis de sa chaleur corporelle. Je commençais à m'endormir quand il dit : « Je sais que vous ne vouliez pas que je vous suive.

— Vous nous avez fait courir un risque gigantesque en traversant le portail d'Art avec moi alors que je ne m'y attendais pas. Nous avons eu beaucoup de chance. » Je songeai qu'il me fallait les ramener, et puis l'évidence me frappa : un des artiseurs pourrait venir pour les rapatrier, ce qui m'en déchargerait. Un peu tard, je m'aperçus que je n'avais pas prévenu Ortie que nous étions sains et saufs ; je m'apaisai et tendis mon esprit.

« Pourquoi me détestez-vous tant ?

— Chut. J'essaie d'artiser. » J'écartai sa question de mes pensées et lançai : *Ortie ? Devoir ?*

J'entendis une musique lointaine semblable à la brise dans les arbres. Je me concentrai sur elle et m'efforçai de la rapprocher de moi. *Fitz ? Fitz ?* L'Art de Devoir me parvenait comme dans un bruit de ressac violent ; il était porté par la mélodie de Lourd, semblable à une pièce de bois dans les vagues. Je fis un effort pour le rejoindre. *Nous allons bien. Lant et Persévérance sont venus avec moi.*

Persévérance ?

Le garçon d'écurie de Flétribois.

Que s'est-il passé ? Vous êtes resté une éternité sans nous contacter !

Il fallait d'abord que nous dressions un abri et fassions du feu. Il fait un froid de chien ici.

Fitz, vous êtes parti depuis plus d'un jour.

Ah ! Je me tus un instant pour digérer la nouvelle. *Ce n'est pas l'impression que nous avons eue ; pour nous, nous sommes entrés et ressortis aussitôt.*

Fitz ?

Je suis là. Nous allons bien. Ma méfiance envers le pilier s'enflamma de nouveau ; il avait dévoré Abeille et nous avait retenus dans le temps. Il n'était pas question de demander à Ortie d'y envoyer un de ses artiseurs ni de m'y risquer à nouveau avec Lant et Persévérance. La musique de Lourd allait et venait ; je tentai de la retenir mais elle m'échappa. Je transmis alors un message avec toute ma concentration : *Ne vous inquiétez pas ! Tout ira bien pour nous. Dites à Umbre que son fils est avec moi.*

Rien ; aucune réponse. La mélodie lointaine s'éteignit. Je me retrouvai dans la tente à côté de Lant plongé dans un silence morose. Non : c'était la respiration profonde et régulière du sommeil ; je n'aurais pas à répondre à ses questions ce soir. D'autres interrogations m'occupaient l'esprit : mon Art fonctionnait-il mal ? Comment n'avais-je pas remarqué le temps que nous passions dans la Pierre ? Pourquoi n'arrivais-je plus à contacter Ortie ni Devoir ? J'eusse dû passer la nuit à me ronger les sangs, mais ce ne fut pas le cas, comme je m'en rendis compte quand Lant me secoua l'épaule.

« C'est votre tour », fit-il d'une voix enrouée. Je m'assis dans le noir, et, à côté de moi, j'entendis Persévérance maugréer parce que je faisais entrer de l'air froid sous les couvertures. Je ne m'étais même pas réveillé quand ils avaient échangé leur place ; ce n'était pas bon signe : les traîner derrière moi dans le portail d'Art avait eu plus d'effets négatifs sur moi que je ne le pensais. Je sortis de la tente à quatre pattes, les articulations douloureuses, et, alors que je tendais la main pour reprendre les manteaux que j'avais étalés par-dessus nos couvertures, Lant dit : « Tenez, et il me remit un petit paquet de tissu en boule. Le gamin m'a permis de m'en servir ; je n'ai eu besoin de rien d'autre.

— Merci », répondis-je, mais il rentrait déjà sous la tente. La cape Ancienne était plus légère que de la soie ; je la déroulai, m'y emmitouflai et rabattis la capuche sur ma tête. L'espace d'un petit moment, je frissonnai de froid, et puis ma propre chaleur m'enveloppa. Je me dirigeai vers le feu et m'installai sur une bûche ; elle était trop basse et inconfortable, mais cela valait mieux qu'être assis dans la neige. Quand je me lassai de ma position incommode, je me levai et fis lentement le tour de l'antique place de marché, puis je revins près de la flambée, y ajoutai du bois, remplis la casserole de neige que je fis fondre avec quelques extrémités d'aiguilles de pin et que je bus en guise de tisane. J'essayai à deux reprises d'artiser Ortie, en vain. Je percevais la présence d'un puissant courant d'Art et le murmure de la route d'Art empreinte des milliers de souvenirs des Anciens qui l'avaient empruntée. Si Ortie m'entendait, je ne distinguais pas sa voix des leurs.

Mon esprit remonta les années et j'eus le loisir de songer à toutes les décisions stupides que j'avais prises ; dans l'obscurité je pleurai la disparition de Molly, et la petite vie d'Abeille que j'avais gâchée, je me laissai aller à ma haine pour Dwalia et ses sbires, et j'enrageai qu'ils fussent hors de portée de ma vengeance ; enfin, j'examinai ma mission ridicule. Parviendrais-je seulement à trouver Clerres ? Et que pourrais-je faire seul pour éradiquer un tel nid de cruauté et d'horreur ? Il fallait être fou pour tenter l'aventure, mais c'était tout ce qui me restait pour donner un sens à mon existence.

Était-ce lâcheté de ma part de refuser de risquer ma propre vue pour rendre la sienne au Fou ? Non ; j'étais mieux armé que lui pour cette entreprise. J'avais du chagrin de le quitter, mais j'étais heureux de le savoir à l'abri et bien installé. Si je revenais victorieux, il me pardonnerait – peut-être. Et qui sait si le sang de dragon qu'il avait bu ne lui aurait alors pas rendu la vue ? Je pouvais toujours espérer, pour lui, une vie meilleure et de bonnes années devant lui, et, pour moi, de réussir à tuer avant d'être tué moi-même.

Les montagnes escarpées qui nous entouraient retardaient l'arrivée de l'aube ; quand il fit assez clair pour y voir, j'ajoutai du bois sur le feu, remplis nos deux casseroles de neige, les mis à chauffer et criai à mes deux compagnons de se réveiller. Persévérance sortit le premier, le pas mal assuré, et j'eus honte de ma répugnance à lui rendre la cape Ancienne. Le froid m'agrippa de ses doigts avides, mais ma fille avait choisi de protéger son ami sous le vêtement, et je ne pouvais garder ce qu'elle lui avait donné. Lant mit plus de temps à émerger, mais je hâtai le processus en reprenant les deux manteaux étalés sur lui en surplus des couvertures.

« Je vais chasser, annonçai-je. Vous deux, ne vous écartez pas du bivouac, ramassez le plus de bois possible et entretenez le feu ; je risque de ne pas revenir avant la fin de soirée, voire demain matin. » À quelle distance était-ce ? Je me déplacerais seul, rapidement, sans m'encombrer d'un animal de bât ni de compagnons ; c'était faisable.

« Où allez-vous ? demanda l'adolescent d'un ton méfiant.

— Je te l'ai dit : à la chasse. J'espère rapporter de la viande ; ça nous fera un bon repas.

— Vous n'avez pas d'arc ; comment allez-vous chasser ? »

J'en avais déjà assez de cette conversation. « Comme autrefois : à la manière d'un loup. » Je leur tournai le dos et m'éloignai. À l'orée des arbres, je m'arrêtai. « Fabriquez-vous des bâtons ; il y a des bêtes sauvages dans la région, certaines assez grosses pour vous considérer comme des proies. Lant, exercez-vous avec le petit ; enseignez-lui ce que vous savez. » Je repris ma marche. En échangeant des coups de bâtons, ils s'occuperaient et se tiendraient chaud en même temps. Bigarrée me lança un craillement moqueur mais ne me suivit pas.

Pourquoi faisais-je cela ? Ça n'entrait pas dans mon plan ; mais la présence de Lant et de Persévérance non plus. Je tentai de contacter Ortie pour la mettre au courant de mon entreprise, et captai seulement le courant rugissant de l'Art entremêlé de voix étranges ; je m'en écartai précipitamment et poursuivis ma marche.

La piste était plus encombrée de végétation que dans mon souvenir ; arbres et buissons avaient commencé à empiéter sur les côtés de l'antique route d'Art. La magie Ancienne elle-même était peut-être incapable de tenir éternellement. Des aiguilles de pin et des branchettes parsemaient la neige lisse. Je me détendis et acceptai le froid, et je sentis mes muscles se relâcher tandis que mon organisme générait sa propre chaleur. J'avançais vite mais sans bruit, à l'affût du moindre mouvement ; si l'occasion s'en présentait, je tuerais un animal pour nous restaurer, mais, comme Persévérance l'avait deviné, la viande n'était pas mon objectif prioritaire.

Lors de mon dernier passage, les arbres portaient un feuillage dense et vert ; à présent, la neige s'amoncelait sur la mousse qui drapait les branches nues. Je passai devant un tronc sur lequel un ours s'était fait les griffes. Les empreintes animales dataient et la neige les avait adoucies ; des oiseaux voletaient parmi les arbres ; une piste de cerfs croisa mon chemin, mais elle était déserte. Dans une petite clairière, je tombai sur un taillis d'églantiers encore chargés de fruits rouges et gelés ; les oiseaux qui s'en nourrissaient m'injurièrent quand je cueillis des baies à la périphérie du massif épineux. J'en remplis mon mouchoir que je nouai soigneusement : à tout le moins, elles parfumeraient le gruau ou la tisane. J'en pris une poignée pour en manger en marchant.

La forêt devenait plus épaisse et plus sombre. Je pressai le pas : l'année s'avançait vers le printemps, mais les jours restaient courts. Le froid gagnait mes pieds, et je resserrai ma capuche sur mes oreilles, puis je me mis à courir dans la neige en tapant de la semelle jusqu'à ce que la chaleur revînt dans mes extrémités. Sans faire attention à mes pas, j'effrayai un gros oiseau qui eût fait un bon repas si j'avais eu le moyen de le tuer, puis je ralentis, marchai un peu, repris ma course encore une fois et finis par marcher à nouveau. Je mangeais de la neige pour m'humecter la bouche, mais évitais de me refroidir en en avalant trop. J'avançais toujours. Je regardai le soleil d'hiver passer au-dessus de moi et les ombres commencer à s'allonger. C'était stupide ; pourquoi m'étais-je laissé aller à ce coup de tête ? J'étais aussi idiot que Lant et Persévérance réunis. Puis, alors que le soir dépouillait le jour de ses couleurs, je parvins à la première masse enfouie à côté de la piste enneigée.

Des dizaines d'années s'étaient écoulées, mais il y a des choses qu'on n'oublie pas. J'allais d'un dragon de pierre à l'autre ; voilà celui qui ressemblait à un sanglier, et celui qui avait la forme d'un dragon ; les bois du cerf aux ailes bleues étaient ourlés de neige. Tous m'emplissaient toujours d'un sentiment d'émerveillement.

Des années plus tôt, par le sang et la magie, Œil-de-Nuit et moi avions réveillé ces formes endormies et les avions envoyées voler au secours de Vérité. De mon roi. La vieille artiseuse Caudron et lui avaient déversé tous leurs souvenirs et jusqu'à leur vie dans un magnifique dragon sculpté dans la pierre d'Art, ce même matériau qui constituait les piliers ; et Vérité était apparu sous la forme d'un dragon pour transporter Kettricken et Astérie jusqu'à Castelcerf afin que sa reine pût donner naissance à son fils et perpétuer sa lignée. Le dragon qu'il avait créé à si grand prix avait mené le combat contre les Pirates rouges et les Outrîliens.

Une fois qu'ils avaient été vaincus et que la paix avait regagné nos côtes, Vérité-le-dragon était revenu là où je me trouvais aujourd'hui, pour dormir avec ses semblables dans l'ombre épaisse des grands arbres.

Je le découvris. J'enlevai la couche de neige qui le recouvrait et en débarrassai ses ailes splendides désormais rabattues sur ses flancs ; je nettoyai aussi sa tête et ses yeux clos, puis j'ôtai mes gants et posai mes mains nues sur son front de pierre glacée. Je tendis, non mon Art, mais mon Vif, et cherchai le roi que j'avais servi puis perdu. Je perçus le vague brasillement d'une rémanence de vie dans le roc ; alors j'instillai dans mon contact tout l'Art et tout le Vif que je pouvais rassembler, j'ouvris mon cœur et confiai tout au dragon de pierre froide. Je ne déversais pas des souvenirs dans la pierre comme l'avait fait Vérité pour animer sa création : je joignais simplement mon oncle, mon roi, pour m'épancher de tout ce qui m'était arrivé et de tout ce que j'espérais accomplir. Je partageai avec lui toutes mes douleurs, la perte de ma femme et de ma fille, les tourments du Fou, le dépérissement d'Umbre, tout.

Et, quand je me fus ainsi vidé au-delà des larmes et de tout désir de vengeance, je restai immobile et creux dans le froid à côté du dragon pétrifié. Pourquoi m'étais-je lancé dans cette entreprise ? Je devais à présent passer la nuit sur place sans tente ni feu. Je déblayai une petite zone de neige au sol et mis à nu des strates de feuilles mortes, puis je m'assis entre les membres antérieurs de Vérité et m'adossai à sa tête posée sur ses pattes, les jambes ramenées contre ma poitrine et ma capuche rabattue sur le visage. Ainsi pelotonné contre mon roi, j'espérai que le froid ne s'accentuerait pas trop pendant la nuit. La pierre d'Art dans laquelle il était sculpté était glacée contre mon dos. Vérité avait-il froid lui aussi, quelque part ? Ou Caudron et lui jouaient-ils au jeu des Pierres dans un autre monde hors de ma portée ? Je fermai les yeux ; j'eusse tant aimé me joindre à eux !

Ah, Fitz, tu perçois tant de choses !

Étais-je le jouet de mon imagination ? Je me figeai, puis j'ôtai mon gant et posai ma paume nue sur la joue écailleuse de mon roi.

Rien ne se perd vraiment ; les formes changent mais ne disparaissent jamais complètement.

Vérité ?

Merci pour mon fils et pour mes petits-fils.

Mon roi ! Vos pensées me réchauffent.

Je puis peut-être faire un peu mieux.

Je sentis une chaleur qui montait ; la neige fondit et glissa du dragon qui se mit à jeter des éclats bleu et argent. La tiédeur reflua par ma main jusque dans tout mon corps, et je me laissai aller contre la pierre qui paraissait soudain vivante ; mais, avec la température, ma perception de Vif de mon roi décrut ; je tendis mon esprit vers lui sans parvenir à le retrouver. *Vérité ?* Mais il ne répondit pas, sauf par la chaleur qu'il dégageait. Je constatai que je pouvais me glisser sous son menton, et je me calai sous sa longue mâchoire, entre ses pattes. Le froid cessa de m'endolorir le dos ; je me sentais enveloppé d'émerveillement et de protection. Je fermai les yeux.

L'aube vint ; des chants d'oiseaux m'accueillirent à mon réveil. Ma seule sensation était celle de ma propre chaleur corporelle enfermée dans mes manteaux. Je me faufilai hors de mon abri, débarrassai mes vêtements des feuilles mortes et des aiguilles de pin qui s'y accrochaient et posai la main sur le front écailleux de mon roi.

Pierre froide et immobilité. De minuscules glaçons s'étaient formés au coin de ses yeux telles des larmes gelées. L'abattement qui m'envahit était un prix élevé à payer pour ces quelques instants de contact et de réconfort, mais je ne le regrettais pas. « Adieu, dis-je au dragon. Souhaitez-moi bonne chance. »

Je renfilai mes gants. La chaleur qui m'avait imprégné demeura tandis que je rebroussais chemin vers le campement. Je marchais d'un pas vif et régulier en espérant apercevoir la lueur jaune de notre feu avant que toute lumière ne disparût. Des nuages couvraient le ciel et réchauffaient un peu l'air. Je marchais et courais tour à tour en réfléchissant à toutes les questions auxquelles je n'avais jamais eu de réponse.

Une oreille bordée de noir trahit la présence du lièvre tapi sous le taillis d'églantiers près duquel j'étais passé la veille. Il ne bougeait pas plus qu'une statue, son pelage d'hiver indistinct de la neige parsemée de brindilles et de fientes d'oiseaux. Sans le regarder, je continuai mon chemin, et, alors que je me trouvais près de lui, je bondis.

Je le pris au piège sous mon manteau déployé et saisis une patte arrière qui ruait éperdument. Une fois certain de le tenir, je me relevai, attrapai sa tête dans ma main libre et lui imprimai une torsion violente ; en un clin d'œil, sa nuque se brisa et son existence s'arrêta. Il pendit, chaud, inerte et mort entre mes doigts. « La mort nourrit la vie », lui dis-je tristement en fourrant son petit corps poilu sous mon bras ; puis je resserrai mon manteau sur moi et poursuivis ma route.

Le jour s'effaçait ; les arbres semblaient se pencher davantage sur la piste, et le froid m'étreignait davantage. Je marchais toujours ; c'était l'éclat doré du feu de camp qui me guidait vers la fin de ma randonnée. J'éprouvais un curieux sentiment de victoire ; j'avais touché Vérité, fût-ce un bref moment, et je savais désormais que mon roi vivait encore sous une autre forme. Les fruits dans mon mouchoir et le lapin sous mon bras m'emplissaient de fierté : j'étais peut-être vieux, le froid faisait peut-être souffrir mes articulations, et j'avais commis des erreurs par dizaines au cours des derniers mois, mais j'étais encore capable de chasser et de rapporter de la viande. C'était quelque chose, quelque chose de plus important que cela ne l'était depuis bien longtemps.

C'est donc las mais non épuisé que je pénétrai dans le cercle de lumière. Accroupis devant le feu, Lant et Persévérance contemplaient les flammes ; je les hélai, brandis mon lièvre et le jetai au jeune homme qui l'attrapa entre ses bras. Tous deux me dévisagèrent sans rien dire, et j'eus un sourire malicieux. « Qu'y a-t-il ? Vous ne savez pas préparer un lapin ?

— Bien sûr que si ! se récria Persévérance, mais Lant lui coupa la parole.

— Celui que vous nommez le Fou, eh bien il était ici, avec une gamine du nom de Braise.

— Quoi ? » Le monde se mit à tanguer. « Où est-il ? Pourquoi ? Comment ?

— Il est parti. »

L'adolescent enchaîna : « Ils sont retournés dans la Pierre, celle dont on est sortis.

— Non ! » Je prononçai ce mot sur le ton de la prière, mais je savais qu'aucun dieu n'y répondrait. Lant s'apprêta à parler, mais je pointai le doigt vers lui. « Vous, racontez-moi tout dans le moindre détail ; Persévérance, occupe-toi du lièvre. » Je m'accroupis de l'autre côté du feu.

« Il n'y a pas grand-chose à dire. Nous montions la garde en allant chercher du bois et en alimentant la flambée ; Persévérance a pris sa fronde et a tué un écureuil. Nous vous en avions gardé une part mais, comme vous n'étiez pas revenu à la nuit tombée, nous l'avons mangée. Nous nous sommes fabriqué des bâtons et j'ai montré au petit des mouvements qu'il ne connaissait pas. Et nous avons bavardé. » Il secoua la tête. « Il n'y avait pas grand-chose d'autre à faire. Nous avons encore ramassé du bois, et, alors que la nuit tombait, nous avons entendu un bruit, comme un choc sourd. Nous nous sommes retournés et les avons vus là, étendus dans la neige. Nous ne les avons pas reconnus tout de suite à cause de leurs épais vêtements, et puis le plus petit des deux s'est assis, et Persévérance a crié : « Cendre !" avant de se précipiter vers lui ; il l'a aidé à se relever, et Cendre a dit aussitôt : « Aide mon maître. Va-t-il bien ?" Nous avons donc redressé son compagnon, et j'ai vu une femme ; puis je l'ai regardé de plus près et j'ai reconnu le Fou. Nous les avons conduits près du feu ; ils étaient habillés chaudement, mais de vêtements très largement passés de mode, et tous deux en femmes, avec des vieilles fourrures, très épaisses mais qui sentaient un peu le renfermé. Persévérance avait appelé la fille Cendre, mais le Fou a dit qu'elle se nommait Braise ; elle portait un énorme paquetage sur le dos, et le Fou un grand bâton de marche. Il a demandé à sa compagne qui était présent, elle a répondu Persévérance et moi, et il a voulu savoir alors pourquoi vous n'étiez pas là ; nous avons expliqué que vous étiez parti chasser. Nous avons fait chauffer de l'eau et nous leur avons servi de la tisane, ainsi qu'un morceau d'écureuil à la jeune fille qui n'avait pas l'air bien. Le Fou a dit que vous alliez être très fâché contre lui, mais qu'il n'y pouvait rien, et il a ajouté : « Il ne sert à rien d'attendre ; ce ne sera pas plus facile ni moins dangereux. Braise, es-tu prête pour un autre saut ?" Elle a répondu par l'affirmative ; cependant, rien qu'à sa voix, on se rendait compte qu'elle était mal ; le Fou lui dit qu'elle n'était pas obligée de partir et qu'elle pouvait rester avec nous, mais elle lui a répondu de ne pas dire de bêtises, qu'il avait besoin de ses yeux. Alors ils ont fini leur tisane, nous ont remerciés et sont retournés près du pilier. Quand j'ai compris ce qu'ils allaient tenter, je les ai prévenus que c'était dangereux et que, selon vous, il fallait attendre au moins trois jours avant d'emprunter à nouveau un portail d'Art, mais le Fou a secoué la tête et répondu que vivre était dangereux et que la seule façon d'être en sécurité, c'était d'être mort. Il a retiré son gant, la jeune fille a pris une petite fiole et lui a versé quelques gouttes d'un liquide sur la main ; ensuite, il s'est agrippé à l'épaule de Braise, qui tenait son bâton de marche, et il a plaqué la paume de sa main libre sur la Pierre. J'ai crié pour leur demander où ils se rendaient, et la jeune fille a répondu : « À la cité des dragons », tandis que le Fou disait : « À Kelsingra ». Et ils sont entrés tous les deux dans le pilier. »

Je m'assis lourdement dans la neige en m'efforçant de reprendre mon souffle. Le sang de dragon ! C'était pour cela qu'il en voulait ! Je comprenais pourquoi il nous avait suivis : il avait toujours souhaité participer à ma mission ; mais j'ignorais pourquoi le sang de dragon lui permettait de passer par les Pierres, et pourquoi il continuait sans moi, aveugle, avec Braise pour seule escorte.

« Il y a encore un détail », intervint Persévérance. Il avait dépecé le lièvre avec soin, et la tête et les pattes étaient prises dans la peau qu'il avait délicatement décollée et roulée, tandis que les viscères formaient un petit tas par terre ; il y saisit le cœur et le foie pour les placer dans la casserole. Le reste de l'animal, d'un rouge sombre fileté de tendons blancs, était déjà découpé en morceaux. Bigarrée se posa et se mit à fouiller l'amas de tripaille.

« Quel détail ? demandai-je.

— Il a ajouté – le Fou – : « Ne laissez pas Fitz nous suivre ; dites-lui de rester ici et de nous attendre ; nous reviendrons."

— C'est exact, fit Lant.

— A-t-il dit autre chose ? N'importe quoi ? »

Ils échangèrent un regard. « Ben, ce n'est pas quelque chose qu'il a dit, mais qu'ils ont fait, répondit l'adolescent. Cendre a laissé le gros paquetage et la plupart de leurs provisions ; quand ils sont entrés dans le pilier, ils n'ont emporté qu'une petite partie de ce qu'ils avaient apporté. » Il eut soudain l'air mal à l'aise. « Pourquoi Cendre et Gris se seraient-ils déguisés en femmes, messire ?

— C'étaient sans doute les seuls vêtements qu'ils pouvaient voler facilement, fis-je ; ils ont dû les prendre dans une penderie oubliée qui appartenait autrefois à une vieille femme, dame Thym. » Lant tressaillit, et je me demandai ce qu'il savait du vieux déguisement de son père.

Persévérance secoua la tête. « Possible. Mais leur figure… Cendre avait les lèvres rouges comme une fille ; et votre ami aussi. On avait l'impression que c'était exprès. »

15

Dragons

De la reine Malta et du roi Reyn des Marchands aux Dragons, salutations au roi Devoir et à la reine Ellania des Six-Duchés !

Nous souhaitons vous exprimer la grande satisfaction que nous valent nos récentes tractations commerciales. Nos délégations louent votre hospitalité, votre courtoisie et votre empressement à négocier, et les échantillons de marchandises que nous avons reçus nous conviennent parfaitement, en particulier les céréales, l'eau-de-vie et le cuir.

Toutefois, les accords anciens qui nous lient à nos confrères et consœurs Marchands doivent prévaloir, et les articles de facture Ancienne transiteront uniquement par nos contacts de Terrilville. Vous êtes naturellement au courant des relations traditionnelles et familiales qui nous y rattachent, et nous sommes certains que vous comprendrez notre répugnance à renier ces alliances de longue date.

Si nous n'échangerons pas des produits Anciens contre des produits des Six-Duchés, nous vous assurons que notre monnaie est uniforme et exempte d'alliage ; étant donné son existence relativement récente, nous comprenons que vous rechigniez à l'accepter, mais, si vous persistez à la refuser, nous devrons nous adresser ailleurs pour passer nos accords commerciaux, ainsi que vous le concevez sûrement.

En ce qui concerne les dragons, nous sommes sensibles à vos inquiétudes, mais nous n'avons nulle autorité sur eux et ils ne nous doivent pas obéissance. Nous nourrissons une profonde amitié avec eux et nous régalons de leur compagnie, cependant nous ne pouvons prétendre conclure aucun traité en leur nom ni avoir aucune influence sur eux pour les contraindre à modérer leur comportement quand ils se trouvent sur votre territoire.

Certains dragons se prêtent à des accords sur leurs lieux de chasse ou sur leur consentement à ne prélever que des proies désignées quand ils visitent des pays étrangers. Le meilleur moment pour négocier avec eux est à leur réveil, après qu'ils ont mangé et dormi ; tenter de saluer un dragon affamé ou de parlementer avec lui n'est pas recommandé. Si vous le souhaitez, nous nous ferons un plaisir de partager davantage avec vous notre connaissance des dragons, mais cela ne les contraindra nullement à aucun accord.

Une fois encore, recevez nos remerciements pour la réception gracieuse que vous avez réservée à nos émissaires commerciaux. Nous espérons avec ferveur qu'elle débouchera sur un commerce pérenne et prospère entre nos territoires.

« Ils ne vous ont rien révélé de leurs raisons d'aller à Kelsingra ? Vous ont-ils dit quand ils pensaient en revenir ? Pourquoi devaient-ils poursuivre leur route sans délai ? Pourquoi le Fou ne m'a-t-il pas attendu ? »

Ni Lant ni Persévérance n'avaient de réponses à ces questions ni à aucune autre. J'allais et venais comme un loup en cage entre le feu et le pilier d'Art ; je rassemblais mon courage pour suivre le Fou et Braise, mais je savais que je livrais mes deux compagnons à la mort si je ne revenais pas, et je me demandais alors si ce devoir que je me donnais envers eux n'était pas un voile que je jetais sur ma propre lâcheté. Encore une question sans réponse.

Nous mangeâmes le lièvre, bûmes le bouillon et fîmes une tisane fruitée avec les baies que j'avais trouvées. Lant et Persévérance avaient apporté des améliorations au bivouac en mon absence : ils avaient traîné un tronc près du feu pour en faire un banc et rangé notre matériel plus efficacement. Je regardai le gros paquetage que le Fou et Braise avaient laissé : manifestement, ils s'étaient préparés à un long trajet ; mais, si ces affaires étaient destinées à Kelsingra, pourquoi ne pas les avoir emportées ? Et, si le Fou souhaitait voyager en ma compagnie, pourquoi étaient-ils repartis sans moi ? Je restai les yeux perdus dans les flammes.

« Voulez-vous que je prenne le premier tour de garde ? » me demanda l'adolescent.

Je sursautai puis me tournai vers lui ; il avait l'air soucieux. « Non, Persévérance ; je ne suis pas encore fatigué. Va dormir ; je te réveillerai quand ce sera l'heure. »

Il s'assit près de moi. « J'ai dormi pendant que vous n'étiez pas là ; il n'y avait pas grand-chose d'autre à faire. Alors je ne suis pas fatigué non plus. »

Je ne discutai pas ; plus tard, quand son tour viendrait de monter la garde, il s'apercevrait qu'il avait fait un mauvais choix. Lant, lui, était déjà couché. Nous restâmes un moment à contempler le feu en silence.

« Pourquoi étaient-ils habillés en filles ? »

Des secrets, toujours des secrets. Qui les détenait ? « C'est à eux qu'il faudrait poser la question. »

Il se tut quelque temps puis demanda : « Cendre, c'est une fille ?

— C'est à Cendre qu'il faudrait poser la question.

— C'est ce que j'ai fait ; il m'a demandé pourquoi j'étais habillé en garçon.

— Et qu'as-tu répondu ? » le relançai-je.

Il se tut à nouveau puis fit : « Ça veut dit que c'est une fille.

— Ce n'est pas moi qui l'ai dit.

— Pas la peine. » Il se pencha davantage vers la flambée. « Mais pourquoi Cendre se ferait passer pour un garçon ?

— C'est à Braise qu'il faudrait poser la question.

— Braise... » Ce nom l'agaçait ; renfrogné, il serra les bras sur sa poitrine, les épaules voûtées. « Je ne vais pas me fatiguer ; je ne lui fais plus confiance. » Ses traits se durcirent. « Je ne veux pas d'un ami qui me trompe. »

Je pris une grande inspiration et soupirai. Il y avait mille commentaires à faire, mille questions à lui poser pour lui montrer les choses sous un autre angle ; mais les discours ne remplacent pas l'expérience. Je songeai à tout ce que m'avait inculqué Vérité, aux avis sévères de Burrich, aux conseils de Patience ; mais quand avais-je appris par moi-même ?

« Parle à Braise », lui conseillai-je.

Il se tut un long moment. « Peut-être », dit-il enfin.

Comme il paraissait alerte, ainsi qu'il l'affirmait, je le laissai pour me glisser sous la tente en poussant Lant afin de me faire de la place. Je ruminai mes interrogations puis dus m'endormir, car je me réveillai quand Lant sortit remplacer Persévérance. L'adolescent cala son dos contre le mien, poussa un grand soupir et se mit bientôt à ronfler ; je fermai les yeux et m'efforçai de l'imiter, mais je finis par me lever et rejoindre Lant près du feu. Il avait mis de l'eau à chauffer pour la tisane ; je m'assis à côté de lui et regardai les flammes sans rien dire.

« Pourquoi me détestez-vous tant ? »

Je n'eus pas à réfléchir. « Vous avez rendu ma fille malheureuse ; et, quand j'ai dû vous la confier, vous n'avez rien fait pour prendre soin d'elle ni la rassurer : c'est Allègre qui est venu la prendre dans le chariot pour la conduire dans la maison. »

Un silence. « Nous étions perdus, Pépite et moi ; nous ne comprenions rien à ce que vous faisiez, vous et Crible, et vous ne nous aviez quasiment rien dit. J'ai voulu prendre Abeille dans le chariot, mais elle se conduisait comme… comme une enfant qui boude ; j'étais fatigué, j'avais froid, et je vous en voulais, alors je l'ai laissée se débrouiller. S'il n'y avait pas eu d'attaque, aurait-ce été si important ? Je ne voulais pas être scribe, Fitz, et encore moins précepteur pour des enfants : je voulais rester au château de Castelcerf, parmi mes amis, et vivre ma propre vie. Je ne me suis jamais occupé de petits, et vous-même devez reconnaître qu'Abeille n'était pas une enfant ordinaire.

— Ça suffit », fis-je sans aménité. Son discours avait suscité en moi un sentiment de culpabilité, jusqu'à ses derniers mots.

« Je ne suis pas comme vous ! s'exclama-t-il violemment. Je ne suis pas comme mon père ; je m'y suis évertué pour le contenter, mais en vain ! Et ce n'est pas ce que je veux. Je suis ici, je vous accompagne parce que, c'est vrai, j'ai manqué à mes devoirs envers votre fille, tout comme je n'ai pas su protéger ma sœur. Ma sœur ! Savez-vous à quel point cela me noue les entrailles de l'appeler ainsi ? Ce que ces gens ont fait à Pépite, à ma sœur… ça me rend malade d'imaginer ce qu'elle a souffert. Je veux la venger, je veux venger Abeille. Je sais que je ne peux pas modifier le passé ni ce que j'ai fait, mais je peux changer mes actes à venir. Je ne le fais pas pour vous ni même pour mon père, mais pour moi, pour apaiser ma conscience autant que faire se peut face à ce qui s'est passé. J'ignore comment je pourrais vous aider, ce que vous me demanderez et si je serais à la hauteur, mais je suis là et j'ai l'intention de faire mon possible. Et je ne rentrerai pas avant que tout soit fini ; en revanche je veux rentrer ensuite, et je veux rentrer vivant. Alors je vous conseille de m'expliquer la situation, ce que je dois faire, et tout le reste, parce que je ne vous lâcherai pas d'une semelle tant que vous ne retournerez pas chez vous ou que je ne serai pas mort. Et, à mon avis, le gamin pense comme moi.

— Je ne veux pas de vous ; je ne vous ai pas demandé de venir.

— Mais nous sommes là, et je ne vous crois quand même pas assez rancunier pour me laisser mourir par ignorance. »

Il avait raison. J'allais répondre quand j'entendis un cri étouffé ; il devint soudain plus sonore et fut suivi d'un violent remue-ménage du côté du pilier d'Art. Lant eut la présence d'esprit de saisir un brandon. J'arrivai le premier à la Pierre, et, quand il y parvint à son tour, je m'écriai : « Reculez ! Ne touchez pas le Fou et ne le laissez pas vous toucher ! » Sans reprendre haleine, je poursuivis : « Conduisez Braise près du feu ; réveillez Persévérance et mettez de l'eau à chauffer ! »

Braise se convulsait en poussant de petits cris comme un chien qui fait un cauchemar, mais elle avait les yeux ouverts. J'eus peur pour elle ; bien des années auparavant, j'avais vu les conséquences qu'un voyage par portail d'Art pouvait avoir sur des esprits inexpérimentés : Royal avait poussé nombre de ses jeunes apprentis d'Art à la folie en essayant de faire traverser un pilier à une petite armée. Braise ne possédait pas la magie royale et venait d'effectuer son troisième trajet en moins d'une journée. J'en voulais au Fou de lui avoir fait prendre ce risque, et je m'imaginais avec épouvante incapable d'aider la jeune fille ; mais je craignais encore plus pour le Fou, et je formai le vœu fervent d'être le jouet de la lumière vacillante de la torche, car j'avais l'impression que sa main gauche était maculée d'Art.

Allongé sur le dos, il haletait ; ses yeux aveugles étaient écarquillés et l'éclat du brandon dansait dans leurs profondeurs dorées. Les robes qu'il portait s'étalaient autour de lui telle une tente affaissée.

J'entendis Persévérance demander quelque chose d'une voix ensommeillée et Lant lui crier d'alimenter le feu, de remplir la casserole de neige et de la faire chauffer, et d'apporter une couverture pour Braise. Je les laissai organiser leur agitation à leur guise : il fallait réchauffer l'adolescente et tâcher de lui faire avaler de la nourriture, et je n'eusse pas fait mieux qu'eux. Je me déplaçai prudemment sur le flanc droit du Fou, à l'écart de sa main dangereusement argentée. « Fou, dis-je d'une voix aussi maîtrisée que possible, m'entends-tu ? Peux-tu parler ?

— Le dragon ! éructa-t-il soudain. Est-il là ? »

J'examinai le ciel et n'observai que les étoiles pétrifiées qui scintillaient dans le noir. « Je ne vois pas de dragon.

— Il nous pourchassait. J'étais agrippé à la main de Braise et nous courions dans les rues ; elles étaient pleines d'Anciens qui riaient et qui bavardaient, et nous passions à travers eux. Braise criait qu'ils n'existaient pas, que seul le dragon était réel, mais l'un d'eux l'était aussi, je pense ; un des Anciens. J'ai bien senti la flèche. » Il se tut, hors d'haleine.

« Tu as été touché ? Ou Braise ?

— Je l'ignore. » De la main droite, il tirailla le tissu ample de sa robe. « J'ai eu la sensation qu'on m'étreignait brutalement un instant puis qu'on me lâchait. Braise a continué à courir en me traînant derrière elle, et j'ai essayé de tenir son allure ; soudain elle a crié : « Le pilier !" et j'y ai plaqué la paume. Et nous sommes revenus. Nous sommes revenus ! Fitz, ne sois pas fâché. Je t'en prie, ne m'en veuille pas.

— Je ne t'en veux pas, mentis-je : je suis mort de peur pour vous deux. » C'était la vérité sans fard. « On dirait que tu as de l'Art sur la main gauche, comme Vérité quand il a sculpté son dragon ; je vais t'aider à te relever et te mener près du feu ; ne te touche pas toi-même de cette main, et ne me touche pas non plus. » La lumière déclinante de la torche ruisselait sur ses doigts brillants. Je n'avais jamais réussi à savoir exactement comment Vérité avait trouvé autant de magie brute ; mon roi s'en était enduit les deux mains pour mieux donner forme à son dragon de pierre. L'art pur avait pénétré en lui et l'obnubilait, et c'est à peine s'il avait reconnu la reine quand nous l'avions retrouvé ; Kettricken avait fondu en larmes de le voir ainsi, mais à cet instant toute son attention allait à la sculpture de son dragon.

« Oui », dit le Fou avec un sourire béat et effrayant. Il leva ses doigts couverts d'Art, et je m'écartai. « J'ai réussi au moins ça, envers et contre tout. J'avais apporté un gant au cas bien improbable où j'y parviendrais ; il est dans la poche de ma robe.

— Poche droite ou gauche ?

— Droite », répondit-il en la tapotant d'une main faible.

Je répugnais à fouiller ses vêtements : j'ignorais comment il était arrivé à s'oindre la main d'Art, mais je craignais qu'il n'y en eût des éclaboussures partout. J'enfonçai dans la neige le pied du brandon d'où seule montait à présent une petite flamme et aperçus l'ourlet d'un gant blanc qui dépassait d'une poche dissimulée dans la robe volumineuse ; je le saisis du bout des doigts. « Mets ta main droite sur mon poignet, tu pourras suivre ce que je fais ; je tiens le gant ouvert. Sois très prudent, Fou ! Je ne veux pas de cette substance sur moi.

— Tu ne dirais pas ça si tu la sentais comme moi. C'est une brûlure suave.

— Je t'en supplie, Fou, fais attention à moi.

— Comme je l'ai trop rarement fait par le passé. Ouvre bien le gant, Fitz. »

J'obéis. « N'en touche pas l'extérieur avec la main gauche ; ne touche pas ta main gauche avec la droite.

— Je sais ce que je fais. »

J'exprimai mes doutes en sacrant tout bas, et son éclat de rire m'épouvanta. « Donne-moi le gant, enchaîna-t-il. J'y arriverai tout seul. »

Je l'observai avec anxiété, redoutant qu'il n'étalât de l'Art sur sa main droite ou sur l'extérieur du gant. Je n'étais pas sûr de bien voir à la lueur mourante de la torche, mais il me sembla qu'il atteignit son objectif. « Peux-tu marcher ?

— Je viens d'enfiler un gant ; ça ne te suffit pas ?

— Si, sans doute. » Je passai un bras autour de sa taille et le relevai ; cela me demanda un effort auquel je ne m'attendais pas, et je pris alors conscience du poids de ses robes et de son manteau doublé de fourrure. « Par ici ; nous avons fait du feu.

— Je l'ai senti, oui. »

Il ne tenait pas bien sur ses jambes mais il marchait. « Senti ? Ou bien tu en distingues la lumière dans l'obscurité ?

— Les deux, et plus encore : je pense que c'est un nouveau sens que me donne le sang de dragon. Je perçois l'odeur du feu, je distingue l'éclat qui en émane, mais pas seulement. Je peux te décrire le phénomène : ça ne passe pas par mes yeux, Fitz, mais je vois la chaleur, celle de ton corps et celle, plus forte, du feu ; je puis te dire que Lant est debout, à gauche, tandis que Persévérance est accroupi près de Braise. Va-t-elle bien ?

— Allons nous renseigner », répondis-je en réprimant mes craintes. J'avais le Vif et savais donc ce que c'était de posséder un sens que d'autres n'avaient pas ; s'il prétendait percevoir ma chaleur, pourquoi en douter ? Ma magie des bêtes me disait qu'une renarde nous surveillait de l'autre côté de la place de marché, dans l'obscurité de l'orée de la forêt ; je n'allais donc pas mettre en question ce que son « sens de dragon » lui montrait.

Mon cœur se serra alors que je m'approchais du camp tout en tenant le Fou : Braise, allongée dans la neige poussait de petits cris pitoyables comme un chaton qui appelle sa mère ; ses mains voletaient au hasard, et elle donnait des coups de pied convulsifs. Sur les traits de Persévérance près d'elle passaient des émotions fugaces, peur, compassion, malaise, incompréhension.

« Il y a un tronc par terre, derrière toi. Recule encore un peu ; là, assieds-toi. »

Il obéit plus lourdement que je ne le voulais. L'inquiétude roula en moi quand il ramena ses robes autour de lui. Le gant blanc qui lui couvrait la main gauche était féminin, tout comme ses gestes pour ajuster la capuche de son manteau. Je vis Lant froncer le nez comme un chat qui sent une mauvaise odeur, et une bouffée d'irritation me gagna. « Comment va Braise ? demandai-je à Persévérance, et il se crispa en entendant ce nom.

— Je ne sais pas. »

Je m'accroupis à côté d'elle et déclarai à l'intention du Fou : « Elle n'est pas inconsciente ; elle a les yeux ouverts et elle émet de petits cris, mais il n'y a aucune présence dans son regard. » Je me tournai vers Persévérance. « Puis-je avoir la cape Ancienne ? Il faut la tenir au chaud autant que possible. »

Sans hésitation, il se leva, ôta le vêtement de ses épaules et me le tendit ; je me défis d'un de mes manteaux, le lui donnai en échange, et il s'en enveloppa avec bonheur pendant que je glissais un pan de la cape sous Braise, la faisais rouler sur le tissu, puis l'emmitouflais soigneusement en ne laissant que son visage découvert. Elle avait l'air d'une chrysalide multicolore ; ses cris s'atténuèrent et se muèrent en un fredonnement aigu ; son agitation convulsive s'apaisa. « Raconte-moi tout », dis-je au Fou d'un ton autoritaire.

Il resserra son manteau sur lui ; malgré l'air glacé, je perçus l'odeur de renfermé de la laine épaisse doublée de fourrure qui venait de la penderie de dame Thym ; les robes de laine qu'il portait descendaient en haut de ses bottes en cuir, mieux taillées pour marcher dans la rue que dans une forêt enneigée. Il écarta ses courtes mèches claires de son front et poussa un petit soupir. « Tu es parti sans moi ; tu m'en avais prévenu, et j'avais entendu dans ta voix que tu ne plaisantais pas ; c'est pourquoi j'ai aussitôt fait mes préparatifs. Je le regrettais, Fitz, mais tu ne me laissais pas le choix. J'ai convaincu Braise que ma place était près de toi, ce qui est d'ailleurs la vérité ; dame Romarin l'avait congédiée, et elle se retrouvait seule à Castelcerf, si bien que je n'ai guère eu de mal à me l'approprier complètement. Je l'ai persuadée de se rendre dans les anciens appartements d'Umbre, et elle m'en a rapporté le sang de dragon.

— Pourquoi du sang de dragon ?

— Chut, laisse-moi parler. » Il regarda droit vers Lant et s'adressa à lui : « Il y a des herbes à tisane dans le paquetage que nous avons laissé ; dans la poche de devant, à gauche. » Il jeta un coup d'œil à la casserole. « L'eau ne va pas tarder à bouillir. » Le jeune homme resta un instant sans réagir, puis il se leva et se dirigea vers la tente. « Il y a aussi deux tasses, lui lança le Fou. C'est une tisane roborative ; elle fera peut-être du bien à Braise. » Il se retourna vers moi. « Pour les habits, ça a été plus facile ; personne ne nous a mis de bâtons dans les roues. Ils proviennent de chez dame Thym, évidemment ; d'après Braise, la serrure de la porte d'entrée était de bonne facture, mais ancienne, et elle avait appris l'art de les crocheter ; une fois à l'intérieur des appartements, nous avons passé la majeure partie d'une après-midi à choisir ce dont nous avions besoin – et Braise s'est révélée posséder le talent de mettre les vêtements à la taille voulue. C'est ce qui a pris le plus de temps : elle a dû en transporter un ou deux à la fois chez moi, où elle a travaillé à les recouper, à les ajuster, à les ourler. Nous avions quasiment fini la dernière fois où tu es venu tambouriner à la porte ; je n'ai pas osé t'ouvrir de peur que tu ne devines notre projet. »

Il ne m'avait pas échappé qu'il avait détourné ma question sur le sang de dragon ; il faudrait que je le misse plus tard dos au mur sur ce sujet. Lant revint avec les herbes à tisane ; il m'interrogea du regard, j'acquiesçai de la tête, et il mit de l'eau à chauffer. Persévérance s'était approché pour écouter l'histoire du Fou ; celui-ci tourna ses yeux aveugles vers lui et lui sourit ; l'adolescent courba le cou, et je le compris : le regard d'or du Fou était devenu difficile à soutenir.

« Comment vous êtes-vous rendus aux Pierres Témoins ? » Je n'imaginais pas mon ami aveugle et la jeune fille lourdement chargée faisant le trajet à pied jusque-là.

« Nous n'y sommes pas allés, répondit-il sans hésiter. Au milieu de la nuit, nous nous sommes habillés chaudement, et Braise a pris le paquetage sur son dos ; elle m'avait trouvé un bâton de marche. Nous sommes descendus aux cachots de Castelcerf ; les gardes posaient un problème, mais nous avons pu leur échapper au moment de la relève. Braise avait suivi Umbre et connaissait le truc ; elle savait aussi quel chemin prendre. Devoir avait fait installer une grille avec une solide serrure dans le couloir, mais, là encore, Braise a réussi à la déverrouiller. Une fois de l'autre côté, nous avons pris notre premier grand risque : elle a étalé du sang de dragon sur ma paume puis s'est accrochée à moi ; j'ai plaqué la main sur la vieille pierre d'Art, celle que les bâtisseurs du château de Castelcerf ont incluse dans leurs fondations en construisant sur une ruine Ancienne. Et ça a fonctionné : nous nous sommes retrouvés sur Aslevjal. »

Je me rappelais bien l'île. Je le regardai un moment sans rien dire. « Combien de temps êtes-vous restés là-bas ?

— Assez pour repérer la face du pilier qui nous mènerait à toi ; une nouvelle tombée de sang de dragon et nous sommes arrivés ici, mais il n'y avait que Lant et Persévérance. J'ai été étonné de les trouver, mais Braise paraissait presque s'attendre à la présence du gamin, même si j'ai senti qu'il se refroidissait quand il a vu les vêtements que nous portions. » Il tourna de nouveau ses yeux aveugles vers l'intéressé, qui se tut et continua de contempler le feu. « J'ai deviné où tu t'étais rendu, et j'ai même envisagé de te suivre. J'aimerais me promener à nouveau dans le jardin de Pierre, toucher Vérité-le-dragon. » Un sourire curieux naquit sur ses lèvres. « Toucher une dernière fois la Fille-au-dragon. Es-tu allé la voir ?

— Non. » Par certains côtés, ce dragon de pierre me glaçait toujours le sang.

Il baissa la voix. « Va-t-elle se remettre ? Braise ? »

Pourquoi n'étais-je pas en colère contre lui ? Pourquoi ne lui demandais-je pas ses motifs pour exposer ainsi la jeune fille au danger ? « Je ne sais pas. Quatre trajets par portail en moins de deux jours ? Je n'ai jamais essayé. Nous tâcherons de la maintenir bien couverte, de lui faire boire de la tisane chaude, et puis nous attendrons ; je ne vois pas quoi faire d'autre. » Je ravalai mes questions et mes récriminations, et je dis : « J'aimerais beaucoup comprendre pourquoi, toi, tu parais si peu affecté par ces allers et retours. »

Il se redressa soudain et parcourut du regard l'ancien marché comme s'il pouvait le voir. « Fitz, nous avons campé ici, tu t'en souviens ? Quand je suis mort ?

— Comment pourrais-je l'oublier ? » Je ne prêtai pas attention aux regards bizarres que Persévérance et Lant me lançaient ; les yeux fixés sur les flammes, ils avaient écouté avidement notre conversation, mais je n'avais nulle intention de leur raconter ce qui s'était passé en ce jour d'été d'il y avait bien des années. Le seul fait que le Fou en eût parlé avait fait rejaillir la scène à mon esprit dans tous ses détails ; ce qui m'ébranlait encore jusqu'aux tréfonds n'était pas que je fusse devenu lui dans la mort, c'était le souvenir, quand nous avions échangé nos corps afin qu'il pût reprendre son existence, de notre fusion pendant ce long instant en une seule créature. Un seul être.

Et de l'impression de justesse absolue, d'équilibre parfait que j'en avais ressenti.

« C'était ici, dis-je.

— C'était ici, oui ; et, en partant, nous avons laissé mes affaires : la tente Ancienne, ma petite marmite...

— C'était il y a des dizaines d'années, lui rappelai-je.

— Mais ils étaient de facture Ancienne. Et tu avais monté notre camp sur les dalles du marché ;

te rappelles-tu où ? Pourrais-tu chercher ce qu'il en reste sous la neige ? »

Oui : je n'avais pas oublié où j'avais dressé la tente, ni où j'avais construit son bûcher funéraire. « Peut-être.

— Je t'en prie, Fitz, cherche tout de suite : la tente nous assurerait à tous un abri chaud ; même s'il n'en demeure que de quoi faire des couvertures, elles nous réchaufferont mieux que de la laine et des fourrures.

— Très bien. » J'avais compris que je n'obtiendrais le reste de son récit qu'à condition de lui obéir. Je trouvai une branche idoine et l'enfonçai dans le feu ; en attendant qu'elle s'enflammât, je demandai à Persévérance : « Comment va-t-elle ? » Il s'était rapproché peu à peu de son amie.

« Elle a cessé de gémir et de marmonner, et elle ne s'agite plus ; c'est bon signe ?

— Je l'ignore. Elle a effectué quatre voyages par piliers d'Art l'un après l'autre ; je ne suis pas sûr que quelqu'un comme moi y survivrait, et encore moins un esprit sans formation comme le sien.

— Mais le mage Gr… votre ami n'a pas l'air d'en avoir souffert, lui. »

Je ne répondis pas ; je n'avais nulle envie de parler du sang de dragon, des changements que j'avais observés chez le Fou depuis qu'il en avait bu et plus encore depuis qu'il s'en était étalé sur la main. « Fais en sorte qu'elle n'ait pas froid et parle-lui ; ancre-la dans notre monde. Lant, venez avec moi, s'il vous plaît. »

Il se leva promptement, et, tandis que je brandissais notre pitoyable « torche », il me suivit dans l'obscurité ; je pris mes repères à partir du pilier d'Art et me remémorai où se situait le mur de pierre ornemental par rapport à notre tente ; le bûcher funéraire se dressait là. Je haussai davantage ma branche enflammée. N'était-ce pas un vague monticule que je discernais sous la neige, vestige d'un monceau de bois qui pourrissait là depuis des années ? Je me dirigeai vers lui.

La tente se trouvait derrière autrefois. Je ralentis en faisant sauter la neige à coups de botte pour toucher le pavage du marché, et soudain j'achoppai sur quelque chose. Se pouvait-il qu'il existât encore des restes de la somptueuse tente du Fou au bout de tant d'années ? Du bout du pied, je soulevai l'obstacle pour le ramener à la surface : du tissu, aux couleurs si vives qu'elles étaient visibles malgré la maigre lueur de la torche. Des décennies plus tôt, le Fou et moi avions revêtu des tenues d'hiver et quitté ce bivouac, et j'avais ramené mon compagnon sur Aslevjal par le portail d'Art ; c'était il y avait si longtemps, et sa tente subsistait, affaissée sous la neige !

« Aidez-moi à dégager ça », dis-je à Lant, et il planta la branche enflammée dans la neige puis se baissa pour saisir l'ourlet du tissu. Nous unîmes nos efforts car la tente était alourdie par des feuilles mortes, de la mousse et tous les détritus qui paraissaient disparaître de la place du marché et de la route d'Art, et elle émergea lentement. Alors que je la secouais, les minces piquets qui la soutenaient retrouvèrent un peu d'élasticité et déployèrent la parade multicolore de dragons et de serpents qui l'ornait.

Il nous fallut quelque temps pour tout déblayer ; la torche s'éteignit alors que nous nous acharnions encore. Il demeurait des objets dans la tente, tant était grande la hâte avec laquelle nous l'avions quittée, et je craignais de la déchirer avant de parvenir à la libérer, mais elle résista. Je me rappelais l'efficacité avec laquelle elle nous avait protégés des vents glacés d'Aslevjal et la rapidité avec laquelle notre chaleur corporelle avait suffi à en réchauffer l'air. Même si elle n'était plus étanche, elle fournirait un abri à notre compagnie. Nous la traînâmes lentement jusqu'à notre bivouac ; du givre bordait les panneaux aux couleurs vives, et nous eûmes du mal à découvrir l'entrée. « Nous l'avons trouvée », annonçai-je, et le visage du Fou s'illumina comme celui d'un enfant.

Braise, immobile, avait les yeux ouverts, et ses lèvres remuaient légèrement ; de temps en temps, la direction de son regard changeait, et, une fois, elle sourit dans le vide. Elle bougeait les lèvres comme si elle parlait tout bas, et j'eus tout à coup une révélation.

« Mais que je suis bête ! Il faut l'éloigner du dallage du marché ! Regardez-la : les Pierres lui parlent.

— C'est ce murmure ? demanda Lant, effrayé. Je croyais que c'était le vent dans les arbres, hier soir. Persévérance n'a rien entendu du tout.

— Alors ça vous concerne aussi », répondis-je.

Ce ne fut pas une mince besogne dans le noir et dans le froid. J'ordonnai à Lant et à Persévérance de creuser une petite fosse à feu sous les conifères, là où la neige était moins épaisse, puis je pris Braise dans mes bras et l'installai dans ma tente ; cela fait, je secouai la tente Ancienne pour la débarrasser des débris qui l'encombraient et l'étalai pour en trouver les coins. Je n'avais jamais pris le temps d'examiner ses piquets ; blancs, ils m'évoquèrent les fanons d'une grande baleine. Je les mis de côté et retournai à l'endroit où nous avions découvert le tissu coloré ; à coups de pied puis avec les mains, je déblayai la neige et retrouvai les supports restants et la coque rouillée du vieux brasero. Cela suffirait.

Il me fallut plus de temps pour monter la tente qu'en temps normal. Nous déposâmes le pot à feu dans la fosse dans laquelle nous déversâmes des braises, et nous eûmes bientôt un feu pour nous réchauffer. Le pavillon Ancien était plus spacieux que ma petite tente, et, dès que nous y eûmes installé le matériel de couchage, j'y déplaçai Braise. Nous mîmes de la neige à fondre dans la casserole. « Reste près d'elle », dis-je à Persévérance. Je me tournai vers Lant : « Fouillez tous les sacs et bricolez-nous un repas. »

Je revins auprès du Fou, toujours assis près du premier feu. « Ta tente est dressée ; veux-tu que je t'y conduise ? »

Il était tourné vers elle, un léger sourire aux lèvres. « J'en distingue presque la forme tant elle retient bien la chaleur. » Il soupira soudain. « Que de souvenirs il y a dans cet abri ! T'ai-je raconté que c'est la dragonne Tintaglia qui a ordonné aux Marchands du désert des Pluies de m'aider ? Ils m'ont donné cette tente ainsi qu'une robe ravissante ; mais la cape, celle que tu appelles la cape aux papillons, c'est Prilkop qui l'a trouvée à Kelsingra ; il s'est débrouillé pour la garder, roulée serré, alors que nous étions esclaves, et il m'en a fait cadeau à Clerres ; et moi, je l'ai confiée à Incalu, ma messagère. » Il se tut.

J'éprouvai un élan de compassion pour lui, je me gendarmai. « Tu ne me détourneras pas d'un récit en m'alléchant par un autre, Fou. Braise et toi avez emprunté le portail qui mène à Kelsingra. Cette ville appartient à des habitants du désert des Pluies qui se font appeler les Marchands aux Dragons, et elle est gouvernée par la reine Malta et le roi Reyn ; des dragons y habitent, là ou dans la région. Alors que s'est-il passé quand vous y êtes arrivés ?

Si j'espérais le ramener au sujet d'origine en étalant ce que je savais de Kelsingra, je fus déçu. « Malta, dit-il en souriant. Peut-être la jeune femme la plus exaspérante que j'aie jamais croisée, mais ravissante ; j'avais donné son nom à une jument, tu t'en souviens ?

— Oui. D'après Ortie, Burrich a été abasourdi de la recevoir en cadeau. Bien ; donc, vous êtes sortis du portail… »

Il plissa les lèvres puis déclara : « Il faisait nuit, et Braise avait besoin de s'asseoir un moment pour se remettre. Je renâclais à la laisser faire, parce que je savais que c'était la nuit et que je ne percevais encore nulle chaleur de l'environnement, Fitz. Mais là, brusquement, la cité était illuminée d'un éclat inaltérable, et j'ai vu ces gens aux vêtements multicolores que tu appelles les Anciens ; nous étions arrivés au milieu d'une espèce de festival – en tout cas, c'étaient les souvenirs que nous projetait la ville. Et j'y voyais ! Tu ne te rends sûrement pas compte de ce que c'était d'avoir été si longtemps privé de la vue, de m'y être habitué, de m'être résigné à ne distinguer que le clair de l'obscur, et de soudain y voir à nouveau ! De voir les couleurs, les visages, les changements d'expression, les ombres qui dansent sur les murs, le merveilleux éclat d'une torche ! Oh, Fitz ! »

Il se tut, le souffle court, comme un affamé qui vient de décrire un festin. Je n'intervins pas, et il reprit : « Je savais naturellement que c'était une illusion, ou une mise en scène de la pierre de mémoire de la cité, si tu préfères, mais cela n'atténuait pas pour moi l'aspect fascinant du phénomène ; au contraire, cela l'accentuait, et je voulais en savoir davantage. Curieusement, c'est quand Braise a essayé de s'adresser aux passants que j'ai commencé à m'inquiéter pour elle plus que pour moi ; je l'ai aidée à se relever et nous nous sommes promenés ensemble dans les rues. Quelle merveille, Fitz, de marcher en lui tenant le bras mais sans avoir besoin de sa vue ! Enfin, presque. Il y a encore des quartiers en mauvais état, parce que la ville est étendue, beaucoup trop pour la population réduite qui l'habite. J'ai demandé à Braise de faire attention, de ne s'adresser qu'aux gens vivants, comme nous, qui passaient à travers les fantômes que la cité nous montrait ; elle a répondu qu'elle essaierait, mais elle s'exprimait d'un ton vague, et je n'étais pas sûr qu'elle ait compris ce que je voulais dire. » Il se tut encore et son regard aveugle se dirigea de nouveau vers la tente Ancienne. « J'ai froid.

— Si nous allons nous mettre à l'abri, tout le monde entendra ton récit ; on n'a guère d'intimité par ici.

— C'est sans importance : Braise était avec moi, et, à mon avis, une fois remise, elle racontera tout à Persévérance. Ils sont devenus très bons amis. »

Je résistai à l'envie de rétorquer qu'elle risquait de ne jamais se remettre et que Persévérance regardait leur amitié d'un œil méfiant, et je l'aidai à se relever puis à se déplacer sur le terrain inégal jusqu'à la tente. Elle resplendissait dans la nuit, car l'éclat du brasero éclairait le tissu de l'intérieur, si bien que les dragons et les serpents brillaient d'or, d'écarlate et d'azur, beauté à la fois puissante et délicate ; j'éprouvai un élan de joie à la contempler. Le petit feu de camp dansait en crépitant derrière nous et chargeait l'air glacé de la forêt d'une odeur de résine ; je sentis aussi le gruau que Lant préparait. Le Fou était près de moi et vivant malgré sa bêtise. Comme celui d'un loup, mon cœur se dilata d'une jouissance sans mélange du moment présent.

L'instant suivant, la honte me dévora. Comment pouvais-je mériter ne fût-ce qu'une seconde de tranquillité alors qu'Abeille était perdue pour toujours ? Alors que je me rendais dans une contrée que je n'avais jamais vue pour assassiner autant de Serviteurs que possible ? Alors qu'une jeune fille victime du mal de l'Art se convulsait et partait en lambeaux dans la magnifique tente devant moi ?

« Tu grinces des dents, murmura le Fou.

— Je suis incapable de protéger ceux que j'aime le plus.

— Disons plutôt que tu te juges plus durement que n'importe qui. »

Nous arrivâmes devant l'entrée de la tente. « Baisse la tête, fis-je.

— Attends, je me débarrasse d'abord », répondit-il. Il me remit son épais manteau en laine et en fourrure, un gilet brodé lourdement rembourré, puis il dénoua une ceinture en tissu et laissa tomber plusieurs épaisseurs de jupe pour révéler un pantalon en laine.

Le tout faisait un tas volumineux que je ramassai à pleins bras. « C'est à cause de ces vêtements que tu avais cette allure féminine ? demandai-je en équilibrant mon fardeau.

— Plus que tu ne l'imagines », dit-il.

Nous entrâmes dans l'abri ; la chaleur de la petite fosse à feu s'y accumulait déjà. Persévérance avait fabriqué une couche en rameaux de sapin et y avait allongé Braise ; assis en tailleur près du feu, il avait l'air à la fois inquiet et morose. « Un instant, dis-je au Fou, et je fourrai son déguisement de femme dans son manteau pour lui en faire une paillasse. Tiens, assieds-toi », ajoutai-je, et il obéit avec prudence, puis tendit ses mains, l'une nue, l'autre gantée, vers la flambée.

« Ça va beaucoup mieux », fit-il dans un soupir.

Lant entra avec une casserole de gruau bouillonnant ; il en servit une part à chacun, même à Braise, et je constatai que la préparation n'avait pas trop attaché : il apprenait. Il nous distribua du pain et du fromage en accompagnement, et je lui donnai raison : nous avions tous besoin d'un repas plus substantiel. « Demain, je tâcherai de ramener de la viande, déclarai-je.

— Demain, nous devrions tâcher de poursuivre notre route, objecta le Fou.

— D'accord, si ça ne te dérange pas de tuer Braise. Moi, je ne laisserai pas cette gamine franchir un portail avant trois jours au moins, et même alors ça m'étonnerait qu'elle soit prête. Si j'arrive à contacter Castelcerf ce soir, je demanderai à Ortie d'envoyer quelqu'un, un artiseur puissant, pour tous vous rapatrier.

— Ça, sûrement pas », répliqua le Fou d'un ton aimable après un long silence.

Braise tourna la tête vers nous et dit : « La dragonne ? La dragonne rouge ?

— Elle n'est pas là, la rassura le Fou. Nous lui avons échappé. Et, quand nous retournerons à Kelsingra, nous irons en premier lieu parler à Malta ; c'est une amie, Braise ; si j'avais pu la voir, nous n'aurions pas été attaqués.

— Et je pense qu'il est temps de discuter de cette fameuse attaque, intervins-je. Pourquoi êtes-vous partis si précipitamment à Kelsingra, pourquoi avez-vous été attaqués, et comment t'es-tu retrouvé avec la main couverte d'Art ? »

Le Fou toussota, et je compris qu'il tâchait de trouver un moyen de ne pas révéler la vérité. « Comme tu le sais, mon amitié avec la reine Malta et la dragonne Tintaglia remonte à bien des années, et c'est pourquoi j'ai décidé…

— Vous êtes ami avec une dragonne ET avec une reine ? le coupa Persévérance, abasourdi.

— C'est une nouvelle pour moi aussi, mon garçon, dis-je, même si j'en ai eu le pressentiment il y a bien longtemps. Mais tu ne nous détourneras pas du sujet en nous racontant comment c'est arrivé, Fou : nous acceptons comme telles tes alliances insolites, tout en nous réservant le droit d'en exiger le récit plus tard. Continue. »

Il était allé s'asseoir près de Braise ; à tâtons, il trouva sa main sous la cape aux papillons, et, la voyant s'agiter, je me baissai et desserrai la cape pour qu'elle pût libérer son bras. « Veux-tu un peu de tisane, ou quelque chose à manger ? » Elle me regarda, les yeux encore vagues, mais hocha la tête ; je tendis prudemment un filament d'Art vers elle, craignant de me faire aspirer par le tourbillon du portail, mais je ne perçus rien d'elle : l'Art avait dû la mettre à mal mais non la réduire en lambeaux. Je me laissai aller à espérer qu'elle se remettrait.

Le Fou prit une grande inspiration. « Eh bien, il faisait nuit là-bas, et, même si les rues étaient sombres et désertes, elles ne me le paraissaient pas : je les voyais larges et illuminées pour une fête, les bâtiments eux-mêmes diffusant une douce lueur à côté de laquelle l'éclat des torches paraissait excessif et cru. Pourtant, il m'arrivait de trébucher sur des blocs de pierre que la cité ne me montrait pas, et, une fois, nous avons dû changer de chemin parce que la voie était bloquée.

— Mais tu savais où tu allais. » Je m'interrompis un instant. « Avais-tu déjà mis les pieds à Kelsingra, Fou ? »

Il hésita. « Pas… pas en personne ; pas en tant que moi-même. Néanmoins je dispose à présent d'un sens de dragon, Fitz, et j'ai fait des rêves grâce à lui, des rêves qui sont plutôt des souvenirs. » Il fronça les sourcils, et j'acceptai soudain de reconnaître combien il avait changé : sa peau avait cette texture fine qu'on voit sur le ventre des petits lézards, ses yeux luisaient d'un éclat doré et anxieux à la lueur du brasero. « Je me rappelle des choses, des vols au-dessus de l'océan, l'odeur musquée d'un élan qui sait qu'il ne m'échappera pas et se retourne pour faire front, le goût du sang chaud sur ma langue. Les dragons sont pétris d'envies et d'appétits qui dépassent l'imagination même des humains ; vous autres, vous ne comprendrez pas ce dont je parle, mais Fitz, si. J'ai rêvé de l'argent de l'Art qui remplissait un puits à en déborder ; j'ai rêvé qu'il montait à la surface du fleuve comme un ruban argenté après un tremblement de terre ; mais surtout j'ai rêvé que je le buvais. J'y plongeais mon mufle jusqu'aux yeux et je l'aspirais à longues goulées. » Il poussa un bref soupir, comme si le seul fait d'en parler aiguisait sa faim. « Et je me suis rappelé où j'en avais bu : à un puits de Kelsingra. Je m'y suis donc rendu. » Sans lâcher la main de Braise, il se tourna vers moi. « C'est ainsi que j'ai su que le sang de dragon contenait de l'Art. Tous les dragons meurent d'envie d'en boire de toutes les fibres de leur être. Et c'est pourquoi j'étais persuadé que leur sang me permettrait de franchir les portails d'Art. »

Dans la casserole, l'eau s'était mise à bouillir à contrecœur. Persévérance nous prépara de la tisane, et l'histoire du Fou resta momentanément en suspens tandis que nous aidions Braise à se redresser, à prendre une tasse fumante entre ses mains et à en boire une gorgée ; je constatai avec soulagement qu'elle revenait à elle. Elle me posait un problème épineux : il fallait que je reprisse ma route, et, pour ma prochaine étape, je devais impérativement me rendre à Kelsingra, si le Fou n'avait pas laissé la cité surexcitée comme une ruche après un coup de pied. Braise s'assit plus droit, la cape aux papillons sur les épaules, se réchauffant les mains sur une deuxième tasse de tisane.

Le fou reprit : « Je comptais aller d'abord voir Malta pour la saluer et lui demander son aide ; je voulais espérer que Tintaglia serait présente, qu'elle se rappellerait les services que j'avais rendus aux dragons et s'en montrerait reconnaissante. Espoir bien maigre, je l'avoue : pour les dragons, nous ne sommes que des moucherons qui se ressemblent tous et dont les actes n'ont guère d'importance ; néanmoins, j'avais formé mon vœu et j'y croyais fermement, Fitz, pendant que nous suivions les rues de Kelsingra. Mais je suis alors arrivé dans une partie de la ville plongée dans le noir, dépourvue de vie ; il n'y avait plus aucun souvenir d'Ancien pour me guider, et pourtant je savais toujours où nous allions ; je le humais dans l'air, Fitz, je le sentais au fond de ma gorge à chaque inspiration. Et tout à coup je suis devenu obnubilé par ce puits débordant d'Art, par l'énergie et la sensation de satiété qu'il me donnerait. »

Ses yeux… Était-ce le reflet du feu qui dansait en eux ou bien l'or qui y formait des tourbillons ? Je le regardai fixement, incapable de prononcer un mot.

« Je n'y ai pas bu, naturellement.

— Parce qu'il n'a pas pu y accéder », intervint Braise. Elle avait un très léger sourire sur les lèvres, le sourire las d'un enfant après une journée de jeu. Elle ne chercha pas à se redresser. « Il me tirait derrière lui comme un chien en laisse ; il me tenait par le poignet et il connaissait le chemin, et moi je le suivais dans le noir. Nous sommes parvenus dans une zone dégagée ; je n'y voyais pas grand-chose, mais ça avait l'air d'un quartier pauvre de la ville, sans rien d'aussi grandiose que les boulevards que nous avions empruntés plus tôt. Et ça puait ; nous sommes passés à côté d'un gigantesque tas de bouse.

— De la bouse de dragon ? demanda Persévérance ébahi, comme si c'était l'épisode le plus fantastique du récit.

— Je suppose, répondit-elle, et les deux amis échangèrent leur premier sourire depuis le retour de la jeune fille.

— Ça ne sentait pas bon, en effet, confirma le Fou ; mais l'étonnant, c'est que cette odeur m'était connue, comme si je devais me rappeler à qui appartenaient ces fientes et me déplacer discrètement sur son territoire.

— Pouah ! fit Lant à mi-voix, et je partageai sa réaction.

— J'ai essayé d'ôter le couvercle du puits.

— Avec force secousses, coups de pied et jurons, dit Braise à Persévérance, qui s'efforça de réprimer un large sourire.

— C'est exact, avoua le Fou. Et puis j'ai senti l'odeur de l'Art tout près de moi ; il y avait un énorme seau posé de guingois, et de l'Art restait au fond ; c'était à peine une tache, comme si on avait mal nettoyé le récipient, et j'en percevais les effluves.

— Moi, je la distinguais à peine, intervint Braise en se redressant légèrement pour prendre part au récit. La lune était réduite, mais l'Art est si argenté qu'il paraissait réfléchir toute la lumière des étoiles ; c'était magnifique et terrifiant à la fois, et je préférais m'en éloigner, mais le Fou s'est penché sur le bord du seau, a tendu le bras autant qu'il pouvait et a réussi à effleurer le liquide.

— D'extrême justesse, mais je l'ai touché. » Il brandit sa main gantée en souriant comme si les dieux déversaient leurs bienfaits sur lui. « C'est la souffrance la plus enivrante qu'on puisse imaginer. » Il se tourna vers moi. « C'était comme cet instant merveilleux, Fitz – tu sais duquel je parle – d'union et de perfection ; j'avais l'impression d'être la musique du monde, puissante et épique. Ma gorge s'est nouée, les larmes se sont mises à ruisseler sur mes joues, et j'étais paralysé de bonheur.

— Alors la dragonne est arrivée ! enchaîna Braise. Elle brillait d'un éclat rouge dans la nuit, si bien que je l'ai vue avant même de l'entendre ; et puis elle a poussé un mugissement comme tous les cors de Castelcerf à l'unisson, mais plein de fureur, et elle s'est ruée vers nous. Les dragons n'ont rien de gracieux quand ils courent ; ils sont terrifiants mais pas gracieux du tout. On aurait dit une vache rouge enragée qui fonçait sur nous ! J'ai hurlé, puis j'ai attrapé dame Ambre et je l'ai arrachée au seau ; je ne voyais quasiment pas où je mettais les pieds, mais nous nous sommes enfuies – enfin, j'ai dû la traîner derrière moi.

— Dame Ambre ? » répéta Lant, perplexe.

Braise se mordit la lèvre. « C'est ainsi qu'il… non, qu'elle veut que je la considère sous notre déguisement. » Elle lança à Persévérance un regard suppliant et ajouta à mi-voix : « Tout comme je suis parfois Cendre. »

Lant ouvrit la bouche mais le Fou lui coupa la parole pour continuer son histoire. « Je sentais l'autre dragon – la dragonne rouge, je veux dire. Ses rugissements étaient pleins de menaces, d'insultes et de rage absolue parce que nous étions entrées dans la cité et avions eu l'audace d'approcher le puits d'Argent. J'ai entendu ses congénères répondre à ses appels, puis la voix d'un homme qui hurlait avec colère : il encourageait la dragonne ! »

Braise secoua la tête. « Les dragons faisaient tellement de bruit que je ne l'ai pas entendu, et je ne l'ai vu qu'au moment où il a jailli droit devant nous. Il avait une épée et il portait une espèce de cuirasse ou d'armure ; j'ai entraîné dame Ambre dans un bâtiment, j'ai juste eu le temps de claquer la porte derrière nous, et nous avons couru dans le noir jusqu'à ce que nous nous prenions les pieds dans les premières marches d'un escalier ; alors nous sommes montées. »

Je poussai un soupir désolé. « Vous êtes montées ? Avec un ennemi à vos trousses, vous vous êtes réfugiées là où il pouvait vous acculer ? »

Elle me jeta un regard agacé. « Je n'ai jamais été pourchassée par un homme armé d'une épée et encore moins par un dragon ; donc, oui, nous sommes montées. À l'étage, c'était un spectacle désolant : les meubles avaient pourri et leurs débris jonchaient le sol. Je trébuchais constamment, et j'entendais l'homme jurer en fouillant le rez-de-chaussée, car, comme vous, il ne pouvait pas croire que nous ayons eu la bêtise de nous réfugier plus haut. À cet instant, j'ai trouvé une fenêtre ; elle donnait sur une ruelle qui m'a parue trop étroite pour la dragonne. »

Le Fou enchaîna : « Nous avons sauté en nous tenant par la main, sans savoir ce qui nous attendait en bas ! Ah, la terreur de cette chute ! C'est pure chance si nous avons touché le sol sans dommage ; j'ai quand même ployé un genou, mais Braise m'avait déjà saisi par le bras et m'emmenait ; elle nous a plaqués contre le mur, et nous nous sommes déplacés le plus discrètement possible en suivant la ruelle un long moment. Une fois dans un quartier où les édifices étaient occupés, j'ai pu me repérer, et c'est alors moi qui suis passé devant. Les dragons barrissaient toujours, mais je me sentais plus en sécurité de les savoir en train de nous chercher aux alentours du puits, loin derrière nous. J'ai estimé qu'il était beaucoup trop tard pour demander une audience à Malta ou pour contacter Tintaglia, et que le pilier représentait notre meilleur moyen d'évasion, même si Braise redoutait de l'emprunter. Je n'en pouvais plus ; j'avais oublié à quel point des robes peuvent être lourdes, et un manteau doublé de fourrure encore plus ; et ces bottes ! » Il leva un pied chaussé : l'extrémité était aussi pointue qu'une épée. « Impossible de courir avec ça, reprit-il d'un ton catégorique. Mais, alors que je ralentissais en disant à Braise que nous pouvions sans doute nous contenter de marcher pendant quelque temps, j'ai entendu courir derrière nous ; je ne me sentais plus d'énergie, et j'ai crié à Braise de se sauver, mais elle a refusé de m'abandonner. Soudain, j'ai perçu un bruit en même temps que je sentais une flèche transpercer mon manteau à la hauteur de l'épaule ; du coup, je me suis aperçu que j'étais non seulement encore capable de courir mais aussi d'entraîner Braise.

— Il était rouge », intervint tout à coup la jeune fille. Sa voix était hachée alors que plus tôt elle prenait manifestement plaisir à raconter son aventure. « J'ai regardé derrière moi : j'étais terrifiée à l'idée de retourner dans le pilier, et j'ai voulu voir si notre poursuivant pourrait se montrer clément au cas où je resterais, mais on aurait dit une créature sortie d'un cauchemar, grande, maigre et aussi rouge que sa dragonne. Et ses yeux ! Quand je l'ai vu s'arrêter pour encocher une nouvelle flèche, je n'ai pas réfléchi, et j'ai peut-être même poussé Ambre dans le pilier.

— Et nous sommes ici », acheva le Fou. Il nous adressa un grand sourire.

« En effet ; nous sommes ici », dis-je.

16
Kelsingra

Les portes d'os jauni sont béantes ; une langue de planches est le chemin qui nous mène entre les dents vers le gosier, où je serai dévorée. C'est un événement réel, presque inévitable sur quelque voie que ce soit. Je dois pénétrer entre ces mâchoires.

Journal des rêves d'Abeille Loinvoyant

Nous passâmes tous la nuit dans la tente Ancienne, serrés comme harengs en caque. J'étais installé contre une des parois, le Fou contre mon dos, et, malgré la finesse du tissu, je dormis plus au chaud que dans notre petit abri. À l'aube, Persévérance revint de son tour de garde. « Le gruau est presque prêt, me chuchota-t-il alors que je m'éveillais. J'y ai ajouté un peu de miel. »

Je m'assis en tâchant de ne pas déranger les autres ; le Fou et Braise avaient besoin de tout le repos possible. Soudain mon Vif déclencha en moi un frisson convulsif : un prédateur, plus massif que moi, se déplaçait près de la tente et explorait le campement ; aussitôt, Bigarrée poussa un criaillement rauque, et j'entendis le bruit d'une casserole renversée.

Je me tournai sans bruit et tendis le bras par-dessus le Fou pour saisir Lant par l'épaule. « Chut ! fis-je alors qu'il ouvrait les yeux. Il y a un animal dehors. Suivez-moi l'épée au poing. »

Les autres s'éveillèrent quand nous nous extriquâmes de nos couvertures, mais ils perçurent notre circonspection ; Braise avait les yeux écarquillés lorsque je l'enjambai, mon arme au clair, puis me baissai pour sortir de la tente. Lant me suivait, pieds nus comme moi ; je lui saisis le poignet dès que je vis l'intrus. « Ne le regardez pas dans les yeux », dis-je. À l'attention des autres, j'ajoutai dans un murmure. « Un ours. Sortez ; ne vous habillez pas, écartez-vous seulement de la tente : il ne faut pas vous laisser piéger dedans. Ne courez pas, mais tenez-vous prêts à fuir si je crie. »

L'ours était un grand gaillard dont le poil grisonnant au garrot et sur le mufle dénotait la vieillesse et la sagesse : un ours n'atteint pas l'âge qu'avait celui-ci sans posséder la sagesse nécessaire à la survie – mais une créature sauvage ne vit pas non plus aussi longtemps sans récolter des infirmités. Sa large carrure évoquait le puissant animal qu'il avait été, mais il était à présent famélique. À quatre pattes, il reniflait le paquetage que Lant avait laissé près du feu ; il cherchait manifestement à manger.

Alors que nos compagnons émergeaient de la tente, il nous vit et prit sans hâte la décision de nous révéler toute sa masse : il se dressa sur les pattes arrière et nous toisa de tout son haut, les yeux noirs et brillants. Il était grand – très grand ; la gueule entrouverte, il humait nos odeurs et laissait voir au passage une dentition respectable. Je sentis son haleine chaude dans l'air glacé, et j'y décelai le remugle de charogne d'une infection.

« Reculez, mais lentement, dis-je à mi-voix aux autres qui s'extrayaient de la tente. Écartez-vous les uns des autres. S'il attaque, dispersez-vous ; ne restez pas groupés ou il nous aura tous. »

J'entendais Braise haleter. Quand tous furent sortis, le Fou avec sa robe rabattue sur la tête, elle eut la présence d'esprit de le prendre par la manche et de l'emmener à l'écart. Le regard scintillant de l'ours les suivit.

Manger, lui rappelai-je. *Renifle : des pommes ; peut-être du bacon ou du poisson ? Un pot de miel, peut-être ?* Je ne pouvais qu'émettre des suggestions : la magie du Vif permet de communiquer avec un animal mais ne garantit pas qu'il acceptera le contact, et elle ne donne assurément pas le pouvoir de commander à une créature. Et c'est parfois une erreur de chercher l'échange d'esprits.

C'était le cas cette fois. Je perçus sa souffrance, et il n'apprécia pas que je fusse au courant de sa faiblesse ; il souffla en grondant, furieux. « Ne bougez plus, dis-je aux autres. Ne courez pas. » Je levai mon épée ; jamais elle ne m'avait paru aussi insignifiante. L'ours parcourut des yeux les statues humaines ; je jetai un regard rapide à Braise et à son compagnon, les plus vulnérables de tous, l'une sans arme, l'autre aveugle : ils étaient en chausses dans la neige, et la jeune fille était encore emmitouflée dans la cape Ancienne. Les autres pouvaient s'enfuir ; Lant et moi avions des épées, et Persévérance avait son bâton à la main.

Mais l'ours jugea que nous n'étions pas dangereux, et, retombant à quatre pattes, il renifla de nouveau le paquetage de Lant. Ses griffes étaient grosses comme des saucisses et redoutablement affûtées ; il en démontra la puissance en éventrant nonchalamment le sac pour en répandre le contenu dans la neige. Lant poussa un gémissement atterré. « Du calme », lui dis-je, et il obéit. Du coin de l'œil, je regardai Braise : elle avait l'air hagarde, mais elle serrait les mâchoires, le menton ferme ; à gestes lents, elle avait soulevé un pan de la cape aux papillons et elle s'efforçait de le passer autour des épaules du Fou qui se tenait les bras serrés sur la poitrine pour se protéger du froid, le visage empreint de peur et de détresse. Que percevait-il ? La chaleur qui émanait de la grande bête, les bruits qu'elle faisait en pillant les provisions de Lant ? J'observai l'ours et estimai sa taille et sa force. « Persévérance, monte dans l'arbre derrière toi ; il est trop lourd pour l'escalader. Fais vite. »

À mon grand étonnement, il obéit sans bruit et rapidement ; l'arbre ne se prêtait guère à l'exercice, mais l'adolescent se débrouilla. Déjà un en sécurité.

« Lant, à votre tour.

— Non. » Il s'exprimait avec le calme mortel de la terreur. « Deux épées valent mieux qu'une ; je ne vais pas l'attaquer, mais, s'il s'en prend à vous, je ferai mon possible. »

Je lui lançai un regard en coin. C'était bien le fils d'Umbre, mais d'où était-il apparu ? « Très bien », répondis-je. L'ours s'acharnait sur un objet recouvert de plusieurs couches de tissu ciré. « Nous allons nous éloigner en reculant. »

Braise avait mené à pas lents le Fou vers ce qu'elle considérait comme leur seule voie de fuite. Trop dense, la forêt derrière nous ne leur laissait pas la place de courir, et la jeune fille avait suivi la vieille maçonnerie en périphérie de la place du marché si bien qu'elle s'approchait du pilier de pierre. Le cœur serré, je m'aperçus que l'ours se trouvait à présent entre eux et moi ; je voyais Braise qui haletait de terreur alors qu'ils se dirigeaient furtivement vers le portail, puis ses lèvres bougèrent, et le Fou ôta son gant. Je n'entendis pas ce qu'elle lui dit, mais il hocha sèchement la tête. « Non ! fis-je à mi-voix. Ne prenez pas ce risque. Une fois repu, il s'en ira sans doute. Ne bougez pas. »

L'ours avait levé la tête. Il avait essayé de manger le fromage encore emballé dans sa toile cirée, la pâte s'était prise dans ses dents, et il se grattait le mufle avec agacement, tentant de la déloger avec ses griffes. Il eut un grognement mécontent puis poussa soudain un grondement de douleur ; les vieux ours ont parfois les dents abîmées, et le tissu s'était accroché à l'une des siennes. Il lança un brusque rugissement de colère, et Braise répondit par un hoquet de terreur ; il tourna la tête, et ses petits yeux noirs brillants de rage s'arrêtèrent sur elle. Épouvantée, elle entraîna le Fou vers le pilier.

« Non ! » criai-je.

Les ours marchent lourdement, mais ils sont capables de courir vite, plus vite qu'un homme en bonne santé. Celui-ci était vieux, mais le Fou était aveugle, et je ne pouvais pas aller plus vite qu'un ours ; mon ami et sa compagne n'avaient pas une chance d'en réchapper. Sans prêter attention à mes cris, l'animal fonça vers eux en rugissant. Je n'avais pas le temps de réfléchir ni de peser le pour et le contre. « Fuyez ! » leur criai-je.

La bête allait les atteindre ; elle ouvrit grand la gueule, puis se dressa soudain sur ses pattes arrière pour se défendre contre la corneille qui l'aveuglait à coups d'ailes et la piquait du bec. C'était la fraction de seconde dont avait besoin Braise.

Elle poussa le Fou dans le pilier puis se retourna pour se sauver dans la forêt, mais le Fou la saisit par le poignet et l'entraîna ; elle le suivit en hurlant, et la corneille l'imita. L'ours percuta violemment la pierre noire puis recula, perplexe et furieux ; il lui porta un coup, et ses longues griffes crièrent sur la face du monolithe. Ses victimes n'étaient plus là, en sécurité ou plongées dans le néant, je n'en savais rien ; et Lant et moi avions une occasion de sauver nos vies alors que l'animal faisait demi-tour et choisissait de nouvelles cibles.

« Aux arbres ! » criai-je au jeune homme, et il n'eut pas besoin d'autre explication. Avec moi sur ses talons, il s'élança dans la neige vers un grand pin ; le conifère n'avait pas de basses branches, et j'aidai Lant à monter avant d'en faire autant. Pour un citadin, il grimpait bien. « Plus haut ! » lançai-je, et nous poursuivîmes notre escalade, nos chausses, seules protections de nos pieds, s'accrochant à l'écorce rude, nos ongles se retournant et cassant sur une section nue du tronc. Le jeune homme parvint à s'installer sur une grosse branche. « Décalez-vous », dis-je, à bout de souffle, et il s'exécuta.

Si l'ours avait été plus jeune ou moins lourd, nous eussions couru un grave danger ; en l'occurrence, il fit plusieurs tentatives pour nous rattraper en plantant ses griffes dans l'écorce et en en arrachant de gros morceaux, puis en se jetant contre l'arbre dont la structure tout entière fut ébranlée. Quand il constata que nous lui échappions, il retourna sa rage contre nos tentes. La mienne ne lui résista guère : il la mit en pièces, la jeta en l'air, la fouilla en quête de nourriture, puis il poussa un nouveau rugissement à cause du tissu qui enserrait toujours sa dent abîmée. Il s'éloigna, festonné de toile entre sa tête massive et la bosse que formaient ses épaules. Je détournai les yeux quand il s'en prit à la tente Ancienne, incapable d'assister à sa destruction.

« Mais de quelle matière est-elle faite ? » Le ton étonné de Lant me poussa à regarder la scène. L'ours avait jeté la tente à bas et il se battait à présent contre le tissu élastique dans un enchevêtrement d'ours, de dragons et de serpents. Ses efforts déchaînés découvrirent notre brasero encore allumé, nos sacs de couchage et nos provisions. Il donnait de grands coups de griffe dans le tissu, mais je n'y distinguais nulle déchirure. « Il ne va rien nous rester ! » cria Persévérance dans son arbre, et je lui répondis : « Si, nos vies ! Ne bouge pas, petit ! »

L'ours dut finalement juger qu'il avait vaincu la tente, car il retourna à nos réserves, les répandit dans la neige, mangea, puis rugit à nouveau de souffrance. Je l'observais, horrifié par le sort auquel il nous vouait, mais aussi pour lui : la mort l'attendait cet hiver, et elle ne serait pas facile pour ce vieil animal.

C'est quand il éventra mon paquetage et que je vis le précieux journal d'Abeille rouler dans la neige que je poussai un cri de détresse et entrepris de redescendre. Lant me saisit par le col. « Non, dit-il.

— Lâchez-moi !

— Suivez le conseil que vous avez donné à votre garçon d'écurie ! N'allez pas vous faire tuer pour un objet, aussi important soit-il. »

Il était assis de façon précaire sur la branche, et, pendant un instant de démence, j'eus envie de le faire tomber. Mais j'appuyai seulement le front contre l'écorce rugueuse, et, à ma grande honte, je me convulsai de chagrin et de remords. Lant maintint sa poigne sur moi, de crainte sans doute de me voir lâcher prise, mais je n'en fis rien : je restai accroché à l'arbre pendant que des déferlantes de douleur me martelaient. Je maudissais cette peine qui refusait de s'en aller, qui me prenait en embuscade et me désarmait chaque fois qu'elle se réveillait ; le journal était un objet, ce n'était pas ma fille ; les chandelles éparpillées comme des os couleur d'ivoire n'étaient pas Molly ; mais c'était tout ce qui me restait de ma femme et de mon enfant.

Je sentis un tiraillement d'Art venu de très loin. *Fitz ? Vous êtes vivant ?*

Oui, répondis-je sans entrain à Devoir. *Je suis vivant. Contre mon gré, mais je suis vivant.*

Danger ? Son Art n'était qu'une mince volute de fumée.

J'abaissai mes murailles en prenant soudain conscience que je les avais dressées contre les souvenirs murmurants de la place et de la route d'Art. La magie est aussi rapide que la pensée ; en un battement de cœur, il sut ce qui nous était arrivé.

Je peux vous envoyer des secours. Je peux... Le reste se perdit.

Non, n'envoyez personne. Nous devons suivre le Fou. Je mis toute mon énergie dans ma transmission sans savoir s'il l'avait reçue. La décision que j'avais prise sans en avoir conscience était à présent évidente : dès le départ de l'ours, nous récupérerions ce que nous pourrions et emprunterions le portail pour nous rendre à Kelsingra : si le Fou et Braise y étaient parvenus, ils auraient certainement besoin d'aide ; s'ils n'étaient pas arrivés, au moins je le saurais. Comme je ne pouvais m'en aller seul en laissant Lant et Persévérance sur place, parce qu'ils n'auraient plus d'abri ni de vivres et que l'ours reviendrait sans doute, nous partirions ensemble. J'espérais qu'une dragonne rouge ne nous attendrait pas de l'autre côté.

Le vieil ours n'avait pas dû manger à sa faim depuis plusieurs jours ; la gêne que nous représentions ayant été écartée, il poursuivait son saccage. Nos provisions ne pouvaient suffire à le rassasier, mais il les fouilla et les dévora consciencieusement. Le fromage et la toile qui l'emballait hâteraient probablement sa fin inévitable : il s'interrompait souvent pour rugir de douleur et de colère, et se griffer la gueule pour arracher le tortillon de tissu pris sur sa dent abîmée. Nous demeurâmes coincés dans nos arbres, tremblants de froid, jusqu'à près de midi. Le gros sac que portait Braise explosa en une floraison extravagante de jupes, d'écharpes et de jupons ; celui du Fou était rempli d'un bric-à-brac bizarre digne d'un colporteur. Quand la bête fut enfin convaincue qu'il ne restait plus rien à manger, elle s'éloigna d'un pas tranquille dont je déduisis que la place du marché faisait partie de son territoire habituel ; oui, elle reviendrait à coup sûr.

Quand nous la perdîmes de vue, nous attendîmes encore un moment, puis nous regagnâmes enfin le plancher des vaches, glacés et ankylosés. « Persévérance, vois si tu peux raviver un des feux ; Lant, tâchons de récupérer ce que nous pouvons. »

Ma première pensée fut pour les livres d'Abeille et pour les chandelles de Molly ; je trouvai le vieux journal de ma fille mais non la chronique de ses rêves. L'ouvrage était en meilleur état que je ne m'y attendais : il y avait de la neige sur la couverture, mais le petit nœud qui le fermait avait joué son rôle. Je l'époussetai en prenant garde à ne pas faire fondre les flocons à la chaleur de mes mains. De mon paquetage, il ne subsistait plus grand-chose, et je ne parvins à mettre la main que sur trois de mes quatre chandelles ; je fouillai la neige à mains nues jusqu'à m'en engourdir les doigts et à devoir reconnaître ma défaite. J'avais de la chance que l'ours ne les eût pas toutes dévorées, car c'était sans doute leur parfum de cire qui l'avait attiré. Je déchirai un morceau de tissu exempt de bave et en enveloppai mes trésors tout en regrettant amèrement l'autre journal d'Abeille ; mais la bête avait éparpillé mes affaires sur une grande surface, et je me raccrochais au maigre espoir de finir par le retrouver.

Qu'est-ce qui était le pire : avoir les pieds nus ou enfermés dans des chausses détrempées dans la neige ? Persévérance avait choisi la première solution, et j'admirais sa résistance. Il s'occupait du feu, et les braises du brasero mélangées à celles de notre feu commençaient à s'épanouir en flammes. « Fais une grosse flambée », lui dis-je, car, si le vieil ours revenait, des branches embrasées représenteraient peut-être nos meilleures armes.

Lant et moi nous activâmes de notre côté : nous secouâmes la tente Ancienne, et, à ma grande surprise, je la découvris intacte. Tous les piquets n'avaient pas survécu, mais nous récupérâmes tous ceux que nous pûmes. Nous avions planté nos épées dans le sol près du feu, mais nous savions bien qu'elles ne serviraient guère contre un ours en furie. Nous étendîmes le tissu près des flammes et entreprîmes de ramasser tout ce qui était encore utilisable : casseroles, gobelets, vêtements, bourses et couteaux. Dès que nous mîmes la main sur nos bottes et nos chausses sèches, nous les enfilâmes, ainsi que nos manteaux et nos gants.

« Quel est notre plan ? demanda soudain Lant, et je pris conscience que je n'avais rien dit depuis que j'avais distribué les tâches à chacun.

— Récupérer tout ce qui peut nous servir, puis partir le plus vite possible sur les traces du Fou et de Braise.

— Ils ont dit qu'il y avait une dragonne rouge, et aussi un archer.

— En effet ; c'est pourquoi nous nous efforcerons d'émerger du pilier préparés à une attaque. »

Il s'apprêta à répondre puis se ravisa.

« Quelque part dans ce fourbi, repris-je, il y a un morceau de cuir percé d'une aiguille, avec un rouleau de fil solide autour. Prévenez-moi dès que vous le trouverez. Faites trois tas de ce qui est encore utilisable.

— Emporterons-nous les affaires de Gris et de Braise ?

— Nous verrons après les avoir rassemblées. Nous prendrons tout ce que nous pourrons : je veux croire que nous serons réunis, et ils devaient avoir une raison valable d'empaqueter autant de vêtements.

— Même le fil et les perles ? Et tous les gants ? »

Je regardai ce qu'indiquait Persévérance : le bagage épars du Fou formait un véritable arc-en-ciel de gants de tous matériaux et de toutes épaisseurs. Une vague tristesse m'envahit : depuis le début, il avait l'intention de s'enduire la main d'Art ; il ne m'avait pas menti. Nous nous mentions rarement – sauf quand cela arrivait. « Tout ce que nous pourrons emporter d'utile ; nous ignorons ce qui nous attend. »

Nous fîmes aussi vite que possible, mais la tâche était ardue. Une partie de la réserve de céréales de l'adolescent était restée dans un coin de son sac, et il la mit à cuire pendant que nous secouions les habits et creusions dans la neige à la recherche de notre matériel éparpillé. Sous la tutelle d'Umbre, j'avais appris enfant à recoudre un harnais, et ce savoir m'avait bien servi durant toute ma vie ; le paquetage de Persévérance était réparable, le mien en pièces, et celui de Lant dans un état pire encore. Le tissu de ma tente nous fit deux sacs de fortune faufilés à la hâte, et, malgré l'urgence, je pris le temps d'en fabriquer un troisième pour le journal d'Abeille et les chandelles de Molly ; je fermais le rabat quand je levai les yeux et vis Persévérance qui m'observait avec attention, le journal des rêves d'Abeille entre les mains. Il me le tendit d'un geste hésitant. « Je crois que j'ai reconnu son écriture. Quels beaux dessins ! Ils sont vraiment d'elle ?

— C'est à moi ! » J'avais répondu plus durement que je ne le souhaitais, et, alors que je prenais l'ouvrage, je ressentis comme un reproche la peine que je lus dans ses yeux ; je dus faire un effort pour ne pas lui arracher le journal des mains.

« Messire, s'il n'est pas trop tard… j'aimerais apprendre à lire. Peut-être qu'un jour je pourrais lire ce qu'elle a écrit.

— C'est privé, dis-je. Mais, oui, je t'apprendrai à lire, et aussi à écrire. »

Il me regarda avec des yeux de chien stupide. D'un froncement de sourcils, je le renvoyai au travail.

Nous nous pressions, mais le temps nous filait entre les doigts. Les ombres du précoce crépuscule Montagnard commençaient à s'allonger quand nous eûmes fini. La tente du Fou formait un paquet étonnamment réduit, mais on ne pouvait en dire autant des chauds vêtements d'hiver que Braise et son compagnon avaient emportés : les jupes et les châles en laine étaient beaucoup plus épais que je ne l'imaginais.

« Les sacs sont trop lourds et malpratiques », dit Lant d'un ton neutre ; il ne se plaignait pas. « S'il faut être prêts à toute éventualité en sortant du pilier, ce n'est pas une bonne idée de les avoir sur le dos. »

Il avait raison. « Nous ne les porterons pas sur le dos ; nous les tiendrons à la main. Nous ne savons pas ce que nous trouverons à l'arrivée ; Ambre et Braise seront peut-être saines et sauves, ou bien blessées. Ou prisonnières. » Plus bas, j'ajoutai : « Ou elles ne seront pas là du tout.

— Comme Abeille », fit Persévérance d'une petite voix. Il prit une grande inspiration et redressa les épaules. « Ça pourrait nous arriver ? Qu'on entre dans le pilier et qu'on n'en ressorte jamais ?

— C'est possible.

— On serait où, alors ? Qu'est-ce qu'on deviendrait ? »

Comment décrire le phénomène ? « Je pense que nous… deviendrions une partie de lui ; je l'ai senti une fois ou deux. Ça ne fait pas mal, Persévérance ; c'est même le grand danger de l'Art pour les débutants : on a l'impression que ce serait délicieux de se laisser aller, de se réduire en lambeaux et de se fondre en lui.

— Se fondre dans quoi ? » Il avait le front plissé ; Lant était pâle.

« Dans le courant d'Art ; je ne sais pas comment l'appeler autrement.

— Se fondre en Abeille, peut-être ? »

Je soupirai. « C'est très peu probable, mon garçon ; et je n'ai pas envie d'en parler. Reste ici si tu le souhaites ; je peux essayer de contacter Devoir pour lui demander d'envoyer un artiseur qui te ramènera à Castelcerf. Mais tu passeras au moins deux jours ici, je pense, dans le froid, sans guère de vivres, et avec le risque que l'ours revienne. C'est à toi de choisir. Je ne peux malheureusement demeurer avec toi jusqu'à ce qu'on vienne te chercher : je dois me mettre le plus vite possible en quête du Fou et de Braise. » Nous avions déjà perdu trop de temps ; j'étais aussi pressé de partir que je le redoutais.

Persévérance hésita, et Lant dit : « Vous pouvez aussi bien vous perdre en retournant en Cerf qu'en allant à Kelsingra. Aucun de ces deux trajets ne m'attire, mais je vous suivrai, Fitz.

— Moi aussi, fit l'adolescent. Comment on fait ? »

Nous nous plaçâmes l'un derrière l'autre devant le pilier. J'avais fixé à la hâte une sangle à chacun de mes sacs de fortune ; j'en avais un en bandoulière, Persévérance portait le sien, bourré à craquer, et me tenait la main gauche, Lant avait posé une main sur mon épaule et se servait de la lanière du sac le plus volumineux comme d'une bretelle. Son épée était dans son poing droit. Je me recueillis un moment. Je n'avais pas été formé à emmener des gens dans un pilier, même si je l'avais déjà fait en urgence ; je libérai mon Vif et le concentrai sur mes compagnons, sur leur forme et sur leur odeur, puis je tendis mon Art vers eux. Ni l'un ni l'autre n'avait aucun talent détectable pour cette magie, mais presque tout le monde en possède une étincelle. Je ne parvins pas à leur faire percevoir mon contact, mais je fis de mon mieux pour les envelopper dans mon Art, puis, sans les prévenir, sans leur laisser le temps d'hésiter, j'agrippai mon épée de la main droite et plaquai la gauche sur la pierre glacée du portail.

Ténèbres. Points mobiles de lumière qui n'étaient pas des étoiles. Persévérance devant moi qui me jurait allégeance. Lant qui me regardait fixement, les lèvres pincées. Je m'accrochai de toutes mes forces à la conscience que j'avais d'eux et les enserrai en moi.

L'éclat du jour explosa. Le froid me saisit, et je sus tout à coup que je devais rester debout, lâcher la main de Persévérance et nous protéger.

« Attention ! » cria quelqu'un alors que je m'écartais d'un bond de l'adolescent et assurais ma prise sur mon épée. Ébloui par le soleil, je finis par distinguer le Fou étendu à mes pieds et Braise qui s'évertuait à s'extraire des plis de la cape aux papillons. Nous étions passés du soir tombant au soleil éclatant d'une belle journée d'hiver. Du temps avait été perdu, mais, plus troublant encore, nous étions apparemment arrivés quelques instants à peine après le Fou et Braise. Je sentis Persévérance s'agiter pour se relever, puis il trébucha, pris de haut-le-cœur. Avant que j'eusse le temps de me retourner pour voir comment allait Lant, j'entendis un rugissement.

Je pivotai sur place – ou du moins j'essayai – en levant mon arme. Mon regard n'avait pas encore repéré le grand dragon vert qui fonçait sur nous que mon Vif chancelait devant la masse et la présence de la créature. Il fondait sur nous à la vitesse du vent, et j'entendais le fracas de ses griffes d'argent sur la rue pavée ; ses pattes antérieures se tendaient, s'agrippaient au sol et le propulsaient en avant ; sa peau écailleuse était maculée d'argent comme un tissu aspergé d'eau. Ce n'était pas une vache qui nous attaquait, mais un animal puissant et enragé. Son rugissement me frappa de nouveau, entremêlé d'un filet d'Art et de Vif étrange. *« DES INTRUS ! »*

Je n'étais pas Burrich, capable de jeter à genoux un dragon de pierre par la seule force de son Vif. Sans rien dire, je me campai fermement sur mes jambes et tins mon épée sans trembler ; c'était le défi que je lui lançais, provocation d'un animal à un autre, et c'est d'un œil sidéré que je le vis bloquer soudain ses pattes avant et s'arrêter dans le cri de ses griffes sur la pierre noire. Sa queue battit violemment, appendice redoutable sans doute en mesure d'abattre des arbres, et il rejeta la tête en arrière, la gueule grande ouverte ; j'y distinguai des éclats de couleur, orange vif voisinant avec un rouge éclatant ; chez un lézard ou une grenouille, ces teintes bariolées annoncent la toxicité. Il prit une grande inspiration, et je vis les sacs à l'intérieur de ses joues s'emplir de poison ; je redoutais ce qui devait s'ensuivre et que je ne connaissais que par des on-dit : la projection d'une brume claire de venin qui dissolvait les chairs, dévorait les os et rongeait la pierre. Mais quelque chose changea dans l'attitude du dragon, sans que je pusse la déchiffrer : colère ? Perplexité ? Il demeura immobile, une crinière raide de piquants argentés se dressant autour de son encolure comme un collier hérissé. Il relâcha son souffle, brûlante exhalaison empreinte d'une odeur de viande avariée, puis il reprit une nouvelle goulée d'air en agitant lentement la tête au bout de son cou sinueux. Il nous reniflait.

Ce n'était pas le premier dragon que je croisais. J'avais échangé des pensées avec Tintaglia, première des reines dragons à revenir dans notre monde, j'avais assisté au premier vol de Glasfeu quand il avait émergé du glacier où il était resté prisonnier des années, j'avais observé leurs parades amoureuses et je les avais vus fondre sur des enclos dont le bétail leur était offert à titre de propitiation. Je savais parfaitement la puissance dont ils disposaient et avec quelle célérité ils pouvaient réduire un taureau en une carcasse sanglante. Je n'ignorais pas que mon épée serait quasiment inutile contre un ours ; contre un dragon, elle serait ridicule. Lant vint tout à coup se placer à côté de moi ; il avait levé son arme lui aussi, mais elle tremblait violemment. « Envie de vomir, fit-il dans un hoquet de terreur, mais il ne recula pas.

— Mettez-vous dessous ! souffla Persévérance d'une voix rauque à quelqu'un. Serrez-vous ; elle peut vous cacher tous les deux. » Puis il s'avança sur ma gauche, son couteau de ceinture au poing. « On va mourir ? » demanda-t-il d'une voix hachée qui montait dans les aigus.

Où est celui qui appartient à un dragon ?

Le son ne composait qu'une partie de la langue des dragons. Je savais que certains ne les comprenaient pas quand ils parlaient : ils n'entendaient que les rugissements, les grognements et les grondements d'une bête sauvage. J'avais saisi les mots, mais ils ne voulaient rien dire pour moi ; je me tus et ne bougeai pas.

Je sens son odeur. Je sens l'odeur d'un humain qu'un dragon a marqué, qu'un dragon que nous croyions mort depuis longtemps a choisi. Êtes-vous là sur son ordre ?

Je compris ce qu'il sentait : le sang de dragon dont s'était servi le Fou. Un haut-le-cœur bruyant convulsa Persévérance ; je n'entendis rien du Fou ni de Braise. Je repris mon souffle. « Nous n'avons pas de mauvaises intentions ! » lançai-je au dragon, puis je tournai soudain la tête : mon Vif m'avait averti d'une nouvelle présence, et l'être que je vis approcher était tout droit issu de mes cauchemars d'enfant. Il était grand, la peau écarlate, avec des yeux bleus flamboyants comme des saphirs éclairés par-derrière ; sa haute stature était prise dans une tunique d'or et un ample pantalon noir ; il avait de longs membres proportionnés à sa taille, mais non humains. Il portait une armure de guerre comme je n'en avais jamais vu, mais l'épée qu'il tira, sonnante, de son fourreau ne m'était que trop familière. C'était un Ancien, semblable aux créatures qui me contemplaient du haut de la tapisserie jadis suspendue au mur de ma chambre d'enfant. Marchant à longues enjambées, il dit : « Bien joué, Arbuc ! Je savais que ces envahisseurs ne nous échapperaient pas longtemps. Et maintenant, ils vont répondre de... »

Sa voix mourut et il s'arrêta pour nous dévisager. « Mais ce ne sont pas les voleurs que je pourchassais ! Qui êtes-vous et comment êtes-vous arrivés ici ? Que voulez-vous ? Répondez par des mots ou par du sang, c'est tout un pour moi. » Il tenait son épée selon un style que je ne reconnaissais pas. *Les formes. Toujours commencer par les formes.*

Je ne rengainai pas mon arme mais je ne la brandis pas non plus de façon menaçante ; je me réjouissais d'avoir passé ma pèlerine de parade par-dessus mon manteau plus utilitaire. Je m'inclinai aussi courtoisement qu'il était possible avec une épée à la main. « Bonjour, noble sire. Nous sommes des émissaires chargés de voir la reine Malta et le roi Reyn des Marchands aux Dragons ; nous venons des Six-Duchés et nous vous serions fort reconnaissants si vous acceptiez de nous escorter jusqu'à leur palais. »

Mon attitude inoffensive le laissa perplexe. Je vis que Lant avait compris ma stratégie et baissait son arme, tandis que Persévérance demeurait en garde. Je n'entendis pas un murmure du côté du Fou ni de Braise ; j'espérais qu'aucun orteil révélateur ne dépassait de la cape aux papillons qui les camouflait.

L'Ancien nous examina l'un après l'autre. Je savais que nous n'étions pas particulièrement présentables, mais je conservai ma dignité et ne baissai pas les yeux. « Comment êtes-vous arrivés ici ? » demanda-t-il d'un ton autoritaire.

J'évitai de refuser directement de répondre à sa question. « Messire, comme vous le constatez certainement, nous venons de faire un voyage long et fatigant ; dans les Montagnes, nous avons affronté le froid et même un ours. Nous souhaitons seulement obtenir une audience avec les très gracieux souverains de Kelsingra ; nous ne cherchons rien d'autre. »

Je le vis tourner les yeux vers les falaises et les montagnes auxquelles s'adossait la cité. Je m'efforçai de me remémorer tout ce que je savais de la ville ; j'y étais déjà venu, en empruntant un portail d'Art par inadvertance alors que je cherchais Vérité. Sans bouger, je notai l'emplacement de la tour où j'avais admiré la carte complexe laissée par les Anciens ; après avoir réuni le peu que je savais, je décidai de prendre un risque. « Ou bien, si vous êtes occupé par ailleurs, nous nous ferons un plaisir de nous rendre à la tour de la Carte et d'y attendre le bon vouloir de votre roi et de votre reine. Notre arrivée n'était pas annoncée, nous le savons, et nous n'avons pas la présomption d'espérer qu'ils nous recevront sur-le-champ. »

J'entendis des claquements de bottes et vis derrière mon interlocuteur une troupe armée qui s'approchait.

C'étaient des humains, non des Anciens, et leurs armes ainsi que leurs armures étaient plus classiques que celles de l'homme rouge ; ils étaient six au premier rang, et trois autres rangs les suivaient. Nous étions en infériorité numérique ; ce n'était pas par l'épée que nous obtiendrions la victoire.

Il me fallut toute ma discipline pour détourner mon regard de l'Ancien. Je baissai les yeux et rengainai soigneusement mon arme, comme s'il s'agissait d'un geste dont je n'avais pas l'habitude, puis je lui adressai un sourire cordial, comme un gentil émissaire inoffensif.

Un autre Ancien était apparu ; il se tenait à côté du dragon, et, malgré sa haute taille, il paraissait tout petit à côté de la puissante créature. Les écailles d'un léger vert argenté, il tendit la main pour la poser sur l'épaule de la bête, qui fit soudain deux pas en avant. Elle renifla de nouveau l'air et dit : *« L'un d'eux appartient à un dragon. Je sens son odeur. »* L'énorme tête tourna au bout de son cou aux muscles épais. *« C'est un dragon que je n'ai jamais senti,* ajouta l'animal comme s'il fouillait ses souvenirs. *Un dragon que nous n'avons jamais vu. Est-il encore vivant ? »* La tête pivota de l'autre côté mais les yeux d'argent tourbillonnant restèrent braqués sur moi.

Ceux de l'Ancien rouge et belliqueux s'étrécirent. « Un dragon inconnu ? Lequel d'entre vous appartient à un dragon ? »

Comment répondre ? Je me réfugiai dans la vérité. « Je ne comprends pas les termes que vous employez. Je vous en prie, si vous nous menez là où nous pourrons attendre une audience avec vos souverains, tout s'éclairera sûrement.

— Je n'en doute pas », fit-il après un long silence, mais d'un ton qui n'avait rien de chaleureux ni d'accueillant.

17

L'accueil des Anciens

Choisissez vos messagers d'Art selon les caractéristiques suivantes : chacun doit au moins avoir rang de compagnon ; recherchez l'esprit d'indépendance ; tant l'opiniâtreté que la morgue peuvent être des qualités pour cette position ; une personnalité très affirmée est un avantage, et l'orgueil est parfois un indice intéressant, car la femme vaine ou l'homme prétentieux a toujours conscience de son identité. La jeunesse et une solide constitution sont aussi des traits de valeur.

Un messager ne doit pas servir plus de trois ans, avec deux années de repos entre chaque année de service. Un trajet spécifique de pilier en pilier doit lui être attribué, et il doit le parcourir à maintes reprises ; ainsi, il développera son sens de la localisation : l'artiseur qui sait où il va et qui est capable d'identifier son point d'arrivée est mieux à même de conserver son identité intacte.

Si le messager est assez puissant pour servir d'accompagnateur à des gens qui n'ont pas l'Art, veillez à ce qu'il ait de la patience et le sens des responsabilités. Ceux qu'il guide doivent toujours attendre trois jours entre chaque étape d'un voyage.

Flèche, du clan de Pontier,
sur les qualités d'un messager

Toujours dans mon rôle de diplomate, je m'inclinai profondément. « Soyez grandement remercié. Je suis le prince FitzChevalerie Loinvoyant des Six-Duchés ; je suis accompagné de sire Lant Tombétoile et de notre serviteur, Persévérance de Flétribois. »

Quand je le présentai, Lant remit son épée au fourreau et s'inclina avec plus d'élégance que je n'en aurais jamais et avec un large mouvement de son manteau. Je réprimai un sourire lorsque Persévérance s'efforça bravement de l'imiter, et je désignai d'un geste détaché nos bagages épars. « Peut-être pourriez-vous faire en sorte qu'on transporte nos affaires ? Nos chevaux étaient attachés, et l'ours n'en a fait qu'une bouchée, et il a mis à mal nos sacs. » C'était un coup risqué que je ne jouais qu'à contrecœur ; dans la même situation, j'eusse saisi la première occasion pour fouiller les bagages de trois inconnus qui se fussent mystérieusement introduits dans les murs du château de Castelcerf. Mais il se borna à nous toiser avec une réprobation qui confinait au mépris.

« Nous n'avons pas d'esclaves ici. Vous avez porté vos sacs jusqu'ici, les porter un peu plus longtemps ne vous fera pas de mal.

— Très bien. » Je m'efforçai de dissimuler mon soulagement. « Je ne me rappelle pas que vous nous ayez fait l'honneur de nous donner votre nom, messire. »

Indication subtile que je saurais ainsi comment il s'appelait et parlerais peut-être de lui à sa reine. Il n'avait pas rengainé son arme et ne parut pas inquiet de ma requête. « Je suis le général Kanaï, commandant de la milice de Kelsingra. Prenez vos affaires, je vais vous conduire à mes souverains. »

Je jetai un regard au dragon et à son gardien derrière nous. L'Ancien adressa quelques mots à l'animal puis s'éloigna rapidement ; la bête dut juger que nous ne présentions pas d'intérêt car elle fit demi-tour et s'en alla dans une autre direction. Au loin, une corneille croassa.

Nous reprîmes donc nos sacs pesants en bandoulière. Je ne vis nul signe de la cape aux papillons ni de ce qu'elle dissimulait, et je pris garde de ne pas la chercher des yeux. J'avais entendu Braise parler à notre arrivée ; peut-être n'était-elle pas en trop mauvais état. Je me rendis compte qu'un des sacs que j'avais fabriqués manquait, je balayai rapidement les alentours du regard en espérant qu'il se trouvait sous la cape et ne s'était pas perdu dans le passage d'Art. Tant pis : cela me permettait d'être moins encombré et d'avoir l'air plus aristocratique pour traverser Kelsingra.

C'était une étrange expérience. J'avais dressé mes murailles, mais la cité me soufflait tout de même des images d'une journée d'hiver ensoleillée de sa jeunesse ; un groupe de marchands humains me croisa d'un pas vif, originaire peut-être d'une ville exotique ; les hommes marchaient serrés et d'un pas hâtif en jetant des regards alentour. Un jeune homme au front souligné d'un épais trait d'écailles et à la mâchoire ornées de pampilles de lézard balayait le trottoir devant une boutique où des morceaux de viande pendaient à des crocs au-dessus de feux fumants ; une gamine, panier au bras, nous doubla au trot. Çà et là, parmi ces silhouettes classiques, des fantômes d'Anciens marchaient à grands pas et barguignaient en riant ; était-ce mon Art qui leur donnait cet aspect si réel ? Une rixe éclata soudain entre deux d'entre eux, et je m'en écartai instinctivement. « Ah ! Vous les voyez donc », fit Kanaï. Il ne ralentit pas devant l'altercation du passé, et je ne répondis pas.

Je me demandai ce qu'en percevaient Lant et Persévérance, et encore plus si la cité murmurait aux gardes humains qui nous entouraient. Dans une rafale de vent mêlée de remugles, un dragon vert et argent nous survola en s'élevant régulièrement dans le ciel ; je saisis, non ses pensées, mais son intention : il partait en chasse, et, l'espace d'un étrange instant, je regrettai de ne pouvoir l'accompagner.

Il faisait froid, et la brise qui montait du fleuve invisible était imprégnée d'une humidité glacée qui nous transperçait. Le général Kanaï ne nous attendait pas, pauvres voyageurs fatigués sous leurs lourdes charges, mais j'avais néanmoins le temps d'observer que la cité n'était guère peuplée ; dans certaines rues, les bâtiments paraissaient habités, d'autres affichaient les signes d'un abandon et d'un délabrement de longue date. De mon voyage par la route d'Art, j'avais retenu que toute construction réalisée à l'aide de cette magie conservait son aspect et son dessein d'origine bien plus longtemps que les ouvrages ordinaires de l'homme. Le vent pouvait jeter des débris et de la poussière dans les larges avenues, mais nulle graine vagabonde n'avait trouvé de fissure où plonger ses racines, nulle plante grimpante ne s'efforçait d'effriter lentement même les murs lézardés par les séismes. Déserte depuis des générations, la ville n'avait jamais oublié qu'elle était une ville, et, comme pour railler son nombre indigent d'occupants, elle semblait avoir de plus vifs souvenirs de son lointain passé de centre de la culture Ancienne. Je pris note de toutes ces observations et les confrontai avec ce qu'Umbre et le roi Devoir croyaient savoir de Kelsingra : à moins de se trouver non loin d'une capitale beaucoup plus peuplée, Kelsingra et ses Marchands aux Dragons affichaient à la face du monde une prospérité qu'ils ne possédaient pas.

Comme je l'avais supposé, on nous conduisit à la tour de la Carte, dont nous gravîmes le large escalier ; les marches du milieu avaient été proportionnées à la stature d'un dragon, tout comme les grandes portes au sommet de l'édifice. Je redoutais cette montée, mais on nous fit emprunter les degrés à taille humaine construits sur les côtés ; là, de vraies gens allaient et venaient, certaines vêtues de robes aussi voyantes que la tente du Fou et la tenue du général, d'autres plus prosaïquement de cuir et de laine ; un charpentier nous croisa suivi de son compagnon et de trois apprentis, tous munis de leurs outils. J'admirai la grande fresque qui décorait les murs, puis le général Kanaï et ses gardes nous firent entrer dans un vaste espace plein d'échos.

L'immense vestibule était mieux entretenu que dans mes souvenirs, et beaucoup plus vide ; il y faisait aussi plus chaud, et il était éclairé par une lumière dont la source n'était visible nulle part. La dernière fois que j'étais entré là, le sol était couvert de bouts de bois et de poussière, vestiges de meubles effondrés ; les débris avaient été déblayés, et une vingtaine de bureaux et de tables neufs s'évertuaient à occuper une aire prévue pour des centaines. Des scribes d'aspect et de vêture divers y étaient assis, certains peut-être en train d'additionner assidûment des chiffres, d'autres face à une file de personnes plus ou moins patientes. Je craignais qu'on nous affectât à cette queue, mais on nous fit traverser la salle sous les regards curieux des gens que nous croisions, puis entrer par une porte en bois dans une pièce de dimensions plus réduites.

Elle était encore trop grande pour notre troupe, mais il y faisait bon, et, dès que nous nous arrêtâmes, Lant et Persévérance posèrent leurs charges avec soulagement. Sur un signe de leur chef, les gardes s'alignèrent le long du mur. Le général Kanaï vint se camper devant moi. « Je vais voir le roi et la reine pour savoir s'ils acceptent de vous accorder audience. Je ne vous mentirai pas : votre récit ne me satisfait pas et je leur conseillerai de vous regarder avec la méfiance que méritent les intrus dans notre cité. Attendez ici. »

Il se détourna, et je le laissai s'éloigner de quelques pas avant de lui lancer d'un ton enjoué : « Pourrions-nous bénéficier d'un peu d'eau pour nous laver et d'un lieu pour nous apprêter avant de paraître devant eux ? Nous ne voudrions pas leur faire affront par une apparence négligée. »

Il fit demi-tour, le front plissé, et, sur un geste de sa part, un de ses hommes s'approcha pour tenir conseil avec lui ; la discussion ne dura pas. « Le capitaine Maillenvers s'occupera de vous en mon absence ; adressez-vous à lui pour tout ce dont vous avez besoin. » Et, sans un mot de plus, il sortit. Les chaussures ajustées qu'il portait ne produisaient guère plus qu'un bruissement sur la pierre. Je jetai un regard aimable au capitaine et lui souris.

« Quand l'Ancien Selden a séjourné chez nous il y a bien des années, fis-je, il a dit monts et merveilles de votre cité ; je constate qu'il n'exagérait pas. Auriez-vous l'obligeance, cher capitaine, de nous fournir de l'eau chaude et peut-être une collation accompagnée de vin pour nous restaurer ? Comme vous pouvez l'imaginer, nous avons été privés de tout depuis l'attaque de l'ours. »

J'appliquai un axiome d'Umbre : toujours se comporter comme la personne dont on veut donner l'image. J'étais un émissaire des Six-Duchés, un prince du sang, et j'étais en droit d'attendre qu'on m'accueillît comme tel ; toutefois, j'avais d'abord craint qu'on ne nous enfermât dans une cellule ou un cachot en attendant que les souverains eussent le temps de nous juger, et, à tout le moins, je pensais qu'on nous recevrait sans aménité ; mais le capitaine ne partageait apparemment pas les inquiétudes de son supérieur à notre égard. Il envoya quelques hommes nous chercher de l'eau, de quoi boire et de quoi manger, et, à leur retour, il nous invita à nous asseoir, fit apporter une table et la fit déposer devant nous. Les bancs qu'il nous offrit paraissaient durs et froids, mais, quand nous nous installâmes, ils se réchauffèrent et devinrent confortables comme des fauteuils rembourrés.

Rien que cela nous eût déjà impressionnés, mais ce n'était pas tout : on posa devant nous un récipient orné d'un motif de feuilles et de danseurs, et on le remplit d'eau froide ; au bout de quelques instants, elle se mit à fumer doucement. Avec bonheur, nous nous y réchauffâmes les mains et le visage, puis nous nous séchâmes avec les serviettes moelleuses qu'on nous avait remises. Le repas qu'on nous présenta était moins renversant : c'était de la viande de qualité, des raves, une volaille froide et du pain, le tout cuisiné et servi sans art. C'est néanmoins avec plaisir que nous nous restaurâmes, et, si le vin qu'on nous offrit était d'un cru assez piqué, il fut quand même le bienvenu.

Nos gardes ne nous quittèrent pas, mais, sans leur prêter attention, nous nous efforçâmes d'ajuster nos vêtements et de lisser nos cheveux. Une fois repus et aussi présentables que possible, nous nous réinstallâmes sur les bancs accueillants et prîmes patience. Longtemps. Persévérance posa tout haut la question qui nous taraudait : « Vous croyez qu'ils vont bien ? »

Je fis semblant de me méprendre : « Le roi et la reine des Anciens ? Ils feront sûrement de leur mieux pour nous recevoir rapidement et nous accueillir comme nous avons reçu leurs émissaires à Castelcerf. » J'affichai un sourire bienveillant. « N'aie pas peur d'eux, mon garçon, même si leur apparence te semble étrange ; les Six-Duchés ont depuis longtemps des relations cordiales avec tous les Marchands. » Lant acquiesçait de la tête, et l'adolescent parut saisir le sous-entendu de mon propos. Nous reprîmes notre attente interminable. Je me rassurais en constatant l'absence de tout signe d'alarme alors que les heures s'écoulaient lentement, et j'espérais que le Fou et Braise faisaient bon usage de ce temps.

Je commençais à avoir envie de dormir quand la porte se rouvrit enfin et que le général Kanaï ressortit avec à ses côtés un ressortissant du désert des Pluies de haute taille ; le vent avait ébouriffé ses cheveux, et, bien que ce fût indubitablement un Ancien, il était d'une facture moins raffinée que le général. Il devait être plus vieux, bien que les écailles qui couvraient son front rendissent difficile de devenir son âge. Il entra dans la salle, me regarda puis se tourna vers son compagnon. « J'aurais préféré plus de hâte, Kanaï. Je veux m'entretenir plus tard avec vous. »

Je me levai quand il se dirigea vers moi, et je fus surpris quand il me tendit la main. J'en fis autant et nous échangeâmes une poignée de main à la manière des Marchands, au lieu de nous serrer les poignets à la façon des guerriers, comme je m'y attendais plus ou moins.

« Vous êtes le prince FitzChevalerie Loinvoyant des Six-Duchés ? » demanda-t-il, et je hochai gravement la tête. Il ne m'avait pas lâché la main. « Je vous présente mes excuses pour l'accueil grossier que vous avez reçu. Je suis Reyn Khuprus. »

Je réprimai un sursaut. J'avais beau avoir rang de prince, je ne m'attendais pas à ce que le roi lui-même vînt me serrer la main comme à un égal. Je retrouvai finalement l'usage de la parole. « Vous m'honorez, sire Reyn. Je vous présente sire Lant Tombétoile, et mon serviteur, Persévérance de Flétribois. » Tous deux s'étaient levés et s'inclinaient.

Le roi me libéra enfin et désigna la porte. « Je regrette de vous avoir fait attendre ; ma dame, Malta, a été appelée pour recevoir des visiteurs inattendus et m'a laissé le soin d'exécuter un bilan compliqué avec le capitaine d'un de nos navires. J'avais donné ordre de ne pas être dérangé avant la fin de l'inventaire, et, pour je ne sais quelle raison, on a jugé que votre arrivée ne constituait pas un événement assez extraordinaire pour exiger une attention immédiate. Mais assez d'explications pour le moment ; je vous en prie, suivez-moi dans un espace plus confortable. Kanaï, envoyez quelqu'un préparer des chambres pour nos hôtes dans la salle d'Accueil, et qu'on y transporte leurs affaires. Non, s'il vous plaît, laissez vos bagages ; je vous promets qu'on les livrera dans vos chambres. Veuillez m'accompagner. »

Son absence de formalisme était inquiétante, et j'espérai soudain avec ferveur que notre intrusion n'allait pas mettre à mal des traités ni des pactes que Devoir et Elliania avaient minutieusement négociés. Tout en suivant le roi, je projetai mon Art, mais me retrouvai embourbé dans l'immense chœur de la cité. Non, c'était inutile ; il me faudrait avancer avec précaution.

Le souverain nous ramena dans l'immense vestibule, puis, à notre grande surprise, nous fit ressortir dans le crépuscule. Je n'avais jamais vu une cité illuminée ainsi ; l'exclamation de surprise de Persévérance m'indiqua qu'il ne s'agissait pas d'un effet d'Art mais d'un véritable éclat qui irradiait des bâtiments. Ils brillaient des teintes des dragons : or et azur, rouge et vert vifs, jaune cœur de pâquerette ; certains présentaient des motifs de plantes lumineuses ou de vagues et de tourbillons stylisés tandis que d'autres se bornaient à répandre de la lumière. Nous n'eûmes pas besoin de torches pour descendre les marches jusqu'à la chaussée. Là, je me détachai à grand ahan des foules de spectres d'Anciens que mon Art me montrait pour voir la population actuelle, beaucoup plus clairsemée, qui arpentait les rues. Le roi Reyn marchait d'un pas vif en répondant d'un signe de la main ou d'un hochement de tête à ceux qui le saluaient ; nous attirions les regards, mais il ne laissait personne nous retenir ni poser des questions. Au bout de l'avenue, nous parvînmes devant un édifice plus modeste que la tour de la Carte mais plus grand et plus majestueux que la résidence de Flétribois.

« Notre palais d'accueil, annonça-t-il en le montrant de la main. C'est plus agréable pour recevoir nos hôtes : c'est aux dimensions des humains, les portes sont plus réduites, les plafonds moins hauts. Je me sens parfois un peu insignifiant dans certains autres bâtiments de cette ville. » Il m'adressa un petit sourire. « C'est un des aléas de la vie en communauté avec les dragons, comme vous pouvez l'imaginer. Suivez-moi, je vous prie ; le palais compte de nombreuses chambres confortables, et c'est ce que nous appelons une « zone de silence », c'est-à-dire que, dans les étages, les voix de Kelsingra sont moins fortes. »

Il conserva sa foulée énergique dans l'escalier, et je tâchai de le suivre malgré ma fatigue. Le vestibule était meublé, dans un style qui m'évoqua celui de Terrilville, de petites tables élégantes autour desquelles s'agglutinaient des chaises ; néanmoins, la pièce me parut étrangement vide jusqu'au moment où je compris qu'il y manquait une vaste cheminée avec un feu. Malgré le haut plafond et les larges fenêtres aux vitres jaunes et épaisses, il y faisait chaud, ce que j'interprétai comme une nouvelle preuve de l'activité de la magie Ancienne. Sans nous arrêter, nous pénétrâmes dans une salle pavée dans laquelle nos bottes claquaient tandis que les semelles souples du roi bruissaient. Nous passâmes devant cinq ou six portes sculptées avant qu'il en ouvrît une et nous invitât à entrer.

Le milieu de la pièce était occupé par une table recouverte d'une nappe élégante sur laquelle on avait disposé des assiettes et des couverts raffinés ; des chaises au dossier sculpté et garnies de coussins verts nous attendaient. Les tableaux aux murs étaient étrangers à mes yeux, mais plaisants : ils suggéraient des images, la végétation dense et enchevêtrée d'une forêt ou la vaste surface ondoyante d'un fleuve, mais rien n'était détaillé. Une femme occupée à arranger les couverts se tourna pour nous saluer.

Malta, reine des Marchands aux Dragons. Sa beauté exotique était légendaire, et on ne pouvait la confondre avec personne d'autre ; ses cheveux bouclés n'étaient pas blonds, mais or comme une pièce de monnaie neuve ; de délicates écailles suivaient les contours de son front et soulignaient ses pommettes hautes et son menton volontaire. Comme son roi, elle portait une robe Ancienne par-dessus un pantalon ample ; ses petites pantoufles souples jetaient des éclats d'or, et le tissu de ses habits chatoyait alternativement du vert au doré quand elle se porta à notre rencontre. Par prudence, je plantai un genou en terre, et Lant suivit mon exemple ; elle éclata de rire, et je crus que j'en étais la cause avant de m'apercevoir que Persévérance, saisi par sa beauté, restait debout derrière nous, les yeux ronds et bouche bée.

Elle reporta son regard sur moi, et son sourire s'agrandit. « Cette expression me gratifie plus qu'aucun cadeau », dit-elle, et l'adolescent tomba brusquement à genoux. Elle me jeta un coup d'œil brillant d'amusement comme si nous partagions un secret extraordinairement drôle. Elle m'adressa une révérence. « Prince FitzChevalerie, votre visite inattendue nous honore, et pourtant j'ai l'impression que nous nous sommes déjà vus. J'espère que vous voudrez bien excuser le général Kanaï ; il se montre parfois excessivement zélé et soupçonneux. » Elle se tourna vers son époux. « Reyn, mon cher, comme tu le vois, j'ai ajouté des couverts à notre table. J'ai été ravie en recevant ton message ! Et je pense que tous nos hôtes se joindront à notre repas ! » Son regard scintillant se porta de nouveau sur moi. « Croyez-vous aux coïncidences, prince FitzChevalerie ?

— J'en ai observé qui étaient plus qu'étranges », répondis-je. Attention, Fitz. Je savais que j'avançais en terrain mouvant et que je devais me tenir prêt à modifier le récit de mon voyage en un clin d'œil. Je souris à Lant et à Persévérance en espérant qu'ils y liraient ma mise en garde.

« Eh bien, voici la mienne ! » s'exclama la reine Malta avec un sourire alors que la porte à l'autre bout de la salle s'ouvrait.

Les cheveux brossés de frais et enroulés en tresses impeccables, Braise entra ; elle avait les joues roses, et l'élégante surjupe en dentelle noire de dame Thym lui allait mieux qu'à la répugnante vieille femme. Derrière elle venait, non le Fou, non Gris, mais Ambre, et telle que je ne l'avais jamais imaginée. La cape aux papillons tombait gracieusement de ses épaules étroites, on avait mouillé ses cheveux courts pour les ébouriffer en petites boucles, et une touche de maquillage rougissait ses lèvres pâles et ses pommettes ; je savais que ses boucles d'oreilles n'étaient que du verre, mais leur scintillement était aussi convaincant que la bouche peinte et les yeux bordés de noir du Fou. Mon ami d'enfance avait disparu, et je ne retrouvais rien du bouffon du roi Subtil. Les yeux arrondis, j'éprouvai un brusque sentiment de trahison que je connaissais bien : comment pouvait-il habiter si complètement cette personnalité que je ne connaissais pas ? Le doute s'ouvrait douloureusement en moi comme un abîme ; je me sentais à la fois trompé et exclu.

Mais je n'avais pas le temps de me complaire dans ma désolation : la pièce avait commencé et je devais y trouver mon rôle. Ses doigts gantés sur l'épaule de Braise, Ambre se laissa guider dans la salle. « Oh, ma dame, ils sont là ! s'exclama la jeune fille en nous voyant. Le prince FitzChevalerie, sire Lant et même Persévérance ! Et ils ont l'air indemnes. »

À cette nouvelle, Ambre porta la main à sa bouche en un geste typiquement féminin de surprise et de soulagement ; elle dut distinguer ma silhouette car elle s'écria : « Oh, Fitz ! Et Lant et Persévérance ! Vous êtes sains et saufs. Quel bonheur de savoir qu'il ne vous est rien arrivé ! Ah, votre majesté Malta, merci, merci de les avoir retrouvés et de les avoir sauvés ! Je vous en suis éternellement redevable.

— En effet », répondit l'intéressée à mi-voix. Ambre avait-elle oublié qu'elle s'adressait à une femme née chez les Marchands de Terrilville, pour qui toute relation était une occasion à saisir, un marché ou un accord ? Malta ajouta : « Tout comme une grande partie de Terrilville et moi-même le sommes envers vous, car j'ai la conviction qu'une dette peut être aussi réciproque qu'une promesse.

Il y avait quelque chose d'Umbre chez Lant, finalement : il avait conservé son sang-froid et dissimulait sa surprise. Persévérance, lui, avait plus de mal : il toussa bruyamment et y trouva prétexte pour baisser la tête. J'eusse tout donné pour savoir ce que le Fou avait déjà dit à Malta. Je nous avais présentés comme des émissaires des Six-Duchés venus des Montagnes ; nous étions-nous contredits, et, dans ce cas, y avait-il un moyen d'y remédier de façon convaincante ?

Le roi Reyn avait l'air perplexe et ne cherchait pas à le cacher. Malta lui lança un regard entendu, et je compris que c'était elle qui mènerait la danse. « Venez à table, je vous prie ; restaurons-nous, et nous verrons comment vous aider à poursuivre votre route. »

Reyn fit asseoir sa reine et prit place en tête de table ; nous étions installés côte à côte. Un serviteur, très humain d'apparence, vint emmener Braise et Persévérance prendre leur collation ailleurs ; la jeune fille le suivit sans rechigner tandis que l'adolescent me lançait plusieurs coups d'œil et que je lui faisais signe d'obéir. Le roi Reyn nous adressa un sourire quand la porte se ferma derrière eux et s'exclama : « Je meurs de faim ! J'espère que notre absence de cérémonie ne vous gênera pas. » Il se tourna vers Ambre en souriant. « Malgré les années, ces titres de roi et de reine sonnent encore un peu bizarrement à nos oreilles. » Avec un regard qui nous englobait, Lant et moi, il ajouta : « Après avoir subi pendant si longtemps les extorsions imposées par le Gouvernorat à Terrilville, nous qui avons été élevés en Marchands nous étonnons encore qu'on puisse croire que nous préférions une monarchie. Mais c'est une vision commode à offrir au monde, comme vous le comprenez certainement. »

Je fouillai éperdument ma mémoire : Kettricken m'avait parlé un jour de cette image qu'on donne à l'extérieur ; tout comme elle-même avait été formée à se voir comme l'Oblat de son peuple tandis que les étrangers la regardaient comme une princesse des Montagnes, Malta et Reyn se présentaient comme les roi et reine du désert des Pluies alors qu'ils jouaient plutôt le rôle de négociateurs en chef pour une association de marchands. J'acquiesçai poliment et Lant sourit. Le « roi » se servit d'un plat qu'il passa ensuite à sa reine ; il se transmit de main en main, et nous en prîmes chacun une part. Les mets se suivaient, et, bien que de meilleur aloi que ce qu'on nous avait offert plus tôt, ils ne surpassaient pas l'ordinaire de Castelcerf. Lant monta dans mon estime quand je le vis se pencher vers Ambre, lui décrire un mets et lui proposer de la servir.

Reyn sourit à la cantonade. « Mangeons avant de discuter, voulez-vous ?

— Naturellement ! répondit Ambre. Marchandage et digestion ne sont pas les meilleurs compagnons, nous le savons tous.

— Vous venez donc marchander ? fit le roi d'un ton amusé. Et moi qui croyais que le prince FitzChevalerie et sa suite étaient des émissaires des Six-Duchés !

— Des émissaires en quête d'un certain marché. Mais n'en disons pas davantage pour le moment et restaurons-nous ensemble, comme de vieux et de nouveaux amis. » Les doigts d'Ambre suivirent la nappe, touchèrent un verre de vin doré et le levèrent. « Aux amis retrouvés ! » déclara-t-elle, et tous burent. En reposant son verre, elle ajouta : « J'espérais tant voir Phron pendant mon séjour ! Comment va-t-il ? »

Malta cessa de mâcher son morceau de viande. Ambre eut un sourire innocent, mais je me rendis compte que son trait avait porté, et je me demandai pourquoi elle l'avait décoché. Après quelques instants de silence, Reyn dit à mi-voix : « La santé de Phron demeure délicate ; il passera peut-être nous voir brièvement après le repas, s'il se sent la force de rencontrer des gens.

— J'en suis attristée, répondit Ambre. Les dernières nouvelles que j'avais de lui remontaient à plusieurs années ; à l'époque, je crois qu'il commençait à bien grandir.

— À l'époque, oui », fit Malta dans un murmure. Parfois, lorsqu'on fait sonner une cloche, une autre se met à vibrer par sympathie : la souffrance cachée dans sa voix éveilla le père en moi, et je priai avec ferveur pour qu'Ambre cessât de la questionner. L'enfant allait manifestement très mal ; jamais je n'eusse osé faire entrer cet élément dans une négociation, et j'ignorais où Ambre voulait en venir.

Reyn parla d'un ton un peu acerbe : « Je suis étonné que vous ayez eu des nouvelles de Phron. »

Ambre eut un léger haussement d'épaules. Ses doigts dansèrent élégamment au-dessus de son assiette puis, comme si elle y voyait, elle coupa un morceau d'une tranche de fruit au sirop. Le fruit en question m'était inconnu et j'en pris une bouchée prudente pendant qu'elle répondait : « C'était il y a des années ; vous savez comment se transmettent ces rumeurs, de bouche-à-oreille ; vous rappelez-vous Jek, ma compagne à bord du *Parangon* ? »

Oh, bien joué ! J'avais maintenant une idée de sa véritable source de renseignements. Jek était un des rares noms que je connaissais par le réseau d'espions et d'informateurs d'Umbre ; selon moi, les nouvelles de ce Phron dataient effectivement de nombreuses années, mais le Fou les avait dénichées récemment dans les documents d'Umbre. Non : il était aveugle ; elles devaient donc provenir de Braise – ou de Cendre. Le gamin était complètement inféodé au Fou à présent, et prêt à voler pour lui non seulement du sang de dragon mais aussi de précieuses informations. Devais-je me réjouir que mon ami eût un serviteur aussi dévoué ou regretter qu'Umbre fût dépouillé de quelqu'un d'aussi utile ?

Malta plissa le front, et ses écailles ondoyèrent. « Non, je ne me la rappelle pas ; peut-être ne l'ai-je jamais rencontrée.

— C'est elle qui gérait mon entreprise après mon départ de Terrilville.

— Ah, oui, ça me revient ! C'était elle qui s'occupait des remboursements du crédit. »

Ambre acquiesça de la tête.

« Nous n'avons pas oublié, intervint Reyn. L'argent liquide était rare à la fin de la guerre avec Chalcède ; quand vous avez prêté une grande partie de votre part du trésor d'Igrot, vous avez permis à beaucoup de Terrilvilliens de repartir du bon pied : de nombreux marchands éleveurs de races de qualité avaient perdu leurs boutiques et leur cheptel ; et beaucoup de Tatoués ont pu grâce à vous prendre un nouveau départ.

— Et, financièrement, c'était très avisé de votre part, enchaîna Malta, rappelant à tous qu'Ambre avait indubitablement tiré profit de sa générosité. Nous vous avons remboursée pendant des années. »

Je compris alors d'où provenait la fortune inépuisable de sire Doré à l'époque où il dépensait sans compter aux tables de jeu de la cour de Castelcerf : ce qu'il avait judicieusement investi à Terrilville, il le jetait par les fenêtres à Bourg-de-Castelcerf, parce qu'il savait qu'il allait mourir et ne voyait pas l'intérêt d'économiser. C'était extraordinaire : je recueillais ainsi tant de bribes et de morceaux des différentes vies du Fou ! Je souris à Ambre, et elle dut s'en rendre compte, car elle me rendit la pareille. « Cet argent m'a aidée à traverser une époque difficile », répondit-elle d'un ton affable.

Malta s'exprima d'un ton délicat : « Je ne puis m'empêcher d'observer que la vie vous a bien changée depuis la dernière fois que je vous ai croisée. Je regrette que vous ayez perdu la vue – et je ne savais pas que vous aviez eu des contacts assez prolongés avec des dragons pour subir une transformation. »

Il y avait plusieurs chariots de questions dissimulés dans cette constatation. Je gardai le silence. « Je vous ai promis de vous raconter mon histoire lorsque je vous ai approchés, dit Ambre, et vous avez fait preuve de grande patience. Eh bien, finissons de manger, et je vous la narrerai. » Ah ! Je n'étais donc pas le seul sur qui elle employait sa tactique dilatoire.

Le reste du repas se déroula sans incident. Lant ne dit rien hormis pour remercier nos hôtes de la collation et faire l'éloge de la cuisine, et je ne fis guère mieux ; je sentais souvent le regard évaluateur de Reyn posé sur moi, et je tâchais de me conduire en véritable prince Loinvoyant tout en me demandant quel conte Ambre avait inventé sur nous.

Une fois que nous fûmes rassasiés, un serviteur débarrassa la table puis apporta de l'eau-de-vie et des verres ainsi qu'un assortiment de tisanes épicées. L'alcool était un Bord-des-Sables venu des Six-Duchés, et je me demandai s'il fallait y voir un clin d'œil ; j'en acceptai un petit verre avec plaisir et remerciai sincèrement le roi et la reine. Reyn s'apprêtait à répondre quand la porte s'ouvrit et qu'un Ancien, vieux et frêle, entra ; il se déplaçait avec lenteur, un serviteur à ses côtés et une canne à la main ; il respirait bruyamment par le nez et marchait à petits pas prudents. Il avait les cheveux aussi blonds que Malta et les écailles aussi bleues que Reyn. Néanmoins, c'est avec surprise que j'entendis Malta déclarer d'un ton enjoué : « Et voici Phron qui vient nous souhaiter bonne nuit ! »

Ambre n'y voyait pas, mais elle entendit peut-être la respiration de Phron, son pas hésitant pour s'approcher de la table puis s'asseoir. Le serviteur se pencha pour lui demander s'il préférait de la tisane ou de l'eau-de-vie. « De la tisane. S'il te plaît. » Un hoquet de surprise m'échappa, car sa voix l'avait trahi ; je portai sur lui un regard neuf. Ses yeux étaient d'un bleu intense, et les tracés de ses écailles bleu et argent étaient à la fois complexes et pleins de fantaisie ; ce n'était pas un effet du hasard comme le pelage écaille de tortue d'un chaton : les motifs qui couvraient son visage et ses bras nus étaient aussi étudiés et artistiques que des tatouages. Mais la teinte violâtre de ses lèvres agitées par son souffle et les cernes noirs de ses yeux ne faisaient pas partie de cette coloration. Phron, le fils de Malta ; non un vieillard, mais un jeune homme vieilli par la maladie.

Malta s'était portée à ses côtés, et elle nous désigna de la main. « Prince FitzChevalerie, sire Lant, dame Ambre, j'ai le plaisir de vous présenter notre fils, Ephron Khuprus. »

Je me levai, fis deux pas et m'inclinai devant lui. En m'approchant, j'avais senti ma perception de sa présence par le Vif croître brutalement. Il me tendit la main, j'en fis autant, et, à ma grande surprise, il me serra le poignet à la façon des guerriers des Six-Duchés ; je lui rendis son étreinte. À l'instant où je touchai sa peau nue, ma conscience de lui doubla comme cela n'était jamais arrivé ; c'était gênant pour moi, mais il ne se rendait apparemment compte de rien. Dragon et jeune homme, jeune homme et dragon sonnaient contre mes sens de manière presque insupportable ; et, en même temps que cette sensation accrue de son être, je captais une totale anomalie de tout son organisme. Elle l'affaiblissait, lui coupait la respiration, l'affamait et l'épuisait ; elle tintait abominablement contre mon esprit, et, sans réfléchir, je tendis mon Art et touchai l'erreur.

Il eut un hoquet de surprise, puis sa tête tomba, et il resta un instant totalement immobile. Nous demeurâmes tels que nous étions, nous tenant par les poignets, puis il commença de s'affaisser vers moi et je le saisis à l'épaule de ma main libre ; je ne pouvais pas le lâcher alors que l'Art se déversait de moi en lui.

Bien des années plus tôt, pendant un printemps dans les Montagnes, Œil-de-Nuit et moi avions vu céder un barrage de glace sur un torrent ; dans un bruit de tonnerre, l'eau jusque-là retenue avait jailli, et, en un instant, le lit blanc du cours d'eau couvert de neige s'était transformé en un flot marron et furieux qui dévalait la pente en emportant branches et troncs d'arbres. La pression de l'Art que je sentais tout autour de moi, qui m'encerclait et m'empêchait de contacter Ortie trouva soudain un chenal dégagé ; il fila à travers moi, puissant, pur et empreint du plaisir de tout rendre parfait ; ce bonheur aussi sensuel qu'intellectuel inonda mon esprit et mon corps. Le jeune homme émit un bruit étranglé, et je fis peut-être écho à ce cri étouffé.

« Phron ! » s'exclama Malta, épouvantée, et Reyn se dressa d'un bond.

Je frissonnai comme sous l'effet d'une rafale glacée tandis que l'organisme de Phron s'alignait sur ma vision. Quelque part, très loin, la reine dragon Tintaglia tressaillit : n'était-ce pas à elle de façonner cette forme humaine ? Puis elle me rejeta avec le dédain de son espèce pour les hommes, et je ne perçus plus rien d'elle. Mais Phron releva la tête, prit une grande goulée d'air et s'écria : « Que s'est-il passé ? C'était extraordinaire ! » Abasourdi, il ajouta : « Je respire ! Je n'ai plus mal en respirant, je n'ai plus besoin de faire d'efforts ! Je peux parler en respirant ! » Il me lâcha soudain et, en quatre enjambées, se jeta dans les bras de son père effrayé.

Pour ma part, je partis de côté en titubant. Lant me surprit en bondissant pour me rattraper par le coude. « Que s'est-il passé ? » demanda-t-il à son tour dans un souffle, et je ne pus que secouer la tête.

Alors Phron se dégagea de l'étreinte de son père et se retourna vers moi. Il emplit longuement ses poumons, la bouche grande ouverte, et poussa soudain un cri de pur soulagement. « C'est vous qui avez fait ça ? me demanda-t-il brusquement. J'ai l'impression que c'était vous, mais c'était comme ce que Tintaglia me fait parfois quand elle vient ici. Elle n'est pas passée depuis… combien ? Cinq ans ? La dernière fois qu'elle m'a remis sur pied… Oui, cinq ans. » Il plia et déplia ses longs doigts, et je compris que l'intervention de la dragonne lui avait rendu ses mains. Malta pleurait sans bruit, les joues ruisselantes de larmes ; son fils la prit dans ses bras et voulut la soulever de terre, mais il échoua : les mois passés sans pouvoir respirer convenablement l'avaient affaibli, mais il souriait. « Je me sens mieux, mère, mieux que depuis des années ! Ne pleure pas ! Reste-t-il à manger ? Je suis capable de mâcher et d'avaler n'importe quoi sans m'étouffer ! Proposez-moi tout sauf de la soupe ! Quelque chose dans quoi je puisse mordre, que je puisse mâcher. Ou qui croustille sous la dent ! Y a-t-il quelque chose de croustillant ? »

Malta se dégagea de son étreinte en éclatant d'un rire effréné. « Je vais te chercher ça ! » Et ce n'est pas une belle et majestueuse Ancienne, mais seulement une mère qui fila vers la porte ; tout en courant, elle demandait qu'on apportât de la viande, du pain frais grillé et d'autres choses que nous n'entendîmes pas parce que la porte s'était refermée.

Je me retournai ; Reyn se tenait derrière moi et regardait son fils avec un grand sourire. Il s'adressa à moi : « J'ignore pourquoi vous êtes venu et j'ignore ce que vous avez fait, même si j'en ai perçu un écho ; ça ressemblait à ce que fait Tintaglia, elle qui m'a touché et transformé en Ancien. Comment vous y êtes-vous pris ? Je croyais que seul un dragon pouvait nous façonner ainsi.

— C'est un homme qui a de nombreux talents », dit Ambre. Elle se leva en prenant appui sur sa chaise ; elle suivit le bord de la table du bout des doigts, et, quand elle arriva près de nous, Lant lui laissa la place à côté de moi ; elle me prit alors le bras d'une manière qui raviva des souvenirs douloureux : Molly. Molly me prenait toujours ainsi le bras quand nous nous rendions au marché et qu'elle voulait attirer mon attention, ou qu'elle désirait seulement me toucher. Ce n'était pas le même contact que lorsque le Fou faisait la même chose à l'époque où nous nous promenions côte à côte ; en cet instant, il était Ambre, et sa main était posée en un geste possessif sur mon avant-bras. Je l'acceptai avec un effort, comme un cheval accepte un cavalier qu'il ne connaît pas, et je réprimai le réflexe de m'écarter de lui. J'ignorais à quel jeu il jouait, et je préférais ne pas le contrarier. À voix très basse, je dis : « J'ai effectué une guérison d'Art, mais je ne la maîtrisais pas. Il faut que je m'assoie.

— Bien sûr », fit Ambre, et Lant tira une chaise pour moi. Je m'y laissai tomber en me demandant ce qui s'était passé.

« On dirait que vous en auriez bien besoin. » Reyn tenait mon verre à la main et y versait une solide rasade d'eau-de-vie ; il le posa devant moi, et je le remerciai en bafouillant. J'avais l'impression d'être tombé dans un fleuve puissant et profond dont le flot m'avait roulé en tous sens, puis d'avoir été ramené sur la rive. Il bondissait toujours, insupportablement près de moi, et m'envahissait d'un plaisir qui dépassait tout désir que j'eusse jamais éprouvé. *Ramène-moi*, m'avait demandé Vérité un jour ; mais il n'y avait personne à proximité pour m'aider, moi, et je ne savais même pas si je voulais du secours ou si je préférais lâcher prise. Le courant d'Art m'attirait, plein de puissance et de plaisir ; pourquoi refuser ? Je dressai mes murailles comme si j'édifiais une digue de boue pour contenir une inondation. Tenais-je vraiment à me couper de la magie ? Le Fou, ou Ambre, se tenait derrière moi ; je sentis des mains se poser sur mes épaules et me stabiliser. J'inspirai longuement, et mes murs résistèrent. Je m'écartai de la tentation.

Malta revint avec de fins gâteaux jaunes sur un plat ; deux serviteurs la suivaient pour apporter une volaille rôtie et une montagne des raves orange foncé que nous avions déjà eues au dîner. Les yeux du jeune homme brillèrent, et il s'assit précipitamment à table tandis que son père éclatait de rire. Sans attendre, il prit une des pâtisseries jaunes et y mordit à pleines dents ; elle était craquante, et il la dévora avec un plaisir non dissimulé, alors qu'un des domestiques, radieux, lui servait une grosse tranche de viande sur une assiette, accompagnée d'une solide portion de légumes. La bouche pleine, Phron me dit : « Il y a plus d'un an que je ne peux plus manger sans difficulté, tant ma gorge s'est rétrécie ; ça me brûlait quand j'avalais. Je ne pouvais me nourrir que de soupe claire.

— Vous aviez… Chez un dragon, ç'aurait été normal. Ils grossissaient comme si… » J'étais très gêné. Je savais que j'avais observé la même chose dans la gueule ouverte du dragon vert. « C'étaient des sacs à poison, je pense ; ils poussaient dans votre gorge.

— Qu'avez-vous fait ? Et comment ? » Malta me regardait avec stupeur ; une stupeur mêlée de peur.

Dans mon dos, Ambre répondit : « Le prince FitzChevalerie possède la magie héréditaire de la lignée Loinvoyant, du sang royal : il est doué du pouvoir de guérison.

— Par moments ! enchaînai-je précipitamment. Par moments seulement. » À tâtons, je trouvai le verre d'alcool ; j'avais la main assez ferme pour le prendre, et je bus une gorgée d'eau-de-vie.

Reyn déclara d'une voix lente : « Je crois que tout le monde devrait s'asseoir ; j'aimerais entendre ce que dame Ambre a à nous dire, apprendre pourquoi elle est venue ici, et comment. »

L'intéressée crispa les doigts sur mes épaules pour m'intimer le silence, comme Molly quand elle jugeait que j'allais payer trop cher un article au marché. « Je serai ravie de tout vous raconter », dit-elle, et je la laissai faire avec bonheur ; je fus soulagé aussi quand elle me lâcha et que nous reprîmes tous place autour de la table. Lant avait retrouvé son siège et observait un mutisme étonnant.

Le Fou raconta son histoire par la voix d'une femme solide et pragmatique. Elle commença par révéler qu'elle et moi étions amis depuis fort longtemps.

« Je m'en doutais, fit Malta d'un air entendu. Quand je l'ai vu, j'ai eu l'impression de le connaître déjà. » Elle me sourit comme s'il s'agissait d'une plaisanterie entre nous ; je lui rendis la pareille sans comprendre.

Le récit d'Ambre effleurait la vérité, s'y faufilait et bondissait entre invention et réalité. Elle s'était rendue à Castelcerf, où elle s'était follement amusée avec le torrent d'argent que Jek lui faisait parvenir de Terrilville – trop amusée, avec trop d'alcool fin (elle s'interrompit le temps de boire une gorgée de Bord-des-Sables doré) et trop de jeux de hasard où ni les cartes, ni les dés ni les baguettes n'étaient en sa faveur. Elle avait perdu sa fortune et décidé de retourner dans son pays d'origine pour revoir sa famille et ses amis, mais c'étaient de vieux ennemis qu'elle avait trouvés : ils s'étaient emparés de sa demeure ancestrale et avaient fait du mal à ses proches ; ils l'avaient capturée et torturée. Ils lui avaient crevé les yeux, mais ce n'était ni la moindre ni la pire des souffrances qu'ils lui avaient infligées. Elle leur avait échappé quand l'occasion s'était présentée, et elle était revenue auprès de moi, moi qui pouvais la venger et l'aider à libérer les autres prisonniers, FitzChevalerie Loinvoyant, aussi doué pour tuer que pour guérir.

Le récit captivait tout le monde, y compris Lant, et je me rendis compte que cette histoire, bien que déformant la réalité, lui présentait des faits qu'il ignorait jusque-là. Phron me regardait à présent avec l'air admiratif d'un adolescent ; Reyn, le coude sur la table, se tenait le menton au creux de la main, les doigts déployés sur la bouche. Je n'eusse su dire ce qu'il pensait, mais Malta, elle, hochait la tête et acceptait sans discuter le rôle que me prêtait Ambre. Je demeurais impassible mais je regrettais que cette dernière mît tant d'extravagance à me louer.

C'est donc avec consternation que j'entendis Malta déclarer, quand le Fou s'interrompit pour boire une nouvelle gorgée d'alcool : « Il y a d'autres enfants. » Elle me regarda dans les yeux. « Pas beaucoup ; les enfants qui naissent à Kelsingra sont peu nombreux, et plus rares encore ceux qui survivent. Si vous pouviez faire pour eux ce que vous avez fait pour Phron, vous pourriez nous demander quasiment ce que…

— C'est un invité, Malta ! » s'exclama son époux.

Elle ne le laissa pas aller plus loin. « Et, eux, ce sont des enfants qui souffrent tous les jours, et leurs parents avec eux. Comment pourrais-je ne pas lui demander ce service ?

— Je comprends, dis-je vivement avant que le Fou pût reprendre la parole. Mais je ne peux rien vous promettre. Ce qu'Ambre appelle une guérison s'apparente plutôt à… à un ajustement, qui peut n'être pas définitif ; je ne pourrai peut-être rien pour les autres enfants.

— Il nous faut... » fit Ambre, mais je la coupai sans ménagement.

« Il ne nous faut rien en contrepartie. Des enfants ne sont pas une monnaie d'échange. »

Ambre reprit avec calme : « Il nous faut mettre de côté tout marchandage et toute demande de notre part tant que FitzChevalerie n'a pas fait ce qu'il peut pour les enfants. » Elle tourna son regard aveugle vers moi. « Cela va sans dire. »

Mais, en le disant, elle soulignait que nous eussions pu nous en abstenir. J'essayai d'observer la réaction de Malta sans en avoir l'air : elle hochait lentement la tête, puis elle échangea un regard indéchiffrable avec Reyn. Phron dévorait toujours ; sans réfléchir, je le mis en garde : « Moins vite ; laissez à votre organisme le temps de s'adapter à votre changement de régime. »

Il s'arrêta, la fourchette à mi-chemin de la bouche. « Mais je meurs de faim depuis si longtemps ! » dit-il.

J'acquiesçai. « Mais, depuis si longtemps que vous ayez faim, votre estomac n'a qu'un volume limité.

— Il a parfaitement raison, croyez-moi », renchérit Ambre d'un ton de regret.

Je jetai un regard à ses parents en prenant soudain conscience que je m'étais adressé à leur fils comme si c'était le mien. Malta avait l'air à la fois aux abois et suppliante ; Reyn baissait les yeux comme s'il avait honte d'espérer.

Je pris sur moi ; ne savais-je pas moi aussi ce que c'était d'avoir un enfant victime d'un problème déroutant ? N'avais-je pas éprouvé la douleur d'un père prêt à payer n'importe quel prix pour améliorer la vie de son enfant ? « J'ignore si je pourrai tous les aider, ou même seulement un seul, mais je veux bien essayer », dis-je en m'efforçant d'empêcher ma voix de trembler. Ce n'était pas seulement l'incertitude quant à mes capacités qui m'inquiétait, c'était surtout le fait que l'Art se comportait étrangement en moi ; était-ce la magie elle-même qui était plus forte ou plus concentrée ici, à Kelsingra, ou bien cela venait-il de moi ? La limite entre le courant d'Art et moi s'amenuisait-elle ? J'avais touché Phron, un garçon que je ne connaissais pas, et je l'avais guéri sans plus d'effort que Lourd. Non, pas guéri : ajusté, alors que j'ignorais tout de l'organisation interne d'un jeune Ancien. Je regrettai tout à coup ma décision : et si, la prochaine fois, je ne corrigeais pas l'anomalie d'un enfant mais la provoquais ? Que serait-il advenu de nous si Phron était mort en suffoquant à mes pieds ?

« Je voudrais achever mon récit », reprit Ambre à mi-voix. Je la regardai, bouche bée : le Fou ne parlait jamais de lui de son plein gré ; Ambre était-elle à ce point différente de lui ?

« Vous n'aviez pas fini ? » Malta n'en croyait pas ses oreilles.

« Ce sera rapide, et il vaut peut-être mieux, de toute manière, pour vous et pour FitzChevalerie, que je m'en tienne à un simple résumé. Les gens qui m'avaient emprisonnée, torturée et privée de mes yeux savaient que j'irais chercher du secours auprès de mon vieil ami. » Elle s'interrompit, et mon estomac se noua : le Fou se fut tu. Ambre poursuivit : « Ils ont attiré FitzChevalerie loin de chez lui, et ils ont attaqué son domaine avec une troupe de mercenaires chalcédiens, conduite par un homme dont le nom vous dira peut-être quelque chose ; il se faisait appeler duc Ellik. »

J'entendis Reyn grincer des dents ; Malta avait blêmi sous ses écailles ; le contour rouge vif de chacune d'elles sur la pâleur de son teint donnait un effet splendide et effrayant à la fois. Ambre ne se rendait-elle pas compte des réactions qu'elle avait suscitées ?

Elle reprit : « Ils ont défoncé les portes, incendié les écuries, tué, violé et pillé – et ils ont enlevé sa fille, une enfant de neuf ans ; ils ont aussi enlevé sa grande cousine, dame Pépite. Elle a réussi à leur échapper, non sans dégâts, mais vivante ; en revanche, la petite Abeille, la fille de FitzChevalerie, plus précieuse que tout au monde pour nous deux, ils l'ont tuée. »

Elle avait exposé les faits bruts. J'eusse dû être immunisé contre cette douleur, avoir dépassé le stade où elle déchaînait ma fureur, me donnait envie de pleurer et de frapper tous ceux qui m'entouraient ; je m'aperçus que j'avais les doigts crispés sur le bord de la table, les yeux baissés, et que je m'efforçais de me maîtriser alors qu'une tempête faisait rage en moi et autour de moi.

« Tuée… répéta la reine Malta d'une voix défaillante.

— Elle a disparu à jamais », confirma Ambre.

Reyn remplit mon petit verre bleu de Bord-des-Sables doré et le poussa délicatement vers moi. Cela n'arrangerait rien, mais je tâchai de lui être reconnaissant de son geste. Mieux vaudrait m'abstenir de boire encore : j'avais déjà trop bu, trop vite. Je plongeai le regard au fond du verre, fis tournoyer l'alcool, et pensai à Vérité ; combien de fois ne l'avais-je pas vu faire le même geste ? Que voyait-il alors ?

Rien, Fitz ; rien du tout. Avale ton courage artificiel et va de l'avant ; c'est la seule direction qu'on puisse suivre.

Je levai les yeux, l'oreille tendue. Mon imagination me jouait des tours. Je pris le verre et le vidai d'une lampée.

« Les enfants ne sont pas une monnaie d'échange, en effet », dit Reyn. Il regarda sa reine. « Mais j'ignore comment vous faire comprendre combien nous vous sommes reconnaissants. » Il s'interrompit puis reprit, mal à l'aise : « Ni l'espoir fou que j'ai à présent pour les autres enfants. Je sais que c'est beaucoup demander, mais, si vous le voulez bien, permettez-moi d'appeler les parents et de leur parler ce soir, pour leur annoncer que vous pouvez peut-être les aider. Et demain… » Il n'acheva pas sa phrase.

À ma grande surprise, j'éprouvai un brusque enthousiasme à cette perspective. « Je ne peux rien vous promettre », dis-je.

Ambre déclara soudain : « Il devra se reposer avant toute nouvelle tentative ; ces guérisons l'épuisent d'une façon difficile à expliquer. » Elle se tut puis avertit Reyn avec aplomb : « Et, quand vous parlerez aux parents, soyez franc, messire : dites-leur qu'il y a aussi un risque, qui n'est pas seulement que FitzChevalerie ne puisse rien pour leurs enfants ; l'opération peut avoir un lourd impact sur les patients. J'en parle en connaissance de cause ! Qu'ils réfléchissent bien avant de prendre leur décision.

— N'oublions pas le général Kanaï ; ça ne lui plaira pas, fit Malta d'un ton anxieux.

— Il n'y a pas grand-chose qui lui plaise, répliqua Reyn avec un rire sans humour. Et quelques-uns des dragons seront peut-être intéressés ; ils ne sont pas nombreux ici actuellement : la plupart sont partis pour des contrées plus chaudes le temps d'une saison, d'une année ou d'une décennie. Ils ne mesurent pas le temps comme nous.

— Ils ne pensent pas aux enfants qui peuvent avoir besoin d'être façonnés ou guidés dans leurs changements. » Il y avait de l'aigreur dans la voix de Malta. « Ceux qui négligent leurs jeunes Anciens exprimeront des regrets de pure forme, naturellement. »

Je ne percevais pas toute l'étendue de ce que j'entendais, mais l'idée de me reposer et de rester seul quelque temps me séduisait plus que tout, et ma fatigue devait être visible, car Malta ajouta : « Je crois qu'on a préparé des chambres confortables pour vous et vos jeunes serviteurs ; je veillerai à ce que vous passiez une bonne nuit avec de beaux rêves. » Elle croisa le regard de son époux, qui hocha la tête ; elle reprit alors ; « Je vous le promets, je préviendrai les parents de ne pas espérer trop, et je leur donnerai la nuit pour décider posément de vous laisser essayer – ou non. »

Ambre acquiesça à ma place. « Le prince FitzChevalerie n'a pas une capacité de guérison illimitée ; il n'a pas réussi à me rendre la vue, mais il a réparé beaucoup de mes anomalies. »

Malta inclina la tête. « J'ai eu de la peine quand j'ai vu que vous étiez privée de vos yeux et qu'on vous avait torturée. Vous nous avez exposé ce qui vous est arrivé, mais non pourquoi vous avez l'aspect d'un Ancien. Je sais que vous avez eu à faire avec Tintaglia il y a quelques années ; je suppose que c'est elle qui a initié vos changements. »

Je regrettai qu'Ambre ne pût voir l'expression de la reine : elle redoutait de ne pas entendre la réponse qu'elle attendait ; mais Ambre savait esquiver une question avec autant de légèreté que le Fou. « Nous nous sommes croisées, en effet ; c'était il y a bien longtemps, et elle était plus encline à l'époque à honorer ses dettes envers les simples humains. Elle a persuadé les bonnes gens de Trehaug de me fournir ce qu'il fallait pour une expédition.

— J'en ai un vague souvenir, oui », dit Malta. Puis, comme si le récit l'avait soulagée et qu'elle se rappelât ses devoirs d'hôtesse, elle ajouta : « Si vous voulez bien m'excuser, j'aimerais vous faire envoyer une petite douceur.

— Et je dois m'en aller aussi, enchaîna Reyn. Je vous en prie, faites comme chez vous. »

Ils sortirent ensemble, Malta la main sur le bras de son époux ; Phron les suivit d'un pas vif en emportant les derniers gâteaux. À la porte, il s'arrêta, se retourna et s'inclina avec une grâce surprenante pour quelqu'un qui tient une assiette entre les mains ; je ne pus m'empêcher de sourire, puis la porte se referma sur eux.

Nous restâmes un moment silencieux, chacun occupé par ses propres soucis. Enfin, Ambre demanda d'une voix douce : « Mais pourquoi as-tu fait ça, Fitz ? Pourquoi tenter une guérison tout seul, et sur un garçon que tu connais à peine ? » Elle se laissa aller contre le dossier de son fauteuil et tapota ses accoudoirs. « Quand j'ai compris ce qui se passait, j'ai été terrifiée.

— Il a pris ma main et… ça s'est produit comme ça ; l'Art nous a reliés, et je ne crois pas que j'aurais pu me retenir d'opérer ces rectifications.

— Ça a l'air dangereux », intervint Lant, et Ambre réprima un éclat de rire.

À cet instant, une servante entra avec un plateau sur lequel était posée une grosse théière en argent entourée de petites tasses blanches ; Braise et Persévérance la suivaient. Elle servit à chacun de nous une petite dose d'un liquide noir et fumant. « Un cadeau du roi et de la reine : de la tisane de bonrepos. » Elle nous souhaita bonne nuit et ressortit.

Je pris une tasse et la reniflai, puis je la passai à Ambre. « Tu connais cette odeur ? On dirait de la tisane très noire et un peu épaisse. »

Elle huma le breuvage puis le goûta délicatement. « J'en ai déjà bu à Terrilville. C'est du bonrepos ; c'est censé donner un sommeil profond et des rêves très agréables, et faire oublier les soucis. C'est un produit très onéreux, et un compliment pour qui s'en voit offrir.

— C’est vrai, déclara vivement Persévérance. La servante qui nous a amenés était ahurie quand on lui a dit d’en préparer pour vous. La tisane vient tout droit de Jamaillia ; c’est un présent du Gouverneur lui-même au roi et à la reine ! « C’est comme boire de l’or », a dit la servante.

— J’apprécierais de bien dormir, murmura Lant, et de faire de beaux rêves, pour changer. » Il but une gorgée de tisane sous nos yeux curieux. Il se passa la langue sur les lèvres. « C’est bon ; un peu amer au début, puis ça devient sucré. »

Ambre buvait elle aussi ; elle s’interrompit comme si elle avait senti mon regard sur elle. « Tu n’as rien à craindre, dit-elle à mi-voix. Les Marchands sont durs en affaires, mais le poison ne fait pas partie de leur éthique ; et je ne pense pas que Reyn ni Malta voudraient attenter à la vie de celui qui a sauvé leur fils et qui, espèrent-ils, sauvera les enfants de Kelsingra. »

Braise avait suivi tous ses gestes. Sans hésitation, elle porta sa tasse à ses lèvres. « Ça me plaît ! proclama-t-elle, et elle avala une nouvelle gorgée.

— Tu ne bois pas, n’est-ce pas ? » De l’autre côté de la table, Ambre m’adressa un sourire légèrement provocateur.

« Je suis un homme prudent, répondis-je.

— Fitz, il y a un temps pour être prudent et un temps pour essayer quelque chose de nouveau ; quelque chose qui pourrait te procurer une bonne nuit de sommeil. » J’ignore comment elle perçut mon hésitation. « Songe aux règles de l’hospitalité, reprit-elle. Ne refuse pas un présent aussi gracieux. Ce n’est rien d’autre qu’une tisane reposante, je te le promets, moins délétère que le carrymé. La courtoisie exige que nous la savourions. » Elle leva sa petite tasse et but une gorgée.

Persévérance m'observait ; je haussai les épaules et bus à mon tour. L'amertume suivie du goût sucré était agréable. L'adolescent me regarda faire puis il vida lentement sa tasse. « Bois, Fitz, dit Ambre avec la voix du Fou. Fie-toi à mon jugement ; ça ne te fera pas de mal et ça pourrait te faire beaucoup de bien. »

J'obéis. Quand deux autres servantes vinrent nous conduire à nos chambres, j'éprouvais déjà une agréable lassitude ; ce n'était pas la sensation pesante d'une drogue, mais une somnolence qui augurait d'un endormissement facile.

Les deux domestiques n'étaient pas Anciennes mais portaient des vêtements aux couleurs vives semblables à ceux de Malta ; l'une était en rouge, l'autre en bleu. Ambre me prit le bras et nous suivîmes la deuxième ; Lant nous accompagna, Braise et Persévérance derrière lui. La jeune fille engagea la conversation avec la servante en rouge : à l'évidence, ils avaient dîné ensemble. « Je traverserai le fleuve demain, dit une des filles à Braise, reprenant apparemment une discussion précédente. Je me suis décidée ce soir : les chuchotements sont devenus trop forts, je ne les supporte plus. Ça paraît ridicule maintenant, mais j'espérais un jour être choisie et changée par un dragon. » Elle secoua la tête. « Je n'en peux plus ; les murs me parlent toute la journée dans la rue, et, la nuit, même dans les maisons silencieuses, mes rêves ne m'appartiennent pas. Je vais tenter ma chance sur l'autre rive, même si je dois regretter les lumières de la cité, et la chaleur et le confort de ces bâtiments. Les ouvriers ont passé tout l'hiver à déblayer la terre ; au printemps, nous la retournerons et nous la planterons, et peut-être que cette fois les récoltes seront bonnes. »

Elle s'arrêta à la porte et se tourna vers Lant. « Ma maîtresse espère que vous trouverez à votre goût les chambres mises à votre disposition ; dans le cas contraire, vous n'aurez qu'à sonner, et quelqu'un viendra l'arranger. Ah, et, pour sonner, il vous suffit de toucher l'image d'une fleur près de la porte. » Elle ouvrit le battant et s'inclina. « Cette chambre a été préparée pour sire Lant ; Persévérance nous a désigné les paquetages à y apporter. Vous constaterez que la couche s'adapte à votre corps ; l'eau de la carafe à motif de poissons reste chaude, et un bain se remplira tout seul pour vous. Je vous préviens pour que vous ne vous en effrayiez pas. » Lant l'écouta gravement, hocha la tête, parfaitement impassible, nous souhaita bonne nuit et entra dans la pièce. Il ne tarderait sans doute pas à dormir.

La jeune fille nous regarda avec un sourire. « Vos chambres sont au bout du couloir. » Elle nous y mena tandis que je ressentais de plus en plus les effets du soporifique ; la lassitude que je refoulais depuis si longtemps montait en moi comme une marée inéluctable ; toutefois, ce n'était pas l'épuisement douloureux dont j'avais l'habitude mais seulement l'approche délicate d'un sommeil apaisé. La servante s'arrêta devant une porte un peu plus imposante que celle de Lant ; ce n'était pas du bois ni de la pierre, mais le matériau inconnu était gravé de lignes tordues et enchevêtrées semblables à celles de l'écorce d'un arbre noueux ; il m'évoquait de l'ivoire en plus foncé. « Vos appartements, dit la jeune d'une voix douce. À votre réveil, touchez l'image de l'arbre près de la porte, et on vous apportera votre petit déjeuner.

— Merci », répondis-je. Elle posa la paume sur la porte qui pivota sans bruit. J'entrai et me retrouvai dans un salon ; mon sac de fortune paraissait pitoyablement déplacé sur la table délicatement sculptée au milieu de la pièce. Le sol était couvert de centaines de petits carreaux triangulaires, et les murs peints donnaient l'illusion que nous étions en pleine forêt ; l'air sentait les sous-bois en été. Au-delà du salon, je vis une salle avec un vaste lit et, derrière, un spectacle qui me laissa incrédule : un bassin deux fois plus grand que le lit se remplissait d'une eau fumante parfumée aux herbes de la forêt. Sur une table proche étaient posés des serviettes épaisses, des pots ventrus pleins de savon, des brocs remplis d'huiles, et plusieurs robes Anciennes aux teintes vives.

J'entendis la porte se refermer derrière moi, et je me dirigeai vers la vasque tout en me déshabillant ; je m'assis par terre comme un enfant pour retirer mes bottes, puis me relevai pour laisser tomber mon pantalon. Au bord de l'eau, je n'hésitai pas : le fond descendait en pente douce, et je m'y engageai pour aller m'asseoir au plus profond du bassin, avec de l'eau jusqu'à mon menton râpeux. Peu à peu, la chaleur s'insinua en moi, et je sentis mes muscles se détendre ; je me laissai aller en arrière tandis que le niveau me soulevait en montant et me faisait flotter. Lentement, je pris de l'eau entre mes mains, me lavai le visage, puis je plongeai la tête sous l'eau et frottai mes cheveux pour les débarrasser de la sueur saline qui les collait. Quand je me redressai, le Fou se tenait au bord du bassin.

« C'est profond ?

— Ça ne dépasse pas la tête. » Je me trempai à nouveau entièrement et me relevai ; l'eau ruisselait de mes cheveux sur mon dos. Avais-je jamais connu un bain chaud aussi agréable ? La sensation m'empêchait de réfléchir. « Pourquoi n'es-tu pas dans ta chambre ?

— Je suis dans ma chambre. Braise et moi sommes déjà venus ici, et mes affaires sont déjà rangées dans le placard. Quand les domestiques ont demandé à Braise et à Persévérance qui tu étais, ils ont répondu que tu étais mon protecteur ; du coup, ils ne nous ont pas séparés.

— Ah ! » Je m'allongeai de nouveau dans l'eau et me frottai le visage. J'avais dû avoir l'air débraillé devant le roi et la reine des Anciens ; je n'y avais pas songé, et je m'aperçus que je me moquais de ce qu'ils pensaient de moi. Je repoussai ma tignasse mouillée en arrière, me redressai et secouai la tête ; j'avais tout à coup envie de dormir, et le large lit m'attirait. « Je vais me coucher. Si tu te baignes, ne te noie pas. »

Je remontai la pente douce et sortis ; je pris une serviette sur la pile mais c'est à peine si j'eus le courage de me sécher avant de me mettre au lit.

« Dors bien, Fitz », dit le Fou. Et c'était bien le Fou.

« La tisane… Je peux enfin dormir, Fou ; je peux me défaire de tous mes soucis, de toutes mes inquiétudes. Elles ne résolvent rien, je le sais – enfin, je le sais mais en même temps j'en souffre ; j'ai le sentiment que, si je ne pense pas à tout ce qui fait mal, à toutes les erreurs que j'ai commises, c'est que je n'y attache pas vraiment d'importance. Me tourmenter parce qu'Abeille est morte ne la fera pas revenir ; pourquoi dois-je y songer sans cesse ? » Le lit était large et parfaitement plat, sans oreillers, ni couvertures ni draps. Je m'assis dessus, ma serviette sur les épaules ; la surface était ferme et tiède ; très lentement, elle céda sous mon poids, et je m'allongeai. « Molly est morte, Abeille a disparu, je ne sens plus la présence d'Œil-de-Nuit. Je dois accepter tous ces faits et poursuivre mon chemin. Peut-être. À moins que tu n'aies raison : je dois aller tuer tous les Serviteurs. Je n'ai rien de mieux à faire des années qui me restent ; alors pourquoi pas ? » Je fermai les yeux. Quand je repris la parole, je sentis que j'articulais mal, et je dus faire un effort pour ne pas perdre le fil de ce que je voulais dire. « Je suis comme toi maintenant : je suis au-delà de la fin de ma vie, là où je ne m'attendais pas à me retrouver. »

Il répondit d'un ton bienveillant : « Ne résiste pas, Fitz ; ne pose pas de questions. Le temps d'une nuit, abandonne-toi. »

J'obéis. Je m'abîmai dans le sommeil.

18

Héros et voleurs

La divination est une magie qui n'inspire guère de respect, et pourtant, à l'usage, je me suis aperçu que c'est un petit talent bien utile. Certains se servent d'une boule de cristal lustrée ; c'est très bien pour qui peut s'offrir ce genre d'objet, mais, pour un garçon né sur un misérable arpent de terre qui méritait à peine le titre de ferme, un seau avec un peu d'eau au fond pour refléter le ciel suffisait. C'était mon passe-temps quand j'étais enfant ; dans une existence où régnaient les corvées et l'ennui, plonger le regard dans un seau et m'émerveiller de ce que j'y voyais représentait une distraction fascinante. Mon beau-père me traitait de fou quand il m'y prenait, et je fus sidéré de m'apercevoir que ni lui ni ma mère ne voyaient dans l'eau rien d'extraordinaire alors que je surveillais un garçon semblable à moi mais plus jeune qui grandissait dans un château.

Mes débuts, Umbre Tombétoile

Je me réveillai. J'étais allongé dans la pénombre ; je ne me rappelais pas avoir rêvé, et pourtant des mots résonnaient encore à mes oreilles. *Vérité dit que tu renonçais trop vite à espérer et que tu avais toujours été ainsi.*

La voix d'Abeille ? Si ce message était le beau rêve que la tisane Ancienne m'avait promis, c'était une déformation navrante de son effet réel. Je regardai le plafond gris sombre ; on l'avait laborieusement piqueté d'étoiles peintes. Alors que je le contemplais, les yeux mi-clos, la nuit devint d'un bleu presque noir ; je battis des paupières. Les yeux au ciel, j'avais bien chaud, emmitouflé de douceur. Je sentais une odeur de sous-bois. Quelqu'un dormait à côté de moi.

Je levai la tête puis me tournai : le Fou, et rien que le Fou ; dans le sommeil, avec ses étranges yeux aveugles dissimulés sous ses paupières, je retrouvais les contours du visage de sire Doré avec le teint de mon ami d'enfance ; mais, alors que le plafond poursuivait son imitation de l'aube, je commençai à distinguer les fines écailles le long de ses sourcils. Le phénomène s'étendrait-il jusqu'à ce qu'il eût tout à fait l'apparence d'un Ancien, ou bien l'effet du sang de dragon avait-il atteint son terme ? Le Fou portait une robe Ancienne blanche ou argentée – c'était difficile à dire dans la maigre lumière de l'aurore ; sa main nue tenait l'autre, gantée, contre sa poitrine comme pour la tenir captive alors qu'il dormait. Le menton posé près de ses mains, il plissait le front, et il avait ramené les genoux contre le ventre comme pour se protéger d'un coup de pied ; ceux qui ont connu la torture mettent longtemps avant de pouvoir dormir de façon détendue. Son corps ainsi ramassé sur lui-même m'évoquait trop la posture dans laquelle je l'avais découvert mort frigorifié dans les salles de glaces de la Femme pâle. Je l'observai jusqu'à ce que je fusse certain qu'il respirait. C'était ridicule : il allait parfaitement bien.

Je m'écartai doucement de lui pour m'asseoir au bord du lit, puis je me levai lentement. Je me sentais reposé, sans courbatures, et je n'avais ni trop chaud ni trop froid. Je parcourus la pièce des yeux : la magie des Anciens était partout, et pourtant, avec quelle facilité je l'avais acceptée la veille ! Avec quelle complaisance j'avais baissé ma garde ! « Bonrepos », fis-je tout bas.

Je laissai le Fou à ses rêves et me rendis dans la pièce voisine. Le bassin s'était vidé, et mes vêtements gisaient là où je les avais laissés tomber, une botte debout, l'autre couchée ; je ramassai lentement mes affaires tout en m'efforçant de m'éclaircir les idées ; je me sentais bizarre. Avec mes habits, je ramassais mes soucis l'un après l'autre. Même ivre, je ne m'étais jamais conduit de façon aussi égoïste que la veille. Je trouvai un change plus propre dans mon sac, l'enfilai, et rangeai mes vêtements sales. L'eau du broc était tiède ; il y avait un miroir accompagné de brosses ; je m'en servis pour contraindre mes cheveux en queue de guerrier, puis je décidai qu'il serait plus facile de laisser ma barbe pousser plutôt que de me raser. Je m'examinai dans la glace : j'avais le poil grisonnant. Tant pis.

« Fitz ?

— Je suis là, debout et habillé.

— Je… j'ai rêvé.

— Tu m'as dit que cette tisane servait à ça : à donner de beaux rêves. »

Je me retournai et le vis assis dans le lit. La robe Ancienne était argentée ; elle m'évoqua une cotte en mailles très fines, ou des écailles de poisson.

« Je nous ai vus tous les deux ici, en train de nous promener dans la cité en bavardant et en riant, mais il y a très longtemps, à une époque de dragons où la ville était intacte et resplendissante. » Il s'interrompit, la bouche entrouverte, puis il reprit à mi-voix : « L'air sentait les fleurs ; c'était comme ça la première fois, sur la place du marché dans les Montagnes.

— Nous sommes précisément au cœur d'une cité Ancienne dont les bâtiments sont imprégnés d'Art et de souvenirs ; pas étonnant que tu aies fait ce rêve.

— C'était un songe très agréable », murmura-t-il. Il se leva et se dirigea vers moi à tâtons.

« Attends, je viens te chercher. » Je me rendis à ses côtés et, lui prenant la main, la posai sur mon bras.

« Je regrette de t'avoir laissé te débrouiller seul hier soir.

— Ça a été.

— Ce n'était pas mon intention d'être aussi égoïste. » Pourtant quel plaisir j'avais éprouvé à ne penser qu'à moi et à personne d'autre ! Je me morigénai tout en le menant au broc de toilette.

« Ne t'excuse pas, dit-il. Le bonrepos a eu sur toi exactement l'effet que je pensais. »

Son sac était renversé et la garde-robe d'Ambre éparpillée par terre. « Veux-tu que je remette tes vêtements dans ton paquetage ? » lui demandai-je.

Il se lavait le visage d'une main ; il se redressa et, tendant la main, finit par trouver une serviette. « Douce Eda, non ! Je prierai Braise de s'en occuper. Tu n'as jamais eu aucun respect pour le tissu ni pour la dentelle ; ce n'est pas aujourd'hui que je te confierai les miens. » Il s'approcha de moi, les doigts voletant devant lui ; il toucha mon épaule, s'accroupit sur le sac ouvert et choisis des habits au contact, selon leur texture. Il s'interrompit une fois pour me montrer une jupe. « Est-elle bleue ou turquoise ?

— Bleue », répondis-je, et il la mit de côté. « As-tu faim ? Veux-tu que je fasse apporter à manger ?

— Oui, s'il te plaît », fit-il en secouant un chemisier blanc.

Il dut écouter le bruit de mes bottes sur les carreaux, car, alors que j'allais entrer dans le salon, il dit : « Peux-tu fermer la porte ? »

Je m'exécutai plus explorai la pièce ; le lourd mobilier en bois sombre devait venir de Terrilville ; enfin je trouvai une fleur de plante grimpante peinte sur un treillis qui encadrait la porte. Elle était légèrement en ressaut, et je la touchai ; les pétales virèrent du rose au rouge puis redevinrent roses. Je me reculai ; je n'avais rien entendu, nul sonnette au loin. Je me dirigeai vers la fenêtre et écarquillai les yeux, car le jardin en contrebas n'était qu'un foisonnement de fleurs ; l'eau jaillissait dans une fontaine, et un oiseau en cage sautait de perchoir en perchoir. Je m'approchai encore d'un pas, et la perspective changea ; malgré les mouvements de l'oiseau et les corolles qui dansaient dans la brise, il n'y avait pas de fenêtre. C'était encore un effet de la magie des Anciens.

Je tapai doucement à la porte de la chambre. « J'ai demandé un repas.

— Tu peux entrer », répondit la voix d'Ambre. Je la découvris assise devant le miroir qu'elle ne voyait pas, en train de passer une brosse dans ses cheveux ras et clairs puis de les aplatir de la main. Elle parut sentir mon regard sur elle. « Ça te gêne ? » fit-elle.

Je ne lui demandai pas de quoi elle parlait. « Curieusement, non. Tu es toi : Fou, sire Doré, Ambre et Bien-Aimé. Tu es toi, et nous nous connaissons autant que deux personnes peuvent se connaître.

— Bien-Aimé », dit-elle avec un sourire triste. Répétait-elle seulement le mot ou bien le Fou m'appelait-il par son propre nom ? Elle posa les mains sur la table, la gantée par-dessus la nue. « Fut un temps où tu aurais honni cette mascarade.

— C'est vrai. Mais les temps ont changé. »

Elle sourit et hocha la tête. Elle tourna la tête comme pour me regarder. « As-tu… Aimerais-tu être le Fitz que tu étais hier soir ? L'homme qui n'avait la responsabilité que de lui-même ? »

Je me retins de répondre trop vite. J'eusse pu accuser la tisane, ou prétendre ne rien me rappeler, alors que mes souvenirs étaient intacts ; le breuvage était peut-être en cause, mais le Fou avait raison : je m'étais dépouillé de tout et de tous pour ne penser qu'à moi. C'était un état auquel j'aspirais jadis : être libre de toute obligation envers la famille, de tout devoir envers le trône Loinvoyant ; je voulais ne faire que ce dont j'avais envie quand j'en avais envie, et, la nuit dernière, j'en avais eu un aperçu. J'ignorais comment le Fou s'était débrouillé dans ce logement inconnu, comment il avait fait sa toilette et trouvé les vêtements qu'il avait mis pour dormir ; je l'avais abandonné à ses maigres moyens.

« Je ne pense pas qu'il te plairait beaucoup, répondis-je, honteux.

— Au contraire ; pourquoi crois-tu que je t'aie incité à boire cette tisane. » Il me tendit lentement la main. « Veux-tu t'approcher, Fitz ? »

J'obéis. « Je suis là. »

Ses doigts gantés montèrent le long de mon ventre et finirent par trouver ma main ; il la prit et soupira. « Je m'en veux de ce que je t'inflige, de la vie que je t'oblige à mener. Je suis dépendant de toi, aujourd'hui plus que jamais, même si j'ai toujours eu besoin de mon Catalyseur pour accomplir quoi que ce soit. J'ai honte quand je songe à tous les dangers auxquels je t'ai exposé, aux chagrins que je t'ai causés, à tout ce que tu as perdu à cause de moi ; j'ai honte de savoir que tu es toujours là pour moi.

— Tout ce que j'ai perdu ? » Je ne comprenais pas. « Sans moi, Molly ne serait peut-être pas morte il y a tant d'années.

— Non : c'est moi qui serais mort. »

Il partit d'un rire semblable à un aboiement rauque. « Exact ; mais, contre toute attente, je me suis pris très tôt d'affection pour toi. Ah, la tête que tu as faite quand Subtil a fixé cette épingle sur la poitrine de ton pourpoint ! Tu lui avais donné ton cœur comme je lui avais donné le mien, et, pendant un bref instant, j'ai été dévoré de jalousie, parce que je te voulais rien que pour moi – pas seulement comme Catalyseur, mais comme ami.

— Nous sommes devenus amis.

— Et plus encore. Et c'est ce que les Serviteurs n'ont jamais compris avant que je te trahisse : que tu n'étais pas pour moi uniquement un Catalyseur. Pourtant, je ne mesurais pas moi-même toute la portée de cette proximité ; j'ignorais qu'un enfant qui serait le mien autant que le vôtre, à Molly et à toi, en serait le résultat. Un enfant qui nous serait donné parce que je m'étais servi de toi sans merci, et un enfant qui nous serait dérobé parce que je t'avais trahi.

— Cesse, Fou. Tu m'as donné autant que tu m'as pris. » L'expression de honte abjecte qui se peignait sur son visage me mettait mal à l'aise.

« Pas vraiment, Fitz ; pas vraiment.

— Tu m'as sauvé la vie, et à plusieurs reprises.

— Après l'avoir mise en danger, en général. Fitz, si tu sauves la vie d'un poulain parce que tu as l'intention de le monter plus tard au combat, ton geste est teinté d'une solide dose d'égoïsme. »

On frappa à la porte, et il me lâcha la main, mais je ne bougeai pas tout de suite ; il murmura : « Tu as passé une nuit sans te sentir d'obligations ; l'espace d'une nuit, tu as pu te décharger de ton chagrin ; l'espace d'une nuit, je t'ai libéré afin que tu ne penses qu'à toi. L'espace d'une nuit, tu as vécu comme la plupart des gens vivent tous les jours. Tu as connu un très bref répit. » Il me tapota la poitrine. « Tu devrais aller voir qui est à la porte. »

Quand j'ouvris, je vis Braise. « Je pensais que dame Ambre aurait peut-être besoin de mon aide », dit-elle, et Ambre l'appela aussitôt. La jeune fille me contourna vivement, refermant à demi la porte derrière elle, et, pendant quelques instants, j'écoutai une dame donner ses instructions à une femme de chambre. Quand une servante frappa à son tour, accompagnée d'une petite desserte, elles sortirent toutes deux de la chambre ; Braise avait mis du rouge sur les lèvres et sur les pommettes d'Ambre ; cela soulignait ses écailles pâles plus que cela ne les dissimulait, mais je ne dis rien.

« Je peux faire le service », fit la jeune fille, et la servante parut soulagée de s'en aller. Braise ôta les couvercles des plats et entreprit de remplir les tasses de tisane tandis que je m'installais avec Ambre devant un petit déjeuner simple : du gruau cuit avec des raisins, sucré au miel, du bacon et des pruneaux à l'étouffée.

« Braise, as-tu mangé ? » demandai-je ; elle eut l'air surprise.

« Naturellement ; il y a plusieurs heures, avec les domestiques. Ils nous ont réservé un excellent accueil ; tout le monde adore Ephron, et vous êtes le héros du jour.

— Héros », répétai-je à mi-voix. Très curieux.

« Le bacon a un goût étrange, intervint Ambre.

— C'est de l'ours, répondis-je. Du bacon d'ours. » Il y avait une feuille de papier bleu clair pliée en deux sur la desserte ; je l'ouvris et la parcourus rapidement. « J'ai un mot de la reine Malta ; elle demande que nous la rejoignions au rez-de-chaussée dès que nous aurons fini de nous restaurer. Les enfants nous y attendrons. » Je tâchai d'effacer toute trace d'inquiétude de ma voix.

« Tu feras ce que tu pourras, Fitz ; tu les as prévenus.

— Ça n'empêche pas la déception », répondis-je. Je me tournai vers Braise : « Sais-tu si Persévérance est réveillé ? Et si le roi et la reine ont aussi convoqué Lant ?

— Oui aux deux questions, messire. Un des jeunes serviteurs a proposé à Persévérance de lui faire visiter un peu la ville, et il a sauté sur l'occasion ; et je crois que Lant les a accompagnés. »

Je n'avais pas prévu cela. « Très bien », dis-je d'une voix défaillante. Fallait-il que j'eusse les idées embrouillées pour ne pas les avoir avertis de ne pas s'éloigner ! Mon émoi dut transparaître sur mon visage, car Braise déclara : « Ils ne craignent rien, j'en suis sûre, messire. Ce matin, les domestiques ne parlaient que de votre intervention sur le prince ; ils étaient très impressionnés et ils se mettaient en deux pour nous.

— J'aurais préféré un peu plus de prudence de la part de Lant et de Persévérance », grommelai-je. Ambre haussa délicatement les épaules.

Braise paraissait déjà savoir se diriger dans la salle d'accueil ; la main d'Ambre sur mon bras, je la suivis par un couloir que nous avions emprunté la veille. « Il n'y a aucune fenêtre, dis-je : rien que des peintures représentant des ouvertures avec des paysages qui bougent comme des vrais quand on s'arrête pour les contempler.

— J'aimerais tant les voir, fit Ambre de la voix triste du Fou.

— J'aimerais aussi que tu le puisses », dis-je, et sa main se crispa un instant sur mon bras.

Au rez-de-chaussée, un domestique vint à notre rencontre. « Par ici, je vous prie : le roi Reyn et la reine Malta vous attendent dans la salle de réception. »

Mais, quand nous arrivâmes à la porte, nous trouvâmes le général Kanaï adossé au mur, les bras croisés sur la poitrine. Maintenant que j'étais reposé et plus affûté, et aussi remis de mon trajet par le portail d'Art, il me sembla moins imposant, d'autant plus qu'il n'était accompagné d'aucun dragon. Ambre serra légèrement les doigts sur mon bras. « Qu'y a-t-il ?

— Général Kanaï, dis-je, quel plaisir de vous revoir dans des circonstances plus agréables !

— Vous escortez une voleuse. »

J'eus un sourire inexpressif. « Je ne comprends pas, messire. »

Son regard se porta sur Ambre, s'attarda un instant sur ses yeux puis revint sur moi. « Peut-être. Mais ça viendra. »

Il s'écarta du mur et se plaça devant la porte. Le domestique qui nous guidait eut un petit hoquet effrayé et s'éclipsa au petit trot ; inutile de compter sur son aide, donc. Je déplaçai mon poids légèrement vers l'avant ; Ambre le sentit et ôta sa main de mon bras pour me permettre de bouger librement si nécessaire.

« Je vais être clair, reprit le général : les femmes qui vous accompagnent rôdaient dans les rues de Kelsingra il y a quatre nuits à peine, et elles ont eu l'audace de pénétrer dans un quartier de notre ville interdit aux voyageurs. »

Quatre nuits. Quatre nuits ! Nous avions encore perdu du temps dans le portail… Je revins brusquement au présent. « Et elles auraient commis un larcin ? Qu'auraient-elles volé ? » Je tâchai de conserver un ton perplexe ; découvrir tous ces jours qui avaient disparu m'ébranlait plus que ses accusations.

Il s'apprêta à répondre mais referma soudain la bouche, ses écailles envahies tout à coup d'une vive coloration, et je perçus sa colère comme une onde d'Art sans destinataire ; quelque part, un dragon poussa un coup de trompe strident. Kanaï regarda d'air furieux Ambre dont les yeux aveugles exprimaient l'incompréhension. J'entendis des pas derrière moi et tournai la tête pour voir qui approchait : c'étaient deux Anciens en armure de combat semblable à celle du général ; l'un était petit et large, presque trapu, tandis que l'autre présentait la carrure haute et mince qui semblait la norme, et tous deux portaient une épée au fourreau ainsi que leur supérieur. Pour ma part, je n'avais pas pris d'arme, supposant que, comme au château de Castelcerf, on ne répondait pas armé à une convocation du roi ; la situation risquait de très mal tourner pour nous. Du coin de l'œil, je vis Braise se porter discrètement sur l'autre flanc d'Ambre. *Merci, Gantelée.* J'espérais qu'elle avait un poignard dans la botte.

« Arrêtez-les, dit Kanaï à ses hommes. Il faut les mettre en sûreté pour les interroger. »

Le Fou était excellent comédien, adepte depuis longtemps à dissimuler ses pensées et ses sentiments, mais la torture laisse de nombreuses fractures, et il eut un petit hoquet d'effroi avant de se figer sur place.

« S'il vous plaît, général, fis-je, nous sommes convoqués ce matin à une audience avec le roi et la reine. Braise, as-tu le billet que nous avons reçu ?

— Oui, monseigneur. Voici. »

Je ne m'étais pas retourné vers elle, mais j'entendis le bruissement de ses vêtements dans lesquels elle fouillait, et j'espérai qu'elle en profitait pour vérifier que les petits outils de notre métier étaient bien à portée de main. Jusqu'où Umbre avait-il poussé sa formation ? Et où Lant était-il ? L'avait-on déjà emmené sous bonne garde ?

Devant nous, la double porte s'ouvrit brusquement, et le général Kanaï dut s'écarter pour les éviter. « Nul billet n'est nécessaire quand je suis là pour accueillir mes hôtes. » Le roi Reyn se tenait dans l'encadrement, avec derrière lui le domestique qui s'était enfui et qui se tordait les mains. « Bienvenue ; veuillez entrer – et vous aussi, général Kanaï. N'avez-vous pas reçu mon invitation ? Je vois que Kase et Boxteur sont là : parfait. J'ai fait venir tous les gardiens, je crois. » Il reporta son attention sur moi. « Quatre enfants vous attendent ; comme je vous l'ai dit, il n'y en a pas beaucoup, mais ces quatre-là ont le plus besoin de vous.

— Monseigneur, ces gens sont dangereux, surtout cette femme. » Les soldats de Kanaï allèrent se former derrière lui ; Reyn eut un soupir.

« Général, cette « femme » est dame Ambre, que ma reine connaissait avant même notre guerre avec Chalcède ; elle était artisan à Terrilville à l'époque et possédait une boutique rue du désert des Pluies ; elle fabriquait des perles et des amulettes en bois. Plus tard, elle a servi à bord de Parangon et joué un rôle majeur dans la récupération du trésor d'Igrot ; les prêts généreux qu'elle a consentis sur sa part ont contribué à la reconstruction de Terrilville et à un nouveau départ pour les Tatoués à Trehaug. Vous la traiterez donc avec respect. »

Le regard noir de Kanaï était planté dans celui, autoritaire, de Reyn. Je perçus une lutte de pouvoir entre eux dans laquelle nous n'étions peut-être que des pions ; le général n'eût pas été le premier militaire à se croire plus apte à gouverner que son roi. Au bout d'un moment, il répondit : « Naturellement. » Son ton démentait ses paroles. À mi-voix, il ajouta : « On verra bien que j'ai raison », et il nous précéda dans la salle.

L'expression de Reyn ne changea pas. Il s'écarta pour laisser passer le général puis, d'un geste ample, nous invita à entrer. J'entendis un vif claquement de bottes et risquai un rapide coup d'œil derrière moi : Lant et Persévérance arrivaient à pas pressé, les joues rouges et souriant largement : manifestement, leur excursion dans les rues glaciales de Kelsingra leur avait plu. Je ne pus les empêcher de foncer dans le même piège que nous.

Je m'adressai à Ambre d'un ton calme : « Ah, voici sire Lant et le jeune Persévérance qui viennent nous rejoindre ; on dirait qu'ils ont passé une matinée passionnante.

— Oh, messire ! » L'enthousiasme coupait le souffle de l'adolescent autant que sa foulée. « La magie est partout ! Tout ce que j'ai vu aujourd'hui ! » Son sourire s'élargit. « Et Bigarrée va bien ! Je m'inquiétais pour elle, mais elle est venue se poser sur mon épaule ; elle n'a pas voulu rester parce que la cité la met mal à l'aise ; mais, messire, c'est merveilleux !

— Plus tard, lui dis-je d'un ton de mise en garde bienveillante. Reprends-toi et montre tes meilleures manières des Six-Duchés, mon garçon, comme Gantelée te les a apprises. » Ils me regardèrent d'un air surpris. Des chiots ; à peine plus que des chiots. Je ne pouvais les avertir plus explicitement, et ni l'un ni l'autre ne portait d'arme, du moins autant que je pusse m'en rendre compte. Pour ma part, j'avais deux dagues cachées sur moi ; j'espérais qu'on ne nous fouillerait pas.

Nous entrâmes, et les gardes de Kanaï nous emboîtèrent le pas. Le roi nous avait devancés et s'entretenait avec Malta pendant que le général se tenait non loin d'eux, sombre et incapable de tenir en place. Je balayai rapidement la salle des yeux : de part et d'autre, les murs étaient couverts de fausses fenêtres ; aucune possibilité d'évasion par là. Il n'y avait guère de monde : moins d'une vingtaine d'Anciens et à peu près autant de gens qui portaient les marques de changements opérés par des dragons, mais sans la beauté des Anciens. Le domestique qui nous avait escortés allait et venait à pas pressés, rassemblait d'autres serviteurs et les raccompagnait à la sortie. Je conduisis ma petite suite jusqu'au milieu de la salle. Malta avait déjà pris place dans un fauteuil à haut dossier sur une petite estrade ; elle me regarda avec un sourire à la fois hésitant et plein d'espoir ; à droite de Reyn, mais non sur la plateforme, Ephron occupait un siège moins imposant, et il nous adressait un sourire rayonnant. Dans l'assistance, un enfant toussa puis se mit à pleurer bruyamment, et j'entendis un père qui s'efforçait de le calmer. Tous se turent quand les portes se refermèrent avec un bruit sourd. Nous étions les seuls humains : tout autour de nous, des Anciens s'alignaient le long des murs et nous regardaient. Reyn se hâta de s'asseoir. C'était le début de notre accueil solennel à Kelsingra, et, pour avoir asisté à de nombreuses réceptions royales, je ne le jugeai pas particulièrement impressionnant.

« Je n'y vois pas », me rappela Ambre dans un chuchotement. Sur mon bras, sa main tremblait légèrement ; qu'imaginait-elle ? Une horde de gardes armés prêts à nous emmener dans une salle de torture ? Moi-même, je n'étais pas absolument sûr que nous échapperions à ce sort. Braise, qui l'avait entendue, se lança aussitôt dans une description rapide et à mi-voix des aîtres, et je lui en sus gré.

À ce que je considérais comme une distance respectueuse, je fis halte. « À présent, les marques de respect, soufflai-je à mes compagnons.

— Ne vous inclinez pas trop ; vous êtes un prince », me dit Lant. Conseil utile.

« Bienvenue à Kelsingra, déclara le roi Reyn. Mes amis et collègues marchands, devant nous se tiennent des émissaires du lointain royaume des Six-Duchés : le prince FitzChevalerie Loinvoyant et sire Lant ; ils sont accompagnés de dame Ambre, amie de certains d'entre vous et connue de réputation par les autres. Vous vous souviendrez que les prêts qu'elle nous a consentis ont été cruciaux pour relever Terrilville et installer les anciens esclaves à Trehaug. Le prince FitzChevalerie vient non seulement en tant que représentant, mais en tant que guérisseur. Hier soir, il a eu la bonté de se servir de son talent pour aider mon fils Ephron ; vous savez tous que Phron souffre durement d'une gêne respiratoire ; aujourd'hui, il respire, il parle, il mange et boit à nouveau sans aucune difficulté. Malta et moi en sommes reconnaissants.

— Et moi aussi ! » intervint Ephron avec un grand sourire. Son irrévérence provoqua quelques rires, et je sentis alors que nous assistions à la réunion d'une guilde marchande plus qu'à une réception royale.

« Roi Reyn et reine Malta, bonjour, répondis-je. Nous voici, comme vous nous y avez invités. J'ai été très heureux de pouvoir vous servir hier, et nous formons le vœu que les Six-Duchés et Kelsingra puissent conserver leurs relations commerciales et leur amitié inaltérable. » C'était une déclaration assez vague pour ne pas compromettre les éventuels traités que Devoir préparait, du moins l'espérais-je. « Les merveilles de votre cité nous laissent admiratifs. Quel magnifique et majestueux palais ! Je vois que d'autres Anciens sont aussi là, accompagnés de leurs enfants. » Je souris en parcourant l'assistance du regard. Le sens de dragon du Fou lui permettait-il de savoir combien ils étaient ?

Je m'interrompis pour reprendre mon souffle, et le général Kanaï en profita pour s'avancer. « Mes amis et collègues gardiens de dragons, je vous implore de vous méfier ; Malta et Reyn se fient trop à ces voyageurs, aveuglés par leur reconnaissance parentale. Ces individus ne sont pas des émissaires mais des espions et des voleurs ! »

Il ne m'avait pas échappé qu'il n'avait pas accordé aux souverains leurs titres royaux. La main d'Ambre se crispa sur mon bras ; je demeurai dignement inexpressif en me demandant si Reyn ou Malta allait nous défendre ou si je devais bricoler une riposte rapide.

Un grand Ancien aux écailles lavande et noir sortit de la foule ; il portait un petit garçon dans les bras. L'enfant devait avoir dans les trois ans, mais sa tête ballottait mollement comme celle d'un nouveau-né. Les yeux violets de l'homme paraissaient immenses dans son visage blême, et ils me regardaient entre deux lents clignements de paupières. Ses lèvres étaient noires ; ses traits n'exprimaient pas l'étonnement ni l'inquiétude, mais seulement la lassitude. « Assez de mots : je suis venu pour mon fils. Kanaï, ces gens peuvent bien avoir volé les dents du fond de Glasfeu, je m'en moque ; tout ce qui m'intéresse, c'est qu'on aide mon petit. » La femme à ses côtés était beaucoup plus humaine qu'Ancienne, mais elle portait néanmoins nettement les stigmates du contact avec les dragons : des excroissances semblables à celles d'un lézard-soleil ; elle avait les mains crispées sous le menton comme si elle priait, et une bande d'écailles argentées brillait dans la raie de sa chevelure noire.

« Nortel, je comprends ce que tu ressens…

— Non, Kanaï ! Tu ne comprends pas. Tu n'as pas d'enfant, et surtout pas un enfant qui meurt à petit feu ! Alors ne peux pas comprendre, et tu ne comprends pas. Nous n'avons pas besoin de vous ici, tout déguisés en soldats, ni de Kase ni de Boxteur. Vous devriez tous vous en aller.

— Hé là ! » Un des gardes était visiblement outré ; ses yeux de cuivre se mirent à étinceler, et la teinte de ses écailles bronze et orange s'aviva. « J'ai un gosse, moi ; je comprends. »

Nortel lui fit face. « Non, Kase, tu ne comprends pas. Skrim adore ta fille, et il ne se passe pas de jour sans que je la voie grimper sur sa queue ou s'asseoir sur une de ses pattes ; c'est à peine s'il s'est absenté une semaine depuis qu'elle est née. Mais mon dragon, Tinder, est parti alors que Maude était enceinte, et il n'est pas revenu ; il n'a jamais vu Rellik et ne l'a donc pas façonné. Nous ne pouvons plus attendre que mon dragon revienne et le modèle correctement.

— Je ne connais aucune monarchie qui fonctionne ainsi », murmura Ambre. Mais elle ne voyait pas ce que je voyais. Nortel s'approcha de moi ; son enfant, inerte dans ses bras, avait le regard éteint et ne s'intéressait pas à son sort. Maude le suivait, les mains plaquées sur la bouche. « Je vous en prie, messire, si vous pouvez secourir mon petit, faites-le. Faites-le vite, je vous en supplie. » D'un mouvement d'épaule, il écarta l'enfant et me le tendit ; la tête et les jambes du garçon pendaient mollement, et, par réflexe, je plaçai ma main sous sa nuque.

Je lançai un regard interrogateur à Reyn, mais c'était Malta qui hochait de la tête comme un automate, les mains nouées en un geste suppliant.

« Je ne peux pas faire de promesse… dis-je.

— Je n'en demande pas, répondit Nortel. Faites votre possible, car il s'affaiblit chaque jour un peu plus. Je vous en prie, aidez mon petit, et tout ce que j'ai sera à vous.

— La vie et le bien-être des enfants ne peuvent faire l'objet de marchandages, déclara Ambre bien haut. Il fera ce dont il est capable, mais cela pourra avoir aussi des effets néfastes sur le petit. C'est l'organisme qui se guérit lui-même ; le prince ne fait que guider le processus, et cela peut épuiser le malade. Je parle par expérience. »

Les parents n'hésitèrent pas. « Par pitié », dit Nortel. Je regardai les Anciens assemblés : certains tenaient des enfants dans leurs bras. Si j'échouais, que deviendrions-nous ? Je posai mon autre main sur le garçon que son père me présentait.

J'abaissai mes murailles.

L'Art m'engloutit comme si je m'étais plongé dans une déferlante ; il m'emplit, m'envahit puis me relia à l'enfant que je touchais. Je connus aussitôt ce petit, ce garçon Ancien, et je sus comment il eût dû grandir, et je vis ce que ses organes devaient modifier pour se réparer. La magie qui coulait en moi dévia pour se déverser en lui ; la séduction de l'Art, le terrible danger de cette puissance qu'on apprend à tout apprenti à parer et à réprimer, brillait devant moi dans toute sa beauté jaillissante. Nous nous y enfonçâmes à grandes brasses ; le corps de l'enfant ouvrit ce qui était restreint, dénoua ce qui était trop serré. C'était l'harmonisation parfaite de la volonté et de la solution. Je guidai la magie comme si je calligraphiais sur un parchemin précieux. Parfait ; il serait parfait. Il me sourit, et je lui souris en retour ; je le regardais, je voyais à travers lui, et je me rendais compte de la créature merveilleuse que c'était.

« Je… je l'ai senti guérir ! » Quelqu'un prononça ces mots dans le lointain, puis me prit la beauté de ce que j'avais réparé.. J'ouvris les yeux en vacillant : Nortel tenait son fils dans ses bras ; l'enfant était faible mais il souriait. Sa tête tenait droit sur son cou, et il leva la main pour toucher la joue écailleuse de son père, puis il éclata de rire. Maude poussa un cri aigu et les étreignit tous les deux ; tous trois formèrent un pilier souriant et ruisselant de larmes.

« Fitz ? » fit une voix près de moi, et on me secoua le bras. C'était Ambre. Je me tournai vers elle, heureux et déconcerté.

« J'aurais voulu que tu voies ça, dis-je à mi-voix.

— Je l'ai senti, répondit-elle tout bas ; et, à mon avis, c'est le cas de tout le monde dans cette salle : on avait l'impression que tout le bâtiment bourdonnait. C'est trop imprudent, Fitz ; il faut cesser. C'est dangereux.

— Oui ; mais, plus important, c'est ce qu'il faut faire. C'est impératif.

— Fitz, tu dois m'écouter…

— S'il vous plaît, ce sont ses pieds. Ils ont commencé à se détériorer il y a un an. Autrefois, elle courait et elle jouait, mais aujourd'hui elle ne peut pratiquement plus marcher. »

Je secouai la tête et me retournai : une Ancienne bossue se tenait devant moi. Mais elle n'était pas bossue : ce que j'avais pris pour ses épaules relevées sous du tissu était en réalité le haut de ses ailes. Elles étaient bleues et montaient jusqu'à hauteur de ses oreilles tandis que le bas effleurait le sol derrière elle. Une fillette d'environ sept ans prenait appui sur elle, en partie soutenue par son père de l'autre côté ; il avait les écailles vertes, la mère bleues, et la petite un mélange des deux. « C'est notre fille, dit le père, mais nos dragons ne s'intéressent pas à elle pendant des mois, et tout soudain ils se disputent sa propriété comme si c'était un jouet, et l'un change ce que l'autre a créé. Tous deux sont partis passer les mois d'hiver dans une contrée plus chaude, et depuis elle se développe de plus en plus anormalement.

— Tatou, Thymara, croyez-vous judicieux de demander au prince d'intervenir ? fit Malta. Dente et Sintara ne risquent-ils pas de mal le prendre à leur retour ?

— Je m'en inquiéterai quand ils reviendront, répliqua Thymara. En attendant, pourquoi Fillia devrait-elle payer pour leur négligence ? Prince des Six-Duchés, pouvez-vous l'aider ? »

J'examinai la fillette ; j'avais le sentiment de percevoir les intentions conflictuelles des deux dragons : une oreille avait un gland, l'autre était pointue. La discorde sonnait contre mes sens comme le bruit d'une cloche fêlée. Je me forçai à la circonspection. « Je ne sais pas. Si j'essaie, je devrais peut-être puiser dans son énergie, dans les réserves de son organisme ; c'est sa propre chair qui accomplira les réparations. Je puis la guider, mais non lui fournir ce dont son corps a besoin.

— Je ne comprends pas », dit Tatou.

Je désignai les pieds de l'enfant. « Comme vous le voyez, ses extrémités tendent à se transformer en pattes de dragon ; il faut soustraire de l'os et ajouter de la chair ; je ne puis ni retrancher ni greffer : c'est son organisme qui doit s'en charger. » J'entendis le brouhaha des Anciens qui discutaient mes propos.

Le père planta un genou en terre pour regarder sa fille en face. « C'est à toi de décider, Fillia. Veux-tu tenter l'opération ? »

Elle leva les yeux vers moi avec un mélange de peur et d'espoir. « Je veux pouvoir courir sans avoir mal ; j'ai la figure tellement raide que j'ai l'impression que mes lèvres vont se déchirer si j'essaie de sourire. » Elle toucha son crâne écailleux. « Je voudrais avoir des cheveux pour me tenir chaud ! » Elle me présenta ses doigts ; elle avait les ongles bleus et pointus comme des griffes. « S'il vous plaît.

— D'accord », dis-je. Je lui tendis les mains, et elle y remit son sort. Deux petites menottes dans mes paumes calleuses d'avoir manié l'épée. Je sentis sa douleur alors qu'elle s'évertuait à tenir debout sur ses pieds difformes ; je m'assis par terre, et elle m'imita, soulagée. Mon Art envoya un fil toucher son front.

Ah ! Celle-ci était déconcertante ; son père était ici, sa mère là, et à côté les dragons qui l'avaient changée et se disputaient sa possession comme deux enfants qui tirent tant sur une poupée qu'elle se rompt. Les voies possibles étaient innombrables ; je lui demandai ce qu'elle souhaitait devenir, et son visage s'illumina. Ses puissants pieds griffus ne la dérangeaient que parce qu'ils ne se développaient pas correctement ; elle souhaitait avoir un cheval bleu sur une joue et voir le vert sombre de ses écailles courir sur son dos et ses bras comme une plante grimpante ; elle voulait avoir des cheveux noirs, épais et vigoureux comme ceux de sa mère, et des oreilles capables de pivoter pour repérer les bruits. Elle me montra tout ce qu'elle désirait, et, par le biais de l'Art, je persuadai son organisme de se plier à sa volonté. Au loin, j'entendis ses parents échanger des propos inquiets, mais c'était à leur fille de faire son choix. Et, quand enfin elle s'écarta de moi en marchant sur les coussinets avant de ses longues pattes arquées et en secouant une crinière luisante, elle leur cria : « Regardez ! C'est moi ! »

On m'apporta un autre enfant, né avec les narines si aplaties qu'il pouvait à peine respirer ; nous trouvâmes le nez qu'il eût dû posséder, allongeâmes ses doigts et ajustâmes ses hanches pour qu'il pût se déplacer sans se plier en deux. Il gémissait, et je regrettais les douleurs que lui causait la transformation de ses os, mais l'Art et moi lui répétions tout bas : « C'est nécessaire ! » Je le rendis très amaigri et haletant de souffrance à ses parents ; l'un m'adressa un rictus menaçant, l'autre pleurait, mais le garçon respirait normalement, et les mains qu'il leur tendait avaient des pouces capables de mouvement.

« Fitz, c'est fini. Cesse. » La voix d'Ambre tremblait.

L'Art courait dans mes veines, et je me rappelai que cette onde de plaisir était aussi dangereuse qu'elle était agréable. Pour certains. Pour certains, elle était dangereuse ; mais j'apprenais ; j'avais beaucoup appris en ce jour, et j'étais capable de la maîtriser d'une façon qu'on ne m'avait jamais inculquée et que je n'avais jamais crue possible. Toucher d'un fil d'Art, décrypter l'agencement d'un enfant, laisser quelqu'un d'autre guider la magie que je possédais comme si nous tenions un pinceau à deux, tout cela, j'en étais capable.

Et j'étais aussi capable de calmer l'Art, de le réduire d'une explosion à un simple bouillonnement. Je le maîtrisais.

« Je vous en prie ! s'exclama soudain une femme. Doux prince, libérez mon ventre si vous le voulez bien ! Permettez-moi de concevoir et de porter un enfant ! Je vous en prie, je vous en supplie ! »

Elle se jeta à mes pieds en m'étreignant les genoux ; elle sanglotait, la tête courbée, les cheveux tombant sur son visage couvert d'écailles. Ce n'était pas une Ancienne, mais une femme déformée par un long contact avec des dragons. Chaque enfant que j'avais traité m'avait rendu un peu plus claire l'influence de ces créatures sur le développement d'un organisme humain, et, chez certains, j'avais vu une volonté et même de l'art dans la façon dont les dragons les avaient changés. Mais, chez cette femme, les transformations n'avaient pas plus de sens que la croissance d'un arbre dans un sol rocailleux à l'ombre d'un rocher. Si près d'elle, je ne pouvais l'exclure de mon Art, et, comme il l'enveloppait, je perçus son talent inné pour la magie ; elle n'avait jamais reçu de formation dans ce domaine, et pourtant, en cet instant, je ressentis la profonde envie d'enfant qui était la sienne et l'accablement qu'elle éprouvait à voir les ans s'écouler lentement et le berceau demeurer vide.

Douleur familière. Comment refuser d'accéder à une telle prière alors que je savais parfaitement l'effet que cela faisait d'en être interdit ? Pourquoi n'avais-je jamais cherché à me servir de l'Art pour découvrir ce qui empêchait Molly de nous donner un enfant ? Toutes ces années perdues que rien ne rattraperait ! Je posai les mains sur ses épaules pour l'inciter à se relever, et, ce faisant, je fermai un cercle ; nous fûmes dès lors liés, associés par la souffrance du manque, et, grâce à l'Art, ce qui était tordu en elle se rectifia et ce qui était clos s'ouvrit. Elle poussa un cri et recula, les mains sur le ventre. « J'ai senti le changement ! s'exclama-t-elle. Je l'ai senti !

— Assez ! lança Ambre à mi-voix. Ça suffit. »

Mais, devant moi, un homme disait : « S'il vous plaît, par pitié, mes écailles descendent de mes sourcils et migrent sur mes paupières, et je n'y vois presque plus. Je vous en supplie, repoussez-les, prince des Six-Duchés. » Il me prit la main et la posa sur son visage. Possédait-il l'Art comme la femme avant lui, ou la magie me parcourait-elle avec tant de force que je ne pouvais la réprimer ? Je sentis les écailles se retirer de ses paupières jusqu'à ses sourcils, et il s'écarta de moi en riant aux éclats.

Quelqu'un me saisit par la main et la serra fort ; le tissu d'un gant toucha ma peau.

« Roi Reyn ! Reine Malta, je vous en prie, dites-leur de reculer ! Il les guérit à grand péril pour lui-même. Il doit s'arrêter, il doit se reposer ; voyez comme il tremble ! S'il vous plaît, dites-leur qu'ils ne doivent pas lui en demander davantage. » Ces mots n'avaient guère de sens pour moi.

« Chers gardiens et amis, vous avez entendu dame Ambre ! Reculez, laissez de la place au prince. » La voix de Malta venait de l'autre bout de la salle ; d'autres étaient plus proches de moi.

« Par pitié, doux prince !

— Mes mains ! Réparez au moins mes mains, je vous en supplie !

— Je voudrais ressembler de nouveau à une femme et plus à un lézard ! Mon prince, je vous en prie, je vous en prie ! »

Le Fou donnait ses instructions un ton plus bas. « Braise, Persévérance, placez-vous devant lui et maintenez-les à l'écart. Repoussez-les ! Lant, où êtes-vous ? Lant !

— Citoyens de Kelsingra, maîtrisez-vous ! Écartez-vous du prince, laissez-lui de la place ! » L'inquiétude dans la voix de Reyn confinait à la peur.

J'avais du mal à utiliser mes yeux alors que l'Art se déversait si violemment autour de moi, bien plus puissant qu'aucun de mes sens, plus même que mon Vif ; ma vue n'était qu'une maigre perception qui dépendait de la lumière pour me montrer l'extérieur des choses, mais je cherchai Lant du regard et le trouvai près de moi ; il s'évertuait à tirer un objet de sa poche. Braise et Persévérance s'étaient donné le bras et se tenaient entre une marée humaine et moi ; ils ne pouvaient retenir ces gens poussés par une si grande nécessité. Je fermai les yeux et me bouchai les oreilles : ces organes ne faisaient que me désorienter ; avec l'Art, je pouvais balayer toute la salle et en apprendre bien davantage.

Ambre me tenait toujours de sa main gantée tandis que, de l'autre posée sur ma poitrine, elle s'efforçait de me mettre hors de portée des mains tendues vers moi. C'était futile : la salle était vaste, et la foule nous entourait ; reculer ne rimait plus à rien. Nous étions pris dans un nœud coulant qui se refermait sur nous.

En dépit de leur frénésie, les gens étaient relativement peu nombreux et ils ne me voulaient pas de mal. Certains se tendaient vers moi sous l'effet de la faim et de la nécessité, d'autres pour passer les premiers, d'autres encore pour me voir accomplir encore un miracle, et d'autres enfin pour traverser la barrière de gens devant eux pour avoir une chance d'être guéris eux aussi. Une femme jouait des coudes parce qu'elle cherchait à en empêcher une autre d'accéder à moi et de se faire changer le visage, de peur qu'elle ne conquît l'homme qu'elles convoitaient toutes deux. Kanaï était au milieu de la presse en compagnie de Kase et de Boxteur, non pour imposer la discipline, mais pour voir si Ambre allait trahir qu'elle n'était pas aveugle, car il était certain qu'elle s'était rendue au puits d'Argent, et il se consumait de haine à l'idée qu'on pût voler de l'Argent aux dragons.

« Fitz. Fitz ! FITZ ! Il faut que tu cesses. Dresse tes murailles, reviens à toi. Fitz ! »

J'avais oublié mon enveloppe charnelle : elle tremblait comme une feuille, et Lant, les bras autour de ma poitrine, s'efforçait de me tenir debout. « Écartez-vous ! » lança-t-il d'une voix tonnante, et, l'espace d'un instant, la foule arrêta d'avancer ; mais ceux qui voyaient ma défaillance furent de nouveau poussés en avant par ceux qui voulaient savoir ce qui se passait. Sans aucune émotion, je sus ce qui allait se produire : j'allais m'effondrer, j'entraînerais Lant dans ma chute, les jeunes gens qui tâchaient de contenir la foule reculeraient, et nous finirions piétinés.

L'Art me révéla qu'Ambre avait été repoussée sous mon bras. « Fitz, dit le Fou à mon oreille. Fitz, où es-tu ? Je ne te sens plus. Dresse tes murailles, Fitz ! Par pitié, Fitz. Bien-Aimé !

— Donnez-lui ça ! » lui cria Lant.

Tout cela était sans importance. L'Art s'étendait comme un lac en crue, et je m'étendais avec lui. Il y avait d'autres personnes avec moi, mais diluées et mélangées ; elles avaient apprécié ce que j'avais fait. Je sentis aussi d'autres présences, plus grandes et plus intactes, de grandes âmes mieux définies, plus âgées et plus sages, mais je ne pouvais en faire partie : je n'y suffirais pas. Je m'étirerais et me disperserais ; je me fondrais à l'Art. Je n'avais qu'à lâcher prise, et ce serait comme avec le bonrepos : je cesserais de m'inquiéter, je renoncerais à mes remords. Le pire, c'étaient les espoirs aux arêtes tranchantes auxquels je m'accrochais encore, l'espoir que quelque part, par quelque prodige, Abeille existait encore et finirait par sortir indemne d'un pilier d'Art. Mais il était beaucoup plus vraisemblable qu'elle flottât, indistincte, dans cette mixture amorphe. En lâchant prise, je parviendrais peut-être à me rapprocher d'elle.

Être Fitz n'avait jamais été une existence exaltante.

Des doigts m'ouvraient les lèvres, appuyaient sur mes dents ; un goût d'amertume dans ma bouche. La marée d'Art qui montait si vite devint une eau calme qui clapotait doucement. Je voulus reculer avec elle.

Le contact d'une main sur mon poignet était brûlant. Exquisément brûlant, douleur et extase inséparables.

BIEN-AIMÉ !

Les mots se répercutèrent en moi, rebondirent sur mes limites diffuses, me trouvèrent et me lièrent. J'étais là, emprisonné dans un corps épuisé et tremblant, dans l'étreinte de Lant qui me tenait par-derrière et me maintenait debout ; sa main était plaquée sur ma bouche, et je sentis le goût de l'écorce elfique ; une poudre sèche couvrait mes lèvres. Persévérance et Braise se tenaient toujours par les bras et affrontaient la presse qui les refoulait contre Ambre et poussait cette dernière contre moi.

Le Fou me prit dans ses bras, la tête contre ma poitrine ; un bras autour de mon cou, il s'agrippait à moi. Je tenais un gant vide à la main ; lentement, l'esprit lourd, je le levai à hauteur de mes yeux. La main du Fou, les doigts argentés, enserrait mon poignet et inscrivait mon identité en moi comme avec un fer rouge. Le lien fut brutalement et complètement réactivé.

« Je l'avais bien dit ! s'écria Kanaï d'une voix que l'exultation rendait rauque. J'avais bien dit que c'étaient des voleurs ! Regardez, regardez sa main, la preuve : de l'Argent ! Elle a volé de l'Argent aux dragons et elle doit être punie ! Emparez-vous d'elle ! Emparez-vous d'eux tous ! »

Un instant d'effarement et d'horreur. J'entendis Braise pousser un cri strident quand quelqu'un la saisit, et on m'arracha le Fou. Je m'efforçai de ne pas tomber.

Le Fou hurla quand la foule nous engloutit.

19

Émergence

Dans ce rêve, je suis toute petite, et je me cache dans une minuscule enveloppe, comme une noix dans sa coque. Je suis emportée par un fleuve violent et tumultueux, et j'ai très peur parce que je crains que ce voyage n'ait pas de fin ; autour de moi, d'autres suivent le courant comme moi. J'ai l'impression que je pourrais sortir de ma coquille, me fondre à eux et ne faire plus qu'un avec eux.

Puis un dragon m'attrape. Il me tient serré dans sa patte, si bien que, même si je le voulais, je ne pourrais pas m'échapper de mon enveloppe. Je suis terrifiée, mais alors le dragon me fait sentir que je suis en parfaite sécurité. « Comme le loup a fait pour mon jeune, je ferai pour son petit : je te protégerai. Quand tu émergeras, viens à moi ; je te protégerai. »

J'ai dessiné ici le dragon. C'est une créature terrifiante, mais je la perçois comme un oncle bienveillant.

Journal des rêves d'Abeille Loinvoyant

Après avoir été néant si longtemps, je ne savais plus bien comment exister.

Déplie-toi, me dit père Loup d'un ton autoritaire. *Il faut que tu sois prêt avant eux. Déplie-toi ; debout.*

C'était impossible, mais j'essayai : je savais que j'avais des bras et des jambes quelque part. Un visage. Soleil. Chaleur. Peu à peu, ces mots reprirent du sens ; un rayon de soleil me touchait, et il était presque chaud. Le vent caressa mon visage. J'étais étendu sur le dos et je voyais le ciel bleu au-dessus de moi. Le soleil était trop vif ; je voulus me déplacer, mais quelque chose pesait sur moi.

J'entendis un bruit effrayant, et je tournai la tête : le Chalcédien qui avait aidé Évite ; c'était lui l'auteur de ces sons. Je ne me rappelais pas son nom. À quatre pattes, il avait la bouche distendue, et, à l'entendre, on avait l'impression qu'il était pris de haut-le-cœur. Je crus qu'il allait vomir, mais il s'affala à plat ventre, le regard tourné vers moi. Il n'y avait rien d'humain dans ses yeux ; ils s'arrondirent au point que ses iris furent entièrement entourés de blanc, puis il avança les lèvres comme pour souffler dans un cor et il me lança un hululement menaçant ; c'était ridicule mais bizarrement effrayant.

La peur ne paralyse pas toujours. Je roulai sur le ventre et compris alors ce qui m'empêchait de me redresser : j'étais empêtré dans mon épais et ample manteau de fourrure. Je voulus m'agenouiller, mais je posai les genoux à l'intérieur du manteau et ne pus bouger. Les bruits du Chalcédien devenaient de plus en plus anormaux, comme s'il s'efforçait d'imiter un écureuil.

Je me retournai sur le dos. Les mains molles, je tripotai les chevilles et les boucles de tissu qui fermaient le vêtement, en tâchant de mettre en relation avec mes doigts la partie de moi-même qui savait comment les défaire. Le Chalcédien émettait à présent des sortes de hurlements de chien. Je renonçai à déboutonner mon manteau et me redressai en position assise : je mourais soudain de chaleur, et il m'apparaissait plus urgent de me débarrasser de mon vêtement que de m'écarter du dément. Je réussis à me lever, fis quelques pas chancelants, puis trébuchai sur un obstacle qui faillit me jeter à terre : un des luriks de Dwalia, une jeune femme. Son nom ne me revint pas, et je sus tout à coup qu'elle était morte. Je m'éloignai d'elle tant bien que mal en continuant à batailler avec mes boutons. Je vis alors Dwalia ; elle était plaquée sous un corps et s'efforçait de s'en dégager.

Ne la regarde pas. Fuis. Tu seras plus à l'abri dans la forêt que parmi ces créatures malfaisantes. Il y a quelqu'un qui nous aidera si j'arrive à le réveiller. Sauve-toi ; va-t'en là où je te l'indique.

J'obéis. J'avais repris conscience sur une surface en pierre noire semblable à un pavage au milieu des arbres ; je parvins dans une zone de sous-bois où la neige fondante le disputait à de jeunes pousses d'herbe. Le printemps ? Comment cela se pouvait-il ? J'avais été entraîné dans le pilier d'Art en hiver ? Où étais-je resté tout ce temps ? Pourquoi n'en avais-je aucun souvenir ?

Une vague de vertige m'engloutit. Je tombai à genoux, et mes mains heurtèrent le sommet amolli d'une congère ; je me relevai et repris ma marche titubante. Le bas du manteau que je portais effleurait le sol. Il me fallait atteindre la forêt et m'y enfoncer le plus vite possible.

Derrière moi, j'entendis Dwalia s'exclamer : « Rattrapez-la ! Ne la laissez pas nous échapper ! Sans elle, nous ne pourrons jamais rentrer chez nous ! »

Je me mis à courir.

Table

12004

Composition
NORD COMPO

Achevé d'imprimer en Slovaquie
par NOVOPRINT SLK
le 26 mars 2019

1er dépôt légal dans la collection : janvier 2018
EAN 9782290143698
OTP L21EPGN000629A002

ÉDITIONS J'AI LU
87, quai Panhard-et-Levassor, 75013 Paris

Diffusion France et étranger : Flammarion